JULIE WATSON
Tochter der Schwäne

Buch

Bei Deirdres Geburt prophezeite der oberste Druide, dass sie zu einer Schönheit heranwachsen würde, derentwegen Könige Kriege führen und die drei größten Kämpfer Ulsters ihrer Heimat den Rücken kehren würden. Der Druide drängte dazu, das Kind zu töten, doch Conor, der Herrscher von Ulster, trotzte dem Schicksal und ließ sie bei Pflegeeltern aufwachsen. An einem Ort, an dem sie niemand je finden würde.

In der Abgeschiedenheit der Wälder wächst die schöne Deidre heran, und Conor kann ihr nicht widerstehen. Sie soll seine Frau werden – doch dann lernt Deidre den jungen Krieger Naisi kennen. Sie verliebt sich in ihn, und gemeinsam fliehen sie nach Schottland. Und Conor schwört Rache ...

Autorin

Die junge Engländerin Julie Watson wuchs in Australien auf. Seit ihrer Heirat mit einem Schotten arbeitet sie als freischaffende Journalistin und PR-Managerin. Doch ihre große Leidenschaft gilt der Archäologie, der wenig dokumentierten Geschichte der Kelten und Pikten. Julie Watson und ihr Mann leben in England und Australien.

Von Julie Watson bei Blanvalet lieferbar:

Die Königin der Raben (37685)
Tartan und Schwert (37128)
Das keltische Amulett (37331)

Julie Watson

Tochter der Schwäne

Historischer Roman

Aus dem Amerikanischen
von Gloria Ernst

blanvalet

Die amerikanische Originalausgabe erschien 2009
unter dem Titel »The Swan Maiden« bei Bantam Books, New York.

MIX
Papier aus verantwortungsvollen Quellen
FSC® C014496

Verlagsgruppe Random House FSC-DEU-0100
Das FSC®-zertifizierte Papier *Holmen Book Cream*
für dieses Buch liefert Holmen Paper, Hallstavik, Schweden

1. Auflage
Taschenbuchausgabe August 2012 bei Blanvalet, einem Unternehmen
der Verlagsgruppe Random House GmbH, München.

Umschlaggestaltung: bürosüd°, München
Umschlagmotiv: bürosüd°, München
Redaktion: Gerhard Seidl
ES · Herstellung: sam
Satz: Buch-Werkstatt GmbH, Bad Aibling
Druck und Einband: GGP Media GmbH, Pößneck
Printed in Germany
ISBN: 978-3-442-37948-4

www.blanvalet.de

Meinem lieben Freund Graham Swinney,
der mir, als ich dieses Buch schrieb,
zeigte, was Mut und Liebe ist.

Großbrittanien und Irland

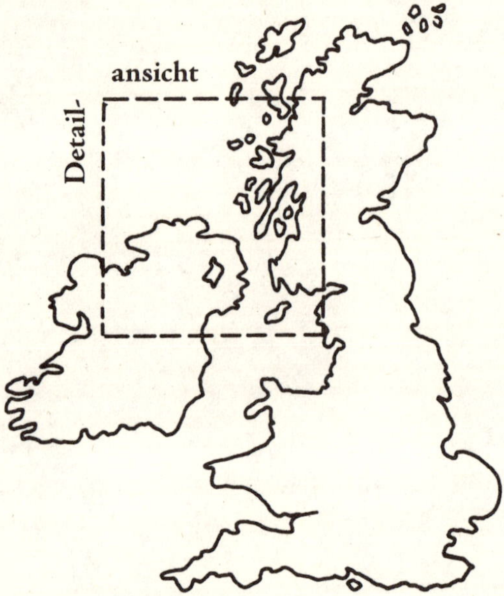

Schottland
(ALBA)
Great Glen
Roaring
Glen
(Etive)
Dunadd
Epidier
N
Deidres Reise
Irland
(Erin)
Ulster
Lough Neagh
Emain
Macha
Connacht

Personen, Orte und Aussprache

Die vier alten Provinzen von Erin

Ulaid	Der in Ulster beheimatete Stamm, der der Provinz ihren Namen gab
Connacht	Ein alter Name für Connaught
Mumu	Ein alter Name für Munster
Laigin	Ein alter Name für Leinster

Personen

Der Wald

Deirdre
Fintan, ihr Pflegevater
Aiveen, ihre Pflegemutter
Levarcham, Druidin und Lehrerin, König Conors Seherin

Emain Macha

Conor, König der Ulaid
Nessa, seine Mutter
Cormac, sein ältester Sohn
Fiacra, sein jüngster Sohn

Fergus Mac Roy, früherer König
und Conors Stiefvater
Buinne, sein älterer Sohn
Illan, sein jüngerer Sohn

Krieger des Roten Zweiges:
Cúchulainn, der Kämpe des Königs
und sein Neffe
Ferdia Mac Daman
Naisi, ältester Sohn des Usnech
Ardan, zweiter Sohn des Usnech
Ainnle, jüngster Sohn des Usnech
Conall Cearnach
Leary
Dubthach

Alba

Cinet, König der Epidier
Bridei, sein Neffe und Erbe
Fidech, sein Jäger
Talan, sein Vetter und Herrscher
einer Festung im Norden
Carnach, Talans Neffe

Hinweise zur Aussprache

Naisi	NIE-scha
Deirdre	DIER-dra oder DÄR-dra
Ainnle	AN-la
Aiveen	A-wien
Cúchulainn	Kuh-KALL-lin oder Kuh-HUH-lin
Cinet	KIN-et
Cathbad	KA-fa oder KA-had
Dubthach	DAFF-ach
Fedlimid	FEI-lim-i
Badb	Biew
Emain Macha	OU-en Mak-uh oder Awin MAK-uh
Muirthemne	MÖR-hef-na

Gesprochen wie geschrieben:

Ardan
Fintan
Ferdia
Conor anglisierte Form von *Conchobhar*
Levarcham
Conall
Leary anglisierte Form von *Laoghaire*

Weitere Wörter und Begriffe

Sídhe (schie): das Feenvolk, Wesen aus der Anderswelt
Fiáin (FIE-oh-in): »wild«, als Kosewort verwendet: »Wildfang«
A stór (ah stoar): beliebter irischer Kosename: »Schatz«
A chuisle mo chroí (ah KUSCH-la muh krie): beliebter irischer Kosename: »O Schlag meines Herzens«
Curragh (KUR-räck): leichtes Boot aus Weidenholz und Tierhäuten
Banshee (bän-SCHIE): Zusammensetzung aus »Ban« (Frau) und »sídhe« (Fee)
Fladorca (Fla-dorka): anglisierter Spitzname, abgeleitet von *flaith* (sprich: »flah«), »Prinz«, und *dorchas* (sprich: »dorkas«), »dunkel, geheimnisvoll«.
Samhain (SAH-win): Totenfest, das um den 1. November herum begangen wurde und später zu Allerheiligen wurde. Es markierte im alten Irland und Schottland den Beginn des neuen Jahres. In dieser Zeit waren die Schleier zur Anderswelt besonders durchlässig, sodass die *sídhe* die Welt der Sterblichen aufsuchen konnten.
Imbolc (Im-balk): Frühlingsfest, das um den 1. Februar herum gefeiert wurde. Es kündigte die Laktationsperiode der Mutterschafe an und war das Fest der Fruchtbarkeitsgöttin Brid oder Bridget.
Beltaine (Bie-JAAL-tinnuh): Fruchtbarkeitsfest, das um den 1. Mai herum gefeiert wurde und den Beginn des Sommer kennzeichnete. Bei diesem Fest entzündete man auf den Bergen heilige Feuer und trieb das Vieh zur Segnung zwischen diesen Feuern hindurch.
Lughnasa (LUH-nah-sah): Erntefest, das um den 1. August herum gefeiert wurde und dem Sonnengott Lugh geweiht war.

1

Herbst

Sie war reines Silber, ein schillernder Bogen, der, einer Sternschnuppe gleich, eine helle Bahn beschrieb. Der Adler schwebte hoch am Himmel, die Schwungfedern gespreizt. Deirdre stellte sich vor, ihr Geist sei ein Netz, das diesen Vogel in einer Schlinge aus glitzerndem Licht fangen würde.

Ihr Körper lag, noch immer in Trance, neben dem Feuer. Sie musste sich sehr konzentrieren, um den Atem ihrer Seele weiter an dem Faden entlangzuschicken, der ihren Geist und ihren Körper miteinander verband. *Lass das Licht jetzt herabsinken.* Es war die Druidin Levarcham, ihre Lehrerin, die ihr diese Worte ins Ohr flüsterte. Der starke Wille ihrer Lehrerin floss unter ihr dahin wie ein mächtiger Strom, der sie mit sich trug … *nach oben trug.*

Levarcham hatte tagelang mit ihr gefastet und gesungen, hatte die Trommel geschlagen, bis deren volltönender Klang durch ihrer beider Körper pulsiert war. Sie hatte die von den Kräutern verursachten Krämpfe und die Übelkeit ertragen, um ihre Energie mit der von Deirdre zu vereinen und ihr diesen kurzen heiligen Flug zu ermöglichen.

Sich gleichzeitig auf die Seelen-Schnur und den Adler zu konzentrieren, war ein äußerst schmerzhaftes Unterfangen, eine Fähigkeit, die sie erst nach monatelangem, qualvollem Üben erlangt hatte. Deirdre war erschöpft. Es wäre für sie leichter gewesen, einfach in ihren Körper zurückzukehren, aber sie würde nicht aufgeben.

Es war die pure Frustration gewesen, die ihr die Kraft verliehen hatte, sich überhaupt aus ihrem Körper zu befreien. Levarchams Wille hatte sie dann nach oben getragen und ihr dabei geholfen, für einen einzigen, langen Atemzug alle Grenzen zu durchbrechen. *Da* … plötzlich war da etwas: Sie spürte ausgebreitete Arme, eine seltsame Leichtigkeit der Knochen. Der Schreck lähmte ihre Gedanken. *Atme! Atme!*, drängte Levarcham sie.

Deirdre sah jetzt durch *fremde* Augen. Der Wind zerrte an den Schwungfedern, und sie erblickte in der Ferne verschwommene Berge, sah Sonnenlicht und sah Schatten, die über nackten Fels huschten. Plötzlich ging der Adler in den Sturzflug über. Die Erde raste auf sie zu. Der Vogel öffnete den Schnabel und stieß dabei einen verzückten Schrei aus: *Freiheit!*

Freiheit – das Einzige, was man ihr verweigerte. *Das Einzige* …

Ein Krachen riss sie aus ihrer Trance.

Sie lag ausgestreckt in der Binsenstreu auf dem Boden, neben ihr ein umgekippter Schemel und ein Wasserkrug, dessen Inhalt gluckernd in die Streu lief. Einen Moment später durchbohrte ein heftiger Schmerz ihre Stirn. »Deirdre!«, hörte sie Levarcham krächzen. Es gelang ihr aber nicht zu antworten. Stattdessen krallte sie sich am Boden fest, der unter ihr bockte und schlingerte, während die Wände ihrer kleinen Hütte sich um sie herum wie wild drehten.

Irgendwann verlangsamte sich der Tanz der Wände, und nach einem Ruck kam der Raum endgültig zum Stehen. Allmählich wurde sie sich wieder ihrer Umgebung bewusst. Da war kein Wind, keine Sonne … nur flackerndes Licht auf gebogenen Lehmwänden und unter dem niedrigen Rieddach. Knisternde Flammen kämpften gegen die Kälte an, die draußen vor der mit einem Fell verhängten Tür lauerte. Im Raum hing der scharfe

Rauch von verbrannten Kräutern. Levarcham warf gerade wieder ein Bündel Kräuter ins Feuer – *reinigende Rote Betonie* –, woraufhin die Flammen aufloderten und ihr Licht sich in dem Geschmeide spiegelte, das auf dem Frisiertisch lag.

Im Gegensatz zum Zimmer hatte sich Deirdres Magen jedoch noch keineswegs beruhigt. Sie setzte sich kerzengerade hin, und Levarcham, die jetzt auf der Ofenbank Platz genommen hatte, schob ihr mit dem Fuß wortlos einen leeren Topf zu. Als ihr Mund zu zucken begann, packte sie das Gefäß mit beiden Händen und erbrach die Reste des Kräutertranks. Es fühlte sich gut an, als ihr Magen sich zusammenkrampfte und sich mit heftigem Würgen leerte. Schließlich tastete sie nach einem Tuch, um sich den Mund abzuwischen, bevor sie die letzten Tropfen Wasser trank, die sich noch in dem umgekippten Krug befanden. Dann lehnte sie sich völlig erschöpft an einen Stuhl.

Die Druidin, ihre Lehrerin, war an die Nebenwirkungen der Kräuter gewöhnt und hatte sich deshalb auch schon wieder gefangen. Nur ihre leichte Blässe und ihr mühsamer Atem verrieten sie. Sie bedachte Deirdres Stirn mit einem kritischen Blick, woraufhin Deirdre sich mit zitterndem Finger an den Kopf fasste und Blut an ihren Fingerspitzen spürte.

Levarcham schlug mit ihrem Stab energisch auf den Boden. »Was habe ich dir gesagt, du törichtes Mädchen?«

Deirdre tupfte sich mit dem Ärmel das Blut von der Stirn. »Dass ich mich nicht bewegen soll.«

»Nur dein Geist soll mit dem des Vogels verschmelzen – *und nicht dein Körper*. Und was machst du? Ich spüre, wie du die Konzentration verlierst, und als ich die Augen öffne, wedelst du mit den Armen in der Luft herum und schwebst nach oben!«

Deirdre biss sich auf die Unterlippe, um angesichts dieser Vorstellung nicht laut loslachen zu müssen. »Hmm.«

Der Stab krachte wieder auf den Boden. Levarcham beugte

sich ein Stück nach vorn. Jeder Rest von Trance war jetzt aus ihren durchdringenden, grauen Augen verschwunden. »Was wäre gewesen, wenn du abgestürzt wärst und dich verletzt hättest? Oder wenn du ins Feuer gefallen wärst?«

Deirdre holte tief Luft. »Du hast allen Grund, mich zu tadeln.« Als Levarcham die Augenbrauen daraufhin so weit nach oben zog, dass sie beinahe in ihren Haaren verschwanden, lächelte Deirdre. »Könnten wir nicht so tun, als hättest du mich bereits zurechtgewiesen und ich mich daraufhin ausgiebig entschuldigt, und einfach weitermachen?« Sie rappelte sich mühsam auf die Knie und verhakte ihren Zeigefinger mit dem von Levarcham, verband sich auf diese Weise mit ihr, wie sie auch im Flug miteinander verbunden gewesen waren. *»Diesmal habe ich den Adler tatsächlich gespürt.«*

In Levarchams langem, ernsten Gesicht kämpften sichtlich Stolz und Strenge miteinander. Schließlich siegte doch Letzteres. Ihr Mund wurde schmal, während sie Deirdres Finger noch einmal fest drückte, bevor sie ihn losließ. »Ich habe dir drei Dinge eingeschärft. Es kommt mir jedoch so vor, als hättest du eines dieser Dinge vergessen. Wiederhole sie!«

Deirdre grinste und gab sich geschlagen. Sie setzte sich mit überkreuzten Beinen und nach oben gerichteten Handflächen hin. »Das Band zwischen Körper und Geist stärken. Mir meiner selbst bewusst bleiben. Und meinen Körper stillhalten.«

»Genau.« Besänftigt umfasste Levarcham ihren Stab mit beiden Händen. »Dies ist die schwierigste aller druidischen Künste. Es dauert viele Jahre, bis man sie wirklich beherrscht. Wir können selbst nicht genau sagen, wie es uns gelingt, aber wir wissen, dass dafür große Disziplin und ein starker Wille erforderlich sind.« Sie schnaubte und ließ ihren Blick langsam über Deirdre schweifen. »Den Willen hast du. Aber auf das andere warte ich noch immer.«

Deirdre ignorierte diese Bemerkung. Der aufregende Flug vibrierte weiter in ihren schmerzenden Gliedern. »Ich bin mir sicher, dass ich gespürt habe, wie sich die Federn bewegten. Und ich habe die Berge gesehen.« Sie machte ein unschuldiges Gesicht. »Du sagst mir doch immer, dass ich auf die Einzelheiten achten soll.«

Levarcham schwieg eine Weile. Als sie wieder zu sprechen anfing, klang ihre Stimme unheilvoll ruhig. »Das hier ist kein fauler Trick. Den Geist eines anderen Wesens zu berühren, ganz zu schweigen davon, seinen Körper mit ihm zu teilen, ist ein heiliger Akt. Man darf es nur tun, nachdem man gebetet und gefastet hat, um Leib und Seele zu erleichtern, und nachdem man die Götter mit Gesängen geehrt hat.« Das steinerne Gesicht der Druidin und ihr Hinken waren mehr als nur einschüchternd. Ihr langes dunkles Haar wurde bereits von unzähligen grauen Strähnen durchzogen, obwohl sie erst vierzig Jahre alt war. Ihre Macht lag jedoch nicht in ihrem mageren Körper, sondern in ihren Augen, die leuchteten wie das Zwielicht auf dem Wasser. »Du weißt, dass ich dir all das gar nicht beibringen dürfte.« Sie wandte den Blick ab, um ihre Gedanken zu verbergen. »Ich könnte aus meinem Orden ausgeschlossen und sogar aus den Diensten des Königs verbannt werden.«

Deirdres Begeisterung verebbte. »Das habe ich nicht vergessen.« Allein schon die Vorstellung, dass Levarcham oder ihren Pflegeeltern Fintan und Aiveen etwas geschehen könnte, ernüchterte sie auf der Stelle.

Levarcham packte Deirdres Kinn. »Aber hier geht es nicht um mich. Wenn das Band reißt, ist deine Seele verloren, und auch dein Körper wird dann vergehen.« Trotz des wärmenden Feuers kroch Deirdre jetzt doch ein kalter Schauder über den Rücken. »Du wirst sterben.«

»Warum zeigst du es mir dann überhaupt?« Deirdres Begeisterung war nun völlig verflogen. Sie rappelte sich auf, noch immer ein wenig benommen. Mit ihren beinahe achtzehn Jahren war sie genauso groß wie ihre Lehrerin. Die beiden Frauen starrten sich heftig atmend an, als sie sich Auge in Auge gegenüberstanden.

»Das kann ich mir selbst nicht erklären. Ich hatte einfach das Gefühl, es tun zu müssen – immerhin bist du eine durchaus begabte Schülerin. Aber das ist eine ernste Sache – der Tod ist immer eine ernste Sache. Der Übergang in die Anderswelt, das ist nichts, womit man scherzt.«

»Vielleicht ja gerade doch.« Deirdres Stimme klang plötzlich scharf, ohne dass sie das hätte verhindern können. »Ich würde lieber kühn und unerschrocken von dieser Welt gehen. Zumindest wüssten die Götter dann, dass ich gelebt habe.«

Ein Schatten huschte über Levarchams knochiges Gesicht. »Dummes Ding.« Sie streckte wieder den Finger aus, Deirdre tat es ihr gleich. Die Fingerspitzen der beiden Frauen berührten sich, wobei die jüngere gequält lächelte. Die Druidin hinkte zur Tür, streifte dabei mit dem Kopf die Ebereschenzweige, die über dem Türsturz hingen und noch immer schrumpelige, rote Beeren trugen. »Reinige die Wunde und lege eine Kompresse auf.« Sie holte tief Luft. »Der König kann jeden Tag aus Emain Macha kommen. Ich habe noch ein Bündel Beinwellblätter in der Satteltasche, die gegen die Prellung helfen. Ich sage Aiveen, dass sie sie im Mörser zerstoßen soll.«

Deirdre nickte. Sie zeigte jetzt ein vollkommen ausdrucksloses Gesicht – etwas, das sie durch stete Übung perfektioniert hatte. Es war dies eine Maske, die verhindern sollte, das Levarcham, Fintan und Aiveen sich noch mehr Sorgen um sich machten, als sie es ohnehin schon taten.

Nachdem die Druidin gegangen war, wandte sich Deirdre dem Webstuhl an der Wand zu, auf dem sich bereits eine halb fertige Bahn Stoff befand. Sie fasste den Weberkamm aus Eichenholz so fest, dass ihre Fingerknöchel weiß wurden, dann senkte sie den Kopf. Ihre langen goldenen Haarsträhnen vermischten sich mit der farbigen Wolle. Die losen Fäden hingen zu Boden, faserten auseinander wie sie selbst …

In letzter Zeit war der Druck in ihrem Inneren immer größer geworden, hatte sich zu einer Kraft entwickelt, die für ihren Körper zu stark zu werden schien. Ihre Haut fühlte sich gespannt und dünn an, ihre Muskeln bemühten sich verzweifelt, diesem Druck standzuhalten. Levarcham behauptete, dass sie lediglich etwas fülliger wurde, da ihre Mondblutung schließlich doch noch eingesetzt hatte, aber Deirdre wusste, dass weit mehr dahintersteckte.

Sie war nicht der Mensch, den die anderen in ihr sahen: ein junges Mädchen mit blonden Haaren, grünen Augen und zarter Haut. Das war sie nie gewesen, nicht einmal als Kind. Damals war ihr ihre kleine Welt wie ein weites Land voller Abenteuer erschienen. Und was hatte ihre Fantasie aus drei kleinen Hütten, einer schützenden Mauer und dem engen Tal nicht alles gemacht! Ozeane! Endlose Ebenen! Glitzernde Höhlen!

Als sie älter wurde, hatte sie begonnen, allein in den Wäldern herumzustreifen, denn nur in dieser Stille konnte sie das Flüstern ihres erwachenden Geistes, dieses schimmernde Versprechen verborgener Tiefen jenseits der Welt, in der sie lebte, hören. Sie selbst war gewachsen, das Tal jedoch war nicht mitgewachsen, und so hatte sich ihr Staunen allmählich in tiefe Enttäuschung verwandelt.

Das Flüstern in ihr war zu einem murmelnden Meer geworden, dessen Geheimnisse so wie die Flut kamen und gingen, bevor sie sie greifen konnte. Verzweifelt war sie zwischen den Eschen hin und her gelaufen, hatte dabei immer enger werdende Kreise beschrieben. Dann war sie, feuchten Tau auf dem Gesicht, stehen geblieben und hatte inständig darum gebetet, dass die Rinde der Bäume sie wie eine silbrige Haut überziehen möge, sodass sie einfach nicht mehr zu sehen war. Sie war regelrecht in die Eichenstämme hineingekrochen, hatte sich ins modrige Laub sinken lassen, die ruhelose Flut in ihren Innern vermochte sie dadurch jedoch nicht zu beruhigen. Alles, was sie in diesen Momenten erwartungsvollen Schweigens gehört hatte, war ihr eigener Pulsschlag gewesen, der die Augenblicke zählte.

Der König kommt.

Sie vergrub ihr Gesicht in den Händen und ließ den Raum zurückweichen, während sie vor ihren Augen das Bild eines freien Adlers am endlos weiten Himmel heraufbeschwor.

Der Hirsch sprang über den Sturzbach und landete auf unsicheren Beinen auf der anderen Seite. Schnell fing er sich wieder und floh den mit Farn bewachsenen Hang hinauf. Naisi sah seinen hellen Bauch zwischen den braunen Farnwedeln aufleuchten, als er den Hang hinaufkletterte, sah die Sonne auf seinem Geweih glänzen.

»Hier entlang!«, zischte Ardan, der hinter seinem älteren Bruder her stapfte.

Naisi hörte ihn kaum, denn sein hämmerndes Herz war vom Tosen des Bachs erfüllt, das durch das Unterholz zu ihm heraufdrang. So wie die Stromschnellen überschlugen sich auch seine Gedanken. *Könnte einen Umweg machen … durch die Furt flussabwärts … aber das kostet Zeit … auf dem Hügel wird er entkommen …*

Der Grund, auf dem sie standen, fiel als Steilwand zu einer Klamm mit brodelndem Wasser ab. Auf den Fersen wippend, zog Naisi den angelegten Pfeil von der Sehne und hängte sich den Bogen über den Rücken. »Naisi!«, brummte Ardan. »Du willst doch nicht etwa …«

Naisi schätzte die Entfernung ab, klemmte sich den Pfeil zwischen die Zähne und sprang mit ausgestreckten Armen ab. Unter ihm gähnte die Schlucht mit ihren schroffen Felsen, über die das schaumige Wasser einen Schleier gelegt hatte.

Er bekam eine umgestürzte Eiche zu fassen, die über der Klamm lag und deren Rinde glitschig vom Moos war. Jeder Muskel seines Körpers ächzte, als er sich vorwärtshangelte, während seine Beine über dem Abgrund baumelten. Er fand mit einem Fuß Halt in einer feuchten Felsspalte, zog sich hoch und richtete sich schließlich schwankend auf. Mit ausgestreckten Armen balancierte er ein paar Schritte zwischen den gelb belaubten Ästen auf dem Stamm entlang, dann sprang er und landete auf der steilen Uferböschung.

»Ainnle«, hörte er Ardan rufen, »wir nehmen die Furt. Komm schon!«

Dann folgte die Stimme seines jüngsten Bruders, die den tosenden Bach übertönte. »Nein, ich folge ihm.«

»Wenn du abstürzt, brichst du dir alle Knochen.«

»Wir treffen uns auf der anderen Seite!«, rief Ainnle zuversichtlich.

Naisi wischte sich das Sprühwasser aus den Augen und schob den Pfeil in den Köcher. Er kämpfte sich den Hang hinauf, während sich die nassen Wedel des welken Farns an seine Waden klebten. Der Hirsch war zwischen dem goldenen und braunen Laub nicht mehr auszumachen, Naisi war sich jedoch sicher, dass sie ihn schon bald stellen würden. Das Tier war verwundet. Dort, wo sein erster Pfeil getroffen hatte, zog sich eine Blutspur über dessen Flanke. Außerdem war es beim Sprung über den Bach so unglücklich aufgekommen, dass es lahmte. Irgendwo dort oben würde es zwangsläufig langsamer werden.

Er erreichte einen zerklüfteten Steilabbruch und sah jetzt die Schlucht, die der Hirsch hinaufgeflohen sein musste. Der Abbruch war mit herabgestürzten Felsen und Baumwurzeln gefüllt. Naisi krabbelte mit blutenden Handflächen und aufgeschürften Schienbeinen hinauf. Ein Stück weiter oben ging der Hang in flacheres Gelände über, das mit Felsbrocken und Geröll übersäht war. Dort sah er den Hirsch. Es war ein junges Tier. Sein Geweih hatten erst wenige Sprossen. In seiner Unerfahrenheit war es in die Felsen hineingestolpert und hatte sich dabei das Bein gebrochen.

Im Laufen spuckte Naisi in die Hand und wischte das Blut an seiner ledernen Hose ab, dann zog er seinen Wurfspeer heraus. Er und seine beiden Brüder hatten den kurzen Jagdspeer und das dazu passende Traggestell für den Rücken ersonnen, sodass sie ein Stück Wild tagelang verfolgen konnten. Die Söhne des Usnech hielten sich niemals an die sicheren Pfade im Tiefland, auf denen die Jäger die Eber zu Pferd verfolgten, nur damit ihre Hunde sie dann reißen konnten.

Nein, sie machten es anders als viele andere.

Naisi runzelte die Stirn und stützte sich, noch immer schwer atmend, auf seinen Speer. Der kalte Wind spielte mit seinen schweißnassen Zöpfen im Nacken. Die Äste einer Eberesche schabten über die Felsen, woraufhin der Hirsch ihn mit angstvoll aufgerissenen Augen ansah. Er sollte dem Tier den Gnadenstoß geben. Erschöpft von der Jagd, hob Naisi den Speer.

Plötzlich hörte der Hirsch auf zu kämpfen und lag einfach nur da. Sein Atem kondensierte in der kalten Luft zu Nebel. Den Speer in die Luft erhoben, blieb Naisi wie angewurzelt stehen. Es gelang ihm nicht, den Blick von dem Tier abzuwenden.

Die roten Flanken des Hirschs waren mit schaumigem Schweiß bedeckt. Die Nüstern in seiner weichen Schnauze weiteten und verengten sich, pulsierten im Takt mit Naisis Blut. Sein Atem beschleunigte sich, als er sah, wie sich die Brust des Tieres hob und senkte, dabei kleine Dampfwolken ausstieß. *Das Tier atmete im Einklang mit seinem Herzschlag.* Der Hirsch fixierte ihn mit einem Auge, so als wolle er direkt in seine Seele starren. Die Pupille war wie ein Teich, der ihn in seine Tiefen zog, ein Teich, in dessen Wasser sie sich beide auflösten, sodass *er* der Hirsch und der Hirsch er war …

Ainnle und Ardan rannten auf ihn zu. »Ich will gar nicht wissen, wie du es geschafft hast, diesen Hohlweg so schnell hinaufzukommen«, sagte Ardan keuchend zu Naisi.

»Ich wäre dir fast gefolgt.« Ainnle schüttelte den Schweiß aus seinen dicken, schwarzen Haaren. »Fast.«

Naisi ignorierte sie. Er war noch immer gefangen in der Verbindung mit dem Hirsch. Solange er die Spur des Tieres verfolgt hatte, war sein Jagdfieber stetig gewachsen, jetzt jedoch fiel es einfach in sich zusammen, löste sich auf. Der Hirsch stemmte sich gegen den Felsen. Naisis Bein verkrampfte sich. Ein heftiger Schmerz schoss durch seinen Oberschenkel. *Das Tier war gefangen.* Es konnte nicht fliehen. Aber Naisi Mac Usnech, der berühmte Jäger, war nicht in der Lage, ihm den Todesstoß zu versetzen.

Jetzt hob sein mittlerer Bruder Ardan seinen Speer. »Er quält sich.« Er warf einen Blick zum Jüngsten, Ainnle, hinüber. »Normalerweise sind wir es, die *dich* zügeln müssen. Worauf wartetest du denn noch?«

Ainnles grüne Augen lagen wie immer auf Naisi. »Es ist seine Beute. Lass ihm den Vortritt.«

Der Hirsch lag jetzt auf dem Felsbrocken, und Naisi spürte tiefe Verzweiflung in sich aufsteigen.

»Wenn du ihn nicht erlösen willst, dann tu ich es«, erklärte Ardan. Sein Speer flog durch die Luft und bohrte sich mit einem dumpfen Geräusch in die Brust des Hirschs. Es war ein vollendeter Wurf: ein vollkommener Bogen. Naisi versuchte, sich darüber zu freuen, versuchte, Begeisterung zu empfinden, er spürte jedoch nichts als Kälte.

Das Tier versteifte sich, als die Speerspitze in seinen Körper eindrang, dann bog es noch einmal den Rücken und tat seinen letzten Atemzug. Naisi stellte sich vor, wie der Geist des Hirschs befreit wurde, sanft und so leicht wie Rauch seinen Körper verließ, während sein Brustkorb erschlaffte und sich sein Blut über die mit

Moos bedeckten Felsen ergoss. Erst als der Hirsch tot war, konnte Naisi weiteratmen. Er umklammerte mit einer Hand das Jagdamulett, das er um den Hals trug, ein kleines, geschnitztes Reh aus Geweihhorn, das von den unzähligen Berührungen seiner Finger ganz braun geworden war. *Wir ehren deinen Tod,* sagte er zu dem Hirsch. Heute Abend würden sie sich an seinem Fleisch laben, und morgen würden ihre Gliedmaßen voller Kraft sein. Es war richtig und gut, sagte er sich – und dann sagte er es sich noch einmal.

»Gütige Götter«, rief Ardan, als er sich über das erlegte Wild beugte. »Was ist denn das?«

Er starrte etwas an, dem Naisi keine Bedeutung zugemessen hatte, weil er es für Blut gehalten hatte: Aber es war eine abgebrochene Pfeilspitze, die unter der Haut des Rumpfs steckte. Es hingen kleine Stücke scharlachrot gefärbter Fäden daran.

Ardan beugte sich nach unten und tippte den Widerhaken an. Dann versteiften sich seine Schultern. Als er seinen älteren Bruder wieder ansah, war sein Gesicht blass geworden.

Naisi spürte einen Stich im Herzen. »Was ist?«

Ardan schluckte. »Das Zeichen des Königs.«

2

Die jungen Krieger umkreisten und belauerten einander. Sie waren schweißüberströmt und schmutzig. Die Sonne glänzte auf ihren nackten Oberkörpern. »Los! Macht schon!«, stieß Conall wütend hervor. »Seid ihr etwa Welpen, die noch bei der Mutter saugen?«

Einer der jungen Männer griff an, versuchte, seinem Gegner das hölzerne Schwert über die Oberschenkel zu ziehen; dieser wehrte den Schlag ab. Die Schäfte aus Eichenholz krachten aufeinander und verkanteten sich am Heft. Die beiden rangen verbissen miteinander, drückten und stießen sich hin und her, bis Conall mit seiner eigenen Klinge dazwischenging. »Hört endlich mit den Faxen auf. Auf dem Schlachtfeld wärt ihr jetzt beide schon längst tot!«

Ferdia, Leary und Dubthach, die neben dem Übungsplatz standen, kicherten amüsiert in sich hinein. »Er hat heute schlechte Laune«, meinte Ferdia.

»Er hat gestern Abend zu viel Ale getrunken.« Leary lehnte sich auf der Bank zurück, stocherte zwischen seinen Zähnen herum und entfernte ein paar Fleischreste. »Heute Morgen hat er schon zweimal gekotzt. Deshalb ist er nicht gerade begeistert darüber, dass er heute die jungen Krieger unterrichten muss.«

Und tatsächlich. Der schlanke, hochgewachsene Conall schlich mit gebeugten Schultern umher. Seine Augen waren trüb und beinahe so rot wie sein wilder Haarschopf und sein struppiger Bart. Der Übungsplatz war von den Stallgebäuden und dem hohen, hölzernen Festungswall von Emain Macha umgeben. Heute blies ein kühler Wind, und dennoch brachte die milde Herbstsonne, deren Schein von den mit Lehm verputzten Wänden reflektiert wurde und Conalls Gesicht zusätzlich einen ungesunden Farbton verlieh, die Gruppe junger Krieger heftig ins Schwitzen.

Ferdia warf Cúchulainn, der das Kampfgetümmel mit verschränkten Armen beobachtete, einen kurzen Blick zu. Er war der Neffe des Königs, ein erfahrener Krieger und der Führer des Roten Zweiges – der Elitetruppe von dreihundert Ulaid-Kämpfern, die Emain Macha schützten und die übrige Armee anführten. Cúchulainns Aufgabe bestand vor allem auch darin, geeignete junge Kämpfer für die Reihen des Roten Zweiges auszuwählen. Wie üblich ließ sich auch heute an seinem trügerisch freundlichen Gesicht nicht ablesen, was er gerade dachte, während seine kühlen blauen Augen die jungen Krieger beobachteten.

Conall forderte die jungen Männer zu einer weiteren Übungsrunde auf, und die begannen jetzt so heftig aufeinander einzuschlagen, dass ihr Ächzen, das Krachen der Schwerter und das Stampfen der Füße laut im Hof widerhallte. Sie keuchten und spannten die Muskeln ihrer Arme an, während sie sich nur allzu bewusst waren, dass sie gerade unter den Augen der großen Helden des Roten Zweiges kämpften – vor Conall, Leary und Cúchulainn. *Und den meinen,* dachte Ferdia bitter. Er erinnerte sich noch genau daran, wie stolz er gewesen war, als man ihn damals für den Roten Zweig ausgewählt hatte und er auf dem heiligen Boden am Fuße des Hügels trainieren durfte, auf dem die Halle von König Conor stand.

Unter der Oberfläche brodelte bei diesen Übungskämpfen stets auch die Blutgier, und schon bald waren wütende Beleidigungen zu hören, begleitet von Staubfontänen, die die Krieger mit ihren bloßen Füßen aufwirbelten. Die Hiebe und Vorstöße wurden schneller, Schwerthiebe verfehlten ihr Ziel, und hölzerne Hefte trafen Schädel und Bäuche. Conalls Augen wurden schmal. »Nimm deinen Fuß zurück! Und du, bei Manannáns Odem, hör auf, mit den Fäusten auf ihn einzudreschen, und lass ihn aufstehen!«

Zwei junge Männer lieferten sich gerade direkt vor Cúchulainn einen Zweikampf. In dem Moment, in dem Conall ihnen den Rücken zukehrte, wirbelte einer von ihnen herum, machte einen angeberischen Ausfallschritt und schlug dabei mit seinem Schwert wild um sich. Der Angriff war jedoch zu ungestüm, und so streifte er seinen Gegner lediglich mit der Schwertspitze am Brustkorb. Sein Gegner stieß einen Schrei aus und ließ dabei sein Heft auf den Arm seines Angreifers herabsausen. Alle anderen hörten auf zu kämpfen, als der erste Krieger laut aufschrie und mit schmerzverzerrtem, hochrotem Gesicht umhersprang. Ferdia kam zu dem Schluss, dass wohl drei Finger des jungen Mannes gebrochen waren.

Jetzt griff Conall ein. »Du Trottel«, fuhr er den Verletzten barsch an. »Lauf zum Tempel und such einen Heiler. Beeil dich.« Dann wandte er sich demjenigen zu, der ihm den Schlag versetzt hatte. »Wenn du nicht mehr drauf hast als das, dann wärst du inzwischen ebenfalls tot.« Das triumphierende Grinsen des jungen Mannes verschwand von seinem Gesicht. »Wenn dein Feind beidhändig kämpft, mag er vielleicht seine Finger verloren haben, aber genau jetzt hätte er dir von unten sein Schwert in den Arsch gerammt!«

Die anderen kicherten, und der junge Kämpfer wurde rot. Er schob jedoch trotzig sein Kinn vor und erwiderte: »Dann kann uns Cúchulainn ja vielleicht zeigen, wie man es richtig macht.«

Schweigen legte sich über den Platz. Ferdia sah Cúchulainn an. Der »Wachhund der Ulaid« nahm nur selten an einem Übungskampf teil. Er war berühmt für das kämpferische Feuer, das unter seinem freundlichen Äußeren stets schwelte. Einfach nur halbherzig zu kämpfen, das war nicht seine Sache, und das war auch der Grund, weshalb er niemals laut wurde oder sich gar mit anderen prügelte.

Conalls finsterer Blick zeigte deutlich, was er von der frechen Bemerkung des jungen Kerls hielt. Bevor er ihn jedoch zurechtweisen konnte, begannen die anderen lautstark zu fordern: »Ja, Cúchulainn soll es uns zeigen!«

Der Wachhund ließ ihre Stimmen unbeantwortet, und so wurden sie immer kühner, bis ihre Rufe schließlich in einen Sprechgesang übergingen … *Cúchulainn, Cúchulainn!* Ferdia erhob sich von der Bank und fragte sich dabei, wie er die jungen Kämpfer zur Ruhe bringen sollte. Zu seiner großen Überraschung trat Cúchulainn jedoch einen Schritt vor. Schlagartig verstummten die Rufe.

Der berühmte Krieger war blond und bartlos, nicht besonders groß. Sein Körperbau war kompakt und geschmeidig, was jene, die zwar seinen Ruf, aber nicht ihn persönlich kannten, immer ein wenig überraschte. Die jungen Krieger wichen mit großen Augen ein Stück zurück, während er seinen Kittel auszog und den Reif aus Bronze, den er an seinem nackten Oberarm trug, zurechtrückte. Abgesehen von diesem Abzeichen des Roten Zweiges – einem geflochtenen Ring aus Bronze, dessen Verbindungsstelle eine Speerspitze darstellte – trug er keine weiteren Insignien. Das geflochtene Band stand für die mystische Verbindung aller Kämpfer des Roten Zweiges, dafür, dass die Krieger untrennbar miteinander verwoben waren, der Speer bedeutete, dass sie die Beschützer der Ulaid waren.

»Unverschämte Flegel«, murmelte Leary.

Ferdia setzte sich wieder. »Manchmal verstehen sie es eben nur auf diese Weise.«

Leary machte ein verdrießliches Gesicht, obwohl das bei seiner platten, gebrochenen Nase und dem hervorstehenden Kinn schwer zu erkennen war. Er beneidete Ferdia um seine Freundschaft mit Cúchulainn. Alle taten das. Er und Cúchulainn hatten zusammen in Gallien, auf britannischem Boden und in ganz Erin gekämpft. Ferdia gelang es aus irgendeinem unerfindlichen Grund stets, den Wachhund nach der Schlacht zu beruhigen. Das war etwas, was sonst niemand fertigbrachte. Ferdia war der Sohn eines einfachen Schmieds, der Familie und Verwandte verlassen hatte, um ein Krieger des Roten Zweiges zu werden. Seine Bruderschaft mit Cúchulainn aber war für ihn wertvoller, als es irgendein Abzeichen aus Bronze je hätte sein können.

Conall verließ angewidert den Kampfplatz, wo der Wachhund gerade eine Kampftechnik vorführte. »Wenn ich sie weiter hätte anbrüllen müssen, hätte ich ihnen noch auf die Füße gekotzt.« Conall ließ sich auf die Bank niedersinken und lehnte seinen Kopf an die Wand.

Schweigend genossen sie die Sonnenstrahlen, bis Leary plötzlich das Kinn hob. »Seht euch das an.« Sie drehten sich alle zu den Ställen um, während Conall stöhnend wieder die Augen öffnete.

Dort schoben gerade mehrere Diener einen prächtigen Streitwagen ins Freie. Seine Beschläge aus Bronze, Koralle und Bernstein glitzerten im Sonnenlicht. König Conor wartete neben dem Gefährt, während sein Wagenlenker die vergoldeten Radnaben polierte und die Achsen noch einmal ölte. Ein anderer Diener befestigte indessen die Schilde an der aus Weiden geflochtenen Plattform. Der schmächtige Körper des Königs steckte von der Taille bis zum Hals in einem blank geriebenen, ledernen Brustharnisch. Darüber trug er einen grünen Umhang, der von einer goldenen Brosche gehalten wurde. Ein reich verzierter Helm saß auf seinem hellen Haar, die Backenstücke aus Eisen und Bronze rahmten sein stolzes, knochiges Gesicht.

Conall starrte mit trübem Blick den Streitwagen an. »Es ist also wieder so weit.« Er schnaubte verächtlich. »Er sollte sein Schwert und seinen Schild benutzen, um diesen Jungen dort zu zeigen, wie man den Armeen von Connacht begegnet, anstatt irgendeinem albernen Mädchen in den Wäldern hinterherzuhecheln.«

Der junge Dubthach runzelte erstaunt die Stirn. »Was für ein Mädchen?«

Auf Ferdias warnenden Blick hin zuckte Leary nur mit den Schultern. »Dubthach gehört zu uns. Warum sollte er also nicht von Conors kleiner Obsession erfahren?«

Dubthach sah jetzt noch verwirrter aus. Ferdia stöhnte auf. »Er besucht seine Verlobte. Und jetzt vergiss, was ich gesagt habe.«

»Verlobte!«, stieß Leary höhnisch hervor. »Seine Ehe mit Prinzessin Maeve von Connacht ist gerade in die Brüche gegangen. Sie ist ihm mitten in der Nacht davongelaufen. Ist zu ihrer königlichen Verwandtschaft zurückgekehrt. Er sollte besser *ihr* hinterherlaufen und für einen Connacht-Erben sorgen, anstatt einem nutzlosen jungen Ding den Hof zu machen.«

Dubthach verstand noch immer kein Wort. Conall schnaubte: »Gütige Götter, Junge, hast du noch nichts von Deirdre, der Tochter von Fedlimid, gehört?«

Eine Bewegung auf dem Übungsplatz zog jetzt jedoch ihre Aufmerksamkeit auf sich. Cúchulainn machte sich gerade bereit, gegen den Jungen, der ihn herausgefordert hatte, zu kämpfen.

Während er seinem Herausforderer die Donner-Übung vorgeführt hatte, hatte Cúchulainn seine Muskeln gelockert. Jetzt spürte er, wie sich allmählich die Kampfesglut in ihm ausbreitete, die Energie, die aus seinem Inneren aufstieg und seinen Puls, seine Sprache und seine Gedanken beschleunigte. Die anderen sahen zu, wie er die Haltung seines Gegners korrigierte. »Du musst in deine Hüften hineinsinken.« Er klopfte dem Jungen mit seinem Schwert auf den Fuß. »Konzentrier dich auf jede einzelne Zehe und spüre den Boden unter dir. Nimm das Heft in deiner Handfläche wahr, die Kraft des Windes und die Spannung in deinen Beinen – *und das alles gleichzeitig.*«

Der junge Mann verzog angestrengt das Gesicht und nahm eine leicht geduckte Haltung ein.

Cúchulainn stand da und hielt seine Klinge nach oben. »Dann halte inne, um aus der Luft, die dich umgibt, und aus der Erde unter deinen Füßen die Quelle allen Seins herbeizurufen. Lass deinen Körper von ihr erfüllen. Es ist eine Art Hitze, ein Licht in deinem Fleisch.« Sein Körper vibrierte jetzt, die Gesichter in der Menge begannen zu verschwimmen. »Und dann konzentrierst du dich *nach innen*«, hörte Cúchulainn sich wie aus weiter Ferne sagen, »und setzt sie ein, um deine Beine und Arme *nach außen* zu treiben.«

Die Flamme der Quelle allen Seins begann Cúchulainn jetzt

zu umspielen. Er hielt sie jedoch in Schach, denn er besann sich darauf, dass er sich hier nicht im Krieg befand. Er drehte sich um, das Schwert hoch über den Kopf erhoben, den linken Arm ausgestreckt. Jahrelange Übung bewirkte, dass seine Muskeln genau wussten, wie sich das Schwert beim Schwung verhielt, welches Gewicht der Speer hatte. Das alles lief auf das eine hinaus … sich hinzugeben. Die Quelle allen Seins war die Flamme göttlichen Lichts, die alles durchdrang, und all die winzigen Funken, die ihn ausmachten – Fleisch, Knochen, Geist –, wurden wie in einem Strom zu diesem hellen Glanz hinter der sichtbaren Welt gezogen. Wenn er sich der Quelle allen Seins hingab, wenn sein Ich die Konturen verlor, weitete sich sein Bewusstsein und war gleichzeitig höchst konzentriert. Farben und Formen waren jetzt so leuchtend und klar, dass sie beinahe unwirklich erschienen. Es war dieses bewusste Aufgeben von Grenzen, das Mut erforderte, und nicht das Führen eines Schwerts.

Genauso wie er sich der Flamme hingab, wenn er bei seiner Frau, seiner geschätzten Emer lag und zwischen ihnen die Sonne aufzugehen schien …

Die Klinge. Der Druck des Hefts in seiner Hand holte ihn zurück, verankerte ihn in der Gegenwart. In der Schlacht beleuchtete die helle Glut der Quelle jede Einzelheit in jedem einzelnen Augenblick so deutlich, dass die Zeit für Cúchulainn langsamer zu vergehen schien. Seine Männer waren sich sicher, dass er Gedanken lesen könne. Genau genommen tat er jedoch nichts anderes, als mit der Materie zu verschmelzen, aus der sie alle bestanden. Er sah den Nimbus der Flamme, der seinen Gegner umgab, die glühende Korona, die, kurz bevor sich sein Feind bewegte, aufflammte, sodass Cúchulainn dessen Schwerthieb leicht abblocken konnte.

Seine Gefährten beim Roten Zweig nahmen das alles auch wahr, wenn auch in weit geringerem Maße, und genau das war das Geheimnis der Ulaid. Wenn sie sich der Quelle allen Seins hingaben, kämpften sie wie ein Mann, spürten sie ständig die Gegenwart ihrer Waffengefährten. Sie konnten einen Gegner mit einem Streich erledigen und mit derselben Bewegung den Angreifer ihres Kameraden hinter ihnen niederstrecken. Es dauerte jedoch Jahre, bis man das alles verstand und auch beherrschte – aber das war eine Lektion für einen anderen Tag.

»Heb dein Schwert«, sagte Cúchulainn zu dem dreisten jungen Mann, der jetzt prahlerisch und verängstigt zugleich aussah. Sie vollführten die ersten vier Übungen gemeinsam, wobei ihre Hiebe und Paraden langsam schneller wurden. Der junge Mann war vor Anstrengung schon bald schweißüberströmt, während Cúchulainn kaum den Boden unter seinen Füßen spürte und dabei jeden Schlag des Jungen wie ein Spiegel reflektierte. Er genoss es, auf Messers Schneide zu balancieren: auf der einen Seite der lockende See aus Feuer, auf der anderen der feste kühle Boden, denn das hier war nur ein Spiel.

Sie sprangen jetzt so schnell umher, dass die Menge zurückwich. Das Gesicht des jungen Mannes verzog sich zu einem grimmigen Zähnefletschen. Plötzlich sah Cúchulainn das Aufflammen des Lichts am Ende seines Arms … kurz bevor der Junge einen verzweifelten Stoß gegen seine Leistengegend führte. Cúchulainn duckte sich jedoch bereits, das Schwert seines Kontrahenten fiel klappernd zu Boden. Er glitt in den Ausfall hinein, und legte eine Hand auf die Brust, die andere auf den Bauch des Jungen. Dann stieß er mit einem Schrei, der von den Wänden der Feste widerhallte, die Energie mit einer kurzen vibrierenden Bewegung seines Arms aus. Die kleine Bewegung genügte, um den Jungen rückwärtszuwerfen, sodass er mit einem dumpfen Schlag ein paar Schritte entfernt auf dem Rücken landete.

Schockiertes Schweigen breitete sich aus. Der junge Mann lag kreidebleich auf dem Boden. Er rang heftig nach Luft, während seine Gefährten abwechselnd ihn und den Wachhund anstarrten. Cúchulainn brannte. Er verspürte den unbändigen Drang weiterzukämpfen. Mit einem tiefen Atemzug versuchte er, die Flamme zu ersticken, und war erleichtert, als sie tatsächlich zu verlöschen begann und die Stallwände um ihn herum wieder Gestalt annahmen. »Cúchulainn.« Es war Ferdias Stimme, die ihn endgültig zurückrief.

Er zog die Quelle allen Seins aus jedem seiner Glieder wieder in sein Innerstes, hielt sie als feurigen Ball in seiner Brust fest. Dann stieß er einen tiefen Seufzer aus und ließ sie durch seinen Körper in den Boden unter seinen Füßen fließen. Als er jetzt so dastand, hatten sich bei ihm alle Nackenhaare gesträubt.

Die jungen Krieger halfen ihrem Freund auf die Füße und kommentierten murmelnd seine Dreistigkeit. Cúchulainn sah ihn an. Er blinzelte mehrmals, damit sein Blick wieder klar wurde. »Du hast im Zorn um dich geschlagen, ohne dass in deinen Bewegungen Kraft gelegen hätte. Wenn du im Licht gewesen wärst, hättest du gewusst, was ich als Nächstes tue.« Der junge Mann, der noch immer völlig außer Atem war, nickte kleinlaut.

Cúchulainn drehte sich zu den Bänken um, schüttelte dabei die Arme aus und ließ seinen Kopf von rechts nach links kreisen, um seinen Nacken zu lockern. Ferdia, Conall, Leary und Dubthach vermieden es, ihn anzusehen, als er auf der Bank Platz nahm und sich an die Mauer lehnte. Sie wussten, dass sie ihm noch etwas Zeit lassen mussten, um wieder völlig zu sich zu kommen.

»Ihr da!«, brüllte Conall. »Übt das, was der Wachhund euch gezeigt hat – nun macht schon!«

Ferdia beobachtete seinen Freund einen Augenblick. Erst als er sah, dass sein Atem leicht ging, entspannte auch er sich.

Dubthach, dem offensichtlich ziemlich unbehaglich zumute war, suchte verzweifelt nach irgendeinem unverfänglichen Gesprächsthema. Und während er sich an Leary und Conall wandte, brach er das Schweigen. »Ihr habt mir nicht gesagt, wohin der König gefahren ist.«

Cúchulainn öffnete die Augen, als Leary sich ein Stück nach vorn beugte. »Als diese Deirdre noch im Bauch ihrer Mutter war – das ist jetzt schon fast zwanzig Jahre her –, gab es ein Fest«, sagte Leary. »Der oberste Druide, Cathbad, legte damals die Hand auf den Bauch der Frau und sagte voraus, dass das Mädchen über alle Maßen schön sein würde. Es würde aber auch der Grund dafür sein, dass es unter den Kriegern der Ulaid zum Streit kommen würde und dass dadurch Conors Königreich untergehen würde.« Alle Männer wirkten plötzlich nervös, ein abergläubisches Raunen ging durch die Luft. Mit einem Mal schien es kühler zu werden. Leary verschränkte die Arme vor der Brust und machte ein finsteres Gesicht. »Ich denke, man hätte das Kind sofort nach der Geburt töten sollen.«

Jetzt mischte sich Cúchulainn ein. »Welcher Krieger des Roten Zweiges könnte ein Kind töten, das gerade seinen ersten Schrei getan hat? Es war richtig von Conor, die Stimmen, die ihren Tod forderten, zu ignorieren und sie in aller Abgeschiedenheit aufziehen zu lassen.«

Es wäre das Beste gewesen, wenn er sie auch vergessen hätte, dachte Ferdia finster. Niemand wusste genau, wo sie lebte, denn Conor fuhr seinen Wagen die letzten Leagues immer allein. Sicher war nur, dass sie sich innerhalb der Grenzen von Ulaid aufhielt. Einige behaupteten, dass sie auf einem Felsen im Meer leben würde, andere wähnten sie auf einer Insel im Lough Neagh. Es war aufgrund eines königlichen Befehls verboten, auch nur zu versuchen, ihren Aufenthaltsort in Erfahrung zu bringen. Die Druiden hatten sich bei diesem Verbot auf Conors Seite gestellt. Die Krieger folgten dem Befehl nur ungern, sie hätten es zweifellos vorgezogen, nie wieder etwas von ihr zu hören. Tatsache war jedoch, dass Conor sie niemals vergessen würde.

Cúchulainn starrte durch die hohen, hölzernen Tore nach draußen, wo die Sonne jetzt auf den gelb gefärbten Bäumen am Fluss lag, auf den fallenden Blättern, die rot und braun gefleckt waren. »Nur die Götter lenken das Schicksal der Menschen«, sagte er leise. »Ich habe keine Angst davor, dass irgendein kleines Mädchen mein Schicksal bestimmt.«

»Wir wissen alle, was man dir prophezeit hat«, erwiderte Leary. »Den höchsten Ruhm und das größte Ansehen aller Krieger …«

Als alle erschrocken Luft holten, hielt er inne. Ferdia aber beendete den Satz schon in Gedanken: *Und als Preis dafür … ein kurzes Leben.* Vor dreizehn Jahren, als Cúchulainn zwölf gewesen war, hatte Cathbad verkündet, dass sich dieses sowohl ruhmvolle wie auch dunkle Schicksal für jeden der Jungen erfüllen würde, der an diesem Samhain-Abend seine ersten Waffen vom Roten Zweig in Empfang nahm. Deshalb blieben alle dem Ereignis fern – alle bis auf Cúchulainn.

Ferdia wischte sich die schweißnassen Handflächen an seiner Hose ab, während Leary aussah, als bereue er zutiefst seine Worte. Cúchulainn jedoch nickte nur und sagte: »So ist es. Aber mein Ende wird nicht mit irgendeinem kleinen Mädchen zu tun haben. Genau wie wir verdient auch sie zu leben.«

Conall ließ seinen Blick ungläubig zwischen ihnen hin und her wandern. »Manchmal würde ich euch am liebsten packen und mit den Köpfen zusammenschlagen. Conor hat sie doch nicht versteckt, um *uns* zu schützen, er will das Mädchen doch nur für sich allein haben. Deshalb galoppiert er immer so stolz und mit aufgerichtetem Schwanz davon!«

Cúchulainn sah ihn scharf an. »Wir sind die Männer des Roten Zweiges. Wir schützen die Ehre des Königs und ziehen sie nicht in den Dreck.«

»Es sind nicht nur wir, die das sagen, Wachhund«, unterbrach ihn Leary. »Einige der Chieftains an der Grenze finden, dass

Conor uns gegen Connacht führen sollte, solange es noch durch die Krankheit seines Königs und Maeves Flucht geschwächt ist. Meine Frau sagt, die anderen Frauen tuscheln, dass der König ein Schlappschwanz ist.«

»Fergus jedenfalls hätte Maeve nicht gehen lassen«, brummte Conall.

»Ja, wenn er lange genug auf dem Thron gesessen hätte«, spöttelte Leary. »*Er* hat zumindest nie den Schwanz eingezogen.«

»Und das ist noch immer so.« Conall und Leary lachten schallend. Nach kurzer Zeit stimmte auch Dubthach in ihr Lachen ein.

»Passt bloß auf, dass er euch nicht hört.« Ferdia ärgerten die unvorsichtigen Äußerungen über den ehemaligen König, Conors Stiefvater Fergus Mac Roy. »Er mag zwar schon sechzig sein, aber auf dem Schlachtfeld ist er den meisten von uns durchaus noch immer gewachsen – und auch im Bett.«

Conall zuckte, jetzt wieder ernst, mit den Schultern.

»Ich respektiere Fergus«, sagte Cúchulainn, »aber im Gegensatz zu Conor wäre es ihm nicht gelungen, mit den Herrschern von Laigin und Mumu einen dauerhaften Frieden auszuhandeln. Der König mag zwar kein Krieger sein, aber er ist schlau wie ein Fuchs.«

Wieder wechselten die Männer verärgerte Blicke. Genau in diesem Moment wies jedoch Ferdia erleichtert mit dem Kinn in Richtung Tor. »Seht mal, wer da kommt! Die Söhne des Usnech.«

Drei junge Männer führten ihre Pferde durch das Tor. Froh darüber, dass diese Ablenkung sowohl die jungen als auch die alten Krieger zum Schweigen bringen würde, erhob Ferdia sich, um die Neuankömmlinge zu begrüßen. »Naisi! Du kommst gerade recht, um diesen Anfängern dort ihr vorlautes Maul zu stopfen.« Die jungen Männer auf dem Übungsplatz hatten bereits wieder zu streiten begonnen und wurden immer lauter.

Die drei Brüder, die sich auffallend ähnlich sahen – alle waren sie hochgewachsen und hatten dichtes schwarzes Haar –, banden ihre Pferde an einem Pfosten an. Ferdia legte seine Hand auf Naisis Schulter. »Der Lachssprung«, sagte er. »Es wird ihnen bestimmt die Sprache verschlagen.«

Naisi lächelte. Es war, so wie auch sonst immer, ein zurückhaltendes Lächeln. Seine tiefblauen Augen huschten über Conall und Leary hinweg. »Wir waren tagelang auf der Jagd, und ich habe mir den Fuß verstaucht.«

»Bei einem ziemlich leichtsinnigen Sprung über eine Felsschlucht«, warf Ardan ein.

Naisi sah ihn nervös an. »Nur so konnten wir den Hirsch stellen. Dein Bauch ist dick genug, um das zu bezeugen.«

»Ich bin auch gesprungen«, sagte Ainnle, brach aber ab, als Naisi ihm ebenfalls einen warnenden Blick zuwarf.

Jetzt ergriff Cúchulainn, der noch immer auf der Bank saß, das Wort. »Führ ihnen mit Ferdia zusammen den Sprung vor, Naisi. Von mir haben die jungen Kerle im Augenblick nämlich genug.«

Obwohl Naisi fünf Jahre jünger als Ferdia und Cúchulainn war, beherrschte er den Lachssprung bereits fast so gut wie die beiden und somit besser als alle übrigen Krieger. Er arbeitete schon seit Jahren daran, ihn zu vervollkommnen. Ferdia erinnerte sich noch gut daran, wie Naisi, nachdem alle anderen Jungen aus seiner Gruppe bereits zum Essen gegangen waren, noch in der Dämmerung allein weitergeübt hatte. Eine schmächtige, einsame Gestalt auf dem Rasen, das Gesicht unter dem dunklen Haarschopf immer höchst konzentriert und in den leuchtenden Augen die wilde Entschlossenheit, sich selbst zu besiegen.

Naisis Blick wanderte jetzt zu dem Haufen junger Krieger hinüber. Obwohl sie fast so alt waren wie er, hatten sie ihre Initiation noch vor sich. Einige von ihnen machten ein finsteres Gesicht, weil Ferdia und Cúchulainn den jungen Naisi so offensichtlich bevorzugten. Ferdia allerdings war erfreut, als er sah, dass Naisi seinen Umhang abstreifte und sein Schwert ablegte. Ardan legte seinen Arm um Ainnles Nacken. »Wir beide werden zuschauen.«

Während Ferdia und Naisi zu dem Fass mit den stumpfen Speeren gingen, wandte sich Cúchulainn an die jungen Krieger. »Um dieses Kunststück entsprechend würdigen zu können, brauchen wir einen Feind.« Sein Blick wanderte zu seinen Kameraden. »Dubthach, Conall und Leary geben gute Connacht-Krieger ab.«

Leary und Conall stöhnten. »Ich muss unbedingt noch Pfeile schnitzen«, sagte Leary und sprang auf.

»Und ich brauche dringend etwas Schlaf«, protestierte Conall.

Cúchulainn grinste jedoch nur und sagte dann laut: »Sie bilden eine Verteidigungslinie, die Naisi und Ferdia angreifen werden.« Leary und Conall gingen murrend zum Übungsplatz hinüber, Dubthach folgte ihnen. Alle drei drehten sich schließlich um und stellten sich nebeneinander auf.

Ferdia und Naisi positionierten sich, die Speere über der Schulter, ihnen gegenüber auf der anderen Seite des Platzes. Ferdia warf Naisi einen kurzen Blick zu. »Los«, murmelte er dann leise. Sie rannten beide mit angelegtem Speer auf die drei Krieger zu.

Ferdias Gesichtsfeld verengte sich. Sein Blick lag jetzt nur noch auf dem schimmernden Reif an Dubthachs Arm. Er überließ sich ganz und gar dem Licht, grub den stumpfen Speer in die Erde, spannte alle Muskeln an und stieß sich vom Boden ab. Der Speer bog sich durch, als sein Körper nach oben schnellte und mit einem Salto über die Verteidigungslinie hinwegflog. Sein Speer fiel Dubthach auf den Kopf und dann klappernd zu Boden, während er leichtfüßig hinter dem Verteidiger landete. Naisi landete nur einen Herzschlag später neben ihm. Dubthach tat so, als wäre er von dieser Aktion vollkommen überrascht. Im selben Moment hatte er auch schon Ferdias Dolch an seiner Kehle, während Leary Naisis Waffe an seiner Seite spürte.

Leary schüttelte Naisi mit einem Schulterzucken ab, woraufhin der jüngere Mann einen Schritt zurücktrat und seinen Dolch wieder in die Scheide steckte. Die jungen Krieger auf dem Übungsplatz jubelten noch immer, als Cúchulainn zu ihnen kam: »Das nenn ich einen Lachssprung, auf den man stolz sein kann«, sagte er und legte seinen Arm um Naisis Schulter. Dann wandte er sich den Jungen zu. »Die Körperhaltung und der Bewegungsablauf dieses Sprungs lassen sich durch Disziplin vervollkommnen, und davon besitzt Naisi mehr als die meisten anderen.« Er bedachte ihn mit einem kurzen Lächeln. »Aber der Absprung und der Flug verlangen Leidenschaft und Hingabe. Wenn ihr zu steif seid, verliert ihr die Balance, und wenn ihr nicht schnell genug seid, misslingt euch die Drehung, und ihr kracht direkt in eure Gegner hinein.«

Ferdia grinste Naisi an. Der Sprung hatte sein Blut in Wallung gebracht, und er sah das Funkeln in Naisis strahlend blauen Augen, als dieser sein Schwert wieder umgürtete. Dann veränderte sich plötzlich der Gesichtsausdruck des jüngeren Mannes. Ferdia drehte sich langsam um.

Der König war leise hinter sie getreten. Seine Macht umgab ihn wie der Umhang, den er trug. Sein hageres Gesicht mit der Adlernase verriet nichts von seinen Gedanken, seine Augen unter den gesenkten Brauen blickten scharf. Er war Cúchulainns Onkel – der Bruder der verstorbenen Mutter des Wachhundes –, aber bis auf das blonde Haar, das bei Conor bereits von grauen Fäden durchzogen war, bestand zwischen den beiden nur wenig Ähnlichkeit. Sein Bart war zu zwei spitzen Zöpfen geflochten, was seine Gesichtzüge noch schärfer wirken ließ.

»Eine beeindruckende Leistung«, sagte der König. Seine Stimme klang volltönend und gemessen. Er neigte den Kopf zu den jungen Kriegern. »Und hier sehe ich einige vielversprechende Kämpfer, die heute ihren Mut beweisen können. Ist es nicht so, Wachhund?« Cúchulainn nickte vorsichtig. Der König wandte sich zur Seite, um seinen Blick auf Naisi zu heften. »Aber die Söhne des Usnech haben meine Halle schon seit Wochen nicht mehr mit ihrer Anwesenheit beehrt. Wo seid ihr gewesen?«

»Auf der Jagd«, erwiderte Naisi.

Ardan und Ainnle waren jetzt neben ihren Bruder getreten. Ihre Wangen waren gerötet. Sie standen, aus alter Gewohnheit, Schulter an Schulter, ohne dass ihnen bewusst gewesen wäre, wie unwohl sich manche Männer fühlten, wenn sie sich dieser Mauer von dunklen Köpfen und hochgewachsenen Körpern gegenübersahen.

Conor musterte sie jedoch gelassen. »Deine Schwertbrüder haben uns bereits mit Wildschwein versorgt. Ich würde mich daher sehr freuen, wenn ihr euch mit etwas beschäftigen würdet, das größeren Nutzen für mich hat.«

Nichts von dem, was er sagte, klang scharf. Ferdia entging dennoch nicht die unterschwellige Spannung, die zwischen Naisi und dem König herrschte. Er verstand das nicht. Naisi war, obwohl er noch jung war, ein starker Krieger, ja, das war er, und er war dem Roten Zweig und den Ulaid gegenüber absolut loyal. Und der König war … nun, er war nun einmal der König.

Naisis Hand umklammerte das Heft seines Schwertes. »Wir stehen zu deinen Diensten. So wie immer«, erwiderte er steif. »Ich habe gehört, dass Forgalls Herden von einem Wolf heimgesucht werden. Wie du weißt, ist Ainnle ein sehr guter Wolfsjäger. Oder brauchst du uns, damit wir die Grenze zu Connacht abreiten?«

Conor lächelte dünn. »Weder noch. Obwohl ich mich durch euer Angebot durchaus geehrt fühle.« Die rituellen Worte trugen nur wenig dazu bei, die Anspannung zu mildern. »Aber ich brauche oben am Emain-Pass ein paar kluge Männer, die die Zimmerleute beaufsichtigen.«

Der Pass war ein tiefer Einschnitt in der südlichen Bergkette, das Tor zu den dahinterliegenden Ebenen. Conor hatte begonnen, dort oben Palisaden zu errichten, um den Zugang zum geheiligten Herzen des Ulaid-Territoriums besser kontrollieren zu können. Die Berge wurden auch die Tore der Macha genannt, nach der Göttin, die Emain Macha vor Urzeiten erbaut hatte.

Naisi schien das Kompliment gar nicht zu hören. In seinem Unterkiefer begann ein Muskel zu zucken. »Du willst also, dass wir Mauern bauen?«

»Sie sind für unsere Verteidigung von großer Bedeutung«, sagte Conor. »Warum also sollte ich eine derart wichtige Aufgabe nicht drei meiner besten Krieger anvertrauen?«

Naisi neigte den Kopf. Ferdia war sich sicher, dass er das nur tat, um sein Gesicht zu verbergen. »Wir stehen voll und ganz zu deiner Verfügung. Wir werden noch heute Abend zu den Toren von Macha aufbrechen.«

»Morgen früh genügt. Die Krieger würden sich freuen, wenn ihr meine Halle heute Abend mit eurem Gesang beehrt, auch wenn ich selbst nicht anwesend sein werde.« Mit diesen Worten ging Conor zu seinem Streitwagen zurück.

Die anderen vermieden es, Naisi anzusehen. »Warum wird er nicht da sein?«, fragte er mit leiser Stimme.

»Er geht auf Brautschau«, erwiderte Leary trocken.

Ein verächtliches Schnauben war die Antwort. Naisi ging zu den Pferden zurück. Seine Brüder folgten ihm. Jede Fröhlichkeit war aus ihren Gesichtern verschwunden.

Vollkommen nackt im matten Licht der Sonne ließ Deirdre den Met zwischen ihren Fingern hindurch in den Teich tröpfeln. »Wir ehren dich, Flidhais aus den Wäldern, und wir bitten dich, in deine heiligen Wasser eintauchen zu dürfen.« Sie drückte die letzten honigsüßen Tropfen an ihre Lippen und schloss die Augen.

Levarcham, die neben ihr stand, murmelte zustimmend. Zu ihrer Rechten ergoss sich der Bach als rauschender Wasserfall über eine kleine Felsterrasse. Ein Teil des wirbelnden Wassers sammelte sich in einem stillen Teich zu ihren Füßen, während der Rest weiter ins Tal hinabstürzte. Das Bachbett glitzerte in der kalten Sonne, die überhängenden Zweige der Eschen warfen flüchtige Schatten auf die Wasseroberfläche.

Deirdre grub ihre Fersen in den Kies. Warum es in ihrem Haus zwar allen Komfort, aber keine große Badewanne gab, war ihr ein Rätsel. Levarcham verlangte von ihr, dass sie sich in einem kleinen Zuber wusch – zweifellos ging es ihr dabei darum, ihr Disziplin beizubringen. »Du solltest noch deine Haare waschen, bevor der König kommt«, riet Levarcham ihr. »Da hängt lauter Zeug drin, das ich nicht einmal identifizieren kann. Hast du wieder in irgendwelchen Fuchsbauten herumgestöbert oder dich einfach nur im Laub gewälzt?«

Deirdre schlug die Augen auf. Heute ... heute war der Tag. Levarcham hielt ihr eine Flasche mit Seifenkrautsud entgegen. Deirdre ließ ihren Blick zwischen dem Gefäß und dem Bach hin- und herwandern. »Einen Moment noch. Ich werde es dir gleich abnehmen«, sagte sie und drehte sich dabei schon wieder um.

»Deirdre.« Levarchams Stimme klang plötzlich scharf. »Du sollst ...«

Den Rest des Satzes hörte Deirdre schon nicht mehr, denn sie lief bereits durch die kupferfarbenen Farne den Pfad hinauf. Sie atmete tief ein, nahm Anlauf ... *Flidhais, bitte versteh mich ...* hielt die Luft an und sprang von den Felsen in den Teich unter dem Wasserfall.

Levarchams Worte waren plötzlich wie abgeschnitten – ihre

Worte über den König, Deirdres Verzweiflung, all das wurde von den eiskalten Fluten einfach weggespült. Sie schwamm jetzt direkt unter den Wasserfall, ließ dessen Strahl auf ihren Kopf prasseln, dann tauchte sie unter und wartete darauf, dass die Gewalt und die Kälte des Wassers auch noch den letzten Rest von Gefühl aus ihr herauspresste.

Schließlich schwamm sie wieder in den Bereich mit ruhigem Wasser. Levarcham schwieg. Sie hatte sich auf einen Eichenstumpf gesetzt. Als Deirdre ihr einen schuldbewussten Blick zuwarf, stellte sie überrascht fest, dass ein schmerzvoller Ausdruck auf dem Gesicht ihrer Lehrerin lag. Deirdre fragte sich unwillkürlich, ob sie nicht die Einzige war, die die Rückkehr des Königs fürchtete.

Sie ließ sich treiben und zwang sich zu einem Lächeln. »Der König trägt den Namen Conor Mac Nessa. Er ist nach seiner Mutter benannt, weil sein Vater ein Druide war, ist es nicht so?«

Levarcham sah sie an und warf ihr die Flasche zu. »Der König wurde während einer Beltaine-Zeremonie gezeugt. Nessa hat an dieser Zeremonie teilgenommen wie auch Cathbad, der oberste Druide. Aber niemand kann mit Sicherheit sagen, wer sein Vater ist.«

»Dann ist er ein Kind der Götter.« Das war jetzt zwar das Letzte, woran sie denken wollte, aber das einfach herunterzuspulen, was Levarcham sie gelehrt hatte, half der Druidin bestimmt, sich wieder zu fassen. Deirdre rieb Seifenkraut in ihre Haare und verschloss die Flasche wieder. »Und deshalb ist er auch König geworden, obwohl er kein Krieger war.«

Levarcham hatte ihr erst vor Kurzem Einzelheiten aus Conors Jugend erzählt. Deirdre hatte daraus geschlossen, dass an seiner Königswürde irgendetwas Ungewöhnliches war. »Da Conor keinen adeligen Vater hatte, der ihn mit Waffen ausgestattet und ihn in der Kampfkunst unterwiesen hätte, fühlte er sich schon immer zu den Druiden hingezogen, zu den geistigen Dingen«, erklärte ihr Levarcham. »Das schärfte seinen Verstand und brachte ihm am Ende sogar die Königswürde ein.«

»Weil König Fergus – der wirklich ein großer Krieger war – neue Abenteuer suchen wollte, überredete ihn Nessa, die inzwischen Fergus' Frau war, ihrem Sohn Conor, der damals kaum zwanzig Jahre alt war, für ein Jahr die Macht zu übertragen«, leierte sie weiter herunter. Sie wollte Levarcham zeigen, dass sie sich das alles gut eingeprägt hatte. »Conor erwies sich als ein so kluger Herrscher, dass die Krieger beschlossen, ihn auch nach Fergus' Rückkehr als König zu behalten.« Sie beugte den Kopf, um die Seife auszuwaschen. »Aber wieso hat Fergus sich so einfach damit abgefunden?«

Levarcham schürzte die Lippen. »Er empfand die Königswürde schon immer als Bürde – und er ist noch immer ein mächtiger Krieger, dessen Männer treu zu ihm stehen.«

Deirdre warf die Flasche ans Ufer und ließ sich wieder ins Wasser sinken. »Dann hat Conor die Laigin mit großem Geschick dazu gebracht, einige ihre besten Tiere und eine gute Weide gegen eine Ulaid-Marsch einzutauschen. Die Weide schenkte er dann dem Stammesführer der Ulaid, die Tiere bekamen die Krieger, und so hatten alle etwas davon.«

»Ja.« Levarcham beobachtete Deirdre jetzt ganz genau. »Und deshalb ist Conor jetzt seit dreißig Jahren an der Macht. Er hat seine Schlauheit eingesetzt, um mit Laigin und Mumu einen dauerhaften Frieden zu schließen, und hat dasselbe auch mit Connacht versucht, als …« Sie unterbrach sich. »*Ach!* Ich habe ja ganz vergessen, etwas zum Anziehen für dich mitzunehmen.« Sie machte eine ungeduldige Handbewegung. »Komm jetzt aus dem Wasser und kämm dir die Haare, während ich dir etwas hole.«

Deirdre kletterte mit vor Kälte tauben Gliedern aus dem Teich und setzte sich mit angezogenen Knien ans Ufer. *Conor.* Der mächtige König, der sich um sie kümmerte, seit ihre Mutter bei ihrer Geburt gestorben und ihr Vater, der Harfenspieler des Königs, ihr schon bald darauf ins Grab gefolgt war. Sie war jetzt Conors Mündel und wusste, dass sie für ihr komfortables Zuhause und das gute Essen dankbar sein sollte. Aus solchen Bindungen würden oft politische Ehen entstehen, das hatte Levarcham schon immer gesagt. Es war eine Art natürliche Fürsorge des Königs. Sie kannte kein anderes Leben. Nur dass das Ganze anfing, sich für sie irgendwie unnatürlich anzufühlen, und Levarcham wirkte neuerdings ebenfalls ein wenig beunruhigt …

Deirdre drückte das Wasser aus ihren Haaren. Ihre Lehrerin war so etwas wie das Sprachrohr des Königs, seine Satirikerin, und stand sehr hoch in seiner Gunst. Sicher bildete sich Deirdre nur ein, dass ihre Lehrerin über die Besuche des Königs nicht erfreut war. *Genug!* Deirdre schnaubte verächtlich und schloss die Augen.

Sie fröstelte eine Zeit lang, bis sich ein leichtes Kribbeln über ihren Körper ausbreitete und die Sonnenstrahlen ihren nassen Körper zu erwärmen begannen. Sie nahm jede auch noch so winzige Regung wahr. Sie drehte ihren Kopf hin und her, um zu spüren, wie ihre nassen Haare über ihre Schulterblätter strichen. Ein kühler Wind blies über den Fluss, streichelte ihre Arme und liebkoste ihre runden, weißen Brüste wie ein forschender Finger.

Deirdre öffnete die Augen.

Der Wind hob ihr Haar an und hauchte einen zarten Kuss auf ihren Nacken. Dann streifte er ihre angezogenen Knie und ihr Gesäß, drang zwischen ihre Oberschenkel. Ihre Hüften lockerten sich unwillkürlich, und sie starrte das Licht an, das auf den goldenen Härchen auf ihrem Unterarm tanzte. Ihre Hand bewegte sich wie von selbst, fuhr über ihre Taille und ihre Hüften. Die Konturen ihres Körpers waren weich und geschmeidig geworden. Dort, wo vorher einfach nur Knochen gewesen waren, gab es jetzt Täler und kleine Hügel. Sie betrachtete die blauen Adern unter ihrer milchweißen Haut. Fintan, Aiveen und Levarcham hatten braune Haut, Fältchen um die Augen und Haare, die langsam grau wurden. Sie wollte so sein wie sie, wollte nicht dieses vollkommen andersartige Wesen sein, das sie nun einmal war. *Dann nämlich könnte sie einfach mit der Rinde der Bäume verschmelzen, sodass man sie niemals wieder fand.* Ihre Hände betasteten ihre Nase und ihre Lippen, doch sie konnte sich aus dem, was sie da fühlte, kein Bild von ihrem Gesicht machen. Sie versuchte, sich im Teich zu betrachten, aber die Bäume warfen Schatten, und der Wind kräuselte die Oberfläche.

Sie kannte sich nicht.

Ihre Finger schlossen sich zur Faust. Conor hatte sie von der Welt isoliert, um sie vor seinen Feinden zu schützen – seinen Feinden in Connacht, so hatte es ihr Levarcham jedenfalls erklärt. Auf diese Weise hätte sie die Ruhe und auch die richtige Umgebung, die sie zum Lernen brauchte. Sie war weit weg von den Ränkespielen und Intrigen von Emain Macha und auch weit weg von all jenen, die ihr ihren Platz als seine Braut streitig machen wollten. So wie Levarcham es sagte, klang das alles sehr vernünftig und überzeugend. Zumindest war es ihr damals, als sie noch ein leicht beeinflussbares kleines Kind gewesen war, so vorgekommen. Jetzt jedoch sträubte sich alles in ihr dagegen.

Während sie über das Wasser zum Wald hinüberstarrte, erhob sie sich langsam. Dann streckte sie zitternd ihre Hand aus. Jetzt spürte sie es wieder: diesen Druck, diese Verdichtung. Die Luft vibrierte. Da waren winzige Bewegungen, eine Dichte, die sie fast mit Händen greifen konnte. Sie kniff die Augen zu schmalen Schlitzen zusammen.

Die Bäume auf der anderen Seite des Wassers, die Wolken, die Felsen … sie schimmerten einen Moment lang milchig im matten Sonnenschein, so als läge alles, was sie sah, unter einem dünnen Schleier und als könne sie die Wahrheit dahinter nur erahnen. Es war, als würde der Schein eines Feuers den Rand eines Gegenstands beleuchten, während der Rest im Dunklen blieb. Die Welt war da, dahinter befand sich jedoch noch eine andere Welt.

Sie aber war aus beiden Welten ausgeschlossen. Sie sah zu dem geheimnisvollen Wald hinauf, der hoch über ihr aufragte, und mit einem Mal erwachte alles, was in ihr taub und gefühllos geworden war, knisternd wieder zum Leben. Sie war eine Flamme vor der dunklen Wand aus Bäumen, ein einsames Licht, das niemand brennen sah.

Jetzt kam der König mit immer neuen Geschenken, einem ganzen Berg von Geschenken, wo sie sich doch nur eines wünschte, etwas, das er ihr jedoch niemals geben würde: die Freiheit, das Tal zu verlassen und allein einen Berg zu ersteigen, um das Meer zu riechen.

3

An diesem Abend setzte sich Levarcham hinter Deirdre auf das Bett und band ihr die Haare zurück, damit sie die Maske aufsetzen konnte, die sie bei ihrem Tanz für den König tragen würde. Zwischen ihnen herrschte ein angespanntes Schweigen.

Die Druidin flocht Federn in die langen Haare, die aussahen wie gesponnenes Gold – Haare, für die die Mädchen von Emain

Macha alles gegeben hätten, die Deirdre aber nicht das Geringste bedeuteten. Levarcham kniff die Lippen fest zusammen, um ihre Gefühle unter Kontrolle zu halten. Jahrelang hatte sie Conor sagen können, dass Deirdre noch nicht so weit sei – nun aber hatte ihre Mondblutung schließlich doch noch eingesetzt, und jetzt wäre es eine Lüge gewesen, etwas anderes zu behaupten.

Das Mädchen hatte sich schon vor langer Zeit all die Dinge und Fähigkeiten angeeignet, die eine Adelige beherrschen musste – Spinnen, Färben, Weben, Sticken –, genauso wie sich mit Anmut zu bewegen, Fleisch zu tranchieren, Ale einzuschenken und Konversation zu machen. All das hatte sie voller Ungeduld gemeistert, begierig darauf, sich Aufgaben zu widmen, die ihrem wissbegierigen Verstand mehr entsprachen.

Als Kind war es ihr stets gelungen, ihre Zieheltern Fintan und Aiveen mit ihrem entwaffnenden Charme um den Finger zu wickeln. Conor hatte die beiden ausgewählt, weil sie einfache, aber gutherzige Leute waren. Ihr erstes Baby war gestorben, und sie konnten keine weiteren Kinder mehr bekommen. Conor, der nichts von den Feinheiten elterlicher Bande wusste, erkannte nicht, dass sie Deirdre gerade wegen ihrer eigenen Kinderlosigkeit bedingungslos liebten und ihr keinen Wunsch abschlagen konnten.

Und Levarcham hatte ihn über diesen Umstand nie aufgeklärt.

Aiveen erlaubte Deirdre, zum Spielen nach draußen zu gehen, auch wenn sie mit dem Spinnen noch nicht fertig war. Wenn sie dann wie ein Otter im Fluss herumplanschte, sah sie ihr mit nachsichtigem Blick dabei zu. Fintan, ein massiger, grobschlächtiger Mann, hatte unter seiner rauen Schale einen butterweichen Kern. Deirdre durfte ihn stets begleiten, wenn er die Fallen kontrollierte, mit denen er Hasen und Marder und hin und wieder auch eine Hirschkuh fing. Schmutz und Kälte schienen

Deirdre absolut nichts auszumachen. Sie war vom Wirken des Lebens genauso fasziniert, wie es eine Druidin sein musste. Sie hielt ihre kleine Hand über jedes tote Tier, um ihm den Sterbesegen zu geben, eine Ehrung für das Fleisch und das Fell, das es den Menschen gab.

Levarchams Zynismus meldete sich jetzt zu Wort, krächzend wie eine Krähe auf ihrer Schulter. *Alles, was du getan hast, ist, diesen Geist zu polieren, bis er ein prächtiges Juwel für den König abgibt.*

Sie kaute nervös auf ihrer Unterlippe herum. *Ich habe getan, was ich tun konnte,* protestierte sie. *Ich habe schon gegen einige Regeln verstoßen, weiter kann ich nicht gehen.* Die Krähe hüllte sich daraufhin in unheilvolles Schweigen.

Levarcham dankte den Göttern, dass Deirdres Blutung erst so spät eingesetzt hatte. Die jungen Mädchen, die in der Halle der Frauen lebten, bekamen stets alle zur selben Zeit ihre Mondblutung. Vielleicht war Deirdres Abgeschiedenheit für ihr spätes Erblühen verantwortlich, denn weder Aiveen noch Levarchams Blut hörte noch auf den Ruf des Mondes. Conor hingegen war viel zu sehr mit Prinzessin Maeve von Connacht beschäftigt gewesen, um zu einem früheren Zeitpunkt nach Deirdre zu verlangen. Angesichts der Tatsache, dass Levarchams einzige Aufgabe darin bestanden hatte, aus Deirdre eine Gemahlin für Erins größten König zu machen, war ihr dieser Widerwillen, ihre Pflicht zu erfüllen, selbst ein Rätsel. Es war einfach nur so … dass das Mädchen in letzter Zeit so ruhelos war.

»Der Mond beeinflusst den Körper einer Frau genauso, wie er das Meer beeinflusst«, hatte Aiveen eines Tages geseufzt, während sie Deirdre beobachtete, die wie ein gefangenes Tier im Raum auf und ab lief.

Das Einfachste wäre, machte die Krähe sie jetzt aufmerksam, *Conor zu sagen, dass sie für sein Bett bereit ist.*

Levarcham zerrte unwillig an einem Knoten in Deirdres Haaren, woraufhin diese heftig die Luft einsog.

Ach was. Levarcham sollte sich über diesen König, der ihr eine solche Ehre erwiesen hatte, nicht ärgern. Genauso wenig, wie sie die Worte des obersten Druiden Cathbad anzweifeln sollte, der prophezeit hatte, dass das Mädchen Verderben bringen würde. Nachdem Conor beschlossen hatte, das Kind leben und in aller Abgeschiedenheit aufziehen zu lassen, hatte Cathbad Levarcham angewiesen, das Mädchen willig und fügsam zu machen. Das sei das Beste für alle. Aber Deirdre hatte überhaupt nichts Fügsames an sich.

Am Ende hatte sie sich auf einen druidischen Kompromiss eingelassen: das Kind gewissenhaft auf seine Rolle als zukünftige Königin vorzubereiten, während sie diesen Tag gleichzeitig so lange wie möglich hinauszuzögern versuchte.

Nachdem sie den Zopf fertig gebunden hatte, hinkte Levarcham zum Frisiertisch hinüber, um die zerknitterten Gewänder aus kunstvoll besticktem Leinen zusammenzulegen – aber vor allem tat sie dies, um ihre Hände zu beschäftigen. *Die Geschenke des Königs.* Deirdre hatte sie achtlos liegen lassen, weil sie, wenn Conor nicht da war, viel lieber lederne Hosen und wollene Kittel trug. Levarcham legte ihre Hand auf das abgeschabte Leder und lächelte wehmütig.

Mit einem Mal hörte sie Schritte hinter sich und spürte, wie Deirdre ihre Wange an ihre Schulter drückte. Levarcham verharrte, genoss diese seltene Nähe. Es kam ihr so vor, als hätte sich ein Reh aus dem Wald zu ihr verirrt. Sie seufzte. Deirdre richtete sich wieder auf. Als die Druidin sich umdrehte, senkte Deirdre den Blick und versuchte so zu verbergen, was sie gerade dachte. Ihre schwarzen Wimpern lagen auf breiten Wangenknochen über einem entschlossenen, schmalen Kinn. Die Druidin strich Deirdre eine Strähne ihrer hellen Haare zur Seite, um sich noch einmal die Wunde anzuschauen, die Deirdre sich bei ihrem Sturz zugezogen hatte. Jetzt war davon nur noch ein kleiner blauer Fleck zu sehen.

Deirdre straffte die Schultern und lächelte gequält. »Dann sehe ich also vorzeigbar aus?« Ihre grünen Augen waren jetzt undurchdringlich geworden. *Sie ist jetzt kein Mädchen mehr, sondern eine Frau, die ihre Geheimnisse hat.*

Levarcham gelang es kaum zu nicken. Sie hatte schon vor langer Zeit veranlasst, dass es in diesem Haus weder einen Spiegel noch poliertes Metall gab, und auch keine große Badewanne. Deirdre hatte ihr Gesicht deshalb auch noch niemals genau betrachten können. Dies war ein Teil von Levarchams heimlicher Rebellion. Wenn Conor schon die Schönheit für sich nutzen wollte, dann würde diese eben von diesem Ort verbannt sein, solange Deirdre hier lebte. Levarcham hatte sie gelehrt, ihren Geist zu gebrauchen, und dies war etwas, weswegen sie keinerlei Schuldgefühle hatte.

Conor wischte sich den Bart ab und rülpste ein Stück gebutterte Forelle in seine hohle Hand. Vor ihm, auf einem niedrigen Tisch, standen verschiedene, halb aufgegessene Gerichte: gebratene Rüben mit Honig, Wildbret in Kirschsaft, frische Haselnussfladen. In Emain Macha gab es oft Wildschwein, und so war dieses Mahl für ihn eine willkommene Abwechslung.

Da der Rülpser in Levarchams ernstem Gesicht keinerlei Regung hervorrief, gab er es auf, sie weiter zu ärgern. Stattdessen streckte er seine Füße, die in festen Stiefeln steckten, vor Fintans Feuer aus und ließ sich entspannt in die Kissen sinken. Es war so friedlich hier, ganz anders als in seiner Halle, wo die jungen Leute ständig lauthals miteinander stritten.

Die jungen Leute! Bei Lugh, er selbst war bereits fünfzig. Er zog gereizt seine Hose hoch und versuchte dabei den kleinen

Ranzen zu übersehen, der seinen mageren Körper polsterte. »Meine Anerkennung für dieses wunderbare Mahl«, sagte er zu Fintans molliger kleiner Frau, die daraufhin scheu den Kopf neigte. Dann sah er wieder Levarcham an. »Nun, als ich das letzte Mal hier war, hast du behauptet, dass das Mädchen noch nicht alle weiblichen Künste beherrschen würde.« Seit seinem letzten Besuch war ein ganzes Jahr verstrichen. In dieser Zeit hatte er vergeblich versucht, Maeve von Connacht, seine damalige Braut, zu zähmen. Er erinnerte sich aber trotzdem noch ganz genau an diesen Besuch. Als er damals Deirdres Hand genommen hatte, hatte sie sich mit der anderen die Haare aus dem Gesicht gestrichen, die ihr der Wind in die Augen geweht hatte. Ihr Blick, in dem einst die Neugier eines Kindes geleuchtet hatte, war dabei plötzlich so geheimnisvoll und dunkel geworden wie die Wälder seines Reiches.

»Sie hat … sie hat Fortschritte gemacht«, antwortete Levarcham ihm steif. »Aber wir werden dich nicht mit Einzelheiten langweilen, wenn du sie nicht hören willst.«

Nein, hier geschah nichts, was nicht seinem Willen entsprochen hätte. Dieses kleine Tal war ein Ort, wo er noch unangefochten herrschte und wo er nicht ständig einem Haufen sich streitender Krieger seine Stärke beweisen musste. Krieger, die der Meinung waren, man könne ein Königreich allein durch Gewalt zusammenhalten – falls sie überhaupt in der Lage waren zu denken. Sie hatten nicht die geringste Ahnung, welche Klugheit es erforderte, das komplizierte Geflecht aus Bündnissen und Feindschaften im Gleichgewicht zu halten. Aber das brauchten sie ja auch nicht. Sie konnten fressen und saufen, bis sie platzten, und in einer einzigen Nacht mit einem Dutzend Frauen schlafen. Nun, da ihm dies alles verweigert war, würde er sich mit dem wertvollsten aller Preise belohnen: mit Deirdre.

Er hielt sie von der Welt fern, damit sich die unheilvolle Prophezeiung nicht erfüllte. Ein prickelndes Gefühl erfüllte ihn plötzlich. War es möglich, dass er, Conor Mac Nessa, der Mann war, dem es gelang, selbst die Götter zu überlisten? Die Unsterblichen bewunderten doch Mut und Schlauheit. Er lächelte und hielt seinen Becher in die Höhe. »Was ich will, ist mehr Ale.«

Als Aiveen ihm nachschenkte, sah er, dass seine Hand ein wenig zitterte, und ihm wurde bewusst, dass er bereits mehr getrunken hatte, als er eigentlich vorgehabt hatte. *Ach was.* Er hatte es sich verdient, nach allem, was ihm Maeve, dieser Drachen, angetan hatte, als sie ihm die Ehe aufgekündigt hatte und nach Connacht zurückgegangen war, um sich mit ihren Brüdern um das Erbe ihres sterbenden Vaters zu streiten. Die Erinnerung an kastanienbraune Haare und blitzende Augen schoss ihm durch den Kopf. Er schob sie beiseite, ersetzte sie durch einen sanften Nebel aus goldenen Flechten. Deirdre würde ihm gewiss keine Schande machen.

Bei dem Gedanken, was in diesem einen Jahr anscheinend alles geschehen war, stellte er mit Genugtuung fest, dass sich sein Glied unter seinem Gewand zu regen begann. Sieh mal an! Allein die Vorstellung weckte in ihm also schon die Manneskraft. »Genug jetzt! Ich möchte sie sehen.« Levarcham und der wie in Stein gehauene Fintan wechselten einen vielsagenden Blick, der ihm nicht entging. Die Druidin hielt sich wie immer vollkommen aufrecht. Der massige Fintan jedoch saß gebeugt da, während er den Becher, den er in seinen schwieligen Pranken hielt, fast zerquetschte. »Was ist los?«, wollte Conor wissen. »Stimmt mit ihr etwas nicht?«

Fintans Mundwinkel zogen sich nach unten und verschwanden fast in seinem kurzen, ergrauenden Bart. »Nein, Mylord.«

»Dann zeigt sie mir. Ich habe jetzt lange genug gewartet.«

Levarcham nickte Fintans Frau zu, woraufhin diese ängstlich wie eine Maus davonhuschte, um Deirdre zu holen. Die Druidin löschte alle Lampen, sodass Fintans Hütte jetzt nur vom Schein des Feuers erhellt wurde und die gebogenen Wände im Dunkeln lagen. Dann nahm sie eine aus Knochen geschnitzte Flöte zur Hand, setzte sich hin und begann zu spielen.

Von der klagenden Melodie besänftigt, begann Conor, sich zu entspannen. Seine Gedanken wurden träger und langsamer. Maeves Bild verblasste, verlor sich in den trillernden Tönen. Gerade als er es sich in seinem Sitz bequem machte, wurde das Fell an der Tür zurückgezogen, und ein Schwall kalter Luft strömte herein. Conor setzte sich wieder kerzengerade hin.

In der Tür erschien ein schlanker, nackter Fuß, der langsam zur Musik kreiste. Kleine Glöckchen waren um die Knöchel gebunden. Darüber schmiegte sich ein dünner Stoff aus heller Wolle an einen geschmeidigen Schenkel, das Material so fein, dass es beinahe durchsichtig wirkte. Dann eine Weile … nichts. Der König beugte sich schwer atmend ein Stück nach vorn. Als Nächstes tauchten zwei Handgelenke auf und Arme, die sich anmutig zur Musik bewegten. Der Körper des Mädchens befand sich weiter im Dunkeln. Er ignorierte die weißen Federn, die auf die Ärmel genäht waren, genauso wie die Tatsache, dass die Spiralen, die sie mit ihren Armen beschrieb, ausgebreitete Flügel darstellen sollten. Seine ganze Aufmerksamkeit konzentrierte sich stattdessen nur auf diese Andeutung eines Schenkels.

Dann trat *sie* in den flackernden Schein des Feuers hinaus. Er erschrak heftig, denn er war sich für einen Moment sicher, einen Geist aus dem Moor vor sich zu sehen und keine junge Frau. Ihre Haare waren streng zurückgebunden. In die langen Strähnen waren weiße Federn hineingeflochten. Ihr Gesicht war hinter einer mit grellen Farben bemalten Maske aus Holz verborgen. Ein Schnabel in Schwarz und Orange ragte zwischen weißen Backen hervor, darüber befanden sich langgezogene, schräge Augen. Auch Deirdre selbst hatte weit auseinanderstehende, ein wenig schräge Augen. Die Wangen über dem schmalen Kinn waren breit. Die Vogelmaske kristallisierte ihr Wesen heraus und verwandelte es in etwas Urtümliches, ja sogar Grausames. Conors Schultern strafften sich, als ihm ein angenehmer Schauder den Rücken hinunterlief.

Der Vogel-Geist breitete die Arme aus, sodass die Ärmel flatterten und die gefiederten Haarflechten um die Taille wirbelten. Jetzt erkannte Conor auch die betörende Melodie. Es war ein altes Lied, die Sage von der Schwanenjungfrau. Sie erzählte von einem Mädchen, das von den *sídhe*, den Bewohnern der Anderswelt, in einen Schwan verwandelt worden war. Das Mädchen war dazu verdammt, so lange auf der Erde umherzuirren, bis es durch die Liebe erlöst wurde und starb. Conor saß wie gebannt da und vergaß fast zu atmen, als Deirdre zu tanzen begann.

Er hatte noch nie eine junge Frau gesehen, die sich auf diese Weise bewegte, die alles Menschliche abstreifte und so tatsächlich zum Vogel wurde. Sie wirbelte um das Feuer herum, ihre schlanken Arme im Rhythmus des Fliegens, ein Schlagen der Schwingen, als sie landete und über das Wasser glitt. Den anmutigen Hals gebogen, putzte sie ihr Gefieder und schüttelte die Federn. Die Sage begann sich vor ihm zu entfalten. Deirdre stellte den Schrecken der jungen Frau dar, als sie erkannte, dass sie im Körper eines Schwans gefangen war, die Trauer der vielen Jahre, die sie auf unzähligen glatten Seen schwamm und ihr Spiegelbild anstarrte. Ihre Einsamkeit und ihre Sehnsucht waren so greifbar, dass Conor vorübergehend sogar seine Lust vergaß. Als sie die Götter des Wassers um Befreiung anflehte, stockte Levarchams Flötenspiel einen Moment, bevor sie sich wieder fing und weiterspielte.

Dann kam der Augenblick, in dem die Schwanenjungfrau ihren Geliebten sieht. Sie folgt ihm, schlägt wild mit den Flügeln, bittet stumm um Hilfe. Aber der junge Mann, ein Jäger, hört das

Lied ihres Herzens nicht und schießt auf den fliegenden Schwan. Während sie tödlich verwundet zur Erde stürzt, nimmt sie wieder ihre wunderschöne menschliche Gestalt an. Der junge Mann nimmt die Sterbende in die Arme, und in diesem Moment wird sie von allem Schmerz erlöst.

Conor kannte die Geschichte und verfolgte die Handlung nur am Rande, denn es war sein Körper, der ihn beherrschte. Er sah ihren Hals, ihre Knöchel und ihre Arme, deren Haut verheißungsvoll wie das Innere einer Muschelschale schimmerte. Jede Linie ihres Körpers strahlte vollkommene Harmonie aus, angefangen bei den straffen Schenkeln über die schmale Taille bis hin zu den breiten Hüften. Plötzlich war sein Mund staubtrocken.

Wenn sie ihren Oberkörper nach vorn beugte, fielen ihre Brüste in den Ausschnitt ihres Kittels, und wenn sie sich nach oben streckte, zeichneten sich ihre Brustwarzen unter dem dünnen Wollstoff ab. Zwischen ihren Beinen ließ sich ein dunkler Spalt erahnen. *Beim Dagda.*

In seinen Lenden wuchs die Hitze, als Deirdres Gliedmaßen zu einem Fleck verwischten und die Melodie ihrem Höhepunkt zustrebte. Die Flöte stieß einen endlos langen, klagenden Ton aus … und Deirdre tat, als stürze sie aus großer Höhe auf die Erde, um dann mit ausgestreckten Schwingen anmutig zu Boden zu sinken. Die Musik verstummte. In der Hütte war es jetzt vollkommen still.

Conor schluckte mehrmals, um sein rasendes Herz zu beruhigen. Er warf erst einen kurzen Blick zu Fintan hinüber, bevor er Levarcham ansah. Die Druidin starrte das Mädchen an. Es war das erste Mal, dass Conor auf ihrem stets so ernsten und gefassten Gesicht einen schockierten Ausdruck sah.

Erst jetzt wurde er sich wieder bewusst, wer er war. Er zwang sich, Beifall zu klatschen. »Wundervoll!«, rief er mit heiserer Stimme. »Großartig, meine Liebe!«

Einen Moment später erhob sich Deirdre vom Boden. Jetzt war sie wieder eine junge Frau, die sich gerade ihre Kleidung abbürstete. »Komm und setz dich zu mir!«, forderte Conor sie auf. »Ich will dich richtig ansehen.« *Ich will dich ansehen, bis meine Knochen zu Staub zerfallen; ich will deinen Körper ansehen, der so weiß und weich ist, ich will dich bis in alle Ewigkeit ansehen.*

Unsicher blieb sie vor ihm stehen. Der Schnabel an der Maske war scharf, die schrägen Augenlöcher verliehen ihren Augen ein grimmiges Schielen. Eine Art abergläubischer Angst streifte den König wie ein kalter Hauch. Er verdrängte die bangen Gedanken jedoch und bedeutete Deirdre mit einer Geste, auf der Bank neben ihm Platz zu nehmen.

Deirdre setzte sich, so weit von ihm entfernt, wie es ihr möglich war, die Hände zwischen die Knie geschoben. Conor runzelte die Stirn. Seine Enttäuschung löschte alles andere in ihm aus. Ohne nachzudenken, streckte er die Hand aus und riss ihr die Maske vom Gesicht.

4

Deirdre entwirrte die Riemen der Maske, während sie über die Schulter des Königs hinweg unverwandt die Wand anstarrte. Die Konturen ihres Körpers kamen ihr irgendwie verwischt vor. Sie flackerten im Takt des Flügelschlags, den sie noch immer in ihren Armen spürte. Völlig benommen, wusste sie kaum, wer sie war. Ihr Herz war von der Angst des Schwans und dessen Sehnsucht nach Freiheit erfüllt.

Ihre Aufmerksamkeit wurde jetzt von Levarcham geweckt, die einen panischen Ausdruck auf ihrem Gesicht hatte. Deirdres Blick huschte zu Fintan hinüber, der sich nervös den Bart kratzte, und dann zu Aiveen, in deren haselnussbraunen Augen eine seltsame Resignation lag.

Conor räusperte sich. »Du tanzt ganz vorzüglich«, murmelte er. »Du ehrst damit die Götter – und mich.«

Es waren dies vertraute Worte, neu war jedoch der Ausdruck, der auf Conors Gesicht lag. Er ließ seinen Blick langsam über sie hinweggleiten, studierte dabei jede Einzelheit ihres Gesichts, selbst die Einkerbung unter ihrem Mund. Deirdre rieb sich das Kinn, so als könne sie sie auf diese Weise vor ihm verstecken. »Vielen Dank! Ich habe in diesem Sommer viel geübt. Es gab ohnehin nicht viel anderes zu tun.« Sie rieb sich wieder über das Kinn. Das hatte sie nicht sagen wollen. Die Worte waren ihr einfach herausgerutscht.

Conor schien ihr jedoch gar nicht zuzuhören. Sein Blick wanderte von ihren Wangen zum Ausschnitt ihres Gewands hinunter. Für Deirdre fühlte sich das jetzt nicht mehr wie die wilde Liebkosung des Windes an, es kam ihr vielmehr so vor, als würde sein Blick einen schmierigen Fettfilm auf ihrer Haut hinterlassen. Sie spürte das überwältigende Bedürfnis, jede Stelle säubern zu müssen, auf der sein Blick gelegen hatte. Sie wünschte sich jetzt nichts sehnlicher, als dass sie ihre schmutzige Hose und ihren abgetragenen Kittel angehabt hätte.

»Du bist wirklich groß geworden«, sagte Conor mit gesenkter Stimme.

Die Antwort wollte ihr kaum über die Lippen kommen. »Ich bin schon fast so groß wie Levarcham.«

Conor lächelte. Der Schein des Feuers spielte auf seinem ausgeblichenen, goldenen Bart. Sein Gesicht war so lang und so knochig wie sein ganzer Körper. Tiefe Falten hatten sich um seine Augen und seine Adlernase eingegraben. »Ich habe eigentlich etwas anderes gemeint.« Er streckte die Hand nach Deirdres Wange aus.

Deirdre sah, dass seine langen, schmalen Finger zitterten. Früher hatte der König sie immer auf seinen Knien gewiegt. Jetzt jedoch drehte sich ihr fast der Magen um, als er ihr Kinn packte und sie seine feuchte Handfläche spürte. Als sein Daumen über ihre Lippen strich, musste sie an sich halten, um sich nicht zu übergeben. Sie verstand ihre Reaktion selbst nicht. In den Geschichten, die Levarcham ihr erzählte, kamen oft Männer und Frauen vor, die einander berührten, und Deirdre hatte den Eindruck gewonnen, dass es sich dabei um etwas durchaus Angenehmes und Schönes handelte. Sie würde Conors Frau werden, und das bedeutete, dass sie ihm gehörte. *Bestimmt darf ein König alles berühren, was er berühren will,* dachte sie resignierend.

Ihr Körper wollte ihr jedoch nicht gehorchen. Ihre Beine zwangen sie aufzustehen, so hastig, dass die Maske mit leeren Augen klappernd zu Boden fiel. »Aber willst du nicht erst eine Geschichte hören, Mylord?« Sie presste ihre Zunge gegen ihr Gaumendach und versuchte den Eindruck zu erwecken, als wäre sie einfach nur so aufgestanden. »Das habe ich nämlich auch für dich geübt.«

Conor blinzelte irritiert. Levarcham schoss von ihrem Schemel hoch und blieb dann, die Flöte in der Hand, reglos stehen. Fintan und Aiveen starrten den König ängstlich an. Deirdres Herz raste. Sie holte mehrmals tief Luft, womit sie jedoch nur Conors Blick auf ihre Brüste lenkte.

Er lehnte sich zurück. »Nun, warum nicht«, meinte er gelassen. »Ich würde dich tatsächlich gern etwas rezitieren hören.«

Levarcham hatte sie angewiesen, etwas *Ruhiges* vorzutragen. Aber die andere, die wilde Deirdre setzte sich durch, genauso, wie sie auch schon vorhin beim Tanz die Kontrolle übernommen hatte. »Ich werde dir von den Helden in Emain Macha erzählen.« Auf Conors offenkundiges Missfallen hin fügte Deirdre hinzu: »Schließlich spiegelt der Ruhm der Helden die Bedeutung ihres Königs wider.«

Conor sah sie argwöhnisch an, dann nickte er. »Die Dichter von Erin sprechen in der Tat oft von den Wundern meiner Halle.«

Levarcham runzelte die Stirn und setzte sich wieder auf die Bank. Alle richteten ihre Aufmerksamkeit jetzt auf Deirdre.

Sie sammelte sich, so wie es auch die Barden taten, schloss die Augen und streckte ihre Kehle, um all ihren Zorn entweichen zu lassen. Dann begann sie, die Liste der Ulaid-Helden und deren Eigenschaften zu rezitieren: Da waren der unvergleichliche Cúchulainn, der größte Krieger der Ulaid; Ferdia Mac Daman, düster und geheimnisvoll, aber mit hellem Verstand und überaus geschickt; Leary, Sieger in vielen Schlachten; Conall Cearnach, von den fünf Speeren; Illan, Sohn von Fergus Mac Roy; und Conors eigener Sohn, der flachsblonde Fiacra. Und da gab es noch mehr, noch viele mehr.

Der Trotz trieb sie an. So als würden allein schon die Namen der kühnen Krieger, die ihr über die Lippen kamen, auch sie selbst kühner machen. Inzwischen hatte sie keine Angst mehr davor, dem Blick des Königs zu begegnen. Sie sah, dass auf seinen faltigen Wangen rote Flecke erschienen waren, während sie die Tugenden seiner jungen Kämpfer aufzählte, ihre muskulösen Beine beschrieb und ihre starken Schildarme rühmte. Levarcham hatte ihr all diese Namen genannt, damit sie wusste, von wem Conor umgeben war – und schließlich tat sie doch nichts anderes, als ein Lied der Barden vorzutragen, nicht wahr?

Jetzt kam sie zu den Kriegern, die sie am meisten faszinierten, weil es sich dabei um drei Brüder handelte und sie selbst keine Geschwister hatte. Diese drei waren als Kämpfer, Jäger und Sänger berühmt.

Groß ihre Freude am dreifachen Gesang,
Der strahlend seine Flügel breitet
Und über Ulaids Ebenen kreist.
Fröhlicher Dreiklang ihrer süßen Stimmen
Wilde Tiere lauschen, Kühe mit glänzendem Fell
Geben Milch in rauen Mengen,
Männer, wie durch Zauber gebannt, verharren
Und lauschen der Musik.

Mit glasigen Augen zitierte Deirdre weiter aus dem Gedicht. Sie nahm nur verschwommen wahr, dass Conors Mund zu zucken begann.

Schnell ihr Vergnügen an der lärmenden Jagd
Hetzen sie eifrige Hunde auf Beute
Und fällen den keuchenden Hirsch auf der Flucht,
Der in Panik die rote Zunge bleckt.
Mit fröhlichem Ruf holen müde Kämpfer
Die bellenden Hunde von der Beute zurück,
Geschwind sind sie auch, um mit Mut
Eiserne Schwerter gemeinsam zu schwingen

Deirdre nahm ihre Umgebung jetzt überhaupt nicht mehr wahr, während ihre Stimme immer lauter wurde. Die letzten Zeilen sprach sie dann mit geschlossenen Augen.

In der Schlacht, die fröhlichen Brüder
Naisi, Ardan und Ainnle.

Sie stieß jeden der Namen aus wie einen Kriegsschrei und war sich dabei kaum mehr bewusst, was sie da tat. Schließlich verlor sich ihre Stimme. Sie kam wieder zu sich, und all die edlen Namen erstarben auf ihren Lippen. Conors Augen funkelten böse, sein Gesicht war wie versteinert.

Deirdre verzichtete auf den Rest des Liedes, als Levarcham sie bei den Schultern nahm. »Das reicht«, sagte sie scharf. »Du hattest einen langen Tag. Geh zu Bett. Der König möchte sicher, dass du dich jetzt ausruhst.«

Conor machte keinerlei Anstalten, sie aufzuhalten. Als Deirdre ihre Maske aufhob und hastig die Hütte verließ, sah sie nur noch, dass er mit steifem Rücken dasaß, so wie ein alter Hund, der in der Ferne einen Wolf heulen hört.

Aiveen und Fintan warfen nur einen kurzen Blick auf Levarchams Gesicht, dann verabschiedeten auch sie sich hastig und suchten im Salzhaus Zuflucht.

Die Druidin drehte sich um und lehnte sich an den Dachpfosten. Gütige Brid! Wo hatte Deirdre nur gelernt, sich derart aufreizend zu bewegen? Da es bei ihr bis vor Kurzem keinerlei Anzeichen für eine Monatsblutung gegeben hatte, hatte Levarcham ihre sexuelle Aufklärung aufgeschoben. Und da ihr Schützling keinen anderen Mann als ihren Pflegevater um sich hatte, hatte die Druidin angenommen, dass Deirdres körperliche Begierden so lange schlummern würden, bis der König sie erweckte. *Du hast das alles nur verdrängt*, krächzte die Krähe, und Levarcham verwünschte sich dafür, dass sie so blind gewesen war. Sie hatte den Schwanentanz ausgewählt, um dem König zu zeigen, wie anmutig das Mädchen war. Deirdre aber hatte diesen Tanz unwissentlich in pure Verführung verwandelt, ihre fleischliche Natur hatte sich instinktiv und ungehemmt entfaltet. Und das war wirkungsvoller, als irgendein Trick es je hätte sein können.

Levarcham sah den König an, der jetzt ungehalten auf und ab ging. Sie hatte gehofft, ein weiteres Jahr Aufschub erwirken zu können. Sie hatte ihm sagen wollen, dass das Mädchen noch nicht reif sei. Deirdre aber hatte das mit einer einzigen Bewegung ihres Knöchels zunichtegemacht.

Conor drehte sich auf dem Absatz um. Seine grauen Augen funkelten wütend. »Warum hast du ihr dieses lächerliche Gefasel über diese grünen Jungen beigebracht, die kaum von der Mutterbrust entwöhnt sind?«

Levarcham starrte ihn verblüfft an. Sie hatte nicht an Deirdres Gedicht, sondern an ihren Tanz gedacht. »Ich musste sie doch alles über die Krieger in deiner Halle lehren. Als Königin muss sie schließlich über Bündnisse und alte Feindschaften Bescheid wissen. Sie muss wissen, wem sie vertrauen kann und wem nicht ...«

»Bockmist.« Conor fluchte nur selten, denn er war viel zu klug, um seinen Emotionen freien Lauf zu lassen. »Du füllst ihren Kopf mit Unsinn über unreife Jungen. Das hört auf. *Sofort!*«

Das war der Ton eines Mannes, der gewöhnt war, dass man ihm gehorchte. Levarcham war jedoch seine Satirikerin. Es war ihre Aufgabe, den König vor Torheiten zu bewahren und ihn von Zeit zu Zeit an die Grenzen seiner königlichen Macht zu erinnern. »Es sind dieselben Geschichten, die auch deine Barden erzählen«, erwiderte sie jetzt mit ruhiger Stimme. »Möchtest du ein dummes Mädchen zur Frau haben oder eine vollendete Königin? Deirdre ist jung, deshalb wird sie auch Männer interessanter finden, die jünger sind als du. Darauf habe ich dich bereits hingewiesen, als du sie hierhergeschickt hast.«

»Nein, das wird sie nicht.« Conor fuhr sich mit den Händen durch die Haare und zerzauste dabei seine sorgfältig gekämmten Locken. »Sie hat allein mir zu gehorchen – und das würde sie auch tun, wenn du nicht zugelassen hättest, dass sie wie ein wildes Unkraut aufwächst.«

Wild war sie tatsächlich, da stimmte Levarcham ihm insgeheim zu, aber sie war bestimmt kein Unkraut. Eher ein gewaltiger Sturm. »Je mehr du sie unter Druck setzt, desto heftiger wird sie sich zur Wehr setzen.«

Conor warf ihr einen bösen Blick zu. Hohe, knochige Wangen und schwere Augenbrauen verliehen seinem Blick eine Kraft, die durch seine stets gerunzelte Stirn noch verstärkt wurde. Nur wenige Menschen hielten diesem Blick stand. »Ich werde sie leiten, und deshalb will ich sie auch so bald wie möglich an meiner Seite haben.«

Levarcham biss die Zähne zusammen. »Sie ist noch nicht bereit.«

»Willst du mir etwa weismachen, dass *das* hier nicht bereit war?«

Levarcham suchte verzweifelt nach einer Antwort. »Als du mir diese Aufgabe übertragen hast, habe ich sie nur unter der Bedingung angenommen, dass du mein Urteil respektieren würdest. Ihre Ausbildung ist noch nicht beendet.« *Als du mir diese Aufgabe übertragen hast,* dachte sie bedrückt, *wusste ich im Grunde meines Herzens bereits, dass das falsch war.*

Conor versuchte sichtlich, sich zu beherrschen. »Du begreifst anscheinend immer noch nicht, worum es hier eigentlich geht. Sie ist ein Triumph für mich. Ich *muss* sie einfach haben. Nein, ich werde keinen Augenblick länger ohne sie sein.«

Die Frustration in seinem Gesicht weckte Levarchams Mitleid, und ihr Zorn verebbte ein wenig. Verstand sie ihn einfach nur falsch? Sie dachte an Maeves Verrat, den Druck, unter dem er deshalb sicherlich stand. An die Schande. »Wenn sie an meiner Seite ist«, sagte Conor und ließ seinen Blick dabei langsam über die Wände schweifen, »wird man meine Halle sogar noch mehr bewundern. Wenn ich sie an meiner Seite habe, wird niemand mehr meine Stärke in Frage stellen oder es gar wagen, mich herauszufordern.«

Wenn ich sie an meiner Seite habe, wird auch niemand mehr der Meinung sein, dass ich langsam alt werde.

Der Gedanke war wie ein Pfeil aus dem Nichts gekommen und nistete sich in Levarchams Kopf ein. »Mylord«, flüsterte sie, während sie mit leerem Blick ins Feuer starrte. »Wenn du dich von Stolz und Gier leiten lässt, wird dich das auf einen dunklen Weg führen. Die Götter verlangen, dass man sich den Gesetzen der Natur unterwirft, sie fordern Gnade und Weisheit.« Sie holte bebend Luft. »Vielleicht solltest du das Mädchen einfach gehen lassen. Deirdre hat schon jetzt zu viel Macht über dich …«

»Nachdem ich so viele Jahre gewartet habe?« Er kam drohend einen Schritt auf sie zu. »Sie gehört mir seit dem Tag, an dem sie geboren wurde, und ich werde sie besitzen und keine andere.«

Levarchams Augen wurden schmal, ihre Stimme klang jetzt gefährlich ruhig. »Kein Mensch ist dein Eigentum. Allein der Wille deines Volkes hat dich zum König gemacht. Du bleibst jedoch nur König, solange deine Herrschaft gerecht ist und den Ulaid Wohlstand und Ehre bringt. Wenn das nicht mehr der Fall ist, können die Adeligen, die dich gewählt haben, dich auch wieder absetzen.« Seine Nasenflügel blähten sich bei ihren Worten, denn er hasste es, daran erinnert zu werden, dass seine Mutter Nessa seinen Stiefvater Fergus mit einer List vom Thron verdrängt hatte. Bevor er ihr jedoch antworten konnte, räumte sie ein: »Und dennoch … du hast recht. Ich war mit dem Mädchen nicht so streng, wie ich es hätte sein sollen.« Das Gesicht des Königs entspannte sich. »Gib mir noch ein Jahr, und ich forme sie zu einer Frau, die weiß, wo ihr Platz ist, und die dich als Ehemann und König ehren wird.« Jedes einzelne ihrer Worte schmerzte sie. *Warum versuchst du das Unvermeidliche hinauszuzögern?*, höhnte die Krähe. In Emain Macha würde sie Deirdre öfter sehen, als es jetzt der Fall war. Außerdem war ihr vollkommen bewusst, dass sich in diesem einen Jahr überhaupt nichts ändern würde. Warum also versuchte sie alles, um das Ganze aufzuschieben?

Ihr Blick begegnete dem des Königs, hielt ihm stand.

Conor atmete geräuschvoll durch die Nase aus, legte dann die Fingerspitzen aneinander. Levarcham flehte die Götter an, er möge zustimmen. Schließlich strich er sich nachdenklich über den Bart. In diesem Moment wusste sie, dass sie gewonnen hatte. »Sechs Monate«, sagte er. »Aber keinen Tag länger, Frau.«

Levarcham war mehr als erleichtert. »Es wird für alle von Vorteil sein.«

Conor wandte das Gesicht ab. »Allein die Vorfreude auf sie stärkt meine Macht.« Er lächelte in sich hinein, während er ins Dunkel starrte. »Ich werde schon Mittel und Wege fingen, um sie zu bändigen.«

5

Wildgänse zogen über den Wald, suchten eine Zuflucht für die lange, dunkle Jahreszeit. Ihre durchdringenden Schreie ließen Deirdre, die gerade mit zwei Körben voller Beeren und Haselnüsse zum Vorratshaus stapfte, innehalten. Sie sah zu den blassen Wolken hinauf und reckte den Hals, um den Flug der Vögel zu verfolgen.

Levarcham war am Morgen nach dem Tanz zusammen mit dem König nach Emain Macha aufgebrochen, und Deirdre war ausnahmsweise einmal froh darüber gewesen, nicht ständig in die tiefen, durchdringenden Augen ihrer Lehrerin blicken zu müssen. Sie wollte nicht gefragt werden, warum sie ausgerechnet dieses Gedicht ausgewählt hatte, denn sie wusste darauf selbst keine Antwort. Sie wollte sich auch nicht anhören müssen, wie wütend der König gewesen war. Sie wollte einfach nicht mehr an diesen Abend erinnert werden, weil sie dann die Berührung seiner Hand auf ihrer Haut gespürt hätte.

Dann tauchte Levarcham eines Tages auf dem Gehöft auf. Sie machte eine finstere Miene. Ihr dunkler Umhang umhüllte steife Schultern. Ihr graues Haar war so streng zurückgebunden, dass ihr Gesicht aussah, als bestände es nur aus Knochen. »Komm mit. Wir gehen in den Wald.«

Deirdre hielt sich nicht damit auf, nach dem Grund für den grimmigen Gesichtsausdruck ihrer Lehrerin zu fragen, denn sie hatte den Hof jetzt schon seit Tagen nicht mehr verlassen. Sie, Aiveen und Fintan hatten ein Schwein geschlachtet, das Conor ihnen geschickt hatte, hatten das Fleisch gesalzen und gepökelt und den Rest zu Blutwurst verarbeitet. Jetzt wischte sie sich eilig das Salz von den Händen und lächelte Aiveen an, die sie aus der Tür scheuchte. Sie alle wussten, dass Deirdre sich nur dann richtig wohl fühlte, wenn sie von Bäumen umgeben war.

Sie lief zu ihrer Hütte, um sich etwas Warmes zum Anziehen und feste Stiefel zu holen, während Levarcham am Tor wartete, das in den Schutzwall aus Holzbohlen eingelassen war, der das kleine Gehöft umgab. Die Druidin schwieg, als sie gemeinsam durch den herbstlichen Wald gingen. Sie stützte sich auf ihren Stock, um ihr krummes Bein zu schonen, was ihr einen wiegenden Gang verlieh, mit dem sie jedoch überraschend schnell vorankam. Deirdre musste sich anstrengen, um mit ihr Schritt zu halten. Sie sah ihre Lehrerin mehrmals an, aber deren grimmig zusammengepresster Mund verbot ihr, sie anzusprechen.

Levarcham eilte mit ihr an Brombeersträuchern vorbei, an denen noch die letzten schrumpeligen Beeren hingen, und an blattlosen Rosenbüschen mit scharlachroten Hagebutten. Das Blätterdach des Waldes zeigte jetzt eine Mischung aus gescheckten Kupfer- und Goldtönen. Rostbraune Farnwedel bedeckten die Lichtungen und glühten in den Strahlen der matten Sonne. »Wann ist Samhain?«, fragte Levarcham mit so barscher Stimme, dass Deirdre fast gestolpert wäre.

Sie überlegte rasch – sie hatte eine druidische Sonnenscheibe, mit deren Hilfe sie die Bahn der Sterne und des Mondes verfolgen konnte. »In einundzwanzig Tagen.«

»Was ist das da für eine Pflanze?« Die Druidin deutete auf ein paar welke Blätter, die nur noch lose an einer kriechenden Ranke hingen. Deirdre starrte sie nachdenklich an. Zu dieser Jahreszeit war es schwierig, Kräuter zu bestimmen. »Wachsmyrte.«

»Wozu wird sie verwendet ...?«

»Gegen Fieber. Sie ist blutreinigend, wirkt harntreibend und hilft gegen Ausschlag.« Deirdre wusste, dass es noch viele andere Anwendungsgebiete für die Wachsmyrte gab. Sie war jedoch durch Levarchams schlechte Laune so irritiert, dass sie kühn fragte: »Reicht das, oder willst du noch mehr hören?« Levarcham brummte irgendetwas Unverständliches und schüttelte dabei den Kopf.

Es dauerte eine Weile, bis Deirdre merkte, dass sie ihren üblichen Weg inzwischen weit hinter sich gelassen hatten. Irgendwann stieg der Pfad dann langsam an und führte aus dem Tal hinaus. Sie ging unwillkürlich schneller, als sie sah, dass sich der Wald ein Stück weiter vorn zu lichten begann. Am Ende des Wegs wichen die Bäume schließlich einer frostbraunen Wiese, die von Hügeln gesäumt wurde. Deirdre verfiel voller Freude in Laufschritt, begierig darauf, diesen verlockenden Hang zu erklimmen.

»*Warte!*«, warnte Levarcham sie und hielt sie mit einer Hand zurück. »Du darfst nicht einfach losrennen. Das ist gefährlich.«

»Warum?« Oben auf der Kuppe entsprang ein Bach, der zwischen Farnen hindurch schäumend auf sie zustürzte. Deirdre verspürte den unwiderstehlichen Drang, durch den feuchten Farn zu rennen und den würzig duftenden Sprühnebel auf ihrer Haut zu spüren.

Levarcham lauschte. Deirdre vergaß all ihre Fragen, als sie plötzlich ein heiseres Brüllen hörte, das von den Seiten des Tals zurückgeworfen wurde. Ein zweiter Ruf antwortete. »Hirsche!«, rief Deirdre atemlos. Sie hatte sie im Herbst schon öfter in der Ferne röhren gehört, und Fintan brachte manchmal ein abgeworfenes Geweih mit, um daraus Kämme und Knebel zu schnitzen. Mit eigenen Augen hatte sie bis jetzt jedoch nur einen einzigen Hirsch gesehen – ein altes Tier, das in der Nähe des Gehöfts durch den Wald geirrt war.

Die beiden Rufe prallten aufeinander wie Donnergrollen, und ihr Echo hallte bis zu den Wolken hinauf. »Hirsche in der Brunft«, korrigierte Levarcham sie. »Das bedeutet, dass sie kämpfen – und wenn ihnen dabei ein Mädchen wie du in die Quere kommt, könnte es leicht niedergetrampelt werden.«

Deirdres Kopf fuhr herum. »Ich bin kein Mädchen mehr«, sagte sie leise.

Über Levarchams Gesicht lief ein leises Zucken, so als bewegten sich unter dieser harten Maske plötzlich alle Muskeln. »Nein, das bist du nicht mehr.« Sie holte mühsam Luft und zeigte dann den Hügel hinauf. »Sie kämpfen immer auf offenem Gelände. Wir werden sie beobachten.«

Hin- und hergerissen zwischen Neugierde und Angst um ihre Lehrerin, folgte Deirdre der Druidin. Während sie einen schmalen Hohlweg hinaufstiegen, war Deirdre voller Hoffnung, dass sie jetzt die große weite Welt sehen würde, das riesige Territorium der Ulaid. Als sie jedoch den Gipfel erklommen hatten, stellte sie enttäuscht fest, dass sich unter ihr nur eine Hochebene mit braunem Gras und einzelnen Birken ausbreitete und auf der anderen Seite dieser Fläche wieder Berge in den Himmel ragten. Sie konnte also noch immer nicht in die Ferne blicken. Sie versuchte, ihre Enttäuschung zu unterdrücken, und folgte Levarcham zu einer Reihe von verstreut herumliegenden Felsbrocken.

Mitten im welken Gras standen sich zwei Hirsche drohend gegenüber. Ihre schweißnassen Flanken waren rostrot wie der Farn, das übrige Fell hatte einen hellen Bronzeton. Ihre Geweihe breiteten sich wie Baumkronen über ihnen aus, und aus ihren Nüstern und von ihrem Kinn rann der Geifer. In ihrer Nähe stand eine Gruppe Hirschkühe, die dem Geschehen gleichgültig zusahen. Nach kurzer Zeit senkten sie die Köpfe, um an den welken Pflanzen zu knabbern.

Einer der Hirschböcke scharrte mit den Hufen und stieß dabei kleine Dampfwölkchen aus. Der andere brüllte ihm mit gerecktem Kinn eine Herausforderung entgegen. Es war ein Ton, der tief aus seiner breiten Brust kam. Das klagende Röhren vibrierte durch Deirdres Körper. Sie umklammerte den Felsbrocken vor sich.

Plötzlich rannten die Hirsche mit gesenktem Kopf los, dann prallten auch schon ihre Geweihe laut krachend aufeinander. Die Geweihstangen verhakten sich, als die beiden Kontrahenten ihre Kräfte maßen. Zuerst machte der eine Boden gut und schob den anderen zurück, dann wieder gewann der andere die Oberhand, sodass der erste seine Hufe fest in den Boden stemmen musste. Schnaubend rangen sie miteinander.

Deirdre spürte ein Kribbeln in ihrem Bauch – nein, das war tiefer –, und mit jedem Röhren und Krachen ging ihr Atem ein wenig schneller. Die Kampfeslust der Hirsche packte auch sie. Sie saugte sie aus der Luft um sie herum in sich auf, spürte die Vibrationen im Boden. Die Erregung und die Aggressivität der Tiere erfüllte sie. All ihre Muskeln zogen sich zusammen. Sie wollte kämpfen, knurren und brüllen, rennen und schlagen und auf diese Weise all ihre aufgestaute Energie loswerden. »Sie sind wirklich prächtig«, flüsterte sie stattdessen.

»Es sind Böcke.« Der merkwürdige Unterton in Levarchams Stimme ließ Deirdre den Kopf wenden, und in ebendiesem Moment sah sie das leichte Zittern im Kinn ihrer Lehrerin. Levarcham versuchte, es hinter einem Husten zu verbergen, und betastete dann die schwarzen Perlen, die sie um den Hals trug. »Sie können sich gegenseitig verletzen, ja sogar töten.«

»Warum hast du mich dann hierhergeführt?«

»Es ist nicht der Kampf, den ich dir zeigen wollte. Warte, bis einer von beiden gesiegt hat.«

Das Muster wiederholte sich: umkreisen, anrennen, aufeinanderprallen, kämpfen. Eines der Tiere war etwas größer als das andere, sein Geweih hatte mehr Sprossen. Nach der dritten Runde löste der kleinere Hirsch sein Geweih von dem seines Konkurrenten und galoppierte davon. Der größere verfolgte ihn noch ein Stück, bis er schließlich innehielt, schnaufend und mit geblähten Backen, die Flanken mit Schweiß bedeckt. »Pass jetzt genau auf«, forderte Levarcham sie mit leiser Stimme auf.

Der siegreiche Hirsch schnüffelte an den Hinterläufen der Hirschkühe, stupste sie dann mit der Nase an. Als er dann zu einer bestimmten Hirschkuh kam, stellte er sich plötzlich auf die Hinterbeine. Deirdre glaubte einen Moment lang, er wolle auch gegen sie kämpfen. Das Weibchen blieb jedoch ruhig stehen, als er seine Vorderläufe auf ihren Rücken legte. Der Hirsch wölbte den Rücken, und zwischen seinen Hinterbeinen kam etwas hervor, das Deirdre nicht kannte, dann drängte der Bock sich eng an die Hirschkuh und begann, sich wellenförmig zu bewegen. Deirdre zuckte zusammen, und aus irgendeinem Grund setzte ihr Puls für einen Schlag aus. Sie hatte schon Tauben und Füchse im Wald gesehen, die sich paarten. Der Hirsch hielt jetzt die Hirschkuh mit seinen Vorderläufen fest. Ein Teil ihres Verstandes versuchte ihr einzureden: *Das ist nur ein Tier, das brunftet, mehr nicht.*

Sie kniete nieder und berührte mit ihren Handflächen das Gras. Sofort wurde ihr Körper von Hitze durchflutet, während die Vibrationen aus dem Boden in ihre Handgelenke und schließlich in ihr Blut übergingen. Sie rang nach Luft. Die Wärme konzentrierte sich jetzt zwischen ihren Beinen. Sie pulsierte immer dann, wenn der Hirsch zustieß. Ihre Wangen glühten, und sie warf Levarcham einen nervösen Blick zu.

Der Ausdruck auf dem Gesicht der Druidin schockierte sie dann jedoch so sehr, dass all ihre Empfindungen auf einen Schlag verflogen waren.

Ihr Gesicht war weiß und völlig reglos, in ihren Augen schimmerte etwas, das ... Waren das etwa Tränen? Der Hirsch stieg jetzt von dem Weibchen ab, schüttelte den Kopf und trottete davon. Levarcham streckte zitternd die Hand aus. »Das war eine Paarung. Der Hirsch steckt sein männliches Geschlechtsteil in das verborgene Loch zwischen den Beinen der Hirschkuh – das weibliche Geschlechtsteil –, und im Frühling kommt dann ein Kitz zur Welt.« Levarcham sagte dies ohne jede Emotion, aber ihre Mundwinkel waren dabei ein Stück heruntergezogen. Es dauerte eine Weile, bis Deirdre erkannte, dass sie große Qualen litt.

Die Kraft der Erde war in sie eingedrungen. Sie war jetzt äußerst empfänglich, deshalb traf die Erkenntnis sie jetzt auch wie ein Blitz. Da war keine Taubheit mehr, die sie jetzt schützen konnte. Sie sprang auf.

Die Druidin zuckte zusammen und wurde noch blasser. Sie hob die Hände. »Mein Kind ...«

»*Nein.*« Deirdre drehte sich um und rannte blindlings den Hügel hinauf und dann, über nasse Farnwedel und Steine schlitternd, den Hang auf der anderen Seite wieder hinunter. Sie stolperte den Pfad entlang, der zurück in den Wald führte.

Schließlich blieb sie schwankend stehen. Levarcham holte sie ein. Als die Druidin auf sie zukam, fuhr Deirdre sie an: »Hältst du mich etwa für so dumm? Hast du geglaubt, dass ich, wenn ich sehe, was die Tiere da machen – wenn du mir von dem Verlangen zwischen Männern und Frauen erzählst und wenn Aiveen immer von Babys spricht –, nicht verstehen würde, was das ist?«

Levarcham versuchte etwas zu sagen, aber Deirdre wich wütend vor ihrer ausgestreckten Hand zurück.

»Ich weiß, dass Conor sich auf mich legen und sein Männer-Teil in mich hineinstoßen wird und dass ich dagegen nichts tun kann.« Sie schlug sich mit der Handfläche an die Schläfe. »Aber warum hast du mich gezwungen, es zu sehen? Damit ich den Bildern in meinem Kopf nicht mehr entkommen kann?« Eine schreckliche Erinnerung war in ihr wach geworden. Als Kind war sie einmal in Fintans Haus gestürmt und hatte zwischen seinen nackten Beinen ein weiches Ding hängen sehen. Conors Bauch war bestimmt genauso runzelig wie sein Gesicht, und darunter würde dann *das* baumeln … sie reckte ihr Kinn und spürte ein Brennen in ihrer Kehle, aber sie würde seinetwegen bestimmt nicht weinen.

»Ich … ich wusste nicht, wie ich es dir anders hätte sagen sollen.« Levarcham versagte fast die Stimme. »Ich habe es so lange mit mir herumgetragen. Aber jetzt kommt es …«

Deirdre starrte in Levarchams tief liegende Augen, deren Pupillen jetzt so groß waren, dass ihre Augen völlig schwarz wirkten. In all den Jahren hatte sie ihre Lehrerin noch nie so erlebt, so traurig und so hilflos. Sie fröstelte. Die Kraft der Erde, das heiße Blut und das Bild der kämpfenden Hirsche, all das war jetzt verschwunden. Mit einem Schlag wurde ihr bewusst, dass Levarcham sich noch nie mit einem Mann vereint hatte. *Es gab also doch etwas, das Levarcham nicht wusste.* Die Druidin hielt ihre von blauen Adern durchzogene Hand vor ihr Gesicht, so als könne sie ihr Spiegelbild in Deirdres Augen nicht ertragen. Sie senkte den Kopf, als der Wind die welken Blätter um sie herum aufwirbelte.

Deirdre betrachtete den gesenkten Kopf ihrer Lehrerin, dann legte sie ihre Hände auf ihre Schultern und ließ ihr Kinn einen Moment lang auf dem grauen Haar der älteren Frau ruhen. Ein Zittern durchlief sie beide, so heftig, dass Deirdre das Gefühl hatte, die Erde würde beben.

Levarcham hob ihr Gesicht und starrte sie an, dann zog sie sie unvermutet in die Arme. Deirdre wusste, dass sich in diesem Moment etwas für immer verändert hatte. Die Druidin wich ihr weder aus noch versuchte sie, mit ihr zu diskutieren; außer ihrem Kummer konnte sie ihr nichts mehr anbieten. Auch Deirdre hob ihre Arme und drückte Levarcham dann fest an sich. Zum ersten Mal hielten sie sich voller Mitleid gegenseitig in den Armen. Es war die verständnisvolle Geste zweier Frauen.

Es gab jetzt niemanden mehr, der Deirdre weiter hätte beschützen können.

Vom Ale berauscht, genoss Conor das Anschwellen seiner Lenden, als er sich mit seinen Frauen auf den Pelzen und Kissen räkelte, die neben einer der prasselnden Feuerstellen um seinen prächtigen Thron herum drapiert waren. Es war ein trüber, düsterer Tag. Der Regen trommelte unaufhörlich auf das Rieddach seiner Halle, das sich hoch über ihm wölbte.

Eine seiner jüngsten Bettgenossinnen kicherte angesichts seines Interesses, eine ältere schob sie zur Seite, um ihm aus einem bronzenen Krug noch einmal Ale in seinen Becher aus Horn einzuschenken. Er starrte auf ihre Brüste, die einen Moment lang im Ausschnitt ihres Kleids sichtbar wurden. Das weiche Licht der Schaffettlampen, die auf zwei niedrigen Tischen aus Schiefer und polierter Eiche standen, verlieh ihnen einen goldenen

Schimmer. Seine Halle war jedoch voller Diener und Krieger, und er war niemand, der vor den Augen anderer herumvögelte. Er würde sich das für später aufheben.

Seit er von seinem Besuch bei Deirdre zurückgekommen war, regte sich seine Männlichkeit oft. Sie erhob sich jede Nacht und manchmal sogar am Tag. Als sich, nachdem Maeve ihn so beschämt hatte, die Nachricht von seiner wiedergewonnenen Vitalität herumsprach, interessierten sich auch die Frauen wieder für ihn. Seine Krieger brachten ihm mehr Respekt entgegen. Sogar Levarcham hatte es bemerkt. Ihr Blick hatte jedoch nicht verraten, was sie dachte, als sie sich von ihm verabschiedete, um Deirdre Vorräte für die lange dunkle Zeit zu bringen. Gut. Jetzt wusste sie wenigstens, dass er sich nicht länger hinhalten lassen würde.

Die Krieger saßen auf den Bänken, die unter den Reihen von Schilden und Speeren an der Wand aufgestellt waren. Sie tranken Ale, besserten ihr Lederzeug aus oder polierten ihre Waffen. Die Lethargie, die der Regen und das Ale mit sich brachten, erstickte jedoch jedes Gespräch bereits im Keim, und niemand belästigte ihn mit irgendwelchen Forderungen. Nicht einmal seine Mutter Nessa war anwesend, sodass ihm ihre spitze Zunge erspart blieb. Die Diener warfen Holz in die Feuer, sodass die Funken stoben, während die Jagdhunde faul auf Rehfellen herumlagen und ihre Augen im flackernden Licht glühten.

Plötzlich öffnete sich knarrend die große Tür aus Eichenholz, und mit dem kalten, grauen Tageslicht drang auch ein Strom eiskalter Luft durch die überdachte Vorhalle herein. Conor blickte auf, als einer seiner Verwalter auf ihn zulief und sich verbeugte. »Die Söhne des Usnech, Mylord.«

Drei dick vermummte Gestalten betraten die Halle. Sie hängten ihre Schwerter an die Haken der massiven Eichenpfosten, die üppig mit Schnitzereien verziert und farbenprächtig bemalt waren und auf denen das hohe Dach der Halle ruhte. Zwei von ihnen blieben bei ihren Freunden stehen, um ihre tropfnassen Umhänge abzulegen, während der dritte zwischen den Bänken und Kissen hindurch mit festen Schritten auf Conor zuging. Es war Naisi, der jetzt seine nasse Kapuze zurückschob. Sein Gesicht war völlig ausdruckslos und sein Blick starr, als er den König ansah. Conor merkte, dass er im Nachteil war, da er auf dem Boden saß. Also wickelte er gemächlich seinen Umhang um sein Gewand und setzte sich mit übertriebener Gelassenheit auf seinen geschnitzten Thron aus Eichenholz.

Obwohl dies mehr als unhöflich war, ergriff Naisi als Erster das Wort. »Die Befestigungsanlagen sind fertiggestellt, Mylord.« Der bittere Unterton in seiner Stimme schwebte durch die Halle. Die Krieger auf den Bänken sahen ihn jetzt alle an.

Der König musterte ihn missbilligend. Naisis schwarze Haare klebten an seiner Stirn, und seine Stiefel waren schlammverkrustet. Regenwasser tropfte von seinem Umhang. *Er ist nicht mehr als ein klatschnasser Junge,* dachte Conor verächtlich und setzte sich auf seinem Stuhl zurecht. Schon Usnech, der Vater des Jungen, der inzwischen tot war, hatte Conor immer wieder herausgefordert; er hätte ihn entschiedener in seine Schranken verwiesen, wären da nicht die vielen Loyalitäten und das Ansehen gewesen, das Usnech sich im Laufe der Jahre bei den Kriegern des Roten Zweiges erworben hatte. Aber seine Söhne waren noch nicht einmal trocken hinter den Ohren und deshalb auch in keiner Weise so gefährlich, wie Naisis stolze Kopfhaltung ihn glauben machen wollte. »Ich danke euch, dass ihr eure Aufgabe so gut erledigt habt«, sagte Conor und erhob sich, um ihn zu entlassen.

»Da ist jemand, der dich sprechen will, Mylord.« Naisis unergründlichen, ruhigen Augen gelang es stets, eine Art wissende Verachtung auszustrahlen, etwas, das zusammen mit seiner ausgesuchten Höflichkeit in Conor immer wieder das Verlangen weckte, ihn zu schlagen. »Wir haben draußen miteinander gesprochen, als wir hereinkamen. Es ist ein Mann aus Cullens Burg.«

Der Verwalter nickte hastig. »Das stimmt, Mylord.«

Gereizt winkte Conor den durchnässten Boten, der an der Tür gewartet hatte, zu sich. Naisi ging zu der Gruppe von Kriegern hinüber, zu der sich schon seine beiden Brüder gesellt hatten, und beobachtete das Ganze mit sichtlichem Interesse. Auch der Umhang des Boten war tropfnass, und er war von oben bis unten mit Schlamm bespritzt. Offensichtlich hatte er einen scharfen Ritt hinter sich. »Was gibt es?«, wollte Conor wissen. Das Verlangen in seinen Lenden war jetzt verschwunden.

»Einer der Stammesführer aus Connacht hat mit seinen Männern Cullens Besitz vom Süden her angegriffen«, berichtete der Mann. »Sie haben einen Zuchtbullen geraubt und dessen Bewacher getötet.«

Conors Blick trübte sich, als sich plötzlich alle Krieger vor dem Feuer drängten. »Wir müssen ihn zurückholen«, forderte Dubthach.

»Cullens Land ist nicht weit entfernt«, warf Conors älterer Sohn Cormac ein. »Wir müssen sie verfolgen. Mit dem Bullen kommen sie nur langsam voran.« Die Lethargie seiner Krieger war mit einem Schlag verschwunden. Plötzlich gebärdeten sie sich wie Jagdhunde, die ungeduldig an ihrer Leine zerren.

Conor warf seinem Sohn einen bösen Blick zu. »*Müssen* wir das wirklich?« Cormac war für seinen Geschmack ein wenig zu kühn und vorlaut. Conor gefiel die unterschwellige Herausforderung in seinen Worten nicht. Er hatte hier das Sagen. Er war schließlich noch nicht tot.

Jetzt mischte sich auch Fergus' ältester Sohn Buinne ein. Er warf einen abgenagten Schweineknochen ins Feuer. »Cullen hat seit jeher eine besondere Beziehung zu Cúchulainn. Vielleicht sollte besser er zu ihm gehen. Ich werde ihn dabei begleiten.« Buinne war ebenso massig wie sein Vater – rothaarig und mit stets finsterem Blick, sodass alles, was er sagte, streitlustig klang.

Conors Gedanken überschlugen sich. Der Vorschlag hatte durchaus etwas für sich. Als Junge hatte Cúchulainn den Namen Sétanta getragen. Damals war er vom riesigen Wachhund des Viehzüchters Cullen angegriffen worden und hatte das Tier in Notwehr getötet. Um den Clanchef zu entschädigen, hatte er dann selbst ein Jahr lang die Tore von Cullens Burg bewacht. Auf diese Weise hatte er sich seinen späteren Namen verdient: Cúchulainn, der Wachhund von Cullen. Conor hatte diese Geschichte schon so oft gehört, dass er ihrer überdrüssig war, aber Cullen war tatsächlich ein sehr mächtiger Mann, und deshalb musste er alles tun, um seiner Ehre Genüge zu tun. Unter den Clanchefs an der Grenze zu Connacht gab es immer Unruhe, und diese Unzufriedenheit wuchs jetzt immer mehr, da Maeve dem Netz, das er für sie gesponnen hatte, entschlüpft war. Zusammen mit Maeve war so gut wie jeder Versuch, Connacht unter seine Kontrolle zu bringen, zum Scheitern verurteilt.

Naisis Stimme riss Conor aus seinen fieberhaften Überlegungen. »Cúchulainn ist in Dun Dalgan, das ist zu weit weg. Wenn nicht sofort jemand die Räuber verfolgt, werden sie entkommen.«

»Dann werde ich gehen!«, erklang eine Stimme.

»Nein, ich gehe«, brummte Buinne.

Conor bahnte sich einen Weg durch seine Krieger. »Ruhe!«

Er sah mit wütendem Blick in die Runde und wartete auf eine Reaktion. Schließlich machte Naisi einen Schritt nach vorn. »Schick uns, Mylord. Wir haben uns gerade frische Pferde besorgt und sind abmarschbereit. Außerdem kennen wir Cullen gut.«

Conor würdigte ihn nicht einmal eines Blickes. »Nein«, sagte er barsch. Dass dieser Emporkömmling und Sohn eines rebellischen Clanchefs Cullen zu Hilfe kam und sich damit einen Namen machte, war das Letzte, was er jetzt wollte. Er ließ seinen Blick über seine Krieger schweifen, überlegte dabei fieberhaft, wen er für diese Aufgabe auswählen sollte. »Wo ist Conall?«, fragte er schließlich unwirsch. »Und wo ist Leary?«

»Sie sind in ihren eigenen Burgen«, antwortete ihm jemand.

»Wir können das übernehmen.« Naisis Stimme kam ihm vor wie das nervtötende Summen einer Mücke, das trotz des Lärms zu hören war. »Wir kennen das Land im Westen.« Einer seiner Brüder legte beschwichtigend die Hand auf seinen Arm, während Conor mit starrem Blick über ihre Köpfe hinwegsah.

»Wir werden gehen, Vater!«

Conor war mehr als erleichtert, als sein jüngster Sohn Fiacra jetzt die Halle betrat. An seiner Seite befand sich wie auch sonst immer Illan, Fergus Mac Roys jüngerer Sohn, der Halbbruder von Buinne. Fiacra hatte lange, flachsblonde Haare. Illans Schopf war nur eine Spur dunkler, sodass die beiden aus der Ferne aussahen wie zwei Garben Gerste in der Sonne.

Conor entspannte sich. Cullen würde höchst beeindruckt und ihm zu Dank verpflichtet sein, wenn er seinen eigenen Sohn schickte, um die Räuber zu verfolgen. Plötzlich war da ein Anflug von Angst, der jedoch von seinem Stolz auf seinen Sohn schnell verdrängt wurde. Fiacra war jung und kühn – einige behaupteten sogar tollkühn –, aber wenigstens wollte er ihm nicht den Thron streitig machen. Er besaß ein schlichtes Wesen, liebte die Jagd und würfelte gern mit seinem Freund Illan. Und seine Loyalität gegenüber seinem Vater war absolut unerschütterlich.

»Was machst du da?«, zischte Ardan, der sah, dass Naisi sich im dunklen Stall seinen Sattel holte. Ihre Laternen verbreiteten im Staub des Heus ein diffuses Licht. Die Luft war warm vom Atem der Pferde.

Das Gesicht seines Bruders blieb völlig ausdruckslos, als er über einen Haufen von Pferdeäpfeln hinwegstieg. »Ich verschwinde von hier.«

»Der König hat uns noch nicht entlassen.« Ainnle warf einen besorgten Blick zur halb geöffneten Tür hinüber. Der Himmel draußen wurde inzwischen von Sturmwolken verdunkelt. Regen peitschte herein, durchnässte das Stroh. Er schloss die Tür und lehnte sich dann mit dem Rücken dagegen.

Naisi versuchte, seinen Hengst zu satteln, aber das Tier wich ihm immer wieder aus und stampfte unruhig mit den Hufen. Ardan wunderte das nicht, denn sein älterer Bruder war völlig verkrampft. Seine Bewegungen waren viel zu hektisch. Alle drei waren sie zutiefst frustriert – gütige Götter, niemand wusste, wie tief diese Frustration bei Ardan ging –, Naisi aber hatte seine Enttäuschung bis jetzt noch nie erkennen lassen. Er hatte sich und seine Gefühle stets unter Kontrolle gehabt.

»Wenn wir hierbleiben«, murmelte Naisi, »stellt er uns noch dazu ab, seine blöden Frauen am Webstuhl zu bewachen.«

Ainnle wischte sich mit einem gezwungenen Lächeln den Regen aus dem Gesicht. »Dann hätten wir es wenigstens warm. Ich habe vom ständigen Regen und dem Schlamm nämlich langsam die Nase voll.« Ainnle war doch sonst immer der Erste, der nach Schwert, Bogen oder Sattel griff, und stets der Letzte, der es sich am warmen Feuer bequem machte, dachte Ardan. Es war offensichtlich, dass Naisi seinen jüngsten Bruder, der ein so leidenschaftlicher Kämpfer und Jäger war, mit seinem Unbehagen angesteckt hatte.

Ardan wollte Naisi tröstend seine Hand auf den Arm legen, die wilde Entschlossenheit im Blick seines Bruders ließ ihn jedoch innehalten. »Ich weiß genau, wo du hinwillst, Naisi. Aber das, was wir gesehen haben, war der Pfeil des Königs. Niemand darf in seinem Revier jagen. Er hat befohlen, dass keiner weiter als bis zum See gehen darf. Wir aber haben es getan, auch wenn es keine Absicht war.«

»Warum will er dieses Rudel Hirsche für sich allein haben?«, fuhr Naisi ihn an. Seine Lippen waren jetzt schmal. Ardan sah ihn forschend an. Offensichtlich war, dass es seinem Bruder nicht um die Jagd, sondern darum ging, wie Conor sie eben in der Halle behandelt hatte. Schon als Naisi noch ein Junge gewesen war, hatten er und der König sich nicht riechen können. Es war eine Art instinktiver Abneigung gewesen. Conor war immer schnell damit bei der Hand gewesen, Naisis Fehler zu verurteilen – seine Triumphe anzuerkennen, damit hatte er sich sichtlich schwergetan. Ardan hatte jeden dieser Schläge gespürt, als hätten sie ihn selbst getroffen. Er wusste, wie heftig das in ihm weiterschwelte. »Er bewacht diese Hirsche so eifersüchtig, weil er ein viel zu schlechter Jäger ist, um irgendwelche anderen Tiere aufzuspüren«, fuhr Naisi fort. »Er sollte stolz auf uns sein, sollte uns belobigen – aber er erträgt es einfach nicht, wenn andere dort Erfolg haben, wo er versagt!« Conors Missgunst war in der Tat für einen König ein überaus unziemlicher Charakterzug, der sie alle irritierte. Aus irgendeinem Grund jedoch machte er Naisi besonders wütend.

Ainnle beobachtete seinen ältesten Bruder fassungslos und mit aufgerissenen Augen. Er hatte das Gefühl, als würde man ihm gerade den Boden unter den Füßen wegziehen. Er kannte Naisi nur als einen Mann, der stets einen kühlen Kopf behielt.

Ardan atmete tief durch und senkte seine Stimme dann zu einem Flüstern. »Wir sind zu jung, um Conor die Stirn zu bieten. Aber er wird langsam alt, Bruder. Ich glaube nicht, dass er noch lange herrschen wird.«

Naisi zog den Sattelgurt um den Bauch des Hengstes fest. Der lederne Gurt war von seinen Handflächen blank poliert. Das Pferd spielte mit den Ohren und scharrte ungeduldig mit einem Huf im Stroh. »Auch wir werden mit jedem Jahr älter. Ich habe nicht alles dafür gegeben zu lernen, wie man ein Schwert führt, nur damit es dann in seiner Scheide vor sich hinrostet. Genauso wenig will ich, dass mein Bogen morsch wird und irgendwann bricht. Ich habe nicht jahrelang in der Kälte und im Regen geübt, damit mir durch seine Schwäche die Hände gebunden sind.« Bevor Ardan etwas sagen konnte, drehte sich Naisi so abrupt zu Ainnle um, dass dieser erschrocken zusammenfuhr. »Ich habe in diesem Tal die Spuren noch größerer Hirsche gesehen – darunter war mindestens ein Fünfzehnender. Wir werden die Pferde bei Finbar unterstellen und das steilere Gelände dann zu Fuß erkunden.«

Ainnles aufkommendes Interesse verflog, als er Ardans gerunzelte Stirn sah. Völlig verunsichert ließ er seinen Blick immer wieder zwischen seinen beiden Brüdern hin- und herwandern. »Vielleicht sollten wir lieber nicht mehr dorthin zurückgehen. Das Gebiet um den See herum ist uns verboten ...«

Naisis Blick lag unverwandt auf der Flamme der Laterne. In seinen schwarzen Pupillen spiegelte sich das Feuer, sodass es aussah, als glühten sie. »Niemand hat das Recht, die Tiere, die frei im Wald leben, zu seinem Eigentum zu erklären. Damit beleidigt man die Götter. Es ist also Conor, der ihren Zorn erweckt, nicht wir.« Er sah Ardan an. »Ich werde gehen. Ich muss es einfach tun. Er kann mir den Wald nicht nehmen.«

Ardan konnte nur resigniert nicken. Er versuchte, sich damit zu beruhigen, dass man sie in diesem unbewohnten Tal niemals entdecken würde. Als er sich dann seinem eigenen Pferd zuwandte, schwor er sich, an Naisis Seite zu bleiben, bis dessen bescheidene Art der Rebellion beendet war. Wenn sein Zorn dann besänftig war, würde er mit ihm nach Hause reiten.

Kein Mensch würde je davon erfahren.

6

Am heiligen Ende des Jahres, als die letzten Blätter fielen, wurde Levarcham wieder nach Emain Macha beordert.

Deirdre musste das Samhain-Notfeuer also allein entfachen. Sie zündete mit einem brennenden Stock aus Ebereschenholz das Feuer in der Hütte ihrer Pflegeeltern und in ihrer eigenen Hütte an. Sie legte die Honigkuchen für die Geister der Toten aus und brachte den *sídhe*, den Geistern des Landes, denen es zur Jahreswende leichter fiel, die Grenze zwischen der diesseitigen und der jenseitigen Welt zu überschreiten, ein Trankopfer dar.

Dann kam die längste Nacht des Jahres. Deirdre stand zitternd im Sturmwind, beschützte dabei mit der Hand eine Flamme und bat den Sonnengott Lugh, wieder nach Norden zu reiten.

Danach ging sie um den Schutzwall des Gehöfts herum, ohne auf ihre laufende Nase und ihre eiskalten Ohren zu achten, und versuchte sich einzuprägen, in welchem Winkel die überhängenden schwarzen Äste der Bäume ringsum zueinander standen. Sie dachte sich Namen für all die Grautöne aus, die ihre Welt erfüllten, angefangen bei den wirbelnden Nebelschleiern über den strömenden Regen bis hin zu den Schatten, die die tief stehende Sonne über die bereifte Wiese warf. Zum Imbolc-Fest goss sie zusammen mit Aiveen etwas Milch in den Bach und bat die Göttin Brid, das Land mit Fruchtbarkeit zu segnen.

Danach hatte sie immer wieder einen Traum.

Sie hatte sich wegen der endlosen Stürme in ihr warmes Bett verkrochen, war aber jede Nacht aufgewacht, weil sie anscheinend eine heftige Armbewegung gemacht hatte. Sie konnte sich nie daran erinnern, was sie geträumt hatte, aber die Vertiefung zwischen ihren Brüsten war stets von einem dünnen Schweißfilm überzogen, und sie hatte ihre Hand zwischen ihren Oberschenkeln zur Faust geballt. Der innere Druck, den sie ständig spürte, konzentrierte sich jetzt an dieser Stelle und war schier unerträglich.

Zu Beginn des Frühlings schickten die Götter dann einen letzten heftigen Schneesturm. Die schweren Wolken verdunkelten den Himmel so sehr, dass es selbst mitten am Tag stockdunkel war. Aiveen und Fintan überredeten Deirdre, ihr warmes Bett zu verlassen, um über dem Feuer Haselnüsse zu rösten. »Mit der Kälte wird es sicher bald vorbei sein, Mädchen«, sagte Fintan mit einem besorgten Lächeln. Obwohl er so große Hände hatte, konnte er eine komplizierte Schlinge für seine Fallen knüpfen und einem Hermelin so vorsichtig das Fell über die Ohren ziehen, dass es in einem Stück blieb. Als er jedoch sah, wie niedergeschlagen Deirdre an diesem Tag war, verließ ihn seine Geschicklichkeit. Die Haselnüsse fielen ihm aus den Händen und verschwanden in der Binsenstreu. Deirdre bückte sich, um sie aufzuheben. Als sie sie ihm zurückgab, drückte sie tröstend seine Hände und versuchte, ein neutrales Gesicht zu machen, damit er ihr nicht ansah, wie sehr sie unter dem Wissen litt, dass sie jeder einzelne Frühlingstag nur Conor näher brachte. Nachdem sie mit großer Mühe ein paar Krümel Nusskuchen hinuntergewürgt hatte, schützte sie Kopfschmerzen vor. Sie umarmte Aiveen und Fintan so heftig, dass die beiden endlich wieder lächelten und sie in ihre eigene Hütte zurückkehren ließen.

Dort verkroch sie sich unter den Fellen und fiel in einen unruhigen Schlaf. Und wieder träumte sie – diesmal aber *sah* sie etwas. Es war eine Hand, die sanft eine weiße weibliche Brust umfasst hielt. Die Haut der Frau war zart, die des Mannes leicht gebräunt. *Jung und faltenlos*. Die Hand hob ehrfürchtig die blasse, runde Brust an, während der Daumen über ihr dunkles Zentrum strich. Die Berührung hinterließ eine Gänsehaut, und die Brustwarze richtete sich auf, wurde steif …

Deirdre fuhr aus dem Schlaf, umklammerte ihre Bettdecke. Noch immer hatte sie das Bild der Hand und der Brust vor Augen. Hektisch schlug sie die Decken zurück. Ihre Haut war feucht, das Hemd aus Leinen klebte an ihrem Körper. Sie zog es von ihrem Bauch und ihren Beinen weg und begann dann ruhelos um ihre Feuerstelle herumzugehen. Einen Moment später blieb sie wieder stehen und legte den Kopf schief, um zu lauschen.

Während sie schlief, hatte sich der Wind gelegt. Die Geräusche draußen wirkten irgendwie gedämpft, so als wäre Schnee gefallen. Sie spreizte die Finger und starrte sie an. *Ich kann meine Träume nicht beeinflussen. Ich kann es einfach nicht*. Diese gebräunte Hand hatte weder etwas mit Conor zu tun gehabt noch damit, dass sie seine Frau werden und sich ihm fügen müsste. Voller Scham biss sie sich auf die Unterlippe. Ihre Lehrerin war eine Druidin; eigentlich sollte sie sich kontrollieren können.

Entschlossen drehte sie ihre feuchten Haare zum Knoten. Sie würde in der Hütte ihrer Eltern übernachten. Der Strohsack, auf dem sie als Kind geschlafen hatte, lag noch immer neben der Feuerstelle. Und dort würden sie auch keine Träume mehr heimsuchen, dessen war sie sich sicher.

Draußen vor der Tür lag das Licht des Mondes schimmernd über einer silbrigen Welt. Sie schlitterte über die mit Reif überzogenen Steine vor ihrer Tür und ging dann mit knirschenden Schritten über das schneebedeckte Gras. Fintans Hütte bildete eine heimelige, dunkle Silhouette vor dem Schnee. Die übereinandergeschichteten Felle an der Tür waren mit Lederriemen an den Rahmen befestigt. Deirdre wollte die Knoten schon lösen, als sie drinnen ein leises Stöhnen hörte. Waren ihre Eltern krank? Besorgt legte sie ihr Ohr an das Fell.

Das zweite Stöhnen klang seltsam kehlig. Eine andere Stimme antwortete heiser: Aiveen. Deirdre hörte schnelles Atmen und ein Wimmern, das sie erschrocken einen Schritt zurückweichen ließ.

»*A stór*«, keuchte Fintan. *Liebste.* »Immer offen für mich, Mädchen …«

Deirdres Beine gaben nach, und sie sank unter dem Dachüberhang auf die Knie. Das Türfell war an einer Stelle ein wenig ausgefranst. Sie konnte aus dem Augenwinkel heraus Feuerschein erkennen. Deirdre sah jetzt genauer hin, auch wenn sie wusste, dass das nicht richtig war. Ihr Gesicht wurde jedoch zu dem Spalt hingezogen, so als würde sie jemand dazu zwingen. Ihre Pflegeeltern klangen irgendwie gequält, selbst als sie lachten. Der Zwang, dieses Geheimnis zu ergründen, fegte all ihre Skrupel hinweg. Sie *musste* einfach wissen, was da geschah, auch wenn sie vor Müdigkeit kaum denken konnte.

Sie sah durch den Spalt und erkannte an einem Ende des Bettes verschwommen zwei Köpfe. Die Körper unter den Fellen hoben und senkten sich. Ihre Pflegeltern stöhnten im Einklang mit den Bewegungen. *Das, was du tust, ist nicht richtig.* Sie war schon dabei, sich wieder abzuwenden, aber genau in diesem Moment wurde der Atem der beiden noch schneller. Plötzlich tauchte Aiveens blasse Hand unter den Fellen auf und umklammerte die Schulter ihres Ehemanns. Ihr Wimmern wurde zu einem Keuchen. Deirdres Atmen verschmolz unbewusst mit dem ihren, kratzte in ihrem Hals, während ihr Herz wie wild schlug.

Sie versuchte an den Hirsch zu denken, an Conor … aber wie sollte ihr das gelingen, wenn ihre Eltern in solch ein Vergnügen vertieft waren? Da war keine Angst, keine Gewalt, nur … Hingabe, Freude, Ausgelassenheit. Ein leises Zischen entfuhr ihren

Lippen, als sie die Hand aus ihrem Traum wieder vor sich sah, die Hand, die die runde weiße Brust streichelte.

Das Stöhnen wurde lauter und schneller. Deirdre lehnte sich jetzt mit dem Rücken an die feuchte Mauer. Die Erinnerungen an ihren Traum vermischten sich mit den Lauten, die sie hörte. Sie presste die Schenkel zusammen und wischte sich Schweißperlen von der Oberlippe. In dem Moment, in dem sie glaubte, es nicht mehr ertragen zu können, steigerte sich das Stöhnen zu lustvollen Schreien. Die Schreie schienen endlos weiterzugehen – bei Fintan mehr ein lautes Brüllen und bei Aiveen leiser und höher –, bevor sie endlich verstummten.

Deirdre sank in sich zusammen und starrte mit leerem Blick in das trübe Weiß des fallenden Schnees. Das hier war etwas ganz anderes als bei den Hirschen. Es war auch anders als das, was sie sich mit dem König vorstellte. Es war unkontrollierbar. Als die Schreie ihren Höhepunkt erreichten, hatte sich auch ihr Körper angespannt, war auf ein unbekanntes Ziel zugestrebt. Sie hatte das Gefühl, gleich zu zerreißen, in unzählige Scherben zu zerspringen. Und dann … sie wusste nicht, was dann kam. Fintan und Aiveen hatten ihre Erfüllung gefunden, sie selbst aber war leer ausgegangen. Jetzt saß sie zusammengekauert unter dem Dachvorsprung, mit verschwollenem Gesicht, fröstelnd und völlig verwirrt.

Schließlich stolperte sie wieder in den Schnee hinaus. Ohne zu wissen, wo sie war, irrte sie durch die Flocken, die vor dem dunklen Himmel wie ein heller Schleier aussahen. Sie wäre wahrscheinlich immer weiter gegangen, hätte sich einfach in dem Weiß aufgelöst, wenn sie nicht zufällig auf ihre Hütte gestoßen wäre. Sie tastete nach der Tür.

Am nächsten Tag saß Deirdre, fest in ihren Umhang gehüllt, zusammengekauert auf dem Schutzwall und beobachtete mit trüben Augen, wie die Schneeflocken auf ihre Schulter fielen. Sie hatte sich dort hingesetzt, weil sie hoffte, dass die Kälte ihren Kummer betäuben würde. An diesem Morgen war sie mit der Gewissheit aufgewacht, dass ihr ein solch lustvolles Vergnügen für immer versagt bleiben würde.

Sie hatte beobachtet, wie Fintan Aiveen ansah, wann immer sie sich nach vorn beugte. Hatte den leidenschaftlichen Blick gesehen, der eine so hinreißende Röte auf Aiveens rundes Gesicht zauberte. Sie hatte die Liebe in ihren Stimmen gehört, wenn sie miteinander redeten – die absolute Vertrautheit. Mit Conor würde sie so etwas niemals erleben. Sie würde nichts anderes sein als eine Hirschkuh, die stoisch darauf wartete, dass der Bock sie bestieg. Sie kniff die Augen zusammen und legte dann ihr Kinn auf die Knie.

Ein lautes Krächzen störte sie in ihren Gedanken.

Sie öffnete ein Auge. Auf der Palisade hockte ein großer schwarzer Rabe, der sie mit schief gelegtem Kopf anstarrte. Sein krummer Schnabel glänzte wie polierter schwarzer Bernstein, und als er den Kopf schüttelte, kräuselten sich die Federn unter seiner Kehle. Hinter ihm saßen zwei weitere Raben, die gerade ihr Gefieder putzten. Der erste Rabe krächzte wieder. Sie schnippte mit dem Finger in seine Richtung. »Lass mich in Ruhe«, murmelte sie und wischte dabei ihre triefende Nase ab.

Der Vogel kreischte und hüpfte mit ausgebreiteten Schwingen ein Stück von ihr weg. In sicherer Entfernung stolzierte er dann auf und ab, wobei seine Krallen laut auf dem Holz klapperten.

Deirdre beäugte ihn wütend. Der Rabe aber legte nur wieder seinen Kopf schief und starrte sie an. Seine dunklen Augen glitzerten. Sie entdeckte sowohl Tadel als auch Mitleid in seinem Blick. Dann hüpfte der Vogel auf den Ast einer Eiche, der über die Palisade ragte, und ließ sich nach vorn fallen, sodass er jetzt kopfüber am Ast baumelte. Seine Brüder starrten ihn beeindruckt an.

Sie konnte ein amüsiertes Schnauben nicht unterdrücken. Jetzt flog der Rabe mühelos wieder auf die Palisade zurück. Deirdre setzte sich auf. Sie war jetzt wütend auf sich selbst, weil sie sich von ihrem Schmerz so sehr hatte verwirren lassen. Sie wusste, wofür diese Vögel standen. Die meisten von ihnen suchten zwar einfach nur Aas, einige von ihnen aber waren Boten der Götter. Wilde Geister der *sídhe*, die die Gestalt von Raben angenommen hatten. Sie waren Vorzeichen für eine bevorstehende große Schlacht. Symbole des Schicksals. Gefährten der Kriegsgöttin Morrígan. Dieser Rabe hier schien besonders hartnäckig zu sein. »Verzeih mir«, flüsterte sie und streckte einen Finger nach ihm aus.

Der Vogel nieste, schüttelte sein glänzendes Gefieder und drehte sich zur Seite, um irgendetwas aus dem Holz zu picken. Er machte den Eindruck, als wäre sie ihm völlig egal. Sie blieb still sitzen und fragte sich schon, ob sie sich getäuscht hatte, als der Rabe beschloss, ihr doch zu vergeben. Er flog zu einem der Pfosten, warf ihr einen kurzen Blick zu, reckte dann den Hals und krächzte laut. Der Ruf hallte von den tief hängenden Wolken wider, ließ Deirdre erstarren, während seine Brüder die Köpfe hoben und kreischten. An der Körperhaltung der Vögel erkannte sie, dass sie gleich davonfliegen würden – und dass sie sie aufforderten, sie zu begleiten.

Ein noch heftigerer Schmerz tobte jetzt in ihrer Brust. Es kam ihr vor, als würden ihre Rippen brechen, damit ihr Herz endlich frei fliegen konnte. *Der Rabe rief sie.* Sie wusste, dass sie den Flug mit den Vögeln niemals allein versuchen sollte. Sie durfte es auch gar nicht, weil sie sich nicht darauf vorbereitet hatte. Es sei ein heiliger Akt, hatte Levarcham gesagt. Als der Rabe jedoch wieder krächzte, hatte sie das Gefühl, als würde er seine Klauen tief in ihre Eingeweide schlagen und ihre Seele aus ihrem Körper herauszerren, sodass sich ihr Inneres nach außen kehrte.

Deirdre holte tief Luft und schloss die Augen. Das heftige Ziehen und Zerren der Klauen wandelte sich in schiere Verzweiflung, zu einer tiefen Sehnsucht, die sie vollkommen verzehrte. Sie atmete wieder aus. Als die Vögel ihre Schwingen ausbreiteten, traf sie ein Windstoß, der ihr die Haare aus dem Gesicht wehte. Die Rufe stiegen hoch in die Luft, und sie schickte ihnen einen einzigen, hoffnungslosen Schrei der Verzweiflung hinterher.

Ein Licht … das langsam matter wurde.

Ein wirbelnder Strudel.

Unendliche Geschwindigkeit und ein Brausen … ein heftiger Zusammenprall.

Dunkelheit.

7

Sie nahm eine leichte Verdichtung wahr, ein Bewusstsein in der Luft, die sie umgab. Es war der Geist des Raben, das schnelle Schlagen seines kleinen Herzens. Sie klammerte sich mit ihrem Willen an dieses Bewusstsein, während ihre Gedanken sich in ein zweifelndes, plapperndes Chaos aufgelöst hatten. *Das konnte nicht sein … konnte nicht sein …*

Dann verschafften sich andere Gedanken Gehör. Flatternde Impulse, Gefühle, die nicht die ihren waren. *Rehe … viele Rehe … Wölfe …* Plötzlich war da ein Bild, mehr eine Erinnerung. Sie schwebte über einer Landschaft mit schneebedeckten Hügeln. Ein Fluss speiste einen glänzenden See. *Wölfe. Ein totes*

Reh. Flieg dorthin. Deirdre war sich sicher: *Das ist ein Traum. Ich sterbe. Ich liege im Schnee und erfriere gerade.*

Da waren rhythmische Bewegungen – das Schlagen von Flügeln. Mehr verblüfft, als von Angst getrieben, überlegte sie, ob sie es wagen sollte, die Augen zu öffnen, was sie dann auch tat. Sie sah jetzt durch *seine* Augen.

Einen Herzschlag später wurden sie von Sinneseindrücken regelrecht überflutet.

Der Wald unter ihr schoss in einer schwindelerregenden Abfolge von Schatten und Schneeflächen dahin, die mit schwarzen Bäumen gesprenkelt waren. Der Schnabel des Raben nahm die Kälte wahr, aber nicht als Schmerz, sondern als Information. Die Veränderungen der Temperatur ließen ihn seine Federn schräg stellen, um über eisige Bergkämme hinwegzustreifen und dann mit den wärmeren Aufwinden dahinzusegeln. Sie sah jetzt unendlich viele Bewegungen auf dem Boden – Tiere, die im Schnee gruben, Bäume hinaufkletterten oder Beute jagten. Die Augen des Raben zeigten sie als eine Vielzahl leuchtender Rot-, Violett- und Orangetöne. Für ihn war der Wald voller Leben. *Voller Nahrung.* Das Bewusstsein all dieser Kreaturen war wie ein Impuls, den der Rabe mit seinen Augen und seinem Bauch empfing. Offensichtlich nahm er nicht nur den Geruch des Todes wahr, sondern auch die Hitze des Lebens.

Plötzlich stieg der Rabe steil in die Höhe, und Deirdre verlor sich völlig in dem Gefühl des Fliegens. Auch die Luft schien etwas Lebendiges zu sein. An manchen Stellen fühlte sie sich dichter an, während sie an anderen wiederum dünner wirkte. Der Vogel erkletterte diese unsichtbaren Hänge scheinbar ohne jede Anstrengung. Das Brausen des Windes erfüllte Deirdre mit einem geradezu ekstatischen Schmerz. Sie spürte, wie die Seelenschnur an ihrem Körper zerrte, und wollte diesen dünnen Lichtstrahl gerade loslassen. *Sie musste ihn loslassen …*

Ein lauter Schrei riss sie zurück. Die beiden anderen Raben hatten jetzt zu ihr aufgeschlossen. Einer flog direkt neben ihr – es war derjenige, der sie gerufen hatte – und zwang sie auf diese Weise, ihn anzusehen. *Sein Auge war wie ein Stern.* Sein Blick schien alles zu verstehen und alles zu wissen. Gebannt starrte sie in das schimmernde Auge. Der Stern begann sich zu drehen, zog sie aus der zerbrechlichen Hülle ihres eigenen Bewusstseins heraus und gewährte ihr für einen kurzen verzückten Moment Einblick in den Geist des Raben.

Sie spürte, wie das Leben pulsierte … eine Intuition … wusste plötzlich mit völliger Gewissheit, dass die diesseitige Welt nur eine Insel war, umgeben von den Ozeanen der Anderswelt. Die Zeit war ein großes, uraltes Rad, das sich unter der diesseitigen Welt drehte und so den Rhythmus des Lebens bestimmte. Dunkelheit und Licht. *Sonnenaufgang und Sonnenuntergang … Vollmond und Neumond … Regen und Trockenheit … Sturm und Windstille … Nacht und Tag und wieder Nacht.* Tag.

Ihr war noch immer ganz schwindelig von all diesen Eindrücken, als ihr Rabe plötzlich in den Sturzflug überging und sie damit wieder ins Hier und Jetzt zurückholte.

Sie nahm einen metallischen Geruch wahr, den der Wind zu ihr herauftrug. *Blut.* Begierde stieg in dem Deirdre-Raben auf. Sie wurde hin und her geworfen, als er in engen Spiralen zu Boden schwebte. Dennoch besaß sie die Geistesgegenwart, sich einzuprägen, wo sie waren – da war ein weißer Pfad, der durch die Wälder zu einem See führte –, bevor alle Einzelheiten verschwammen und die Erde auf sie zugerast kam. Dann sah sie einen grell scharlachroten Fleck und mehrere blasse Gestalten, die sich um diesen Fleck herum bewegten. Ihr Rabe breitete die Flügel aus und landete am Rand einer Lichtung auf dem Stamm einer abgestorbenen Eiche, die mit bereiften Flechten bewachsen war.

Die beiden anderen Vögel hatten sich bereits dort niedergelassen. Auf der Lichtung lag ein toter Hirsch, aus dessen Kehle sich ein Strom von Blut in den Schnee ergoss. Ein Kreis schlammiger Fußspuren zeichnete sich in der dünnen weißen Schneedecke ab. Im Körper des Hirschs steckten mehrere Pfeile und Speere. Deirdres Wunsch, noch mehr zu sehen, war offensichtlich stärker als der Wille des Raben, und so wandte er den Blick von dem blutigen Hirsch ab. Die Gestalten entpuppten sich als Männer, die in warme Hosen und Kittel aus Schaffell gekleidet waren. Im Gegensatz zu Fintan trugen sie keine Bärte, obwohl auch sie, genau wie er, einen breiten Brustkorb hatten. Unter dem Schaffell schienen sich massige Schultern und ein muskulöser Nacken zu verbergen. Ihre Hüften hingegen waren schmal. Sie hatten ihre schulterlangen schwarzen Haare zu büscheligen Zöpfen geknotet, in denen Federn steckten. Eine Art freudiger Schreck durchfuhr Deirdre. Der Rabe zuckte zusammen und schlug aufgeregt mit den Flügeln. Die Haut der Männer war so makellos wie frisch gefallener Schnee, völlig glatt und faltenlos. *Genau wie die ihre.*

»Puh!«, schnaufte einer von ihnen. »Ich dachte schon, er würde niemals müde werden.«

Ein anderer stieß ihn mit dem Ellbogen an. »Du wirst wohl langsam alt, Ardan? Das nächste Mal solltest du ja vielleicht besser bei Conor bleiben.«

»Wir sollten seinen Namen nicht erwähnen, nicht einmal hier draußen«, unterbrach der dritte junge Mann das Gelächter. Er beugte sich gerade mit seinem Messer über den Kadaver, sodass sein Gesicht nicht zu sehen war.

Der zweite junge Mann zuckte mit den Schultern. »Wer soll uns denn hier draußen schon hören, großer Bruder? Außerdem warst es doch du, der uns hierhergeschleift hat. Findest du nicht, dass du mit deinen Ermahnungen und deiner Vorsicht jetzt ein bisschen spät dran bist?«

Der ältere Bruder stieß sein Messer in den Rumpf des Tieres. »Ich bin wütend, Ainnle, aber nicht dumm. Im Gegensatz zu einigen anderen …«

Derjenige, der Ainnle genannt wurde, verzog das Gesicht. Deirdres Rabe fiel fast vom Baumstamm, schlitterte mit klappernden Krallen am Holz entlang, bevor er wieder Halt fand. Ardan … Ainnle. Das waren die Söhne des Usnech – dann musste der dritte im Bunde dort unten Naisi sein. Ihr Rabe stieß angesichts ihrer sich überschlagenden Gedanken ein lautes Krächzen aus. Deirdre hielt verzweifelt die Seelenschnur fest … erinnerte sich daran, in sie hineinzuatmen, als die Schnur sich zu ihrem Körper zurückschlängelte. Sie kam sich so winzig vor, so als würde sie frei im Raum schweben. Es war ein beunruhigendes Gefühl. Und dennoch: Sie wurde von Federn und Knochen umgeben, wurde von einem Licht und einem Bewusstsein erfüllt, das wild und ungezähmt war.

Der Schrei des Raben hatte die Aufmerksamkeit der Brüder geweckt. Erschrocken fuhren sie herum und starrten in ihre Richtung. Einer der anderen Vögel hüpfte zu dem Hirsch und begann, ihm ein Auge auszupicken. Deirdres Rabe rührte sich jedoch nicht von der Stelle, als sie direkt in das nach oben gerichtete Gesicht des ältesten Bruders blickte. Das Weltenrad schien zu schlingern und sich zu verkanten, die Zeit stand plötzlich still. Deirdre war völlig von den Farben gefesselt, die den jungen Mann kennzeichneten und die ein geradezu unheimliches Echo der Szenerie um ihn herum darstellten. Sein lockiges Haar glänzte so schwarz wie die Federn der Raben, und unter seinen kurzen Bartstoppeln war seine Haut so weiß wie der Schnee. Die roten Lippen und geröteten Wangen reflektierten das vergossene Blut.

Rabe, Schnee, Blut. *Schwarz, weiß, rot.* Das waren die Farben der Druiden.

Das Weltenrad knirschte und ächzte, bevor die Speichen wieder einrasteten und es sich mit einem Ruck erneut in Bewegung setzte. Inzwischen klopfte das Herz des Raben schnell und unregelmäßig. Deirdre musste deshalb die Seelenschnur wieder ergreifen und festhalten. *Alles ist gut*, sagte sie sich. *Alles ist gut*, sagte sie auch dem Vogel.

Sie wagte einen weiteren Blick auf den ältesten Bruder. Sein Gesicht wirkte entschlossen, seine Nase war viel länger als ihre eigene kleine Stupsnase – mit scharfem Rücken und geblähten Flügeln. Seine Unterlippe war fleischig und voll, und um seine breite Oberlippe spielte ein sardonisches Lächeln. Seine hageren Wangen verliehen seinem Gesicht ein markantes Aussehen. Selbst im matten Schein der Wintersonne wirkten seine Augen erstaunlich blau.

»Schsch!« Ainnle verscheuchte den Raben, der sich an den Kadaver herangemacht hatte. »Verschwinde!« Obwohl alle drei Brüder gleichermaßen schwarzhaarig waren und eine helle Haut besaßen, waren Ainnles Augen, im Gegensatz zu dem strahlenden Himmelblau von Naisis Augen, grünlich und die von Ardan eher grau.

Die jungen Männer wandten sich jetzt wieder dem erlegten Wild zu. »Du brauchst dir keine Sorgen zu machen«, sagte Naisi. »Er war nur an den Augen, und wir haben das Tier noch nicht aufgebrochen.« Sie hielten inne, um ihre Schaffelle abzulegen. Darunter kamen Hemden aus grünbraun karierter Wolle zum Vorschein. Dann beugten sie sich über den Hirsch, um ihn auszuweiden. Als sie jetzt ihre Messer zur Hand nahmen, sah Deirdre die schlanken Muskeln an ihren Unterarmen. Drei lederne Bündel, die an Traggestellen aus Haselruten befestigt waren, lagen auf dem Boden verstreut herum. Aus jedem der Bündel ragte ein langer, in Fell eingewickelter Gegenstand. Ihre Sinne flackerten vor Aufregung. Das waren Schwerter. *Krieger.*

Die Brüder machten sich konzentriert und, bis auf Ardan, der leise vor sich hin summte, schweigend an die Arbeit. Sie zerschnitten Membranen und zogen das Fell zurück, öffneten dann den Bauch des Tieres und nahmen die Eingeweide heraus. Ihr Atem schwebte als helle Wolke über dem toten Hirsch. Plötzlich hörte Ardan auf zu summen. »Ich bin mir nicht sicher, ob wir den kapitalen Bock noch weiter verfolgen sollten, Naisi«, meinte er. »Was wir hier tun, ist schon leichtsinnig genug. Wir sollten besser nach Hause gehen.«

Naisis Miene schien mit einem Schlag zu versteinern, während er das Fleisch weiter mit seiner Klinge zerteilte. »Vielleicht war es sogar ein Zwanzigender.«

»Aber wir haben auf der anderen Seite des Sees Rauch gesehen.«

»Was nichts anderes heißt, als dass dort jemand lebt. Es ist also nicht so, dass niemand dieses Gebiet betreten darf.« Naisi sprach leise, aber seine Worte schnitten wie eine stählerne Klinge durch die kalte Luft. »Ich will diesen Hirsch haben.« Er durchtrennte mit seinem Messer entschlossen eine Sehne.

Ainnle reinigte seine blutigen Hände im Schnee und wechselte dabei einen vielsagenden Blick mit Ardan. »Du willst doch bloß, dass Anya und ihre Freundinnen dich anschmachten.« Ainnle quiekte mit hoher Stimme: »Ach, Naisi, wie *unglaublich* tapfer von dir, einen *so* großen Hirsch zu erlegen!«

Naisis Gesicht zeigte keine Regung, er beugte sich einfach ein Stück nach vorn und warf seinem Bruder im selben Moment schon eine Handvoll Schnee ins Gesicht. Der Schnee klatschte Ardan in den offenen Mund, und als dieser spuckte und hustete, begann Ardan, herzhaft zu lachen. Ainnle kratzte daraufhin mit beiden Händen eine Ladung Schnee zusammen und warf sie nach Naisi. Dieser duckte sich jedoch, sodass der Schneeball stattdessen Ardan am Arm traf. Innerhalb kürzester Zeit tobten die drei wie wild herum, während Schneebälle in alle Richtungen flogen.

Deirdres Rabe nutzte das Chaos, um vom Baum herunterzuflattern und sich auf dem gewölbten Bauch des Hirschs niederzulassen. Sie selbst war von der tobenden Schneeballschlacht viel zu begeistert, um das überhaupt zu registrieren.

Pulvrige Flocken schwebten über sie hinweg, als die wilden Rufe der drei jungen Männer als Echo im stillen Wald widerhallten. Sie hatte noch nie gesehen, wie Geschwister miteinander herumalberten, aber sie sah die Freude in ihren funkelnden Augen und sehnte sich danach, ihnen kreischend und lachend hinterherzurennen. Auch sie wollte die frische, kalte Luft in ihren Lungen und die Eiskristalle auf ihren Wangen spüren.

Während sich die jungen Männer eine Schneeballschlacht lieferten, hatten die beiden anderen Raben von den Eingeweiden abgelassen und sich über das frische Fleisch hergemacht. Als die Brüder das sahen, rannten sie atemlos zum Hirsch zurück und versuchten die Vögel mit wilden Bewegungen ihrer Arme zu verscheuchen. Naisis Gesicht befand sich dabei auf derselben Höhe wie Deirdres Rabe, der als einziger nicht vom Fleck wich. Als Naisi jetzt damit begann, den Hirsch weiter zu häuten, hatte sie Gelegenheit, ihn genauer zu betrachten. Der spöttische Zug um seinen Mund und die Anspannung um seine Augen herum waren jetzt verschwunden. An deren Stelle war eine Art wilde Fröhlichkeit getreten. Dichte Schneeflocken fielen auf seine Haare und schmolzen. »Ich wette, dass Conor nur selten hierherkommt – die Gegend hier ist viel zu weit von seinem gemütlichen Feuer entfernt. Außerdem ist das Gelände hier oben ziemlich unwegsam – und wenn er doch einmal kommt, wird von diesem Kadaver hier nur noch das Skelett übrig sein. Aber wie dem auch sei, wenn ich ihm dieses Geweih für seine Halle präsentiere, wird er viel zu verblüfft sein, um uns zu fragen, wo wir das Tier erlegt haben!«

Deirdre wünschte sich, dass sie diesem überheblichen jungen Mann sagen könnte, dass der König den weiten Weg von Emain Macha bis hierher durchaus nicht scheute. Inzwischen hatte ihr Rabe jedoch schon viel zu lange ausgeharrt. Er breitete die Flügel aus und hüpfte zu den blutigen Eingeweiden hinüber, die im Schnee lagen. Bevor sie ihre Gedanken sammeln konnte, begann er auch schon, an einem Fetzen Fleisch herumzupicken. Ihre Sinne wurden plötzlich von einem sauren, kupferartigen Geschmack überflutet, als der Rabe das glitschige Stück Fleisch hinunterwürgte.

Der Teil von ihr, der sich darauf konzentriert hatte, in die Seelenschnur hineinzuatmen, erschrak – und die Verbindung zu dem Vogel riss. Sie wurde aus seinem Bewusstsein herausgerissen, das Licht beschrieb einen weiten Bogen, folgte dabei einer verwirrenden Spur aus Dunkelheit, Licht und wirbelnden Formen. Sie hatte das Gefühl zu fallen, dann spürte sie einen heftigen Aufschlag. Als sie wieder zu sich kam, lag sie mit weit ausgestreckten Armen im Schnee. Ihre Hände und ihr Gesicht waren eisig.

Sie riss die Augen auf und sah Schneeflocken von den Wolken herabschweben. Sie schmolzen auf ihren Lippen und hinterließen einen metallischen Geschmack, der sie an das Blut im Schnabel eines Raben erinnerte.

An diesem Abend schlang sie hastig ihren Hammeleintopf hinunter und beantwortete dabei Fintans und Aiveens Fragen höchst einsilbig. Fintan hatte sie in der Kälte auf der Mauer liegen sehen. »Bist du krank, Mädchen?«, fragte er.

Sie lächelte ihn traurig an. »Nein.«

»Ist es ... du weißt schon?« Er deutete mit hochgezogener Augenbraue in Aiveens Richtung, die gerade Gerstenkörner in einer Pfanne über dem Feuer röstete.

Aiveen warf ihm einen warnenden Blick zu. »Fintan! Wage es ja nicht, jetzt von den ›kritischen Tagen‹ zu sprechen.«

»Nein.« Deirdre schüttelte den Kopf. »Ich bin einfach nur müde, das ist alles. Der Winter ist eine schwierige Zeit.« Sie starrten alle nachdenklich in die Flammen, ließen jedoch unausgesprochen, was sie erwartete, wenn die Bäume das erste Grün zeigen würden.

In den Flammen sah Deirdre wieder das verlockende Sternenlicht im Auge des Raben. Ein aufgeregtes Zittern lief durch ihren Körper. War sie es gewesen, die den Raben herbeigerufen hatte? Hatten etwa sogar die *sídhe* mit ihr gesprochen? Diese unsinnige Hoffnung schmerzte jedoch zu sehr, und sie dachte stattdessen wieder an die drei jungen, vor Begeisterung geröteten Gesichter. Sie hatte einmal einen Wurf von Fuchswelpen beobachtet, wie sie miteinander herumgebalgt hatten und sich, als sie dann plötzlich etwas erschreckt hatte, eng aneinandergedrückt hatten. Sie hatte schon damals die Tiere beneidet. Und heute hatte sie diese geschwisterliche Verbundenheit wieder beobachtet. Noch nie in ihrem Leben hatte sie sich etwas so sehr gewünscht – sie wünschte es sich sogar mehr, als dass diese seltsamen Begierden ihres Körpers aufhörten, mehr als Levarchams Anerkennung. Dieses Gefühl der Zugehörigkeit.

Schließlich entschuldigte sie sich, um in ihre Hütte zurückzukehren. Auf dem Weg dorthin ließ sie der riesige, bronzefarbene Mond, der über den schwarzen Hügeln schwebte, innehalten. Der Himmel war wolkenlos, die Luft frisch und klar. Es lag eine Spur von Eis in ihr. Sie legte den Kopf in den Nacken, so als wolle sie das kalte Licht trinken, und wie auch sonst immer begann sich sogleich ihre lebhafte Fantasie zu regen.

Der Mond ging im Osten auf, dort, wo sich der See befand. Der kleine Pfad durch das Tal, den Fintan angelegt hatte, würde sie als glänzendes Band durch die kahlen Wälder führen, genauso wie eine Seelenschnur. Sie würde den Weg so deutlich sehen können, als leuchte die Mondgöttin selbst mit ihrer Laterne, deren Flamme aus gesponnenem Silber war.

Ihre Gedanken gerieten ins Stocken. *Nein, das durfte und konnte sie nicht tun.* Plötzlich schien die Welt den Atem anzuhalten.

Doch, sie konnte. Sie konnte ein kleines Stück des Weges gehen. Spätestens bei Sonnenaufgang würde sie wieder zurück sein. Niemand würde etwas merken. Den Teil des Weges, der durch das bewaldete Tal führte, kannte sie bereits, und bei ihrem Flug mit dem Raben hatte sie gesehen, dass sich der Pfad oben auf dem Hügel gabelte. Sie brauchte also nichts anderes zu tun, als die nach Osten führende Abzweigung zum See zu nehmen. Im Schnee war das einfach.

Sie stand vor ihrer Tür, voller Sehnsucht und mit klopfendem Herzen. Sie war dem Weg, wenn auch in anderer Gestalt, bereits gefolgt. Jetzt wollte sie die klare Luft des Sees unbedingt mit ihrem eigenen Körper atmen, auf ihren eigenen Beinen und mit brennenden Lungen dorthin laufen. Dorthin, wo sie dieses ausgelassene Gelächter gehört hatte.

8

Sie zog ein dickes wollenes Unterhemd und einen Kittel an, außerdem eine Hose aus Schafsleder und schließlich einen Umhang aus Schaffell, den sie mit der Vliesseite nach innen trug. Dann schlüpfte sie in ihre Stiefel aus geölter Tierhaut, schlang ein Seil um ihr Handgelenk und steckte sich ihr Fleischmesser in ihren Gürtel.

Als sie an der Tür noch einmal ihren Blick durch ihre Hütte wandern ließ, fiel ihr etwas ins Auge, das weiß schimmerte. Es war das Schwanenkostüm, das am Bettschirm hing und dessen Federn sich im warmen Luftstrom des Feuers leise bewegten. Irgendetwas veranlasste sie, die hölzerne Maske zu nehmen und aufzusetzen.

Ein wilder Impuls packte sie. Drängte sie, einfach loszufliegen, völlig frei und ungebunden und nur von Luft umgeben.

Sie kletterte an ihrem Seil den Schutzwall hinunter und schlich leise über den mit Schnee gefüllten Graben, dann rannte sie wie im Rausch den Pfad entlang. Als sie im letzten Sommer durch das Tal gegangen war, hatten die Bäume wie helle Pfeiler vor der dunklen Erde und den grünen Blättern ausgesehen. Jetzt jedoch stand die Welt auf dem Kopf. Das Innerste war nach außen gekehrt: Die Baumstämme waren dunkel vor Feuchtigkeit, und der Boden war weiß. Aus den flachen Mulden stiegen Dunstschleier auf und umgaben ihre Beine, sodass sie sich irgendwann fragte, ob sie überhaupt noch den Boden berührte.

Sie erreichte den Rand jener Lichtung, auf der sie die Söhne des Usnech gesehen hatte. Auf den Bäumen glänzte der Reif, im Hintergrund schimmerte der See. Vorsichtig näherte sie sich dem toten Hirsch. Irgendein Tier hatte alles Fleisch von den Knochen gelöst und die Beine abgebissen, sodass jetzt nur noch der klaffende Bogen der Rippen übrig war. Sie zog langsam ihr Messer aus dem Gürtel und hielt es vor sich. Der Schnabel der Maske behinderte ihre Nasenatmung, aber dann nahm sie es doch wahr … den schwachen Geruch von brennendem Holz. Eine Spur im Schnee, dunkel von Schlamm und Blut, zeigte ihr den Weg, den die Brüder genommen hatten. Sie folgte ihm vorsichtig.

Sie war gerade wieder stehen geblieben, um den Geruch des Rauchs aufzunehmen, als plötzlich ein so schauerliches Heulen ertönte, dass ihr das Herz bis zum Hals schlug. Das Heulen schwoll an, bevor es wieder verebbte. Deirdre war wie gelähmt. Sie wusste, dass das, was sie da hörte, das Lied der Wölfe war. Sie hatte plötzlich wieder die blanken Rippen des Hirschs vor Augen. Im Westen antwortete jetzt ein anderes Heulen: eine leise Klage, volltönend und eindringlich, deren einzelne Töne sich um den Hauptbogen einer Melodie wanden.

Jetzt ertönte wieder der erste Ruf. Deirdre ging rückwärts, bis sie mit dem Rücken an einen Baum stieß. Panik erfasste sie. Und dann wurde die Stille plötzlich von lautem Gelächter zerrissen. Das zweite Rudel antwortete, und jetzt hörte sie auch den Unterschied – der erste Ruf war melodisch und hoch, der zweite hingegen vielschichtig und tief. »Arruuuuh!«, rief jemand laut, durchsetzt von amüsierten Schnüffellauten. »Kommt und holt uns doch, ihr Wölfe. Dann können wir uns aus eurem Pelz einen warmen Umhang machen!«

»Halt den Mund, Ainnle. Wenn du zu echt klingst, kommen sie womöglich noch zurück.«

»Nein, das werden sie bestimmt nicht. Ardan hat viel zu sehr gekrächzt.« Es folgte anscheinend eine wilde Balgerei, unterbrochen nur von Knurren und weiterem Gelächter.

Verwirrt schob Deirdre ihre Maske ein Stück nach oben und wischte sich den Schweiß vom Gesicht. Während sie darauf wartete, dass sich ihr rasendes Herz wieder beruhigte, starrte sie in die Dunkelheit hinein. Gleich darauf kniff sie die Augen zusammen. Das geisterhafte Leuchten auf dem schneebedeckten Boden schien heller zu werden, dann wieder zu verblassen. Dann wieder heller. Blasser. Geschah dies im Rhythmus ihres Herzschlags? Alles sah plötzlich so leuchtend aus. Die Bäume schienen jetzt zu schimmern, und selbst der See schien ein immer helleres Licht auszusenden.

Als sie die Maske wieder aufsetzte, wurde sie von einer geradezu unbändigen Sehnsucht überwältigt. Sie sehnte sich danach, wieder zu spüren, wie die Erde unter ihr zurückwich und ihr Körper immer leichter wurde. Als sie sich dieser Erinnerung hingab, sich dem Geist der Maske auslieferte, verschwand die Schwere aus ihren Knochen und ihren Muskeln, und mit einem Mal glitt sie durch den stillen Wald dahin. Aber dies konnte nur ein Traum sein, denn der Schatten unter ihr besaß Flügel.

Während Deirdre dahinflog, zerstob die silberne Flut von Licht, das die Bäume ausstrahlten, zu perlmuttfarbenen Flocken am Rande ihres Gesichtsfelds. Wenn sie vorbeiflog, wirbelte sie sie auf, bis sie schließlich den verschwommenen Eindruck hatte, durch eine funkelnde Wolke zu fliegen. Das war ein Traum, ja. *Ein Traum.*

Nur ganz langsam erwachte Deirdre wieder aus dieser seltsamen Trance. Sie besaß wieder Arme und Beine, und zwei Füße, die fest im Schnee standen. Auch ihr Herz spürte sie wieder. Es schlug langsam und kraftvoll.

Erst jetzt sah sie, dass hinter einem Dornengestrüpp ein Lagerfeuer brannte. Sie atmete tief ein und klammerte sich an den Stamm einer überhängenden Eiche, als ein vage vertrautes Geräusch an ihre Ohren drang. Während sie sich darauf konzentrierte, formte sich das Geräusch zu etwas, das sie kannte: Stimmen.

Die Brüder saßen auf ihren Lederbündeln um das Feuer herum. Aufgespießt auf langen Stöcken, die zwischen Steinen festgeklemmt waren, briet das Fleisch des erlegten Hirschs. Der Saft tropfte von Zeit zu Zeit zischend in die Flammen. Ardan stach gerade mit seinem Dolch in eines der Fleischstücke. »Ich habe langsam das Gefühl, dass dein kapitaler Bock nur ein Geist ist, Naisi. Wir haben jetzt schon einen ganzen Tag nach ihm Ausschau gehalten.«

»Er muss ganz in der Nähe sein«, antwortete Naisi ihm ungewohnt barsch. »Ich habe die Spitze seines Geweihes oben auf dem Hügelkamm gesehen.« Dann mäßigte er sich wieder, und ein entschuldigendes Lächeln nahm seinem Gesicht die Härte. »Nur noch ein paar Tage, Ardan. Mehr verlange ich nicht. Wir kriegen ihn. Ich weiß, dass wir ihn kriegen.«

»Auch wenn wir uns dafür völlig verausgaben müssen?«

Naisi wandte seinen Blick ab und starrte in den Wald. Das Licht der Flammen erhellte die Konturen seines Unterkiefers. »Umso besser. Conor hat uns jetzt schon eine ganze Weile nicht mehr in eine Schlacht geschickt. Offensichtlich schmiedet er lieber Bündnisse und schließt Verträge. Wir haben uns zwar auch so einen Namen gemacht, dennoch sollten wir jede Gelegenheit nutzen, um unseren Ruhm zu mehren.«

Ainnle zog ein Stück Fleisch von einem der Stöcke herunter, blies es kurz an und probierte es. »Illan und Fiacra sind zuverlässige und gute Kämpfer«, meinte er dann und versuchte, seinen ältesten Bruder mit einem Lächeln aufzumuntern. »Es ist also keine Schande für uns, dass sie ausgewählt wurden, um Cullen zur Seite zu stehen.«

»Es sind tapfere Männer«, stimmte Naisi ihm zu. Er stützte eine Hand auf sein Schwert, das in seiner Scheide an einem Baumstamm lehnte. Im Feuerschein schimmerten die goldenen Verzierungen auf dem Heft. Deirdres Herz schlug unwillkürlich schneller, als sie das sah. Dies war ein Schwert aus den Geschichten der Barden. Naisi fuhr nachdenklich mit den Fingern über das erhabene Muster, so als wäre es lebendig. »Aber auch wir sind tapfer. Dennoch hat uns der König wie Hunde an die Kette gelegt. Anscheinend soll unser Name nicht zu hell strahlen.«

Deirdre horchte auf. Conor? Die Bitterkeit in Naisis Stimme traf sie bis ins Mark, fachte die Glut ihres eigenen, schon lange schwelenden Schmerzes an. Über die Distanz zwischen dem schneebedeckten Baum und dem flackernden Lagerfeuer hinweg spürte sie plötzlich eine Art von Seelenverwandtschaft. War es möglich, dass so berühmte Männer genauso in der Falle saßen wie sie? Gefangene des Königs der Ulaid waren?

»Wenigstens«, fügte Naisi mit einem Schulterzucken und einem gequälten Lächeln hinzu, »liegen wir an derselben Kette. Wuff.« Er warf Ardan einen kurzen Blick zu. Dieser verdrehte jedoch nur die Augen, bevor er Naisi und Ainnle ihre Fleischspieße reichte. Dann gruben sie ihre weißen Zähne in das Fleisch und ließen es sich sichtlich schmecken.

Nachdem sie sich eine Weile stumm ihrem Mahl gewidmet hatten, begann Ardan mit sanfter Stimme vor sich hin zu summen, während er den Pfropfen einer ledernen Flasche herauszog und diese dann Ainnle reichte. Als der jüngste Bruder trank, stimmte Ardan, den Blick in die Flammen gerichtet, ein Lied an. Er hatte eine angenehme, kraftvolle Stimme, die sich schwerelos in die eisige Luft erhob. Deirdre hatte das Gefühl, als würde ihr Körper von der Melodie emporgehoben. Levarcham ermunterte sie immer wieder einmal zu singen, aber obwohl Deirdre die Tochter eines Barden war, brachte sie stets nur ein heiseres Krächzen zustande.

Ardan wechselte jetzt zu einem ruhigeren Lied. Es handelte von einem weißen Geisterhirsch, der den Jägern im Licht des Mondes erschien und sie dann in die Anderswelt lockte. Naisi, der den sanften Tadel seines Bruders sehr wohl erkannte, lächelte wehmütig und stützte dann das Kinn in die Hände. Ainnle stimmte in den Gesang ein und gab dabei die Flasche an Naisi weiter. Dann ließen die beiden jüngeren Brüder ohne Scheu ihre klaren Stimmen erklingen, während der älteste ihnen lauschte.

Schließlich stimmte auch Naisi ein. Die Stimmen der Brüder woben sich schon bald harmonisch ineinander. Deirdre war völlig hingerissen. Ihre Melodien kamen ihr wie helles Sonnenlicht, wie sanft dahinplätscherndes Wasser vor. Als Naisi sang, verschwand der Schatten von seinem Gesicht, und es begann von innen heraus zu strahlen.

Dann ging Ardan wieder zu einem schnelleren Lied über, in welchem ein Mann heftig um ein Mädchen warb und in dem ihre Zähne, Augen und Haare in maßlos übertriebener Weise beschrieben wurden. Er begann, ihre körperlichen Vorzüge mit Worten aufzuzählen, die Deirdre noch nie zuvor in einem Lied gehört hatte: eine Frau mit Brüsten und einem Po wie kleine Hügel und – vor Schreck blieb ihr der Mund offen stehen – einem Schlitz so breit wie der Fluss Bann, gesäumt von dichtem goldenem Farn. Seine Brüder begannen zu lachen, bis auch Ardan schließlich nicht mehr weitersingen konnte und sein Lied in einem lauten Prusten und Schnauben abbrach. Mit glühenden Wangen verharrte Deirdre, als der Heiterkeitsausbruch bei Ardan in einen Schluckauf mündete und sich schließlich auch bei den beiden anderen legte.

Ainnle machte sich jetzt wieder daran, mit den Zähnen weitere Fleischstücke vom Spieß zu ziehen. »Bei diesem Lied muss ich immer an unsere geliebte, leider jedoch entschwundene Königin Maeve denken.«

Ardan prustete wieder los. »Diese Wölfin? Sie würde dir die Hände abbeißen, bevor du auch nur in die Nähe ihrer Hügel kommst!«

Ainnle schüttelte mit vollem Mund den Kopf. Dann sagte er, noch immer kauend: »Mir hat es jedenfalls gefallen, wie Maeve in Emain herumstolziert ist. Und dir auch, Ardan, wenn ich mich richtig erinnere.« Er schluckte den Bissen hinunter und grinste. »Ich habe gehört, dass man es ihr zehnmal in der Nacht besorgen musste und dass sie dabei so gekreischt hat, dass fast das Dach davongeflogen ist.«

»Kein Wunder, dass Conor immer müde war«, antwortete Ardan. »Ich wette, *das* hat er nicht erwartet, als er sie zur Frau genommen hat.«

Deirdre spitzte die Ohren und vergaß das Lied. *Frau?*

»Wie auch immer.« Naisis Stimme klang jetzt so ruhig und bestimmt, dass die anderen verstummten. »Sie war jedenfalls die Einzige, die ihm jemals die Stirn geboten hat.«

Ardan warf ihm einen scharfen Blick zu. »Es war nicht besonders schwer für sie, davonzulaufen und zu ihrer Verwandtschaft in Connacht zurückzukehren. Sie ist schließlich eine Prinzessin – ihr Vater ist ein mächtiger König, der sie jederzeit vor Conors Zorn beschützen kann.«

»Ihr Vater ist schwer krank, heißt es.«

Den Rest des Satzes hörte Deirdre kaum noch, denn ein jedes der Worte, die sie gehört hatte, drang tief in ihr Bewusstsein. *Königin. Ehefrau. Die Stirn bieten. Davonlaufen.* Ihre Finger gruben sich in das bereifte Moos, das den Stamm der Eiche bedeckte. Die Ehefrau, nicht nur die Verlobte des Königs. *Sie* war nur seine Verlobte. Ein Schauer lief ihr über den Rücken.

»Aber wenn ich es recht bedenke …«, beeilte sich Ainnle zu sagen, um das Thema zu wechseln, »… klingt das alles viel mehr nach Eithne, dem Schankmädchen in Fergus' Burg.« Er gab Naisi noch einen Spieß mit gebratenem Fleisch und wackelte dabei übertrieben mit den Augenbrauen. »Bei ihr muss man tatsächlich *Berge* erklimmen, um ihren Fluss zu erreichen, selbst wenn er es wert ist, darin zu ertrinken.«

Ardan warf Naisi einen raschen Blick zu. Auch er grinste anzüglich. »Nur dass ihr Farn schwarz ist und nicht golden.«

»Die Tatsache, dass ihr das beide zu wissen scheint, gefällt mir ganz und gar nicht«, erwiderte Naisi trocken und ließ damit zu, dass man ihn auf diese Weise von den dunklen Gedanken ablenkte, die sein Gesicht verfinsterten.

»Das sagst du doch nur, weil Anya jedem Mädchen, in das du eintauchen willst, sofort an die Gurgel geht, großer Bruder.«

»Besser, als wenn man am Schlafittchen aus den Stromschnellen gezogen werden muss.«

Deirdre konnte es nicht fassen. Sie schob ihre Gedanken über Maeve vorerst beiseite. Diese Jungen sprachen von Frauen, als wären sie nichts anderes als Körper, die zu ihrer Unterhaltung dienten – die sie betasteten und kosteten wie das gebratene Fleisch! Sie bekam eine Gänsehaut, als sie jetzt wieder an den Blick denken musste, mit dem Conor sie angesehen hatte. Sie schaukelte auf ihren Fersen. Das prickelnde Gefühl des Flugs mit dem Raben umgab sie noch immer wie ein dichter Nebel, machte sie unvorsichtig und wagemutig. Vielleicht konnte sie diesen Jungen auch ein Lied zum Geschenk machen.

Levarcham hatte ihr schon vor langer Zeit die Geschichte von der Göttin Clíodna und ihren drei Zaubervögeln erzählt, die mit ihrem Zwitschern verwundete Krieger heilen konnten. An einer bestimmten Stelle musste der Geschichtenerzähler dann eine kleine Vogelmelodie pfeifen. Er wiederholte diese Melodie dann so lange, bis alle Zuhörer einstimmten. Jetzt schlich Deirdre bis unter die überhängenden Äste der Eiche, schob ihre Kapuze zurück und wartete, bis die jungen Männer verstummten. Dann legte sie ihre Finger wie einen Schalltrichter um den Schnabel ihrer Maske und stieß ein lautes Pfeifen aus.

Die drei Männer sprangen erschrocken auf. »Was war das?«, wollte Ardan wissen.

Naisi sah sich stirnrunzelnd um. »Eine Eule vielleicht?«

»Nein, das klang nicht nach Eule.«

»Vielleicht war es nur der Wind.«

Während die drei noch rätselten, schlich Deirdre sich noch ein Stück weiter an. Der Schnee dämpfte ihre Schritte. Dann kauerte sie sich nieder und stieß wieder einen trällernden Ruf aus, den sie dann aber in die Melodie aus Clíodnas Geschichte übergehen ließ. »Was ist das?«, rief Ainnle verwirrt. Naisi stand wachsam da und suchte den Wald mit den Augen ab.

Allein Ardan schien keine Angst zu haben. Er ging langsam bis zum Saum des Lichts, das das Feuer warf, und sah sich suchend um. Deirdre hielt den Atem an. Der schwache Schein des Mondes lag auf seinem Gesicht und verklärte es, während seine Augen zu leuchten begannen. »Ich kenne diese Melodie«, murmelte er. Er ging zum anderen Ende der Lichtung. Deirdre duckte sich noch tiefer, bevor sie wieder zu pfeifen begann: fünf Töne hinauf, vier hinunter, den fünften Ton dann drei Mal wiederholen.

Ainnle beobachtete noch immer angespannt die Umgebung. »Ja, ich kenne sie auch«, flüsterte er.

»Es ist das Lied aus Senans Geschichte.« Ardan starrte angestrengt in die Dunkelheit, während er sich langsam zum Wald hin beugte. »Die Göttin Clíodna.«

»Göttin?«, wiederholte Ainnle. »Ich frage mich, ob sie uns eben zugehört hat.«

Das geschieht ihnen ganz recht, dachte Deirdre, die von ihrer Kühnheit geradezu berauscht war. Auf diese Weise waren sie gezwungen, darüber nachzudenken, wie sie die Frauen behandelten. Den Göttinnen nämlich waren alle Frauen heilig. Dann tat Ainnle jedoch etwas, womit sie nicht gerechnet hatte: Er rannte zu seinem Traggestell und richtete sich dann mit gezücktem Schwert wieder auf. *Große Brid* … Im selben Moment bückte Naisi sich und raffte blitzschnell einen Armvoll trockene Blätter und Zweige zusammen. Bevor sie reagieren konnte, warf er das Bündel ins Feuer, sodass die Flammen hoch aufloderten.

Sie wich taumelnd zurück. Einer der Brüder rief: »Was war das weiße Ding dort?«

»Es hatte einen Schnabel … gütige Götter …«

»Nehmt euch eure Schwerter und hört auf zu plappern.«

Deirdre machte ein paar Schritte zur Seite. Als sie jedoch ins Dunkel sah, musste sie feststellen, dass der Feuerschein sie so geblendet hatte, dass sie kaum mehr etwas sah. Sie glaubte ein Stück des Weges zu erkennen und rannte darauf zu. Statt auf den Weg lief sie jedoch direkt in ein Gebüsch aus Haselnusssträuchern. Die Lederriemen ihrer Maske verfingen sich in den Zweigen. Voller Panik wich sie einen Schritt zurück und trat dabei auf einen trockenen Ast.

Er zerbrach mit lautem Knacken.

»Das ist keine Göttin!«, rief Naisi. »Ich *wusste* es.«

Deirdre hatte nur noch einen einzigen Gedanken: Flucht. Sie rannte blindlings in die Dunkelheit hinein, stolperte und fing sich wieder. Sie hörte, dass mindestens einer der Brüder sie verfolgte. Sie rannte den mondbeschienenen Pfad entlang, hörte, wie ihr Verfolger immer näher kam. Sie versuchte, noch schneller zu rennen, bekam aber nicht genügend Luft. Die Maske behinderte ihre Atmung. Ihre Lungen brannten wie Feuer. Schließlich bekam ihr Verfolger ihren Umhang zu fassen und schleuderte sie in eine Schneewehe. »Halt. Liegen bleiben!«, rief Naisi.

Deirdre rappelte sich jedoch hoch, lief wieder los und fiel über einen Busch. Als sie bäuchlings im Schnee lag, stieß sie ein Ächzen aus, das unverkennbar menschlichen Ursprungs war. Naisi sprang mit einem Schrei über den Busch, packte sie am Ärmel und rollte sie herum. Ihre Verzweiflung und das schwelende Feuer von Monaten – von Jahren – verliehen ihr jedoch unerwartete Kraft. Sie versuchte, sich mit einen wilden Tritt in seine Weichteile zu befreien. Sie traf jedoch nur seinen Oberschenkel, und ihm entfuhr ein knurrender Schmerzenslaut. Als sie wieder ausholte, warf er sich laut fluchend auf sie und presste ihre Beine auf den Boden. Mit einem wütenden Keuchen schlug sie um sich und wand sich hin und her. Er wurde fast von ihr heruntergeworfen, als er versuchte, ihre wild um sich schlagenden Arme zu fassen zu bekommen. Schließlich setzte er sich einfach auf sie und drückte ihre Arme mit seinen Schienbeinen auf den Boden. Er wischte sich den Schnee aus dem Gesicht und sah sie an. »Na so etwas«, keuchte er, »da haben wir wohl eine Wildkatze und keine Göttin gefangen!«

»Du hast überhaupt keine Ahnung, was ich bin«, keuchte sie wütend unter ihrer Maske hervor, denn sein Gewicht auf ihrem Brustkorb nahm ihr den Atem.

Als er ihre Stimme hörte, erstarrte er. Dann stand er langsam auf. Deirdre erhob sich mühsam und machte, noch immer völlig außer Atem, einen Schritt zurück.

»Verdammt«, fluchte Naisi leise, und bevor sie noch reagieren konnte, hatte er auch schon mit einer raschen Bewegung ihren Zopf unter ihrem Umhang hervorgezogen, der jetzt über ihren Rücken fiel. »Du bist ja nur ein Mädchen!«

Ihre wütende Erwiderung erstarb ihr auf der Zunge, denn als sein Handgelenk ihren Hals gestreift hatte, war sie von dessen ungewohnter Weichheit erschrocken. Das Gefühl war so unerwartet, dass sie es noch eine ganze Weile auf ihrer Haut spürte, so als läge seine Hand noch immer dort. Der Geruch von getrocknetem Schweiß und gegerbtem Leder stieg von seinem Hemd auf. Sie roch Birkenpech an seinen Händen, zusammen mit dem durchdringenden Geruch von getrocknetem Blut. Das war der Geruch eines Jägers. Seine schiere Andersartigkeit raubte ihr den Atem und gleichzeitig auch ihre Wut.

»Also«, fragte er. »Warum wolltest du uns Angst einjagen?«

Dunkle Brauen beschirmten seine Augen, die Schatten teilten sein Gesicht in scharfe Felder und Flächen. Die Einbuchtung über seinen vollen Lippen zog sie wie magisch an. Sie hatte das absurde Bedürfnis, sie mit ihrem Finger zu berühren, um zu sehen, ob er sich anders anfühlte als ihr eigener Mund. Ein Mann. Ein junger Mann.

Das Schweigen zog sich in die Länge, bis Naisi eher barsch als wütend sagte: »Was ist? Los! Komm mit zum Feuer, damit ich dich richtig sehen kann.«

Er packte sie am Umhang, und Deirdre ließ sich ohne Widerstand zum Feuer führen.

9

Als sie aus der Dunkelheit heraustraten, ließ Ainnle sein Schwert sinken. »Da, schau«, sagte Naisi spöttisch, »deine Vogelgöttin.« Er schubste Deirdre in Richtung des Feuers. Ardan und Ainnle starrten sie beide mit offenem Mund an.

»Oh.« Ainnle runzelte verlegen die Stirn. »Ich verstehe.«

Ardan jedoch lachte laut auf. Der Klang war so verblüffend warm und freundlich, dass Deirdre ihn unwillkürlich anlächelte. Von ihrer wilden Flucht war ihr noch immer ein wenig schwindelig.

»Sie wird nichts sagen.« Naisi ließ seine Schulter kreisen und beugte seinen Arm. Sein Kittel war feucht von schmelzendem Schnee und von oben bis unten mit Schlamm bespritzt. »Ich glaube, sie ist ein bisschen einfältig.«

»Das bezweifle ich«, sagte Ardan, während er ihr in die Augen sah.

Naisis Beleidigung ließ Deirdre ihre Stimme wiederfinden. »Einfältig? Ich versuche gerade wieder Luft zu bekommen, nachdem du mich gejagt, mich geschlagen und mir fast die Lungen zerquetscht hast.«

»Ich? Du bist doch diejenige, die wie ein Dieb durch die Nacht schleicht. Du bist es doch gewesen, die uns belauscht hat.« Sie schluckte. Die Erinnerung daran, wie sie zu Fintans und Aiveens Hütte geschlichen war, kam ihr plötzlich wieder in den Sinn. Ihr

Urteilsvermögen war jetzt schon zwei Mal von ihren Gefühlen getrübt worden. Naisi rieb sich am Kinn. »Und du hast dich ordentlich gewehrt, das kann ich dir sagen. Für ein so schmächtiges Mädchen kannst du ganz schön austeilen.« Er musterte sie jetzt von oben bis unten. »Obwohl vernünftige Mädchen sich nicht wie Jungen kleiden und in der Nacht herumschleichen würden, um erwachsene Krieger zu verhöhnen. Sie würden sich auch nicht über die Götter lustig machen.«

Ihr Mut sank. »Ich habe gehört, wir ihr mit den Wölfen geheult habt.« Sie wandte sich an Ardan, denjenigen mit dem freundlichsten Gesicht. »Ich wollte euch nicht belauschen, mir hat nur euer Gesang gefallen.« Ihre Offenheit verblüffte Ardan sichtlich.

Ainnle jedoch sah sie noch immer finster an. »Und die Maske?«

Sie berührte den hölzernen Schnabel. »Sie wurde für einen Tanz gemacht. Ich wollte euch wirklich nichts Böses.«

»Aber du hast versucht, uns lächerlich zu machen«, murmelte Naisi und verschränkte dabei die Arme vor der Brust.

»Und ihr habt sehr abfällig über Frauen gesprochen«, erwiderte sie hitzig, »da dachte ich …« Ihre Worte verloren sich.

»Da dachtest du, du könntest uns eine Lektion erteilen.« In Naisis Blick lag jetzt ein gefährliches Glitzern.

Ardan unterbrach ihn amüsiert. »Sie hat uns eben erwischt, Brüder. Wenn unsere Mutter uns so reden gehört hätte, hätte sie uns eine Strafpredigt gehalten, die sich gewaschen hat.«

Naisi legte den Kopf schief und sah jetzt schon ein bisschen weniger böse aus. »Wo kommst du eigentlich her? Und warum nimmst du dieses Ding da nicht ab?« Er zeigte auf die Maske.

Ihre Hand hielt noch immer deren geschnitzten Rand. Sie konnte jetzt an nichts anderes denken, als daran, wie Conors Mund schlaff geworden war, als er ihr ins Gesicht gesehen hatte. »Ich lebe in dem Gehöft dort drüben«, sagte sie und deutete mit einer vagen Bewegung hinter sich. Seine zweite Frage ignorierte sie einfach.

Die Brüder sahen einander an. Mit einem Schlag wirkten sie ganz und gar nicht mehr entspannt. »Wir haben aber nur auf der anderen Seite des Sees Rauch gesehen«, sagte Ardan.

Sie ließ ihren Blick langsam von einem der Brüder zum anderen wandern. »Ja.«

Naisi runzelte die Stirn. »Du hast also ganz allein den weiten Weg bis hierher auf dich genommen, und das, obwohl du weißt, dass es hier Wölfe gibt?«

Sie konnte selbst nicht sagen, wie sie so weit hatte laufen können – es war wie in Trance geschehen. Sie hatte nur eine verschwommene Erinnerung daran – aber sie konnte einem leichten, gleichgültigen Schulterzucken nicht widerstehen. »Ich wusste, dass die Wölfe nicht *so* nah waren.«

Ainnles Neugier war größer als sein verletzter Stolz. »Gütige Götter! Wir waren der Meinung, dass die Gegend hier unbewohnt ist. Es ist verboten …«

»Ainnle«, knurrte Naisi und schnitt ihm damit das Wort ab.

Verboten. Zum ersten Mal wurde Deirdre bewusst, wie schwerwiegend es war, was sie da getan hatte. Wenn es diesen Männern untersagt war, dieses Gebiet zu betreten, dann war es folglich auch ihr verboten, ihnen hinterherzuschleichen. *Ich wollte sie doch nur aus der Ferne beobachten.* Die Kraft der Nacht hatte ihr all dies so aufregend und unwirklich erscheinen lassen. Aber diese Männer hier waren aus Fleisch und Blut und nicht das Produkt ihrer Fantasie. Da sie jedoch jahrelang nur ihre Fantasie gehabt hatte, fiel es ihr jetzt unglaublich schwer, sich umzustellen.

Ardan sah seine Brüder an. »Nach deinem einsamen Marsch durch die Dunkelheit hast du dir eine Rast an unserem Feuer wohl verdient. Wir haben anscheinend vergessen, was sich gehört.« Er bot Deirdre sein Lederbündel zum Sitzen an und klopfte Naisi auf die wunde Schulter. »Du schimpfst doch immer über Conors mangelnde Großzügigkeit, aber im Augenblick sind wir es, die keine Manieren zeigen.«

Naisi zuckte sichtlich verlegen die Achseln.

Voller Argwohn setzte Deirdre sich ans Feuer. Inzwischen hatte sie zu frösteln begonnen. Ihr Rücken war nass, denn bei ihrem Kampf mit Naisi war etwas Schnee in den Halsausschnitt gefallen. Die anderen gingen zu ihren Plätzen zurück, während Ardan neben ihnen in die Hocke ging.

Jetzt hatte sie Zeit, die drei Brüder genauer zu studieren. Sie sah, dass ihre Gesichter, abgesehen von den Haaren und den Augen, eine geradezu unheimliche Ähnlichkeit aufwiesen. Es gab jedoch auch Unterschiede, die ihr, als sie mit den Augen des Raben gesehen hatte, nicht aufgefallen waren. Ardan war um Kopf und Schultern herum massiger, und verglichen mit Naisi wirkten seine Gesichtszüge breiter und grober. Seine grauen Augen blickten offen und weniger argwöhnisch als die seines großen Bruders. Ainnle hingegen war noch ziemlich schlaksig und wirkte überhaupt noch sehr jungenhaft. Er reckte stolz sein Kinn, und sein Blick war herausfordernd.

»Nun«, brach Naisi das Schweigen. »Wir würden dir ja Met und Fleisch anbieten, aber du kannst nichts essen, es sei denn, du nimmst endlich dieses Ding ab.« Er schnippte mit dem Finger in Richtung der Maske. »Du scheinst sehr daran zu hängen. Bist du vielleicht entstellt oder so?« Er sagte das mit einem matten Lächeln.

»So entstellt wie ich einfältig bin?«

Die anderen schnaubten amüsiert. Naisi besaß immerhin den Anstand, unbehaglich dreinzusehen. »Du könntest uns wenigstens sagen, wie du heißt«, fügte er hinzu. »Immerhin scheinst du ja auch eine ganze Menge über uns zu wissen.«

»Nur deshalb, weil ihr so viel über euch selbst redet«, erwiderte Deirdre, durch die Sticheleien der Brüder kühn geworden.

Naisis Blick wurde plötzlich wieder scharf. »Wie lange folgst du uns eigentlich schon?«

Erschrocken machte sie einen Rückzieher. »Ich habe euch heute Nacht das erste Mal gesehen. Macht euch also keine Sorgen; ich habe nicht viel mehr gehört, außer dass ihr euch beklagt habt über …«

»Du hast uns also über den König reden gehört.« Naisis Gesicht hatte sich jetzt völlig verändert.

Deirdre schluckte heftig und starrte in die Flammen, um seinem Blick auszuweichen. Ihr war klar geworden, dass sie sich gerade auf höchst gefährlichem Terrain bewegte.

Ein Astknorren explodierte, und eine Kaskade von Funken stob auf. Die Funken wirbelten herum, so als besäßen sie ihren eigenen Willen. Verwirrt beobachtete sie den fröhlichen Tanz der Funken, der so wild war, dass Wagemut und Kühnheit in ihr aufwallten. Der wilde Reigen der Funken ließ einen Strom von Worten geradezu aus ihr heraussprudeln. »Es spielt keine Rolle, was ich weiß«, hörte sie sich sagen, »denn auch ich werde vom König der Ulaid gefangen gehalten. Es ist mir verboten, weiter zu gehen als bis zum See. Das Gehöft, in dem ich lebe, darf ich nachts nicht verlassen. Da ich bereits gegen diese Verbote verstoßen habe, stecke ich genauso in Schwierigkeiten wie ihr.« Mit diesem Geständnis überkam sie eine Welle der Erleichterung, so als wäre ein ungeheurer Druck von ihr genommen.

Eine lange Pause folgte. »Warum sollte Conor daran interessiert sein, was du machst?«, fragte Ardan.

Sie würden es jetzt sowieso herausfinden. Levarcham hatte ihr gesagt, dass die Verlobung zwischen ihr und dem König in Emain Macha bekannt war. Aber Deirdre würde erst einmal alles tun, um sie weiterreden zu lassen, um diesen einzigen Kontakt, den sie bisher mit der Welt draußen hatte, aufrechtzuerhalten. »Ganz in der Nähe gibt es einen verbotenen Ort«, improvisierte sie und wäre dabei an dieser Lüge fast erstickt. »Ein Fluss, in dem der König nach Gold schürfen lässt, und eine Höhle, in der er das Gold versteckt. Er verbietet den Leuten diese Gegend, damit niemand von diesem Schatz erfährt. Mein Vater ist der Hüter dieses Tals. Meine Familie darf diesen Ort nicht verlassen, und es ist uns verboten, mit jemandem auch nur zu reden.« Drei Paar Augenbrauen gingen langsam nach oben. »Ihr werdet also … niemandem etwas sagen?«

Naisi verzog das Gesicht. »Conors Gold ist uns völlig egal. Mut, Ehre, die Kunst des Schwertkampfs – das ist das, was auf der Welt zählt. Das und der Rote Zweig.«

Seine Augen verrieten ihr jedoch weit mehr, als seine Worte sagten – in ihnen lag ein so qualvoller Ausdruck, dass Deirdre ihren eigenen Schmerz vollkommen vergaß. »Wie kann das das Einzige sein? Aber ihr könnt euch doch wenigstens frei bewegen. Ihr könnt ein Schwert führen, mit dem Bogen schießen und unter dem Sternenzelt schlafen. Mir aber verbietet er, auch nur *irgendetwas* zu tun.« Ihre Stimme versagte, und sie sprang auf. »Ich muss jetzt gehen«, murmelte sie leise. »Ich bin ohnehin schon viel zu lange geblieben.«

»Was ist denn los?«, fragte Ardan. Sie schüttelte jedoch nur den Kopf und drehte sich um, damit sie nicht mit ansehen musste, wie sie langsam begriffen. Sie stolperte schon durch den Wald, als Ardan ihr noch hinterherrief: »Wir werden auch morgen Nacht noch hier sein.«

Sie warf einen Blick über ihre Schulter hinweg auf seine Silhouette, die sich vor den Flammen abzeichnete. Sie wollte schon rufen: »Ich komme wieder«, verkniff sich die Worte dann aber doch.

Ich kann es nicht tun, formte sie tonlos mit den Mund, als sie den Pfad entlangrannte, der sie wieder nach Hause bringen würde. *Und ich werde es nicht tun.*

Das Seil scheuerte ihre Handflächen wund, als sie an ihm die Palisade wieder hinaufkletterte. Dann rollte sie es zusammen und presste es fest an ihre Brust. Der ungezügelte Fluss des Lebens, den sie in den Funken flüchtig erblickt hatte, drängte sie dazu, alle Regeln zu missachten, drängte sie, ihre Fesseln abzustreifen und sich gegen die Vernunft zu wenden. Sie schlüpfte unter dem Fell an der Tür hindurch und sank dann neben den Kohlen fröstelnd nieder. »Ich darf nicht zurückgehen«, sagte sie schließlich laut und entschlossen.

Aber ich muss.

Sie erledigte ihre Aufgaben an diesem Tag voller Nervosität und Hektik. Ihr Blick war dabei so glasig, dass Aiveen mehrmals innehielt und mit ihrer Hand Deirdres Wange befühlte. »Ich glaube, du bist krank«, erklärte sie, als sie Deirdre mit ihren sanften, haselnussbraunen Augen besorgt ansah.

Aus ihren Gedanken gerissen, sah Deirdre zu, wie ihre Pflegemutter hinüber zu den Regalen mit den getrockneten Kräutern ging. Während sie dort nach etwas suchte, murmelte sie vor sich hin, dass sie ihr einen Becher Pfefferminztee machen wolle. Da begriff Deirdre, dass Aiveen einfach irgendetwas tun musste, ganz gleich, wie unbedeutend es auch sein mochte, wenn sie schon das Unvermeidliche nicht verhindern konnte.

Als Aiveen vor dem Regal stand, trat Deirdre hinter sie. Ihre Füße berührten den Teppich auf dem Boden dabei nur leicht. Kaum noch atmend – kaum noch hier in diesem Raum, da ihr Geist bereits dahinflog – schlang sie ihre Arme um Aiveens stämmige Taille und legte den Kopf auf ihre Schulter, so wie sie es früher als Kind oft getan hatte. Währenddessen schossen ihre Gedanken wie ein Wildbach dahin, Worte stoben auf wie

Gischtfontänen, die das Sonnenlicht einfingen. *Maeve war Königin. Sie ist ihm einfach davongelaufen. Sie hat ihr Schicksal in ihre eigenen Hände genommen und ist einfach gegangen.*

Aiveens braune Haare rochen wie immer. Nach warmem Brot. »Danke«, sagte Deirdre und spürte dabei einen Kloß im Hals. Sie musste sich zwingen, den Pfad, dem sie bereits im Geiste folgte, aus den Augen zu lassen. Die silberne Spur erstreckte sich vor ihr, leuchtend und verlockend. »Danke.« Sie meinte damit all die vergangenen Jahre, nicht nur den heutigen Tag.

Und als Aiveen ihre Hand tätschelte und sich verstohlen über die Wangen wischte, war sie sich sicher, dass ihre Pflegemutter das auch genau so verstanden hatte.

Die Brüder sangen gerade ein fröhliches Lied, als Deirdre zu ihnen kam. Anscheinend war es ihnen gelungen, den kapitalen Bock zu erlegen, denn über dem Feuer hing ein riesiger Hirschschädel, dessen Geweih geisterhafte Schatten in den Schnee warf.

Der Schädel befand sich in einem mit Wasser gefüllten Ledersack, der mithilfe von Stöcken über den Flammen aufgehängt war. Deirdre rümpfte die Nase, als sie den unangenehmen Geruch von versengten Haaren wahrnahm, auch wenn die Maske den größten Teil davon abschirmte. Irgendetwas hatte sie dazu veranlasst, die Maske wieder aufzusetzen. Vielleicht war dies deshalb geschehen, weil sie sich, wann immer sie sie trug, von ihrem Handeln distanziert fühlte. Mit dieser Maske erschien ihr alles irgendwie unwirklich und deshalb auch so harmlos wie ein Tanz oder ein Spiel. Unter dieser Maske war sie nicht die Verlobte des Königs – sie war ein Schwan, der über einen dunklen Wald dahinflog. Ihr Verstand sagte ihr, dass diese Nacht der Freiheit außerhalb der Zeit existierte. Die drei Brüder würden schon morgen früh nicht mehr hier sein, und für sie würde dann wieder das wirkliche Leben beginnen.

Sie blieb im Schutz der Eiche stehen und hörte ihnen zu. Dieses Lied war nicht so derb wie jenes, das sie am Abend zuvor gesungen hatten, aber auch in diesem Lied ging es um eine Frau. War das alles, was den Barden einfiel? Die drei miteinander verwobenen Stimmen, die sich zu reiner Schönheit aufgeschwungen hatten, schwiegen jetzt.

Ainnle nahm den tropfenden Hirschschädel aus dem Wasser, legte ihn auf den Boden und begann dann mit einem Messer, das gekochte Fleisch vom Knochen zu lösen. Er schien eine vorangegangene Unterhaltung wieder aufzunehmen, als er sagte: »Ja, dieses Vogelmädchen war schon seltsam. Und ganz schön streitbar.«

Ardan zischte ihm zu, er solle den Mund halten. Dann legte er den Kopf schief, um zu lauschen, ob sich ihnen jemand näherte.

Da Deirdre nicht mit anhören wollte, was man über sie sprach, ging sie geräuschvoll durch das Unterholz, damit die Brüder sie kommen hörten. Nachdem sie sie freundlich begrüßt hatten, luden sie sie ein, Platz zu nehmen. Ardan ergriff seine Flasche und einen hölzernen Becher. »Wir würden alle Regeln der Gastfreundschaft verletzen, wenn wir dir heute Nacht nicht etwas zu trinken und zu essen anbieten würden.« Er zeigte auf die Maske. »Aber die da wirst du schon abnehmen müssen.«

Als Deirdre zögerte, sah Naisi sie herausfordernd an. »Gibt es da wirklich etwas Schlimmes, das du uns nicht zeigen willst?«

Sie bewegte mühsam ihre trockenen Lippen: »Nein. Das ist es nicht.«

»Was ist es dann?« Ardan setzte sich, die Flasche zwischen seinen Knien, wieder ans Feuer.

Das stete Bedürfnis, ihre Seele vor Conor zu verbergen, hatte dazu geführt, dass sie jetzt sogar Angst davor hatte, ihr Gesicht offen zu zeigen. Nun jedoch rang dieses Gefühl mit der unerträglichen Sehnsucht, den Blicken dieser drei jungen Männer zu begegnen. Sie furchtlos und als sie selbst anzusehen.

Naisi beobachtete sie. »Wir sind keine Scheusale«, murmelte er sichtlich beleidigt. »Du kannst uns ruhig vertrauen.«

Sie nickte und fühlte sich dabei ein wenig schwindelig. Jetzt, da sie wieder an diesem Feuer saß, wuchs plötzlich der Same einer verrückten Idee in ihr. Es war der Same, der gesät worden war, als sie von Königin Maeve gehört hatte. Die Idee, die aus diesem Samen gewachsen war, wurde jetzt zu einem schmerzhaften, geradezu überwältigenden Drang. Einige Möglichkeiten standen ihr offen, wenn sie nur den Mut fand, sie zu ergreifen.

»Nun mach schon«, drängte Ainnle sie. »Wir beißen dich schon nicht.«

Schließlich atmete sie tief aus, senkte ihr Kinn und schob die Maske nach oben. Sie hielt ihren Kopf weiter gesenkt, während sie die hirschledernen Riemen löste und dabei die letzten Momente des Schutzes genoss.

Dann fasste Deirdre sich ein Herz und hob den Kopf, um den Söhnen des Usnech ins Gesicht zu sehen.

10

Langes Schweigen.

Ardan gelang es nur mit größter Mühe, seinen Blick von dem Mädchen zu lösen, bevor er sich dem Hasen, der über dem Feuer briet, zu widmen begann. »Na siehst du? Der Himmel ist nicht eingestürzt.« Er schnitt mehrere Stücke gebratenes Fleisch vom Knochen und fing sie mit einem Stück Rinde auf.

Naisi hingegen starrte sie noch immer an. Sie hatte sie verfolgt und belauscht. Außerdem tat seine Schulter noch immer von den Faustschlägen weh, die sie ihm versetzt hatte. Ganz zu schweigen von den blauen Flecken an seinem Oberschenkel. Sie saß steif da und umklammerte die Maske, so als empfände sie es als höchst beängstigend, ihr Gesicht zu zeigen. Irritiert musterte Naisi sie.

Ihre Kleidung hatte ein derbes, schlichtes Mädchen erwarten lassen, das genauso jungenhaft aussah wie ihr Gewand es war. Er versuchte, seine Überraschung zu verbergen. Das Gesicht der jungen Frau wirkte im Schein des Feuers beunruhigend und exotisch, so als wechsle es beständig zwischen zwei verschiedenen Ausdrücken hin und her. Die großen Augen standen weit auseinander, und die breiten, flachen Wangen gingen in ein schmales, spitzes Kinn über. Ihre Stirn war breit, im Grunde eigentlich zu breit für das zarte Gesicht, das sich darunter befand. Ihre Wangenknochen waren so hoch, dass ihre Augen zu schrägen Schlitzen wurden, als sie jetzt Ardan, der ihr ein Stück Fleisch gab, freundlich anlächelte.

Aus irgendeinem Grund musste er plötzlich an Anya denken. Das Schankmädchen in Emain Macha, Anya, die dunkelhaarig und schlank war. Er war von ihren blitzenden schwarzen Augen, ihrer Schlagfertigkeit und Klugheit fasziniert. Wie auch alle seine anderen Eroberungen hatte sie jedoch schon bald zu schmollen angefangen, wenn er wieder einmal auf die Jagd gegangen war. Außerdem verlor eine Begierde, die sich mit so wenig Mühe stillen ließ, für ihn schon bald ihren Reiz. Er räusperte sich. »Jetzt, da wir dein Gesicht kennen, wüssten wir auch gern deinen Namen. Immerhin kennst du ja auch die unseren.« Er sah zum Himmel hinauf, als er das sagte. Plötzlich fiel alle Anspannung von ihm ab. Er wusste jetzt, wie sie aussah. Ohne Zweifel, sie war wirklich beeindruckend. Nun aber packte ihn eine seltsame Unruhe. Die Zeit lief ihnen davon. Sie waren hierhergekommen, um zu *jagen*. Da sie den kapitalen Hirsch erlegt hatten, sollten sie nun so schnell wie möglich wieder aufbrechen.

»Ja«, hörte er sie sagen.

»Und …?«, gab Ardan das Stichwort und reichte ihr einen Becher Met.

Naisi starrte mit zusammengekniffenen Augen zu den Sternen hinauf und fragte sich dabei, wie spät es wohl sein mochte. Sie würden morgen sehr zeitig aufstehen müssen, wenn sie noch vor Einbruch der Nacht zurück in Emain Macha sein wollten.

Deirdre kaute hingebungsvoll ihren Bissen Fleisch und trank dazu einen Schluck Met. Sie musste ihre Freiheit mit allen Sinnen auskosten, bevor die drei erfuhren, wer sie war. Der Met war feurig, und das Fleisch des Hasen wurde durch den Beigeschmack des Thymians, den das Tier gefressen hatte, verfeinert. Sie würde den Geschmack der Wildnis auf ihrer Zunge schmelzen lassen und sich wohl für alle Zeiten an diesen kurzen Moment der Freiheit erinnern.

Sie schloss die Augen, als der auffrischende Wind das Geäst der Bäume knarren ließ und den Geruch nach Schnee und Felsen, nach Schlamm und nassem Laub herantrug. Die Verzweiflung schrie laut in ihr: *Lüge sie an.* Aber das konnte sie nicht tun. Sie hatte an ihrem Feuer gegessen und mit ihnen getrunken, und dies war ein heiliger Akt.

Der Met rann ihre Kehle hinunter. Sie öffnete die Augen und starrte Ardan an. »Deirdre«, sagte sie leise, aber mit klarer Stimme. »Die Tochter des Harfenspielers Fedlimid.«

Das Schweigen schien endlos.

Ardan erstarrte förmlich, und Ainnle, der sein Fleisch hinuntergeschlungen und nur halb zugehört hatte, blinzelte jetzt, als erwache er gerade aus einem Traum. Die Götter allein wussten, wie Naisi jetzt aussah – aber er war sich sicher, dass sie sich gerade vor Lachen ausschütteten. Der Schein des Feuers flackerte in seinen Augen.

Manannáns Odem. Er war aufgesprungen. Die Worte, die er dabei flüsterte, waren diesmal jedoch kein Fluch. In diesem schrecklichen Augenblick der Erkenntnis waren sie vielmehr ein inbrünstiges Gebet. Plötzlich sah er in den zuckenden Schatten und den blutroten Flammen Conors Gesicht. Ainnle schleuderte den abgenagten Knochen, den er in der Hand hielt, weit von sich und sprang, wenn auch mit einiger Verspätung, ebenfalls auf. »Gütige Götter«, murmelte er, als Ardan sich neben sie stellte. Schulter an Schulter starrten die drei Brüder Deirdre an, die eingeschüchtert und mit großen Augen vor ihnen saß.

»Was haben wir nur getan?«, murmelte Ardan.

Panik packte Naisi. »Wir müssen sofort weg von hier.« Er sah sich hastig nach seinem Schwert um, während er sich für seine Worte hasste. Er fühlte sich in diesem Moment wieder wie damals als Kind, als er zitternd vor Angst vor Conors Thron gestanden hatte.

»Gütige Götter«, sagte Ainnle immer wieder, während er begann, seine Sachen planlos in seinen Ledersack zu stopfen.

Naisi hatte jetzt sein Schwert in der Hand. Er fuhr mit den Fingern über die erhabenen Verzierungen auf dem Heft, das aus Bronze und poliertem Horn bestand und in Form eines Wolfskopfes gearbeitet war.

Ardan stritt sich mit Ainnle. »Ich habe dir doch gleich gesagt, dass wir hier nicht jagen sollten.«

»Aber wie hätten wir denn ahnen sollen, dass dieses Mädchen der Grund für Conors Verbot ist?«

»Er wird uns das niemals verzeihen. Dass wir einen Hirsch erlegt haben, lässt er uns vielleicht noch durchgehen … aber … aber das hier bestimmt nicht.«

»Wir hätten schon letzte Nacht darauf kommen sollen, wer sie ist.«

Ja, dachte Naisi, *wie konnte ich nur so blind sein?* Aber er hatte sich die Verlobte des Königs stets als adelige Dame vorgestellt, die, in flatternde Gewänder gehüllt und von kostbaren Düften umweht, hinter den Mauern einer luxuriösen Festung lebte. Alle waren der Meinung, dass sie irgendwo weit weg auf einer Insel im Meer weilte: ein Mythos, an den die jungen Männer kaum noch glaubten und an den sich selbst die älteren kaum mehr erinnerten. Conors Dreistigkeit, sie ganz in der Nähe von Emain unterzubringen, wenn auch im öden Hochland, verschlug ihm schier den Atem. Es war einfach unfassbar, dass der König glaubte, sein Wort reiche aus, um seine Krieger zu willenlosen kleinen Hündchen zu machen!

Deirdre sprang wütend auf. »Hört auf, über mich zu reden, als wäre ich gar nicht da!« Alle drei starrten sie sprachlos an. Sie breitete die Hände aus. »Habt ihr mir denn überhaupt nicht zugehört? Er hält mich *gegen meinen Willen* hier gefangen. Meine Zukunft sieht so aus, dass man mich eines Tages nach Emain Macha zerren wird wie eine Kuh, die man einem alten Bullen zuführt.«

Die Qual in ihren Augen weckte Naisis Mitleid. Er erinnerte sich an den gefangenen Hirsch mit dem gebrochenen Bein – und dachte im selben Atemzug auch an sich selbst.

»Es tut mir leid«, murmelte Ardan. »Wir wissen, wie du dich fühlen musst.« Er sah seine Brüder an. »Ja, das tun wir bestimmt.«

»Ach ja?«, meinte sie bitter. »Dann könntet ihr euch also auch nicht dagegen wehren, wenn er *euch* besteigt?«

Sie waren schockiert, aber das war Deirdre egal. Ihre Worte waren wie eine scharfe Klinge, mit der sie sich ins eigene Fleisch schnitt, damit alles andere weniger wehtat.

Ainnle setzte sich und schlug die Hände vors Gesicht. »Im Vergleich dazu wird Conors Zorn über unsere Jagd rein gar nichts sein.«

»Ainnle! Werd endlich erwachsen«, fuhr Naisi ihn zu Deirdres Überraschung barsch an. »Du bist doch kein kleiner Junge mehr, der sich aus Angst vor diesem Mann in die Hose macht.« Sein Gesicht war starr vor Zorn. Aber Deirdre war sich sicher: *Dieser Zorn gilt nicht mir.*

»Wie konntest du uns in eine derart schwierige Lage bringen?«, warf ihr Ainnle vor. Sein schmales Gesicht war jetzt dunkelrot. »Du hast selbst gesagt, dass du keine Fremden sehen darfst.«

»Und du hast gesagt, dass ihr hier nicht jagen dürft. Ich kann mich nicht erinnern, dass ich euch gebeten hätte hierherzukommen.«

Jetzt meldete sich auch Ardan zu Wort. »Es ist doch noch überhaupt nichts passiert.« Er sah Deirdre an und senkte seine Stimme. »Wenn du niemandem von unserer Begegnung erzählst, werden wir das auch nicht tun. Das Ganze war einfach nur ein Irrtum. Wir werden die Gegend so schnell wie möglich verlassen, und du tust einfach so, als hättest du uns nie gesehen.«

Sein ruhiger, überlegter Ton besänftigte seine Brüder schnell. Deirdre aber wurde von ihrer brennenden Qual und Verzweiflung weiterhin regelrecht verzehrt. Dabei war der Ausweg doch zum Greifen nah. Es kam alles zusammen – die unerwartete Freiheit des Flugs mit dem Raben, die Funken, die so frei und ungebunden im Feuer nach oben geschwebt waren. »Nein«, hörte sie sich plötzlich sagen. »Was Conor getan hat, war nicht richtig. Ich werde einen Weg finden, die Verlobung zu lösen und ihn zu verlassen, genauso wie Maeve es getan hat.«

Naisis Augen funkelten sie aus seinem blassen Gesicht heraus an. »Wovon redest du überhaupt?«

Sie ignorierte einfach, dass sie plötzlich ganz weiche Knie hatte. »Ich werde einen Ort finden, an dem ich vor ihm sicher bin. Und dann werde ich ihm eine Botschaft schicken und ihm sagen, dass ich ihn nicht heiraten werde.«

»Du bist verlobt!«, rief Ainnle.

Naisi starrte sie ausdruckslos an. »*Du* willst dich Conor widersetzen? Ausgerechnet du?«

›Widersetzen‹, war ein Wort, das ihr in den vielen verzweifelten Nächten noch niemals in den Sinn gekommen war. Ihre Stimme zitterte. »Um herauszufinden, ob es irgendeine andere Lösung gibt.«

Ardan fuhr sich mit den Fingern durch die Haare. »Er wird dich dafür bestrafen. Es wäre dumm von dir, seinen Zorn auf dich zu ziehen.«

Sie wirbelte zu ihm herum. »*Er bestraft mich doch ohnehin schon.* Er hält mich gefangen, nimmt mir jedes Recht, über mich selbst zu bestimmen. Wenn er mich jetzt schlägt, dann macht mir das auch nichts mehr aus.«

»Das kannst du leicht sagen, wenn du niemals geschlagen wurdest!«

Sie redete entschlossen weiter. »Wenn er mich fallenlässt, bin ich wenigstens frei.« Sie begegnete den drei glühenden Augenpaaren mit gestrafften Schultern.

»Gütige Götter.« In Ardans Blick lag jetzt Bewunderung. »Ich hätte nie gedacht, dass irgendein Mädchen …«

»Du willst also, dass wir dich mitnehmen.« Naisis scharfe Stimme schnitt durch die eisige Luft. »Du willst also, dass wir dich zu diesem sicheren Ort bringen. Wie könntest du sonst auch entkommen? Du hast nichts zu essen und keine Waffen. Außerdem weißt du nicht, wohin du gehen sollst.« Er ging auf sie zu und packte sie beim Ellbogen. Seine Augen funkelten sie böse an. »Hattest du das die ganze Zeit schon geplant?«

»Nein! Bis ihr von Maeve gesprochen habt, hatte ich keine Ahnung, dass ich überhaupt eine Wahl habe!« Er ließ sie wieder los, drehte sich um und starrte stumm in die Dunkelheit. Sie rieb ihren schmerzenden Arm.

Entsetzt starrte Ainnle den Rücken seines Bruders an. »Naisi, du hast doch nicht allen Ernstes vor, ihr zu helfen? Sie mag davonlaufen, aber es ist *unser* Leben, das dann verwirkt ist.«

Naisi sagte über die Schulter gewandt in einem seltsam ruhigen und grüblerischen Ton: »Der König hat uns, was dieses Revier angeht, alle angelogen. Ein jeder seiner Schritte ist unehrenhaft, und es ist mir einfach zuwider ...«

»Ich weiß, was du denkst, Bruder! Lass es sein!« Ardan warf Deirdre einen verzweifelten Blick zu. »Es tut uns wirklich leid, dass du in dieser schlimmen Lage bist! Aber du bist eine Frau, und dich erwartet deshalb auch keine schlimmere Strafe, als du sie jetzt schon erträgst. Aber was uns angeht ...« Er starrte Naisis Hinterkopf an. »Er hasst uns. Er hasst Naisi. Für uns ist es viel zu gefährlich, dir zu helfen.«

Deirdre hörte ihm kaum zu. Sie starrte noch immer Naisi an. Er hatte ihre Bitte noch nicht abgeschlagen. Ihre Verzweiflung brach sich wieder Bahn, ein stummer Schrei wollte aus ihr hervorbrechen. Er musste ihr einfach helfen. Sie ging auf Naisi zu. Seine Brüder wichen unwillkürlich vor ihr zurück. Dann blieb sie so dicht hinter ihm stehen, dass ihr Atem seine Haare bewegte.

Nein! Ihre Entschlossenheit geriet ins Wanken. Dann sah sie plötzlich das dunkle Zentrum in ihrem Inneren: sah ihren Überlebenswillen und ihre Sehnsucht nach dem Leben. Das war der einzige Weg. »Nehmt mich einfach mit bis zum nächsten Dorf«, murmelte sie. »Es wird nur ein paar Tage dauern.« Die Energie des tanzenden Feuers drang wieder in ihren Körper ein, drängte sie fortzufahren.

Ein Beben lief über Naisis Haut. Sie hatte den verrückten Gedanken, dass sie genauso gut auch ihre Lippen auf diesen starken, sehnigen Nacken pressen könnte, der so vollkommen anders war als der ihre. Da war plötzlich Kraft, die so selbstverständlich wie ihr Atem durch sie hindurchfloss. Sie senkte ihre Stimme. »Ich habe viele Geschichten über die Söhne des Usnech gehört. In einem Punkt sind sich alle diese Geschichten einig: Die Brüder versagen niemandem, der in Not ist, ihre Hilfe. Sonst würden sie ihre Ehre und ihren Stolz verlieren. Jeder weiß das.«

Naisi starrte jetzt zu dem Baldachin aus kahlen, bereiften Ästen hinauf. Er ließ die Schultern sinken.

»Naisi«, begann Ardan.

»Ich muss nachdenken«, fuhr Naisi ihn an.

»Aber ...«

»Ich muss nachdenken!« Ohne sich noch einmal umzusehen, bahnte Naisi sich seinen Weg durch eine Schneewehe und war auch schon verschwunden.

Hinter den Bäumen stieß Naisi auf einen Pfad, dem er ein Stück folgte, bevor er stehen blieb und dann in die Hocke ging. Er senkte seinen Kopf in eine Armbeuge und fuhr sich mit den Fingern durch die Haare, um besser nachdenken zu können. Deirdres Worte durchdrangen seine Gedanken wie Rauch, verbanden das Für und das Wider miteinander. *Ehre. Stolz.*

Schließlich hob er den Kopf und lächelte bitter. Zwei Frauen wagten es, Conor entgegenzutreten, und ihm, Usnechs ältestem Sohn, fehlte der Mut? Es gab viele Gründe, dem Mädchen seine Hilfe zu verweigern, als er jetzt jedoch unschlüssig hin und her überlegte, regte sich wieder dieser alte Impuls in ihm. Dieser schwarze Fluss, der durch die verborgenen Höhlen seiner Seele floss. War dieser heimliche Hunger die Quelle seines Hasses auf Conor ... oder war es genau umgekehrt? Er konnte es selbst nicht sagen. Schon seine frühesten Erinnerungen waren vergiftet von dem feindseligen Gefühl, das er immer dann verspürt hatte, wenn er wieder einmal hatte erleben müssen, wie Conor seinen Vater auf subtile Weise verhöhnt hatte. Seit jener Zeit war dieses Gefühl immer weiter gewachsen wie Schimmel, und es war dabei immer hässlicher und intensiver geworden – dies aber nur im Verborgenen, denn Naisi war ein Krieger des Roten Zweiges, und das war gleichbedeutend mit Loyalität. Es war ein Gefühl, das er nicht einmal vor sich selbst zugeben wollte, denn es haftete ihm der Ruch der Schande an. *Dieses Mädchen konnte die Lösung sein.* Sie war aus dem Wald gekommen wie ein Geschenk, wie eine erlösende Botschaft nach so vielen inneren Kämpfen. Aber war sie das wirklich, ein Geschenk? Oder wollte sie ihn nur für ihre eigenen Zwecke benutzen? Wenn ja, dann konnte er sie vielleicht ebenfalls benutzen.

Als er aufstand, hatte er das Gefühl, zentnerschwere Steine zu tragen, aber er musste jetzt handeln, bevor er noch Zeit hatte, es sich noch einmal zu überlegen. Er hatte es so satt, immer vernünftig und geduldig zu sein.

Als er zum Lagerfeuer zurückging, sahen ihn Ardan und Ainnle erwartungsvoll an. »Ich werde sie zu Aeds Burg mitnehmen«, verkündete er. Ainnle begann sofort zu protestieren, Naisi aber hob seine Hand, um ihn zum Schweigen zu bringen. »Das sind zu Fuß nur drei Tage. Ich werde sie einfach dort abliefern. Conor wird das überhaupt nicht gefallen. Aber sein Zorn über das, was sie ihm zu sagen hat, wird alles andere in den Schatten stellen.« Das Zucken, das während seiner letzten Worte über Deirdres Gesicht lief, entging ihm dabei keineswegs.

»Nein«, sagte Ardan. »Das kann nicht dein Ernst sein.«

»Sie wird es sowieso versuchen – schau ihr nur in die Augen. Und wenn sie unterwegs erfriert oder sonst irgendwie zu Schaden kommt, könnten wir in noch größere Schwierigkeiten geraten. Wenn wir sie erst einmal Aed übergeben haben, kann sie die Angelegenheit mit den Druiden persönlich bereinigen. Schließlich kennen sich die Druiden in den *brithem*-Gesetzen aus, die die Verlobung regeln. Es steht uns nicht zu, sie von ihrem Vorhaben abzuhalten, nur damit Conor das kriegt, was er will.« Er sprach sehr schnell, was Ardan sichtlich verwirrte.

Jetzt meldete sich Deirdre mit unsicherer Stimme zu Wort. »Ich werde allen sagen, dass ich mich bereits auf den Weg gemacht hatte und mich dabei im Wald verlaufen habe und dass ich dann zufällig euch begegnet bin. Ich werde sagen, dass ich euch meinen Namen verschwiegen habe.«

Ainnle funkelte sie böse an. »Das hättest du von Anfang an tun können, dann hätten wir jetzt auch kein Problem.«

Sie starrte zurück. »Das zu tun, während ich an eurem Feuer gegessen habe, wäre unehrenhaft gewesen.«

Ardan runzelte die Stirn und setzte sich nachdenklich auf den nächsten Baumstamm. Auch Naisi sah sie erstaunt an. Dann richtete er seine Aufmerksamkeit wieder auf seine beiden Brüder. »Ich möchte keinen von euch dabeihaben. Versucht erst gar nicht, mir das Ganze auszureden. Sie hat nämlich recht.« Er holte tief Luft. »Wir haben tatsächlich einen Namen zu verlieren. Den Namen unseres Vaters. Ich glaube, es würde den Namen unserer Familie ehren, wenn wir ihr helfen.«

Ainnle schwieg, suchte verzweifelt nach weiteren Argumenten. Ardan starrte den Hasen über dem Feuer an, der inzwischen schwarz geworden war. Das Gesicht in tiefe Falten gelegt, warf er den verbrannten Braten in den Schnee. In diesem Schweigen wandte sich Naisi an Deirdre. »Wir müssen noch vor dem Morgengrauen aufbrechen.«

Sie wurde blass. »Schon heute Nacht?«

»Ja.« Er sprach, als wären nur noch sie beide anwesend, denn so musste er sich wenigstens einen Augenblick lang nicht mit den Sorgen seiner Brüder auseinandersetzen. »Hast du Felle, in denen du schlafen kannst?«

Sie nickte. »Conor hat mir Decken aus Biberpelz geschickt und Robbenfelle …«

Er schüttelte den Kopf. »Diese Felle sind zu dünn und zu fein. Du brauchst etwas Robusteres. Am besten ein dickes Kuhfell und ein paar alte Decken.« Sie nickte wieder, während sie mit den Zähnen zu klappern begann. Jetzt würde sich also herausstellen, ob sie mit der wirklichen Welt zurechtkam. »Nimm mit, was du an warmer Kleidung findest, ansonsten aber packe nichts Schweres ein.« Er sah sie abwägend an. »Wir müssen schnell vorankommen. Glaubst du, du schaffst das?«

Sie fröstelte. »Ich bin den Pfad im Wald oft auf und ab gerannt. Einfach nur, um zu rennen.«

»Gut.« Ihre Blicke trafen sich. Sie brauchte seine Hilfe; und auch er wollte irgendetwas von ihr. Es schien alles ganz einfach zu sein. Bis auf die Tatsache, dass in ihren Augen eine Spur von Verwundbarkeit lag und er deshalb ein unbehagliches Gefühl unterdrücken musste.

Sobald sie gegangen war, begannen seine Brüder wieder lauthals zu protestieren. Er wehrte ihre Einwände ab. Es handle sich schließlich nur um ein paar Tage. Außerdem würden sie ja behaupten, dass sie nicht gewusst hätten, wer sie sei. »Möglicherweise können wir das Ganze sogar für uns nutzen. Dann muss der König uns in aller Öffentlichkeit dafür danken, dass wir seine Verlobte gerettet haben.«

Ainnle gab sich schließlich geschlagen. Er war es viel zu sehr gewöhnt, Naisi zu folgen, um sich ihm jetzt ernsthaft zu widersetzen. Erleichtert ging Naisi zum Fluss hinunter, um etwas Wasser zu trinken. Er schöpfte gerade eine Handvoll, als Ardan hinter ihn trat. Seine Stiefel knirschten auf den gefrorenen Blättern. »Worum geht es dir wirklich, Naisi? Mir tut das Mädchen auch leid, aber … da steckt doch mehr dahinter, als du uns gesagt hast.«

Und du wirst es auch nie erfahren. Ardan war als Mensch viel zu ehrlich und als Krieger zu ehrenvoll, um die Wahrheit zu verstehen. Geschweige denn, ihm zu vergeben. Naisi wischte ein paar Tropfen von seinem ledernen Kittel, bevor sie zu Eis erstarrten. Das Licht des Mondes tanzte auf dem schäumenden Wasser zu seinen Füßen. Es gab jedoch eine andere Wahrheit, die er seinem Bruder erzählen konnte. »Erinnerst du dich an meine Fastenprüfung für den Roten Zweig?« Die jungen Krieger, die in den Roten Zweig aufgenommen werden wollten, mussten mit vierzehn Jahren fünf Tage lang Kälte und Hunger ertragen. Naisi war am dritten Tag seiner Prüfung am Ufer eines eisigen Sees in Trance gefallen. Er hatte die Götter inständig angefleht, ihn zum besten aller Krieger zu machen, damit Conors Blick mit Wohlwollen auf ihn fiel. Es war eine eitle und unangemessene Bitte gewesen. Einen Teil seines Gebets hatten die Götter – vielmehr eine Göttin – aber dennoch erhört. Er erinnerte sich an den weiß schimmernden Schwan, der über das dunkle Wasser auf ihn zugeschwommen kam. In seinen Augen hatte der Glanz der Anderswelt gelegen. Naisi hatte in seinem Herzen gespürt, dass dieser Schwan ihm einen Schwur abverlangte. »Ich habe dieser Göttin – Macha, Brid oder wer immer es auch war – damals nicht nur geschworen, dass ich, wenn sie mir helfen würde, im Roten Zweig aufzusteigen, die *Ulaid* mit meinem Leben beschützen würde. Sie hat mehr von mir verlangt: Sie hat mich schwören lassen, die Schwachen zu beschützen. Die Kinder.« Er hielt inne. »Und auch die Frauen.«

»Oh.« Ardans Brauen beschatteten seine Augen.

»Unser Erfolg mit dem Schwert und mit dem Bogen ist von den Göttern gesegnet, seit ich diesen Schwur geleistet habe, genau wie unsere Mutter sagt. Aber dieser Erfolg bringt auch Verpflichtungen mit sich.«

Ardan schwieg. Der Nebel seines Atems vermischte sich mit dem seines Bruders. »Dann gilt das für uns alle.« Als Naisi dem widersprechen wollte, betrachtete ihn sein Bruder mit einem bekümmerten Lächeln. »Die Götter haben bei der Geburt des Mädchens zu Cathbad gesprochen und Conor befohlen, sie nicht ins Land der Ulaid zu bringen. Er hat den Befehl nicht befolgt. Dir wiederum hat die Göttin aufgetragen, die Schwachen zu beschützen. Und dann läuft uns dieses Mädchen über den Weg. Vielleicht wird es tatsächlich Unheil über uns bringen, wenn wir dieses Zeichen missachten, so wie Conor es getan hat. Auch wenn es mir ganz und gar nicht gefällt … aber so ist es nun einmal.«

Ardan hatte sich schon immer den Druiden und ihren geheimnisvollen Prophezeiungen und Träumen verbunden gefühlt. *Mein Bruder,* dachte Naisi und nickte erleichtert.

Als Ardan Ainnle mitteilte, dass er Naisi begleiten würde, runzelt Ainnle die Stirn und trat dann wütend mit dem Fuß gegen den verbrannten Hasen, der im Schnee lag. »Natürlich komme ich auch mit – obwohl mir Krieger mit scharfen Schwertern wesentlich bedrohlicher erscheinen als irgendwelche Götter.«

Naisi warf noch ein paar Äste ins Feuer, während sie auf Deirdres Rückkehr warteten. »Ich halte es für völlig ausgeschlossen, dass sich irgendein Krieger des Roten Zweiges gegen uns stellen wird. Conor würde sich den Zorn eines jeden Chieftains der Ulaid zuziehen, wenn er das verlangen würde. Er mag ja vieles sein, aber eines ist er sicherlich nicht, nämlich dumm.«

Deirdre verdrängte ihren Abschiedsschmerz, während sie mehrere alte Bettfelle zusammenrollte und sie dann an dem Ledersack festband, den sie sonst auch immer mit in den Wald nahm. Ganz unten in dem weichen, ledernen Sack verstaute sie ihre Schwanenmaske. Sie wollte sie auf keinen Fall hierlassen. Dann nahm sie die glänzende Sonnenscheibe in die Hand, die in einen Rahmen aus poliertem Eibenholz eingepasst war. Levarcham hatte ihr gezeigt, wie sie den Lauf der Jahreszeiten am

Rand der Scheibe ablesen konnte. Dies war das einzige druidische Geschenk, das sie je bekommen hatte. Deirdre wickelte die Scheibe sorgfältig ein. Als Nächstes packte sie einen zusätzlichen Vliesmantel, weitere Kittel und Hosen und ein großes Fleischmesser ein. Als ihr Blick auf den Schmuck fiel, den Conor ihr geschenkt hatte, wollte sie sich schon abwenden, dann aber überlegte sie es sich doch anders und stopfte ein paar Armreifen aus Bronze, Gewandnadeln und Halsketten aus Bernstein, Glas und schwarzem Bernstein in den Sack. Sie würde sie ihm als Zeichen der gelösten Verlobung zurückschicken.

Sie war überrascht, wie vertraut ihr das alles vorkam. Es war, als hätte sie diesen Entschluss schon vor langer Zeit gefasst und nur noch auf den geeigneten Moment gewartet. Das Ganze war überaus schmerzlich, aber sie tröstete sich damit, dass schon bald alles vorbei sein würde. Dann konnte sie zusammen mit Aiveen und Fintan leben, wo sie wollte. In Freiheit. Das schwache Zittern, das durch ihren Körper lief, sagte ihr, dass man sie niemals wieder an irgendetwas hindern würde.

Eines musste sie jedoch noch erledigen.

Sie hatte schon immer gerne Tiere gezeichnet, da sie deren Wesen und ihre Bewegungen faszinierten. Jetzt suchte sie in ihrer Frisierkommode nach ein paar alten Fetzen gebleichter Ziegenhaut und nahm ein Stück Kohle aus der Feuerstelle. *Zuerst Levarcham.* Sie zeichnete den groben Umriss dreier Amseln, dahinter eine vierte mit ausgebreiteten Flügeln. Amseln waren Singvögel, und sie besaßen ein dunkles Gefieder. Sie wagte es nicht, noch deutlicher zu werden, aber Levarcham würde durch diese Zeichnung erfahren, dass sie aus freien Stücken gegangen war. Und jetzt noch eine Nachricht für ihre Eltern. Unter ihren geschmeidigen, sehnigen Fingern nahmen zwei kleine Tiere Gestalt an. Als Deirdre noch klein gewesen war, hatte Aiveen ihr immer gern beim Schwimmen zugesehen und fröhlich gelacht, wenn ihr kleiner Otter wie wild im Wasser herumgeplanscht war. Fintan hatte sie oft seinen »kleinen Fuchswelpen« genannt, weil sie so flink und schlau war. Der mit Kohle gezeichnete Otter tauchte fröhlich durch die Fluten, die kleinen Wellen flossen geradezu aus dem Ziegenleder, während der Fuchs aufmerksam und mit gespitzten Ohren einen Pfad entlanglief, der in die Ferne führte. Die Botschaft an ihre Eltern war, dass sie sie liebte.

Dann brach sie eilig auf, damit sie es sich nicht noch einmal anders überlegte.

Als sie diesmal den Weg entlangrannte, nahm sie weder vom hellen Mondlicht noch von den bereiften Bäumen Notiz. Sie schritt kraftvoll und zielstrebig voran, während sie den Schnee unter ihren Füßen aufwirbelte.

11

Frühling

Am nächsten Tag drehte der Wind. Er kam jetzt aus dem Osten und trug einen Strom warmer, salziger Luft mit sich. Der Reif und die dünne Schneedecke schmolzen rasch, so als könne die Natur den zweiten Frühlingsmonat gar nicht mehr erwarten.

Der Boden wurde weich und schlammig. Alle Bäche schwollen an, sodass Deirdre und die Söhne des Usnech nur noch langsam vorankamen. Die ersten beiden Tage war der Himmel jedoch hell und klar. Fedrige Blütenkätzchen schmückten die Haselnusssträucher, und die Blüten des Weißdorns überzogen das kahle Unterholz mit einem cremeweißen Schleier. Deirdre spürte förmlich, wie der Wald wieder zum Leben erwachte.

Sie hatte angenommen, dass sie sich irgendwann nur noch erschöpft voranakämpfen würde, aber die Freude über ihre gewonnene Freiheit stärkte ihre Glieder, und ihre Füße trugen sie mit leichtem Schritt dahin. Naisi ging stets vorneweg und sah sich dabei nicht ein einziges Mal um – die drei Brüder konnten dieses Tempo stundenlang beibehalten. Er hatte das riesige Geweih an dem Tragegestell auf seinen Schultern befestigt, und Deirdre kam es in ihrem tranceartigen Zustand deshalb oft so vor, als würde sie dem Geist eines Hirschs folgen, der sie durch den Wald führte, Schritt für Schritt weiter ins Unbekannte hinein.

Nachts drängten sie sich alle um ein kleines Feuer und verzehrten ihren Reiseproviant: Kekse aus getrockneten Beeren und Gerstenkörnern. Die Brüder sangen jetzt jedoch keine fröhlichen oder derben Lieder mehr. Naisis düstere Stimmung und der anstrengende Marsch erstickten auch jede Unterhaltung. Die einzige Ausnahme machten sie dann, wenn alle drei im gleichen Schritt marschierten. Dann nämlich hörte sie sie oft ein Lied murmeln, mit dem sie ihre Schritte beflügelten.

Sacht der Schritt der Jäger
Durch den stillen Wald sich bahnt
Triumphierend über wilde Tiere,
Deren Herzen wild wie sie.

Stark der Schritt der Kämpfer
Durch die brüllenden Heere sich bahnt
Triumphierend über tapfre Männer,
Deren Herzen kühn wie sie.

Roter Zweig
Roter Zweig
Roter Zweig

Schon bald erfüllte das Lied auch Deirdres Herz. Sie wünschte sich nichts sehnlicher, als dessen Aussage auch für sich in Anspruch nehmen zu können. Sie wollte einen ebensolchen Stolz durch ihre Adern fließen spüren. Roter Zweig … die besten Krieger in Erin.

Die drei jungen Männer achteten sehr darauf, ihr nicht zu nahe zu treten. Sie bogen jeden Abend Eiben- und Wacholderzweige zu Boden, damit sie einen kleinen Unterschlupf für sich allein hatte. Die Äste bildeten mit ihren dichten, immergrünen Nadeln ein duftendes Zelt, in das Deirdre, sobald sie gegessen hatte, zum Schlafen kroch.

Sie hatte noch nie in ihrem Leben so viel und so heftig gefroren. Auch wenn sie in ihren Pelzen und Decken vor sich hin zitterte und ihr die Kälte unangenehm in die Nase biss, empfand sie die Wildnis keineswegs als bedrohlich. Selbst als es zu regnen begann, suchte sie keinen Schutz vor der Nässe. Stattdessen schlug sie sogar ihre Kapuze zurück. Der Himmel schien ihr mit seinem strömenden Regen ein Bad bereiten zu wollen, und wenn ihr das Wasser in den Mund lief, so stillte die Natur nur ihren Durst.

Je mehr sie sich öffnete und je mehr sie sich der Kälte und Feuchtigkeit ergab, desto behaglicher fühlte sie sich. Ihr Körper ermüdete zwar, und ihre Füße waren wund, aber es war dies ein befriedigender Schmerz, denn er rührte allein von der körperlichen Anstrengung her. Sie hörte genau in sich hinein, wollte wissen, ob die Angst irgendwann kommen und sie in die Knie zwingen würde; das nämlich hätte bedeutet, dass sie falsch gehandelt hatte. Aber da war keine Angst.

Naisi beobachtete Deirdre noch immer voller Argwohn. Im Tageslicht wirkte ihre Haut mit ihrer feinstrukturierten Blässe ein wenig beunruhigend. Ihre Augen waren so grün wie Moos auf einer weißen Birkenrinde. In deren Iris spiegelte sich der Widerschein ihrer goldenen Haare, sodass ihr Blick stets etwas Suchendes, beinahe Hungriges hatte. Sie schenkte ihm und seinen Brüdern nur wenig Beachtung. Er sah bei ihr weder scheue Seitenblicke, noch hörte er ein verlegenes Kichern. Wenn er sie ansprach, war in ihrem Gesicht immer deutlich zu lesen, was sie dachte, noch bevor sie es laut aussprach. Obwohl er es anders erwartet hatte, beklagte sie sich mit keinem Wort über die Strapazen, sondern betrachtete nachts im Schein des Feuers lediglich neugierig die Blasen an ihren Füßen.

Schon bald hörte er auf, sich über sie zu wundern, denn die Angst vor den Folgen seines Tuns wurde immer größer. *So unüberlegt …* Er hatte aus einem Impuls heraus gehandelt und hatte jetzt das Gefühl, sich im freien Fall zu befinden. Er atmete beim Laufen tief durch, ohne dabei jedoch die Erleichterung zu finden, die er sich erhoffte. Was ihm fehlte, war die Gewissheit, dass er richtig gehandelt hatte. Jedes Mal, wenn sie stehen blieben, hörte er in seinem Inneren dieses Flüstern. *Es ist noch nicht zu spät. Du kannst noch umkehren!* Bis jetzt wusste in Emain Macha noch niemand, was sie getan hatten.

In der dritten Nacht musste er gegen den geradezu überwältigenden Drang ankämpfen, ihre Fußspuren zu verwischen und den Weg, den sie genommen hatten, Schritt für Schritt zurückzuverfolgen. Gütige Götter. Er ärgerte sich über diesen Augenblick der Schwäche und wandte seine Aufmerksamkeit jetzt Deirdre zu, die am Feuer saß und gerade einen Streifen getrocknetes Rehfleisch kaute. Ihr zarter Unterkiefer malte voller Entschlossenheit vor sich hin. Sein schlechtes Gewissen stachelte ihn an. »Willst du es dir nicht doch noch einmal anders überlegen?«, sprach er sie an.

Sie schluckte hinunter. »Nein.« Sie sah ihn und seine Brüder mit offenem Blick an. »Das hier ist genau das, wonach ich mich so sehr gesehnt habe: mich frei bewegen zu können. Wie also sollte für mich das alles eine Mühsal sein?«

Ardans Gesicht wurde bei ihren Worten weich. Naisi hoffte inständig, dass er nicht genauso aussah. »Es ist zweifellos eine Mühsal, aber du machst sie leichter erträglich, wenn du nicht über sie sprichst«, erwiderte er ihr barsch. Sein Gewissen zwang ihn, fair zu sein. Dies alles war allein seine Entscheidung gewesen. Und das durfte er nicht vergessen, auch wenn es ihm schwerfiel. Er senkte sein Messer in den Boden, ritzte Muster in die Erde, um sich abzulenken, während Ardan Deirdre auszufragen begann. Besonders interessierte ihn, was sie von ihrer Lehrerin, der Druidin, gelernt hatte. Naisi zog mit der Klinge einen Kreis in den Boden, dann einen Strich als Nase und ein Dreieck als spitzen Bart. Es war eine grobe Skizze, aber sie half ihm, sich Conors Gesicht vorzustellen.

Als Deirdres und Ardans Stimmen um ihn herum zu einem Summen verschmolzen, holte Naisi tief Luft und stieß den Dolch zwei Mal mit großer Wucht in den Boden. Schwer atmend starrte er dann in die leeren Augenhöhlen von Conor, dem König, und sah ihn mit Verachtung zurückstarren.

Fintan machte sich persönlich auf den Weg nach Emain Macha. Seine Angst um Deirdre und sein Bedürfnis, Aiveen vor dem Zorn des Königs zu beschützen, waren so groß, dass er sich auf der Stelle zu Conor begab und vor der gesamten Halle die schlechte Nachricht verkündete. Aiveen jedoch ging, von den Männern unbemerkt, zu Levarcham hinüber und drückte ihr unauffällig ein paar gefaltete Fetzen aus Ziegenleder in die Hand.

Während Conor durch seinen Zorn abgelenkt war, schlüpfte Levarcham aus der Halle, humpelte zu ihrer Hütte und faltete die Botschaften auseinander. Dann fuhr sie mit dem Daumen langsam die mit Kohle gezeichneten Linien nach, kostete das aus, was Deirdre als Letztes berührt hatte.

Sie verstand die Botschaft nicht in allen Einzelheiten. Eines aber war offensichtlich: Das Mädchen wollte ihr auf diese Weise mitteilen, dass dies allein ihre Entscheidung gewesen war. Levarchams Augen brannten. Die dunklen Linien auf dem hellen Leder verschwammen. Sie wunderte sich, dass Deirdres Flucht sie in keiner Weise schockierte. Sie verwünschte sich lediglich dafür, dass nicht sie es gewesen war, die ihre Flucht entdeckt hatte. Sie nämlich hätte geschwiegen. Sie hätte Deirdre so lange wie möglich ihre Freiheit gelassen. *Du hättest sie selbst befreien sollen,* krächzte die Krähe. Ja. Ein mütterlicher Schmerz durchdrang Levarcham, und ihr wurde klar, dass ihr dieses Gefühl sogar die Kraft gegeben hätte, dem König die Stirn zu bieten.

Aber in dem Moment, in dem sie sich dieser Kraft endlich bewusst geworden war, war es bereits zu spät gewesen, sie einzusetzen. Deirdres Schicksal war ihr aus den Händen genommen, ihren Händen, die sich letztlich als so nutzlos erwiesen hatten.

»Wir werden noch heute Aeds Burg erreichen.« Naisi sah seine Brüder an. Der Geruch von saurem Schweiß entströmte ihrer Kleidung, und sie waren allesamt von Kopf bis Fuß mit Schlamm bespritzt. »Aed ist einer der mächtigsten Stammesführer. Es ist deshalb wichtig, dass wir als Adelige vor ihn treten und nicht als flüchtige Verbrecher.«

»Ich dachte, wir wären gar nicht auf der Flucht«, sagte Ainnle scharf.

Naisi warf ihm einen empörten Blick zu. Ardan hingegen strubbelte seinem jüngeren Bruder lediglich durch die Haare. »Du stinkst – ich wette, da klebt sogar Dachskot drin. Also hör auf zu winseln und wasch dich dort im Fluss.«

Ardan und Ainnle gingen zu dem nahe gelegenen Fluss hinunter, um zu baden, während Naisi sich, sein Schwert auf den Knien, auf einen Baumstamm setzte. »Geh du ein Stück stromaufwärts«, sagte er zu Deirdre.« Er wies mit dem Kopf in die entsprechende Richtung. »Ich werde Wache halten, bis meine Brüder wieder zurück sind.«

Eine Weile später kletterte Naisi dann selbst mit frisch gewaschenen Haaren und rasiertem Kinn die Uferböschung hinauf. Eiskaltes Wasser lief ihm über die nackte Haut. Er streifte es, vor Kälte schnaubend, von seinen Armen und Beinen. Dann hörte er plötzlich ein Geräusch. Da er annahm, dass dies seine Brüder wären, drehte er sich, seinen Kittel in der Hand, zum Fluss um.

Es war jedoch Deirdre, die am gegenüberliegenden Ufer stand. Wie gelähmt wartete er darauf, dass sie vor Verlegenheit aufschrie. Aber sie schrie nicht. Ihre nassen Haare hatten die Farbe von dunkler Gerste, ihre Augen sahen aus wie lebhafte Farbkleckse auf ihrer vor Kälte blassen Haut. Voller Erstaunen und ohne jede Angst wanderten diese strahlenden Augen von seinen Schultern zu seinem Bauch … *Ach.* Jetzt endlich reagierte Naisi. Er ließ seinen Kittel fallen und sprang wieder in den Fluss. Die Kälte verschlug ihm den Atem, während er bis zur Taille im Wasser stand. Sie war noch immer nicht weggelaufen. »Was machst du hier? Ich habe dir doch gesagt, dass du weiter oben baden sollst.«

»Ich weiß, aber … ich bin wohl den falschen Weg zurückgegangen.« Sie sah verwirrt aus. Eine kleine Falte erschien auf ihrer ansonsten so glatten Stirn.

Naisi drückte mit der Zunge gegen seine Zähne, um zu verhindern, dass sie klapperten. Seine Beine wurden langsam taub. »Könntest du dich vielleicht umdrehen, damit ich mich abtrocknen kann?«

Sie hörte ihm offensichtlich gar nicht zu. Stattdessen wanderte ihr Blick wieder langsam über seinen Körper. Ihre Augen weiteten sich ein wenig, als ihr Blick seine Schultern, seinen Hals, seine Brust und seinen Bauch erreichte, und wurden dann schmal, als sie der Spur aus Haaren folgte, die sich von seinem Bauch zu seinen Lenden zog, die jetzt allerdings im Wasser verborgen waren. Er hatte die Hände in die Hüften gestemmt, musste dabei mit aller Macht gegen den Drang ankämpfen, seine Blöße zu bedecken. »Warum tust du das?« Jetzt war er es, der verwirrt war. Sie war die Verlobte des Königs, und ihre Erziehung war darauf ausgerichtet. Sie konnte doch unmöglich schon die Kunst der Verführung beherrschen? Dann erkannte er plötzlich, dass der Ausdruck in ihrem Gesicht keine Durchtriebenheit, sondern reine Neugier war.

»Weil du …«, sie suchte nach einem Wort, »… weil du so schön bist.«

Er blinzelte. »Was?«

Sie machte vorsichtig ein paar Schritte auf ihn zu. Seine Nasenflügel blähten sich. Er wich zurück, obwohl sie durch das Wasser getrennt waren. »Ich muss zugeben«, murmelte sie leise, »dass ich mich schon oft gefragt habe, ob ich mich auf irgendeine schlimme Weise von anderen Menschen unterscheide. Ob man mich vielleicht deshalb vor allen anderen Menschen versteckt hat, weil mit mir etwas nicht in Ordnung ist, etwas, das Levarcham mir nicht sagen durfte.« Ein schmerzliches Lächeln erschien auf ihrem Gesicht, das aber schon bald wieder erlosch. Ihr Blick kehrte mit derselben Intensität zu seinem Körper zurück. Jetzt sagte sie leise, so als würde sie ein Selbstgespräch führen: »Die Haut *ist* die gleiche – sie muss sich also auch gleich anfühlen – aber ich hatte nicht geahnt, dass ein Mann so … so glatt und gleichzeitig so fest aussehen würde. Der Körper hat eine ganz andere Form – er ist ganz anders als meiner.«

Naisi spürte die Kälte jetzt nicht mehr. Sie redete, als könne er sie überhaupt nicht hören. Sie schien daran gewöhnt zu sein, laut zu denken und dabei die Dinge zu analysieren. Verwirrende Gedanken schossen ihm durch den Kopf. Ihm wurde bewusst, dass er nicht die geringste Ahnung hatte, was er ihr antworten sollte, und so entschied er sich dafür, die Wahrheit zu sagen. »Das ist das Seltsamste, was je ein Mensch zu mir gesagt hat.«

Ihr Blick ging langsam wieder nach oben. »Ist es das?« Dann schien sie plötzlich zu verstehen, dass ihm die Situation unangenehm war, und wich deshalb ein paar Schritte zurück. »Gütige Götter, bestimmt hältst du mich für dumm und einfältig. Ich bin mir sicher, dass Levarcham noch niemals etwas mit jungen Männern zu tun hatte, deshalb konnte sie mir auch nicht beibringen, wie man sich als Frau einem jungen Mann gegenüber zu verhalten hat. Alles, was ich weiß, ist, wie man einen Chieftain nach seinem *fetten Vieh* fragt und ihm Ale einschenkt, ohne dabei einen Tropfen zu verschütten.«

Obwohl ihm die Kälte sehr zu schaffen machte, musste Naisi an sich halten, um nicht laut zu lachen. Ihre seltsame Art war für ihn eine willkommene Ablenkung von seinen düsteren Gedanken. Er fragte sich, ob er sie trösten sollte, hatte jedoch nicht die Absicht, die vor Kälte zusammengeschrumpelten Organe zwischen seinen Beinen zu enthüllen. »Es ist offensichtlich, dass du nicht dumm bist.« Er klapperte mit den Zähnen. »Und du wirst sicher schnell herausfinden, wie du dich gegenüber anderen Menschen verhalten musst.«

Zu seiner Überraschung war dies jedoch für ihn keinesfalls eine erfreuliche Vorstellung, denn ihm war inzwischen eines bewusst geworden: Wenn es Anya gewesen wäre, die dort gestanden hätte, hätte er die gesamte Unterhaltung zwischen ihnen vorhersagen können: die koketten Bemerkungen, das wissende Lächeln und das Blitzen in ihren Augen. Und dann hätte sie die

Beine breitgemacht, ohne dass er sich dafür hätte groß anstrengen müssen. Im Gegensatz dazu hatte er jedoch nicht die geringste Ahnung, was dieses Mädchen als Nächstes sagen oder tun würde.

Und genau das war der Grund, weshalb er sie auch so schnell wie möglich bei jemandem abliefern sollte, der besser mit ihr umgehen konnte. Er trat jetzt auf den Kieselsteinen im Fluss von einem Fuß auf den anderen. »Eines aber solltest du unbedingt wissen«, sagte er laut. »Männer empfinden Kälte genauso wie Frauen.«

»Oh.« Jetzt endlich wurde sie rot. »Ich denke zu viel an mich selbst. Es tut mir leid. Ich werde sofort gehen.« Sie schoss mit ihrer seltsamen Art zu rennen durch den Wald davon: kleine Spurts, unterbrochen von langen Sprüngen, so als dränge sie irgendetwas in ihrem Inneren, sich in die Luft zu erheben und zu fliegen.

Der Jäger beugte sich über das Skelett des Hirschs, dessen Rippenbögen aus dem morastigen Grund hervorragten. Die Wölfe hatten den Kadaver bis auf die Knochen abgenagt. Zwischen den Knochensplittern und dem Matsch hatte jedoch etwas seine Aufmerksamkeit geweckt. Er grub seine Finger in den eisigen Boden, und Cúchulainn, der neben dem König im rauen Wind stand, stellte fest, dass er sich instinktiv wappnete.

»Was ist das?«, fragte Conor barsch vom Rücken seines Pferdes herab.

»Ich glaube … das ist ein Stück von der Befiederung eines Pfeils, Mylord. Es sieht so aus, als wäre dieser Hirsch etwa zur selben Zeit wie der andere unten am See erlegt worden. Dieser Hirsch hier hat jedoch kein Geweih mehr.«

Schweigen breitete sich aus. »Also hat hier jemand trotz meines Verbots gejagt.«

In der Ferne tauchte jetzt der zweite Spurenleser auf, der den ganzen Morgen fort gewesen war. Er kam mit federnden Schritten einen langen Hohlweg herauf. Als er schließlich vor Conor stand, ließ er sich mitten in einer Schlammpfütze auf ein Knie nieder. »Es war sehr schwierig, aber ich habe einige neue Spuren gefunden, die bis in den Kies hinuntergingen«, sagte er keuchend. »Sie waren fast weggewaschen, und …«

»Was hat du herausgefunden?«, schnitt ihm der König das Wort ab.

»Sie sind sehr schwer voneinander zu unterscheiden. Tatsächlich handelt es sich um mehrere Männer, obwohl ich mir nicht sicher bin, wie viele. Und dann sind da auch noch kleinere Fußabdrücke – die einer Frau.«

Wieder breitete sich ein unbehagliches Schweigen aus. Es wurde nur vom Knarzen der kahlen Äste eines einsamen Dornstrauchs unterbrochen, der sich mit seinen Wurzeln in den Spalten einer Felsplatte festkrallte. »Also«, murmelte der König schließlich, »sind das Deirdres Spuren.« Er war in rötliche Biber- und Fuchspelze gehüllt, die sein verkniffenes, graues Gesicht umrahmten.

Cúchulainn stand da und spielte verlegen an seinem Bogen herum. »Bei diesen Witterungsverhältnissen kann man nichts Genaues sagen. Der Boden ist dazu viel zu weich.«

»Wir wissen, dass sie weg ist, Wachhund. Wer sonst sollte das dort draußen also sein?« Obwohl Cúchulainn der Sohn von Conors verstorbener Schwester Dechtire war, sprach der König ihn nur dann als Neffen an, wenn er bester Laune war. Jetzt jedoch waren seine Augen so kalt wie der bleierne Himmel über ihnen. »Wessen Spuren sind das? *Wer hat sie entführt?*«

Der zweite Spurenleser erklärte beflissen: »Es scheint, dass sie die Männer aus freien Stücken begleitet hat, Mylord. Es gibt keinerlei Anzeichen für einen Kampf.«

Der Blick des Königs ließ ihn verstummen. Jetzt drehte sich der andere Jäger zu ihnen um. Er hatte die Befiederung des Pfeils in der Hand. »Das kann ich dir sehr wohl sagen.« Er ging zu Conor hinüber, wobei er dem schweigenden Cúchulainn, der direkt durch ihn hindurchstarrte, einen nervösen Blick zuwarf. »Wenn deine Krieger ein bisschen Jäger spielen wollen, versehen sie ihre Befiederungen mit Mustern, um danach prahlen zu können.«

Das tun wir, um unsere Beute zu markieren, du Idiot. Cúchulainn kochte innerlich. Er wusste ganz genau, wem dieser Pfeil gehörte, und musste an sich halten, um dem Spurenleser nicht mit einem Faustschlag den Mund zu stopfen. Was wusste dieser Kerl schon von der Disziplin und der Gefahr, von dem Mut, den es erforderte, um sich auf einen Gegner zu stürzen und dabei vielleicht seinen letzten Atemzug zu tun? Ein Mann, der so etwas tat, sollte gefeiert und nicht verhöhnt werden.

Conor beugte sich im Sattel nach vorn, so als wolle auch er den Mann schlagen. »Wem gehören sie?«

Der Spurenleser lächelte selbstgefällig und reichte ihm das kleine Büschel aus schwarzen und weißen Federn, die von Rabe und Schwan stammten. »Das«, verkündete er, »ist das Zeichen der Söhne des Usnech.« Er spuckte auf den Boden. »Alle drei haben dasselbe Zeichen, so als wären sie ein Mann.«

Cúchulainn schloss die Augen und drehte sein Gesicht in den eisigen Wind. Die rollenden Hügel vor ihm gingen in eine Decke aus braunem Wald über. Kahle Bäume standen über die Hänge verstreut, die von schäumenden Wasserläufen durchzogen waren. *Naisi.* Das Entsetzen nahm ihm regelrecht die Luft zum Atmen.

Auch der Wachhund hatte nicht gewusst, dass dies hier die Gegend war, in der Conor das Mädchen versteckt hielt. Naisi konnte es genauso wenig gewusst haben. Die Krieger hatten es lediglich für eine der törichten Eitelkeiten des Königs gehalten, dieses Gebiet zu seinem persönlichen Jagdrevier zu erklären. Ihm dies zuzugestehen, war ihnen jedoch nicht schwergefallen. *Hier gibt es endlose Weiten, um deine Jagdlust zu befriedigen, Naisi,* schalt Cúchulainn Naisi jetzt im Stillen. Was hatte ihn nur dazu getrieben, das Verbot des Königs zu übertreten und sich auf diese Weise – wohl mehr aus Zufall – einer noch weit größeren Gefahr auszusetzen?

Cúchulainn gingen diese Gedanken nicht mehr aus dem Kopf. Er fragte sich immer wieder, ob ihm bei Naisi irgendein tieferes Unbehagen entgangen war, das unausweichlich hierzu geführt hatte. Die kalte Luft tat ihm in der Lunge weh, als er tief einatmete, aber sein Gesicht war vollkommen ausdruckslos, als er sich jetzt wieder an den König wandte. »Man sollte niemals voreilige Schlüsse ziehen«, warnte er. »Die drei sind gute Männer. Sie sind dir und dem Roten Zweig treu ergeben. Wahrscheinlich haben sie nur versucht, einem Mädchen zu helfen.«

»Indem sie es mir wegnehmen?« Die Stimme des Königs schnappte über. In seinen Augen lag jetzt ein wildes Leuchten, und das war das einzig Lebendige in seinem kalten, weißen Gesicht.

Dunkelheit breitete sich in Cúchulainns Herzen aus. »Wir kennen die Wahrheit nicht. Wenn wir nach Emain Macha zurückkehren, werden sie auch wieder dort sein. Dann werden wir bei einem Becher Ale über die ganze Geschichte lachen.«

Conor ignorierte ihn. Stattdessen fuhr er den zweiten Spurenleser an. »Du hast gesagt, dass sie nach Westen gegangen sind?«

Der Mann nickte und zeigte dabei über seine Schulter. »Erst nach Westen und dann in Richtung Süden, auf die Grenze zu Connacht zu.«

»Also an dem Punkt vorbei, an dem sie sich nach Norden hätten wenden müssen«, sagte der König wie zu sich selbst. »Dann führt sie ihr Weg also nicht nach Emain Macha.« Cúchulainn richtete seinen Blick fest auf den Hals des Pferdes, damit er nicht mit ansehen musste, wie sich Conors stolzes Gesicht in hilfloser Wut verzerrte. »Und somit auch nicht zu mir.«

12

Aed, der Sohn des Cumall, berührte vorsichtig eine Spitze des prächtigen Hirschgeweihs, das Naisi ihm gerade zu Füßen gelegt hatte.

»Wie du siehst, hatten wir gar keine andere Wahl, Mylord.« Naisi war sich bewusst, dass die Worte viel zu schnell aus seinem Mund hervorsprudelten. »Wir mussten ihr einfach helfen.«

Aeds weiße Haare wallten als dichte Mähne über seine Schultern und verschleierten auf diese Weise, dass sein einst so kräftiger Körper bereits verfiel. Sein zerfurchtes Gesicht war während Naisis Erklärung vollkommen ruhig geblieben. Sein Blick hatte unverwandt auf dem Geweih gelegen. Naisi hingegen hatte er nicht einmal angesehen. Naisi versuchte jetzt krampfhaft die Angst zu unterdrücken, die Aeds ungewohnte Zurückhaltung in ihm auslöste.

Schließlich seufzte der alte Chieftain. Dann warf er der einzigen anderen Person in der leeren Halle – seinem Druiden Lassar – einen langen Blick zu. Schließlich sagte er: »Ich verstehe durchaus, wie du auf diesen Gedanken gekommen bist, mein Junge.« Naisis Vater Usnech hatte früher an Aeds Seite in ganz Erin gejagt und gekämpft. Naisi entspannte sich angesichts der freundlichen Anrede ein wenig. »Die Situation ist jedoch keineswegs so eindeutig, wie sie auf den ersten Blick erscheinen mag.«

Naisis aufkeimende Hoffnung zerschlug sich bei diesen Worten sofort wieder. »Jeder Krieger, der es wert ist, einen Schild des Roten Zweiges zu tragen, hätte genauso gehandelt. Sie ist eine Dame der Ulaid und von edler Geburt. Sie hat uns um Hilfe angefleht.« Selbst jetzt spürte Naisi noch Deirdres flüsternden Atem auf seiner Haut. Der Augenblick der Klarheit stand ihm plötzlich wieder vor Augen. Der Moment, als ihr Wunsch zu fliehen auf seinen brennenden Zorn auf Conor getroffen war wie ein Funken auf Zunder.

Aed machte eine abwägende Handbewegung. Unter seiner papierdünnen Haut waren deutlich die blauen Stränge seiner Adern zu sehen. »Lassar und ich müssen uns beraten. Geh also jetzt, mein Freund. Wir werden schon bald wieder miteinander sprechen.« Als er Naisis betroffenen Gesichtsausdruck sah, zwang er sich zu einem Lächeln. Mit seinen von zahlreichen Fältchen umgebenen blauen Augen unter den struppigen weißen Brauen sah er jetzt schon viel mehr wie der Aed aus, den er kannte. »Verzweifle nicht. Conor lässt sich stets von seinem Verstand und nicht von seinem Herzen leiten. Wir werden diese Sache schon bald aus der Welt geschafft haben, da bin ich mir ganz sicher. In der Zwischenzeit wird dir die Gastfreundschaft meiner Burg zuteilwerden.«

Naisi war überaus erleichtert. »Vielen Dank, Mylord.«

Sobald er gegangen war, sah Aed Lassar an – einen klugen jungen Druiden, der still hinter seinem mit Schnitzereien verzierten Sessel stand. Jetzt trat Lassar einen Schritt nach vorn, die Hände in die Ärmel seines Mantels aus ungefärbter Wolle geschoben. Seine blasse Stirn war ausrasiert, sodass sie noch höher erschien, und in seine langen braunen Haare waren goldene Perlen und einige Rabenfedern geflochten. Die Perlen standen für seine irdischen Bande zu seinem Chieftain Aed, während die Federn ein Zeichen für seine Reisen in die Anderswelt waren.

»Was sagst du dazu?« Aed trommelte mit den Fingern nachdenklich auf die Lehnen seines Sessels. Er hatte das Gefühl, als sei mit Naisi ein dunkler Schatten in seine Halle geflogen und hätte sich jetzt still und leise irgendwo in der Nähe der Dachbalken niedergelassen. »Hat sie Anspruch auf Hilfe? Oder hat sich mein junger Freund da in eine höchst unheilvolle Sache verstrickt?«

»Die *brithem*-Gesetze decken die meisten Möglichkeiten ab, Mylord. Die Ehe zwischen Mann und Frau wird dort ausführlich behandelt. Bei Verlobungen hingegen ist dies nicht der Fall, da sie oft gelöst werden, jedenfalls, bevor Geschenke ausgetauscht wurden.«

»Gelöst? Dann gibt es hierfür also einen Präzedenzfall?«

Lassar sah jetzt sehr besorgt aus. »Dies hier ist eine höchst ungewöhnliche Situation. Es gibt insgesamt neun Regelungen für die Ehe. Die ersten vier betreffen das Eigentum derer, die die Ehe eingehen, die anderen fünf schützen die Kinder, die aus der Verbindung hervorgehen.« Seine Stimme nahm jetzt den singenden Ton der Druiden an, wenn sie aus dem Gedächtnis zitieren. »Da es noch keinen Ehevertrag gibt und auch noch keine Güter ausgetauscht wurden, ist das Mädchen von den ersten vier Regelungen nicht betroffen. Ich nehme an, dass wir die letzte der Regeln ebenfalls ausschließen können, die sich auf eine Verbindung bezieht, die zwischen Unzurechnungsfähigen geschlossen wird. Schließlich haben wir es mit unserem König zu tun.«

Aed brummte. »Es war, um es mit einfachen Worten zu sagen, absolut verrückt von ihm, sie haben zu wollen.«

Als Herr der fruchtbaren Viehweiden an der Grenze zu Connacht vermied Aed es sorgsam, sich in Conors Angelegenheiten hineinziehen zu lassen. Könige kamen und gingen, Bündnisse wechselten. Er wollte nicht, dass der König die Dienste seiner Krieger einforderte, um irgendeine Schuld zu begleichen. Genauso wenig, wie er riskieren wollte, den Zorn des nächsten Königs auf sich zu ziehen, weil er den jetzigen vorbehaltlos unterstützt hatte. Als Puffer zwischen den Ulaid und Connacht war er von zu vielen Feinden umgeben, als dass er sich in die Affären des Königs einmischen durfte. Er musste sich um seine eigenen Angelegenheiten kümmern.

Conors Verträge mit Laigin und Mumu, den anderen beiden großen Königreichen, hatten Connachts König Eochaid schon seit mehreren Jahren zu Untätigkeit verdammt. Und selbst Conors wenn auch nur kurze Ehe mit Eochaids Tochter Maeve hatte Connacht weiter auf Abstand gehalten. Der Reichtum der Grenzfürsten an Vieh und Feldfrüchten bedeutete immerhin eine zahlenmäßige Stärke, und auch das stellte sicher, dass zwischen Connacht und den Ulaid zwar kleinere Überfälle, bei denen Vieh geraubt wurde, an der Tagesordnung waren, dass aber keine der beiden Seiten an einem ernsthaften Krieg interessiert war. Alles in allem herrschte zwischen ihnen eine Art Balance. Jetzt jedoch war Eochaid krank geworden, und Maeve war Conor davongelaufen. Und ebendies machte Aed Sorgen.

Lassar hatte bei Aeds abschätziger Bemerkung über den König eine Augenbraue hochgezogen. Jetzt fuhr er unbeirrt fort: »Die fünfte Regel bestimmt die eheähnliche Gemeinschaft, also die Verbindung von Mann und Frau ohne Ehe.« Er hielt inne. »Ich kann wohl davon ausgehen, dass die Jungfrau dieser Verbindung nicht zugestimmt hat?« Die einzige Antwort, die er erhielt, war Aeds Schnauben. »Auch von einem Einverständnis ihrer Familie kann nicht ausgegangen werden, da ihre Mutter bei der Geburt und ihr Vater einen Monat später gestorben sind und es keine lebenden Verwandten gibt.«

Aed machte ein finsteres Gesicht. Diese Verlobung war ein einziger Albtraum. Offensichtlich hatte sich damals niemand berufen gefühlt, sich zugunsten eines neugeborenen Kindes, das keine Verwandten hatte, gegen den mächtigen König zu stellen. Sie hatten sich gerade im Krieg mit der Provinz Laigin befunden und somit andere Sorgen gehabt. Nachdem Aed jedoch heute Naisis besorgtes Gesicht gesehen hatte, interessierte er sich plötzlich sehr für das Schicksal des Säuglings von damals, weil es sich auf den Jungen, den er sehr schätzte, auswirkte.

»Der König hat das Ganze damit begründet, dass er das Kind als Mündel unter seinen Schutz genommen hat, was ihm wiederum einen ähnlichen Status wie den eines Pflegevaters verleiht. Wenn er sie aber jetzt heiraten will, dann wirft das ein vollkommen anderes Problem auf – dann nämlich ginge es um Inzest.«

»Verschon mich damit!«, rief Aed. Er ließ seine Erinnerung zurückwandern bis zu jener Nacht im Hause von Fedlimid dem Harfenspieler, wo er mit dem damals noch jungen König zusammen beim Ale gesessen hatte. Er hatte das Leuchten in Conors Augen gesehen, als Cathbad ihm gesagt hatte, er solle das schöne Mädchen für alle Zeiten in Ruhe lassen. Sie sei *eine Blüte, die in der Wildnis wächst und niemals gepflückt werden dürfe,* das waren Cathbads Worte gewesen.

»In der Tat.« Lassar holte tief Luft. »Dann bleibt uns, sozusagen als Orientierung, nur eine Verbindung, die durch eine Entführung begründet ist. Dies wiederum ist jedoch rechtlich nur von Bedeutung, solange der Mann die Frau tatsächlich in seiner Gewalt hat, was offensichtlich jetzt jedoch nicht mehr der Fall ist. Conor hat sich ganz einfach zu sehr auf ihre Passivität und ihre Unterwürfigkeit verlassen.«

Aed setzte sich aufrecht hin. »Hält diese Argumentation einer rechtlichen Überprüfung stand?«

»Sie kommt der Sache jedenfalls am nächsten«, antwortete ihm Lassar. »Und wenn man außerdem bedenkt, dass die Vereinigung noch nicht vollzogen wurde und es auch keine Kinder gibt, die unter den Schutz des Rechts gestellt werden müssen, ist die Einwilligung der Frau oder die ihrer Familie tatsächlich rechtlich zu berücksichtigen. Da das Mädchen im vorliegenden Fall jedoch keine Familie hat, ist ihre Einwilligung erforderlich.« Er lächelte breit. »Ein ganz eindeutiger Fall.«

»So ist es«, stimmte Aed ihm zu und empfand dabei Mitleid für dieses Mädchen, das er noch nie gesehen hatte. »Conor hat seinen Verstand seiner Gier untergeordnet, das ist alles. Jetzt, da das Mädchen sich selbst aus seiner Lage befreit hat, können wir die Sache vernünftig regeln.« Vielleicht war es nicht einmal von Nachteil, wenn Aed Conor wieder einmal daran erinnerte, wie eigenständig und mächtig er war.

Lassar verbeugte sich. »Dann nehme ich an, dass du dem Mädchen und den Söhnen des Usnech deinen Schutz gewährst?«

»Naisi und Ardan haben, als sie kaum ihre Initiation hinter sich hatten, meine Ländereien gegen einen Überfall aus Connacht verteidigt«, brummte Aed. »Und was das Mädchen angeht …«, er klopfte sich mit den Fingern an die Zähne, die von den vielen Steinchen, die sich stets im Gerstenmehl befanden, im Verlauf der Jahre bis auf die Stümpfe abgeschliffen waren, »… so will ich sie zuerst einmal sehen. Dann werde ich entscheiden, was zu tun ist.«

Lassar verbeugte sich. »Es wäre jedoch klug, dem König mit aller Vorsicht zu begegnen, Mylord – aber dein Ansehen bei den anderen Chieftains und vor allem bei den Druiden wird durch diesen Akt des Mitleids und der Weisheit fraglos noch weiter wachsen. Außerdem wissen wir nicht, wie viele Jahre Conor noch im Amt sein wird. Es wäre zweifellos klug, sich auf diese Art und Weise die Loyalität der drei Söhne des Usnech zu sichern. Sie sind noch jung, und sie werden noch an Macht gewinnen, und das mag wiederum für unsere Zukunft von Vorteil sein.«

Aed fühlte sich jetzt wesentlich besser. »Dann ruf die Burschen herein. Und sag ihnen, sie sollen das Mädchen mitbringen.«

Deirdre stand hinter Naisi in dem größten Gebäude, das sie jemals gesehen hatte. Die Halle kam ihr vor wie eine riesige Höhle aus Holz mit Pfeilern, die wie Bäume in die Höhe wuchsen und einen Himmel aus hellem Ried trugen, das weit über ihr in einer Spitze zusammenlief. In zwei Feuergruben, von denen eine jede so lang wie ihre eigene Hütte war, brannten prasselnde Holzfeuer, deren Flammen ihr Licht auf große, verzierte Wandbehänge und Berge von Kissen und Fellen warfen. An den Wänden funkelte eine lange Reihe von Schwertern und Speeren.

Ihr war plötzlich so schwindelig, dass sie das Gefühl hatte, gleich in Ohnmacht zu fallen. Sie wollte sich die Ohren zuhalten. Ihr Kopf dröhnte von all den Geräuschen draußen vor der Tür – Geräusche, denen sie noch nie zuvor ausgesetzt gewesen war: den Rufen und dem Schwatzen unzähliger Menschen, dem lauten Wiehern der Pferde und dem hellen Klirren der Schmiedehämmer. Ständig rumpelten große Wagenräder, und von den hohen Mauern ertönte immer wieder der Schall von bronzenen Hörnern. Ihre Augen ... es gab einfach viel zu viel zu sehen. Kinder, die umherrannten, Hunde, die sich balgten, und die Flanken der vorbeitrabenden Pferde, die in der Sonne schimmerten. Banner, die an geschnitzten Holztoren flatterten. Begehbare Befestigungswälle aus dicken Eichenbohlen. Ein Meer aus kleinen Rundhäusern mit Rieddächern, deren Mauern mit geschwungenen Mustern bemalt waren. Ein einziges Chaos von Farben und Menschen. Ihre Kleidung – gelb, orange, braun, grün; ihre Haare – schwarz, braun, golden, weiß – und jeder einzelne von ihnen hatte sie neugierig angesehen. Sie, die zuvor kaum andere Menschen berührt hatte, war von der Menge einfach umhergestoßen worden; aber es waren vor allem die Stimmen gewesen, die sie ganz schwindelig gemacht hatten. Sie, die doch nur Stille kannte; und man hatte sie auch angestarrt, sie, die so lange versteckt worden war.

Das Wirrwarr von Klängen war in ihren Kopf eingedrungen, und jetzt bebte sie innerlich, von diesem Chaos gleichermaßen eingeschüchtert wie begeistert. Dann hörte sie, dass jemand ihren Namen rief. Sie musste jetzt all ihre Kraft zusammennehmen, um wieder klar sehen und hören zu können.

Aed hatte ein sanftes Mädchen mit leiser Stimme und gesenktem Blick erwartet. Stattdessen trat jetzt ein Kobold, der in schmutzige Felle gehüllt und dessen eine Wange mit Asche beschmiert war, einen Schritt vor. Das Haar des Mädchens war nicht zu einer hohen Lockenfrisur aufgetürmt wie bei anderen, adeligen Frauen, sondern streng zurückgenommen und im Nacken zu einem unordentlichen Knoten gebunden.

»Du bist also Deirdre«, hörte er sich sagen.

»Ja.« Sie reckte das Kinn vor. Die Hände hatte sie hinter ihrem Rücken verschränkt. Er wunderte sich über diese trotzige Haltung, jedoch nur so lange, bis er das leichte Zittern um ihren Mund herum sah und sich daran erinnerte, dass sie hier und jetzt um ihr Leben kämpfte.

Aed war ein durchaus einfühlsamer Mann, der viele Enkelkinder hatte, und wohl auch deshalb empfand er jetzt großes Mitleid mit diesem Mädchen, das da vor ihm stand. Ihre ungewöhnlich reine Haut und ihre verblüffend grünen Augen besaßen eine ganz eigene Schönheit, aber die seltsame Kombination aus schmalem Kinn und breiter Stirn wirkte irgendwie beunruhigend auf ihn. Es war dies nichts, das ihn angezogen hätte, so wie seine drallen, hübschen Ehefrauen. Stattdessen erinnerte sie ihn an einen wachsamen und ungezähmten Fuchswelpen. »Komm näher, Deirdre.« Er bemühte sich, seiner Stimme einen freundlichen Klang zu geben. »Ich mag vielleicht wie ein alter Bär aussehen, aber ich werde dich schon nicht beißen.« Sie trat vorsichtig einen Schritt nach vorn, während sie sich die Hände an ihrer Hose abwischte. »Naisi hat mir von dir und deinen Problemen berichtet. Mit einer solchen Sache hatte ich noch nie zu tun.«

Sie hielt nur ganz kurz inne. »Ich auch nicht, Mylord.«

Aed sah jetzt Naisi an. Der Junge war peinlich berührt, was er jedoch zu verbergen versuchte, während er das Heft seines Schwerts umklammerte und stolz geradeaus sah. *Hat er versucht, den Welpen zu streicheln, und festgestellt, dass er beißt?* Aed sah jetzt wieder Deirdre an und begriff, dass sie ihn in keiner Weise provozieren wollte. Sie sagte schlicht und einfach nur die Wahrheit. »Nun, dann haben wir ja wenigstens etwas gemeinsam.« Er stützte seinen Ellbogen auf die Lehne seines Sessels und versuchte, seine Erheiterung hinter seiner Hand zu verbergen. »Offensichtlich sind wir beide durch diese ungewöhnliche Situation verwirrt, und ...«

»Oh, ich bin nicht verwirrt«, unterbrach ihn Deirdre. »Ich hatte bis jetzt mein Schicksal nur deshalb akzeptiert, weil ich dachte, ich hätte keine andere Wahl. Nun jedoch weiß ich, dass das nicht so ist.« Sie schien Naisis bösen Blick überhaupt nicht zu bemerken.

Aed war höchst amüsiert. Dieses kleine wilde Ding fixierte ihn unverwandt mit seinen ausdrucksvollen, schrägen Augen. Er machte wieder ein ernstes Gesicht und versuchte, sich auf Deirdres Worte zu konzentrieren.

»Maeve, Conors Frau, hat ihm die Ehe aufgekündigt. Wenn sie das konnte, dann kann ich doch erst recht meine Verlobung mit ihm lösen. *Ich ziehe hiermit in aller Form meine Einwilligung zu einer solchen Verbindung zurück*. Und damit meine ich nicht, um es gleich zu sagen, dass ich dazu jemals meine Einwilligung gegeben hätte. Sie runzelte die Stirn, bevor ihre Augen wild aufleuchteten. »Und deswegen bin ich mir auch ganz sicher, dass das Ganze von vornherein nicht rechtmäßig war.«

Aeds Blick wanderte voller Erstaunen zu Lassar. Der Druide beugte sich vollkommen gefasst ein Stück zu ihm herüber. »Ich denke, dass sie von Levarcham, Conors Druidin, unterrichtet wurde«, murmelte er leise.

Aed lehnte sich zurück. *Bei Manannán!* »Nun, Deirdre«, sagte er und wusste, wohl zum ersten Mal in seinem Leben, nicht so recht, was er sagen sollte. »Mein Druide und ich haben uns schon dasselbe gefragt. Ich denke, das Beste wäre es, wenn ...«

»Ich weiß, was ich zu tun habe«, unterbrach sie ihn wieder. Aed nahm ihr die schlechten Manieren jedoch nicht übel, denn er sah die Verzweiflung in ihrem Gesicht. »Ich muss ihm eine Nachricht schicken und ihm mitteilen, dass ich jetzt alt genug bin, um meine Entscheidungen selbst treffen können. Obwohl ich ihm zutiefst dankbar dafür bin, dass er immer so gut für mich gesorgt hat, sehe ich ihn nur als meinen Pflegevater und werde deshalb diese Verlobung, die ohne meine Einwilligung geschlossen wurde, lösen.«

Aed zuckte innerlich zusammen, als er sich Conors Gesicht vorstellte, wenn er diese Nachricht erhielt, vor allem das mit dem *Pflegevater.* »Auch Lassar und ich sind zu diesem Schluss gekommen. Also müssen wir herausfinden, wo sich der König gerade befindet. Ich werde dir Lassars Dienste zur Verfügung stellen. Er soll dir helfen, deine Botschaft in einer Sprache zu ... zu verfassen, die der König gewohnt ist. Falls dir das recht ist«, fügte er, amüsiert durch ihre blitzenden Augen, dann noch hinzu.

Sie sah kurz den Druiden an, dann drehte sie sich zu Naisi um. Der junge Krieger funkelte sie böse an, und zu Aeds Überraschung war das das Einzige, was sie sichtlich unsicher werden ließ. »Ich ... das wäre überaus freundlich von dir, Mylord.«

Aeds Lächeln schloss sie alle ein. »Ihr steht alle, bis Nachricht von Conor eintrifft, unter meinem Schutz. Falls ihr irgendetwas braucht, lasst es mich wissen.«

»Vielen Dank«, antwortete Naisi höflich. »Aber es würde uns nicht im Traum einfallen, uns aufzudrängen. Meine Brüder und ich würden uns sehr geehrt fühlen, wenn wir, mit deiner Erlaubnis, etwas gutes Fleisch an dein Feuer bringen dürften.«

Aed nickte, und die beiden jüngeren Brüder verließen erleichtert und raschen Schrittes die Halle, während Deirdre und Naisi ihnen langsamer folgten. Aed wandte sich an Lassar. »Hilf dem Mädchen, die Nachricht zu formulieren«, murmelte er. »Und lass, bei allen Göttern, auf keinen Fall zu, dass sie, wenn auch unbeabsichtigt, Conors Männlichkeit beleidigt. Auf keinen Fall darf sie die Worte ›alt‹, ›betagt‹ oder ›väterlich‹ verwenden!«

Lassar verbeugte sich. »In der Tat, Mylord. Wenn es den Göttern gefällt, wird das Ganze in einer Woche erledigt sein.«

»Deirdre.« Naisi sprach sie in einer Gasse zwischen einer Reihe von Häusern an, deren Rieddächer fast bis zum Boden reichten. Ainnle und Ardan waren bereits ein Stück voraus. »Du redest oft, ohne vorher nachzudenken. Uns gegenüber ist das kein Problem, aber wenn du mit einen Chieftain wie Aed sprichst, kann das sehr schnell geschehen.«

Deirdre, die in hoffnungsvolle Träume versunken war, brauchte einen Moment, um zu sich zu kommen. Als sie verstand, was er gesagt hatte, wurde sie rot vor Scham. »Er hat mich so freundlich angesehen, und ich ...«

»Aed ist ein sehr mächtiger Mann.« Naisis dunkler Kopf ragte über ihr auf, seine Augen waren schmal vor Zorn. »Du bist hier nicht mehr im Wald bei deinen Vögeln und deinen Bäumen. Du musst lernen, deine vorlaute Zunge im Zaum halten. Das hier ist das Leben, das wirkliche Leben.«

Sie schluckte eine Erwiderung hinunter. Der Faden der Freiheit, den sie aufgenommen hatte, führte sie stetig weiter. Zuerst zu den Söhnen des Usnech, dann zu Aed, der ihr seine Hilfe zugesichert hatte. Vielleicht konnte sie sogar hier bei ihm bleiben und ihr Lager auf dem Boden seiner Halle aufschlagen. Niemand würde es dann mehr wagen, sie auf diese Weise anzusehen – am wenigsten so ein hochnäsiger junger Kerl, der sich für so wichtig hielt, dass er glaubte, ihr Vorhaltungen machen zu können. Dann begriff sie. »Du machst dir Sorgen um deinen eigenen Ruf«, sagte sie leise. »Ich bin dir doch völlig egal. Du sagst das nur, weil *du* nicht dumm dastehen willst.«

Er packte sie am Ellbogen und schob sie dann an eines der tief herabhängenden Dächer. Eine Frau mit einem Korb, der mit einem Stück Leder bedeckt war, drängte sich an ihnen vorbei, während sie ihnen einen neugierigen Blick zuwarf. Naisi senkte die Stimme. »Das hier ist kein Spiel, Deirdre. Du magst uns als fröhliche Sänger und lachende Jäger kennen – aber wir sind Krieger. Das ist alles, wofür ich bisher gelebt habe: dem Roten Zweig in Emain Macha anzugehören. Da ist die größte Ehre der Welt. Und jetzt kommst du daher und …«

»Hör sofort auf damit!« Deirdre zog ihren Arm weg. Die Ungewissheit, die Angst und dann die Erleichterung in Aeds Halle hatten sie innerlich ausgelaugt, und noch bevor sie sich's versah, hatte sie ihren Zeigefinger wie eine Speerspitze zwischen seine Rippen gedrückt. Sie konnte sich kaum zurückhalten, ihn nicht noch fester hineinzubohren. »Du bist wenigstens frei. Du kannst einfach davonspazieren und tun, was immer du willst – jagen, rennen, kämpfen. Wir Frauen aber haben keine Wahl. Wir müssen alte Männer heiraten, und dann sitzen wir für immer im Haus fest. Also versuch nicht, mir zu erklären, dass es hier nur um deine Ehre geht!« *Conor.* Es war sein Gesicht, das jetzt Naisis Miene überlagerte. Plötzlich verspürte sie den Drang, auf seine Brust einzuschlagen, auf diesen mächtigen Schild aus Knochen und Muskeln, der immer stärker sein würde als sie.

Naisi wich einen Schritt vor ihrem Finger zurück. Er streifte dabei mit dem Kopf das feuchte Rieddach, sodass Wasser in seine schwarzen Haare tropfte. »Ich habe mich gegen meinen König gestellt, als ich dir geholfen habe. Natürlich geht es hier auch um mich!« Die Tropfen rannen jetzt über seine Stirn. Er wischte sie mit einer Hand weg, sodass seine Stirnlocke nach oben stand.

»Das hast du doch nur getan, um Conor mit deiner Tapferkeit zu beeindrucken. Alle Krieger sollen dich bewundern. Du hast es also nur für dich selbst getan!« Erst jetzt wurde sie sich der Worte bewusst, die da über ihre Lippen kamen. Erschrocken schlug sie die Hand vor den Mund, um sie zurückzuhalten. Aber es war zu spät. *Und das nach allem, was er für sie getan hatte …*

Naisis strahlend blaue Augen funkelten jetzt böse, so als hätte sie ihn tatsächlich geschlagen. Sie erinnerte sich nun auch plötzlich wieder an ihre Lüge, mit der sie ihn dazu gebracht hatte, ihr zu helfen. Wie sie die Geschichten, die von seinem Ruhm berichteten, ganz bewusst übertrieben hatte, um ihn bei seinem Stolz zu packen. Aber, süße Brid, das hatte sie doch einfach tun *müssen,* sonst wäre sie jetzt nicht hier …

Als sie einen kurzen Blick zur Seite warf, sah sie Aed. Er stand schweigend da und musterte sie mit seinen scharfsinnigen Augen. »Regt euch doch nicht so auf«, war alles, was er sagte, dann schüttelte er leise lachend seinen weißen Bart und ging davon.

Da standen sie. Beschämt und wie zur Salzsäule erstarrt, bis Naisi einen leisen, erstickten Laut von sich gab und auf dem Absatz kehrtmachte. Sie versuchte, ihn zurückzuhalten, wollte sich bei ihm entschuldigen, er aber schob sie grob zur Seite und ging dann mit großen Schritten davon. Deirdre ging an der feuchten Wand in die Hocke, kauerte sich unter das tropfende Rieddach, so als könne sie sich dort vor den schrecklichen Dingen verstecken, die sie gerade gesagt hatte. Worte konnten Waffen sein; das war ihr durchaus bewusst. Sie holte japsend Luft, so als hätte sie einen Schluckauf. Arme Levarcham. Die Druidin hatte sich so sehr bemüht, ihr Anstand und Disziplin beizubringen. Und was hatte sie bei der erstbesten Gelegenheit getan?

Ein Schrei in der Ferne unterbrach sie in ihren Gedanken. Sie wischte sich die Tropfen vom Gesicht und stand auf. Dann reckte sie ihren Hals und sah um die Mauer des Hauses. Ihr Blick wanderte die Gasse entlang und dann durch das große Tor hinaus. Die Sonne war wieder hinter den Wolken hervorgekommen. Jetzt hörte sie einen hohen Ruf. Ein schlammiger Ball aus Schilfgras hüpfte über den Boden vor der Befestigungsmauer, eine Schar von Kindern rannte ihm hinterher.

Die unschuldige, kindliche Freude, die hinter den Rufen und dem Lachen lagen, zog sie wie magisch an. Sie ging den von tiefen Furchen durchzogenen Weg entlang durch die Menge, die sich vor dem Tor versammelt hatte, bis sie auf der grünen Wiese stand, die sich bis zum Fluss hinunter erstreckte. Kinder rannten hin und her. Deirdre staunte, wie hell ihre Stimmen waren, wie glatt ihre Haut und wie klein und flink sie waren. Plötzlich spürte sie, dass jemand hinter ihr stand: Es war wieder Aed. »Meine Enkel – und Urenkel.« Ein zärtliches Lächeln ließ sein schroffes Gesicht weich werden. »Ein paar Frauen, ein paar Konkubinen; da dauert es nicht lange, bis eine solche Schar zusammenkommt.« Als Deirdre nach einer Antwort suchte, fügte er leise hinzu: »Ich vermute, dass du niemanden hattest, der mit dir Ball gespielt hat?«

Sie hatte plötzlich einen Kloß im Hals. »Nur die Wand«, antwortete sie mit einem wehmütigen Lächeln.

»Dann mach doch einfach mit. Die kleinen Rangen kreischen zwar wie *banshees*, sind aber ansonsten völlig harmlos.«

»Ich … ich bin für so was zu alt!«

»Unsinn! Ich spiele doch auch mit den Kindern. Sie klettern auf mir herum und ziehen mich am Bart. Ich muss dann immer so tun, als wäre ich ein Bär, der sie fangen will – und das mit meinen morschen Knochen.«

Deirdre musste lächeln, als sie sich diese Szene vorstellte. Genau in diesem Moment kam der Ball aus dem Knäuel von Kindern herausgeflogen und rollte über die holperige Wiese auf sie zu.

Mit den Kindern zu rennen und zu lachen, hatte Deirdres Seele gereinigt. Aber erst jetzt, spät am Abend, fand sie die Gelegenheit, mit Naisi zu sprechen.

In der großen Halle scharten sich die Menschen um die Feuerstellen, über denen Rinderhälften brutzelten und Kessel mit dickem Hammeleintopf hingen. Daneben standen Körbe mit warmem Brot und den ersten Klecksen Schafbutter.

Durch den Lärm und die neugierigen Blicke eingeschüchtert, verharrte Deirdre draußen vor der Tür. Das Gras war jetzt mit Reif überzogen. Dichte Nebelschwaden zogen die Pfade entlang und über die Dächer hinweg. Ihr Atem vermischte sich mit ihnen. Die kalte Luft prickelte in ihrer Nase. Hier vor der Tür befand sie sich noch halb in der Wildnis und dennoch in der Nähe von Menschen. Sie konnte den feuchten Wald riechen und auch den Rauch der flackernden Feuer, konnte den Mond sehen, während ihr Gesicht bereits von den Pechfackeln erwärmt wurde, die an den Pfosten am Eingang zur Halle angebracht waren.

Menschen kamen und gingen, und endlich sah sie auch Naisi. Sie trat aus dem Schatten heraus. Er blieb stehen und schien sofort auf der Hut. Sie verschränkte ihre Finger ineinander. »Es tut mir leid. Ich habe das vorhin absolut nicht so gemeint.«

Er kaute auf seiner Unterlippe herum und sah sie an. »Bei dir ist alles, was du tust, ziemlich absolut.« Von dem sarkastischen Glitzern in seinen Augen ermutigt, zuckte sie mit einer Schulter, um zu bestätigen, was er gesagt hatte. Das Schweigen zwischen ihnen zog sich in die Länge. Schließlich legte er seinen Kopf schief und musterte sie im flackernden Fackelschein. »Das, was du über meinen Stolz gesagt hast, stimmt allerdings.«

Sie zog die Augenbrauen hoch. »Aber du hast dich auch für

mich in große Gefahr begeben, und daran hätte ich denken müssen.«

»Und ich hätte nicht vergessen dürfen, dass das hier für dich auch nicht einfach ist.« Er richtete sich auf und seufzte, so als stünde er unter großer Anspannung. »Ich habe mich entschieden, dir zu helfen, und ich werde zu meiner Entscheidung stehen. Aber wie dem auch sei: Da du eine freie Adelige bist – frei genug, um Conor zu verlassen –, kannst du jedem sagen, was immer du auch willst. Ich vermute allerdings, dass ich es schon bald bereuen werde, dich darauf hingewiesen zu haben.«

Sie lächelte ihn zaghaft an. »Dann habe ich kein schlechtes Gewissen mehr, aber nur, wenn du auch keines mehr hast.«

»Einverstanden.«

Sie stand noch einen Moment verlegen da, dann wurde ihr bewusst, dass dies der richtige Moment war, um zu gehen. Man hatte ihr ein Bett im Haus einer von Aeds Schwestern zur Verfügung gestellt. Dort würde es angenehm ruhig sein. Von den vielen ungewohnten Geräuschen schmerzte ihr nämlich inzwischen der Kopf. Als sie an Naisi vorbeigehen wollte, fragte er sie unvermittelt: »Was wirst du tun, wenn er dich freigibt?«

Sie konnte in der Dunkelheit sein Gesicht nicht erkennen. Ihr Verstand war plötzlich vollkommen leer. Sie hatte nicht weiter vorausgedacht als bis zu diesem Augenblick, hatte nichts als eine vage Vorstellung von Freiheit und Frieden gehabt. »Vermutlich werde ich zu Fintan und Aiveen zurückkehren.« Sie merkte, dass ihre Stimme zitterte, und konnte selbst nicht sagen, ob dies daher kam, dass sie die beiden so sehr vermisste, oder ob der Gedanke, in dieses einsame und verlassene Gehöft zurückzukehren, sie derart schreckte.

Die Tür öffnete sich, und Naisi drehte sich um. Die Fackeln warfen ihr Licht jetzt auf sein schmales Gesicht und seine scharfe Nase. Seine Wangen wurden hohl, als er die Lippen schürzte, während er seinen Blick in die Ferne richtete. »Wenn ich so lange allein gewesen wäre wie du, würde ich hierbleiben und das Gelächter und die Musik genießen. Wenn Conor das Ganze erst einmal verdaut hat, könntest du sogar nach Emain Macha gehen und dort bei deiner Freundin, der Druidin, wohnen.«

»Vielleicht. Bis dahin wirst du wieder auf der Jagd sein, um dafür zu sorgen, dass alle Fleisch auf dem Tisch haben.«

Den grimmigen Schatten, der plötzlich über sein Gesicht huschte, hatte sie sich gewiss nicht eingebildet. »Vielleicht. Aber in jedem Fall werden meine Brüder und ich schon bald aufbrechen.«

Ein kalter Luftzug strich über ihren Nacken. Sie verschränkte die Arme vor der Brust, trat dabei von einem Fuß auf den anderen. »Natürlich.«

Er strich sich mit einer energischen Bewegung den Nebel aus den Haaren. »Sobald wir etwas vom König gehört haben.«

13

Levarcham befand sich gerade im Tempel und betete, als der König sie zu sich rufen ließ.

Die prächtige Festung von Emain Macha stand auf einem niedrigen Erdhügel inmitten einer Landschaft voller wogender, grüner Anhöhen. Hütten, Lagerhäuser und Viehställe breiteten sich über die sanften Hänge des Hügels aus. Je höher man kam, desto prächtiger wurden die Gebäude: Dort standen die Halle des Roten Zweiges mit ihren rostroten Fahnen und ganz oben auf der Kuppe die Halle des Königs mit ihrem kegelförmigen Rieddach, das in der Sonne glänzte. Auf der anderen Seite eines Tals erhob sich das Gegenstück aus der Anderswelt: der heilige Hügel. Gekrönt wurde er von einem riesigen runden Tempel aus Holz und Ried, der der Göttin Macha gewidmet war, der Gründungsmutter der Ulaid. Um den Tempel herum gruppierten sich die kleineren Schreine der anderen Götter und Göttinnen – schlichte Hütten mit Statuen und Altären.

Das Dach des großen Tempels wurde von vier konzentrischen Kreisen aus massiven Holzpfeilern getragen, die zur Mitte hin immer höher wurden. Drei lange Gänge für die Prozessionen der Druiden durchschnitten den Kreis. In seinem Zentrum stand eine riesige, astlose Eiche, die vom Alter und dem Blut der Opfer schwarz geworden war. Ihre Oberfläche war grob mit der Axt behauen, sodass sie an eine Frauengestalt mit ernsten, rätselhaften Gesichtszügen erinnerte. Da waren leichte Erhebungen für Brüste und eine tiefe Axtkerbe für ihren Spalt, der ein Zeichen dafür war, dass sie sie alle nährte. Die Statue der Göttin war mit Ocker bestrichen. Frische, blühende Schlehdornzweige waren um ihre Füße gewunden und zeigten an, dass die Jahreszeit der Fruchtbarkeit begonnen hatte. Levarchams Herz hatte jedoch nicht in die Gesänge der Frauen eingestimmt. Es war zu einem kalten Knoten in ihrer Brust geworden, so als wäre es gefroren und wolle nicht wieder auftauen.

An den Wänden ringsum waren die Talismane der Könige aufgereiht: ramponierte Schilde, Schwerter und andere zeremonielle Waffen, die liebevoll poliert waren; bunte Mäntel, deren Farben mit der Zeit ausgeblichen waren; Becher, Schüsseln, Teller und Trinkhörner – all das zeugte von der heiligen Verbindung zwischen den Königen der Ulaid mit der Göttin Macha und von ihrer Verpflichtung, das Land zu schützen und ihm Leben zu schenken.

Levarcham hatte gerade für Deirdre gebetet. Sie hatte auch

den obersten Druiden Cathbad, der in der Zeit der langen Dunkelheit einen hartnäckigen Husten mit Fieber bekommen hatte, in ihr Gebet eingeschlossen. Neben ihren Knien lag ein Netz mit Bitterwurzeln, die sie gesammelt hatte, um ihm daraus einen heilenden Trank zu brauen.

Als Conors Diener, der ihr die Nachricht überbracht hatte, wieder gegangen war, erhob sie sich mühsam und massierte dann ihre schiefe Hüfte. Diese Vorladung konnte nur eines bedeuten.

Sie ging nicht direkt zum König, sondern suchte zuerst ihre kleine Hütte auf, die innerhalb der Festungsmauern stand. Dort wusch sie sich die Flecken von den Händen, die der Pflanzensaft hinterlassen hatte, kämmte ihre grauen Haare und steckte sie mit den Eulenfedern der Prophezeiung hinter den Ohren fest. Dann befestigte sie mit zitternden Fingern ihre Brosche aus Gold und Bernstein an ihrem Umhang. Sie musste sich fest mit ihrer Macht umgeben, so wie sie ihren Körper mit ihrem wollenen Umhang umgab.

In der Festung herrschte eine gedämpfte Stimmung. Jeder hier hatte Conors schwelenden Zorn zu spüren bekommen, als der König mit seinen Spurenlesern zurückgekommen war. Levarcham hatte jedoch nichts über Deirdre in Erfahrung bringen können, da der König sie nicht hatte rufen lassen.

Conor saß allein in seinem Schlafgemach, einem Alkoven auf der Galerie der königlichen Halle. Der Boden der Galerie besaß in der Mitte eine kreisrunde Öffnung, sodass von den Feuerstellen unten Licht und Wärme heraufdrangen. Der Alkoven war durch mehrere geschnitzte Wandschirme aus Eichenholz vor den Blicken neugieriger Diener verborgen. Heute wurde er nur von einer einzigen zischenden Lampe erhellt, die tiefe Schatten auf das Gesicht des Königs warf.

Levarcham sah ihn an und versuchte, sich dabei nicht anmerken zu lassen, wie sehr sie sein Anblick erschreckte. Er wirkte krank, ausgezehrt. Seine dichten Brauen verdeckten fast seine glitzernden Augen, seine Wangen hingen, genau wie seine Mundwinkel, schlaff herab. Er krallte seine Finger um seine Knie, so als versuche er, sich an irgendetwas festzuhalten – oder aber als würde er irgendetwas zerquetschen wollen. Einen entsetzlichen Moment lang war sich Levarcham sicher, dass Deirdre tot war.

»Das Mädchen befindet sich in Aeds Festung.«

Sie spürte, wie neue Energie in ihre Beine schoss. »Der Göttin sei Dank! Ich werde gleich losreiten …«

Sein krächzendes Lachen ließ sie verstummen. »Bevor du das tust, Druidin, sollst du erst hören, was sie gesagt hat.«

Levarcham nahm vorsichtig auf einer der Bänke aus Eichenholz Platz.

»Sie hat dem König der Ulaid einen höflichen Gruß übermitteln lassen: mit reizenden Worten, die ihr sicher ganz mühelos über die Lippen gekommen sind.« Levarcham versuchte verzweifelt, den Unterton in seiner Stimme zu deuten. »Sie steht jetzt unter dem Schutz von Aed und wünscht von ihrem Recht Gebrauch zu machen, eine Verlobung zu lösen, die ohne ihr Einverständnis zustande gekommen ist. Sie will von der Verlobung mit *mir* entbunden werden.« Sein Atem kratzte, so als würde jemand mit den Fingernägeln über eine Lehmwand schaben. »Was sagst du, gelehrte Druidin, zu dieser Forderung? Du kennst dich mit den *brithem*-Gesetzen aus.« Conor drehte sich mit wildem Blick zu ihr um. »Oder warst sogar du es, die sie dazu angestiftet hat?«

Levarcham versuchte, ihre trockenen Lippen zu befeuchten, aber ihre Zunge klebte an ihrem Gaumendach. »Du zweifelst das Wort einer Druidin an?«, erwiderte sie schließlich heiser. »Du weißt ganz genau, dass ich keine Ahnung hatte. Ich war während der gesamten dunklen Zeit hier in Emain Macha, und es gibt keinen Boten, der ihr Anweisungen von mir überbracht hätte.«

Conors Gesicht zuckte. »Aber das ist jetzt auch egal. Ist das, was sie sagt, wahr?«

Obwohl ihre Gefühle sie zu überwältigen drohten, bemühte sich Levarcham, einen klaren Kopf zu behalten. *Mein Schatz! Du bist also nicht im Wald umgekommen. Du lebst.* Dann war da ein anderer, ein dunklerer Gedanke: *Du törichtes Mädchen! Du gibst dem König eine schallende Ohrfeige und glaubst, dass das ohne Konsequenzen bleiben wird?* Die Angst um Deirdre ließ ihre Gedanken rasen. Dann aber spürte sie plötzlich etwas, das sie nicht erwartet hatte. Stolz. Die Schülerin hatte ihre Lehrerin endgültig in den Schatten gestellt. Deirdre und nicht sie, Levarcham, hatte den Hebel gefunden.

Levarcham hatte bisher immer nur versucht, den Schlag abzumildern, mehr Zeit herauszuschinden. Sie hatte jedoch nie die *Rechtmäßigkeit* dieser Verlobung in Frage gestellt. Als sie in Conors Dienste trat, war davon stets als unumstößliche Tatsache gesprochen worden. Da Conor so vollkommen von der Rechtmäßigkeit seines Tuns überzeugt war, war auch jeder andere in seiner Umgebung davon überzeugt. Sie hielt sich jetzt ihre zitternde Hand vor die Augen. Sie war ja so blind gewesen.

»Frau!«, zischte Conor sie an. »Antworte mir!« Sein glühender Zorn stieg jetzt wie Hitzeschwaden von ihm auf.

Atemlos ließ sie ihre Hand wieder sinken. Wenn ihr Herz auch noch so triumphierend schlug, so durfte sie ihm das auf keinen Fall zeigen. »Nun, angesichts der einzigartigen Umstände ihrer Geburt ist es durchaus möglich, dass sie das Recht dazu hat.«

»Nein, das ist unmöglich.« Er schlug mit der Faust auf die Lehne seines Sessels. *»Unmöglich!«*, brüllte er und fuhr aus seinem Sessel hoch, so abrupt, dass er den Krug mit Ale umstieß. Das würzige Bier spritzte auf die feine Wolle des Teppichs und hinterließ dort Flecken so dunkel wie Blut.

Levarcham faltete die Hände in ihrem Schoß. »Du musst

Cathbad zurate ziehen. Die *brithem*-Gesetze sind überaus kompliziert und lassen oft Raum für Interpretationen.«

Ihre Stimme war bewundernswert ruhig, dann aber überrumpelte Conor sie damit, dass er durch den Raum ging, seine knochigen Finger um ihren Unterkiefer legte und ihren Kopf nach hinten bog. Sein Blick war wild, seine langen, ungekämmten Haare umgaben seinen Kopf wie eine graue Mähne. »Hast du gewusst«, flüsterte er, »dass sie von niemand anderem als von Naisi mit dem schwarzen Herzen und seinen Brüdern entführt wurde? Hast du das gewusst?«

Levarcham schwieg. Sie hatte noch nie erlebt, dass er die Kontrolle verloren und Hand an einen heiligen Druiden gelegt hatte. Es war dies ein absolut unerhörtes Verhalten, aber wie sie sah, war aus seinen Augen jede Vernunft gewichen. Jetzt entdeckte sie in seinem Blick auch etwas, das sie als Demütigung erkannte – eine Kraft, die stärker war als jeder Zorn. »Du vergisst dich«, japste sie. Er ließ sie los und taumelte einen Schritt zurück. Sie rieb sich den Hals. »Nein, das habe ich nicht gewusst.« *Ich wusste es jedenfalls nicht mit letzter Sicherheit,* korrigierte sie sich im Geiste. Amseln: die singenden Söhne des Usnech. Deirdre hatte sich sicher von ihrer Lebenskraft, ihrem Lachen angezogen gefühlt.

Conor drehte sich um und hielt sich jetzt an der Rückenlehne seines Stuhls fest. »Du hast mir versprochen, dass sie fügsam sein würde. Aber auch wenn sie entführt wurde, als du nicht da warst, so bist doch du dafür verantwortlich. Das alles ist deine Schuld!«

Levarcham schluckte ihren Zorn hinunter und beschloss, ihn irgendwie abzulenken. Noch nie hatte sie einer größeren Herausforderung gegenübergestanden, aber sie durfte jetzt einfach nicht versagen. »Du sprichst von ›Entführung‹ im Zusammenhang mit diesem … Vorfall. Darf ich dich daran erinnern, dass alles darauf hindeutet, dass Deirdre freiwillig mitgegangen ist?

Die Tatsache, dass sie sich einem mächtigen Chieftain anvertraut hat«, sie legte die Betonung auf das Wort *mächtig,* »und jetzt die Verlobung löst, ist dafür wohl Beweis genug.«

Ihre Worte prallten jedoch einfach an ihm ab, während er wütend an die Wand starrte. »Es musste also ausgerechnet Aed sein, nicht wahr?«, murmelte er in sich hinein. »Dann wird also er der Erste sein, der erfahren wird, dass sich niemand zwischen sie und mich stellen darf.«

»Es geht hier nicht um die Söhne des Usnech oder um Aed«, erwiderte Levarcham barsch. »Und auch nicht um ein Mädchen, das sich dir widersetzt. Es geht um Gesetze – um Gesetze, die dazu gemacht wurden, die Menschen deines Reichs zu schützen.«

Der König hörte ihr jedoch schon gar nicht mehr zu. »Hol Cathbad«, war alles, was er mit eisiger Stimme sagte.

Draußen blies ein kalter Wind, der so heftig war, dass sie sich gegen ihn stemmen musste, während sie mit gesenktem Kopf und zitternden Knien davonhumpelte. In einer der Gassen wäre sie dann fast mit Cathbad zusammengestoßen. Sie erzählte ihm, was geschehen war. Der hochgewachsene, dünne Druide hörte ihr schweigend zu. Schließlich schüttelte er den Kopf. Die goldenen Perlen, die in seine weißen Zöpfe geflochten waren, klimperten. Seine Brustplatte aus glänzendem schwarzem Bernstein lag glatt an seinem dünnen, runzeligen Hals, und seine knochigen Finger umklammerten einen Stab aus poliertem Eichenholz. »So geschieht es also«, sagte er leise.

»Was meinst du damit?« Allen Anstandsregeln zum Trotz, legte sie ihre Hand auf den Unterarm des obersten Druiden. Erst in diesem Moment wurde sie sich seiner schwachen Muskeln und seiner brüchigen Knochen bewusst. Sein kahler Scheitel war mit Altersflecken übersäht, die Adern an seinen Schläfen waren blau und knotig. »Sie hat ein so helles Herzfeuer wie die Morgendämmerung selbst.« Ihre Stimme klang ungewöhnlich angespannt. »Verdamme sie nicht, ich flehe dich an.«

Auf Cathbads unergründlichen Augen lag der milchige Schleier des Alters, aber sein Blick strahlte noch immer große Macht aus. »Ich werde den König auf keinen Fall anlügen. Ich muss das Ganze noch prüfen. Es ist dies eine wirklich außergewöhnliche Situation. Unklar …«

»Ja!«, zischte Levarcham ihn an. »Sie ist deshalb außergewöhnlich, weil es keinen Präzedenzfall gibt. Und da das so ist, besteht durchaus die Möglichkeit, dass die Verlobung von Anfang an nicht rechtmäßig war.«

Cathbad hustete, drückte dabei seine magere Hand auf seine Brust. »Vielleicht.«

Der Zorn löste Levarchams Zunge, und sie vergaß, dass er krank war. »Du warst von Anfang an dabei. *Deine* Worte waren es, die den Säugling verdammt haben, bevor er noch seinen ersten Atemzug getan hat. Das Mindeste, was du jetzt tun kannst, ist das Übel, das durch diese Worte ausgelöst wurde, wieder rückgängig zu machen.«

Cathbad löste Levarchams Finger von seinem Arm und hielt ihre Hand fest. Sein langes, eingefallenes Gesicht war ernst. »Lass nicht zu, dass deine Liebe zu dem Mädchen deinen Verstand umnebelt, Tochter der Eiche. Oder«, fügte er mit Nachdruck hinzu, »dich sogar deine Ausbildung vergessen lässt.«

Levarcham hätte vor Frustration laut aufschreien mögen. Verschleierte die Starrheit des druidischen Verstandes manchmal sogar die Wahrheit, die aufgeschlossenere Herzen zu fühlen vermochten? Levarcham hatte nicht sehr viel über die Menschen gewusst. Das hatte sich erst geändert, als sie Deirdre hatte aufwachsen sehen, von der Zeit an, als sie noch nicht einmal sprechen konnte, bis hin zu dem Moment, als sie begann, die Wahrheit zu leben. *Sie rannte, weil dies die einzige Art und Weise war, auf die sie das Lied ihrer Seele hören konnte.*

Levarcham hatte sie gelehrt, dass jede Seele ein Licht war, das in einem bestimmten Farbton schimmerte. Auch war jeder Seele ein bestimmter Klang zugeordnet. Sie hatte Deirdre gelehrt, auf das Lied ihrer eigenen Seele zu hören, sich deren Farbe und Melodie so gut einzuprägen, dass sie für kurze Zeit ihren Körper verlassen und in Gestalt eines Vogels fliegen konnte. Sie hatte ihr den heiligen Pfad gezeigt – *erkenne dich selbst* –, und Deirdre hatte jetzt genau das getan. Sie war dem Weg konsequent gefolgt. Sie wollte sie selbst sein und nicht nur der Schatten eines anderen.

»Meine Worte haben den Säugling nicht verflucht«, korrigierte Cathbad sie. »Ich habe nur das gesagt, was ich gesehen habe, das, was das Schicksal bereits festgelegt hat. Ich habe damals sogar mit Conor gestritten. Ich bat ihn, sie ganz weit weg zu schicken. Mehr konnte ich beim besten Willen für sie nicht tun.«

Levarcham wich einen Schritt zurück. Ihre Worte klangen erstickt. »Dann hast du jetzt die Möglichkeit, mehr zu tun. Du kannst ihr die Freiheit schenken.«

Cathbad schüttelte den Kopf. »Du hast mir anscheinend nicht richtig zugehört, Levarcham. Die Macht der Druiden bezieht sich auf die heiligen Dinge. Sie durchdringt die Schleier und verbindet die diesseitige Welt mit der Anderswelt. Die Macht eines Königs bezieht sich ausschließlich auf die diesseitige Welt: auf den Boden, die Früchte des Feldes und die Tiere, die Kraft der eisernen Klingen. Beide Mächte sollten sich im Einklang miteinander befinden, und tatsächlich ist es so, dass die Götter die Ordnung wiederherstellen, wenn sie ins Ungleichgewicht geraten ist. Conor hat meinen Rat nicht befolgt. Er sieht das Ganze ausschließlich im Zusammenhang mit der fleischlichen Lust und seinem Ehebett, aber nicht mit dem Heiligen, und es gibt kein göttliches Verbot und deshalb auch keine Strafe, die ich ihm vernünftigerweise hätte auferlegen können. Conors Wille widerspricht oft dem, was ich ihm rate: Er vertraut zu sehr auf sich und seine Schlauheit.«

»Aber wenn er nicht dem Willen der Götter folgt, sollte er als König abgesetzt werden«, flüsterte Levarcham heiser.

Cathbad sah ihr tief in die Augen. »Niemand kann mit Sicherheit sagen, was der Willen der Götter ist, außer die Götter selbst. Wir können immer nur Vermutungen anstellen – wir können spüren und denken –, aber wir können es nicht mit Bestimmtheit sagen. Gehe nicht in dieselbe Falle wie Conor, der glaubt, er allein kenne die Wahrheit.«

Levarcham erinnerte sich an ihre Ausbildung und erwiderte scharf: »Niemandem sollte die natürliche Freiheit des eigenen Herzens verwehrt werden. Dies scheint mir eine unverrückbare göttliche Wahrheit zu sein, Vater.«

Cathbad nickte. »So erscheint es jedenfalls vom Standpunkt des einzelnen Herzens aus. Dies ist jedoch immer auch Teil eines größeren Ganzen. Die Sache hier betrifft nicht nur den Willen der adeligen Krieger, sondern auch die Sicherheit der Ulaid selbst. Eochaid von Connacht ist krank, und seine Tochter Maeve ist zu ihren Brüdern zurückgekehrt. Wir wissen nicht, was unser größter Feind jetzt tun wird. Glaubst du wirklich, dass irgendjemand um eines Mädchens willen, das keine Verwandte hat und das noch nie jemand zu Gesicht bekommen hat, das Gleichgewicht der Kräfte in Gefahr bringen und Conors Position als starker König in Frage stellen wird?«

Der kalte Wind blies Levarcham ins Gesicht. »Und dennoch könnte es, wenn man ihr zu ihrem Recht verhelfen würde, das Schicksal eines Königreichs verändern. So jedenfalls hast du es mich gelehrt.«

»Und das ist es auch, was wir Druiden den Königen sagen«, stimmte Cathbad ihr zu, »denn unser Blick liegt immer auf den

Sternen. Wir suchen in ihren Konstellationen nach dem Schicksal aller. Der Blick eines Königs liegt jedoch auf seinen Kriegern. Er wägt ihre Treue gegen ihre Blutgier ab. Er fragt sich jeden Tag, wie viel Macht er über sie hat und wie er diese Macht noch *vergrößern* kann. Und aus irgendeinem Grund spielt deine kleine Deirdre in Conors Herzen eine große Rolle. Als oberster Druide muss ich an alle Menschen denken, und nicht nur an einen einzigen.«

»Aber etwas, das die Kraft einer ungestümen Seele, ihr Verlangen und ihr Feuer blockiert, kann für die Menschen niemals das Beste sein!« Sie fragte sich, warum ihr plötzlich dieser Gedanke gekommen war, denn er entsprach doch absolut nicht ihrer eigenen Lebensweise. Sie selbst ließ sich stets von der tröstlichen Kühle ihres Verstands leiten.

»Oh, in diesem Punkt irrst du dich, mein Kind. Denn wenn jeder seinem Verlangen freien Lauf ließe, befänden wir uns alle in kürzester Zeit in einem blutigen Chaos.« Plötzlich lächelte er, und sein hageres, runzeliges Gesicht wirkte sogleich freundlich und besorgt. »Ich werde für das Mädchen tun, was ich kann«, sagte er. »Mehr kann ich dir jedoch nicht versprechen.«

Naisi, der gerade die Rinde von einem Stück Holz schälte, das für einen Pfeil bestimmt war, hielt inne, als er plötzlich Stimmen hörte. Er war froh, dass er hinter dem knospenden Haselnussstrauch nicht zu sehen war, denn so konnte er sie einfach ignorieren und seinen Gedanken nachhängen.

Dann fielen ihm Deirdres goldene Haare ins Auge, die im kalten Licht der Sonne hell aufleuchteten, und bevor er es verhindern konnte, suchte auch schon sein Blick zwischen den Bäumen nach ihr. Eine Schar junger Leute kam vom Sumpfland her den Hang herauf. Die jungen Männer balancierten Bündel aus Weidenzweigen auf ihren Schultern, die Mädchen trugen Taschen und Säcke. Ihre Gesichter waren gerötet, und sie plauderten fröhlich und unbefangen miteinander.

»Sag es noch einmal«, drängte ein junger Mann, der direkt neben Deirdre ging. Seine Kleidung bestand aus grobem Tuch, und er trug keine Waffen. Deirdre verbrachte kaum Zeit mit den Adeligen. Sie zog die Gesellschaft der Handwerker vor, die hölzerne Schüsseln schnitzten, Körbe flochten und Stoffe webten. Die Handwerker nämlich hielten sich oft draußen im Freien auf, um Holz und Binsen zu sammeln. Naisi war inzwischen aufgefallen, dass Deirdre sich nicht wohl fühlte, wenn sie von Mauern umgeben war.

Sie schüttelte den Kopf. »Das waren druidische Gesänge, um die Weide und die Erle zu segnen. Ich habe dir doch gesagt, dass man damit nicht leichtfertig umgehen darf.«

»Aber du siehst ganz anders aus als unsere Druiden!« Die anderen kicherten, und eines der Mädchen stieß dem Jungen mit dem Ellbogen in die Rippen. Er ignorierte sie und drehte sich um, um sich ganz und gar Deirdre zuzuwenden. »Ach, bitte!«, schmeichelte er. An seinem Lächeln und seinem Gesichtsausdruck war deutlich zu erkennen, wie sehr er sie bewunderte.

Es war jedoch Deirdres Reaktion, die Naisi fesselte: ein kurzer Seitenblick voller Belustigung angesichts dieses unbeholfenen Versuchs, ihr den Hof zu machen. »Nein«, antwortete sie. Sie sah zu den Büschen herüber, um ihr Lächeln zu verbergen, und so war es allein Naisi, der es sah. »Das Lied ist für die Weiden bestimmt, und da du keine Weide bist, werde ich es dir auch nicht mehr vorsingen.«

Das Gesicht des Jungen wurde feuerrot. Naisi presste die Lippen fest zusammen. Er versuchte, die beiden zu ignorieren, während er den neuen Pfeilschaft vor seine Augen hielt, um zu sehen, ob er gerade war. Er konnte es sich nicht leisten, sich die Zeit mit Müßiggang zu vertreiben. Ihm lag jetzt schon seit einer Woche ein beklemmendes Gefühl wie kalter Haferschleim im Bauch. Er hatte die ganze Zeit über Pfeile und Speere angefertigt, so als würde es ihm helfen, sich mit Waffen zu umgeben. Unglücklicherweise ging ihm diese Arbeit eines Kriegers so leicht von der Hand, dass sie ihn nicht auf andere Gedanken zu bringen vermochte.

Der junge Mann neben Deirdre war nicht gewillt, so leicht aufzugeben. »Schau.« Er zog eine schmutzige Knolle aus dem Korb, den er auf seiner Schulter trug. »Was singst du der hier vor?«

Deirdre nahm die stärkehaltige Knolle in die Hand und sah sie nachdenklich an, dann rieb sie die Schale mit dem Daumen sauber. »Nichts«, sagte sie schließlich und biss herzhaft ein Stück davon ab. »Obwohl sie geröstet besser schmeckt«, fügte sie mit vollem Mund hinzu. Die anderen brachen in schallendes Gelächter aus, nur der Junge machte ein finsteres Gesicht.

Naisis schluckte den Kloß in seinem Hals hinunter. War sie sich noch immer nicht bewusst, in welcher Gefahr sie sich alle befanden? Dann hielt er inne und befühlte die Krummhaue in seiner Hand. Die Tatsache, dass der König bis jetzt noch nicht reagiert hatte, schuf eine Art erwartungsvolle Stille, die Naisis Tage bestimmte – und Deirdre spürte sie anscheinend ebenso, denn das, was er jetzt bei ihr wahrnahm, war keine Koketterie, sondern der verzweifelte Versuch, jeden Geschmack, jeden Geruch und jeden Klang auszukosten. Er hatte sie schon oft dabei beobachtet, wie sie mit geschlossenen Augen etwas aß oder beim Gehen plötzlich innehielt, nur um den Wind auf ihrem Gesicht zu spüren. Versuchte sie, das alles so intensiv in sich aufzunehmen, weil ihr durchaus bewusst war, dass man ihr all das jeden Augenblick wieder entreißen konnte?

Von einer plötzlichen Unruhe gepackt, warf er den Pfeilschaft auf den Haufen zu den anderen und erhob sich. Deirdre bemerkte seine Bewegung und schirmte ihre Augen mit der Hand ab, bevor sie sich von der Gruppe entfernte und mit großen Schritten auf ihn zukam. Die jungen Leute gingen weiter, auch der Junge, der mit gesenktem Kopf den anderen hinterhertrottete.

»Lass dich nicht von mir in deinem Vergnügen stören.« Naisi sammelte die Pfeilschäfte ein. Die Verwirrung, die er empfand, ließ seine Worte geschraubt klingen. »Ich habe zu tun.«

Ihr Lächeln verblasste. Bei Tageslicht schienen ihre Wangenknochen noch stärker hervorzutreten, wirkten die Höhlungen ihrer Wangen noch tiefer. Sein schlechtes Gewissen ließ ihn innehalten. Ihre innere Anspannung war offensichtlich weit größer, als er angenommen hatte.

»Wenn du so viel zu tun hast«, erwiderte sie, »könnte ich dir ja helfen.« Im Gegensatz zu ihrem kühlen Ton, funkelten ihn ihre Augen ärgerlich an. Herausfordernd.

Ihre Verwandlung war dabei so schnell vonstattengegangen, dass es Naisi regelrecht den Atem verschlug. »Das ist nichts, wobei du mir helfen könntest.«

»Versuchen wir es doch einfach.« Sie hielt einen Finger nach dem anderen in die Luft, während sie aufzuzählen begann: »Ich habe mit meinem Pflegevater Hasen in Fallen gefangen und ihnen das Fell abgezogen. Ich habe mit ihm zusammen Schweine ausgenommen, habe ihr Gehirn angemischt, um Leder zu gerben. Ich habe seine Dolche mit Wollfett poliert, habe Talgkerzen gezogen und Birkenteer für seine Speere gekocht.«

Naisi wich vor diesem Angriff zurück. »Das mag ja alles sein, aber ich bezweifle doch sehr, dass du mir im Fluss den Dreck vom Rücken schrubben willst.« Er wusste sehr wohl, wie er sich, wenn er in die Enge getrieben wurde, mit einem Schlag befreien konnte.

Auf ihrem Hals erschienen jetzt vom Schlüsselbein bis zum Kinn hinauf rote Flecken. »Nun, für *dich* würde ich das bestimmt nicht tun.« Ihre Worte waren sorgsam gewählt, so als wolle sie ihm sagen, dass sie das für jemand anderen durchaus tun würde. Er starrte ihr mit großen Augen hinterher, als sie sich umdrehte, um sich ihren Freunden anzuschließen, die bereits ein Stück vorausgegangen waren.

Sie ist der Grund für das Ganze hier, flüsterte ihm sein Schmerz zu. *Ach.* War er wirklich so feige, ein Mädchen für sein Tun verantwortlich zu machen? *Du hast dich doch nur dazu bereit erklärt, damit Conor sieht, wie tapfer du bist,* hatte sie ihm vorgeworfen. *Damit die Krieger dich bewundern. Du hast es für dich selbst getan.* Deirdres Worte hatten ihn noch verfolgt, als er in seinem Bett in der Gästeunterkunft gelegen und beobachtet hatte, wie das Feuer tanzende Schatten an die Wand warf. So einfach war das Ganze nun wirklich nicht, und er war auch bestimmt nicht so eitel, wie sie behauptet hatte. Und dennoch: Da hatte sich ein unbestimmtes Gefühl wie ein Knochensplitter in seinem Fleisch festgesetzt, und wann immer er jetzt tief Luft holte, um die dunkle Höhle in seinem Innern zu füllen, stach es ihn. Er hatte es tatsächlich für sich selbst getan … und er hatte nicht die geringste Ahnung, wohin das Ganze noch führen würde.

Er ertappte sich dabei, dass er ihre Schenkel anstarrte, als sie davonging. Sie hatte ihre dicke Fellkleidung abgelegt und trug jetzt nur noch einen wollenen Kittel und eine lederne Hose. Jetzt bemerkte er, dass sie bei Weitem nicht so plump war, wie er zuerst angenommen hatte, als sie dick eingepackt mit ihm und seinen Brüdern am Feuer gesessen hatte. In Wirklichkeit hatte sie kompakte Rundungen, eine schmale Taille und einen festen Hintern. Ihr Gang hingegen war überhaupt nicht mädchenhaft. Er hatte gesehen, wie sie die Erde durch ihre Stiefel hindurch wahrnahm, den Boden mit jedem Schritt ertastete. Krieger wie Jäger mussten auf die Neigung und die Dichte des Bodens achten, damit sie merkten, wenn er unter ihren Füßen nachzugeben drohte. Sie mussten die Richtung und die Stärke des Windes einschätzen, mussten Gerüche wahrnehmen und einordnen können. Aber wie und von wem hatte sie, ein Mädchen, den Rhythmus des Kriegers, den Gang des Jägers gelernt? Völlig unvermittelt hatte Naisi plötzlich das lebhafte Bild vor Augen, wie sie endlose Kreise durch den Wald zog. Hin und her ging. *Voller Sehnsucht.*

Er machte auf dem Absatz kehrt und ging zur Burg zurück, wobei er den Blick unverwandt auf den Festungswall richtete. Sie mussten so bald wie möglich aufbrechen. Er hatte getan, was er versprochen hatte. Sie war jetzt hier. Er hielt einen Pfeil an seine Nase, sog den vertrauten Geruch von rohem Holz ein, der für ihn so tröstlich und unverfälscht war.

»Der König hat noch immer nichts von sich hören lassen«, stellte Ardan fest, als Naisi ins Gästehaus zurückkehrte. Er saß am Feuer und rührte in einem Topf mit klebrigem, schwarzem Birkenpech herum. Neben ihm lag eine Ansammlung von Speerschäften, eisernen Spitzen und zusammengerollten, getrockneten Sehnen. Ainnle passte die Spitzen in die Schäfte ein. Dabei hielt er immer wieder inne, um einen Schluck Met zu trinken.

Naisi lehnte das Bündel Pfeilholz an die Wand und hockte sich dann ans Feuer. »Das geht uns nichts mehr an.« Seine Stimme hatte plötzlich einen schroffen Unterton. »Wir haben Deirdre hierhergebracht, wo sie sicher ist, genau wie wir es versprochen haben. Nicht mehr und nicht weniger.«

»Und deshalb ist es jetzt auch an der Zeit, von hier zu verschwinden«, sagte Ainnle, ein Stück Sehne zwischen den Zähnen, das er gerade weichkaute.

Ardan runzelte die Stirn. »Und wohin sollen wir gehen? Der König wird auf jeden Fall erfahren, was wir getan haben.«

Naisi zuckte unbehaglich mit den Schultern. »Na und? Immerhin haben wir ihre Tugend nicht in Gefahr gebracht.« Er griff nach Ainnles Becher, nahm einen großen Schluck und wischte sich dann mit der Hand den Mund ab. »Das Ganze kann für uns ein paar Monate auf irgendeinem öden, weit abgelegenen Außenposten bedeuten, aber bis zum Sommer wird er sich bestimmt wieder beruhigt haben.«

Ardan sah ihn verblüfft an. Dies klang ganz anders als die kühnen Worte, die sein Bruder noch vor Kurzem von sich gegeben hatte. Naisis Gedanken rasten. Er hatte Deirdre tatsächlich dazu benutzt, den König herauszufordern. Was kam jetzt? Er drückte die Daumen in seine Augen und dachte angestrengt nach. Aed war ein mächtiger Chieftain, der stets Abstand von Conor gehalten hatte. Damit ihm sein Wagnis einen Vorteil brachte, musste er sicherstellen, dass der alte Chieftain ihm sein Vertrauen schenkte, und zwar als Mann, nicht als Jungen. Als angesehenem und einflussreichem Krieger.

Seine Gedanken brodelten dumpf und dunkel wie das Birkenpech im Kessel vor sich hin. Wollte er überhaupt noch, dass ihm das Ganze einen Vorteil brachte? Immerhin würde das, was lange verborgen war, dann ans Licht kommen. Es würde Realität werden. Aber er konnte noch immer einen Rückzieher machen. Er konnte nach Emain Macha gehen und Conor um Verzeihung bitten … Allein schon bei diesem Gedanken wurde Naisi speiübel. Er war sich nicht mehr sicher, was er tun sollte – dort, wo ihn vor ein paar Tagen noch sein Ehrgeiz und seine Frustration angestachelt hatten, war jetzt nur noch Leere.

Ardan strich noch mehr Pech auf die Hefte und reichte sie dann an Ainnle weiter. »Vielleicht sollten wir einfach noch ein paar Tage hierbleiben. Dann sehen wir ja, was mit Deirdre passiert.«

»Warum?«, fragte Ainnle. »Es war ihre Entscheidung. Sie hat uns dazu überredet, sie mitzunehmen.«

»Soweit ich mich erinnere, haben wir uns aus freien Stücken dazu bereit erklärt«, erwiderte Ardan. »Und jetzt sind unsere Namen und der ihre miteinander verbunden. Das wenigste, was wir jetzt tun können, ist sicherzustellen, dass der König sie tatsächlich freigibt.«

Naisi stand auf und versuchte, seine Unentschlossenheit abzuschütteln. »Falls es Probleme gibt, kann sie ja bei Aed bleiben.«

»Und wenn Conor das nicht zulässt?«

»Dann ist ihr Plan eben fehlgeschlagen, und sie wird nach Emain Macha geschafft, so wie es ursprünglich vorgesehen war.« Naisis Entsetzen über das Loch, in das er sie alle gestürzt hatte, ließ seine Stimme ungewohnt scharf werden.

»In die Sklaverei!«

»Sie wird Königin werden. Das kann man wohl kaum als Sklaverei bezeichnen.«

Ardan rührte energisch im Birkenpech. »Wenn Conor sich weigert, sie aus der Verlobung zu entlassen, kann sie unmöglich hierbleiben. Aed hat viel zu viele Menschen unter seinen Schutz genommen, um sich gegen den König zu stellen. Er hat einfach zu viel zu verlieren.« Er sah Naisi in die Augen. »Lass uns hierbleiben, bis Nachricht vom König eintrifft. Spätestens dann wissen wir, was wir zu tun haben.«

14

Aed rief seine Söhne und Neffen in den von hohen Eichen gebildeten Freilufttempel, damit sie ihm halfen, ein neugeborenes Lamm zu opfern, um die Aussaat der Gerste zu segnen. Danach versammelten sie sich alle am Rand des Wäldchens. Aed wischte sich die Hände ab. »Conors Bote kam vor drei

Nächten.« Er wich ihrem Blick aus, während er die Ärmel hochkrempelte, um auch noch die letzten Reste Blut wegzuwischen.

»In der Nacht?«, wiederholte sein Sohn Niall.

Aeds Stimme klang grimmig. »Die Botschaft, die er überbrachte, war ganz einfach: Ich soll das Mädchen und die Söhne des Usnech unverzüglich ausliefern.«

»*Ausliefern?*«, wiederholte einer seiner Neffen. »Das ist in der Tat eine höchst provozierende Wortwahl!«

»Ja.« Aeds besorgter Blick wanderte langsam durch die frühlingsgrünen Eichen den Hügel hinunter zu seiner Festung, die auf einem niedrigen Erdwall im matten Sonnenschein lag. Die Häuser hüllten sich in einen tröstlichen Rauchschleier, der von Sicherheit und Wärme zeugte.

»Und wenn nicht?«, wollte Niall wissen. Hinter ihnen beendeten Lassar und die anderen Druiden gerade das Ritual. Sie beugten sich mit ihren Wahrsagestöcken über das Lamm, um in dessen Eingeweiden zu lesen.

»Es gibt kein ›wenn nicht‹. Jemanden *auszuliefern* verlange ich nur, wenn derjenige mein Feind ist. Und dieses *unverzüglich* von mir zu fordern, ist eine absolute Frechheit. In diesem Ton kann er allenfalls mit Vasallen sprechen, die weit unter mir stehen.« Einer seiner Neffen ließ einen Becher aus getriebenem Gold herumgehen. Er war mit Met gefüllt, der gerade auf dem Altar gesegnet worden war. Aed trank schweigend. In all den Jahren war Conor so klug gewesen, ihn niemals zum Gehorsam zu zwingen. Aed sicherte die gefährlichste Grenze der Ulaid – jene zu Connacht –, und als Gegenleistung hatte Conor ihm zugestanden, in seinem eigenen Gebiet uneingeschränkt zu herrschen. Es war also allein seine Entscheidung, wem er seinen Schutz gewährte und wem nicht.

»Wie hast du reagiert, Vater?«

»Ich habe ihm ebenfalls eine Nachricht geschickt: Das Mädchen hat einen Anspruch erhoben, der einer rechtlichen Überprüfung bedarf. Ich habe ihn gebeten, seine Druiden zu schicken, damit wir das Ganze wie zivilisierte Menschen diskutieren können. Unsere anderen Gäste habe ich nicht erwähnt. Diese Sache hier hat nichts mit ihnen zu tun. Conor täte gut daran, sein Augenmerk auf die Dinge zu richten, die wirklich wichtig sind.«

Die jüngeren Männer brummten alle zustimmend, Aed aber war bei Weitem nicht so zuversichtlich, wie er sich anhörte. Bis zum heutigen Tag hatte er noch keine Antwort von Conor erhalten, obwohl inzwischen genügend Zeit verstrichen war. »Ich habe euch nichts gesagt, weil ich hoffte, dass die Angelegenheit schnell erledigt sein würde. Außerdem will ich nicht, dass die Söhne des Usnech etwas davon erfahren. Das hier ist eine Art *fidchell*-Spiel zwischen Conor und mir. Wir bewegen unsere Spielsteine auf dem Brett hin und her. Ab heute werden die Söhne des Usnech allerdings nicht mehr allein auf die Jagd gehen. Begleitet sie aber als Kameraden und nicht als Bewacher. Wenn Naisi auch nur im Geringsten ahnt, dass ich mir Sorgen mache, dann werden er und seine Brüder sofort von hier verschwinden. Und sie werden das Mädchen mitnehmen.« Er hielt inne, während er an Deirdres trauriges Gesicht dachte und daran, wie fröhlich sie jeden Tag mit seinen Enkelkindern umherrannte. »Wenn sie uns verlassen, sind sie in ernster Gefahr. Ich möchte also, dass sie hierbleiben, damit Conor weiß, dass ich Wort halte und sie unter meinem Schutz steht.«

Einer seiner Neffen warf seinen Vettern einen raschen Seitenblick zu, dann sagte er mit gerunzelter Stirn: »Ist das wirklich klug, Onkel? Du machst dir anscheinend Sorgen, und das ist doch nur nötig, wenn du Conor für eine Bedrohung hältst. Also sollten wir besser noch einmal darüber nachdenken, ob wir diesen Flüchtigen tatsächlich weiter Unterschlupf gewähren.«

Aed warf ihm einen tadelnden Blick zu. »Ich war mit Usnech

befreundet, und allein schon deshalb werde ich seinen Söhnen helfen. Das bin ich ihm und seinem Andenken einfach schuldig. Falls Conor mich wegen einer solch unbedeutenden Angelegenheit für schwach hält, dann steht dahinter in Wahrheit die Überzeugung, dass das Alter meinem Körper die Kraft genommen und meinen Verstand verwirrt hat. Ich muss ihn also unbedingt dazu bringen nachzugeben.«

»Aber wenn du zu hartnäckig bist«, murmelte ein anderer Verwandter, »zwingst du ihn möglicherweise dazu, seine ganze Autorität in die Waagschale zu werfen. Und das wäre ein wirklich gefährliches Spiel.«

Die Sonne brach durch die Wolken, tauchte den Hang in helles Licht und erfüllte das Wäldchen mit einer Wärme, die Aeds schmerzenden Knochen guttat. »Ich muss meinem Gewissen folgen, sonst habe ich meine Macht bereits verloren.«

Als er den Hang hinunter zur Festung zurückging, versuchte er, auf dem unebenen Pfand nicht allzu sehr zu humpeln. Ihm auf dem Fuß folgte sein Lieblingsneffe Dallan, zusammen mit Aeds beiden jüngeren Söhnen Sencha und Lugaid. »Wir werden heute Nachmittag die Söhne des Usnech begleiten, Onkel«, bot Dallan an. »Es könnte durchaus von Vorteil sein, unsere Fleischvorräte aufzustocken.«

Nur für den Fall, beendete Aed den Satz im Stillen, während sich sein Herz verfinsterte. Der Met brannte noch immer in seiner Kehle bis hinunter in seinen Magen.

Naisi hielt den Kopf gesenkt, als er, Schleuder und Bogen auf dem Rücken, über das Marschland von der Jagd zurückkam. Heute war ein trüber, grauer Tag, der genau zu seiner Stimmung passte. Das Moor erstreckte sich als weite, gleichförmige Fläche vor ihm. Nur der Wind rauschte durch das braune Schilf und blies ihm immer wieder kalte Regenschauer ins Gesicht. Überall um ihn herum ertönten die lauten Rufe der Gänse, so als machten sie sich über ihn lustig.

Mit jedem Tag, der vergangen war, ohne dass er etwas von Conor gehört hatte, war das ungute Gefühl in seinem Bauch stärker geworden. Er und seine Brüder hätten schon längst weiterziehen sollen, aber sie waren noch immer hier, und nicht einmal er selbst konnte noch sagen, warum das so war. Es wäre jedenfalls besser, wenn sie wussten, was Conor gesagt hatte, bevor sie wieder in den Wald verschwanden und den Kontakt zu ihren Verbündeten verloren, überlegte er.

Er folgte einem schmalen, gewundenen Pfad durch das hohe Gras, als sich direkt vor ihm eine in einen Umhang gehüllte Gestalt erhob, ein paar Schritte rückwärts ging und mit ihm zusammenstieß. Die Gestalt fuhr mit einem lauten Schrei herum und ließ dabei eine Handvoll schlammiger Pflanzen fallen. Aus dem Gleichgewicht gebracht, streckte Naisi die Hände aus, um sich an Deirdres Schultern festzuhalten.

Sie erholte sich rasch von ihrem Schreck. Mit einem erleichterten Lächeln schob sie ihre Kapuze zurück. »Tut mir leid. Ich sammle gerade Teichbinsenwurzeln und habe mich wohl zu sehr auf meine Suche konzentriert.«

Er war von der Wärme unter seinen Fingern so überrascht, dass ihm nicht einmal der Gedanke kam, sie wieder loszulassen. »Du solltest wirklich etwas vorsichtiger sein.« Sein Blick lag auf ihrem Mund. Er sah dieses geheimnisvolle, zurückhaltende Lächeln und stellte entsetzt fest, dass er wütend wurde. Am liebsten hätte er seine Nägel in Deirdres Schultern gegraben, um sie aus ihren Gedanken herauszuholen. Wie gelang es ihr nur, die Last dieser Tage einfach abzuschütteln und so unbeschwert im Marschland Schilf zu sammeln? »Krieger sind keine zahmen Wallache. Du könntest in Schwierigkeiten geraten, wenn du zufällig auf einen von ihnen triffst, der dir Böses will.« Das war alles, was ihm einfiel.

Kein Wunder, dass das Lächeln jetzt von ihrem Gesicht verschwand. Sie wischte sich ein paar nasse Haarsträhnen von ihren Wangen und wich zurück, um sich nach den Wurzeln zu bücken, die sie hatte fallen lassen, und sie in ihr Tragenetz zu stecken. »Bis jetzt habe ich nur erlebt, dass sie hervorragende Manieren hatten.« Der unterschwellige Vorwurf, dass seine Manieren zu wünschen übrig ließen, hing in der Luft.

Er wusste, dass er unrecht hatte, was sein Unbehagen jedoch nur noch verstärkte. »Manieren haben damit nichts zu tun.« Er ging an ihr vorbei und drehte sich dann noch einmal zu ihr um, während er den Stein in seiner Schleuder kreisen ließ. »Du befindest dich jetzt in einer anderen Welt. Lerne, dich darin zurechtzufinden.« *Diese Welt wird dich enttäuschen.*

Sie hielt inne, ihr Blick war hell und hart. »Vielen Dank«, sagte sie mit ruhiger Stimme. »Ich werde daran denken, wenn ich das nächste Mal hier im Sumpfland von einer Schar Gänse verfolgt werde.«

Er sah zu, wie sie mit großen Schritten davonging und dann plötzlich zu rennen anfing. Die Sohlen ihrer Stiefel hoben sich dabei als braune Flecke vor den ausgebleichten Binsen ab. Jetzt war er auf sich selbst wütend. Was an ihr brachte ihn immer wieder dazu, solche Dinge von sich zu geben? Er wusste nie, was er als Nächstes von ihr zu erwarten hatte, und genau das war sein Problem. Es brachte ihn aus dem Gleichgewicht, sodass er immer genau das Gegenteil von dem sagte, was er eigentlich meinte.

»Naisi!« Es war eine männliche Stimme, die da ertönt war. Er blickte erleichtert auf und sah, wie Dallan, Sencha und Lugaid auf ihn zuliefen. »Wir haben dich schon überall gesucht. Wir wollen auf die Hirschjagd, und du und deine Brüder sollen sie anführen. Es gibt ein Tal, das wir schon seit ein paar Jahren nicht mehr bejagt haben. Dort sollten also jetzt einige Prachtexemplare anzutreffen sein.«

Naisi hatte Deirdre auf der Stelle vergessen und ließ sich von den jungen Kriegern mitziehen, die ihre Arme um seine Schultern gelegt hatten. Ihr Gespräch wendete sich rasch der Frage zu, welche Waffen und welche Art von Pfeilspitzen sie mitnehmen sollten. Dies waren Dinge, die er wesentlich angenehmer fand als den Umgang mit einem Mädchen. Weil sie so ehrlich und unkompliziert waren.

Zwei Tage später gelangten die Hirschjäger in der Morgendämmerung über einen Pass auf eine kalte, vereiste Hochebene.

Naisi kroch auf seinem Bauch über Flecken gefrorenen Schlamms. Die kalte Luft kitzelte ihn in der Nase. Im Tal unter ihm stand eine Gruppe junger Hirsche, grub mit den Hufen das Riedgras aus und knabberte an den kleinen Knospen der Haselnusssträucher. Naisi kauerte hinter einer abgestorbenen Eiche und zählte durch ein Brombeergebüsch hindurch die Tiere. Es waren zehn.

Er war jetzt wieder in seiner ihm vertrauten Welt. Seine Sinne richteten sich auf jedes noch so leise Geräusch in diesem Wald, seine Nase nahm die kleinsten Veränderungen wahr. Rechts und links neben ihm krochen jetzt die anderen Jäger durch den kahlen Wald, so als wären ihre Körper auf irgendeine urtümliche Art und Weise miteinander verbunden. Nachdem sie sich einen ganzen Tag lang an die Beute herangepirscht hatten, hatten sie ihre lederne Kleidung abgelegt und trugen nun nur noch ihre graubraunen Kittel, die sie vor dem gesprenkelten Hintergrund aus nackter Erde, grünen Knospen und raureifüberzogenen Flecken so gut wie unsichtbar machten.

Naisi legte seine Wange an die raue Rinde der Eiche. Er versuchte abzuschätzen, welcher der Hirsche der schwächste war. Die stärksten wollte er nicht erlegen, denn diese würden im nächsten Jahr den Rudelführer herausfordern. Seine Stirn juckte, denn die Jäger bestrichen sich vor der Jagd mit dem Blut eines bereits erlegten Tieres, um eine Verwandtschaft mit ihrer Beute zu beschwören. Sie reinigten ihren Körper außerdem mit den Kräutern der Druiden und sandten auf diese Weise einen Teil ihres Geistes aus, um den Hirsch zu sich zu rufen. Sein Bauch schmerzte vom vielen Erbrechen, das er mit den Kräutern herbeigeführt hatte, aber sein Verstand war vollkommen klar.

Er machte zwei geeignete Beutetiere aus und gab den anderen Jägern ein Zeichen. Ardan und Ainnle bestätigten mit einem Nicken. Auch Aeds Verwandte beobachteten ihn aufmerksam, um seine Weisungen zu befolgen, denn er war es, der die Jagd anführte. *Das ist eine Ehre für den Roten Zweig*, sagte er sich. Er platzte dabei fast vor Stolz. Er hielt inne, um das Amulett, das er um den Hals trug, an seine Lippen zu führen und ihm leise zuzuflüstern: *Wir werden dich ehren, und deine Gabe wird uns stärken.*

Sie verhielten sich alle vollkommen ruhig. Über dem Tal lag eine erwartungsvolle Stille, die nur vom leisen Knacken der Zweige unterbrochen wurde, wenn die Hirsche mit ihren Hufen auf dem Boden scharrten. Die Jäger richteten sich jetzt, jeder hinter einem Baum versteckt, mit einer geschmeidigen Bewegung auf die Knie auf wie ein einziger Mann. Naisi hielt den Atem an, als er seinen Eibenbogen spannte, die Sehne mit dem eingenockten Pfeil langsam zurückzog. Der Bogen war halb so groß wie er, und es erforderte große Kraft, die Sehne überhaupt spannen zu können. Der Griff glänzte vom Fett seiner Handflächen. Seine Arme zitterten vor Anstrengung. Er atmete noch einmal tief ein, stabilisierte seinen Körper, ein Knie aufgestellt.

Es würde sein Pfeil sein, der als Erster sein Ziel traf, schwor er der Göttin. *Wenn du mir das heute gelingen lässt, weiß ich, dass es richtig war, dem Mädchen zu helfen.*

Ein Blitz aus bunten Farben schoss plötzlich durch seinen Kopf, löschte den braunen Wald vor ihm aus – und er sah im

Geiste Augen, grün wie Moos, und goldgelbe Haare. Zwischen den Augen erschien eine kleine Falte. Deirdre massierte sie mit ihrem Zeigefinger, so wie sie das immer tat, wenn sie angestrengt nachdachte. Naisi biss sich auf die Unterlippe. *Geh weg.*

Die Sehne war gespannt. Er genoss die Elastizität des Bogens, den Druck in seiner Handfläche und auf seinem Handgelenk, die gespannte Kraft des Holzes. Er visierte über den Schaft bis zur eisernen Spitze. Beim Gedanken an die köstliche, über einem Feuer gebratene Hirschleber, mit der sie sich nach der langen Jagd stärken würden, lief ihm schon jetzt das Wasser im Mund zusammen.

Obwohl er kein Geräusch hörte, hoben die Hirsche alle gleichzeitig ihre Köpfe und starrten mit ihren großen dunklen Augen zum Hang hinauf, der sich hinter Naisi befand. Er hatte schon einen Fluch auf den Lippen, als er das Sirren eines Pfeils hörte. *Wer wagt es da, mir meine Beute streitig zu machen?*

Der Pfeil flog jedoch nicht in Richtung der Hirsche. Als Naisi herumfuhr, sah er entsetzt, wie sich ein weiß befiederter Pfeil direkt neben seinem Oberschenkel in den Boden bohrte. Er war so überrascht, dass er einen Atemzug lang reglos verharrte. *Der Pfeil war von hinten gekommen.*

Plötzlich regnete es Pfeile. Die Hirsche schnaubten, drehten sich um und flohen mit donnernden Hufen durch das Tal. Irgendwo zu seiner Linken hörte Naisi Ainnle fluchen, während von rechts ein lauter Schrei kam. Entsetzte Rufe ertönten ringsum. Naisi erhob sich taumelnd, sein Pfeil entglitt ihm. Ein wilder, unkontrollierter Schuss. Die Sehne knallte gegen seine Wange. Er spürte einen scharfen, brennenden Schmerz. Wieder ertönte ein Schrei. *Das waren Aeds Männer, die da schrien, Aeds Söhne.* Er versuchte, sich umzudrehen, während er nach dem Schwert tastete, das er in der Festung zurückgelassen hatte.

Er rutschte im Schlamm aus. Genau in diesem Moment surrte ein weiterer Pfeil durch die Luft. Dann spürte er einen Schlag gegen seine linke Schulter. Er hatte das Gefühl, als würde man in seinem Fleisch eine Flamme entzünden. Naisi rang japsend nach Luft. Der Schmerz ließ ihn zu Boden sinken. Ainnle rannte an ihm vorbei, schoss einen Pfeil nach dem anderen ab, während Aeds Männer jetzt den Angreifern in den Wald nachsetzten. Plötzlich stand Ardan vor ihm, ließ sich auf die Knie nieder. Naisi versuchte etwas zu sagen, aber der Schock lähmte seine Zunge.

Ardan brüllte etwas in wortloser Qual und nahm ihn in die Arme. Dabei bewegte sich der Pfeil in Naisis Fleisch, und er schrie wieder laut auf. Dann verschlang ihn die Dunkelheit.

15

Deirdre half gerade einer von Aeds Frauen dabei, den Faden von ihrer Spindel zu einem Knäuel aufzuwickeln, indem sie ihn um ihre ausgebreiteten Hände herumführte. Plötzlich hörte die Spindel auf, sich zu drehen. Die ältere Frau hob den Kopf, als am Haupttor laute Rufe zu hören waren.

Dann ertönte ein Schrei, hoch und schrill – die Stimme einer Frau. Deirdre stürzte mit den anderen nach draußen und hätte fast die Wolle fallen lassen, als sie die sichtlich angeschlagene Gruppe von Männern sah, die jetzt durch das Tor hinkten.

Instinktiv suchte ihr Blick nach schwarzen, glänzenden Haaren. Sie konnte diese jedoch nirgendwo entdecken. Ließen ihre Augen und Ohren sie im Stich? Die Männer hatten eine Bahre aus miteinander verflochtenen Zweigen zwischen sich. Sie hielten die Köpfe gesenkt, als sie mit ihrer Last auf sie zukamen. Erst jetzt gelang es Deirdre, ihre Füße zu ein paar Schritten zu zwingen. Der wollene Faden in ihren kalten Händen wickelte sich ab, und sie schleifte ihn im Schlamm hinter sich her … dann sah sie Ardan und Ainnle, die stumm hinter der Bahre hergingen. Sie stützten einen taumelnden Naisi, der sich kaum auf den Beinen halten konnte. Deirdre entfuhr ein leiser Schrei, der jedoch in dem qualvollen Wehklagen der Frauen unterging, die sich um die Bahre drängten.

Deirdres Angst lähmte ihre Zunge, als sie sich den Brüdern näherte.

Ardans Blick war gespenstisch leer. »Wir wurden angegriffen«, war alles, was er herausbrachte. Ainnles Augen funkelten sie voller Anklage und Schmerz an.

Dann sah Deirdre den abgebrochenen Schaft eines Pfeils, der zwischen den schmutzigen Fellen über Naisis Schulter herausragte. Sie war zu keinem vernünftigen Gedanken mehr fähig. Naisi stöhnte und taumelte. Plötzlich hörte Deirdre in ihrem Kopf Levarchams nüchterne, kühle Stimme, die jetzt die Initiative übernahm. »Das … das hätte man herausziehen sollen.«

»Nein«, stöhnte Naisi und wich vor ihr zurück.

»Die Spitze steckt nur im Muskel, aber er hat nicht zugelassen, dass wir sie entfernen«, keuchte Ardan. Deirdre stand neben ihm, ohne ihn berühren oder trösten zu können. »Wir müssen ihn sofort zu Aed bringen.«

Deirdre folgte den Brüdern in die Halle, während sie ihren Blick nicht von dem kleinen Stück Holz in Naisis Rücken und seinem blutbefleckten Kittel abwenden konnte. Der Blutfleck verschwamm vor ihren Augen, das Rot wurde immer greller. *Das ist alles deine Schuld.* Sie wusste es ganz tief in ihrem Inneren.

Sie setzten Naisi neben Aeds Feuerstelle auf den Boden. Ainnle holte einen Becher Ale, während Ardan und Deirdre den Verwundeten in einen Umhang wickelten. Naisi zitterte. Seine Augen waren glasig. Es schien Deirdre, als würde er sie überhaupt nicht wahrnehmen. Sein Mund war zu einer Grimasse verzerrt. Der Schlamm und das Blut auf seinem kalkweißen Gesicht sahen aus wie eine Kriegsbemalung.

In der Halle herrschte totales Chaos. Die verwundeten Männer wurden von einigen der Frauen versorgt, während wieder andere sich laut weinend um die Bahre drängten. Ainnle flößte Naisi das Ale ein, und Ardan rieb ihm die Hände warm. Dann flog die Tür auf, und Aed stürmte herein. Er fiel vor der Bahre auf die Knie. »Dallan«, stöhnte er. »Mein Neffe … nein …«

Eine Frau warf sich laut schluchzend vor Aed auf den Boden. »Mein Sohn … mein Sohn.« Aed legte die Hände auf die zuckenden Schultern seiner Schwester. Plötzlich richtete sie sich auf. Die blanke Wut verzerrte ihr tränenüberströmtes Gesicht, als sie schrie: »*Wer hat ihn mir genommen?*«

Der Schrei wurde von den anderen Frauen aufgenommen, während Aeds Söhne stockend berichteten, was geschehen war. Ein Angriff aus dem Hinterhalt. Ein Angriff auf die nächsten Verwandten des Chieftains. Wer wagte es, so etwas zu tun? Deirdre sah in Naisis starres Gesicht, das leichenblass war. Sie legte ihre Hand auf die seine, drückte seine schlaffen Finger. »Jemand sollte den Pfeil entfernen«, murmelte sie. »Die Wunde fängt sonst noch an zu eitern …«

»Er bleibt drin«, zischte er. Seine Pupillen waren so weit, dass sein Blick vollkommen leer erschien. Noch bevor sie ihn daran hindern konnte, stand er taumelnd auf. Ardan erhob sich, um ihn zu stützen, aber Naisi schob ihn einfach zur Seite. Die Menschen um ihn herum verstummten und starrten die hochgewachsene, blutverschmierte Gestalt an. »Wer so etwas tut?« Er stockte und sah Aed an. »Nun, ich denke, wir wissen, wer das war.«

Aed übergab seine schluchzende Schwester den Armen einer anderen Frau. Er musste sich an einer Bank festhalten, um sich aufzurappeln. Sein faltiger Mund war von Schmerz verzerrt. »Das ist unmöglich.«

»Ach ja?« Ein schreckliches Lächeln huschte über Naisis Gesicht. Bevor ihn noch jemand davon abhalten konnte, griff er nach hinten und versuchte, den Pfeil herauszuziehen.

»Naisi!«, schrie Ardan, als sich der Schaft, dessen Befestigung durch den Aufprall gelockert war, von der Spitze löste, sodass diese in seinem Fleisch stecken blieb.

Naisi taumelte, bevor er Aed den Schaft mit letzter Kraft vor die Füße warf. Es befand sich keine Befiederung mehr an dem Pfeil. Nur Blut. Ein gesplittertes Stück Holz. »Da hast du die Antwort. Von Conor, dem König der Ulaid.«

Entsetzte Stille breitete sich in der Halle aus, die nur vom verzweifelten Schluchzen der Verwandten des Toten unterbrochen wurde. Aeds Gesicht war aschfahl, seine Schultern gebeugt. »Das ist unmöglich«, wiederholte er mit blutleeren Lippen. »Kein König – kein Fürst, kein *Mann* – würde von hinten angreifen, noch dazu ohne jeden Grund. Offensichtlich hat dich der Schmerz um deinen Verstand gebracht, dass du es wagst zu denken, Conor würde eine derart feige, niederträchtige, ehrlose Tat begehen …«

Naisi unterbrach ihn mit einem wilden Lachen. »Und dennoch: Conor ist all das.« Während er sich den linken Arm hielt, wankte er wie ein Betrunkener in Richtung der geöffneten Tür. Seine Brüder und Deirdre folgten ihm auf dem Fuß. Das Bild des reglos auf der Bahre liegenden Mannes hatte sich wie der Nachschein eines Feuers in Deirdres Verstand gebrannt. Sie biss die Zähne zusammen, als sie eine Welle der Übelkeit überkam. Das war es also, was ihr Freiheitswillen ausgelöst hatte.

In ihrem Gästehaus gelang es ihnen schließlich mit vereinten Kräften, Naisi auf das Bett zu setzen. »Das da muss unbedingt raus«, sagte Deirdre, den Blick auf das Metall gerichtet, das zwischen dem zerfetzten Gewebe schimmerte. Zum Glück war die Spitze nicht allzu tief eingedrungen und hatte offensichtlich auch keine Ader verletzt, denn Naisi hatte weder das Bewusstsein verloren noch blutete er.

Naisis Mund verkrampfte sich. »Nein.«

Sie wandte sich an Ardan. »Ihr habt doch öfter mit solchen Dingen zu tun. Ihr seid doch Krieger.«

Ardans Gesicht war nicht wiederzuerkennen. »Das war bis zum heutigen Tag noch nie der Fall«, stammelte er. »Pfeilspitzen mit Widerhaken werden nur bei der Jagd verwendet. Wir hatten alle schon Schwertwunden, aber nicht ... das hier.«

»Dann hol Lassar«, rief sie. »Einen Heiler – irgendjemanden!«

Ardan schüttelte den Kopf. »Er wird das nicht wollen«, sagte er immer wieder, und Deirdre wurde klar, dass er unter Schock stand. Er war noch immer in dem Augenblick gefangen, als er glaubte, seinen Bruder verloren zu haben. Er würde ihr keine Hilfe sein, genauso wenig wie Ainnle, der einfach nur schwer atmend dastand und aussah, als wolle er irgendjemanden mit bloßen Händen erwürgen.

Ein Schauder lief durch Naisi, und er wandte sich mit wildem Blick an sie. »Ich werde das hier in meinem Fleisch behalten, als Erinnerung an Conors Tat. Denn das hier hat mir den Roten Zweig weggenommen.«

Ardans Beine gaben plötzlich nach, und er fiel auf die Knie. »Bitte, sag so etwas nicht«, stieß er keuchend hervor.

Auf Naisis Stirn standen jetzt Schweißperlen, seine Worte kamen verwaschen, seine Augen waren vom Fieber glasig. »Ich werde diese Pfeilspitze in meinem Fleisch tragen, damit sie mich für immer daran erinnert, was er getan hat – er, der den schlimmsten Verrat an mir begangen hat. Und wenn es irgendjemand wagen sollte, sie mir wegzunehmen, dann werde ich denjenigen ebenfalls als Feind betrachten!«

»Gütige Götter, Naisi!« Ainnle warf seinen Umhang auf das Bett. »Beruhige dich endlich, sonst fängt die Wunde wieder zu bluten an.«

Ardan hob kaum den Kopf. »Der Schmerz verwirrt seinen Geist. Er hat das nicht so gemeint.«

»Doch. Genau so habe ich es gemeint, verdammt noch mal«, krächzte Naisi. Er saß schwankend auf dem Bett, während sich seine Hände in die Felle gruben. Ardan erwachte aus seiner Starre und hob, während er die Proteste seines Bruders einfach ignorierte, dessen Beine hoch und schob sie unter die Decken, bevor er ihn auf die unverletzte Seite drehte. Naisi packte seine Hand. »Wenn sie jemand herausholt, werde ich ihn umbringen«, flüsterte er.

»Wir haben gehört, was du gesagt hast«, erwiderte Ardan matt.

»Ich werde nicht schlafen.«

»Wie du willst.«

Deirdre machte sich auf die Suche nach Lassar. Sie wollte ihn bitten, Naisi zu helfen. Der Druide hatte sich jedoch mit der Familie des Getöteten zurückgezogen. Als sie zurückkam, umklammerte Naisi mit letzter Kraft seinen Dolch. Er hielt ihn vor seine Brust, so als fürchte er, Ardan wolle ihn angreifen. Er hatte die Augen geschlossen und atmete mühsam.

Ainnle war losgegangen, um nach Aed zu sehen. Nach einiger Zeit kam er wieder. »Sie sind alle in tiefer Trauer«, sagte er zu Ardan. »Wie du weißt, war Dallan Aeds Lieblingsneffe.«

Ardan ließ sich neben dem Feuer nieder und senkte die Stirn auf seine Knie. Spontan legte Deirdre ihre Hand auf seine Schulter. Als er den Kopf hob, sah sie, dass der Augenblick, in dem der

Pfeil seinen Bruder getroffen hatte, noch immer in seine Miene eingebrannt war.

Als es dunkel wurde, beruhigte sich Naisis rasselnder Atem allmählich. Seine Augenlider senkten sich, und Deirdre glaubte, er wäre eingeschlafen. Als sie jedoch genauer hinsah, stellte sie fest, dass er seine Augen noch immer einen Spalt geöffnet hatte und mit seinen dunklen Pupillen unverwandt ins Feuer starrte. Sie konnte nicht sagen, welche Gedanken es waren, die seinen Blick so konzentriert wirken ließen. Noch immer sagte er kein einziges Wort. Schließlich fasste sie einen Entschluss. Sie würde versuchen, seine Brüder dazu zu überreden, ihn festzuhalten, während sie die Pfeilspitze entfernte. Sie ging Wasser holen, damit sie die Wunde danach reinigen konnten. Als sie zurückkam, war das Bett leer, die Brüder verschwunden.

Fluchend rannte sie zur Halle hinüber und sah, dass Naisi wieder vor Aed stand. Diesmal war der Chieftain allein. Nur ein paar Diener schlichen im Hintergrund auf Zehenspitzen umher. Ardan und Ainnle standen völlig niedergeschlagen hinter ihrem Bruder.

Der alte Chieftain saß neben der Bahre seines Neffen. Auf der Wiese draußen vor dem Tor wurde bereits ein Scheiterhaufen aus Ästen aufgeschichtet. Die Türen der Halle waren weit geöffnet, damit der Geist des Toten sie verlassen konnte. Aed saß in der kalten Luft des Abends und starrte unverwandt in das graue Gesicht seines Neffen. Man hatte dessen Körper in eine bestickte Decke eingewickelt, sein Bogen und sein Schwert lagen neben ihm.

Naisi stand da, seine Hände waren entspannt, seine Augen glänzten nicht mehr fiebrig. Er schwankte nur ganz wenig. »Du musst den König endlich so sehen, wie er wirklich ist: als jemanden, der Eide bricht, der Herzen verrät, ohne zu zögern.« Ihm versagte die Stimme.

Aeds Atem rasselte in seiner Brust. »Der Angriff muss aus Connacht gekommen sein …«

»Die anderen Königreiche überfallen uns mit ihren Kriegern und rauben unser Vieh, oder sie fordern uns zum Kampf heraus. Kein Krieger aus Erin tötet aus dem Hinterhalt.« Er hielt inne und fügte dann mit heiserer Stimme hinzu. »Aber der König ist kein Krieger – er hat keinen der Eide abgelegt, die uns binden.«

»Das ist einfach unvorstellbar. Es muss jemand anderes gewesen sein – vielleicht eine Blutfehde. Immerhin hast du in deinem Leben schon viele Männer getötet. Oder es war jemand, der sich an mir rächen will …« Aeds Stimme verlor sich, und er sah Naisi aus geröteten Augen an. »Du kannst nur deshalb wagen, eine solch ungeheuerliche Beschuldigung gegen den König zu erheben, weil du noch jung bist und es außer dir selbst niemanden gibt, für den du verantwortlich bist.«

»Da wir dich in Gefahr bringen«, antwortete Naisi, »werden wir dich so bald wie möglich verlassen.«

Deirdres Blick lag auf Naisis blutigem Kittel. Die Worte, die ihr die Sicherheit von Aeds Burg nehmen würden, hörte sie kaum.

Aed zuckte zusammen. Dann erhob er sich und legte seine Hand sanft auf Naisis unverletzte Schulter. »Nein. Hier kann ich dich vor denen beschützen, die dir schaden wollen. Aber um der Götter willen: Lass jetzt deine Wunde versorgen.« Naisi schwankte, und Aed umfasste seinen Hinterkopf mit seiner blau geäderten Hand. »Willst du auch noch den Kummer und die Schande *deines* Todes über mein Haus bringen?«

Damit hatte er offensichtlich das Richtige gesagt. Naisi nickte. »Wie du wünschst. Ich tue es jedoch nur für dich.«

Wieder im Gästehaus, bat er seine Brüder, der Familie des Toten sein Beileid zu überbringen. Erst als die beiden gegangen waren, gelang es ihm nicht mehr, seine Schwäche zu verbergen.

Völlig erschöpft ließ er sich in die Decken aus Hirschfell auf seinem Bett sinken. Dann zeigte er zu Deirdres Entsetzen mit dem Dolch auf sie. »Es ist niemand anderes da. Also wirst du sie rausholen müssen.«

Sie starrte ihn mit offenem Mund an. »Ich?«

»Die Druiden sind mit der Begräbniszeremonie beschäftigt, und ich …« Er senkte den Blick. »Ich kann den Frauen dieses Dorfs, die diese Art von Wunden normalerweise versorgen, nicht gegenübertreten. Sie befinden sich alle in tiefer Trauer … und ich bin mir sicher, dass der Pfeil, der Dallan getötet hat, eigentlich mir gegolten hat. Ich kann mich also unmöglich an Aeds Verwandte wenden.« Als sie schwieg, fuhr er sie an: »Du hast doch selbst gesagt, dass deine Levarcham dich alles gelehrt hat.«

Deirdre kaute unschlüssig auf ihrer Unterlippe herum, hielt Abstand von ihm. »Aber doch nicht so etwas. Ich habe mit Aiveen zusammen oft Kräuter gesammelt, aber das waren Kräuter für den Hausgebrauch, wie sie jede Frau kennt.«

»Nun, du bist offenkundig eine Frau. Und ich nicht.«

Deirdre hatte jetzt Fintan vor Augen, der ihr gezeigt hatte, wie man einem Hasen das Fell abzog. Dass man dabei die Klinge mit vorsichtigen, kurzen Bewegungen führen musste, um die dünnen Häutchen abzulösen. Sie hatte das faszinierend gefunden, hatte die Eleganz und die Schönheit der Tiere geschätzt und die göttlichen Zeichen in deren Gestalt gesehen. Der Gedanke, Naisi zu berühren, war jedoch ganz und gar nicht faszinierend, sondern beängstigend – denn er war groß, wütend und trotz seiner Verletzung sehr lebendig. »Aber … deine Brüder …«

»Ich stehe ihnen viel zu nahe, als dass sie es tun könnten.«

Sie war überrascht, welche Trostlosigkeit seine schonungslosen Worte in ihr auslösten. Er hatte recht. Sie war nicht durch verwandtschaftliche Bande an ihn gebunden, gehörte zu niemandem hier. Sie war für ihn einfach nur ein Paar nützlicher Hände, die er jetzt brauchte.

Schweigend setzte sie Wasser auf und ging dann nach draußen, um sich bei den Frauen in den benachbarten Hütten Schafgarbe, Beinwell, Schwammmoos und ein kleine Zange zu besorgen. Als sie zurückkam, riss sie einen von Naisis Kittel in Streifen, übergoss die Kräuter mit kochendem Wasser und ließ sie darin ziehen. Nur den Beinwell zerrieb sie mit der Spitze eines Fleischmessers zu Brei. Sie nahm einen Becher mit Weidenrindensirup, den sie sich von einer von Aeds Frauen hatte geben lassen, und befeuchtete ihre Lippen. »Ich muss ins Fleisch schneiden. Das hier hilft gegen die Schmerzen.«

Die Flamme in seinen Augen hatte sich jetzt nach innen gewandt. »Wird es meinen Verstand trüben?«

»Nein.«

Er drehte den Kopf weg. »Ich will die Schmerzen, die Conor verursacht hat, lieber spüren.«

»Gütige Götter, bist du halsstarrig!«

»Ich bin, wie ich eben bin. Wenn es dir nicht gefällt …«

»Es ist keine gute Idee, ausgerechnet die Person zu beleidigen, die deine Wunde versorgen soll.«

»Genauso wenig ist es eine gute Idee, dem Patienten eine Strafpredigt zu halten.«

Sie biss sich auf die Unterlippe, um ihren Zorn zu zügeln. »Zieh deinen Kittel aus.« Sie drehte den Dolch in ihrer Hand herum. Im Schein des Feuers schimmerten die auf der Klinge eingravierten geschwungenen Muster, die wie Ranken aussahen. Das Heft bestand aus geschnitztem Hirschhorn, das die Form eines springenden Rehs hatte. Naisi trug eine ähnliche Statuette an einer dunklen Lederschnur um seinen Hals – ein kleines Amulett aus glänzendem Hirschhorn, braun und beige, das sich neben dem fleckigen Stoßzahn eines Ebers in seine Halsbeuge schmiegte.

Naisi lag jetzt auf dem Bauch, seine Haut sah vor dem Hintergrund der rötlichen Felle sehr blass aus. Seine Schultern bestanden aus großflächigen, gefurchten Muskeln, die Oberarme waren durch Vertiefungen und Erhebungen perfekt modelliert. Sie selbst besaß keine solchen Muskeln, und wohl auch deshalb ließen deren Masse und Fremdartigkeit die Situation umso unwirklicher erscheinen. Seine schwarzen Haare lagen wie ein Fächer auf dem Kopfkissen. Er hatte die Zähne zusammengebissen. Beim Anblick seines verkrampften Unterkiefers wurde sie, trotz des Mitleids, das sie für ihn empfand, ärgerlich. Er hätte irgendjemand anderen bitten sollen, die Pfeilspitze herauszuholen. Er hätte den Pfeil schon im Wald herausziehen sollen. Stattdessen schien er unbedingt an etwas festhalten zu wollen, das ihm Schmerzen bereitete, nur damit dieses Etwas ihm noch mehr Schmerzen bereitete. *Conor.* Er wollte seinen Zorn auf Conor nicht verlieren.

Sie hatte Naisis Behauptung, dass der König für den Überfall verantwortlich sei, nie in Frage gestellt. Denn obwohl sie nur sehr wenig von den Ehrbegriffen der Krieger wusste, so traute sie *Conor* doch alles zu. Plötzlich hörte sie wieder den Kummer in der Stimme jener Frau, die ihren Sohn verloren hatte. Sah wieder den Schmerz in Aeds sonst so freundlichen Augen.

Der Griff des Dolchs fühlte sich heiß an, und sie wurde von dem primitiven Impuls gepackt, ihn in Naisis Fleisch zu rammen und ihn damit wie ein Stück Wild aufzubrechen. Sie wünschte sich, sie hätte ihrem Zorn genauso Luft machen können, wie es die Männer mit ihren Schlachtrufen und Schwerthieben konnten. *Gütige Götter. Sie wurde anscheinend gerade verrückt.* Sie musste ihren ganzen Willen aufbieten, um sich jetzt auf die ausgefransten Wundränder zu konzentrieren. Dann schloss sie die Augen und rief sich ins Gedächtnis, was Fintan sie im Umgang mit dem Messer gelehrt hatte. Es war eine Herausforderung gewesen. Genau wie jetzt das hier. »Halte durch«, krächzte sie und setzte im rechten Winkel zur Wunde, dort wo der Pfeil steckte, zwei kräftige Schnitte. Die Haut gab nach, genau wie bei einem toten Hasen. Aber im Gegensatz zu damals drehte sich ihr jetzt der Magen um, als Naisi sich versteifte und ihm ein pfeifender Atemzug entfuhr.

Frisches Blut sickerte über die getrocknete Kruste. Deirdre biss sich auf die Innenseite ihrer Wange, während sie die eiserne Pfeilspitze mit der Zange packte und sie dann langsam aus dem Fleisch zog. Naisi stöhnte leise, als sich die Spitze löste. Sein Blut lief jetzt in einem kleinen Rinnsal über sein Schulterblatt. Sie stillte die Blutung mit dem Schwammmoos und sah sich die Wunde dann noch einmal genau an. Sie schien tatsächlich nicht sehr tief zu sein. Schweigend spülte sie die Schnitte mit klarem Wasser aus und strich dann den zu Brei zerstoßenen Beinwell darauf.

Sie hatte den Atem angehalten, um eine gewisse Distanz zu ihm zu schaffen, spürte aber, dass Naisis Haut eine Hitze ausstrahlte, bei der sich die Härchen auf ihren Armen aufstellten. Als sie schließlich gezwungen war, wieder Luft zu holen, atmete sie den Geruch von Naisis Schweiß ein, den Geruch von Salz und von irgendetwas, das über alldem lag – ein feiner moschusartiger Duft. Sie verband rasch die Wunde und trat dann einen Schritt zurück, in sichere Distanz.

»Wenigstens ist es nicht mein Schwertarm«, murmelte er, drehte sich dann auf seine gesunde Seite und starrte die Wand hinter ihr an. »Ich fürchte, ich werde meine Klinge schon sehr bald wieder schwingen müssen.«

Obwohl seine Stimme heiser klang, war ihr Ton ruhig und bedrohlich. Es erinnerte sie an die Art und Weise, wie er mit einem kleinen Kissen immer wieder die Klinge seines Schwertes entlangfuhr, wenn er am Feuer saß und es polierte. Sie schüttelte ihr Unbehagen ab und holte den Schafgarbentee. Er beäugte den Becher voller Argwohn. »Wieder ein Trank, um mir den Verstand zu nehmen?«

»Es beeinflusst deinen Verstand in keiner Weise – obwohl noch zu klären wäre, ob du überhaupt einen besitzt.« Er runzelte die Stirn. »Gütige Götter!«, rief sie. »Der Trank soll doch nur dein Blut reinigen, damit du kein Fieber bekommst.« Dann machte sie sich daran, die Zange und den Dolch zu säubern, während er sich geschlagen gab und den Tee in kleinen Schlucken trank.

Schweigen breitete sich zwischen ihnen aus. Nach einiger Zeit entspannte sich sein verkrampfter Unterkiefer, und es gelang ihm nicht mehr, dem Schlaf zu widerstehen. Bald darauf kamen Ardan und Ainnle zurück. Sie sahen kurz nach ihrem Bruder und krochen dann, durch Deirdres Worte beruhigt und zutiefst erschöpft, in ihre Betten und schliefen sofort ein.

Deirdre hielt auf dem Schemel neben Naisis Bett sitzend Wache, obwohl auch sie immer wieder kurz einnickte und dann mit wild in der Luft herumrudernden Armen aufwachte, weil sie glaubte, sie würde gerade auf dem Boden aufschlagen. Nach einer Weile kam jedoch auch sie nicht mehr gegen ihre Müdigkeit an. Sie rutschte auf die Kissen am Boden und legte den Kopf auf die Felle, die auf Naisi Bettstatt lagen.

Naisi wachte in der stillen Hütte auf. Eine Zeit lang war er damit beschäftigt, gegen den brennenden Wundschmerz anzukämpfen. Er wischte sich den Schweiß von der Stirn und sah die anderen an, um sich abzulenken. Deirdres Gesicht war von einem Gewirr blonder Haare eingerahmt. Sie atmete pfeifend. Er streckte vorsichtig die Hand nach seinen Brüdern aus, aber sofort schoss ein krampfartiger Schmerz durch seine Schulter. Alle freundlichen Gedanken wurden sogleich von einem einzigen Gefühl verdunkelt. Verrat. Der Schmerz, der in seiner Seele tobte, war größer als der, den er in seinem Körper spürte. Es war ein überaus intensiver Scherz. Mit ihm verbunden war eine entsetzliche, brennende Scham. Hatte er, nur weil er ganz kurz seinem heimlichen Verlangen nachgegeben hatte, diesen Pfeil gelenkt? Auf sich gelenkt? *Auf Dallan gelenkt?* Und Dallan war jetzt tot.

Er ließ seine Gedanken zu der Jagd zurückwandern, schwebte jetzt im Geiste über der Szene, während die Pfeile wieder durch die eisige Luft flogen. Er sah, wie ein Pfeil in seinen Körper schlug. Sah, wie die Spitze seine Haut und seine Muskeln zerteilte, die kleinen Fasern zerschnitt, die das Fleisch miteinander verbanden. Sah, wie der Pfeil auch alles zerschnitt, was ihn mit den Ulaid und dem Roten Zweig verband. All dies stand in schmerzhafter Klarheit vor seinem inneren Auge, und das war besser, als den Schrei in seinem Herzen hören zu müssen.

Vieles war zerschnitten worden – Adern, persönliche Bindungen – jetzt war es nur noch der Schmerz, der ihn mit Conor verband. Denn genau wie der anonyme Pfeil eine Spur bis nach Emain Macha zog, sagte ihm sein Instinkt, spürte er mit jeder Faser seines Körpers, dass dieser Pfeil auf direkten Befehl des Königs hin abgeschossen worden war. Aed verbot es sich einfach, das zu glauben. Naisis Brüder trauten Conor zwar auch nicht über den Weg, aber letztlich waren auch sie nicht bereit, sich eine solche Tat vorzustellen. Naisi jedoch hatte gespürt, wie sich der Pfeil in sein Fleisch gebohrt hatte, und deshalb war er sich auch so sicher.

Er konnte es selbst nicht fassen, wie schnell er jetzt zu einer Entscheidung gezwungen wurde. Er hatte sich jahrelang mit seiner Beziehung zu seinem König auseinandergesetzt, hatte sie immer wieder hinterfragt. Jetzt war all das, was ihn mit dem Roten Zweig verband, auf brutale Weise ausgelöscht worden – sein Eid, das Königtum von Emain Macha mit seinem Leben zu schützen, der Eid, den alle Krieger abgelegt hatten; die Freiheit, sich mit ihnen auf der Wiese im Kampf zu üben und neben ihnen in der Halle zu sitzen und zu trinken. Denn sie versammelten sich stets um den Thron der Ulaid, zu Füßen des Mannes, der ihn, Naisi, verraten hatte.

Er zuckte zusammen, als er den Armreif des Roten Zweiges berührte, den er immer am Oberarm trug. Eine einzige Pfeilspitze hatte alles zunichtegemacht. Es gab kein Zurück mehr. Keine Wiedergutmachung. Er konnte nicht mehr stolz darauf sein, diesen König und seine Festung zu beschützen. Auf ihn warteten nur noch Demütigungen und Schande, wenn er zurückkehrte. Es gab keine Möglichkeit, sich zurückzuziehen, ihm blieb nur noch, wie einem Tier, das gejagt wurde, die Flucht.

Er war ausgestoßen.

»Deirdre.« Seine Stimme drang in ihre Träume, rief sie aus dem Schlaf. Sie bemühte sich wach zu werden. »Deirdre.«

Als sie mühsam die Augen öffnete, befand sich sein Gesicht ganz nah bei dem ihren. Der Schein des Feuers hinter ihrer Schulter spiegelte sich als winzige Flamme in seinen schwarzen Pupillen. Sie sprang auf, rieb sich dabei den Schlaf aus ihrem Gesicht. »Hast du Schmerzen?«

»Nein.« Sein Gesicht wirkte verletzlicher, als sie es je zuvor gesehen hatte. »Ich wollte dich vorhin nicht einschüchtern, nur damit du den Pfeil herausschneidest. Ich war mir einfach nur nicht sicher, ob du es tun würdest.« Der Schmerz ließ seinen Mund weich werden.

Sie stützte ihre Ellbogen auf das Bett. Sie beide waren in einen Kreis aus rötlichem Licht eingehüllt. »Es gibt so vieles, das du nicht über mich weißt.«

»Und du nicht über mich. Obwohl du bereits herausgefunden hast, dass ich starrköpfig bin.«

Erleichtert darüber, dass er offensichtlich kein Fieber mehr hatte, lächelte sie ihn vorsichtig an. »In dieser Hinsicht bist du wohl nicht der Einzige. Ich habe schon oft befürchtet, dass ich Levarcham mit meinem Starrsinn in den Wahnsinn getrieben habe, jetzt aber frage ich mich, ob ihr das nicht insgeheim doch gefallen hat.«

Er brummte. »Ich glaube nicht, dass mein Starrsinn irgendjemandem gefällt.« Er verzog das Gesicht, als er sich, eine Hand auf seiner Brust, vorsichtig auf den Rücken drehte. Dann warf er einen Blick zu Ainnle hinüber, der sich im Schlaf die Lippen leckte und irgendetwas Unverständliches vor sich hin murmelte. »Das kommt daher, dass ich mich, nachdem unser Vater gestorben war, um meine beiden Brüder kümmern musste, die damals noch klein waren …« Seine Stimme verlor sich.

Zwischen den drei Brüdern konnten jeweils nur zwei oder drei Jahre Altersunterschied liegen, dachte Deirdre. Er musste zu dieser Zeit also selbst noch sehr klein gewesen sein. *Und jetzt habe ich ihn dazu gezwungen, mich zu beschützen.* Seit dem Angriff hatte sie nur noch an die wichtigsten Dinge gedacht: an seine Verletzung, daran, die Pfeilspitze herauszuholen und die Blutung zu stillen. Aber irgendetwas hatte die ganze Zeit wie ein böser Schatten mit ausgebreiteten Schwingen über ihr geschwebt. Erst jetzt sah sie nach oben und wurde der Dunkelheit gewahr. Tief in ihrem Inneren wusste sie, dass es Conor gewesen war, der den Angriff auf ihn befohlen hatte – und wenn das so war, dann hieß das auch, dass er ihre Forderung abgelehnt hatte. »Falls der König das getan hat, dann nur deshalb, weil ich hier bin.« Ihre Stimme zitterte.

Er schwieg einen Moment, bevor er sagte: »Weil wir hier sind.«

Nein, sie war es, die die Gefahr heraufbeschworen hatte. Und der Tod hatte schnell und unbarmherzig zugeschlagen. Sie hatte in das Gesicht von Aeds totem Neffen sehen müssen. Sie hatte den Pfeil in Naisis Schulter stecken sehen. Genauso gut hätte sie eigenhändig einen Dolch in diese beiden Körper rammen können. »Ich darf keinen weiteren Schmerz über Aed bringen. Ich werde deshalb gehen.« Sie dachte daran, wie sie mit den Kindern gespielt hatte, an all diese herrlichen Momente der Freiheit. Dann ließ sie all diese Erinnerungen, nachdem sie sie noch einen Augenblick lang ausgekostet hatte, traurig los. Nein, das hier war bestimmt kein Spiel mehr.

»Ich stimme dir zu. Wir müssen gehen.«

»Wieso ›wir‹? Ich werde euch von eurer Aufgabe entbinden. Ich hätte das alles niemals riskieren dürfen.« Als Naisis Gesicht hart wurde, fügte sie hinzu: »Sag jetzt nicht, dass ihr keine Wahl habt.« Sie würde zurückgehen und einer Hochzeit mit Conor zustimmen. Das war ein angemessener Preis, den sie bereitwillig zahlen würde, um Menschen wie Aed, Ardan, Naisi und selbst den finsteren Ainnle zu retten. Sie würde Conor morgen eine weitere Botschaft schicken, morgen in aller Frühe …

»Deirdre.« Er sah ihre Hand an, mit der sie die Decken umklammert hielt, und sie fragte sich, ob sie sich die leichte Bewegung seiner Finger zu den ihren hin nur eingebildet hatte. »Es steht außer Frage, dass er, obwohl er dich zur Frau nehmen will, *mich* töten lassen wird.« Sein Atem ging schwer, die Worte aber kamen aus seinem Mund, als hätte er schon seit Stunden darüber nachgedacht. »Ich kann nicht mehr nach Emain Macha zurückkehren. Ich bin ein Ausgestoßener, egal, ob du bei mir bleibst oder nicht, und deshalb hat es auch keinen Sinn, wenn du uns verlässt.«

»Nein, es ist zu gefährlich«, stammelte sie und wechselte mit ihrem Blick rasch von seinen Augen zur Wand, damit er nicht sah, wie sehr sie sich danach sehnte, mit ihm zu gehen.

»Du bist zwar eine Meisterin des Messers, wenn es darum

geht, ein Tier zu häuten, aber da draußen würdest du allein nicht lange überleben.«

»Ich kann und werde das nicht von dir verlangen.«

»Du verlangst es nicht. Ich gebe es.«

Sie wappnete sich, begegnete seinem entschlossenen Blick. »Es ist mir egal, was du sagst. Ihr seid auf jeden Fall in größerer Gefahr, wenn ich bei euch bleibe – und das weißt *du* auch.«

Er lächelte gequält. Angesichts dieser nackten Verzweiflung spürte sie ganz vage, wie in ihrem Inneren etwas in sich zusammenfiel so wie die Glut in einem verlöschenden Feuer. »Die Tat ist geschehen. Conor hat die Chance, dem Ganzen hier ein würdiges Ende zu bereiten, ein für alle Mal verspielt, als er diese Verräter auf mich gehetzt hat. Ich kann ihm keinen Menschen mehr überlassen: keinen Mann, keine Frau und auch kein Kind.«

Deirdre setzte sich wieder aufrecht hin. »Dann gibt es also … keinen Ausweg für dich?«

»Nein. Auch nicht, wenn du jetzt auf der Stelle zu ihm gehen würdest – es wäre nur sinnlose Tapferkeit. Dallans Leben ist mehr wert.« Er sah zur Decke hinauf, während er die Hand unter den Hirschfellen zur Faust ballte. »*Lebe*, damit sein Tod nicht umsonst gewesen ist.« Er sagte dies mit einem so grimmigen Gesicht, dass Deirdre das Gefühl hatte, er meinte damit auch sich selbst.

»Aber es muss doch eine Lösung geben! Vielleicht könnten wir jemand anderen um Hilfe bitten. Jemanden, der mächtiger ist als Aed.«

Naisi schüttelte den Kopf. »Dann würde genau dasselbe geschehen.«

»Wie wäre es, wenn wir uns an Maeve von Connacht wenden? Sie hat Conor doch auch verlassen, also wird sie vielleicht auch verstehen …«

Naisis offensichtlicher Abscheu ließ sie verstummen. »Lieber sterbe ich, als dass ich mich mit einem Feind der Ulaid verbünde. Das wäre so, als würde ich meine Götter verleugnen. Verlange nie mehr so etwas Unehrenhaftes von mir.«

»Dann werde ich allein zu ihr gehen. Dann bist du wenigstens nicht mehr in Gefahr.«

»Du hast mir anscheinend nicht zugehört!« Seine Stimme brach, und seine Faust kam unter der Decke hervor. Als er sie öffnete, lag in seiner Handfläche die gesäuberte Pfeilspitze, auf der das Licht zitterte, so als wäre sie lebendig und würde atmen. »Die Gefahr ist bereits hier.«

Sie verschränkte ihre Arme und legte dann ihre Stirn darauf, denn sie wollte nicht, dass er ihr Gesicht sah. Sie musste einen Weg finden, um das alles aufzuhalten. Er packte ihr Handgelenk. »Mir ist in meinem Träumen nur ein einziger Gedanke gekommen: Sucht euch einen Ort, wo ihr namenlos leben könnt, als ganz gewöhnliche Leute. Versucht, Zeit zu gewinnen, bis sich Conors Zorn gelegt und er seinen verletzten Stolz vergessen hat. Vielleicht wird er ja auch irgendwann abgesetzt.« Sie hob den Kopf und sah, wie sein Unterkiefer arbeitete, bis sich das Zucken in ein kaltes Lächeln verwandelte. »Sieh das Ganze einfach als großes Abenteuer an. Ich bin mir sicher, dass du als Kind oft von großen Abenteuern geträumt hast.«

Sie zog ihre Hand weg, weil sie es nicht länger ertragen konnte zu spüren, wie sein Puls an ihrem Handgelenk schlug. »Von Blut und vom Tod habe ich nie geträumt.«

»Das aber ist es, woraus die Geschichten der Barden zum guten Teil bestehen.«

Blaugrüne Stichflammen schossen plötzlich aus dem Feuer und erfüllten den Raum mit einem lauten Zischen, während Deirdre verzweifelt nach Worten suchte, um ihm zu widersprechen. Sie fand jedoch keine, denn trotz ihres Schmerzes war da irgendetwas zum Leben erwacht.

Die Hoffnung brach sich Bahn und ließ nicht zu, dass sie einfach aufgab und mit dargebotener Kehle darauf wartete, dass der Wolf zubiss.

16

Der Hafen am Lough Neagh, dem größten See der Region, diente auch als Sammelplatz für die Abgaben, die die Chieftains aus dem Norden an Conor zu leisten hatten und die dann auf der Bann hierhertransportiert worden waren. Die aus Tierhäuten gefertigten *curraghs* und die Einbäume flogen gemeinsam über die windgepeitschten Wellen des Sees nach Süden. Auf diese Weise ließ sich der schwierige und zeitraubende Transport mit dem Karren durch das Sumpfland umgehen. In den Lagerhäusern am Südufer wurden die Tributwaren dann aufgenommen und gezählt und schließlich auf Conors königlicher Straße – einem Weg, der mit Eichenplanken ausgelegt war – mit Karren nach Emain Macha geschafft.

Es war ein schöner Tag, als Conor in seinem Streitwagen zum Hafen fuhr. Vor dem Wagen gingen mehrere Reihen von Barden, die lange, wie Widderhörner geformte Trompeten aus Bronze bliesen. Ihr klagender Ton trug weit über das Wasser. Es klang wie ein Schwarm von *sídhe*, die über den Himmel in die Schlacht flogen. Manchmal erinnerte der Ton auch an den Marsch der Götter. Hinter dem König in seinem Streitwagen ritten die Krieger des Roten Zweiges. Die prächtigen Geschirre ihrer Pferde waren mit Korallen und Bernstein besetzt, ihre Schilde hingen an den Sätteln, sodass die bronzenen Beschläge in der Sonne leuchteten. Sie hatten ihre Haare mit Kalkmilch zu Spitzen geformt. Die Menschen standen am Straßenrand, um einen Blick auf sie zu erhaschen, oder drängten sich am Ufer, um die auf den Wellen hüpfenden Boote und den König zu sehen, der an Land stand und zu dessen Füßen sich schon jetzt Berge von Bronze, Fellen und Säcken mit Gerste türmten.

Gegen Mittag drehte der Wind. Er wehte jetzt mit schneidender Kälte übers Wasser. Ferdia blies sich in die Hände – etwas, das er sich angewöhnt hatte, um seine Finger für das Schwert geschmeidig zu halten. Er stand neben Cúchulainn in dessen Streitwagen, sodass sie einen guten Überblick über das Geschehen hatten. Cúchulainn war in seinen Kriegermantel gehüllt, dessen Wolle mit teuerem, aus Griechenland importiertem Scharlach gefärbt war. Die gefurchte Scheibenbrosche, die den Mantel zusammenhielt, war so groß, dass sie wie eine kleine Sonne auf seiner Brust leuchtete. Er stand, ohne zu frösteln, im kalten Wind, der an seinen blonden Haaren zerrte. Seine Augen schweiften wachsam umher. Laeg, sein Wagenlenker, lehnte mit verschränkten Armen auf dem Joch zwischen Cúchulainns beiden Pferden, dem grauen von Macha und dem schwarzen von Saingliu.

Ferdia ließ seinen Blick langsam über die Krieger wandern, die am felsigen Ufer standen, als die Chieftains dort mit ihren Booten anlegten und Conor ihren Tribut leisteten, den seine Druiden auf gerolltem Leder dokumentierten. Plötzlich spürte er eine Unruhe unter den jüngeren Männern und schirmte seine Augen ab. Aus einem großen *curragh* war ein Mann ausgestiegen, der seine Diener gerade anwies, dem König mehrere schwere Säcke zu Füßen zu legen.

Ein Murmeln lief durch die Reihen. Auch Cúchulainn hob den Kopf. *Ah*, stellte Ferdia fest. Das war ein Onkel von Naisi, der gerade den Tribut seines Clans übergab. Ferdia versuchte zu verstehen, was die Menschen in Conors Gefolge flüsterten. *Wo sind die Söhne des Usnech? Wo ist das Mädchen?*

»Er weiß irgendetwas«, raunte Ferdia Cúchulainn ins Ohr. Der König hatte sich tagelang in sein Schlafgemach zurückgezogen, während in der Halle die Gerüchte nur so brodelten. Wann immer Ferdia ihn zu Gesicht bekam, erschrak er darüber, wie bleich Conors Haut, wie hohl und emotionslos sein Blick war. »Aber er wird uns nicht gegenübertreten. Man hat ihn zu sehr gedemütigt.«

»Einen Mann kann man nur dann demütigen, wenn er es zulässt«, antwortete ihm Cúchulainn. »Wenn sein Stolz ungebrochen ist, dann kann ihn auch niemand beschämen.«

Ferdia sah seinen Freund mit einem gequälten Gesichtsausdruck an. Das sagte sich so leicht, wenn man der Wachhund von Cullen war. Wenn man so tapfer war, dass nichts und niemand einen Grund hatte, an seinem Stolz zu zweifeln. Die Quelle allen Seins floss durch Cúchulainn wie ein breiter Strom. Bei vielen anderen, dachte Ferdia düster, tröpfelte sie nur wie ein schmales Rinnsal vor sich hin. Jetzt, im Sonnenschein, begann er in seiner zeremoniellen Prachtrüstung – einer glänzenden Brust- und Bauchplatte aus dünnen, polierten Hornschuppen – zu schwitzen. »Ich glaube, dass dem König diese Feinheiten bisher entgangen sind, Cú. Aber wenn es ihm nur um seine Brunst geht, dann sollte er sich in ein Dutzend anderer Mädchen entleeren und fertig damit.«

Cúchulainn schnaubte verächtlich, woraufhin Emer, die Frau des Wachhunds, von ihrem Platz unter den adeligen Frauen zu ihm herübersah. In ihr Lächeln mischte sich aber unübersehbar auch eine Spur Besorgnis. Irgendwie spürte sie über die Menge hinweg, in welcher Stimmung ihr Ehemann war. Ferdia konnte nicht sehen, ob der Wachhund ihren Blick erwiderte, aber Emers Augen begannen plötzlich zu leuchten, als hätten sie das

Licht der Sonne eingefangen. Ferdia unterdrückte einen weiteren Anflug von Neid, dann lächelte er grimmig in sich hinein. Eine solche Verbindung zweier Herzen war eine Seltenheit. Aber immerhin hatte er selbst ja Cú, sein Schwert und den Roten Zweig. *Solche Wünsche können auch etwas Dunkles heraufbeschwören,* dachte er dann und beobachtete die Schatten in Conors Augen.

Ein Druide in einem langen Kapuzenumhang bahnte sich plötzlich seinen Weg durch die Menge. Er näherte sich dem König mit energischen, festen Schritten. Conors Leibwachen traten einen Schritt nach vorn, ihre Hände lagen auf ihren Schwertern. Es wurde still, als der Druide seine Kapuze zurückstreifte. Ferdia sah nur die braunen Haare des Druiden, in die Federn hineingeflochten waren. Der leere Ausdruck in Conors Gesicht wurde beim Anblick des Druiden jedoch von einem anderen, noch dunkleren Schatten verdrängt, den Ferdia nicht genau einordnen konnte.

»Ich habe schreckliche Neuigkeiten«, verkündete der Druide. Seine Stimme war weithin zu vernehmen. Es kam nur sehr selten vor, dass ein Druide vor dem König unaufgefordert das Wort ergriff.

»Du wirst dich gedulden und dich in meiner Halle in gebührender Form an mich wenden«, sagte Conor mit kalter Autorität in der Stimme, »und außerdem wird auch Cathbad wegen deines mangelnden Respekts noch an dich herantreten.«

Der junge Druide straffte den Rücken, und Ferdia hatte den Eindruck, als suche er ganz bewusst in aller Öffentlichkeit die Konfrontation mit dem König. »Ich bin Lassar, ein Diener von Aed, dem Sohn des Cumhall. Ich bringe die Nachricht von einem verräterischen Angriff auf einen Krieger des Roten Zweiges!« Ein Aufschrei ging durch die Menge. Ferdia stöhnte entsetzt auf. Im selben Augenblick hörte er, wie Cúchulainn ein leises Zischen entfuhr.

»Von wem sprichst du?«, wollte Conor barsch wissen.

»Von Naisi Mac Usnech, der unter dem Schutz meines Herrn steht.«

Jetzt stöhnten auch alle anderen Krieger entsetzt auf. »Aed«, murmelte Cúchulainn. »Warum nur habe ich nicht daran gedacht …«

Conor schien genauso schockiert zu sein wie alle anderen. In die erschrockene Stille hinein fuhr Lassar fort: »Der Verräter hat aus dem Wald heraus auf ihn geschossen – *der Pfeil traf ihn in den Rücken*. Bei demselben Angriff wurde Aeds Neffe getötet – ein Mann, der meinem Herrn überaus teuer war.«

Das Murmeln wurde jetzt von einem einzigen entsetzten Schrei abgelöst. Illan, Mac Roys Sohn, rief laut: »Wer sollte denn so etwas Niederträchtiges tun?«

Cúchulainn drehte sich zu Ferdia um und sah ihn mit glühenden Augen an. Solch ein Angriff war gegen jede Regel und verletzte den Ehrenkodex der Krieger.

»Was ist mit Naisi?« Das ohnehin schon bleiche Gesicht des Königs war jetzt aschfahl geworden. Ferdia sah tiefes Erschrecken in seinem Gesicht. Erschrecken, keine Berechnung. Der Knoten in seinem Inneren löste sich. Es war allseits bekannt, dass die Söhne des Usnech Feinde hatten, denn sie waren im Kampf und bei der Jagd sehr erfolgreich. Durch ihre Schwerter waren bereits viele Männer gestorben: Männer, die Söhne, Brüder und Vettern hatten. Irgendjemand hatte also versucht, sich Naisis missliche Lage zunutze zu machen – ein Feigling, der jedoch auf keinen Fall dem Roten Zweig angehörte.

»Naisi lebt«, verkündete Lassar. Wieder lief ein lautes Murmeln durch die Menge.

Conor stand einen Moment lang wie erstarrt da, dann wandte er sich dem See zu. Er fuhr sich mit der Hand über die Augen, so, als leide er Schmerzen. Der Wind fuhr in seine ergrauende Mähne, die von dem dünnen goldenen Stirnreif zusammengehalten wurde. »Das ist eine gute Botschaft, auch wenn sie uns zusammen mit der Nachricht eines gewaltsamen Todes erreicht.« Als er sich wieder umdrehte, war sein Gesicht voller Zorn. »Ich verurteile diese Tat aufs Schärfste, und ich verdamme Naisis Angreifer. Da die Grenze nicht weit ist, ist er wohl aus Connacht – seine Bewohner seien verflucht und sollen tödliche Qualen erleiden!«

Wenn die Männer aus Connacht jemanden überfielen, dann geschah dies nicht aus dem Hinterhalt, dachte Ferdia. Es war höchst unwahrscheinlich, dass sie eine kleine Gruppe von Jägern angreifen würden. Nein, es musste sich um eine Art von Blutfehde handeln. Die anderen Krieger hatten inzwischen in Conors Bestürzung eingestimmt. Alle riefen und redeten jetzt durcheinander.

Lassars Lippen wurden schmal, als Conor auf ihn zuging, während sich der schwere, bestickte Umhang des Königs im Wind blähte. »Sag meinem treuen Chieftain, dass mir dieser völlig sinnlose Verlust leidtut und dass dies für ihn zusätzlich ein guter Grund sein sollte, sich auch weiterhin in meinen Schutz zu begeben.« Die Augen des Druiden glühten vor Zorn, aber er nickte unterwürfig, als Conor fortfuhr. »Sag ihm, ich werde ihn entschädigen, da es offensichtlich die Gegenwart *meiner* Krieger war, die Anlass für diesen Angriff gegeben hat.«

Cúchulainn sprang vom Wagen und ging so entschlossen auf den König zu, dass die Männer seiner Leibwache, wachsam wie immer, ihre Schwerter zogen. »Schick mich zu ihm, Mylord. Dieses Verbrechen zeigt mehr als deutlich, dass Naisi und seine Brüder in den Schoß des Roten Zweiges zurückkehren sollten. Dorthin, wo sie auch hingehören.«

»Warum sind sie überhaupt bei Aed?«, fragte einer der jungen Männer laut. Der jüngste Sohn des Königs, Fiacra, trat nervös von einem Bein aufs andere, während sein Freund Illan, Fergus' Sohn, ein finsteres Gesicht machte.

»Sie haben einen Fehler gemacht«, sagte Cúchulainn, und obwohl er leise sprach, übertönte seine Stimme den Lärm. »Sie sind auf unvorhergesehene Gesellschaft gestoßen.«

»Sie haben mich beleidigt«, erwiderte Conor mit ebenso leiser Stimme. Sein Gesicht verhärtete sich kaum wahrnehmbar, als er Cúchulainns Blick begegnete. »Aber wenn sie das Mädchen zurückbringen und mich um Verzeihung bitten, werde ich mich ihnen gegenüber gnädig zeigen und sie wieder aufnehmen. *Hier bei mir* werden sie in Sicherheit sein.«

»Schicke ihnen zuerst den Straferlass. Sag ihnen, dass du ihnen vergibst. Dann wird die Angelegenheit schnell erledigt sein.« In Conors hagere Wangen kehrte ein wenig Farbe zurück. Cúchulainn fuhr unbeirrt fort. »Du hast nur mit dem Mädchen Streit, denn Deirdre war es, die dich verlassen hat. Die Brüder sind bestimmt davon ausgegangen, dass sie in deinem Sinn handeln, wenn sie ihr zur Seite stehen.«

Es war offensichtlich, dass es dem Wachhund gelungen war, den König vor all seinen Kriegern und dem größten Teil der Bevölkerung von Emain Macha in die Enge zu treiben. Conor stellte sich aufrecht hin, eine Hand hinter dem Rücken, während er sich mit der anderen nachdenklich über den Bart strich. Es war dies eine vertraute Haltung. Er hatte sie mit großer Sorgfalt einstudiert, um im Gegensatz zu seinen oft aufbrausenden Kriegern ruhig und überlegt zu wirken. Er wandte sich jetzt an Lassar, der das Gespräch mit wachsamem Blick verfolgt hatte. »Hat ihn dieser … dieser Vorfall wenigstens geläutert?«

Lassar wählte seine Worte sorgfältig. »Er ist verständlicherweise sehr wütend.«

»Siehst du?«, mischte sich Cúchulainn wieder ein. »Er kann im Augenblick wahrscheinlich nicht mehr klar denken. Lass mich zu ihm gehen …«

»Nein! Zuerst muss er mich um Verzeihung bitten.« Conor sah den Kriegern einem nach dem anderen in die Augen. Viele von ihnen senkten den Blick. »Wollt ihr wirklich, dass man überall erzählt, ein Jüngling habe über euren König triumphiert? Wie, glaubt ihr, werden die Männer von Connacht reagieren, wenn sie das hören? Sie werden annehmen, dass mir die Macht entgleitet, und dann werden sie mit Sicherheit versuchen, unsere vermeintliche Schwäche ein weiteres Mal für sich zu nutzen. Genau das ist es, was Naisi mit seinem Ungehorsam bewirkt hat.«

Ferdia konnte kaum glauben, was er da hörte. Wieder berief sich Conor auf eine angebliche Gefahr für die Ulaid. *Verknüpfte er die Bedrohung durch Connacht tatsächlich mit einem einzigen starrköpfigen Mädchen und einem jungen und unbesonnenen Krieger?*

Jetzt meldete sich der stets freimütige Leary zu Wort. »Der König hat recht«, sagte er barsch und wich dabei Cúchulainns bösem Blick aus. »Wir alle lieben diesen Jungen. Aber in dieser Sache verhält er sich wie ein Idiot. Er bringt uns alle mit seinem dummen Stolz in Gefahr. Er muss endlich lernen, wo sein Platz ist.« Es war bekannt, dass Leary schon immer neidisch auf Naisi gewesen war.

Die anderen Männer waren unschlüssig und ließen ihre Blicke unsicher von einem zum anderen schweifen. »Überbringe Naisi also folgende Nachricht«, sagte Conor zu Lassar. »Er soll das Mädchen umgehend zurückschicken, mich um Vergebung bitten und mit seinen beiden Brüdern zu mir kommen. Die Schwerter auf den Handflächen und mit gebeugtem Knie. Ich bin ein versöhnlicher Mann.«

Lassar antwortete mit zusammengebissenen Zähnen: »Mein König ist sich sicher bewusst, dass das Mädchen Deirdre unter dem Schutz meines Herrn steht. Das hier ist somit eine Angelegenheit der Druiden. Die jungen Männer hingegen sind nur seine Gäste, was gesondert zu betrachten wäre.«

»Sei es nun eine Angelegenheit der Druiden oder eine der Ehe«, erwiderte Conor ihm barsch. »Tatsache ist, dass sie alle nach Emain Macha kommen müssen, damit die Angelegenheit endgültig erledigt werden kann. Sag ihnen das, und sag das auch deinem Herrn. Außerdem wird dich einer meiner Männer mit den Trauergeschenken, die ich versprochen habe, begleiten.«

Obwohl Lassars Blick Bände sprach, verbeugte er sich steif.

Die Menge teilte sich erneut, als Cúchulainn wieder in seinen Streitwagen stieg und Laeg herbeisprang, um ihm für die Fahrt seinen Speer aus Ebenholz zu überreichen. Cúchulainn wandte sich an Ferdia und raunte ihm ins Ohr: »Sobald wir nach Emain Macha zurückgekehrt sind, müssen wir zu Aed reiten.«

Während Lassars Abwesenheit hatte es einen mysteriösen Überfall auf eines von Aeds Gehöften an der Grenze zu Connacht gegeben, bei dem viele Menschen getötet worden waren. Aed berichtete Lassar unmittelbar nach seiner Rückkehr vom Lough Neagh von diesem Vorfall, obwohl dem Chieftain das Sprechen schwerfiel. Die Ereignisse der letzten Tage hatten ihn deutlich altern lassen.

Von Aeds Aussehen sichtlich beunruhigt, flüsterte Lassar ihm Conors Botschaft ins Ohr. Noch bevor Aed darauf reagieren konnte, trat der Mann des Königs, der Lassar begleitet hatte, vor und erklärte, auch er hätte eine Botschaft des Königs zu überbringen. Der König hätte ihm jedoch aufgetragen, dass er diese Aed nur unter vier Augen mitteilen dürfe. Lassar protestierte heftig, aber Aed war zu betrübt und zu müde, um sich jetzt auf eine lange Diskussion einzulassen. Er entließ seinen Druiden und die Diener. Schließlich war er mit dem Boten des Königs allein.

Der Mann gab Aed zunächst die Trauergeschenke, die Conor geschickt hatte, darunter auch bronzene Ringe und ein paar Ballen Tuch. Das wahre Geschenk jedoch war ganz unten im Sack des Boten versteckt, der es Aed jetzt, wie um ihn zu ehren, zu Füßen legte.

Es war ein Pfeil. Ein Büschel scharlachrot gefärbter Fäden hing an dessen Spitze wie herabtropfendes Blut. Dies war das Zeichen des Königs der Ulaid. Der kniende Bote wandte sein Gesicht ab, während Aed die glänzende Pfeilspitze anstarrte und es ihm dabei eiskalt über den Rücken lief.

Der Mann senkte seine Stimme zu einem heiseren Flüstern. »Wenn du das Mädchen und seinen Geliebten nicht bei dir aufgenommen hättest, dann wären keine Pfeile aus dem Wald geflogen, kein Verwandter von dir wäre gestorben, kein Gehöft wäre abgebrannt. Es wird noch viel schlimmer kommen, wenn du die beiden nicht auf der Stelle auslieferst – oder wenn du irgendjemanden ein Wort hiervon erzählst. Das hier ist die letzte Warnung deines Königs.«

Ainnle starrte Naisi, der im Gästehaus seine Sachen in seinem ledernen Bündel verstaute, völlig verständnislos an. »Ich verstehe dich nicht. Du solltest dich doch ausruhen.«

Naisi arbeitete mit einer Hand, während er die andere gegen seine Brust drückte. »Ich habe mich genug ausgeruht. Die Wunde sah schlimmer aus, als sie es war.« Ainnle warf einen Blick zu Deirdre hinüber, die, die Arme um ihre angezogenen Knie geschlungen, auf einer Bank hockte.

Ardan warf die Felle, die er gerade von den Betten genommen hatte, neben dem Feuer auf den Boden. »Es hat einen weiteren Überfall auf Aeds Ländereien gegeben.«

Naisi ächzte, als er sein Schnitzmesser, seinen Schleifstein, den Feuerstein und den in Hirschleder eingewickelten Zunder in sein Bündel steckte. Dann drehte er sich um und begann seine Bogensehne einzuwickeln. »Sie sagen, dass es Männer aus Connacht gewesen seien, aber ich weiß, wer es wirklich war.« Er hielt inne. Seine verletzte Schulter zuckte, und Ainnle spürte einen Stich, so als hätte dieser Pfeil ihn selbst getroffen.

»Ich kann immer noch nicht … du glaubst doch nicht wirklich, dass der König das befohlen hat …« Ainnles Stimme klang in seinen eigenen Ohren so unglaublich jung, als er diese Frage stellte.

»Selbst wenn du mir nicht glaubst. Aber wäre das nach so vielen ruhigen Monaten nicht ein merkwürdiger Zufall?« Naisi sah Ainnle jetzt an. »Und wenn auch nur der geringste Verdacht besteht, dass der König dafür verantwortlich ist – willst du es wirklich riskieren, die Sicherheit von Aeds Leuten zu gefährden, indem du hierbleibst?«

Ainnle schüttelte den Kopf. Er wusste, dass er über die Nachricht von dem Überfall entsetzt sein sollte, und irgendwie war er es auch, um Aeds willen. Aber er hatte sofort den verzweifelten Wunsch verspürt, Naisi von hier wegzubekommen.

Sein ältester Bruder griff nach der Scheide seines Schwertes, wobei er noch immer die verletzte Seite schonte, und gürtete sie dann unbeholfen über seinen Rücken. »Aed wird aus Güte und auch aus Stolz alles versuchen, um uns hierzubehalten. Aber das dürfen wir nicht zulassen. Wir müssen sofort gehen, und zwar so, dass es niemand merkt.«

Ainnle konnte sich der Erleichterung, die ihn überfiel, nicht erwehren. Sie würden wieder zu dritt sein. Die qualvollen Tage des Wartens, der Untätigkeit und der Angst würden endlich vorbei sein. Sie drei und nur sie drei. Nur dann fühlte er sich wie Ainnle Mac Usnech, wenn sie drei zusammen im Wald waren, ohne dass da noch jemand anderes dabei war. Die Gesellschaft anderer Menschen zersplitterte ihre Einheit, und er verlor das Gefühl für sich selbst. Die anderen Krieger hielten ihn für bedeutungslos, denn er war der Jüngste, der Letztgeborene. Wenn aber sie drei als ein Mann auftraten, dann *waren* sie auch ein Mann.

»Wir werden Aed ein paar Geschenke für Dallans Familie hierlassen.« Ardan zog daraufhin einen emaillierten Ring aus Bronze von seinem Finger und legte ihn auf den Kamin, während Naisi dasselbe mit einer Schnalle seines Gürtels tat. Es klirrte leise, als Ainnle eine seiner Fibeln auf den kleinen Haufen legte. Dann sah er, wie Deirdre eine Kette von ihrem Hals nahm, unbearbeitete Bernsteinstücke, die auf ein Stück Sehne aufgefädelt waren. Die Halskette landete klappernd auf dem Stein. Ainnle begriff, was das bedeutete. »Sie kommt nicht mit.« Er wandte sich an seinen ältesten Bruder. »Wenn es stimmt, was du sagst, dann wäre sie nichts anderes als ein Köder für unsere Verfolger, Naisi!«

Naisis sah ihn scharf an. »Dann willst du also Aed und seinen Clan schonen, aber ein einzelnes Mädchen nicht? Du machst mir Schande.«

Ainnle war von diesen Worten zutiefst getroffen. Der Zorn auf Deidre und die Demütigung, die er empfand, weil Naisi so etwas über ihn gesagt hatte, waren für ihn kaum zu ertragen.

»Sie war es, die ihn geheilt hat«, erinnerte Ardan Ainnle. Er warf einen wachsamen Blick zu Naisi, während sich auch in seinen Augen Zweifel spiegelte. »Außerdem ist das alles nicht ihre Schuld. Wir können auf keinen Fall verantworten, sie hierzulassen. Wenn Conor wirklich den Verstand verloren hat, so wie Naisi behauptet, lässt er sie vielleicht sogar noch töten.«

Es ist ihre Schuld, dachte Ainnle grimmig. Dies war jedoch nicht die Zeit für Diskussionen. Ihm ging es in erster Linie darum, seine Brüder von hier wegzubekommen.

»Ainnle hat recht«, meldete sich jetzt das Mädchen zu Wort, und er sah sie überrascht an. Er hatte erwartet, dass sie sich ihm gegenüber bockig zeigen würde. Da sie das jedoch offensichtlich nicht war, schämte er sich umso mehr für das, was er gesagt hatte. Und das wiederum machte ihn noch wütender.

»Wir haben das bereits geklärt, Deirdre«, knurrte Naisi leise. »Es reicht jetzt. Und das gilt für uns alle. Wir müssen jetzt aufbrechen. Also beeilt euch.«

Ainnle packte frustriert seine Habseligkeiten zusammen und zog dann die ledernen Riemen um sein Bündel so fest zu, dass sie ihm aus der Hand rutschten und seine Finger verbrannten.

17

Als Cúchulainn und Ferdia zwei Tage später in Aeds Festung eintrafen, mussten sie feststellen, dass die drei Brüder und Deirdre weitergezogen waren. Sie ritten nach Emain Macha zurück und berichteten Conor, dass sie die Spur verloren hatten. Der König war sich bewusst, dass die Blicke aller Krieger des Roten Zweiges auf ihm lagen, als er auf dem Hof vor den Stallungen hin und her ging und dabei krampfhaft versuchte, seinen Zorn nicht zu zeigen. Dann blieb er stehen und rief nach seinen Boten, seinen Spurenlesern und seinen Jägern.

Cúchulainn und Ferdia wechselten die Pferde und baten um Erlaubnis, die Suche unverzüglich fortsetzen zu dürfen. Conor sah keine Möglichkeit, ihnen das zu verweigern, obwohl ihm die blinde Liebe des Wachhundes zu den drei Brüdern durchaus bekannt war. Conall und Dubthach machten sich in die entgegengesetzte Richtung auf die Suche, während Illan und Fiacra, wie immer gemeinsam, am Fluss entlang nach Norden galoppierten.

Conor sah ihnen vom Festungswall von Emain Macha aus noch eine Weile hinterher, bis ihre auf und ab hüpfenden flachsblonden Schöpfe in der Ferne verschwunden waren. Dann rief er Leary und eine Gruppe von Kriegern zu sich, die nicht dem Roten Zweig angehörten. Der König drehte einen goldenen Armreif in seinen Händen. Der Mann, der sich diesen Reif verdiente, würde damit fünfzig fette Kühe kaufen können. Die Krieger starrten den glänzenden Reif voller Gier an. »Diesen Reif hier bekommt derjenige, der mir Deirdre zurückbringt«, sagte Conor. »Die Verlobung war rechtmäßig, und das wird auch bewiesen werden. Jetzt, da sie allein sind und sich nicht mehr hinter Aeds Schilden verstecken können, werden sie sich wohl leichter ... leichter überzeugen lassen.«

»Was ist mit den Söhnen des Usnech?«, wollte einer der Männer wissen. »Willst du, dass wir sie gefangen nehmen?«

»Sie werden schwer zu überwältigen sein.« Learys Blick lag unverwandt auf dem Gold. Er hatte nie zu den reichen Kriegern gehört. Obwohl er oft und viel Beute gemacht hatte, hatte er einen großen Teil davon verbraucht, um einige Frauen dazu zu bewegen, mit ihm zu schlafen, denn sein Körper war nicht besonders ansehnlich, und zu seinem Pech hatte er weder schwarze Haare noch blaue Augen und auch keine vollen Lippen.

»Naisi ist mir völlig egal.« Der König stieß den Namen zwischen zusammengebissenen Zähnen hervor. »Ich will nur das Mädchen.«

Ein weiterer Krieger meldete sich jetzt zu Wort. »Ich habe gehört, dass Naisi seine Ehre über alles geht. Er wird bestimmt bald selbst einsehen, dass es sich nicht lohnt, sie aufs Spiel zu setzen, nur um eine Nummer mit einer ...« Er brach ab und schluckte.

Conors Mund wurde feucht vor Bitterkeit. Es stimmte: Die Eifersucht war tatsächlich eine Krankheit. »Nun, dann solltest du ihn am besten auch finden und davon überzeugen. Immerhin scheinst du dir sicher zu sein, dass dir das gelingen wird.«

»In der Tat, Mylord.«

»Noch eines zum Schluss.« Conor hielt den Reif so, dass das Sonnenlicht, das sich in ihm spiegelte, auf ihre Gesichter fiel. »Geh zuerst zu Usnechs Festung. Sie liegt im Gebiet Dalriada. Such dort Naisis Mutter auf. Sag ihr, dass du ihren Söhnen meinen Straferlass überbringen willst, aber dir nicht bekannt sei, wo du sie finden könntest.«

»Einen Straferlass?« Leary runzelte die Stirn. »Ich dachte ...«

»Frage sie, wo ihre Söhne als Kinder gespielt haben. Welche Lieblingsverstecke sie hatten.« Conor sah jetzt nur noch das Glitzern der Sonne unten auf dem Fluss. Sein Mund bewegte sich, aber er spürte kaum, wie sein Verstand die Gedanken formte und seine Lippen die Worte bildeten. Irgendein anderer, unbarmherziger Teil seins Ichs hatte die Angelegenheit jetzt in die Hand genommen, damit er seine Königswürde behielt und seine Welt nicht einzustürzen begann. »Sag ihr, dass ihre Söhne in großer Gefahr seien, falls die Krieger aus Connacht sie zuerst finden. Man sollte immer auf das hören, was das Herz einer Mutter sagt.«

Leary grunzte. »Das ist schlau.«

»Ein kluger Verstand ist mindestens genauso viel wert wie ein kräftiger Schwertarm«, erwiderte Conor. Als sie gegangen waren, lehnte er sich auf die Palisade aus Balken und starrte über die Wiesen am Fluss, während er den Armreif wieder anlegte. Ein Stück weiter entfernt beobachteten ihn einige Wachen heimlich aus den Schatten der Tortürme heraus. Er hob den Blick zum Himmel und starrte mit zusammengekniffenen Augen in die Sonne, bis er nur noch einen goldenen Nebel sah und die Welt für ihn wieder hell wurde.

Deirdre tanzte durch diese goldene Wolke anmutig auf ihn zu. Als sie ihn entdeckte, vollführte sie eine letzte Drehung und blieb dann stehen. Die Federn an ihren Handgelenken flatterten noch, dann kamen auch sie zur Ruhe. Sie lächelte ihn an, und ihre Augen leuchteten dabei wie die eines wilden Tieres, das ihn aus der Dunkelheit heraus zu sich rief. Sie wollte, dass er sie zähmte. Ja, das war es, was sie brauchte. Er legte seine Hand auf seine Brust. Sein Herz klopfte so heftig, dass er glaubte, es wolle ihm gleich den Dienst versagen und er würde auf die feuchten Eichenplanken stürzen und auf der Stelle sterben. *Warte auf mich,* sagte er leise zu ihr. *Ich werde dich in diesem dunklen Traum suchen. Ja, das werde ich.*

Die Brüder hielten sich an die Wildpfade und die Schafwege, die über die Hügelketten führten, und mieden konsequent das offene Gelände. In den zwei Wochen, die sie bei Aed verbracht hatten, hatte sich ein grüner Schleier aus jungen Blättern über die Birken, Eichen und Haselnusssträucher gelegt. Unzählige Schlüsselblumen und Veilchen sprenkelten den Boden des Waldes. Nur die Eschen reckten noch immer ihre kahlen Äste in den Himmel.

Deirdre füllte ihre Lungen mit der frischen Luft, glücklich darüber, dass sie frei war. Da sie sich auf ihrer Flucht keine Zeit zum Jagen nehmen wollten, lebten sie von ihrem Reiseproviant, den Keksen mit getrockneten Beeren und dem Dörrfleisch. Manchmal pflückten sie auch junge Triebe von Gänsefingerkraut und Löwenzahn, die sie in einem Wasserbeutel über dem Feuer kochten. Aufgrund der kargen Nahrung wurde Deirdres Körper drahtig, gewann jedoch an Kraft. Ihre Finger ertasteten jetzt neue Einbuchtungen in ihrem Gesicht, und sie sah, dass ihre Rippen unter ihren Brüsten eine Art Leiter bildeten. Aber das war ihr nur recht. Sie verlor nur ihre runden Formen, die Conor bei jeder sich bietenden Gelegenheit gefördert hatte, so als wäre sie ein Kalb, das man mästen musste.

Wenn sie jetzt durch den Wald ging, fanden ihre Füße stets sicheren Halt, sodass sie ihre Seele durch ihre Stiefel hindurch in die Erde hineinfließen lassen konnte. Der stete Rhythmus ihrer Schritte versetzte sie in einen Zustand, in dem sie weder an das *Vorher* dachte, als sie sich nach den von ihr geliebten Menschen gesehnt und wegen Aed gegrämt hatte, noch an das *Nachher*, wo die Angst auf sie lauerte. Es gab für sie nur noch das *Jetzt*, während sie durch eine immer grüner werdende Welt lief, die kurz davor stand, zu vollem Leben zu erblühen. Dabei wurde ihr, die sie so lange wie ein Geist umhergeschlichen war, immer mehr bewusst, dass sie zusehends an Substanz gewann. Ihr Körper verdichtete sich zu einem Gebilde aus lebendigem, atmendem Fleisch. Es kam ihr oft so vor, als würde der Saftstrom unter der Rinde der Bäume auch ihre eigenen Glieder durchfluten.

Die Atmosphäre zwischen den vier Flüchtlingen war jedoch noch immer sehr gespannt. Naisis Zorn schwelte unvermindert weiter. Er ging mit großen, federnden Schritten und energisch nach vorn gerecktem Kopf, so als wolle er dem, was sein Herz erfüllte, mit aller Macht davonlaufen.

Er verschmolz nicht mit dem Wald, so wie sie es tat. Er zerschnitt ihn wie eine dunkle, scharfe Klinge.

Ihr Weg führte sie zunächst nach Nordwesten, zu Finbar, einem alten Freund von Naisi, der erst vor einigen Monaten die Halle seines Vaters geerbt hatte. Als sie jedoch vor den Toren seiner Burg standen, bat er sie nicht herein, sondern ging mit ihnen gemeinsam ein Stück den Fluss entlang zu einer Stelle, wo eine Reihe von Fischreusen ausgelegt war.

Finbar führte Naisi in eine Salzhütte, die mit einem langen Tisch aus Eichenholz ausgestattet war. Erst dann schob er die Kapuze seines Umhangs zurück. Naisi forschte in dem grobschlächtigen, sommersprossigen Gesicht seines Freundes, das von einem wilden Schopf rötlicher Haare umgeben war. Sie beide hatten zusammen für die Aufnahme in den Roten Zweig trainiert. »Muss ich aus deinem ungastlichen Verhalten schließen, dass du uns deine Hilfe verweigern wirst?«

Finbar warf einen nervösen Blick zur Tür. Ainnle, Deirdre und Ardan hockten auf einem Felsen bei den Reusen. Ardan füllte gerade Deirdres Wasserflasche. Als er ihr die Flasche mit einem ermutigenden Lächeln anbot, verlor ihr Gesicht ein wenig von seiner Anspannung. »Der König hat verbreiten lassen, mit welchen Konsequenzen derjenige zu rechnen hat, der euch beherbergt.«

»Und du wirst vor ihm kuschen?« Naisi war zutiefst verletzt. Diese Kränkung überdeckte selbst den Zorn, den er empfand und der ihm auf dem Weg hierher so viel Kraft gegeben hatte.

In Finbars haselnussbraune Augen trat ein gequälter Ausdruck. »Ich bin noch nicht lange Herr meiner Burg. Ich muss erst noch meine Macht festigen.«

Die Quelle der Dunkelheit glitzerte in Naisis Innerem, und jetzt traten ein paar Worte daraus hervor. »*Jetzt* ist die Zeit, ihm die Stirn zu bieten. Wenn wir genügend Chieftains hinter uns bringen, wenn wir alle zusammenhalten …«

Finbar wich unwillkürlich einen Schritt zurück. »Warum sollte ich ihm die Stirn bieten?« Naisis Nackenhaare stellten sich auf. Er wünschte sich, er hätte seine gedankenlosen Worte zurücknehmen können. »Ich habe gehört, dass Connacht wieder einige Dörfer an der Grenze überfallen hat, Naisi. Die Menschen hier sind völlig verunsichert. Sie haben Angst. In Zeiten wie diesen sollten sich die Männer in ihren Burgen verschanzen und nicht ihren eigenen König herausfordern. Den König, der möglicherweise als Einziger in der Lage ist, Connacht wirksam entgegenzutreten!«

»Es ist der Rote Zweig, der Connacht entgegentritt.«

»Und der König steht loyal zum Roten Zweig.«

»Du verrätst unsere Freundschaft.«

Finbar schüttelte den Kopf. »Ich habe noch immer eure Pferde hier. Und ich werde euch großzügig mit Proviant und Kleidung versorgen – mit allem, was ihr braucht. Aber ich kann euch nicht beherbergen. Ich habe noch nie erlebt, dass der König so wütend auf Krieger des Roten Zweiges war.« Er lächelte grimmig. »Du bist inzwischen zu trauriger Berühmtheit gelangt, mein Freund.«

Naisi legte seine Hand auf den Tisch, der von Blutflecken und einem silbrigen Schleier aus Schuppen überzogen war. Er stellte sich die Frauen vor, die hier Forellen und Lachs filetierten, mit roten Wangen und rissigen Händen. Er hörte im Geiste ihr neckisches Geplänkel mit den Männern, die die Reusen hereinholten, nahm die vertrauten Gerüche und Geräusche wahr, die Lieder, die sie während der Arbeit sangen und die den Rhythmus des Lebens begleiteten. Eines Lebens, von dem er jetzt ausgeschlossen war. Er sah das sanfte Gesicht seiner Mutter vor sich, in Dampfschwaden gehüllt, die aus einem großen Kessel mit Porridge, in dem sie rührte, aufstiegen, während sie die Körner mit einer auf- und absteigenden Melodie segnete. Seine nur langsam verheilende Schulter verkrampfte sich und sandte einen schmerzhaften Stich bis in sein Herz. »Ich habe nichts falsch gemacht.« Seine Stimme brach. »Das Mädchen wollte uns unbedingt begleiten.«

Finbar warf wieder einen Blick durch die Tür nach draußen. Naisi sah, wie Deirdre auf dem Felsen saß, das Gesicht zum Himmel gewandt. Ardan schälte gerade eine Knolle, die er aus dem Schlamm zu seinen Füßen gegraben hatte. Er sagte etwas zu ihr, und sie nickte mit geschlossenen Augen. Naisi war froh darüber, dass sich zwischen den beiden so etwas wie Freundschaft zu entwickeln begann, denn dies lenkte seinen Bruder von seinen Sorgen ab. Er sah das leise Lächeln, das jetzt um Deirdres Mundwinkel spielte. Er wusste, was das bedeutete: Sie genoss den warmen Sonnenschein. Irgendetwas regte sich in ihm. Ihm wurde übel. Die Anspannung, unter der er stand, war einfach zu groß. »Sie ist unberührt«, sagte er, und seine Stimme klang dabei hohl. »Keiner von uns hat sie auch nur angefasst.«

Finbar sah noch immer nach draußen. »Dann besitzt du eine viel größere innere Stärke als ich«, murmelte er. Er drehte sich zu Naisi um und kratzte sich an seinem stoppeligen Kinn. »Du hast nicht besonders klug gehandelt, Naisi. Du hättest sie nicht mitnehmen dürfen.«

Naisi ging zur Tür, um die warmen Sonnenstrahlen auf seiner kalten Haut zu spüren. »Nein, es ist die Schuld des Königs, dass aus dieser kleinen Sache jetzt ein Monster geworden ist.«

»Wir sind nur junge Männer, Naisi. Junge Männer, die zwar viele Freunde, aber nur wenig Macht besitzen.« Finbar stellte sich neben ihn. »Du solltest wissen, dass Conor Spurenleser ausgeschickt hat.«

Conor ließ sie also wie wilde Tiere jagen. »Wir werden den Proviant nehmen, den du uns angeboten hast«, sagte Naisi heiser. »Aber ich bitte dich, unsere Pferde nach Dalriada nach Hause zu schicken. Wir werden die Hochwege nehmen, und die sind für unsere Pferde nicht gangbar.«

Obwohl Finbar das schlechte Gewissen ins Gesicht geschrieben stand, war jedes weitere Wort überflüssig, und so starrten sie einander schweigend an. Es war klar, dass Finbar lieber das ertrug, als sich Conor zum Feind zu machen.

Als sie einen verregneten Hügelkamm entlangliefen, entdeckten sie die ersten Spurenleser. Ainnle, der hinter einem Felsbrocken kauerte, gelang es jedoch nicht, die Pferde oder die Männer zu identifizieren. »Aber ich bin mir sicher, dass es Ulaid sind«, stellte er fest.

Die beiden Reiter waren vor einem Stück Sumpfland, das die vier an diesem Morgen überquert hatten, abgesessen und in die Hocke gegangen. »Sie sind gut, sonst hätten sie unsere Spuren überhaupt nicht gefunden«, murmelte Ardan finster. Dann sah er Deirdre an. »Das ist übrigens der Grund, weshalb wir dir gesagt haben, dass du auf dem niedergedrückten Schilf gehen und nicht in den Schlamm treten sollst.« Er erklärte ihr immer alles ganz genau, weil sie, wie er sagte, wissen musste, was zu tun war, wenn es einmal schnell gehen musste.

»Das habe ich mir schon gedacht«, erwiderte Deirdre. Die Andeutung eines Lächelns huschte dabei über ihr Gesicht.

»Diese Männer schickt der König«, unterbrach Naisi sie. Deirdre sah ihn an. Regentropfen liefen über seine Stirn und seine Wangen, während er mit reglosem Gesicht in den Nieselregen starrte. »Ein König, der am Tag seiner Krönung drei Dinge geschworen hat: den Göttern zu dienen, dafür zu sorgen, die Erde fruchtbar zu machen, und die Menschen in seinem Reich zu schützen. Er sollte gerecht und großzügig und über kleinliche Neidgefühle erhaben sein. Er sollte für uns alle wie ein Vater sein. Das jedenfalls sagen die Druiden.« Seine Finger umschlossen die Pfeilspitze, die er jetzt neben dem Hirschtalisman und dem Eberstoßzahn an seinem Hals trug. Deirdre musste gegen den Drang ankämpfen, seine Finger von diesem fleckigen Stück Eisen zu lösen und es einfach in hohem Bogen wegzuwerfen.

Als sie sich dann weiter über das durchnässte Hochmoor davonschlichen, fand sie sich plötzlich neben Ardan. »Es tut mir leid«, platzte es aus ihr heraus.

Regentropfen glitzerten an seinen Wimpern und rannen sein grob geschnittenes Gesicht hinunter. Er lächelte mitfühlend, während Ainnle sie nur böse ansah und Naisi sie einfach ignorierte. »Der Zorn des Königs beruht auf Dingen, die weiter zurückreichen, als du dir vorstellen kannst. Conor war schon unserem Vater gegenüber ungerecht. Es muss irgendwie in unserem Blut liegen.« Dass Ardan selbst in dieser Situation freundliche Worte für sie fand, wärmte ihre eiskalte Haut.

Als sie am Abend ihr Lager aufschlugen, regnete es noch immer. Ardan sagte: »Wir sollten uns jetzt von den Burgen der Adeligen und Männern wie Finbar fernhalten. Sie fürchten Conor zu sehr. Die Hirten und Bauern werden noch nichts von dieser Sache gehört haben, deshalb sollten wir in den entlegeneren Gebieten sicherer sein.«

Naisi nahm Ardans Vorschlag auf. »Dann werden wir in Richtung Meer gehen.«

Deirdres Schatten bewegte sich. »Zum Meer? Dann werde ich also erfahren, ob es tatsächlich so schön ist, wie ich es mir immer vorgestellt habe.«

Ardan drehte den Kopf und sah sie an. »Du siehst scheinbar in allem Schlechten noch etwas Gutes.«

Der mittlerweile vertraute Ton zwischen den beiden hallte in Naisis leerem Herzen wider. Er selbst war davon ausgeschlossen. Ihn bedrückte noch immer das Gefühl, keine Luft zu bekommen. Es schien, als hätte die Wunde Narbengewebe bis in seine Lunge wuchern lassen, sodass er nicht mehr richtig atmen konnte. Er rieb sich die Brust, rief sich stattdessen die Orte in Erinnerung, wo sie ihre Jugend verbracht hatten. Die Burg, auf der sie aufgewachsen waren, lag nicht weit von der Küste entfernt. »Es gibt tatsächlich gute Gründe, zum Meer zu gehen. Zum einen können wir uns dort von den Schalentieren ernähren, zum anderen gibt es an der Küste viele Höhlen, in denen wir uns verstecken können – und zum Dritten ist die Gegend dort nur dünn besiedelt.«

»Warum leben dort nur so wenige Menschen?«

Ardan erklärte Deirdre geduldig: »Wegen der Überfälle aus Alba. Die Räuber kommen in Booten über das Meer. Die Viehweiden und die Burgen befinden sich deshalb immer ein Stück weit im Landesinneren, hinter den schützenden Klippen und den Sümpfen.«

»Aber wir können nicht nach Hause.«

Ainnle klang so verloren, dass Naisi seine eigene Verzweiflung vergaß, sich neben seinen jüngsten Bruder setzte und seinen Arm um dessen schmale Schultern legte. »Nein, wir können nicht nach Hause.« Sie mussten sich unbedingt von ihrer Mutter mit ihren sanften Augen und ihren ruhigen Händen fernhalten. »Wir werden nach Nordosten gehen, wo nur ein paar Fischer leben, die dort ihr kärgliches Auskommen haben.«

Unerwartete Hilfe erhielten sie von einem Chieftain, der schon seit längerer Zeit bei Conor in Ungnade gefallen war. Er servierte ihnen Schüsseln mit heißer Rinderbrühe und versprach ihnen, ihrer Mutter eine Botschaft zukommen zu lassen. Naisi wollte sie bitten, ein paar Waffen und Kleidungsstücke zwischen den Felsen in der Nähe eines geheiligen Schwarzdorns der *sídhe* zu verstecken, der auf einer einsamen Marsch oberhalb des Lough Neagh stand.

Bald darauf sahen sie zum zweiten Mal Spurenleser. Ardan, der gerade Wache hielt, kletterte über die eingefallene Mauer, die die Ruine einer verfallenen Steinhütte umgab, in der die anderen vor dem Regen Schutz gesucht hatten, und flüsterte ihnen zu, dass sie sich ihre Bündel schnappen und davonlaufen sollten. Als sie endlich in einer kleinen Klamm auf der anderen Seite des Moores erschöpft haltmachten, kauerte sich Ardan neben Naisi. »Ich habe die Männer erkannt.« Sein Blick war so dunkel und verhangen wie der weinende Himmel. »Es waren Dubthach und Conall.« Er und Naisi sahen sich an. »Wenn der König jetzt schon den Roten Zweig auf uns hetzt, dann … bei allen Göttern.« Seine Stimme war heiser vor Schmerz; er biss die Zähne zusammen. »Du hattest die ganze Zeit über recht. Er wird erst dann Ruhe geben, wenn wir alle tot sind. Es gibt jetzt kein Zurück mehr.«

Die Kälte, die Naisis durchnässte Kleidung ausströmte, drang tief in sein Inneres. Es waren eisige Finger, von denen er einen verstörten Augenblick lang glaubte, sie würden sein Herz zum Stillstand bringen. Jetzt jagte sie also auch der Rote Zweig.

Ein paar Tage später erfuhren sie von einem Schäfer, dass eine Gruppe von Kriegern in polierten Rüstungen dem Chieftain, der ihnen geholfen hatte, einen Besuch abgestattet hatten. Sie hätten seine Halle in Brand gesteckt. Der ganze Himmel sei dunkel vor Rauch gewesen. Den Chieftain hätten sie mitgenommen.

Sonst war niemand zu Schaden gekommen, so hieß es jedenfalls, denn Conor sei ein gnädiger König.

18

Eine Woche später stand Naisi am Eingang einer vom Meer geschaffenen Höhle in einer Schlucht, die zur Ostküste Erins hinunterführte. Der Wind, der in der Morgendämmerung aufgefrischt hatte, drückte mit unsichtbaren Händen gegen seine Brust, so als wolle er ihn aufhalten. Das wirkliche Hindernis aber lag noch vor ihm: der graue Ozean, auf dem sich jetzt mächtige Wellen türmten. Am Horizont kündigte ein schmaler rosa Streifen den Sonnenaufgang an.

Seine Frustration kämpfte heftig mit dem böigen kräftigen Wind. Man hatte ihn bis zum Meer gejagt. Die Söhne des Usnech ... *gejagt* ... während sie schwelende Hütten und weinende Menschen hinter sich gelassen hatten. Im Geiste sah er jetzt das Gesicht seines Vaters vor sich, sah den kummervollen Ausdruck in seinen Augen.

Usnechs unbändiger Stolz war im Lauf der Jahre zu einem Mythos geworden. Daran hatte Naisi sich stets festgehalten, wenn der König wieder einmal kein gutes Haar an seinem Vater gelassen hatte. Er war nach einem blutigen Kampf an Wundfieber gestorben. Damals war Naisi gerade erst sieben Jahre alt gewesen. Usnech war ein strenger Vater gewesen, der wenig sagte, dessen Augen aber voller Begeisterung strahlten, wenn er seine drei Söhne dabei beobachtete, wie sie mit ihren hölzernen Schwertern übten. Wenigstens sein Vater würde stolz auf ihn sein, pflegte Naisi sich zu sagen, um seine Bitterkeit abzumildern, wenn Conor ihn wieder einmal brüskiert hatte. Es war unübersehbar, wie sehr die Brüder für ihren Kampfesmut, ihre Jagdkunst und ihren Gesang bewundert wurden! Man brauchte doch nur zu hören, was die Barden sangen! Wenn Usnech sich noch immer in der Anderswelt aufhielt und noch nicht wiedergeboren worden war, würde er bei jedem Fest hocherfreut sein.

Als Naisi jetzt jedoch an den Chieftain dachte, den man gefangen genommen und abgeführt hatte, wusste er, dass sein Vater sich für ihn geschämt hätte. Sie hatten die Bündel mitgenommen, die ihre Mutter am Schwarzdorn der *sídhe* für sie deponiert hatte, und er trug auch wieder den Torques seines Vaters. Jedes Mal, wenn er den kühlen Halsreif aus Bronze berührte, grub sich die Scham noch ein Stück weiter in sein Herz ein. Wie hatte das alles nur so weit kommen können? Noch vor kurzer Zeit hatten sie den Hirsch gejagt, hatten in der Halle des Roten Zweiges gelacht und Met getrunken. Dass das alles so gekommen war, war allein seine Schuld. Wenn er diesem dunklen Flüstern in seinem Inneren kein Gehör geschenkt hätte … Er zog eine Grimasse und hielt sich voller Entsetzen die Hand vor die Augen, grub dabei seine Finger in die Höhlen.

»Naisi.« Auch Deirdre war jetzt den schmalen Pfad zur Höhle hinaufgeklettert. Sie hielt ein Netz mit Seegras und Muscheln in der Hand, Meerwasser tropfte auf ihre lederne Hose. »Du hast mir nicht geantwortet.«

Er drehte seinen Kopf zur Wand der Höhle, fuhr mit den Fingern über die raue Oberfläche, so, als würde er sie sorgfältig untersuchen. »Ich habe dich wohl wegen des Windes nicht gehört.«

Sie schob sich an ihm vorbei und ließ das Netz auf den Boden fallen. Sie warf noch mehr Treibholz auf das Feuer und begann dann, das Seegras am Eingang zur Höhle zum Trocknen aufzuhängen. Er wünschte sich, seine Brüder wären hier. Sie kletterten jedoch gerade in den Klippen herum und suchten Möweneier.

Zu seinem Verdruss stellte sich Deirdre jetzt auch noch neben ihn und betrachtete den Sonnenaufgang. Er sah, wie sie tief einatmete, dabei die Augen schloss. Sah, wie sich ihre Nasenflügel blähten. Ihre goldenen Haare hatte sie zu einem langen Zopf geflochten, der ihr bis zur Taille reichte und der vom getrockneten Salzwasser spröde geworden war. Die Ärmel ihres grünen Kittels hatte sie hochgekrempelt. Ihre Unterarme waren kräftiger und sehniger geworden, da sie ständig damit beschäftig war, aus dem Kies und Sand Schalentiere auszugraben. Da sie auch im Gesicht abgenommen hatte, trat der Umriss ihres Unterkiefers jetzt klar hervor. Ihr spitzes Kinn und die breiten Wangen wirkten jetzt noch prägnanter. Ihr Gesicht sah jedoch rosig und gesund aus, und anders als er schien sie auch nicht vom Schmerz gepeinigt. Sie hob ihr Gesicht der Morgendämmerung entgegen, die Lippen leicht geöffnet, so, als wolle sie sie kosten.

Naisi beobachtete sie, während er wie angewurzelt dastand.

Plötzlich drehte sie sich um und überraschte ihn mit einem direkten Blick aus ihren offenen, grünen Augen. »Du leidest entsetzlich, Naisi. Bis jetzt hat dir dein Zorn über vieles hinweggeholfen, aber das ist vorbei.« Ihre Hand zeigte auf seinen Bauch, und er zog ihn unwillkürlich ein, wich von ihrer Berührung zurück. »Schau nur, wie du dich in deinen Kittel krallst. Und es ist dir noch nicht einmal bewusst.« Während er verzweifelt nach Worten suchte, wurde ihr Mund hart, und sie sah ihn entschlossen an. »Du musst zu Conor gehen und mit ihm Frieden schließen. Mach dem Ganzen ein Ende! Es ist noch nicht zu spät.«

Sein Herz schlug plötzlich schneller ... War das die Hoffnung? »Aber was wird dann aus dir?«

Sie seufzte. »Bald kommt der Sommer, und dann wird es auch in den Wäldern wieder wärmer werden.«

»Du träumst wohl. Du kannst doch nicht allein im Wald leben! Wie willst du denn etwas zu essen finden?«

»Ich kann mich von den Pflanzen ernähren. Außerdem weiß ich sehr wohl, wie man Fallen stellt.«

»Dann wirst du spätestens im nächsten Winter erfrieren.«

Sie hielt inne. »Bis dahin werde ich bestimmt jemanden gefunden haben, der mich aufnimmt. Ich werde für meinen Unterhalt arbeiten: Korn malen, kochen, Tiere häuten, Garn färben, einfach alles.«

Die nächsten Worte, die er hervorstieß, waren schonungslos. »Jeder Mann, der dich sieht, wird deinen Körper mit Gewalt nehmen. Du bist anders als die anderen ...« Ihm war kaum bewusst, was er da sagte.

Bewundernswerterweise zitterten ihre Hände nicht im Geringsten, als sie ihre Handflächen ausbreitete. »Ich werde mich von den Kriegern fernhalten und die Nähe von Hirten und Bauern suchen. Ich werde nach Mumu oder Laigin gehen, oder nach Westen, nach Connacht, zu Maeve.« Als er ein langes Gesicht machte, sah sie ihn an. »Ich weiß, dass das für dich Verrat wäre. Du gehörst dem Roten Zweig an, und du kannst deshalb die Ulaid auch nicht verlassen. Ich aber habe keinen Eid geleistet, den ich damit brechen würde.«

Diese Worte waren wie ein Dolchstich in sein Herz. Warum hatte er sich nicht schon vor Jahren mutiger gezeigt – warum hatte er es nie gewagt, sich Conor offen zu widersetzen, so wie sie es jetzt tat? Aber schon damals hatte Naisi Usnechs Torques um den Hals getragen: das Zeichen dafür, dass er die Familie anführte und schützte, das Zeichen, das ihn jedoch auch zwischen seiner Pflicht und der Sehnsucht nach etwas Größerem gefangenhielt. »Es gibt einen Beobachtungsposten hoch oben im Norden an der Küste«, sagte er. »Der Chieftain dort befehligt nur ein paar alte Krieger, und er hasst Conor. Wenn wir es bis dorthin schaffen, wird er uns bestimmt dabei helfen, dich nach Connacht zu bringen.«

Dort wird sie wenigstens sicher sein, überlegte er und nahm sich nicht die Zeit, um diesen Gedanken zu hinterfragen.

Ein weiteres geheimes Treffen. Eine Laterne aus Horn schaukelte in einer feuchten Höhle. Der Chieftain war ein dürrer Mann mit einem schlauen Gesicht, dessen kleine, glänzende Augen immer wieder zwischen ihnen hin und her huschten. »Jeder weiß, dass der König nach dir sucht. Und er droht nicht nur mit Strafe, er verspricht auch jedem, der dich verrät, eine Belohnung.« Sein schmales Gesicht war von den Narben vieler Schwerthiebe gezeichnet. »Ich habe deinem Vater viel zu verdanken, aber du solltest wissen, dass du nicht nur Verbündete, sondern auch Feinde hast.«

»Willst du damit sagen, dass deine Leute uns an den König *verkaufen* würden?«, wollte Ainnle wissen. Er schnaubte verächtlich. »Nun, vermutlich ist von Kriegern, die nicht dem Roten Zweig angehören, auch nichts anderes zu erwarten.«

Der Chieftain sah ihn finster an. »Es ist der Rote Zweig, der euch verfolgt, Ainnle, nur falls du das vergessen haben solltest.«

Deirdre hatte sich ihre Kapuze ins Gesicht gezogen und hielt den Blick gesenkt. Naisi wusste, dass sie Angst hatte. So wie das bei seinen Brüdern auch der Fall war, konnte er aus irgendeinem Grund immer sagen, was sie gerade spürte oder empfand. Es war, als würde er Witterung im Wind aufnehmen. Der Chieftain starrte sie stumm an. Seine kleinen Augen glitzerten. In diesem Moment beschloss Naisi endgültig, dass er und seine Brüder Deirdre sicher bis zur Küste von Connacht bringen würden.

Im Schutze der Inseln im westlichen Meer würden sie drei dann schneller vorankommen. Wenn Deirdre nicht mehr bei ihnen war, würde dieser Albtraum vielleicht irgendwann verblassen, und Conor würde wieder zur Vernunft kommen. Naisi räusperte sich mühsam. »Wir danken dir für deine Hilfe.« Der Chieftain erklärte ihm mit barschen Worten, dass er einige Tage Zeit brauche, um alles zu arrangieren.

Ein paar Tage später kamen sie dann in der Morgendämmerung zurück. Ihr Verbündeter wartete in einer versteckten Bucht auf sie. Der Mantel, den er um die Schultern trug, flatterte in der steifen Brise. Die Strahlen der aufgehenden Sonne brachen sich in den kabbeligen Wellen und blendeten sie – ein Boot war weit und breit nicht zu sehen. »Kommt mit«, sagte der Mann und stieg dann die Klippen hinauf. Auf Naisis Frage, wo das Boot sei, antwortete er nicht. Die Hand am Schwert, verlangte Naisi jetzt nach einer Erklärung, aber in diesem Moment verschwand der Chieftain bereits über den Rand der Klippe, und Naisi blieb somit keine andere Wahl, als ihm zu folgen.

Der Chieftain führte sie an Bodensenken vorbei, die noch immer in Nebel gehüllt waren. Der feuchte Rasen war von Schafen abgeweidet. Ein Stück weiter ragte auf einem Felsen ein steinerner Turm auf. Aus seinem Rieddach stieg eine Rauchfahne, um den Turm herum stand eine Ansammlung von mit Seegras gedeckten Hütten. »Unsere Quelle«, sagte der Chieftain schließlich und zeigte dabei auf ein kleines Gehölz von Ebereschen, zwischen denen ein Rinnsal in einen grob behauenen Brunnen plätscherte. Der Anblick der toten Schafe, die überall auf der

Lichtung verstreut herumlagen, ließ Naisi jäh innehalten. Vorsichtig stieß er den nächsten Kadaver mit dem Stiefel an. Der Rücken des Schafs war nach hinten durchgebogen, seine Zunge hing aus seinem Maul.

Naisi hob den Blick. Ganz in der Nähe saß eine Frau, so still, dass er sie vor den Felsen zuerst nicht bemerkt hatte. Zu ihren Füßen lagen zwei kleine Körper, über die man Decken gebreitet hatte. Nebelschwaden waberten um die reglose Gestalt der Frau. »Die Kinder haben den Brunnen von Blättern und Schmutz frei gehalten«, sagte der Chieftain mit tonloser Stimme.

Naisi näherte sich der Frau und kniete sich dann neben die kleinen Leichen. »Ich ...« Er hatte das Gefühl, den Verstand zu verlieren. »Bitte lass sie mich sehen.« Sie warf unter ihren verfilzten Haaren einen kurzen Blick auf die verzierte Scheide seines Schwertes, bevor sie ihre vor Kummer glasigen Augen wieder abwandte. Er schlug eine der Decken zurück. Vor ihm lag ein kleines Mädchen, dessen Gesicht von purpurnen Flecken in den verschiedensten Schattierungen überzogen war. In den halb geöffneten Augen war nur noch das Weiße zu sehen. Die Lippen waren schlaff, die schwarze Zunge so sehr angeschwollen, dass sie aus dem Mund quoll. Obwohl sich Naisi fast der Magen umdrehte, starrte er das kleine Mädchen an, prägte sich dabei den Anblick genau ein. Einfach, weil er das tun musste. »Es tut mir leid«, sagte er. Die Mutter reagierte nicht.

Er ging auf das Brunnenbecken zu, dessen blubberndes Wasser in der Morgendämmerung silbern glänzte. Von seiner Oberfläche stiegen dünne Spiralen aus Dampf auf. Conor musste, als er erfahren hatte, dass sie sich in Aeds Burg aufhielten, seine Spione im ganzen Land ausgesandt haben. Er hatte offensichtlich schon geahnt, dass sie fliehen würden, und bereits zu diesem Zeitpunkt befohlen, was zu geschehen hatte, wenn ihnen jemand Unterschlupf gewährte. Naisi stellte sich vor, wie er die kleinen, unbedeutenden Chieftains mit Gold entlohnte, damit sie ihre Nachbarn genau im Auge behielten. Nur Könige hatten Zugang zu der Art von Gift, die das hier anrichten konnte. Voller Wut trat er gegen die Steine des Brunnenbeckens. Keine bewaffneten Männer hatten sich ihnen entgegengestellt. Die Verräter hier in dieser Gegend waren viel zu feige, ihnen offen gegenüberzutreten. Sie zogen es vor, auf den Roten Zweig zu warten.

Gütige Götter. Sein Blick wanderte wieder zu den beiden Kinderleichen. Gegen das, was hier geschehen war, war ein Pfeil im Rücken so gut wie gar nichts, nicht einmal wenn er direkt in sein Herz getroffen hätte. Sein Leben währte jetzt schon mehr als zwanzig Jahre, und er hatte in dieser Zeit mehr erreicht als die meisten. Diesen Kindern war das nicht vergönnt gewesen. Einen schrecklichen Moment lang sah er im Geiste wieder den Schwan auf dem gefrorenen See vor sich, hörte den Schwur, den er der Göttin geleistet hatte. *Die Schwachen zu beschützen.*

Sein Puls schlug langsam, als er sein Spiegelbild im Brunnen anstarrte und die dunklen Ringe unter seinen gehetzten Augen betrachtete. Das Wasser kräuselte sich. Als es sich wieder glättete, entdeckte er über seiner Schulter Deirdres Gesicht.

Es war nicht das erste Mal, dass sie seinen Schmerz spürte.

Ihre beiden Gesichter wurden durch das Brunnenbecken vereint. So wie es sein sollte, dachte sie grimmig. Sie beide gemeinsam waren für das alles hier verantwortlich. Seit dem Moment, als sie ihm eine Lüge ins Ohr geflüstert hatte und er nur allzu leichtfertig eingewilligt hatte, weil da diese seltsame Dunkelheit war, die stets hinter seinen Augen lauerte.

Sie sahen einander im Spiegel des vergifteten Wassers an. In diesem Moment entstand zwischen ihnen ein Einvernehmen, so als gäbe es nur noch sie beide. Ihre Hand bewegte sich instinktiv auf seine Finger zu, bevor sie innehielt. Seine Nasenflügel blähten sich. Er löste seinen Blick von der Wasserfläche und sah sie direkt an. Ein schmerzlicher Ausdruck lag um seinen Mund. Ihr Blick wanderte langsam zu seinen Lippen, und dann war sie nicht mehr in der Lage, ihn wieder abzuwenden. Sie wollte ihre Finger darauf legen, um das Zittern zu beruhigen, um die stummen Verwünschungen aufzuheben, mit denen er sich in diesem Moment gewiss verfluchte.

Naisi sagte zu seinen Brüdern: »Ich werde ein Grab für sie ausheben.«

»Dafür ist der Boden hier viel zu steinig.« In der Stimme des Chieftains lag jetzt unüberhörbar eine Spur Verachtung. »Wir werden sie verbrennen.«

Naisi starrte ihn mit festem Blick an. »Es ist mir egal, ob er hart ist. Die Mutter braucht einen Ort, zu dem sie gehen kann. Damit sie bei ihnen sein und ihnen etwas vorsingen kann.«

»Wenn wir alle drei graben, wird es nicht lange dauern«, murmelte Ainnle.

»Nein, ich werde das allein machen.«

Ardan zögerte. »Die Krieger des Roten Zweiges sind bestimmt schon unterwegs. Wir müssen so schnell wie möglich weg von hier.«

»Ich werde ihnen mit meinen Händen die letzte Ruhestätte schaffen«, wiederholte Naisi leise, »sonst werde ich in Zukunft nur noch als Geist umherwandern. Ein Sohn des Usnech werde ich mich dann nicht mehr nennen können.«

Der Chieftain zuckte gleichgültig mit den Schultern. »Da wir jetzt kein Wasser haben, könnten uns deine Brüder helfen, auf der Hügelkuppe dort, wo sich eine Quelle befindet, die wir nur selten benutzen, einen zweiten Brunnen zu graben.«

Naisi nickte, wobei er Ardan flehentlich ansah. »Geht und helft, so gut ihr könnt.« Ardan seufzte grimmig. Dann schob er Ainnle vorwärts.

Naisi bat Deirdre, eine Schaufel und eine Hacke aus einer der Hütten am Turm zu holen. Bevor sie dorthin ging, blieb sie kurz bei der Mutter der Kinder stehen. »Wir werden ihnen einen Platz bereiten, sodass sie in deiner Nähe schlafen können.« Die Frau reagierte nicht. »Gibt es irgendetwas Besonders, das … ich meine, einen bestimmten Platz, wo wir graben sollen?«

Die Kehle der Frau bewegte sich, als sie ihre Zunge befeuchtete. »Unter dem Schlehdorn dort. Sie haben die Blüten geliebt … haben mir daraus immer Girlanden geflochten …« Sie senkte den Kopf, rang um Worte, die sie dann doch nicht über die Lippen brachte. Deirdre legte ihre Hand auf die Schulter der Frau und wartete, bis sie sich wieder beruhigt hatte.

Sie holte Schaufeln und zwei Hacken bei einigen Bauern, die sie mit versteinerter Miene ansahen, und gab dann Naisi, der bereits unter dem Schlehdorn auf dem mit weißen Blütenblättern übersäten Boden eine Stelle markierte, eine der Hacken. Er warf einen Blick auf den zweiten Satz von Werkzeugen, den sie mitgebracht hatte. »Lass mich allein«, fuhr er sie barsch an.

Sie legte die zweite Schaufel und die Hacke neben die markierte Stelle. »Ich glaube, dass jetzt jemand bei dir bleiben sollte.« Als er sie böse ansah, fügte sie hinzu: »Die Menschen hier hegen uns gegenüber keine freundlichen Absichten. Wir sollten also zusammenbleiben. Aber ich werde mich dort drüben auf die Felsen setzen, wenn du das willst.«

Er wandte sich seiner Arbeit zu, arbeitete wie ein Besessener, während die Sonne höher stieg. Als sein Kittel dunkel vor Schweiß war, zog er ihn aus. Den Reif des Roten Zweiges, den er über dem Ärmel getragen hatte, streifte er sofort wieder über seinen nackten Oberarm. Er tat das instinktiv, so als wäre der Reif noch immer ein Teil von ihm. Er glänzte hell auf seinen Muskeln. Deirdre beobachtete ihn beim Arbeiten, aber es fiel ihr immer schwerer, einfach untätig dazusitzen. Der Boden war härter als befürchtet. Plötzlich stand sie auf und sprang zu Naisi in die Grube. Sie hatte eine Schaufel in der Hand.

Er blickte auf und schüttelte den Schweiß aus seinen schwarzen Haaren. »Was soll das?«

»Ich werde dir helfen.« Sie stieß die Schaufel in den steinigen Boden.

Er warf eine Ladung Erde aus dem Loch. »Nein, das ist allein meine Sache.«

Deirdre begann jetzt entschlossen zu schaufeln. »Es ist auch meine Schuld.«

»Ich habe gesagt, dass ich das mache.«

»Das tust du ja auch!«, rief sie. »Aber ich werde dir dabei helfen.«

Er sah, wie sie das Schaufelblatt mit ihrem Fuß in den Boden drückte, Erde und Steine aufnahm und aus dem Loch warf. Als Naisi klar wurde, dass sie sich nicht davon abhalten lassen würde, widmete er sich wieder seiner Aufgabe, und schon bald keuchten sie beide. Ihr Zorn brachte Deirdre jedoch nicht weit. Als die Sonne hoch am Himmel stand, begannen die Blasen an ihren Handflächen und Fingern zu platzen, und sie musste bei jeder Bewegung ein gequältes Stöhnen unterdrücken. Ihr Rücken schmerzte so sehr, dass sie sich kaum noch aufrichten konnte. Der Schweiß brannte in ihren Augen.

Plötzlich stieß Naisi ein wütendes Schnauben aus. Er hörte auf zu graben und stützte sich auf den Griff seiner Schaufel. »Als du sagtest, dass du dickköpfig bist, da hast du bestimmt nicht gelogen.«

Sie grub weiter. »Ich lüge nie.«

Schon als die Worte ihren Mund verließen, klangen sie falsch. *Nein.* Sie holte Luft und hob den Kopf. »Das stimmt so nicht. Einmal habe ich doch gelogen.«

Naisis kurze Zöpfe hatten sich aufgelöst, sein welliges, schmutziges Haar klebte in Strähnen an seinen Wangen. Ein paar Schlehdornblüten sprenkelten seinen Scheitel. Auf seinen Schultern lagen die gefleckten Schatten der knospenden Äste. Sie richtete ihren Blick wieder auf sein Gesicht. Die schwere Last, die sie schon die ganze Zeit mit sich herumgeschleppt hatte, brach sich jetzt Bahn. »Das, was ich über deinen Stolz gesagt habe, habe ich nur gesagt, um dich dazu zu bringen, mir zu helfen. Die Wahrheit ist, dass ich noch nie jemanden so etwas über dich sagen gehört habe. Du bist für viele Dinge berühmt ... und ich habe tatsächlich schon vieles über dich gehört ... aber nicht das.«

Er blinzelte in die Sonne, leckte den Schweiß von seiner Oberlippe. »Ich habe dir doch schon gesagt, dass du damit recht hattest.«

»Aber damals habe ich das doch gar nicht gewusst.«

»Das macht es nicht zu einer Lüge.«

»Zu der Zeit war es aber eine.« Sie kam sich langsam selbst töricht vor, weil sie geglaubt hatte, dies sei eine Sünde, die er ihr niemals verzeihen würde. »Bei Brid! Wehrst du dich immer so heftig gegen gut gemeinte Entschuldigungen?« Sie hatte das Gefühl, viel zu glimpflich davongekommen zu sein, und fragte sich, warum das so war.

Seine Augen glitzerten belustigt. Er sah sie an, legte dann den Kopf schief und wechselte abrupt das Thema. »Warum bist du immer so schmutzig?«

»Was?« Sie rieb sich mit ihren Fingerknöcheln das Kinn. *Sag jetzt nur nichts Dummes,* dachte sie verzweifelt. »Ich nehme an, weil ... es war mir immer egal, wie ich aussehe – vielleicht, weil *ihm* das so wichtig war.« Der Geist des Ungenannten schwebte plötzlich zwischen ihnen.

Naisi nickte und studierte dabei ihr Gesicht. Sie fragte sich, ob er merkte, wie sehr es glühte. »Mir persönlich ist jetzt auch bewusst, warum du ihn auf keinen Fall heiraten kannst«, sagte er schließlich. »Aber der Rote Zweig wird das niemals verstehen. Sie werden glauben, dass du eine *banshee* bist, die uns verzaubert hat. Aber ich verstehe es – du würdest verwelken. Genauso gut könntest du auch tot sein.«

Deirdre ließ die Schaufel sinken. Obwohl es sehr hart war, war dies das Zutreffendste, was je ein Mensch über sie gesagt hatte.

Stirnrunzelnd schnippte er ein Klümpchen Erde von ihrer Wange. Sie erstarrte. Dann erkannte sie jedoch, dass er das vollkommen ohne Hintergedanken getan hatte. Die Sonne spiegelte sich in den winzigen silbernen Tupfen, die seine Pupillen umgaben und die ihr bisher noch nicht aufgefallen waren. Die Verzweiflung rings um sie herum und die Gegenwart der kleinen Leichen schürte ein schockierendes Verlangen in ihrem Bauch: das Bedürfnis, die Berührung eines Mannes zu spüren, bevor sie starb. Möglicherweise näherten sich ihnen bereits die Reiter des Roten Zweiges mit donnernden Hufen. Und mit ihnen der Tod.

Die Wärme, die seine Finger ausstrahlten, traf sie. Sie musste mit aller Macht dem Drang widerstehen, ihren Kopf in seine Handfläche zu schmiegen. *Er wird mich nicht berühren.* Er war viel zu angespannt, viel zu sehr um die Sicherheit seiner Brüder bemüht. Er ließ seine Hand sinken. »Du hast getan, was auch ich getan hätte«, führte er seinen Satz zu Ende und machte sie damit sprachlos.

Erst als er aus der Grube kletterte und zu ihr herabsah, kam sie wieder richtig zu sich. Er zögerte, deshalb sprach sie für sie beide: »Jetzt wird uns bestimmt niemand mehr helfen«, sagte sie leise. »So etwas wie das hier darf nie mehr geschehen.« Sie machte eine verzweifelte Geste in Richtung der toten Kinder.

»Nein«, sagte er, und die Verwandtschaft zwischen ihnen beiden, die sich im Brunnenbecken gespiegelt hatte, keimte wieder auf. »So etwas darf nie wieder geschehen. Nicht in unserem Namen. Jetzt sind wir ganz allein.«

Sie sah ihm nach, als er zu der trauernden Mutter ging und ihr sagte, dass sie ihre Kinder jetzt zur letzten Ruhe betten könne. Mit einem Druiden und so wie es bei ihnen Sitte sei. Die Frau sah ihn nicht einmal an.

Dann machte er sich auf die Suche nach seinen Brüdern. Deirdre folgte ihm. Die Hacken lagen auf seinen breiten Schultern, die Handgelenke hatte er auf die Stiele gelegt. Sie selbst trug die Schaufeln. *Wir sind allein,* hatte er gesagt. Und sie war jetzt ein Teil dieses *Wir.*

Sie nahm ihre Finger vom Griff der Schaufel, mit der er gearbeitet hatte, und hielt sie an ihre Nase, atmete den Moschusgeruch ein, den die Handflächen von Naisi Mac Usnech dort hinterlassen hatten.

19

Naisi hackte mit seinem Dolch die Napfschnecken vom nassen Felsen.

Er dachte daran, in welcher Haltung Deirdre oft am Feuer saß. Die Brüste gegen ihre Oberschenkel gedrückt. Obwohl er jetzt noch wütender draufloshackte, tauchten immer neue ungebetene Bilder in seinem Kopf auf. Wenn sie eine Handvoll Schnecken in die Glut legte, konnte er im Ausschnitt ihres Kittels die Kugeln aus hellem Fleisch sehen, die von ihren Knien nach oben geschoben wurden. Er konnte es beinahe spüren, wie ihre Brustwarzen gegen den Stoff rieben. Seine Haut prickelte.

Verärgert über seine Schwäche, stieß er jetzt ein leises Knurren aus. Aber war es ein Wunder, dass er, nachdem sie jetzt schon so viele Tage gemeinsam in einer Höhle am Meer eingesperrt waren, nirgendwo anders mehr hinsehen konnte? Das Zischen der Wellen hörte sich manchmal an wie Stimmen, die sich ihnen näherten. Sie alle zuckten jedes Mal zusammen, wenn die Bäume auf den Klippen über ihnen einen Schatten auf den Eingang der Höhle warfen.

Ich bin ein Mann der Ehre. Er löste wieder eine Schnecke, tauchte sie in eine wassergefüllte Vertiefung im Felsen und legte sie dann in sein Netz. *Und ich werde meine Ehre niemals verlieren.* Er wusste, dass er eines Tages den Männern des Roten Zweiges gegenübertreten musste, und da Conor Deirdre noch nicht freigegeben hatte, war sie in den Augen seiner Kameraden noch dessen Verlobte.

Die Abenddämmerung senkte sich jetzt über den Strand. Er starrte die letzten Strahlen an, die die Sonne in ihre kleine, bewaldete Klamm schickte. Das Licht wärmte die graue, unruhige See – und er dachte an die vergangene Nacht, als Deirdre ihre Haare im Bach gewaschen und sie dann am Feuer getrocknet hatte. Sie hatte ihre goldenen Strähnen mit den Fingern gekämmt und ihn dabei in eine Art Trancezustand versetzt.

Ein Schrei! So leise, dass es auch der Ruf einer Möwe hätte sein können. Er ließ seinen Blick die Felsen hinunter zu dem Halbkreis aus Sand wandern, der in der Dämmerung heller schimmerte als seine Umgebung. Sie versteckten sich jetzt schon seit zwei Wochen hier. Die Klippen waren zu schroff und zerklüftet, um irgendwelchen Behausungen genügend Halt zu geben, und die Bäume, die in den Hohlwegen wuchsen, standen in vollem Laub, sodass man ihren Unterschlupf vom Meer her nicht sehen konnte. Der Rauch ihres Feuers entwich kaum sichtbar durch die kleinen Risse im Felsendach der Höhle.

Jetzt trug der Wind wieder einen Schrei heran, diesmal lauter und unmissverständlicher. Naisi richtete sich auf, Wasser tropfte von seinem Messer. *Das war eine menschliche Stimme.*

Naisi sprang über die Felsen und steckte dabei seinen Dolch in die Scheide. Er rutschte im nassen Tang aus, suchte sich seinen Weg zwischen den großen, kahlen Steinen. Schließlich stand er auf dem Strand. Er schrie laut: »Ainnle! Ardan!« Seine Brüder befanden sich irgendwo auf der Landspitze in seinem Rücken.

Ein großer, runder grauer Stein ragte aus dem Sand vor ihm auf. Als er auf ihn hinaufsprang, sah er vier Silhouetten, die sich deutlich vor dem Abendhimmel abzeichneten: Deirdre mit ihrem Netz – und drei Männer, die sich ihr näherten. Die letzten Sonnenstrahlen ließen das glänzende Metall in ihren Händen aufleuchten.

Naisi rannte laut brüllend los, spürte plötzlich das Heft seines Schwertes in seiner Hand, obwohl er sich nicht daran erinnern konnte, es gezogen zu haben. Er erkannte einen der Männer an seiner Statur und an der Farbe seiner Haare – es war Leary, der Held vieler Schlachten. Die Krieger sahen ihn kommen und begannen, auf Deirdre zuzurennen. Naisi schrie irgendetwas Unzusammenhängendes. Endlich drehte sie sich um, machte ein paar unsichere Schritte in seine Richtung, bevor sie ihr Netz fallen ließ und über den Sand auf ihn zurannte. Ihr Gesicht war vor Angst verzerrt. Es war genau dieser Anblick, der Naisis lange unterdrückten Zorn alle Dämme brechen ließ. Sie war so völlig schutzlos.

Er war bei ihr, bevor die Krieger sie eingeholt hatten. Er zerrte sie hinter sich und stellte sich dann schützend vor sie. »Lauf den Strand hinunter! Mach schon!« Sie rannte los, kletterte über die Felsen und war verschwunden.

Die drei Krieger blieben schwer atmend stehen, die Schwerter erhoben und die Schilde vor der Brust. »Jetzt endlich zeigt ihr also eure Gesichter«, keuchte Naisi. »Dich, Leary, hätte ich hier nicht erwartet. Ziehst du es jetzt also vor, dich zu stellen und nicht wie ein Verräter jemandem einen Pfeil in den Rücken zu schießen?«

Learys Augen weiteten sich. »Das würde ich niemals tun!«

»Und dennoch schleicht ihr euch an uns heran, als wären wir wilde Tiere.«

Leary senkte seinen Schild, und sein grobschlächtiges Gesicht wirkte plötzlich noch grimmiger. »Wir haben überall nach euch gesucht. Das stimmt. Aber nur, um diesem Unsinn endlich ein Ende zu machen. Bevor noch irgendjemand zu Schaden kommt! Gib das Mädchen heraus! Dann können wir alle nach Hause gehen. Wir wollen nicht mit dir kämpfen.«

»Und warum greift ihr uns dann an?« Naisi fuchtelte wild mit seinem Schwert vor ihm herum.

»Du hast etwas gestohlen, was dem König gehört.«

»Ich habe nichts gestohlen. Sie hat mich als Krieger des Roten Zweiges um Hilfe gebeten. Würdest du ein Mädchen abweisen, das sich hilfesuchend an dich wendet, Leary? Nein, ganz bestimmt würdest du das nicht tun. Im Gegenteil, du würdest sie auf der Stelle flachlegen!« Es gelang Naisi nicht, seinen Zorn zu bändigen.

»Das reicht jetzt!« Einer der anderen Krieger spuckte in den Sand. »Sie ist nicht irgendein Mädchen. Der König will sie zurückhaben. Also: Übergib uns das Mädchen!«

Naisi sah plötzlich nur noch rote Schleier. *Sie übergeben* … Das hätte er vielleicht getan, bevor ihn dieser Pfeil getroffen und eine Narbe hinterlassen hatte, die noch immer schmerzte – bevor Deirdre sich so sehr darum bemüht hatte, seinen Schmerz zu lindern, und sich angeboten hatte, seine Schuld mit ihm gemeinsam zu tragen.

»Du kannst noch immer umkehren.« Leary überhörte die Beleidigung mit zusammengebissenen Zähnen. »Leg deine Waffe nieder und liefere das Mädchen aus. Wir sind alle fest davon überzeugt, dass der König wieder zur Vernunft kommen wird, wenn sie erst an seiner Seite ist. Und wir werden ihn auch dazu bringen können, dir deinen maßlosen Stolz zu vergeben.« Als Naisi daraufhin nur sein Schwert hob, stieß Leary hervor: »Komm schon, Mann! Wenn du ihr unter den Rock gegriffen hast, werden wir ihm um des lieben Friedens willen nichts davon sagen.«

Naisi wollte gerade verblüfft antworten, *aber sie trägt doch gar keine Röcke,* aber in ebendiesem Moment wurde ihm bewusst, dass es hier in keiner Weise um seinen Stolz ging. »Schwört, dass ihr weder etwas von uns gehört noch uns gesehen habt. Dann lasse ich euch ungeschoren davonkommen.«

Ihre Augen richteten sich jetzt auf seine Klinge, die im verblassenden Licht gefährlich schimmerte. »Das geht nicht«, antwortete ihm der dritte Krieger, den Naisi nur vom Sehen her kannte. »Wir haben den Befehl, sie zurückzubringen. Ganz egal, wie.«

»Was? Zusammengeschnürt wie ein Huhn für den Kochtopf? So tief ist Conor also schon gesunken?«

Die Männer zuckten nur verächtlich mit den Schultern. Das war zu viel. Naisi sah wieder Deirdres Gesicht vor sich. Ihr Gesicht in der Morgendämmerung. Conor würde sie bestimmt nicht allein durch den Wald streifen lassen, während die Nacht sie mit ihrer Stille und ihrer seidigen Dunkelheit umgab. »Zieht eure Schwerter«, sagte er ganz ruhig. Leary machte ein langes Gesicht.

Hinter ihm erschienen jetzt Deirdre und seine Brüder auf dem Felskamm. Ainnle rief seinen Namen. »Bleibt zurück«, schrie Naisi. »Das ist allein meine Sache.«

»Scheiß drauf«, knurrte Ainnle als Antwort, dann zischte er Ardan irgendetwas zu und rannte mit gezücktem Schwert zum Strand hinunter.

Deirdre grub ihre Nägel in Ardans Arm. Ainnle hatte seinem Bruder gesagt, er solle bei ihr bleiben. Jetzt spürte sie die ungeheure Anspannung in den Muskeln unter ihren Fingern. »Geh zu ihnen«, sagte sie mit gepresster Stimme.

Ardan schüttelte den Kopf. »Wenn es hart auf hart kommt, müssen sie zuerst noch an mir vorbei.«

Der Kampf, den sich die Männer unten am Strand lieferten, war so heftig, dass Deirdre ihm kaum folgen konnte. Die Männer wirbelten herum, machten Ausfallschritte, stießen zu und sprangen zurück. Der aufgewirbelte Sand, das dämmrige Licht und die umhertanzenden Schatten verwirrten sie. Hiebe wurden mit Paraden erwidert, Klingen schossen vor und wurden wieder zurückgezogen.

Naisi holte mit seinem Schwert aus, Leary parierte seinen Schlag, und Deirdre hörte, wie Eisen auf Eisen knirschte. Sie stand da und sah zu, wie Naisi Dinge tat, die sie bei ihm noch nie gesehen hatte – hacken, stechen, stoßen, während im Zwielicht das Weiße in seinen Augen hell schimmerte. Die Geschwindigkeit und Eleganz, mit der er sich bewegte, verblüffte sie. Sie hatte die Brüder schon oft rennen und klettern sehen, das hier aber glich eher einem Tanz, bei dem die Klingen so schnell herumwirbelten, dass sie vor ihren Augen verschwammen.

Die beiden Brüder standen Rücken an Rücken und gaben sich gegenseitig Deckung. Da sie ihre Gegner überragten, hatten sie eine größere Reichweite und konnten so ihre Widersacher erst einmal auf Distanz halten. Das Klirren der Klingen ging Deirdre durch Mark und Bein. Sie zitterte.

Ihr Blick ruhte auf Naisis Kopf. Sie hatte diesen Kopf schon einmal in ihren Händen gehalten. Damals, als sie sich seine heilende Wunde angesehen hatte. Jetzt sah sie ihn wieder in allen Einzelheiten vor sich. Wie gut er zu ihren Handflächen passte, wie seine schwarzen Haare sich in ihren weißen Fingern verfingen. Völlig unvermittelt wurde sie von einer Hitzewelle erfasst – dem Drang, über seine Taille und seinen Rücken zu streichen, über seine Unterarme und seine muskulösen Seiten, um zu sehen, ob auch sie so gut zu ihren Händen passten. Was für ein absurder Gedanke das in diesem Moment doch war – so spät! so blind! –, aber dieses Verlangen schoss in dem Augenblick, in dem ihr klar wurde, dass sie seine Haut möglicherweise nie wieder berühren würde, mit unglaublicher Kraft durch sie hindurch.

»Das ist ein Duell«, sagte Ardan jetzt zu ihr. »Nach dem ersten Treffer ist der Kampf vorbei. Kein Krieger des Roten Zweiges hat jemals einen anderen getötet.«

Nur mit größter Mühe gelang es ihr, sich von ihren Erinnerungen loszureißen. Erst jetzt erkannte sie, dass in Naisis Bewegungen tatsächlich etwas Kontrolliertes, eine gewisse Zurückhaltung lag. Er versuchte offensichtlich nicht, den Körper seiner Gegner, sondern nur deren Schwerter zu treffen. Schließlich gelang es ihm, einem seiner Gegner das Schwert aus der Hand zu schlagen. Als der Mann stolperte, schlug Naisi ihm mit dem Heft seines Schwertes auf den Kopf, sodass er bewusstlos im Sand zusammenbrach.

»Jetzt sind wir zahlenmäßig gleich stark«, krächzte Naisi. Alle Krieger waren schweißüberströmt, die Haare klebten ihnen an der Stirn. »Lasst uns in Frieden gehen.«

»Das können wir nicht, und das weißt du auch«, keuchte Leary und warf seinen Schild in den Sand. »Ich musste dem König schwören, sie zurückzubringen. Selbst wenn der Preis dafür dein Leben ist.«

Ein eiskalter Schauer lief Naisi über den Rücken. »Er hat von dir verlangt, einen Eid zu schwören, der dem Eid des Roten Zweiges widerspricht?«

Leary nickte müde. Er breitete seine Arme aus. Sie zitterten vor Anspannung. »Ich will dich nur davor bewahren, dass du mit deinem Stolz noch mehr zerstörst. Dein Stolz stand dir schon immer im Weg – dir und deinen Brüdern.«

Naisi war sichtlich schockiert. »So also ist das. Das Gold des Königs steht demnach über deinem Gewissen.«

Leary holte Luft und stürzte sich dann mit hoch erhobenem Schwert brüllend auf Naisi. Naisi riss seine Klinge hoch, um den Schlag zu parieren. Die Möwen auf den Klippen flogen erschrocken auf. Sie kreisten um ihre Köpfe, und ihre Schreie stiegen in den dunkler werdenden Himmel. Der Kampf wogte hin und her. Naisi war gezwungen, die Deckung zu verlassen, die Ainnle ihm gab. Der Zorn machte beide Männer unvorsichtiger. Leary war kräftiger und kontrollierter in seinen Bewegungen. Naisi hingegen war geschmeidiger und verfügte über schnellere Reflexe. Die beiden gingen jetzt so erbittert aufeinander los, dass Ainnle und sein Gegner ihre Schwerter sinken ließen und zu kämpfen aufhörten.

Learys Klinge traf Naisi am Unterarm. Er stöhnte kurz auf, als er den brennenden Schmerz spürte, aber er gab nicht auf. Genauso wenig wie Leary seinen Angriff abbrach. Es war jetzt jedem bewusst, dass dies kein bloßes Duell mehr war.

Blut lief am Heft von Naisis Schwert hinunter und ließ es glitschig werden, deshalb wechselte er sein Schwert in die linke Hand. Er hatte schon als Junge nächtelang nicht nur den Lachssprung geübt, sondern auch das Schwert wie Cúchulainn beidseitig zu führen. Die Klingen trafen wieder aufeinander, rutschten aneinander entlang und verkanteten sich am Heft. Die beiden Krieger kamen sich mit ihren Gesichtern so nahe, dass Naisis Speichel Learys Wange benetzte. »Er ist im Unrecht, und das weißt du auch«, keuchte er.

Leary hatte vor Anstrengung die Augen zusammengekniffen.

»Unterwirf dich. Dann bleibst du am Leben! Aber dazu bist du wohl zu stolz.«

Naisi stieß sein Schwert mit einem knurrenden Laut zur Seite. Leary machte einen Schritt rückwärts und trat dabei mit dem Fuß auf eine Stelle mit weicherem Sand. Es war eine kaum wahrnehmbare Unausgewogenheit. Naisi aber sah sie sofort und zögerte nicht. Er trat Leary gegen die Beine. Als dieser ins Straucheln geriet, machte Naisi einen Satz nach vorn. Er zielte dabei mit der Breitseite seines Schwertes auf Learys Hand, um ihn kampfunfähig zu machen.

Leary ließ seine Waffe fallen und stürzte sich auf Naisi, um ihn niederzuringen. Naisi sah Learys Bewegung, aber nicht das Schwert, das zu Boden fiel. Das jahrelange Kampftraining hatte seine Instinkte geschärft und seine Klinge mit seinem Körper verschmelzen lassen. Als er jetzt die Arme hochriss, um seinen Gegner abzuwehren, schnellte sein Schwert waagrecht nach vorn.

Betäubt und wie aus weiter Ferne musste er mit ansehen, wie Leary direkt in seine Klinge hineinlief.

Deirdre hörte einen Schrei, der wie der eines sterbenden Tieres klang. Es hatte jedoch nicht der Mann geschrien, der jetzt tödlich getroffen zu Boden sank, sondern Naisi, der ihn festhielt. Ardan schob sie einfach zur Seite, sprang die Felsen hinunter und rannte zu seinem Bruder. Ainnle stand mit offenem Mund da, das gesenkte Schwert in der Hand. Der dritte Krieger hatte seinen Kampfgefährten, der inzwischen wieder bei Bewusstsein war, auf die Füße gezerrt. Beide rannten jetzt in wilder Flucht über den Strand davon.

Naisi wiegte den Toten in seinen Armen. Seine dunklen Zöpfe fielen über dessen gebrochene Augen und die bleichen Wangen. Deirdre presste die Faust auf ihren Mund, während sie auf die Knie fiel. Blut versickerte im Sand, während der Wind leise durch die Dünengräser strich.

Naisi ließ Leary los, zog sein blutiges Schwert aus dessen Körper und schleuderte es weit von sich. Dann begann er, auf allen vieren und mit gesenktem Kopf auf das Meer zuzukriechen. Als er ein Stück weit gekommen war, öffnete er den Mund und würgte Galle hervor. Deirdre hörte, wie sein Mageninhalt in den Sand klatschte, ein primitiver Ton, eine Totenklage, die direkt aus seinem Innersten kam. Seine Brüder standen da und starrten den Toten fassungslos und voller Entsetzen an.

Endlich erhob sich Naisi torkelnd auf die Beine. Seine Hände waren voller Blut – die eine von der Schnittwunde in seinem Unterarm, die andere vom blutverschmierten Heft seines Schwertes. Er schüttelte sie so, als wolle er auf diese Weise das Blut loswerden, dann ging er mit unsicheren Schritten hinunter zum Wasser. Er stürzte sich in die Wellen und tauchte mit dem Kopf unter. Deirdre sah Ardan an. Ihre Wangen waren tränennass. »Er wird sich doch … nichts antun?«

»Nein.« Ardans Gesicht war kreidebleich und völlig leer. »Er muss Learys Tod Sinn geben. Er wird den Sieg annehmen.«

Dunkelheit senkte sich über das Land. Der Wind frischte auf. Ardan, Deirdre und Ainnle hockten um das Feuer aus Treibholz in der Höhle. Naisi hatte sich inzwischen aus dem Wasser geschleppt und war dann wortlos über die Felsen verschwunden. Bis jetzt war er noch nicht wieder zurückgekommen.

Deirdre starrte benommen die Streifen Hirschfleisch an, die auf einem Gerüst trockneten. Vor ein paar Tagen hatten sich die Brüder ins Hinterland geschlichen und eine Hirschkuh erlegt, deren Fleisch sie dann in einer Grube am Strand gebraten hatten. Als sie um dieses Feuer herumgestanden hatten, hatten sie zum ersten Mal wieder gelacht. Naisis Gesicht hatte im Schein der Flammen ganz weich gewirkt. Deirdres Schuldgefühle drohten sie zu ersticken. »Ich muss zu ihm.« Sie schob sich an Ainnle vorbei, der sie vorwurfsvoll anstarrte. Sie vermied es sorgsam, einen Blick auf Learys verschnürten Leichnam zu werfen.

Draußen tobte der Wind, so als würde er mit ihnen trauern. Die Brandung schäumte im Licht des Mondes, der als bleiche Sichel am Himmel stand. Deirdre suchte den Strand zuerst in der einen, dann in der anderen Richtung ab, bevor sie Naisi schließlich fand, der auf dem großen, grauen Felsen saß. Das Herz schlug ihr bis zum Hals, als sie zu ihm hinaufkletterte. Er drehte sich nicht zu ihr um. Sie sah, dass er auf die Wellen starrte, die vor ihm auf den Strand rollten, während er seine Hand auf die Schnittwunde an seinem Unterarm gelegt hatte.

»Du hast ihn nicht verletzen wollen«, platzte es aus ihr heraus. »Er ist dir einfach in die Klinge gesprungen ...«

Seine Schultern zuckten. »Wir hätten niemals im Zorn unsere Klingen kreuzen dürfen. Ein Krieger des Roten Zweiges darf niemals in dieser Weise gegen einen anderen kämpfen. So etwas darf einfach nicht geschehen. Und es ist auch noch nie passiert ...« Seine Stimme verlor sich.

»Naisi, es tut mir so leid«, murmelte sie. Als er ihr nicht antwortete, atmete sie tief ein. Sie versuchte, ihre Lungen mit der salzigen Luft zu füllen, um wieder einen klaren Kopf zu bekommen. »Gleich morgen früh werde ich mich auf den Weg nach Emain Macha machen.« Sein Kopf fuhr herum. Das Mondlicht verwandelte sein Gesicht, sodass es jetzt knochig und eingefallen aussah. »Ich will nie wieder mit ansehen müssen, dass du dich so sehr quälst, Naisi. Nicht du ... niemals ...« Sie schluckte den Rest ihrer Worte hinunter. »Das nächste Mal wird es dein Tod sein.«

Seine Augen wirkten in dem matten Licht wie dunkle Höhlen. »Ich kann und werde nicht zulassen, dass Conor triumphiert.«

»Hier geht es schon lange nicht mehr um Sieg oder Niederlage! Jetzt geht es nur noch darum, *Menschenleben zu retten.*« Sie packte ihn an der Schulter. »Es war einmal mein größter Wunsch, das tun zu können, was du tust – zu singen und auf die Jagd zu gehen, das Fett des Wildes, das ich erlegt habe, auf meinen Lippen zu schmecken. Aber mit meinem törichten Wunsch habe ich dir all das weggenommen.« Sie schüttelte den Kopf. »Ich muss dem ein Ende machen. Auf der Stelle.«

Die Bitterkeit in dem Lächeln, mit dem er sie jetzt ansah, verschlug ihr den Atem. »Du verrätst nur völlig sinnloserweise deine Unschuld, Deirdre. Man wird nie mehr aufhören, mich zu jagen, denn ich habe einen Krieger des Roten Zweiges getötet.«

Nein! Er musste sich irren. Es musste einfach einen Ausweg geben. Sie allein war für all das hier verantwortlich; sie würde die Scherben wieder zusammenfügen, und wenn sie dabei Conor zu Willen sein musste, solange sie lebte. Sie drehte sich um und wandte sich mit zitternden Beinen zum Gehen. Wenn sie noch einen Moment länger in sein trostloses Gesicht sah, auf dem der bleiche Schein des Mondes lag, würde sie irgendwann bestimmt nicht mehr die Kraft dazu haben. »Ich werde nie vergessen, dass du für mich gekämpft hast.« Ihre Stimme brach, und sie kletterte den Felsen hinunter, während der Wind ihren Umhang mit Gischt benetzte.

Sie war bereits ein Stück den Strand entlanggegangen, als Naisi sie plötzlich an den Schultern festhielt. Seine Haare flatterten im Wind, und seine Lippen verzogen sich zu einem Zähnefletschen. Sie roch das Blut an ihm. *»Er wird dich nicht bekommen.«*

Sie war also auch für ihn nur eine *Sache,* ein Gegenstand, um den man sich stritt. Sie reckte ihr Kinn. »Als Conors Braut werde ich ihm sagen, dass der Tod dieses Mannes ein Unglücksfall war. Ich werde einen Straferlass für dich erwirken. Das wird meine Morgengabe sein, das Letzte, was ich von ihm erbitte …«

»Ich will deine Fürsprache nicht. Ich werde ihm mein Schwert in den Leib rammen, bevor er dich auch nur zu Gesicht bekommt.«

»Du hörst mir anscheinend überhaupt nicht zu!«

»Weil du wahnsinnig bist!« Sein Blick war wild, seine Finger gruben sich in ihre Arme.

Der Wind riss an ihrem Körper, befreite ihren Zorn. »Willst du jetzt also genauso über mich bestimmen wie er es getan hat? Willst du mir das verweigern, wofür ich mich aus freiem Willen entschieden habe, nämlich das hier zu beenden und dich zu retten?« Sie schlug mit der flachen Hand auf seinen Bauch, um ihrem Zorn Luft zu machen, auch wenn ihr dabei bewusst war, dass dieser Zorn eigentlich Conor galt.

Naisi spannte die Muskeln an und nahm so dem Schlag jede Wirkung. Die unnachgiebige Härte seines Körpers ließ Deirdre jetzt vollends die Beherrschung verlieren. Sie begann wie wild um sich zu treten. Er aber er zog sie einfach an sich und grub dann seine Finger in ihre sich auflösenden Zöpfe. »Tu mir das nicht an, Deirdre. Nicht in dieser Nacht …« Sie hörte kaum, was er murmelte. Der Wind wehte ihr ineinander verhedderte schwarze und blonde Strähnen in Augen und Mund. Als sie versuchte, sie aus dem Gesicht zu streichen, presste er plötzlich seine Handflächen gegen ihre Schläfen, beugte sich zu ihr herunter und drückte seine Lippen mit brutaler Gewalt auf die ihren.

Sie war einen Moment lang starr vor Schreck. Dann brach ein wahrer Sturm der Gefühle über sie herein. *Die Vereinigung brennender Lippen … Atem, der nach Blut roch … kalte Gischt auf glühenden Wangen …* Er presste sich gegen sie, und sie spürte seinen harten Körper an ihrem Bauch und ihren Schenkeln. »N-n …« Ihre Lippen versuchten seinen Namen zu formen, dann aber war sie zu keinem vernünftigen Gedanken mehr fähig, als er seinen Mund öffnete und sie in ihn *hineinfiel*, in Feuchtigkeit und Wärme, und die Glätte einer seidigen Zunge spürte. Ihre Beine gaben nach, und sie musste sich an ihn lehnen.

Er verschlang sie, und sie trank von ihm. Es war eine alles verzehrende Glut, und mit ihr kam die verzweifelte Erkenntnis, dass sich dieser Durst schon seit Wochen in ihr aufgebaut hatte. Als Naisi sie noch näher an sich heranzog, wurde ihr verschwommen bewusst, dass auch er dieses Verlangen gespürt haben musste.

Es war ein hungriger, beinahe wütender Kuss. Sein Mund wanderte über den ihren, seine Zähne erfassten ihre Lippen und saugten sie in sich hinein. Er ging tiefer, saugte an ihrer Zunge, leckte an der zarten Haut auf der Innenseite ihrer Wangen. Sie hatte ihre Hände hilflos um seine Taille gelegt, während der sandige Boden unter ihr zu schwanken schien.

In diesem Moment spürte sie, wie er sich veränderte.

Von Kummer und Trauer überwältigt, hatte Naisi Deirdre einfach an sich gezogen. Er hatte sie geküsst, um seinen Zorn zu kühlen und weil er wollte, dass sie aufhörte, so schreckliche Dinge zu sagen. Denn wenn sie jetzt zu Conor zurückging, brachte sie unerträgliche Schande über ihn. Dann nämlich hätte er versagt.

Als der erste Sturm sich legte, wurde ihm bewusst, dass Deirdre sich tatsächlich an ihn schmiegte. Er spürte, wie ihre Hände langsam nach oben wanderten, um sich in den dichten Locken zu vergraben. Ihre Finger strichen über seine Haare, bewegten sich schneller, zogen seinen Kopf heran, um seine Zunge noch tiefer in ihren Mund zu holen. Sie stellte sich in ihrem Verlangen nach ihm auf die Zehenspitzen, die Ellbogen hinter seinem Nacken verschränkt, und drückte ihre Lenden fest an ihn.

Naisis Zorn versickerte wie Wasser im Sand. Seine Hände glitten über diese wunderschönen Kurven, die er schon seit Wochen betrachtet hatte – die schmale Taille und den kräftigen, runden Hintern mit seinen festen Muskeln. Er umfasste ihn mit den Händen, zog ihn an sich und schob sein Knie zwischen ihre Beine. Als er das weiche, nachgiebige Fleisch zwischen ihren Schenkeln berührte, wimmerte sie leise. Es war dieser leise Laut der Hingabe, der ihn schließlich begreifen ließ, dass er nicht einfach den Körper irgendeiner Frau begehrte. Es war genau *dieser* Körper. Dieser Körper, der erfüllt war von einem klaren Willen und all diesen unverstellten Gefühlen, von dieser beunruhigenden Wildheit, die sich mit der seinen durchaus messen konnte.

Er nahm seinen Mund von dem ihren und hielt ihr Gesicht mit einer Hand, während er versuchte, sich zu beruhigen. Am Himmel hinter ihr stand ein heller Stern tief über der tosenden See. Er fuhr mit einem Finger die Konturen ihres Unterkiefers und ihrer Augenbrauen nach, dann strich er zärtlich über die Einbuchtung in ihrer pulsierenden Schläfe. Auf ihrem Wangenknochen war jetzt ein dunkler Fleck zu sehen. Es dauerte einen Moment, bis ihm bewusst wurde, dass das Blut aus seiner Wunde am Unterarm war.

Überwältigt wanderte er mit seinen Lippen in ihre Halsbeuge, hielt dann inne, um seine Zunge in der Vertiefung unter ihrer Kehle spielen zu lassen, während sie sich in seinen Armen zurückbog. Seine Zunge glitt dann weiter zum Ansatz ihrer runden Brüste, die im Ausschnitt ihres Kittels verschwanden. Ihre Haut war so fein strukturiert, dass sie im Licht des Mondes so weiß wie die Schaumkronen auf den Wellen aussah. »Deirdre«, stammelte er, bevor er sie wieder an seine Brust zog. Ihr Kopf lag unter seinem Kinn, während er die Augen schloss, um den Ansturm der Gefühle im Zaum zu halten.

Der Weg, der vor ihm lag, war plötzlich nicht mehr verschlungen und unklar, so wie er das all die Jahre gewesen war, als er und seine Brüder in Emain Macha herumgezogen waren. Jetzt war er plötzlich eine gerade Linie, so wie sie auch der Mond auf die Wellen zeichnete. *Flucht. Leben.*

Er würde niemals zulassen, dass Conor diesen Körper begrapschte. Deirdres leidenschaftlicher Blick, die Lebendigkeit ihrer Bewegungen, ihr Duft – dies alles zu verlieren, würde ihm etwas Wesentliches, etwas Lebensnotwendiges entreißen. Sein Körper hatte offensichtlich all das schon gewusst, noch bevor er diese verhängnisvolle Klinge gezogen hatte.

Deirdre hielt ihn an seinem Kittel fest und drückte ihre Nase an seinen Hals. »Naisi«, sagte sie heiser, »du hast mich von meinem Weg abgebracht.«

Er vergrub sein Kinn in ihren Haaren und spürte die sanfte Rundung des Knochens darunter. Der Mond auf dem Wasser verschwamm vor seinen Augen. »Dann müssen wir eben einen anderen Weg finden«, sagte er. Er wollte sie wieder und wieder küssen, bis er, eingehüllt in den Klang der rauschenden Wellen und umgeben von der salzigen Dunkelheit, nichts anderes mehr fühlte. Aber es war schon spät. Den drei Kriegern, die sie aufgespürt hatten, würden bald weitere folgen. »Komm«, murmelte er. Er löste sich widerstrebend von ihr und ließ die kalte Luft zwischen sie strömen.

Nur ihre Finger brannten in den seinen, als er zusammen mit ihr zu seinen Brüdern zurückging.

Naisi und Deirdre betraten die Höhle. Auf ihren Wangen glänzte dasselbe Blut. Als Ardan das sah, breitete sich ein kalter, abweisender Ausdruck auf seinem Gesicht aus. Deirdre, deren Haut noch immer nach Naisi roch, konnte sich keinen Reim darauf machen.

Naisi sah seine Brüder an und berührte dann die nackte Klinge seines Schwertes. »Ich will nicht noch einmal dazu gezwungen werden, einen toten Kameraden in meinen Armen zu halten.«

»Conor hält an der Verlobung fest.« Ainnle vermied es, Deirdre anzusehen. »Wenn sie zurückgeht, ist das hier vorbei.«

»Sie wird nicht zurückgehen.«

Ardan schwieg. Seine Ellbogen lagen auf seinen Knien, er starrte den Boden zu seinen Füßen an. Ainnle jedoch hob den Kopf. »Warum bist du nur so uneinsichtig?«

Naisi fixierte Ainnle mit seinem Blick. »Deirdre wird nicht zu Conor gehen.«

Ainnle sah zwischen den beiden hin und her. »Oh, ich verstehe. So ist das.« Der verlorene Ausdruck, der über sein Gesicht huschte, als er aufstand und sich an seinen ältesten Bruder wandte, überraschte Deirdre. »Wir können so nicht ewig weitermachen, Naisi«, sagte er. »Wir können nicht einfach darauf warten, bis jemand mit einem Pfeil oder dem Schwert …«

Naisi runzelte die Stirn. »Ich weiß.« Er umklammerte das Heft seines Schwertes. »Wenn ein Zweikampf diese Sache entscheiden könnte …«

»Gegen Cúchulainn antreten?« Ardan stieß einen missbilligenden Ton aus. »Er ist Conors bester Kämpfer.«

»Nein, nicht Cúchulainn!«, stieß Ainnle entsetzt hervor.

Naisi lehnte sein Schwert an die Wand und nahm Ainnle in seine Arme. Er legte seine Stirn an die seine. »Ich werde mich bestimmt nicht mehr so bald auf einen Kampf einlassen, Ainnle. Ich suche nur einen Ausweg.«

Ainnle packte Naisi an den Schultern. »Dann lass uns nach Emain Macha zurückkehren. Wir werden den König um Verzeihung bitten. Auch Deirdre kann das.«

Naisi seufzte und richtete sich wieder auf, während er eine Hand um Ainnles Nacken legte. »Im Laufe der letzten Jahre hat jeder von uns immer wieder einmal seinen Willen durchgesetzt – in deinem Fall ging es meistens um irgendwelche Dummheiten, und bei dir, Ardan, geht es meistens um zu viel Ale.« Ainnle lächelte matt, sah ihn dabei aber düster an. Naisi hielt seinem Blick stand. »Und in dieser einen Sache werde ich jetzt meinen Kopf durchsetzen. Und wenn es das Letzte ist, was ich tue. Denn ich will …« Er senkte das Kinn und holte tief Luft. Deirdre war höchst erstaunt darüber, wie sehr er um Worte ringen musste. Schließlich schüttelte er einfach nur den Kopf. »Was geschehen ist, lässt sich nicht ungeschehen machen.«

In diesem Augenblick gewann Deirdres Verstand wieder die Oberhand über die Verwirrung, die ihren Körper ergriffen hatte. Sie konnte wieder klar denken. Sie hatte von Naisis Lippen getrunken, hatte den Puls in seinem Hals schlagen gespürt. Und deshalb würde sie niemals mehr einen anderen Mann berühren können – weder Conor noch sonst irgendjemanden. Auch wenn sie Naisi gehen lassen musste – falls er nicht dasselbe fühlte wie sie –, würde ihre Haut dennoch in Erinnerung an dieses Fieber auf ewig brennen.

»Leary ist tot«, flüsterte Ainnle.

»Und dafür werde ich eines Tages auch bezahlen müssen«, antwortete Naisi. Er sah Deirdre an. »Aber dieser Preis hier wäre zu hoch.«

Die drei Brüder sahen sich an. In Deirdre wuchs die Anspannung, als sich das Schweigen in die Länge zog. Endlich begann Ardan zu sprechen. »Ich weiß ganz genau, was dir gerade durch den Kopf geht. Wenn du uns sagen willst, dass allein du für das alles verantwortlich bist und dass du mit Deirdre zusammen fliehen willst, dann kannst du dir die Mühe sparen.« Er hielt seinen Blick fest auf den Dolch gerichtet, den er in seiner Hand hin und her drehte. »Wir werden dir nicht von der Seite weichen. Und da wiederum du Deirdre nicht von der Seite weichen wirst, werden wir eben alle zusammenbleiben.«

Naisi senkte die Schultern. »Dann bleibt uns also keine andere Wahl, als zu fliehen. Auf der anderen Seite des Meeres liegt Alba.«

»Aber wir können Erin doch nicht verlassen«, stotterte Ainnle. »Wir können doch den Roten Zweig nicht verlassen!«

»Conor wird uns von den Klippen im Norden bis zu den Stränden im Süden hetzen. Wir werden keine Ruhe und keinen Frieden mehr finden. Alle, die uns Unterkunft gewähren, werden das mit ihrem Leben bezahlen müssen.« Naisi sah Ainnle jetzt direkt an. »Du weißt das.«

Ainnle rieb sich mit den Händen übers Gesicht. »Nicht der Rote Zweig ...«

»Conor ist es, der uns aus dem Land vertreibt, und der Rote Zweig ist Conors Arm.« Naisis Stimme war scharf und entschlossen, aber sein Gesicht war voller Schmerz. »Erin bietet uns keine Zuflucht mehr.«

20

Sie bewegten sich schnell, denn sie wussten, dass die Nachricht von Learys Tod Emain Macha inzwischen erreicht haben musste.

In einem Fischerdorf besorgten sie sich eines Nachts einen *curragh* – ein Boot mit einem langen, schmalen Rumpf aus geteerten Häuten, die über Rippen aus Haselholz gespannt waren. Es verfügte über vier hintereinander angebrachte Ruderbänke. Sie hatten keinerlei seemännische Erfahrung, waren sich aber darin einig, dass es besser war, im Meer zu ertrinken, als von Conors Speeren durchbohrt zu werden. Im Tausch für das Boot ließ Naisi einen vergoldeten Dolch zurück, den er durch das ausgefaserte Seil stieß.

Sie ruderten mehrere Tage an der Küste von Alba entlang,

kämpften verbissen gegen Seekrankheit und Strömungen an und gingen auf kleinen Inseln an Land, um ihre Süßwasservorräte aufzufüllen. Die Götter waren ihnen jedoch gewogen. Die See war relativ ruhig, und sie hatten stets einen frischen Südwestwind im Rücken.

Naisi, der am Steuerruder saß, verbrachte so viel Zeit damit, ins Wasser zu starren, dass Deirdre sich fragte, ob er dort in der Gischt und dem Seegras Learys Gesicht sah. Seine Finger lagen dabei auf der Schnittwunde an seinem Arm, so als versuche er auf diese Weise, das Blut wieder dorthin zu zwingen. Wenn sie sich neben ihn setzte, las sie in seinem angespannten Gesicht Kummer und Trauer. Aber da war auch noch etwas anderes, eine schwer fassbare Dunkelheit, die sich nur dann aufhellte, wenn er sie ansah. Dann flammte auch wieder das Begehren auf.

»Wie weit werden wir nach Norden fahren?«, fragte sie eines Tages, um den Bann dieses wortlosen Starrens zu brechen. Ihre Stimme war heiser vor Nervosität. Eine Nervosität, die sie jetzt in seiner Gegenwart stets fühlte. Sie hatte gesehen, wie diese Muskeln ein Schwert mit tödlicher Kraft und Eleganz führten. Sie hatte diesen gefährlichen, unbekannten Körper geküsst und festgestellt, dass er sowohl salzig als auch süß schmeckte. Wenn sie seine Unterarme anstarrte, die an den Seilen zogen, kam ihr immer wieder der Gedanke, dass seine Hände anderen Menschen zwar den Tod bringen konnten, sie aber voller Vorfreude und Sehnsucht auf die Berührung ebenjener Hände wartete.

Naisi betrachtete seine von Narben überzogenen Handflächen, so als hätte er ihre Gedanken gelesen. »Cúchulainn war früher auf der großen Insel von Alba auf der Kampfschule der Kriegerkönigin Skatha. Er hat mir einmal gesagt, dass ein breites Tal das Land von der Küste hier im Westen bis zur Küste im Nordosten durchschneidet. Es ist von einer Kette von Seen durchzogen, die sich bis hinauf zum nördlichen Meer erstrecken.

Wenn wir also in diesen Meeresarm hier hineinfahren, werden wir tief ins Landesinnere gelangen, ohne das sichere Wasser verlassen zu müssen.«

Ardan und Ainnle ruderten, die Gesichter zum Bug gewandt. Naisi streckte die Hand aus, um Deirdres Nacken zu berühren. Er strich so langsam und sanft darüber, dass sie das noch intensiver spürte als eine leidenschaftliche Berührung. Das Sonnenlicht, das sich im Wasser spiegelte, ließ das Meer mit seinen Augen verschmelzen und warf ein leuchtendes Netz über Deirdre aus. Sie hatte plötzlich das Bild seiner Finger vor Augen, die sie dort liebkosten, wo seine Lippen sie in jener Nacht am Strand berührt hatten. Die über die weiche Haut über ihren Schlüsselbeinen strichen … dann tiefer gingen. Es war so viel leichter, sich diesem Gefühl hinzugeben, als an die Angst und den Schmerz zu denken, die diese Hände bringen konnten.

Der Seewind war eiskalt, aber Deirdre brannte.

Die Küsten von Alba waren von vielbefahrenen Handelsrouten umgeben, die bis zu den nördlichen Bernsteinländern hinaufführten und sich im Süden an den Zinnminen vorbei bis zum Mittelmeer und nach Rom erstreckten. Obwohl sie vielen seetüchtigen Handelsschiffen und auch vielen *curraghs* begegneten, schenkte niemand ihrem winzigen Boot Aufmerksamkeit. Ihre Schwerter und Speere hielten sie vorsorglich verborgen.

Die Landschaft am Ufer, an der sie vorbeifuhren, war felsig und schroff. Rostrote Berge erhoben sich auf verstreuten Inseln. Im Landesinneren ragten hohe Hügelketten auf. Die felsigen Küsten waren von dichten Wäldern bedeckt. Sie sahen ausladende Eichen und die schlanken, hellen Speere der Birken. Dünne Rauchsäulen gaben Hinweise auf zahllose Festungen und Gehöfte am Meer, dessen Farbe von einem dunklen, glasigen Ton bis zu einem schillernden Blau in den sandigen Buchten reichte.

Deirdre machte der ständige Wind und die Übelkeit zu schaffen. Als sie schließlich in den Meeresarm hineinfuhren, der tief ins Land schnitt, kauerte sie im Bug.

Sie fuhren langsam am südlichen Ufer des großen Meeresarms entlang. Nahezu jede Landzunge wurde von Ringen aus hölzernen Festungswällen oder Ansammlungen von riedgedeckten Hütten gekrönt. Landungsstege ragten auf Stelzen ins Wasser. Eine Vielzahl von Booten, die auf dem Wasser tanzten, waren daran vertäut.

Südlich des Meeresarms befand sich das Land der Epidier, erklärte ihr Naisi.

»Abgesehen von Connacht sind das die größten Feinde der Ulaid«, fügte Ardan leise hinzu und starrte dabei die Küste wütend an. »Und wir wollen jetzt direkt in ihre Mitte.«

»Wo sonst könnte man sich vor Conor verstecken?« Naisis Stimme war vom Wind und Salz ganz rau geworden. »Nur wenigen Händlern der Ulaid ist es erlaubt, mit ihren Booten in den Hafen von Dunadd einzulaufen, und noch weniger unserer Krieger sind je durch diese Berge gestreift.«

»Aber wir werden es tun.« Ainnles Gesicht war grimmig.

»Wir waren uns einig, dass das der einzige Weg ist«, erwiderte Naisi ein wenig scharf. »Wer nicht wagt, der nicht gewinnt. Niemand wird auf die Idee kommen, uns gerade hier zu suchen.«

Plötzlich vibrierte der *curragh*. Deirdre setzte sich erschrocken auf. Das Boot war von einer leichten Strömung erfasst worden, die vom Ufer her kam. Plötzlich hellwach, starrte sie einen Einschnitt in den Bergen an.

Die Landschaft von Alba präsentierte sich wie in dunstigen Farben gemalt. Die Berghänge in der Nähe des Wassers waren grün vom frischen Farn, während die Gipfel in weiterer Ferne in einem purpurnen Nebelschleier verschwanden. »Da drüben mündet anscheinend ein Fluss«, vermutete Ardan.

Zu ihrer eigenen Überraschung hört Deirdre sich sagen: »Dann müssen wir dorthin.«

»Wohin?« Ainnle schirmte die Augen ab und sah angestrengt zum Ufer hinüber.

Sie hielt sich an der Wand des Bootes fest. Vor dem dunklen Hintergrund der Hügel war kaum etwas zu erkennen, aber die Flussmündung wurde zu beiden Seiten von hohen Bergen eingerahmt. Auf seltsame Weise fühlte sie sich von dieser Stelle angezogen. »Wenn wir auf einem Fluss oder einem See ins Landesinnere gelangen können, wird man uns bestimmt nicht entdecken. Die Berge dort werden immer höher, verstehst du?« Sie begegnete Naisis Blick.

Er hielt inne, massierte seinen Nacken und sah immer wieder zum Ufer hinüber. »Cúchulainn hat gesagt, dass es viele Seen in den Bergen gibt. Hier an der Küste ist für meinen Geschmack ohnehin zu viel los. Vielleicht sollten wir uns jetzt tatsächlich eine ruhigere Wasserstraße suchen.« Als Ardan zustimmend brummte, wendeten sie ihr Boot und begannen, gegen die Strömung zu rudern. Bald wurde ihnen klar, dass es kein Fluss war, der sich in die Bucht ergoss, sondern ein See.

Als sie näher an die Schlucht herankamen, fluchte Ainnle leise. Aufgewühltes schäumendes Wasser ergoss sich durch den schmalen Zugang. Und dahinter warteten Stromschnellen wie der Schlund eines riesigen Meeresungeheuers auf sie. Sie starrten sie voller Entsetzen an. Der Strudel sog den dahinterliegenden See ein und spie schäumende Wellen ins Meer. Überall um sie herum wurde jetzt das Wasser aufgewirbelt, als würde ein riesiger Schwanz darauf einpeitschen.

»Was ist denn das?«, rief Naisi und wischte sich das Salzwasser aus den Augen.

Ainnle rief: »Der See ist gegen uns! Falls ihn ein Gott bewacht, dann muss er rasend vor Zorn auf uns sein. Schaut nur! Er befiehlt dem Wasser, uns zurückzustoßen!« Das kleine Boot war inzwischen aus der Hauptströmung heraus auf einen Strudel in Ufernähe zugetragen worden, wo das Wasser in unregelmäßigen Wellen gegen die Felsen schlug.

Deirdre krallte sich mit ihren eiskalten Händen am Bootsrand fest und starrte atemlos ins Wasser. In ihren nassen Wimpern brach sich das Sonnenlicht. Sie verlor jedes Gefühl für das Ufer, das Boot und die Männer, die mit ihr darin saßen. Die Strudel zogen ihren Kopf zur Wasseroberfläche hinunter, die Gischt benetzte ihre Wangen, bis sie das Salz und den Sand des aufgewirbelten Schaums schmeckte. Die Wirbel bildeten verlockende Muster, die sie nicht begriff. Spiralen winkten ihr zu wie wirbelnde Arme … in diese entfernten Hügel hinein. *Es gibt Göttinnen, die in Seen leben,* hatte Levarcham ihr einst gesagt, *sie treiben mit ihren Handflächen an der spiegelglatten Oberfläche und beobachten uns.*

Naisi begann, das Boot mit seinem Ruder zu wenden. Deirdre drehte sich entgeistert zu ihm um. »Die Göttin des Sees will uns nicht vertreiben, sondern sie will uns vor unseren Verfolgern beschützen!«

»Uns beschützen?« Ainnle zeigte auf die Wellen, die gegen das Boot schlugen. »Sie will uns wohl eher umbringen.«

Deirdre erhob sich schwankend und brachte das Boot damit zum Krängen. »Sie verlangt Mut von uns! Das ist alles! Die Tapferen lässt sie passieren, und die Feigen weist sie ab.«

In Naisis sonnenverbranntem Gesicht zeigte sich jetzt deutlich, wie erschöpft er war. Seine Hände waren vom Rudern und der Feuchtigkeit wundgescheuert. Er wirkte mitgenommen. Deirdre kletterte spontan über die Ruderbänke. Sie packte das vierte Paar Ruder und senkte es ins Wasser. Die Brüder starrten sie verständnislos an. Plötzlich wurde der *curragh* wieder von der Strömung erfasst.

Naisi fluchte und ergriff jetzt ebenfalls wieder seine Ruder.

»Kommt schon!«, rief er seinen Brüdern zu. Dann tauchten auch sie wieder ihr Ruder ins Wasser und stemmten ihre Füße gegen die Rippen des Rumpfs. Sie brachten das Boot durch das dunkle Band aus Wasser in der Nähe des Ufers, schoben sich dann vorsichtig an dem Strudel mit schäumendem Wasser in der Mitte der Wasserstraße vorbei. *Bist du mutig? Bist du das wirklich?* Deirdre konnte im Donnern der Stromschnellen ein Murmeln hören. Naisi musste es ebenfalls gehört haben, denn er stieß jetzt mit letzter Kraft ein leises, wütendes Knurren aus. »Ja, das bin ich!«

Nach diesen kämpferischen Worten legten sie sich mit aller Kraft in die Riemen und schoben sich am Rande des schäumenden Chaos vorbei. Ihr *curragh* wurde dabei so heftig hin- und hergeworfen, dass Deirdre gegen Naisi geschleudert wurde und sich am Ruder eine Rippe prellte. *Wenn du uns haben willst,* dachte sie verzweifelt, *dann lass uns passieren.* Sie ruderten weiter, schrien dabei immer wieder vor Anstrengung und Trotz auf.

Ihre Muskeln verkrampften sich, und die Gischt nahm ihnen die Luft zum Atmen, dann wurde es plötzlich und völlig unerwartet ganz still. Sie hoben ihre Köpfe.

Sie glitten jetzt über eine vollkommen glatte, dunkle Wasserfläche dahin. Sie hatten die Stromschnellen überwunden. Die drei Brüder ließen ihre Ruder einfach los und sanken in sich zusammen. Ardan spuckte Wasser aus, während Ainnle sich die Wangen abwischte. Naisi hatte die Augen geschlossen. Er legte seine Arme auf die Ruder, während er versuchte, wieder zu Atem zu kommen.

Schon nach kurzer Zeit begannen sie wieder zu rudern und steuerten ihr Boot auf dem jetzt ruhigen See weiter hinein ins Landesinnere. Sie hatten sich alle völlig verausgabt. Erst als sich die Ufer einander wieder zu nähern begannen, kletterte Deirdre in den Bug zurück. Der See vor ihnen war glatt wie eine dunkle Glasscheibe und mit kleinen Inseln gesprenkelt. Zu ihrer

Rechten, am südlichen Ufer, sah sie eine Ansammlung von Hütten, von deren Dächern Rauch aufstieg. Zu ihrer Linken vollzog der See einen Bogen nach Nordosten. Dort ragten hohe Berge wie Schutzwälle auf. Sie waren in Regenwolken gehüllt – einen Schleier, der sich hinter ihnen schließen und sie von der diesseitigen Welt in den Nebel bringen würde.

Deirdre ließ ihren Blick langsam über diese Berge schweifen. Sie erhoben sich fast vom Ufer des Sees aus und schienen ihre Schultern einzuziehen, so als wollten sie ihre Täler vor der Welt schützen. Sie ließen versteckte Orte und unzugängliche Wildnis vermuten. »Dort oben«, krächzte sie, »werden wir ein neues Zuhause finden.«

Sie beugte sich ein Stück nach vorn, ihre Hände hielt sie flehentlich ausgebreitet vor sich. In diesem Moment kamen vier Schwäne hinter einer felsigen Insel hervorgeschwommen. Ihre weißen Körper leuchteten auf dem dunklen Wasser. Ihr Kielwasser zog sich als hell schimmernder Pfeil Richtung Osten genau auf die nebelverhangenen Hügel zu.

Ardan sah zuerst die Schwäne und dann Deirdre an. Er wirkte verwirrt. »Die Göttin hat uns tatsächlich zu sich gerufen«, murmelte er. »Und jetzt zeigen uns die *sídhe* den Weg.«

Das Begräbnis von Leary, dem Helden so vieler Schlachten, fand an einem stürmischen und regnerischen Tag statt. Da seine Burg direkt am Ufer des Meeres stand, hatte man einen großen Scheiterhaufen aus Treibholz errichtet. Der salzige Wind blies den Rauch über den grauen Sand.

Conor sah zu, wie die Flammen das mit Pech getränkte Holz verzehrten. Learys Leichnam war in einen Pelzumhang eingewickelt, seine Speere lagen neben seinen Händen, zu seinen Füßen stand ein Krug mit Met und ein Stück Wildschweinbraten. Der König spürte sehr wohl den Zorn der Krieger, die um ihn herumstanden. Er starrte deshalb unverwandt das Stück Braten an, dessen Fett zuerst schmolz und dann Feuer fing.

»Möge Lughs Licht dich über Manannáns Ebene zur Insel der Ewigen Jugend geleiten«, rezitierte Cathbad, dessen Stimme krächzte, weil er noch immer unter den Nachwirkungen des Fiebers litt. Er sprenkelte dabei mit matten Bewegungen mit einem Ebereschenzweig heiliges Wasser über Learys Kopf. Die Witwe des Toten bewegte ihren Oberköper rhythmisch vor und zurück und sang dabei die Totenklage.

Conor war sich durchaus bewusst, dass sich die Krieger des Roten Zweiges am anderen Ende des Scheiterhaufens versammelt hatten – möglichst weit von ihm entfernt. Als er seinen Blick endlich von Learys Augenlidern, die durchscheinend und von blauen Adern durchzogen waren, nahm, bemerkte er, dass Levarcham ihn unverwandt anstarrte. Das unheimliche, leuchtende Grau ihrer Augen zeigte jetzt das kalte Glitzern von Eisen.

Ihr verächtlicher Blick verstärkte den Druck in seinem Kopf, lastete auf ihm wie ein schweres Gewicht. Als ob er seinen Kopf vor ihr beugen würde! Mit einem wütenden Schnauben straffte er seine schmerzenden Schultern. Der Wind war schneidend kalt, und er schob seine geröteten Hände in die weiten Ärmel seines Pelzmantels. Conall, Dubthach, Illan und der listige Ferdia warfen angesichts dieser Bewegung einen kurzen Blick zu ihm hinüber. Obwohl sie sofort wieder wegsahen, las er den versteckten Vorwurf in ihren ausdruckslosen Gesichtern. *Du hast ihn getötet.*

Conor lockerte seine Beine, entlastete sein Knie, das er sich auf dem unebenen Boden vertreten hatte. *Nein, das habe ich nicht,* gab er ihnen im Geiste barsch zurück. Es war der Stolz des Roten Zweiges, der diese Katastrophe heraufbeschworen hatte – außerdem musste jedem Krieger, der seinen Eid abgelegt hatte, bewusst sein, dass er jederzeit im Kampf sterben konnte.

Cúchulainn stand völlig regungslos vor dem Leichnam. Conor

empfand die offensichtliche Trauer des Wachhundes als Spitze gegen sich, auch wenn dieser ihn noch nicht einmal vorwurfsvoll angesehen hatte. Conors Zorn loderte wie die hungrigen Flammen des Scheiterhaufens. Cúchulainn konnte auf atemberaubende Weise mit dem Schwert umgehen, aber er war nur ein Kämpfer und kein Herrscher. Wie konnte er es also wagen, über einen König und die schwierigen Anforderungen und Herausforderungen zu urteilen, denen er jeden Tag gerecht werden musste? Die verdammte Reinheit des Wachhundes bewirkte, dass sich ein jeder in seiner Gegenwart irgendwie schmutzig fühlte.

Sobald die Trauerfeier beendet war, kehrte Conor der dunklen, ekelhaft süßlich riechenden Rauchglocke den Rücken und ging den kleinen Hügel hinunter, dorthin, wo das Gras dem Strand wich. Auf dem grauen Ozean tanzten unruhige Wellen. Ihre weißen Schaumkronen waren bis in weite Ferne zu sehen. Der Wind zerrte an seinem Mantel aus Robbenfell, der von goldenen Broschen gehalten wurde.

Plötzlich hatte Conor das verwirrende Bild von Deirdres Bein vor Augen. Ausgestreckt im Tanz, die Muskeln unter der feinen Wolle angespannt. Er legte seine Hände auf seine Oberschenkel, als der Wind seinen Mantel an seinen Körper presste. Allein schon der Blick auf dieses Bein würde ihm genug sein, dachte er voller Leidenschaft; die Möglichkeit, zu ihren Füßen niederzuknien und dieses glatte Fleisch an sein runzeliges Gesicht zu halten und ihren Duft einzuatmen, damit ihre Reinheit auch ihn reinigte.

Die bitteren Gefühle in seinem Inneren geronnen wie saure Milch. *Naisi.* Er zischte den Namen, so als würde er als giftiger Hauch seinen Mund verlassen und den Jungen auf der Stelle töten.

Die Berge in dem versteckten Tal ragten hoch über dem Wasser auf, das jetzt von dicken Regentropfen gesprenkelt wurde.

Deirdre legte den Kopf in den Nacken und versuchte einige der Tropfen mit ihrer Zunge aufzufangen. Sie enthielten die Essenz des rauchigen, torfigen Geruchs von Alba – zum ersten Mal schmeckte sie seine Erde und seine Felsen.

»Eine ziemlich unwirtliche Gegend«, stellte Ainnle nachdenklich fest.

Keineswegs. Deirdre drehte sich um, bestaunte die Berge, in denen der See wie in einer riesigen Schale aus Stein lag. Die rostroten Hänge erhoben sich steil über der dunklen Wasserfläche, und auf den ausgedehnten Flächen voller braunem Farn und blass goldenem Riedgras begann sich gerade das erste Grün zu zeigen. Weiß schäumende Wasserläufe ergossen sich von kahlen, grauen Bergspitzen und wuschen breite Fächer von Geröll von den Bergflanken herunter. Die Hänge der Täler waren mit einzelnen Birken und Kiefern bestanden, während sich in den Senken und am Ufer des Sees dichtere Wälder aus knospenden Haselnusssträuchern, Eschen und Eichen ausbreiteten.

In diesem Moment bemerkte Deirdre, dass sie beobachtet wurde. Sie drehte sich um und sah knapp oberhalb der Wasseroberfläche einen glatten, runden Kopf mit dunklen Augen, die sie unverwandt anstarrten. Dann hob der Seehund seine Schnauze, holte Luft und tauchte unter, so geschmeidig und elegant, dass sich das Wasser kaum kräuselte.

Am oberen Ende des Sees erhob sich der Sattel eines grünen Tals. Ein Fluss aus dem Osten breitete sich zwischen Kiesbänken aus und durchzog sie mit unzähligen gewundenen Kanälen. »Schaut nur«, flüsterte Ardan. Die Wellen, die das Boot verursachte, hatten Dutzende von Enten aufgescheucht, die sich jetzt schnatternd in den grauen Himmel erhoben. »Das gibt vielleicht eine Vogeljagd«, rief er, und sein grimmiges Gesicht erhellte sich trotz des unablässig auf sie heruntertrommelnden Regens.

»Und dort auf dem Berg – sind das nicht Hirsche? Oh …« Ainnle sah enttäuscht aus. »Dort oben im Tal ist Rauch.«

Naisi rieb sich mit dem Ärmel über sein mit Salz bedecktes Gesicht. »Das war nicht anders zu erwarten, kleiner Bruder.« Er sah forschend zum Himmel. Dicke Regentropfen benetzten seine Wangen. Deirdre musste dem Drang widerstehen, die Tropfen mit ihren Fingerspitzen wegzuwischen.

Der Regen hatte, als sie dort, knöcheltief im Wasser, im Rumpf des Bootes stand und ihre durchnässte Kleidung an ihrer Haut klebte, irgendetwas in ihr geweckt. Sie kam sich irgendwie nackt vor, ohne jede Form, so als würde der Regen einfach durch sie hindurchfallen und dabei ihr Innerstes auflösen. Nichts von dem, was sie einst gewesen war, blieb zurück. Die einzige Erinnerung, die ihr Körper an dieses neue Ufer mitnehmen würde, war der Abdruck von Naisis Lippen.

»Cúchulainn hat gesagt, dass der Sitz des Königs in Dunadd mehrere Tagesreisen vom Meer entfernt ist«, fuhr Naisi fort. »Die Gegend hier scheint nur dünn besiedelt zu sein, was uns nur recht sein kann.« Er drehte sich um und sah, dass Deirdre dem Regen ihre Lippen geöffnet hatte. Er stutzte, und seine nass glänzenden Wangen wurden dunkler.

»Ich kann hier weder Festungen noch irgendwelche Siedlungen ausmachen«, stimmte ihm Ardan zu. Er wirkte jetzt wieder etwas hoffnungsvoller.

»Hier leben höchstwahrscheinlich nur ein paar Schafhirten.« Naisi begegnete Deirdres Blick. Seine Stimme blieb völlig ruhig, auch wenn die Glut in seinen Augen ihr das Blut ins Gesicht trieb.

»Nichtsdestotrotz sollten wir uns vorerst bedeckt halten«, sagte Ainnle.

Sie gingen an Land und suchten unter einer großen Eiche Schutz. Dann stärkten sie sich mit geräuchertem Fisch. Als sie sich ausgeruht hatten, folgten sie dem Rauch eines Herdfeuers das Tal hinauf zum nächsten Gehöft. Dort kauerten sie sich dann im immer noch fallenden Regen hinter ein Gestrüpp aus Schlehdornsträuchern und beobachteten erst einmal die Umgebung.

Die kleine Hütte, die sie vor sich sahen, besaß steinerne Mauern und ein Dach aus Heidekraut, das mit Netzen beschwert war. In einer kleinen Schafhürde standen ein paar Mutterschafe mit ihren Lämmern, die mit gespreizten Beinen im Schlamm herumschlitterten. Die Menschen, die in dieser Abgeschiedenheit lebten, waren wohl tatsächlich nur ein paar arme Hirten.

Gedämpfte Stimmen drangen hinter dem Schafvlies hervor, das vor der Tür hing. »Hol die Lämmer rein, Mann«, drängte eine Frau. »Wenn der Regen noch schlimmer wird, werden sie sonst noch im Matsch ertrinken.« Deirdre war überrascht. Sie verstand alles, was die Frau sagte. Ihr Akzent klang zwar fremdartig, aber Alba und Erin waren, wenn auch durch das Meer getrennt, nicht weit voneinander entfernt.

Sie zogen sich eilig zurück, noch bevor der Hirte aus der Tür kam. »Wir werden unser Lager weiter oben aufschlagen«, entschied Naisi, »und uns diesen Leuten erst nähern, wenn wir wieder zu Kräften gekommen sind.«

Deirdres Zöpfe hatten sich aufgelöst. Ihre Haare waren zerzaust. Die schwarzen Haare der Brüder waren salzverkrustet. Da sie sich jetzt schon seit einigen Wochen auf der Flucht befanden, war ihre Kleidung völlig verdreckt. Die schönen Blau- und Rottöne ihrer Kittel waren vom Regen ausgewaschen, stattdessen gab ihnen jetzt der Schmutz eine stumpfe braune und rostrote Schattierung. »Uns würde ohnehin niemand als Krieger erkennen«, stellte Ainnle fest und kratzte sich dabei wehmütig seinen sprießenden Bart. Ardan lächelte müde, Naisis Gesicht blieb jedoch ernst.

Sie gingen zum Ufer zurück, um einen Schafpfad zu suchen, der den Hang hinaufführte. Als Ardan und Ainnle den Weg entlanggingen, blieb Deirdre plötzlich stehen und bückte sich. Eine einzelne Schwanenfeder lag wie ein kleiner Bogen quer über dem Pfad. Sie hob sie auf und steckte sie sich hinter ihr Ohr, während sie einen kurzen Blick zu Naisi hinüberwarf. Er starrte gerade auf den See hinunter, der sich nach Westen bis zum Meer erstreckte. Dort hinter dem Horizont lag Erin. Er hatte dabei seine rechte Hand auf die Brust gelegt, wohl ohne sich dessen bewusst zu sein. Sein Blick war vollkommen leer.

Sie schlugen ihr Lager in einer Schlucht unter einem überhängenden Felsen auf, so wie sie das schon viele Male getan hatten. Dann bauten sie sich mit Ästen und Fellen einen Unterstand. Den Boden bedeckten sie mit Kiefernzweigen und Wachholderästen. Naisi und Ainnle sammelten Holz, während Ardan und Deirdre unter dem Felsen ein Feuer entzündeten. Dann breiteten sie ihre Bettfelle und ihre Mäntel zum Trocknen aus.

»Glaubst du, dass wir hier oben überleben können?«, fragte Deirdre Ardan mit leiser Stimme, während sie Farnwedel für ihr Lager aufschichtete.

Ardan hielt mit seiner Arbeit inne, packte ihr Handgelenk und sah ihr in die Augen. »Du darfst keine Schulgefühle haben, Deirdre.« Er hatte schon oft ihre Gedanken gelesen, noch bevor sie sie zu Ende gedacht hatte. »Sonst werden sie dich zerfressen. Wir sind alle schon geschwächt genug.« Er hatte ihre Hand ganz selbstverständlich genommen, so wie er das vor wenigen Wochen schon einmal getan hatte. Diesmal aber ließ er sie, als ihm bewusst wurde, was er da tat, sofort wieder los, so als hätte er sich die Finger verbrannt. Er lächelte sie freudlos an, dann drehte er sich um und begann mit dem Fuß, den Farn für sein Bett zusammenzuschieben. »Solange wir zusammen sind«, murmelte er, »werden wir auch überleben.«

Als Naisi und Ainnle zurückkamen, regnete es wieder in Strömen.

Völlig erschöpft setzten sie sich alle an das Feuer und zogen ihre nassen Stiefel von ihren feuchten, ganz schrumpelig gewordenen Füßen. Es war sehr windig, und Deirdre fröstelte trotz der wärmenden Flammen. Naisi warf ihr einen kurzen Blick zu. »Du solltest deine nassen Sachen ausziehen und dich dann warm einpacken.« Sie nickte und ging in den hinteren Teil des Unterstands. Die Männer drehten ihr, wie sonst auch, den Rücken zu, damit sie sich unbeobachtet ausziehen konnte.

Ardan und Ainnle unterhielten sich leise miteinander. Der Mangel an Fleisch machte sie kraftlos und müde. Dagegen mussten sie so schnell wie möglich etwas unternehmen, sagte sich Naisi. Er versuchte, sich dabei auf seinen knurrenden Magen zu konzentrieren und die leisen Geräusche, die Deirdre hinter ihm verursachte, zu ignorieren. Dies gelang ihm jedoch in keiner Weise. Mit jeder Faser seines Körpers zog es ihn zu ihr hin, ob er dies nun wollte oder nicht.

Heute Nacht würden sie unbehelligt bleiben. Niemand würde kommen und sie angreifen.

Seine Erleichterung darüber wurde jedoch von einem bitteren Schmerz getrübt. *Leary*. Er flüsterte im Geiste immer wieder seinen Namen, so als könnte er seinen Schwertbruder damit wieder lebendig machen. Und was war schon seine eigene Sicherheit wert, wenn die Menschen, die er liebte, in Gefahr waren? Er dachte an seine Mutter und seine Onkel, die die Ländereien verwalteten, wenn Usnechs Söhne nicht da waren. *Viel zu oft nicht da waren*. Er trug diesen Schmerz mit gestrafften Schultern. Nein. Er würde sich ihm nicht beugen. Irgendetwas von sich selbst musste er behalten, wenn die Schande ihn überfiel, sonst würde er an dem allen zerbrechen.

Als Deirdre wieder zu ihnen kam, hatte sie sich in ein Hirschfell gewickelt, das sie unter den Achseln festgesteckt hatte. Sie breitete ihre Kleidung vor dem Feuer zum Trocknen aus. Das Licht der Flammen verlieh ihren nackten Schultern einen rosigen Schimmer. Ardan und Ainnle vermieden es, sie anzusehen. Naisi erstarrte. Er verdrängte die Gedanken an die schrecklichen Dinge, die geschehen waren, und konzentrierte sich stattdessen allein auf Deirdre. *Hier hatte Conor keine Macht.* Hier war er von dem Druck befreit, sich ihm ständig widersetzen zu müssen. Er *hatte* sich ihm widersetzt.

Bei diesem Gedanken verspürte Naisi den geradezu unwiderstehlichen Drang, seine Lippen auf Deirdres glänzende Haut zu drücken und das Hirschfell langsam von ihrem Körper zu streifen. Er musste sich in weiß glühender Hitze verlieren, damit er keinen Schmerz mehr fühlte – damit er überhaupt nichts mehr fühlte. Er drückte seine Zunge gegen die Zähne, so als könne er ihre Haut bereits schmecken.

Deirdre warf ihm einen eindringlichen Blick zu, bevor sie ihm den Rücken zukehrte, um das Fell über ihre Schultern zu ziehen und sich vor dem Feuer niederzulassen. Zum ersten Mal in seinem Leben wünschte Naisi sich, dass seine Brüder nicht bei ihm wären. Wenn er in ihre Gesichter blickte, dann sah er sich selbst, gerade jetzt wünschte er sich nichts sehnlicher, als irgendjemand anderes zu sein, wollte er diesem Verlangen nachgeben, so als wäre es nicht untrennbar mit der Schuld verknüpft, die er auf sich geladen hatte. »Jetzt seid ihr dran«, murmelte er seinen Brüdern zu und warf, während die beiden sich umzogen, noch ein paar Äste ins Feuer.

»Mach schon und hör auf, dich so zu zieren«, meinte Ainnle spöttisch zu Naisi, als er mit einem Fell um die Taille wieder zurückkam. »Immerhin sind wir dir gegenüber alle im Nachteil.«

Naisi nahm seine Werkzeuge von seinem Gürtel ab und legte die Axt und den Dolch sorgfältig neben sein Schwert und seinen

Bogen, so als wolle er mit diesem Halbkreis aus Waffen und Klingen seinen rasenden Puls beruhigen. Dann zog er sich aus und setzte sich, einen Umhang um seine Hüften geschlungen, ans Feuer. Als Deirdres Blick auf seinen nackten Oberkörper fiel, galt ihr Lächeln allein ihm. Naisi sah, wie sich ihre Mundwinkel langsam nach oben zogen, und zwang sich dazu, ruhig weiterzuatmen.

Die bevorstehenden langen Sommernächte auf Alba würden keine Wachen erfordern. Er konnte sich in Deirdre verlieren, sodass nichts mehr blieb, an das er sich erinnerte. Er konnte ihr ein Bett bereiten und ein Haus bauen … Dieser Gedanke ließ ihn die Stirn runzeln. Er erinnerte sich plötzlich wieder daran, wie Anya mit alle ihren Verführungskünsten versucht hatte, ihn an ihrem Herd zu halten, wenn er auf die Jagd gehen oder sich mit seinen Brüdern im Kampf üben wollte. Damals war ihm seine Zeit für sie zu kostbar erschienen. Das Verlangen nach einer Ehefrau hatte er in keiner Weise verspürt.

Naisi zügelte seine abschweifenden Gedanken und konzentrierte sich stattdessen auf Deirdres perlweiße Schulter, auf der das Licht der Flammen lag. Alles, was zählte, war die körperliche Begierde, weil sie alles verzehrte; ein brennender Traum, der ihn durch die Dunkelheit führen würde.

Deirdre fand in dieser Nacht keinen Schlaf. Sie war sich zu sehr bewusst, dass Naisi neben ihr auf dem Farn lag – und seine Brüder sich neben ihn quetschten. Obwohl sie körperlich vollkommen erschöpft war, waren ihre Sinne noch immer angespannt. Ihre Gedanken wollten einfach nicht zur Ruhe kommen. Da war ein Schmerz, den sie jedoch nicht benennen konnte. Sie zog gereizt an dem Kittel herum, den sie am Feuer getrocknet hatte und der jetzt vom Salz ganz steif geworden war.

Der Wind fuhr klagend durch die Spalten im Fels. Eine Eberesche knarrte laut. Draußen vor ihrem Unterschlupf begann die

Wildnis, und sie glaubte in weiter Ferne das klagende Heulen eines Wolfs zu hören. Neben ihr raschelte etwas, und plötzlich spürte sie Naisis Hand auf der ihren. Deirdre schlug die Augen auf, während ein warmes Gefühl langsam ihren Arm hinaufwanderte.

Den Rest der Nacht starrte sie den Felsüberhang über ihr an, während ihr Herz so rasend schlug, dass sie nicht einschlafen konnte. Sein Daumen streichelte ihre Handfläche und dann ihr Handgelenk. Erst als ihr Atem schneller ging, hörte er damit auf und verschränkte seine Finger wieder mit den ihren.

Jede Faser ihres Körpers strebte zu ihm hin. Die Luft von Alba war kalt und klar. In dieser Luft konnte sie frei und unbeschwert atmen.

21

Als die Dämmerung begann, hörte es zu regnen auf. Deirdre sah im ersten noch grauen Licht verschlafen zu den Brüdern hinüber. Naisi lag zusammengerollt auf der Seite, eine Hand unter seinem Kinn. Er murmelte etwas im Schlaf, rieb sich dabei über den Mund. Erst als seine Haut einen rosigen Ton annahm, wurde ihr bewusst, dass die Sonne aufging. Sie schlüpfte vorsichtig aus ihrem Schlaffell, zog leise ihre Stiefel und ihren Vliesmantel an und kroch nach draußen.

Es war ein stiller Morgen. Von den Birken, die in der schattigen Kluft wuchsen, tropfte der Tau. Ihre bleichen Stämme wirkten vor dem sprießenden Farn und den dunklen Felsen geradezu geisterhaft. Zwischen ihnen wand sich ein kleiner Bach wie ein von Nebelschleiern umgebenes Band. Weiter oben waren die östlich gelegenen Berghänge bereits in orangefarbenes Sonnenlicht getaucht. In einer Esche sang eine Drossel.

Deirdre kauerte sich zwischen den kleinen Sternhyazinthen ans Ufer des Bachs und wusch ihre Hände und ihr Gesicht mit dem eisigen Wasser. Als sie ihre Augen wieder öffnete, erstarrte sie. Erst nach einiger Zeit richtete sie sich langsam wieder auf. Der Nebel musste das Sonnenlicht irgendwie verändert haben, denn die Blätter und Zweige, der Fluss und die Felsen, einfach alles war einen Augenblick lang von einem silbrig schimmernden Saum umgeben. Deirdre wischte sich mit ihrem Ärmel über die Augen, breitete dann die Hände aus. Die Feuchtigkeit darauf schimmerte und formte ein schmales Band aus Licht um jeden einzelnen ihrer Finger.

Levarcham hatte ihr an Beltaine einmal erlaubt, von den Kräutern des Sehens zu trinken. Jetzt spürte sie dieselbe Benommenheit wie damals, dieses schwache Klingen in ihrem Körper. Die Dinge um sie herum verloren ihre Konturen, und sie glaubte sogar die geisterhaft weißen Bäume zittern zu sehen, obwohl das sicherlich nur der wabernde Nebel war. Ihre Beine trugen sie wie von selbst einen Wildpfad entlang, der den Berg hinaufführte. Sie bewegte sich wie in Trance durch feine Schleier aus Dunst, durch die das Sonnenlicht schien. Sie hatte das Gefühl, nicht zu gehen, sondern zu schweben und sich dabei ganz langsam in schillernde Regenbogenfarben aufzulösen.

Schließlich trat sie auf eine Hochwiese hinaus, die in der kalten Morgendämmerung vor ihr ausgebreitet lag. In ihrer Mitte ragte ein von Hand behauener, schiefer Stein auf, dessen Seiten mit Flechten überzogen waren. Ein weiterer großer Stein lag umgestürzt daneben. Deirdre blieb stehen. Neben den Steinen stand eine Eibe, deren Kernholz bereits abgestorben war, während junge Schösslinge im Kreis um den alten Stamm herum aus der Erde trieben. Der Baum der Verwandlung, ein Baum der Anderswelt. Ein Tor zu den Geistern. Es war der Baum der Todesgöttin Badb: Er brachte die Träume.

Deirdre ging über das knirschende, noch von Raureif überzogene Gras. Als sie in die Pfütze aus Sonnenlicht trat, die den umgestürzten Stein umgab, gaben ihre Beine plötzlich nach, und sie sank auf den Stein nieder. Sie hielt sich mit ausgebreiteten Armen an dem kalten Fels fest, während sich der blasse Himmel um sie herum drehte und sie nicht mehr in der Lage war, klar zu denken. Ihr Atem schwang hin und her wie eine Feder, die zu Boden schwebt. Es war dieser Rhythmus, der sie immer tiefer sinken ließ …

Ihre Augen schlossen sich. Ihr Atem stand still.

Durch den Stein pulsierte ein dumpfer Schlag. Fast unhörbar – mehr ein Vibrieren, so tief und langsam, dass es auch einfach nur der Wind hätte sein könnten, der über die Gipfel der Berge heulte. Und dennoch: Dieser Ton hatte genau hier seinen Ursprung. Einer ihrer Füße rutschte von dem Stein herunter auf den Boden. In diesem Moment wusste Deirdre, dass dieser seltsame Ton direkt aus der Erde kam. Es war eine Art trommelnder Druck, der sich auf der Lichtung sammelte. Er floss in Wellen durch ihren Körper, bis ihr Blut und jeder einzelne ihrer Muskeln in winzigen Wellenbewegungen vibrierten. Die Vibrationen nahmen jetzt auch Besitz von ihrem Verstand … Bilder erwachten zum Leben.

Flüchtige Eindrücke blühten in der dunklen Leere auf wie die Blitze eines Wetterleuchtens und verblassten dann wieder.

Die Steine, erst vor kurzer Zeit behauen, standen aufrecht im Kreis, während sich Menschen im Tanz zwischen ihnen hindurchschlängelten. Die raue Oberfläche unter Deirdres Fingern pochte in Erinnerung an diesen Tanz.

Noch weiter zurück in die Vergangenheit … Die Wiese war

einst ein Wald gewesen. In seiner Mitte befand sich eine Lichtung mit dem Stumpf einer uralten Eiche. Ein Mann, in zerlumpte Felle gekleidet, kniete dort mit geneigtem Kopf, während er eine Opfergabe am Fuß des Stammes niederlegte: eine Keule Fleisch. Die Luft flirrte. Das Lied drang aus dem Boden in die Knie des Jägers, herbeigerufen durch seine Ehrfurcht und hier verankert durch die Berührungen unzähliger Hände, die das Holz im Lauf der Jahre hatten dunkel werden lassen. *Vereine mich mit meinen geistigen Brüdern,* sang der Jäger, *die im Leib der Großen Mutter weilen.* Jetzt flutete das Lied auch durch Deirdres Körper. Es war wie ein Trommeln in ihrem Inneren, und genau in diesem Moment vereinte sich ihr Bewusstsein mit dem des Jägers.

Sie bebte genau wie er in dem flüssigen Licht, das ihn umgab und …

… plötzlich nahm der Jäger den Adler wahr, der hoch über ihm am Himmel kreiste. Er wusste, was der Vogel gerade fühlte und dachte. Der Adler hörte dasselbe leise Lied, das auch der Jäger vernahm. In seinem Reich hoch oben in den Lüften kam dieser vibrierende Ton jedoch direkt aus dem Himmel. Er durchdrang seine Haut und seine Federn, hob die Schwingen des Vogels zusammen mit dem Strom der Luft. Die Augen des Adlers nahmen die Wolken als dahinfließende, glänzende Ströme wahr, während unter ihm auf dem Boden der Herzschlag der unzähligen Tiere einen lebhaften Teppich wob. *Das Leben, schnell und drängend.* Und dort war das, was der Mann suchte. *Ein Hirsch.*

Deirdre stürzte zusammen mit dem Bewusstsein des Mannes in die Dunkelheit hinunter, kam dann mit einem Schlag zum Stillstand. Das Licht wurde wieder heller. Vier Beine standen zitternd im Unterholz, Geweihsprossen streiften die Äste. Muskeln waren gespannt, Nüstern zuckten, versuchten Gerüche einzuordnen. Da war der Geruch vermodernden Holzes, der bitteren Pflanzensäfte. Der fleischige Geruch von Larven, die modrige

Blätter kauten. Dann der Hauch von etwas, das den Hirsch erstarren ließ. Nasses Fell, stechender Urin. *Ein Wolf.* Der Hirsch atmete langsam und gleichmäßig, bis er mit den Bäumen eins wurde, in dem Netz aus Licht verschwand.

Wieder ein Sturz ins Dunkel. Ein Verharren.

Eine lange Schnauze hob sich in den Wind, gespitzte Ohren zuckten. Hoch oben auf einem Bergkamm blieb der Wolf stehen, legte seinen Kopf schief, nahm Witterung auf. Da war der Geruch eines warmen Felles, über dem der scharfe Geruch der Angst lag. *Ein Hirsch.* Der wachsende Druck in seiner Kehle und in seiner Brust ließ ihn den Kopf heben, während sich ein Heulen formte, mächtig und fordernd. Der Ruf brach aus seinem Maul hervor und hallte von den Wänden des Tals wider, wurde immer wieder hin und her geworfen. *Das bin ich,* rief der Wolf, *ich bin hier, ich bin lebendig.*

Jäger, Hirsch, Adler, Wolf, der Herzschlag der Erde selbst – all das traf Deirdre wie ein Blitz. Ihre Seele schien geradezu in einer riesigen Flamme zu explodieren. Sie sah ihren Körper als Spindel, aus der ihr Geist mit ungeheurer Geschwindigkeit herausgeschleudert wurde und sich zu einer riesigen Blase formte. Da war plötzlich die Erinnerung an das, was sie gewesen war, und die Vorstellung davon, was sie vielleicht einmal werden würde.

Mit einem Mal überfiel sie panische Angst. Die Blase fiel in sich zusammen, und es wurde um sie herum dunkel.

Plötzlich war Deirdre wieder wach. Sie schnappte krampfhaft nach Luft, so als tauche sie gerade aus dem Wasser auf. Ihr Herz raste. Sie war nicht in der Lage, auch nur einen einzigen klaren Gedanken zu fassen. Sie musste eingenickt sein, und dann waren wohl aus der Erde zu ihren Füßen verrückte Träume in ihren Schlaf eingedrungen. Sie krallte sich mit den Fingern an dem Felsen fest, denn sie hatte noch immer das Gefühl, dass sich der Boden bewegte. Der Geruch von Eibennadeln stieg ihr in die Nase.

Manchmal entführten die *sídhe*, die ungezähmten Geister der Wildnis, einen Sterblichen. Die *sídhe* erschienen den Menschen als wunderschöne Männer, Frauen oder Tiere, und sie hatte sich als Kind so oft danach gesehnt, sie zu sehen; dann, als sie älter wurde, hatte sie sich bemüht, sie zu hören. Sie wollte unbedingt wissen, wer oder was in den geheimnisvollen Wäldern lebte. Einmal hatte ein Rabe sie gerufen, und sie hatte ihn auf seinem Flug begleitet, aber das, was sie gerade erlebt hatte, war etwas völlig anderes gewesen. Die Kraft der tierischen Empfindungen hatte sie vollkommen in Anspruch genommen. Sie hatte das alles nicht willentlich herbeigerufen, es war einfach geschehen. Ihre Augen weiteten sich erschrocken. Was wollten die *sídhe* nur von ihr?

Dass sie sich hier mitten im Wald selbst verlor?

Niemand konnte den *sídhe* Einhalt gebieten. Sie fuhr keuchend hoch. Ihr Atem kondensierte als kleine weiße Wolke in der kalten Morgenluft. Jetzt sah sie nur noch die von der Sonne beschienenen Farnwedel, auf denen der Tau glänzte, und die hellen Stämme der Birken, die am Rande der Wiese standen. Der umgestürzte Stein strahlte eine schmerzhafte Kälte aus, die in ihre Hände drang. Sie erhob sich und ging über die Wiese zum Rand des Waldes. Mit zitternden Fingern brach sie dann dort von einer kleinen Eberesche einen blühenden Zweig ab. Sie steckte ihn über ihre Brust an ihren Kittel, gleich neben die Schwanenfeder. Die Eberesche schützte vor Verzauberung, hatte Levarcham ihr beigebracht.

Dann ging Deirdre vorsichtig den Pfad wieder zurück. Sie hielt ihren Blick fest auf den steinigen Weg zu ihren Füßen gerichtet und versuchte dabei, den immer heller werdenden Strahlen der Sonne auszuweichen, die ihre Sinne so sehr verwirrt hatten.

Fröstelnd schmiegte sie sich dann an Naisis breiten Rücken. Er bewegte sich so sacht wie die Wellen am Ufer eines ruhigen Meers. Im heller werdenden Licht des Tages bemerkte sie eine Haarsträhne, die sich aus seinem Zopf gelöst hatte und sich jetzt in seinem Nacken kräuselte. Sie streckte die Hand aus und berührte sie. Hier gehörte sie hin, hier war sie sie selbst. Sie legte ihre Wange an sein Schulterblatt und hörte nur noch sein Herz schlagen.

Im Laufe des Vormittags löste die Sonne die Nebelschleier auf. Ein kalter, frischer Wind fegte die Wolken vom Himmel. Naisi und Ainnle beschlossen, zu der Hütte zu gehen, an der sie tags zuvor vorbeigekommen waren.

Als sie dort auftauchten, stieß die Frau, die in der Tür saß und Porridge rührte, einen heiseren Schrei aus. Vor Schreck ließ sie die Schüssel fallen, und der Gerstenbrei ergoss sich über die Schwelle. Naisi trat noch ein paar Schritte näher und versuchte zu erklären, was sie hier wollten. Die Frau wich jedoch in die dunkle, niedrige Hütte zurück, während sie mit ihrem Rock wild hin und her wedelte, so als wolle sie ihn auf diese Weise verscheuchen.

Jetzt kam ihr verhutzelter Mann aus der Schafhürde gehumpelt und ging mit einem knotigen Stock auf die beiden Brüder los, während er sie unter seinen buschigen weißen Augenbrauen böse anfunkelte. »Verschwindet, ihr verdammten Mistkerle! Los, verschwindet!«

Ainnles erstauntes Kichern verwandelte sich schnell in ein Ächzen, als der Stock an seinen erhobenen Armen vorbeisauste und seinen Kopf traf. Naisi gelang es noch zu rufen: »Wir wollen euch nichts tun. Wir kommen als Freunde!«

»Freunde? Ihr habt euch an meine Arda rangeschlichen, und deshalb kriegt ihr jetzt eine Tracht Prügel, die ihr euer Leben lang nicht mehr vergessen werdet!«

Es dauerte eine ganze Weile, bis es Naisi gelang, den beiden klarzumachen, dass er und Ainnle sie nicht überfallen wollten. Er musterte sie, während er sich seine schmerzende Schulter rieb. Der alte Mann war anscheinend noch immer nicht ganz von ihren lauteren Absichten überzeugt, denn er hielt seinen Stock weiterhin schützend vor sich. Seine Haut war so wettergegerbt und ausgeblichen wie ein Stück Treibholz. Seine Haare waren schlohweiß, und seine grauen Augen, die von vielen Fältchen umgeben waren, waren noch immer scharf und aufmerksam. Seine Frau Arda war untersetzt, hatte vom Wind gerötete Wangen und lange graue Zöpfe. Ihre Mäntel bestanden aus grober Schafwolle in einem fleckigen Braun. Als Stiefel dienten ihnen Stücke von Schaffell, die mit Schnüren aus Flachs umwickelt waren.

Die Brüder hatten beschlossen, ihre Namen nicht zu nennen. Ardan war jetzt Bran, und Ainnle nannte sich Conn. »Ich heiße Finn«, stellte Naisi sich vor und bemühte sich dabei, freundlich zu lächeln. Sein Lächeln fühlte sich jedoch irgendwie steif an. Es war wohl schon zu lange her, dass er spontan gelächelt hatte.

Die alte Frau schien noch unschlüssig, senkte aber schließlich ihren Löffel und musterte ihn von Kopf bis Fuß. Nach ein paar höflichen Worten über das Wetter und den Schwierigkeiten, die der Regen den Lämmern machte, gab der alte Mann endlich seine abwehrende Haltung auf und bat sie, noch immer ein wenig misstrauisch, in seine Hütte.

Arda, deren panische Angst jetzt in herzliche Gastfreundlichkeit umgeschlagen war, eilte geschäftig umher. Sie bat Naisi und Ainnle auf einer Bank am qualmenden Feuer Platz zu nehmen und servierte ihnen Gerstenmehlkuchen, die noch warm waren. Die Hütte war winzig. Neben der Tür stand ein Webstuhl, der umgeben war von Körben mit heller, scharf riechender Wolle. Ein Kastenbett, das mit Schaffellen bedeckt war, stand auf der anderen Seite des Raums. Kleine Leinenbeutel mit Weißkäse hingen als weiße Kugeln von den Deckenbalken. Aus ihnen tropfte Molke in hölzerne Schüsseln. Die Luft war erfüllt vom säuerlichen Geruch geronnener Milch.

Der Mann hieß Urp. Von ihm erfuhr Naisi das Wichtigste

über ihr neues Zuhause: Es gab weder Festungen noch größere Ansiedlungen in der Nähe, lediglich ein paar Schäferhütten wie diese. Urp machte eine Kopfbewegung zur Tür hin. »Weiter östlich in diesem Tal wohnt Mairi mit ihrem Vater Necht, ihrer Tochter und noch ein paar anderen Leuten. Dahinter kommt nur noch ödes Moorland und Berge, die bis zum Land der Veniconen auf der anderen Seite reichen. Südwestlich des Sees liegt Dunadd, die Festung des Königs. Das ist vier Tagesreisen von hier entfernt.« Er zog eine knochige Schulter hoch. »Wir können hier oben machen, was wir wollen.« Naisi versuchte, seine Erleichterung hinter einem ernsten Nicken zu verbergen.

»Wie viele seid ihr?«, fragte Arda, während sie ihnen Schafmilch einschenkte.

»Wir sind drei Brüder«, antwortete Naisi und nahm dabei einen kleinen Becher aus Erlenholz aus ihren Händen entgegen. Er sah Ainnle fest in die Augen und versuchte, ihm damit zu signalisieren, dass er Deirdre erst einmal nicht erwähnen sollte. »Wir waren gezwungen, unser Zuhause, eine Insel im Erin-Meer, zu verlassen.«

Urps kleine glänzende Augen wanderten langsam von den vergoldeten Spitzen ihrer Bögen zu den Scheiden ihrer Dolche, deren Stickereien zwar verschmutzt und abgescheuert waren, aber noch immer kostbar aussahen. Naisi verwünschte sich im Stillen. Ihre sonstigen Reichtümer – Armreifen, Torques, Broschen und Pelze – hatten sie in ihren Bündeln versteckt, aber an ihre Waffen hatte er einfach nicht gedacht. Er begegnete Urps nachdenklichem Blick. »Wir hatten eine Meinungsverschiedenheit mit unserem Herrn und hielten es für besser, unseren eigenen Weg zu gehen.« Auf den besorgten Blick des alten Mannes hin fügte er hinzu: »Wir sind hierhergekommen, um ein ruhiges und friedliches Leben zu führen. Wir wollen niemandem Ärger machen.«

Urp lehnte sich zurück und klopfte mit den Fingern auf seinen Stab. »Wenn ihr euch hier irgendwo ansiedeln wollt, müsst ihr den König um Erlaubnis bitten. Wir nennen diesen Ort hier ›das tosende Tal‹, weil der Wind hier oft so tobt. Vielleicht solltet ihr es euch doch noch einmal überlegen.«

Naisi erwiderte sein Lächeln. »Wenn wir hier in Ruhe und Frieden leben können, ist uns alles andere egal. Wir werden sobald wie möglich den König um Erlaubnis bitten. In der Zwischenzeit wäre es vielleicht besser, wenn sich unsere Anwesenheit hier nicht allzu weit herumsprechen würde.«

»Nun, wenn ihr die Schafe in Ruhe lasst, wird es wohl auch keine Probleme geben.«

»Ehemann, was sagst du denn da«, schimpfte Arda und schüttete dabei noch mehr Gerste in einen zerbeulten Topf über dem Feuer. »So feine junge Männer habe ich noch nie in meinem Leben gesehen!«

Ainnle blickte zu Boden und unterdrückte ein Lächeln. »Wie sieht es mit der Jagd aus?«, fragte er Urp.

Urps weiße Augenbrauen zuckten. »Wir beide sind ein klein bisschen zu alt, um wie die Ziegen in den Felsen herumzuklettern.«

»Dann werden wir das, was wir erlegen, mit euch teilen«, bot Naisi an.

Ardas Lächeln enthüllte die Lücken in ihren Zähnen. Ihre roten Wangen glühten. »Ich habe schon seit Jahren kein frisches Wild mehr gegessen«, murmelte sie und leckte sich begeistert die Lippen.

Urp fragte sie, wo sie ihr Lager aufgeschlagen hätten, und sie beschrieben ihm vage die Richtung. »Dort oben müsst ihr aber vorsichtig sein.« Er beugte sich ein Stück nach vorn und senkte die Stimme. »*Sie* leben dort oben in der Wildnis. Ich meine die *sídhe*.« Er tippte sich an seine von roten Äderchen durchzogene Nase, aus der weiße Haare sprossen. »In stürmischen Nächten kann man sogar die *calleach* dort oben im Regen schreien hören. Ihr solltet *sie* erst um das Wild bitten.«

Naisi trank den letzten Schluck Milch, der sich in dem Becher befand, bevor er ihn auf die Bank stellte. »Wir werden sie mit unserer ersten Beute ehren.«

Arda betrachtete die breiten Schultern der Brüder mit einem Glitzern in den Augen. »Denkt dran, dass sie manchmal auch als wunderschönes Mädchen erscheint. Man sagt, dass sie oft junge Männer verführt. Vergesst nicht, dass sie gefährlich ist.«

Sie stieß Naisi mit ihrem Löffel an. »Vor allem du pass auf, dass sie dich nicht umgarnt. Du hast nämlich ein Gesicht, bei dem einer jeden jungen Frau das Herz stehen bleibt, selbst wenn sie eine Göttin ist.«

Naisi merkte, dass sein Puls schneller schlug. »Ich werde vorsichtig sein.«

Zum Abschied drückte Arda Ainnle eine Schale mit Butter in die Hand, während Urp aus seinem Schuppen eine gehäutete Lammschulter holte. »Für einen guten Anfang«, sagte er. Die Großzügigkeit dieser Leute verschlug Naisi schier die Sprache. Er, der sonst so redegewandt war, murmelte zum Dank nur ein paar unverständliche Worte, als er die Geschenke entgegennahm.

Als sie zu ihrem Lager zurückkamen, war Ardan gerade dabei, einen Hasen auszunehmen. Er berichtete ihnen, dass er nicht einmal eine Schlinge hatte auslegen müssen, der Hase sei einfach sitzen geblieben, während er mit seinen Bogen auf ihn angelegt hatte. »Das war keine große Herausforderung«, brummte er. Er schüttelte die Reste der Eingeweide von seinen blutigen Fingern. »Heute Abend können wir jedenfalls frischen Eintopf haben.«

»Nein, das werden wir nicht.« Naisi legte das Lamm auf die Steine am Feuer, dann zeigte er auf den Hasen. »Geh und stell dich Urp und Arda vor und bring ihnen das als Geschenk mit.«

»Aber das ist unser Abendessen!«

Naisi gab ihm mit der flachen Hand einen Klaps auf den Hinterkopf, sodass Ardan sich duckte. »Wir werden stattdessen Lammbraten essen. Je schneller wir ihnen unsere Schuld zurückzahlen, desto schneller werden wir auch ihr Vertrauen gewinnen.«

Naisi fand Deirdre auf einer Lichtung am See, wo sie zwischen Haselnusssträuchern Veilchenblätter und junge Brennnesseln sammelte. Ihr Blick war glasig, als er ihr von Urp und Arda erzählte. Sie fuhr sich dabei die ganze Zeit mit ihren Fingern durch die Haare, die sie sich kurz zuvor in einem Bach in der Nähe gewaschen hatte. Schließlich verstummte er, da er das Gefühl hatte, dass sie ihm überhaupt nicht richtig zuhörte. Sie schien ihre Aufmerksamkeit vollkommen nach innen gewandt zu haben, weg von ihm.

Ihre Augen waren jetzt im Schatten der Blätter ohne jeden Glanz. Angst überfiel ihn. Er kniete sich neben sie, während ihm die seltsamsten Gedanken durch den Kopf gingen. Wie sollte er sich in ihr verlieren, wenn sie nicht die seine war? So wie sie, in ihre Hirschfelle gehüllt, dahockte, kam sie ihm vor wie ein Reh, das er auf einer Lichtung im Wald beobachtete … eine *sídhe* in Gestalt einer Hirschkuh. Jetzt, da sie Conors Schlinge entkommen war, würde sie irgendwann einfach in die Berge verschwinden, und dann war er wieder mit diesem erdrückenden Gewicht allein.

Die Erschöpfung, der Kampf mit Leary, all das hatte ihn zutiefst verwirrt. Er streckte seine Hand aus und legte sie an ihre Wange. Ihr Blick wurde wieder klar, und sie schmiegte ihren Kopf in seine Handfläche. Ihre Haare bildeten einen leuchtenden Kranz aus Strahlen um ihr herzförmiges Gesicht. In ihren

Augen lag wieder diese Glut, ungeschminkt und erdig. Sein Verstand wurde wieder klar, als die Wärme der Sonne den moschusartigen Duft ihrer Haut in seine Nase steigen ließ. Als er sah, wie sich ihre Lippen ein wenig öffneten, vergrub er eine Hand in ihren Haaren und zog sie an sich, während seine Zunge die ihre suchte. *Komm zurück*, wollte er gerade sagen … da aber war sie schon wieder bei ihm. Ihr Mund öffnete sich hungrig, verschmolz mit dem seinen. Sein Verlangen überwältigte ihn. *Ich muss sie endlich nehmen … hier …* Egal, wo.

Wenn sie Anya gewesen wäre, so hätte er nur kurz innegehalten, um ihr Kleid hochzuschieben. Aber bei Deirdre war das anders. Sie war noch unberührt – bis jetzt hatten sie sich lediglich geküsst –, und er würde nichts überstürzen und ihr dadurch Schmerzen bereiten. Außerdem konnten Ardan und Ainnle sie jederzeit überraschen. Und wenn er seinen Brüdern schon ihre verwirrende Schönheit nicht vorenthalten konnte, so hatte er doch das Gefühl, dass er vor ihnen zumindest verbergen musste, wie selbstverständlich Deirdre sich seiner Berührung öffnete.

Er hielt inne und ließ die Hände sinken, als ihm bewusst wurde, dass das gar nicht das Problem war. In Wahrheit war es so, dass er, wenn er nur daran dachte, wie sie im Wald miteinander schliefen, Conors affektiertes Grinsen vor seinem inneren Auge sah. Denn genau das war es, was jeder von ihnen erwartete – dass sie sich wie brünftige Tiere verhalten würden. Dass er den Eid des Roten Zweiges brechen würde, nur weil er sich nicht beherrschen konnte. Er konnte dieses Bild der wissenden Verachtung in Conors Augen einfach nicht verdrängen. Er durfte nicht zulassen, dass der König recht behielt. Naisi drehte sich auf seinen Bauch, um die Schwellung zwischen seinen Beinen zu verbergen und um wieder zu Atem zu kommen.

Deirdre legte ihre Hand auf seine Schulter. Ihr Blick war durchdringend, ihre Wangen gerötet. »Behandle mich nicht wie ein kleines Kind«, stieß sie mühsam hervor. »Ich weiß ganz genau, was du willst.«

Verblüfft stützte er sich auf einen Arm. Ihr Blick wanderte seinen Körper entlang. Sein Kittel war ein kleines Stück nach oben gerutscht. Sie strich neugierig über die nackte Haut an seinem Bauch, die dort zu sehen war, bis er ihre Hand festhielt. »Ich weiß nicht, ob wir in diesen Wäldern hier sicher sind ...«

»Du warst es doch, der behauptet hat, dass wir hier vollkommen sicher seien.« Um ihren Mund herum spielte eine Spur Mutwillen.

Bevor er ihr noch irgendetwas Vernünftiges entgegnen konnte, sprudelten plötzlich unerwartete Worte aus seinem Mund. »Warte, bis ich uns ein eigenes Zuhause gebaut habe.« Ihr Körper spannte sich kaum merklich an. Erschrocken über sich selbst, erstarrte auch er. Ein Herd, den er mit seinen eigenen Händen gebaut hatte – Nahrung und Feuer miteinander zu teilen, verband zwei Menschen weit über das körperliche Verlangen hinaus miteinander. Als er sie am Strand an den Schultern festgehalten hatte, war sein einziger Gedanke gewesen, sie vor Conor zu bewahren. *Verheiratet. Ganz offiziell.* Er war sich nicht sicher, ob er das überhaupt wollte. Er wusste einfach nicht, was er wollte ...

Sie unterbrach ihn in seinen fieberhaften Gedanken, indem sie ihren Kopf senkte und ihre Lippen auf seine Handfläche drückte. »Nur wenn du versprichst, mir dann alles zu zeigen.« Sie hob den Kopf und sah ihn an. »Ich möchte alles erfahren, und ich möchte es mit dir erfahren, Naisi.« Er starrte sie vollkommen sprachlos an, bis sie ihn mit einem strahlenden Lächeln entwaffnete. »Bis dahin können wir uns ja weiter küssen, nicht wahr?«

Er atmete tief aus. *Ja. Auch wenn mich das vielleicht um den Verstand bringt.* Er beugte sich zwischen den Veilchen zu ihr herüber, und sie hob seufzend ihre Arme über ihren Kopf. Dann streckte sie ihre Hände aus, so als würde sie versuchen, nach der Sonne zu greifen.

22

Ich kann keinen Fisch mehr sehen, geschweige denn einen essen«, brummte Ainnle, als er den *curragh* im Sumpfland ans Ufer zog.

Ardan legte zwei Forellen, deren Kiemen noch pulsierten, auf die Ruderbank. »Und ich kriege von dem vielen Hasenbraten nur noch mehr Hunger.«

Die Frühlingstage waren grau und windig. Über dem See gingen immer wieder Regenschauer nieder. Ein Brachvogel ließ seinen traurigen Ruf ertönen, ein Schwanenpaar trieb in der Nähe des Ufers, wo es Schutz vor dem Wind fand. Naisi breitete sein Fischernetz zum Trocknen über einen Busch aus, und Deirdre half ihm dabei. Sie hatte viel Zeit damit verbracht, Brennnesseln zu pflücken, die Fasern herauszulösen und daraus dann das Netz zu knüpfen. Die Blasen an ihren Händen legten hiervon Zeugnis ab. Naisi hatte vom Wasser ganz kalte Finger. Jetzt ergriff er ihre geschundene Hand, drehte sie um und drückte sie an seine Lippen.

Sie strich mit der anderen Hand über seine Mundwinkel, die vom Wind und ihren Küssen schon ganz wund geworden waren. Sein Lächeln verblasste, als sein Blick sich voller Verlangen in sie bohrte. Sie räusperte sich und entzog sich ihm. »Du könntest zur Abwechslung ja Teichbinsenwurzeln sammeln«, sagte sie zu Ainnle.

Ainnle sah sie nur stumm an. Sie spürte seinen Vorwurf wie Nadelstiche auf ihrer Haut. *Das ist alles nur deine Schuld – dass wir hier festsitzen, dass wir Hunger haben.* Der Wind war kalt, und sie hüllte sich noch fester in ihren Umhang. Sie vermied es, Ainnle noch einmal anzusehen. Er sollte nicht sehen, dass sie genau dasselbe dachte und dass sie deshalb Schuldgefühle quälten. Diese Genugtuung gönnte sie ihm einfach nicht.

»Die Hirsche hier dürften eigentlich nicht schwer zu jagen sein.« Ardan steckte seine Paddel aufrecht in den Kies. »Aber es gelingt ihnen immer, sich irgendwie unsichtbar zu machen, so als würden sie einfach mit den Felsen verschmelzen.«

Naisi starrte aufs Wasser hinaus. Er hatte die Hände locker in die Hüften gestemmt und bohrte mit einer Fußspitze im Kies. »Vielleicht haben wir die Götter dieses Ortes erzürnt. Immerhin halten wir uns ohne die Erlaubnis des Königs der Epidier hier auf.« Der düstere Ton in seiner Stimme veranlasste Deirdre, ihre Hand auf seine Hüfte zu legen. Beunruhigt stellte sie fest, dass sie seine Rippen fühlen konnte. Trotz Ardas Butter wurden die Brüder immer dünner, denn sie verbrachten ihre Tage damit, auf der Suche nach Wild durch die Berge zu streifen. Sie waren jung, und sie brauchten rotes Fleisch.

Ainnles Magenknurren unterbrach sie in ihrem Gedanken. Er verzog sein Gesicht, als er seinen Bogen auf den Boden legte. »Wir sollten vielleicht doch bei einem anderen Herrn in den Dienst treten, Bruder.«

Naisis Kopf fuhr herum. »Nein. Die Ulaid und die Epidier sind Todfeinde. Im Moment darf noch niemand wissen, dass wir hier sind.«

»Dann müssen wir eben woanders hingehen«, meinte Ainnle. Er machte ein finsteres Gesicht, während sein Blick langsam zu

Deirdre hinüberwanderte. »Nach Pflanzen zu graben, ist etwas für Frauen. Wir sind als Krieger geboren.«

Deirdre versuchte, eine ausdruckslose Miene zu machen. *Nun, dann werdet ihr eben als Krieger verhungern.*

Naisi fuhr so heftig herum, dass sie alle erschraken. »Bei Lughs Odmen, warum nur haben wir bei der Jagd kein Glück? Haben uns die Götter *verflucht?*« Es war dies ein für ihn völlig ungewohnter Gefühlsausbruch. Einen Moment lang brachte keiner von ihnen ein Wort heraus. Naisi strich sich seine feuchten Haare aus der Stirn und versuchte, wieder gelassener zu wirken. Deirdre aber hatte hinter seiner Frustration zum ersten Mal die nackte Angst aufflackern sehen.

Es fehlte ihnen nicht nur an Fleisch. An der Mündung des Awe gab es ein Dorf, wo sie Hirschfelle gegen Korn und eiserne Töpfe, Pfeilspitzen und Tuch hätten eintauschen können. Bis jetzt aber hatten sie noch kein einziges Fell für einen solchen Tauschhandel.

»Wir haben durchaus etwas, das wir gegen etwas zu essen eintauschen können.« Ainnles Stimme war leise. Sein Blick lag auf Deirdres Handgelenk.

Sie hatte die Armreifen, die Conor ihr geschenkt hatte, angelegt, um so das Gewicht ihres Bündels zu verringern. Irgendwann hatte sie sich so an den Schmuck gewöhnt, dass sie ihn einfach vergessen hatte. Auch wenn die Bronze in der salzigen Luft bereits angelaufen war, zeigten die eleganten, wirbelnden Muster, von welch hoher Qualität die Stücke waren. Spontan zog sie einen davon ab und warf ihn Ainnle vor die Füße. »Du denkst also, dass ich sie aus Gier oder aus Eitelkeit behalten habe?« Sie begegnete Ainnles herausforderndem Blick. »Da, verkauf sie.«

Naisi seufzte und senkte die Schultern. »Sie gehören dir.«

»Nein, das tun sie nicht.« Sie straffte entschlossen den Rücken. »Sie gehören dem König. Ainnle hat recht. Mir liegt überhaupt nichts an ihnen.« Ainnle wirkte angesichts ihrer raschen Zustimmung fast ein wenig enttäuscht.

»Nein.« Naisis Gesicht sah müde und grimmig aus. »Ich will nicht, dass wir all das aufgeben, was wir einmal waren.« In seiner Stimme lag ein scharfer Unterton. »Was ist mit dir, Ainnle? Mit deinem Torques könnte man ein ganzes Lagerhaus voller Gerste kaufen, aber ich habe nicht von dir gehört, dass du das tun willst.« Ainnle berührte unwillkürlich den Halsring, der ihn als Krieger auszeichnete. Sein Gesicht wurde noch finsterer. Alle drei trugen auch noch immer den Armreif des Roten Zweiges unter ihrer Kleidung – aber dieser war heilig. Sie hatten ihn sich verdient, was bei Deirdres Schmuck nicht der Fall war.

Deirdre starrte Naisi an. »Du hast mich nicht verstanden. Bin ich ohne diesen Zierrat weniger wert?« Sie zog jetzt einen zweiten Reif von ihrem Arm und warf ihn mit einem verächtlichen Schnauben in den Sand. Sie hatte plötzlich das Gefühl, als würden sie Conors Augen anstarren. Wie hatte sie nur vergessen können, dass sie noch immer seine Fesseln an den Armen trug? Der Reif hüpfte über den Boden und blieb dann in einen Büschel Vogelmiere liegen. Ein weiterer Reif folgte ihm, und als sie auch ihn los war, fühlte sie sich von einer großen Last befreit. »Ich brauche diese Zeichen der Beachtung eines Mannes nicht, um ich selbst zu sein.«

Naisi sah sie besorgt an. Ardan, der hinter ihm stand, lächelte bewundernd und wehmütig, während Ainnle sich sein stoppeliges Kinn rieb und endlich beschämt aussah. Hatte er jemals darüber nachgedacht, wie es im Herzen einer Frau aussah, fragte sie sich, oder waren die Frauen einfach nur Spielzeug für ihn? Dinge, die, geschmückt und ausstaffiert, sein Leben angenehmer machten? Eine irrationale Wut packte sie. Am liebsten hätte sie ihm einen der Reife an den Kopf geworfen, damit er sie endlich wirklich *wahrnahm*. Dann aber gewann ihre Gelassenheit die

Oberhand. Denn trotz alledem hatte Ainnle mit seinem Bogen für sie gesorgt, und er hatte sie mit seinem Schwert verteidigt.

Das Gefühl der Kränkung verflog schnell. »Mir liegt an alledem wirklich überhaupt nichts. Das, was mir wichtig ist, seid ihr. Ihr, die ihr mich beschützt«, sagte sie leise und sah Ainnle dabei an. »Wichtig sind die Wälder und das Wasser, und am wichtigsten ist es, frei zu sein, ob lebendig oder tot.« Ihr Blick wanderte zu Naisi hinüber. »Also nehmt meinen Hunger niemals zum Grund dafür, in die Dienste eines anderen Herrn zu treten. In jener Welt gibt es nichts, an dem mir etwas liegt. Sie ist nicht die meine.«

Naisi brach das Schweigen, das ihren Worten folgte. Er trat zu ihr und nahm sie in die Arme. Ihr Gesicht schmiegte sich an seinen Hals. »Gütige Götter«, murmelte er ihr ins Ohr. »Richte deinen brennenden Zorn bitte nicht irgendwann auch gegen *mich*. Du würdest mir damit die Augenbrauen versengen.«

Sie bog den Kopf zurück, um ihn anzublicken, und sah ein Glühen in seinen Augen, das nicht zu seinem gequälten Lächeln passte. »Das kommt darauf an, wie sehr du mich ärgerst«, flüsterte sie ihm zu.

Sein Lächeln wurde breiter. Dann sagte er, über die Schulter gewandt, zu seinen Brüdern: »Einer von uns wird mit dem Reif über den See fahren und dafür Korn und Rindfleisch kaufen, und bis wir das aufgegessen haben, werden wir einen anderen Weg gefunden haben, unsere Mägen zu füllen.«

Ardan setzte sich auf den Rand des *curragh* und sah aufs Wasser hinaus, die Arme um seinen Oberkörper geschlungen. »Irgendwann müssen uns die Hirsche doch vor die Speere laufen.«

Ein paar Tage später erwachte Deirdre in der stillen Morgendämmerung. Die Bäume schienen in einem von der Sonne erhellten Nebel dahinzutreiben. Ardans Worte hallten als Echo aus ihren Träumen nach. *Sie müssen uns irgendwann vor unsere Speere laufen.*

Ainnle, der neben Naisi lag, schnarchte noch, während Ardan am Ende der Reihe sich bereits zu regen begann. Er gähnte und verscheuchte die stechenden Insekten, die sie jeden Abend und jeden Morgen aus den feuchten Wäldern von Alba heraus in Schwärmen überfielen.

Naisi beobachtete Deirdre, während sie langsam erwachte. »Wenn ihr heute auf die Jagd geht«, flüsterte sie ihm verschlafen zu, »werde ich euch begleiten.«

Er berührte ihre Wange mit dem Daumen. Die aufgehende Sonne warf ihr Licht auf sein Gesicht, ließ seine Augen leuchten und seine schwarzen Haare glänzen wie Rabenfedern. »Man sagt, dass es Unglück bringt, wenn man eine Frau auf die Jagd mitnimmt.«

»Das sagen die Männer doch nur, um wenigstens eine Zeit lang Ruhe vor ihren Frauen zu haben.« Er bestätigte das mit einem leisen Schnauben, und sie legte ihre Hand auf die seine, während er mit seiner schwieligen Handfläche über ihre Wange strich. Seine Andersartigkeit überraschte sie noch immer. Sowohl sein Geruch als auch seine Art sich zu bewegen waren ihr völlig fremd. Seine langgestreckten Muskeln waren durch das Kampftraining und das Gewicht der schweren Waffen gestählt: Das körperbetonte Leben verlieh allen drei Brüdern eine verblüffende Präsenz. Es schien, als würden sie mit jedem ihrer Schritte die Erde unter ihren Füßen für sich in Besitz nehmen und dabei die Luft so durchlässig machen, dass sie ihnen keinerlei Widerstand entgegensetzte. »Wir sollten voller Demut um das bitten, was wir brauchen«, murmelte sie leise. »Wir vier sind jetzt allein. Wir sind auf das angewiesen, was dieses Land uns gibt.«

Er sah ihr nachdenklich in die Augen. »Die Druiden haben uns verschiedene Jagdgesänge beigebracht. Ist das, was du eben gesagt hast, etwas, das Levarcham dich gelehrt hat?«

Sie zögerte. »Nein. Ich habe einfach das Gefühl, dass es so ist. Ich spüre hier eine Weisheit, eine Gegenwart, die anders ist als alles, was ich kenne. Vielleicht liegt es daran, dass hier so wenige Menschen leben – die Wildnis scheint so unermesslich groß und mächtig zu sein.«

Er sah die Entschlossenheit in ihrem Gesicht. »Nun, immerhin sind wir niemandem verpflichtet. Also können wir unsere eigenen Regeln aufstellen.« Er lächelte, aber es war ein düsteres, ein freudloses Lächeln.

Als er seinen Brüdern verkündete, dass Deirdre sie zur Jagd begleiten würde, stocherte Ainnle lediglich weiter schweigend mit einem Stock im verkohlten Holz der Feuerstelle herum. Sie hatten inzwischen einen Armreif gegen Fleisch, Gerste und zwei eiserne Töpfe eingetauscht. Das Rindfleisch war inzwischen jedoch aufgegessen, und der Knochen ragte aus dem erstarrten Porridge heraus.

Ardan hingegen hob den Kopf. »Warum willst du uns begleiten?« Als er sie mit seinen unergründlichen grauen Augen ansah, merkte sie, dass er sie mit seiner Frage nicht angreifen wollte. Anscheinend spürte auch er die erwartungsvolle Stille dieses Morgens, an dem feine Dunstschwaden von den feuchten Farnwedeln aufstiegen. Er fragte sie stets zu ihren seltsamen Eingebungen und spottete niemals darüber.

»Die Geister der Berge sind hier überaus mächtig. Ihre Hänge beherbergen alle möglichen Tiere und Pflanzen. Wir müssen also die Geister ehren und ihnen versprechen, dass wir ihnen im Tausch für das, was wir nehmen, etwas Lebendiges geben.« Sie breitete die Arme aus. »Ich wurde von einer Druidin unterrichtet. Da wir nur zu viert sind, werden viele Gebete nötig sein.«

Ardan nickte stumm, während Naisi, der gerade seine Speere prüfte, ihr einen zweifelnden Blick zuwarf. Sie beobachtete, wie Naisi mit dem Finger über die Schäfte seiner Speere fuhr und prüfte, ob die Spitzen fest und gerade saßen. Ohne sich dessen bewusst zu sein, hauchte er mit seiner Berührung den Waffen Leben ein und unterwarf sie gleichzeitig seinem Willen. Deirdre erzitterte innerlich. Welches lebendige Feuer sollten sie als Gegengabe für den Hirsch entzünden?

Naisi stellte die Speere mit ihrem stumpfen Ende auf den Boden und hielt sie fest. »Uns ist durchaus bewusst, dass die *sídhe* geehrt werden wollen.« Er sah Ainnle vielsagend an. »Bis jetzt haben wir jedoch immer nur einen kurzen Segen gesprochen und sind dann losgestürmt, so als wären wir noch immer zu Hause. Lasst uns also jetzt die heiligen Jagdgesänge singen. Immerhin haben wir ja eine angehende Druidin bei uns, die uns dabei helfen wird.« Das Lächeln, mit dem er Deirdre bedachte, lag warm auf ihrer Wange.

Sie hatten kein Blut von einem erlegten Tier, mit dem sie ihre Gesichter bestreichen und auf diese Weise ihre Verwandtschaft mit dem Hirsch beschwören konnten. Stattdessen lösten die Brüder ihre Zöpfe und legten ihre Gürtel und alles, was sie einengen konnte, ab, damit der Geist frei und ungehindert durch sie hindurchfließen konnte. Dann ließen sie sich im Licht der Sonne im Kreis nieder und legten ihre Hirschamulette vor sich auf den Boden.

Deirdre, die im Schneidersitz Platz genommen hatte, schloss die Augen, als die Brüder nacheinander mit ihrem heiligen Gesang begannen. Es waren leise gemurmelte, kaum verständliche Worte, mit denen sie die *sídhe* in den Hirschwäldern um eine erfolgreiche Jagd baten. Die Götter lenkten das Schicksal der Menschen. Die *sídhe* waren Naturgeister. Sie hüteten die Tiere und Pflanzen, Flüsse und Quellen.

Jetzt schlugen sich die Brüder im Rhythmus des Liedes mit ihren flachen Händen auf die Knie und baten um Nahrung. Das schnelle, rhythmische Klatschen bewirkte einen Zauber, der tiefer ging als bloße Worte und der jetzt von ihren Körpern Besitz ergriff. Das Klatschen brachte auch Deirdres Blut in Wallung, während es gleichzeitig ihren Kopf frei machte. Ihre Lippen formten unwillkürlich Worte, und ein Lied, das tief in ihrer Erinnerung vergraben gewesen war, stieg in ihr auf. Die Angst, die sie zunächst verspürt hatte, wurde jetzt von einer Vision abgelöst.

Sie sah eine Höhle. Ihre Hand malte einen ockerfarbenen Umriss auf den Felsen. Ein grob gezeichneter Hirsch wurde unter ihren Fingern lebendig. Die Zeichnung und das heisere Lied riefen die Geisterhirsche herbei, baten sie inständig, ihre Brüder aus Fleisch und Blut aus dem Wald zu rufen, vor die Speere der Jäger. Da wusste Deirdre plötzlich, dass sie in einem anderen Leben schon oft die Grenze zwischen der Welt der Geister und der diesseitigen Welt überquert hatte … dass sie schon oft den Seelenpfad für ihr Volk, ihren Klan beschritten hatte. Scha-ma-nin, flüsterte es durch ihre Seele. Dies war jedoch ein Wort, das sie noch nie gehört hatte.

Sie hatte völlig unbewusst diese uralte Melodie mit dem Jagdgesang der Brüder verwoben. Die vier Stimmen drangen jetzt gemeinsam in Erde und Fels ein und wurden dabei immer tiefer und volltönender. Das Lied forderte die Hirsche auf, mit ihnen gemeinsam durch die Berge von Alba zu ziehen. Es war kehlig und drängend. Ursprünglich. *Kommt … kommt …*

Deirdre begann zu schwanken, als sich ihr Körper während des Gesangs veränderte. Plötzlich hatte sie das erschreckende Gefühl, als würden ihre Umrisse im Licht verschwimmen, während ihre Lider unkontrolliert zitterten …

Ein Hirsch rannte durch den Wald, das Trommeln seiner Hufe war völlig im Einklang mit dem rauen Gesang und den klatschenden Händen der Männer. Er schnaubte. Heißer Atem entwich seinen weichen Nüstern. Er atmete die feuchten, schweren Gerüche des Waldes ein, in dem jetzt das Leben erblühte.

Das dichte Blätterdach filterte das Licht der Sonne, sodass eine Art grüner Dunst entstand. Die Morgendämmerung hatte den Hirsch belebt. Er musste jetzt seine überschüssige Energie loswerden. Er hob sein Geweih und sah zu den beiden Bergspitzen hinauf, zwischen denen sich ein Pass befand. Dort … hohes Gelände … sicheres Gelände.

Zwei Bergspitzen, die über einer tosenden Schlucht in den Himmel ragten.

Deirdre sprang taumelnd auf. Sie hielt ihre gespreizten Finger vor ihre glasigen Augen. »Wir müssen los«, krächzte sie. »Ich sehe ihn.« Ihre Hand war ein weißer Pfeil, der zu dem Pass hinaufdeutete.

Die Brüder ergriffen ihre Waffen und liefen los. Deirdre folgte ihnen. Die Söhne des Usnech bewegten sich schweigend. Geschmeidig wie Wölfe liefen sie mit großen Sprüngen die Klamm hinauf. Deirdre war sich kaum bewusst, dass auch sie rannte. Ihre Füße aber nahmen das Echo des Liedes durch die Erde hindurch wahr.

Die Sonne hatte bereits den Zenit überschritten, als sie die mit stattlichen Fichten bestandenen Berghänge erreichten. Die ausladenden Äste bewegten sich im auffrischenden Wind. Das Licht, das durch das Geäst fiel, verwandelte die Kittel der Brüder in gesprenkelte Pelze. Deirdre wurde wie von einem Seil weitergezogen, und dieser Zug wurde immer stärker, je höher sie kamen. Sie spürte jetzt den Herzschlag des Hirschs, so als wäre er eine schnellere Strömung im Ozean in ihrem Inneren.

Fast oben am Pass angekommen, blieben die Brüder unschlüssig stehen, Deirdre aber ging an ihnen vorbei. Sie begann einen schmalen Spalt in den Felsen hinaufzuklettern. Die Jäger folgten ihr, und endlich standen sie alle gemeinsam auf dem Scheitel der Welt. Zu ihren Füßen lagen die Hänge wie grüne, zu Stein erstarrte Meereswellen. Im Schutz der Berge breitete ein Fichtenwald ein dichtes Floß aus Ästen aus, und genau dort glänzte etwas. Rotbraunes Fell schimmerte in der Sonne.

Völlig verschwitzt ließen sich die Jäger hinter einem Felsen nieder und versuchten, wieder zu Atem zu kommen. Der Hirsch neigte ahnungslos seinen Kopf, um an ein paar Ebereschensprösslingen zu knabbern. Seine Flanken zuckten. Deirdre sah Naisis verklärtes Gesicht an, dann Ardan, dessen Wangen glühten und dessen Blick glasig war. Selbst Ainnle machte jetzt kein finsteres Gesicht mehr. Die Macht des heiligen Gesangs ließ sein junges Gesicht voller Reinheit und Kraft leuchten.

Naisi zog völlig geräuschlos einen Speer aus dem Behältnis auf seinem Rücken. In diesem Moment löste sich Deirdres rationales Denken vollkommen auf. Da war nur noch instinktives Empfinden, ein Bewusstsein, das ganz ohne Worte auskam.

»Wir müssen näher ran«, flüsterte Naisi.

Deirdre hörte ihn kaum, denn in genau diesem Moment fegte das Geweih des Hirschs durch die überhängenden Nadeln. Das Tier drehte sich zu ihr um und sah ihr in die Augen. Die Kraft seines Blicks erfasste sie und verband sie beide miteinander. Diese unwiderstehliche Kraft zwang sie jetzt aufzustehen.

»Deirdre«, zischte Naisi und versuchte, sie dabei an ihrem Kittel festzuhalten.

»Lass sie«, hörte sie Ardan sagen.

Sie bewegte sich beinahe schwebend auf den Hirsch zu. Das Tier blieb ganz ruhig stehen, nur eines seiner Ohren zuckte ein wenig. Seine dunklen Augen lagen unverwandt auf ihr. Um sie herum wurde es vollkommen still, der Wind legte sich, und selbst der Gesang der Vögel verstummte. Deirdre ging, die Hände ausgestreckt, auf den Hirsch zu, während große Dankbarkeit ihr Herz erfüllte. Der Hirsch reagierte mit einem leisen Zittern. Unter seinem Fell breiteten sich sichtbar kleine Wellen aus.

Sein Blick verfolgte jeden ihrer Schritte, bis sie schließlich direkt vor ihm stand. Sie streckte die Hand aus und berührte das Tier, so wie sie es sich all die Jahre ersehnt hatte, während sie die Mauern von Conors Gefängnis abgeschritten hatte. Sein Geweih erhob sich über ihr, seine Flanke bewegte sich unter ihren Fingern, und sie spürte das mächtige, kraftvolle Leben in diesem Körper. Sie fühlte sich mit ihm verwandt. Sie hätte ihre Arme um ihn schlingen und sich an seinem Rücken festhalten können, während er durch den Wald rannte und sein Fell mit ihrer Haut verschmolz.

Sie genoss die raue Textur seines Fells, das zuckte, als sie über seinen Hals und die weichere Schnauze strich. *Du wirst immer in unseren Herzen sein. Das Echo deines Lebens wird in unserem Geist, dein Blut in unserem Blut sein.* Ihre Ehrfurcht war wie der Segen eines Druiden. Sie hielt seinen Kopf, sodass sich sein Atem mit dem ihren mischte. Sein Puls schlug unter ihren Fingern. Sie fragte sich, was sie für sein Geschenk geben musste. Ihr Körper sagte es ihr. Er zeigte ihr das Bild zweier miteinander verschlungener blasser Gestalten im Mondlicht, zwischen denen ein helles, weißes Feuer brannte. Mit einem Mal empfand sie wie ein Hirsch. Sie spürte die pure Lust am Leben und an der Brunft, spürte den Wind und die Sonne. *Naisi.* Naisi musste kommen. War er fest genug mit ihr verbunden, um diesen Ruf zu hören?

Die vereinte Lebenskraft des Hirschs und des Mädchens versuchte, den Jäger zu erreichen, und schließlich hörte Deirdre tatsächlich, wie Naisi sich mit langsamen, vorsichtigen Schritten näherte. Er hielt seinen Dolch in der Hand. Der Hirsch wandte ihm den Kopf zu, und die beiden sahen sich an. Die Augen des Hirschs waren wissend, in denen des Mannes schimmerten heftige Emotionen.

Naisi umklammerte mit einer Hand das Heft seines Dolchs und versuchte, sich zu beruhigen. Seine andere Hand legte er auf die zitternde Flanke des Hirschs. So verbunden verharrten sie. Die Augen des Tieres waren voller Vertrauen, während Naisi ihm leise etwas zuflüsterte. Schließlich tastete er mit seinen Fingern vorsichtig am muskulösen Hals des Tieres entlang und suchte nach der Arterie. Er beugte seinen Kopf nach vorn, sodass der dunkle Vorhang seiner offenen Haare Deirdre vor diesen letzten gemeinsamen Momenten zwischen Jäger und Hirsch abschirmte. Sie spürte den Dolch mehr in den Körper des Tieres hineingleiten, als sie ihn sah. Schmerz vermischte sich mit Licht. Der Hirsch brach langsam zusammen. Deirdre musste zurückweichen, als er zuerst in die Knie ging und dann auf die Seite fiel. Naisi folgte ihm bei jeder Bewegung. Er presste seine Wange an seine Flanke, hielt seinen Hals, während sein Blut durch seine Finger quoll.

Deirdre drehte sich um. Noch immer kam sie sich vor wie in einem Traum. Nebelschwaden wallten jetzt von den von Wolken verhüllten Gipfeln herunter, und genau dort oben sah sie jetzt den Geist des Hirschs. Seine Substanz war noch viel feiner als Rauch. Sie war zu benommen, um sich zu fragen, wie er dorthin kam. Der Geisterhirsch hielt unsicher inne, und Deirdre hob aus einem Instinkt heraus ihre Hände. All das, was sie schon auf dem umgestürzten Stein empfunden hatte, spürte sie auch jetzt wieder: das Wissen des Adlers, dass hinter dem Himmel ein helles Licht leuchtete; den Drang des Wolfs, mit einem lauten Heulen zu verkünden, dass er lebte; das Verschmelzen des Hirschs mit dem Wald. Das Lied des Steins pulsierte wieder in ihrem Körper, strömte aus ihren ausgestreckten Händen heraus, bewegte die Luft, sodass sie zu einem Strom aus Licht wurde, der von ihrer Ehrfurcht getragen und fokussiert wurde. Das war ihr Segen für ihn. *Du bist sicher … gehe in Frieden von dieser Welt.*

Der Hirsch stellte die Ohren in Richtung des Lichts, das sich wie ein heller Pfad vor ihm ausbreitete, dann ging er zögernd darauf zu, um diesem glänzenden Weg zu folgen. Der Umriss des Geisterhirschs begann allmählich zu verschwimmen, und die Erinnerung an seine Gestalt löste sich langsam im Glanz des Lichts auf, bis Deirdre nur noch die Strahlen der untergehenden Sonne sah.

Sie verbrannten die Leber des Hirschs in der Abenddämmerung als Opfergabe für die Geister und verpackten das Fleisch dann in mehrere Bündel. Deirdre wusch sich gerade ihre Hände in einem Bach, als Ardan neben ihr in die Hocke ging. »Kannst du mir beibringen, die Hirsche zu rufen?«, fragte er sie leise. Ein ehrfürchtiger Ausdruck lag dabei auf seinem Gesicht.

Sie wischte sich die Hände an ihrer Hose ab. Die Sterne schimmerten an einem blassen Himmel. »Das weiß ich nicht. Ich habe den Hirsch nicht gerufen, es war … eine Begegnung.« Sie konnte jetzt kaum noch sprechen. Ihr Körper kam ihr irgendwie fremd vor, ihre Lippen waren steif, ihre Zunge dick. »Die Druiden sagen, dass man ganz ruhig sein muss, um durch die Schleier zur Anderswelt hindurchzudringen. Man muss zuhören und sich in die Schleier hineinsinken lassen, so als wären sie Wasser.« Sie hatte selbst nicht die geringste Ahnung, wie ihr das alles gelungen war, denn die Erinnerung daran verblasste bereits.

Ardan seufzte. »Das versuche ich ja, aber es gelingt mir einfach nicht.« Er warf ihr einen merkwürdigen Blick zu. »Vielleicht muss ich mich einfach noch mehr anstrengen.«

Sie drehte sich zu ihm um. »Du fühlst dich doch zur Lehre der Druiden hingezogen. Warum hast du dich nicht ausbilden lassen?«

Er lächelte bitter. »Mit einem Vater wie dem meinen? Und mit solchen Brüdern?« Sein Blick wanderte langsam zu Naisi hinüber, der gerade das blutige Fell zusammenrollte. Der helle Schimmer am Himmel ließ in Ardans Augen etwas aufleuchten, das gewiss kein Zorn war. »Wir gehören zusammen«, sagte er leise. »Wie also hätte ich, da ich mit diesem Burschen zusammen aufgewachsen bin, etwas anders werden sollen als ein Krieger?«

Sie sah ihn mitfühlend an. »Dann werde ich dir alles sagen, was ich weiß«, versprach sie ihm, wobei sie sich jedoch unwillkürlich fragte, ob sie damit Levarcham hinterging. Dann sagte sie sich, dass ihre Lehrerin das als Lohn dafür sehen würde, dass er sie vor der Gefangenschaft gerettet hatte.

Ardan sah sie wieder an. Der Schatten auf seinem Gesicht war verschwunden. Sein Lächeln war jetzt wieder freundlich. »Das wäre schön.«

Als sie zurückgingen, sangen die Brüder ein sanftes, leises Lied, das zur Dämmerung passte. Deirdre pflückte Thymianzweige und zerrieb die Blätter unter ihrer Nase, um den Geruch des wilden Berges tief in sich aufzunehmen.

Die drei Jäger zogen sich aus und badeten, bevor sie ihr Lager betraten. Sie wuschen alle Spuren der Jagd von sich ab und nahmen wieder ihre menschliche Gestalt an. Dann setzten sie sich um das Feuer. Deirdre steckte die Thymianzweige in das Hirschfleisch, bevor sie es in große Blätter einrollten und in die Kohlen legten. Es war bereits dunkel, als sie aßen. Danach krochen sie erschöpft in ihre Felle. Naisi drehte seinen Brüdern den Rücken zu und legte sich so hin, dass sein Gesicht zu dem von Deirdre zeigte. Er roch nach den Myrtenblättern, die sie überall verstreut hatte, um die Mücken abzuwehren.

»Du bist also tatsächlich eine *calleach*«, flüsterte er ihr zu.

Die ungezähmte Geisterfrau der Berge. Ein Gefühl der Schwere lag plötzlich auf ihr. Was war das, das da manchmal aus der Wildnis heraus von ihr Besitz ergriff? Ardan atmete langsam und gleichmäßig, und Ainnle zuckte im Schlaf. Niemand sah sie also. Sie beugte sich zu Naisi hinüber und strich mit den Fingern über seine Lippen. »Ich bin ich – mach mich nicht zu irgendetwas anderem.« Sie hielt inne. »Genau das hat Conor nämlich auch getan.«

Naisi zog sie mit einem leisen Fluch zu sich herunter, bis sich ihr Gesicht ganz nah vor dem seinen befand. Das schwache

Licht, das den nördlichen Himmel in Sommernächten stets erhellt, fiel auf seine Wange. Seine Augen waren so dunkel wie die eines Hirschs. »Du bist mein *fiáin* – mein Wildfang. Ich kenne dich; ich war auch dort.« Er strich ihr zärtlich die Haare aus der Stirn. »Ich war zusammen mit dir bei dem Hirsch.«

Sie küsste ihn, ihre Ellbogen lagen auf seiner Brust. Diesmal war es ein zärtlicher, beinahe zaghafter Kuss. Sie hatte sich noch keinem Menschen in dieser Weise geöffnet. Als Kind war sie stets umsorgt und auf ihre Rolle als königliche Braut vorbereitet worden, aber das alles hatte auch das Bild geprägt, das Aiveen, Fintan und Levarcham sich von ihr gemacht hatten. Jetzt aber war sie nur noch sie selbst. Sie sehnte sich nach der Freiheit des Waldes, forderte ihren Mut heraus, ging an ihre Grenzen, so wie sie das schon immer hatte tun wollen. Hatte Naisi das auch ohne viele Worte verstanden?

Im Gegensatz zum Sturm der Lust war diese zärtliche Hingabe leise und bedächtig. Dieser Kuss war wie das vorsichtige Betreten eines stillen, aber mächtigen Raums. Auch Naisi spürte die Veränderung. Er wich etwas zurück, um dann mit seinen Lippen ihre Mundwinkel zu berühren und sanft ihre Augenlider zu liebkosen.

In diesem Moment erschrak Deirdre. Sie spürte plötzlich auch die dunkle Seite dieser Zärtlichkeit. Sie war froh, dass sie die Arme um ihren Oberkörper geschlungen hatte und auf diese Weise ihr mit einem Mal so verwundbares Herz schützte. Naisi war in der Lage, mit nur einem einzigen Blick ihr Innerstes nach außen zu kehren. Er sah all die verborgenen Dinge, die sie selbst noch nie gesehen hatte. Sie fühlte sich ihm völlig ausgeliefert. Sie musste mit all ihrer Kraft gegen den Drang ankämpfen sich zusammenzukauern, damit ihr Herz wieder sicher war.

Im matten Licht entdeckte sie in Naisis Gesicht jetzt jedoch die gleiche Verwundbarkeit. Dann musste sie ihren Blick abwenden. Sie sank mit dem Kopf auf seine Brust.

Als Cúchulainn die kleine Ansammlung von Hütten am Meer erreichte, regnete es in Strömen. Die Menschen beäugten ihn argwöhnisch von ihren Türen aus, während er langsam durch das Dorf ritt. Ein paar Jungen befreiten sich aus dem Griff ihrer Mütter, rannten zwischen den Pfützen hindurch und verschwanden in einem Haus am Ende der Straße. Der Tag war so düster, dass sie sein Gesicht nicht erkannt hätten. Er hatte jedoch den Schild des Roten Zweiges deutlich sichtbar an seinem Sattel befestigt. Das Zeichen auf dem glänzenden Leder kannte jeder: den goldenen Baum, dessen dicker Stamm sich in viele Zweige teilte, von denen ein jeder in einer goldenen Speerspitze endete.

Er brachte sein Pferd mitten in dem Kreis tropfnasser Rieddächer zum Stehen. Die Stute schüttelte mit einer Kopfbewegung den Regen ab. Auch Cúchulainn wischte sich die Tropfen aus dem Gesicht. Lauter Donner hallte über das Meer jenseits des Bergs.

Aus dem Haus am anderen Ende des Dorfs kam jetzt ein Mann. Er lief auf Cúchulainn zu, während er sich ein Schaffell über den Kopf hielt. »Mylord«, stotterte er und sah dabei Cúchulainn blinzelnd an, während ihm der Regen in die Augen tropfte.

Als er Cúchulainns Schwert und die mit Wolfspelz verzierten Speere sah, die aus einer Satteltasche herausragten, breitete sich ein angstvoller Ausdruck auf seinem Gesicht aus. Cúchulainn saß ab. »Ihr braucht keine Angst vor mir zu haben. Aber ich hätte gerne etwas Warmes zu essen, wenn das möglich ist.«

Der Dorfoberste verbeugte sich und führte ihn dann unbeholfen in seine Hütte. An den Wänden hingen Fischernetze zum Trocknen, Fischspeere, Körbe und geölte Mäntel. Cúchulainn streckte seine Füße, die noch immer in völlig durchnässten Stiefeln steckten, am knisternden Feuer aus und nahm eine Schüssel mit dünner Suppe aus Schalentieren aus den Händen einer verängstigten Frau entgegen.

Nachdem er, beobachtet von vielen Augenpaaren, schweigend seine Suppe geschlürft hatte, setzte er sich aufrecht hin. Er sah dem Dorfobersten fest in die Augen. »Ich bin auf der Suche nach vier Flüchtigen – drei Männern und einer Frau.«

Der Mann wandte den Blick ab. »Wir wissen von nichts.«

Offensichtlich hatte man auch hier von Conors Drohungen gehört. Cúchulainn senkte die Stimme und breitete die Hände aus. »Niemand weiß, dass ich hier bin. Ich gebe euch mein Ehrenwort. Ich, der Wachhund der Ulaid.«

Der Adamsapfel am mageren Hals des Dorfbewohners hüpfte auf und ab, aber er schien noch immer zu verängstigt, um etwas zu sagen.

»Ich habe die Spur dieser Leute vor einiger Zeit verloren«, fuhr Cúchulainn freundlich fort. »Sie bedeuten mir sehr viel. Jetzt ist mir zu Ohren gekommen …« Der Blick des Manns flackerte. Cúchulainns Stimme wurde fester. »Habt ihr in den vergangenen Monaten hier in eurer Gegend irgendwelche Fremden gesehen?«

Der Dorfoberste spitzte seinen Mund unter seinem rauen Bart.

»War jemand hier?«

Ein heftiges Kopfschütteln.

»Habt ihr vielleicht ein Feuer gesehen?«

Ein Nicken.

»Wo hatten sie ihr Lager aufgeschlagen?«

Jetzt fand der Mann seine Sprache wieder. »Wir haben Muschelschalen gefunden und auch eine Feuerstelle gesehen. Und wir haben …«, er zögerte, »… wir haben *Gesang* gehört. Einmal sogar mitten in der Nacht.«

Cúchulainn war erleichtert. »Weißt du, wo sie hingegangen

sind?« Der Mann zögerte erneut. Cúchulainn legte seine Hand auf das Heft seines Schwertes. »Ich muss es wissen.«

Der Dorfbewohner nagte nervös an seiner Unterlippe, dann sprudelte es aus ihm heraus. »Wir haben sie nie gesehen. Nicht ein einziges Mal! Aber … dann war plötzlich ein *curragh* verschwunden. Wir dachten, ein Sturm hätte ihn losgerissen.«

Ein Boot … dann hatten sie also das Festland verlassen. Aber mit welchem Ziel? Naisi würde seine Heimat niemals aufgeben, also mussten sie eine der kleinen Inseln angesteuert haben, aber davon gab es hier Hunderte. Cúchulainn überlegte fieberhaft. Learys Tod konnte seiner Überzeugung nach nur ein schrecklicher Unfall gewesen sein, und dennoch hatte Naisi das Mädchen nicht ausgeliefert. Es musste noch irgendetwas anderes geschehen sein, das Naisi veranlasst hatte, dem Roten Zweig den Rücken zu kehren. Aus irgendeinem Grund stand Cúchulainn plötzlich das Bild seiner Frau vor Augen. *Emer.*

Naisi wollte immer der Beste sein. Er war zielstrebig und konzentriert. Seine körperlichen Begierden befriedigte er mit den Schankmädchen, er hatte sich jedoch noch keine Frau genommen, so wie das viele Krieger taten. Konnte es sein …? Nein, nicht Naisi – er war immer nur mit seinen Brüdern und seinem Schwert verbunden gewesen. Jetzt zeigte Emer ihm ihr leises, geheimnisvolles Lächeln, während ihre dunklen Augen strahlten, und in diesem Moment erinnerte sich der Wachhund daran, was zwischen Mann und Frau alles möglich war.

»Mehr weiß ich wirklich nicht«, stammelte der Mann mit klappernden Zähnen, »wir haben ihnen nicht geholfen. Niemand hat ihnen geholfen …«

»Schon gut.« Cúchulainn war schon auf den Beinen, während sich seine kalten Muskeln voller Entschlossenheit spannten. »Du hast mir gesagt, was ich wissen wollte. Jemand soll mir die Stelle zeigen, wo das gestohlene Boot vertäut war.«

Der Dorfoberste packte einen der umstehenden Jungen am Kragen und schob ihn auf Cúchulainn zu. Der Junge rannte nach draußen. Der Wachhund blieb noch kurz in der Tür stehen und zog einen von Conors goldenen Ringen vom Finger. Der Dorfoberste riss die Augen auf, als das glitzernde Geschmeide in hohem Bogen durch die Luft flog und dann auf dem farnbedeckten Boden landete.

»Für das Boot«, sagte er. *Vom König,* fügte er im Geiste hinzu, als er in den Regen hinaustrat.

23

Sommer

Von nun an hatten sie Glück bei der Jagd.

Deirdre war sich sicher, dass die Verbindung mit dem Hirsch an jenem Tag nur durch ihre Verzweiflung zustande gekommen war. Sie sah das, was geschehen war, als ein einmaliges Geschenk, das sie stärken sollte. Voller Demut hatte sie niemals wieder versucht, sich auf dieselbe Weise einem Hirsch zu nähern.

Sie hoben draußen vor ihrer kleinen Höhle eine Feuergrube aus, die sie an schönen Tagen nutzten. Außerdem stellten sie auf der Lichtung mehrere Zelte aus Haselnusszweigen auf, unter denen sie das Hirschfleisch räucherten. Deirdre sammelte junge Pflanzen und Kräuter, die in großer Menge am Flussufer und im

Wald wuchsen, und Arda gab den Brüdern hin und wieder ein Stück Weißkäse oder ein Gerstenbrot mit auf den Weg.

Wenn Deirdre nicht gerade mit dem Sammeln beschäftigt war, kümmerte sie sich um die Gruben zum Gerben der Häute, die die Brüder weiter unten, am Ufer des Sees, neben einem felsigen Pfad angelegt hatten, den die beiden alten Leute jedoch nicht benutzten. Sie verbrachte oft den ganzen Tag dort, tauchte die Felle mit einem Stock in eine Brühe aus Eichenrinde und Wasser und schabte dann mit einer Klinge die Haare von den aufgespannten Häuten. Wenn sie die Häute spülte, hielt sie oft inne und betrachtete vollkommen überwältigt die grauen Berggipfel in der Ferne, die grünen Wiesen und die Flüsse, die tiefe Schluchten in die Berghänge gegraben hatten und sich als schäumende Wasserfälle in den dunklen See ergossen. Die tiefe Stille wurde nur von den Rufen der am Himmel kreisenden Adler und dem Rauschen des Windes, der über den spiegelnden See strich, unterbrochen.

Sie wanderte zwischen den Felsen umher und las die Schwanenfedern auf, die ans Ufer trieben. Eines Tages würde sie so viele Federn gesammelt haben, dass sie daraus eine Matratze machen konnte. Naisi jagte keine Schwäne. Er hatte ihr von seiner Vision mit der Göttin des Waldes erzählt. Auch Deirdre fühlte sich beschützt, wenn die weißen Schwäne im Morgennebel und in der Abenddämmerung an ihr vorbeiglitten.

Angst hatte sie jedoch davor, zufällig wieder auf die Hochwiese mit dem Stein zu geraten. Sie erinnerte sich nur höchst ungern daran, wie sie die Kontrolle über sich verloren hatte. Dennoch durchlebte sie immer wieder den Ruck, als sie sich von ihrem Körper entfernt hatte. Selbst jetzt noch hatte sie, wann immer sie die Augen schloss, das Gefühl, auf dieses unermessliche Wissen, auf diesen machtvollen Ruf zuzustürzen. Dann riss sie jedoch jedes Mal wieder erschrocken die Augen auf und beschäftigte sich mit den Händen. Sie versuchte, dieses leichte, angstvolle Zittern, das ihren Körper ergriff, zu verdrängen und konzentrierte sich darauf, Nahrung zu sammeln und Leder zu nähen – einfach auf Dinge, die friedlich und schlicht waren.

Und dennoch erlebte sie dieses Gefühl immer wieder.

Es drang irgendwie aus der Erde heraus in sie ein, sättigte sie so, wie heftiger Regen den Boden durchnässt. Wenn sie sich so monotonen Tätigkeiten wie Häute zu schaben oder Garn zu weben widmete, wurde ihr Blick irgendwann glasig, und ein Funken flog an ihrem Augenwinkel vorbei. Wenn sie jedoch genauer hinsah, war da nur Wind, der die Blätter bewegte. Ihr Blick fiel dann oft auf das glänzende Fell eines Hirschs, der mit großen Sprüngen einen Hang hinauflief, oder auf den feucht schimmernden Pelz eines Otters am Ufer. Wenn sie in den sonnendurchfluteten Wäldern Kräuter sammelte, sah sie am Rande ihres Blickfelds ständig diese kleinen Pfeile aus Licht. Es kam ihr oft so vor wie das Glitzern der Sonnenstrahlen auf dem Wasser, aber wenn sie versuchte, sich auf die Pfeile zu konzentrieren, waren sie auch schon wieder verschwunden.

Nachts kam ihr die Dunkelheit, die ihren kleinen Unterschlupf umgab, tief und weise vor. Gerade, wenn sie in ihrem Nest aus Fellen einzuschlafen begann, hörte sie manchmal leise Klänge … ein Wispern, das die Luft zu erfüllen schien. Aber vielleicht träumte sie das auch nur.

Eines Abends saßen Ardan und Ainnle am Feuer und klopften getrocknete Sehnen, um die Fasern für Bogensehnen und Schnüre herauszulösen, während Naisi seine Messer schärfte. Deirdre hockte auf einem Holzklotz und hatte eine Schüssel mit Lammeintopf, der mit Bärlauch gewürzt war, vor sich im Schoß. Sie genoss die scharfe, würzige Brühe aus Gerste und Fleisch.

Es war ein stiller Abend. Über dem Horizont leuchtete der Himmel noch hell. Ein paar Sterne hingen wie Laternen über den schwarzen Speeren der Fichten, und die Luft war so klar, dass man das Rauschen Tausender Bäche rings um sie herum hören konnte. Deirdre hatte beschlossen, Naisi nichts von ihren Ängsten zu erzählen, da sie sich nicht sicher war, ob das, was sie spürte, überhaupt real war. Wahrscheinlich würde er glauben, dass ihre seltsamen Wahrnehmungen auf ihrer druidischen Ausbildung beruhten, aber sie war sich sicher, dass das nicht der Fall war.

Sie hatte zwar Einblick in die Lehre von den Vögeln bekommen, Levarcham hatte die Verlobte des Königs jedoch niemals mit dem wilden, sinnlichen Lied der Tiere vertraut gemacht. Es verzehrte sie, wann immer Naisi in ihrer Nähe war. Wenn er sie bei ihrer Arbeit am See besuchte, zog sie ihn an sich, nahm seinen Kopf in ihre Hände und presste ihren Mund auf den seinen, sodass sie von seinen Lippen trinken konnte.

Naisis Stimme unterbrach sie in ihren Gedanken. Er erzählte seinen Brüdern gerade von seinem heutigen Besuch bei Urp und Arda. Er hatte erfahren, dass der alte Mann Schmerzen beim Wasserlassen und Fieber hatte. Deirdre räusperte sich. »Hat Arda ihm schon ein Stärkungsmittel gegeben?«

»Woher soll ich das denn wissen?«

»Wahrscheinlich schafft sie es nicht mehr, die steilen Hänge hinaufzuklettern, um dort Bärentraube zu pflücken.« Sie sah ihn an. »Ich habe etwas davon in meinem Vorrat. Du weißt ja, dass ich alles sammle, was ich finde.«

Naisi nahm seinen Dolch in die Hand und kniff ein Auge zu, um an der Klinge entlangzusehen. »Nein.«

Es folgte eine Pause. »Ich habe nie gesagt, dass ich dir blind gehorchen werde«, sagte sie und versuchte dabei, möglichst gelassen zu klingen. Wenn er sie einschränkte, selbst wenn es sich nur um Kleinigkeiten handelte, überfiel sie sofort Panik. Sie wusste selbst, dass das albern war.

Naisi zog an der Spitze ihres Stiefels. »Ich erwarte von dir auch keinen Gehorsam. Außer in Dingen, die unsere Sicherheit betreffen. Über alles andere können wir reden. Ich will nur nicht, dass jemand von deiner Anwesenheit hier erfährt. Das ist alles.« Als sie ihren Fuß wegzog, grinste er, sodass seine weißen Zähne in seinem gebräunten Gesicht leuchteten. Dann fuhr er mit dem Finger an ihrer Hose entlang. Er wandte seinen Brüdern den Rücken zu und warf ihr einen glühenden Blick zu, bevor er die nackte Haut ihres Schienbeins küsste. Sie versuchte nach ihm zu treten, aber er hielt einfach ihren Fuß fest. Er sah höchst belustigt aus und rieb sein stoppeliges Kinn über ihre Haut, sodass ihre Oberschenkel prickelten.

Als er ihr nur mühsam unterdrücktes Kichern hörte, sah Ardan zu ihnen hinüber und wandte seinen Blick dann schnell wieder ab. Deirdre hörte auf zu zappeln. »Also gut. Ich werde darauf achten, dass mich niemand sieht.«

Zufrieden drehte er sich um und hob seine Axt vom Boden auf. Deirdres Lächeln verwandelte sich in einen nachdenklichen Gesichtsausdruck, während sie seinen Hinterkopf betrachtete. Er hatte offensichtlich keine Erfahrung mit Druiden. Er wusste nicht, dass sie stets jedes Wort sorgfältig wählten. Sie hatte nicht gesagt, dass sie nicht hingehen würde, gesagt hatte sie nur, dass man sie nicht sehen würde.

Es war kein gutes Gefühl, sich ihm zu widersetzen. Aber gefangen zu sein, das war noch weitaus schlimmer für sie. Urp und Arda hatten den Brüdern jetzt schon so oft geholfen, und jedes Mal, wenn Naisi von einem Besuch in ihrer Hütte zurückkam, hatte der gehetzte, angespannte Ausdruck in seinem Gesicht ein wenig nachgelassen. Es störte sie schon seit Langem, dass sie sich dafür bei den beiden nicht bedanken konnte. Levarcham hatte sie gelehrt, dass in der Quelle allen Seins stets das Gleichgewicht herrschen musste.

Die vier schliefen noch immer unter dem Felsüberhang, denn dies war einer der wenigen windgeschützten Felsen. Aber Naisi hatte inzwischen ihre beiden Felle etwas entfernt von denen seiner

Brüder und sie auf der anderen Seite ihres Lagers ausgebreitet. Als sie sich in dieser Nacht schlafen legten, wartete er, bis seine Brüder gleichmäßig und tief atmeten, dann drehte er ihnen den Rücken zu und zog Deirdre langsam in seine Arme, erforschte ihren Mund, so als wäre es das erste Mal, während seine Hand auf ihrem Kinn lag. Seine Zunge, die über die ihre glitt, weckte einen ungeheuren Hunger in ihr. Als sich ihre Hand jedoch zu der warmen Haut unter seinem Kittel vortasteten wollte, hielt er sie sofort fest.

»Deine Brüder schlafen schon«, flüsterte sie.

»Ja! Aber ich will mit dir allein sein.« Sein Handrücken streifte ihre Brust. Seine Haut glühte, und seine Stimme klang gepresst. »Ich möchte Zeit haben, um dir alles so zu zeigen, dass es nicht wehtut.«

Als sie protestieren wollte, zog er den Ausschnitt ihres Hemds herunter und biss sie zärtlich in den Hals. »Das ist grausam«, stieß sie hervor. Dann, nach einer kurzen Pause: »Geh weiter runter.«

»Das ist gefährlich«, murmelte er, aber er rutschte dann doch ein kleines Stück nach unten, sodass er seinen Kopf auf ihren Brustkorb legen und sein Kinn nach oben strecken konnte. Auch wenn der Himmel hinter ihm schimmerte und sein Gesicht deshalb im Schatten lag, spürte sie seinen wachsamen Blick. Schließlich schloss er die Augen und schlief ein.

Deirdre jedoch schlief nicht. Anstatt müde zu werden, spürte sie eine immer stärker werdende innere Unruhe. Sie versuchte sich zu beruhigen, was ihr jedoch nicht gelang. Immer wieder hatte sie weite Täler vor Augen, die sich in die Wildnis hinein erstreckten. Sie sah das Leben, das überall im Schutze der Dunkelheit erwachte. In der Luft lag eine erwartungsvolle Stimmung. Ihre Gliedmaßen wurden unerträglich unruhig.

Schließlich entzog sie sich Naisis Armen und schlich sich an ihrem Windschutz aus Heidekraut und Fichtenzweigen vorbei nach draußen. Nachdem sie ihre Stiefel geschnürt und ihren Mantel zugebunden hatte, stellte sie sich mit weit ausgebreiteten Armen in das dunkle kleine Tal und ließ die Nacht auf sich wirken. Sie hatten die Kohlen der Feuerstelle mit Grassoden bedeckt, um sie vor dem Regen zu schützen. Über ihr glitzerten die Sterne am pechschwarzen Firmament.

Deirdre tastete sich zu dem Gestell aus Weidenruten, auf dem die Kräuter trockneten, die sie gesammelt hatte. Sie wählte einige Kräuter aus, die sie am Geruch erkannte. Da war vor allem einmal Mädesüß, das fiebersenkend wirkte. In ihr Bündel legte sie außerdem Bärentraube und auch ein wenig Weidenrinde gegen die Schmerzen. Der Weg zu Ardas und Urps Hütte war von den Brüdern inzwischen so oft begangen worden, dass ein kleiner Trampelpfad entstanden war. Sie war sich deshalb sicher, dass sie, zusammen mit dem fahlen Licht, das die Sichel des Mondes spendete, den Weg finden würde. Sie nahm ein paar Kohlen aus der Feuerstelle und legte sie in einen kleinen Feuertopf aus Bronze, den Naisi aus dem Dorf mitgebracht hatte. Außerdem nahm sie noch ein Bündel Kienspäne mit, für den Fall, dass sie auf ihrem Weg doch mehr Licht brauchte.

Sie folgte dem Pfad durch die Schlucht und hielt dabei die glühende Schale vor sich in ihren Händen. Der Nebel, der von dem schäumenden Bach aufstieg, überdeckte schon bald den Duft des Holzrauchs. Er legte sich auf ihre Haut und wusch alle Reste von Naisis Wärme fort. An der Furt angekommen, blieb sie stehen. Auf dem flachen Wasser glänzte das Licht des Mondes und der schwache Schimmer des Feuertopfs. Auf der anderen Seite verschwand der Pfad in einem dunklen Wald aus Eschen.

Ihre Nasenlöcher blähten sich. In der Dunkelheit zwischen den Bäumen rührte sich etwas, und plötzlich war da auch wieder dieses kaum hörbare Murmeln. Dann streifte irgendetwas ganz leicht ihre Wange.

Deirdre schrak zusammen. Sie starrte eine halbe Ewigkeit angestrengt und mit klopfendem Herzen in die Dunkelheit, aber die Luft war wieder still geworden. Jetzt hörte sie nur noch das leise Murmeln des Bachs. Sie nahm alle Kraft zusammen, sprang auf den Steinen über den Bach und rannte dann durch den Wald. Als sie die Schafweide oberhalb von Ardas und Urps Haus erreichte, hastete sie weiter den vom Mond beschienenen Pfad entlang, verärgert darüber, dass sie nicht wusste, was das eben gewesen war … und gleichzeitig voller Angst, weil sie es im Grunde vielleicht doch wusste.

Völlig außer Atem legte sie die Kräuter mit einem kurzen Segensspruch auf Ardas Schwelle und wandte sich zum Gehen. Ihre Munterkeit war mit einem Schlag verschwunden. Eine große Erschöpfung und Benommenheit ergriff sie jetzt. Sie überquerte wieder die Furt und spürte jetzt nichts mehr anderes als die Feuchtigkeit des Nebels auf ihrer Haut. Wieder zurück in ihrem Lager, schmiegte sie sich erleichtert an Naisis Seite.

Sie gähnte und stellte sich dabei vor, dass Arda einen Trank aus ihren Kräutern für Urp kochte. Sie war froh, dass sie endlich etwas für die beiden hatte tun können. Während sie sich an diesem Gedanken festhielt, zog sie der große See des Schlafs langsam in seine Tiefen.

Sie träumte.

… sie war eine riesige, strahlende Wolke, schimmernd und wogend, schwebte einmal hierhin, einmal dorthin.

Die Wolke befand sich im völlig leeren Raum, dann explodierte sie, und eine unendliche Zahl von kleinen Sternen stob davon. Einer dieser Sterne war sie, und sie sank durch die vielen Ebenen der geistigen Welt wieder in die diesseitige Welt herab.

Sie träumte …

… sie wäre die *sídhe*.

Sie schwebte einen Moment lang als kleiner Stern in den Nebeln der diesseitigen Welt, hielt jubelnd inne – sie war wieder da! Sie konnte wieder spielen! Zuerst aber musste sie sich wieder sammeln, musste dieses verstreute, funkelnde Bewusstsein wieder zu einem einzigen, leuchtenden Punkt zusammenziehen.

Als sie durch die Luft flog, wurde sie zu einer flammenden Säule am Bach hingezogen ... ein Mensch, ein Mädchen. Ah! Seht nur, welch unglaublich kräftige Melodie in diesem Mädchen tönte ... ein unbeugsamer, starker Wille, ständig auf der Suche. Die junge Frau genoss all ihre Sinneseindrücke so intensiv, dass sie die Zeit zum Stillstand brachte und sich dessen nicht einmal bewusst war ... während sie den Nebel schmeckte, die Erde roch, die Wärme der Kohlen im Feuertopf in sich aufnahm. Seht, wie sie bebt, wie sie all diese Eindrücke durch jede Faser ihres Wesens strömen lässt und sich gleichzeitig ausstreckt, noch mehr begehrt.

Dann zaudert sie jedoch – seht nur, wie plötzlich die Angst in ihr pulsiert! Aber diese ständige Ebbe und Flut, diese ständige Hingabe und Suche, lässt nichtsdestotrotz die Quelle allen Seins in ihr brennen.

Sie und andere *sídhe* flogen lachend wieder nach unten und streiften dabei die Wange des Mädchens, woraufhin das Licht in seinem Inneren zu flackern begann. Armes Ding ... seht, wie die Flamme zischt und verlischt. Und im nächsten Moment springt das Mädchen über das Wasser und rennt davon.

Die *sídhe* flogen in den Nebel hinaus und hielten wieder inne, schwebten auf und ab. Was für eine Freude! Die diesseitige Welt breitete sich rings um sie herum aus, geformt aus dem verstreuten Staub des Lebens – winzige Punkte wie Sonnenstäubchen, vibrierende Funken der reinen Quelle allen Seins. Sie mochten vielleicht der Anderswelt entstammen, hier aber konnten sie durch Gedanken zu Materie geformt werden. Was für ein Spaß!

Die Luft war ein funkelnder Nebel, das Wasser leuchtete, und das Mondlicht schimmerte als silbernes Feuer am Firmament.

Auch die Seelen hier waren wie Sterne, aber sie waren sich dessen nicht bewusst.

Denn sie alle waren leuchtende Fragmente des Einen, das vor langer Zeit zersplittert war und seine Scherben überallhin verstreut hatte. Und eine jede dieser Scherben – Menschen, *sídhe*, Götter und all die anderen Seelen – wuchsen und lernten, suchten und erinnerten sich. Auf diese Weise würden sie alle irgendwann ihren Weg zu dem Einen zurückfinden.

Was für ein herrlicher Platz zum Spielen die diesseitige Welt doch war! Da gab es so viele Formen und Gestalten, die die *sídhe* lieben konnten, während sie die Quelle allen Seins durch die Pflanzen und die Tiere, durch das Wasser und die Erde strömen ließen.

Die Felsen, die Berge und die Erde waren schimmernde Gespinste, ihre Lieder waren wie lange, tiefe Trommelschläge … ihre Materie war dicht und bewegte sich nur langsam. Die Funken der Pflanzen und der Tiere hingegen pulsierten schneller, ihre Substanz sang vor Leben. Sie genossen die *sídhe* am meisten.

Eine Erle zeigte sich in unendlich vielen Funken, die in der Rinde und den Blättern, den Wurzeln und im Stamm enthalten waren. Die *sídhe* zogen sich wieder zusammen und tauchten voller Freude durch diese funkelnde Wolke, tanzten einen gewundenen Pfad entlang, während sie zusahen, wie jetzt jeder Funke des Baums in Einklang mit dem göttlichen Lied vibrierte. Sie flogen durch ein Blatt … und dort bewegten sich einige der winzigen, widerhallenden Funken bereits langsamer, und ihr Licht wurde schwächer. Wenn sie ihren Tanz schließlich völlig vergaßen und sich zerstreuten, dann wurden sie zu Luft und zu Erde. Das Blatt starb, und auch seine Form löste sich auf.

Die *sídhe* begannen das Lied der Erle zu singen. Dabei sammelten sie das Licht der diesseitigen Welt, das überall um sie herum durch die Erde und das Wasser flutete. Sie riefen jedoch auch einen schimmernden Strahl aus den Schleiern der Anderswelt herbei. Einen Strahl aus geistigem Licht. Indem sie das Licht bündelten, lenkten sie es in das Blatt. Der Strahl regte die kleinen Funken an, sich zu bewegen. Die *sídhe* wirbelten lachend herum und brachten die Funken wieder in ein harmonisches Muster. Sie alle vibrierten jetzt im völligen Einklang mit einem einzigen, reinen Ton und gewannen an Leuchtkraft. Die Quelle allen Seins wurde in dem Blatt zu flüssigem Silber. Der Baum pulsierte wieder. Leben! Pures Leben!

Die *sídhe* flogen in die Höhe. Da war wieder dieses Mädchen! Sie schwebten wieder über ihm, als es neben den anderen seiner Art lag und schlief. Die *sídhe* wurden, von den Emotionen angezogen, die wie Blitze durch die Träume des Mädchens zuckten. *Staunen, Liebe, Zorn, Verlangen.* Aber da war auch Angst. Und diese Angst brachte den Fluss der Quelle allen Seins immer wieder ins Stocken. Ein heftiger Drang überwand die Angst jedoch – der Drang, die Funken zu eigenen Mustern zu formen. *Schöpfung.*

Voller Freude streiften die *sídhe* den Rand dieser Träume mit menschlicher Bedeutung. *Geschlossene Augen können nicht sehen, wie das Licht die Dunkelheit erhellt.*

24

Deirdre lag unter einer alten Eiche und starrte ihre gespreizten Finger an, die sie vor die Sonne hielt. Sie hatte wieder das vage Gefühl, in irgendetwas hineinzusinken, dessen Oberfläche eigentlich fest hätte sein sollen; ein

Gefühl, wie durch eine Wolke aus Sternen hindurchzufallen. Es waren dies schwer greifbare Gefühle, so verschwommen wie die schwache Erinnerung an einen fernen Traum.

Sie betrachtete durch ihre Finger hindurch die Blätter, die sich im Wind bewegten, sah die zarten Blattadern, die im Licht der Sonne deutlich zu erkennen waren. Dann wanderte ihr Blick zu der rot schimmernden Haut zwischen ihren Fingern und schließlich weiter zu den blassen blauen Linien, die an ihren Handgelenken entlangliefen.

Die Adern, die sich wie ein Netz durch ihren Körper zogen, entsprachen dem Geflecht der Adern in den Blättern ... vielleicht vermischten sie sich sogar miteinander. Transportierten die zarten Blutgefäße, die mit ihrem Herzen verbunden waren, tatsächlich süßen Saft in die graue Rinde und dann weiter in die Äste des Baums hinauf? Sie stellte sich vor, über den Bergen dahinzuschweben und nach unten zu sehen ... und da, die Flüsse breiteten sich ebenfalls als glänzende Äste und Adern über das Land aus, führten Wasser und Schlamm mit sich ... *Wasser wie ihr Blut.*

Sie richtete ihren Blick wieder auf die Blätter der Eiche. Sie erwartete beinahe, in den Adern der Blätter kleine helle Punkte strömen zu sehen. Es kam ihr so vor, als würde sie sich gerade an etwas erinnern ...

Ein gespenstischer Schrei riss sie aus ihren Gedanken.

Es dauerte einen Moment, bis sie sich sicher war, dass sie sich diesen klagenden Schrei nicht nur eingebildet hatte. War das ein Fuchs, eine Wildkatze – oder sogar ein Adler gewesen? Sie setzte sich so schnell auf, dass ihr schwindelig wurde. Der klagende Schrei erhob sich noch einmal und verstummte. Das war ein Mensch. Sie sprang auf die Füße. *Naisi ... gütige Götter, Naisi.* Dann setzte ihr Verstand wieder ein. Das war ein hoher, dünner Schrei gewesen, und er war aus dem Tal im Osten gekommen. Der Schrei einer Frau.

Als sie zum Lager hinaufrannte, waren die Brüder schon dabei, ihre Waffen aus der Höhle zu holen und Bündel von Pfeilen neben das Feuer auf den Boden zu werfen. Naisi sah sie an. Sein Gesicht war grimmig und entschlossen, aber auch ein wenig erregt. »Urp ist zu uns gekommen. Das Gehöft der Witwe Mairi – das in der Nähe der Moore liegt – wurde heute Morgen von fremden Kriegern überfallen. Sie ist nur mit knapper Not entkommen und ist jetzt bei Arda.«

»Ein Überfall?« Das Wort ergab für sie keinen Sinn.

»Die Männer kamen aus dem Hochland im Osten.« Naisi ging in die Hocke und legte die Pfeile jetzt neben seinen Bogen auf ein Fell. »Sie sagte, dass sie Wölfe auf ihr Gesicht tätowiert hatten – es waren Veniconen. Sie haben ihren Vater getötet und ihre Tochter verschleppt.«

Deirdre schlug die Hand vor den Mund. Einen Augenblick lang dachte sie nur an Mairi und ihre Tochter und nahm gar nicht wahr, was die Brüder gerade taten. Als dann jedoch die eiserne Klinge, die Ardan aus der Scheide gezogen hatte, in der Sonne aufblitzte, war die Wärme des Tages wie ausgelöscht. Sie wirbelte zu Naisi herum. »*Nein.*«

Er steckte weiter Pfeile in seinen Köcher. »Mairi sagte, dass diese Männer noch nie zuvor in diesem Tal waren. Wenn wir sie entkommen lassen, werden noch mehr kommen, weil sie wissen, dass es nicht verteidigt wird.«

Deirdre packte ihn am Arm. »Sie werden nicht wiederkommen. Es gibt hier doch nichts zu holen …«

»Sie haben einen alten Mann umgebracht, der nur einen Hirtenstab zu seiner Verteidigung hatte.«

Wie bei seinem Kampf mit Leary stand jetzt wieder ein unversöhnlicher Krieger vor ihr. Seine Augen waren dunkel. Er presste die Lippen fest zusammen, so als bemühe er sich, irgendeine grausame und wilde Kraft in seinem Innern zurückzuhalten. Er trug einen Helm, den sie noch nie bei ihm gesehen hatte, eine Kappe aus Leder, die von Nieten aus Bronze zusammengehalten wurde. Die Sonne spiegelte sich in dem Metall, sodass ein heller Strahl in seine Augen fiel und sich dann als leuchtende Spur zwischen seinen dunklen Brauen fortsetzte.

Sein schlanker Oberkörper war kreuz und quer von den Riemen und Schnallen überzogen, die seine Waffen hielten. Er roch intensiv nach dem Wollfett, mit dem er das Leder kurz zuvor behandelt hatte. Offensichtlich hatte er sich jetzt an einen Ort zurückgezogen, an den sie ihm nicht folgen konnte. Deirdre wurde übel, als sie zusah, wie Ardan sein Schwert gürtete. *Kämpfen … sie würden kämpfen.*

Das kratzende Geräusch der Klingen, mit dem die Brüder ihre Schwerter aus den Scheiden zogen, zerstörte ihren Tagtraum. »W-wie viele Männer waren es?«

»Mairi glaubt, sechs.« Naisi hielt inne. »Sie hatte aber keine Möglichkeit, sie zu zählen, bevor sie ihren Vater töteten und ihre Tochter fortzerrten.«

Deirdre unterdrückte ein ärgerliches Geräusch. Naisi nahm sein nacktes Schwert, das er an einen Baumstamm gelehnt hatte, und wog es in der Hand, während er seine Schultern lockerte. Seine Finger umfassten das Heft mit einer Vertrautheit und Intimität, bei der sich irgendetwas in ihrem Bauch verkrampfte. Diese Finger hatten gerade erst *ihre* Haut berührt. In der Luft lag eine Anspannung, wie sie es noch nie zuvor erlebt hatte. Sie spürte absolute Wachsamkeit und höchste Konzentration.

Als Ardan und Ainnle zur Höhle zurückgingen, hielt Deirdre Naisi am Ausschnitt seines Kittels fest, dem einzigen Stück Stoff, das sie noch finden konnte. »Das ist keine Aufgabe für nur drei Männer. Du musst zum nächsten Chieftain gehen und ihn um Unterstützung bitten.«

Er sah sie völlig verblüfft an und spitzte dann die Lippen. »Das würde viel zu lange dauern. In der Zwischenzeit hätten diese Wölfe das ganze Tal durchstreift und alle Bewohner umgebracht.«

Naisi legte die Hände auf ihre Schultern, und erst in diesem Moment wurde ihr bewusst, dass sie zitterte. Die Schatten, die der Helm auf sein Gesicht warf, ließ die sonnenbeschienenen Konturen in seinem Gesicht noch deutlicher hervortreten. Er sah plötzlich wie ein Fremder aus. Dann zog er sie jedoch an sich und küsste sie hinters Ohr. »Hab keine Angst.« Die Worte liebkosten sie, auch wenn die metallenen Schnallen sie an ihrem Nacken kratzten. »Diese Männer erwarten keinen Widerstand. Wir werden also leichtes Spiel mit ihnen haben.«

Sie löste sich ein Stück aus seinen Armen. »Bitte, hol erst Hilfe«, presste sie zwischen zusammengebissenen Zähnen hervor.

Er drückte sie fest an sich und sah dabei zu den Gipfeln der Berge hinauf. »Mein Herz wird wissen, wann der Tag zum Sterben gekommen ist, *fiáin*.« Sein Blick kehrte wieder zu ihr zurück. »Und es sagt mir, dass heute nicht dieser Tag ist.« Er grinste verwegen und küsste sie noch einmal. Seine Lippen verweilten dabei lange genug auf ihrem Mund, dass sie den scharfen Geschmack der Erregung wahrnehmen konnte. In diesem Moment spürte sie, wie seine Seele die ihre streifte. Sie schloss die Augen und klammerte sich an ihm fest.

Als sie Ardan und Ainnle kommen hörten, lösten sie sich voneinander. Kalte Luft strömte sofort zwischen sie. Naisi lächelte sie an und ließ dabei ihre Hand los. »Geh zum Ufer des Sees hinunter und versteck dich dort im Wald«, wies er sie an. »Komm erst wieder heraus, wenn die Gefahr vorbei ist.« Unter lautem Waffengeklirr und Stiefelscharren legten sie den Rest ihrer Ausrüstung an. Ardan und Ainnle wandten sich zum Gehen, und noch bevor Deirdre Naisis letzten, glühenden Kuss richtig auskosten konnte, war er ihnen auch schon gefolgt.

Sie rannte zu den Lohegruben am Ufer des Sees, stellte sich

dort auf die Felsen und beobachtete, während der Nachmittag zum Abend wurde, die Rauchfahne, die über Mairis Gehöft in den Himmel stieg. Sie hatte dabei nur ein einziges Bild vor Augen: eine Klinge, die wie ein Blitz auf Naisis Brust zielte. Sie stöhnte leise und biss sich auf die Fingerknöchel, während sie unruhig auf und ab ging.

Der Schrei eines Bussards, der über ihr kreiste, schreckte sie auf. *Naisi*. Sie schickte seinen Namen wie ein inbrünstiges Gebet zum Himmel hinauf, verbunden mit ihrer Sehnsucht, bei ihm zu sein. Wieder ertönte der klagende Schrei, durchdringend und drängend zugleich. Sie hielt sich die Ohren zu. Noch bevor sie nach oben sehen konnte, huschte ein riesiger geflügelter Schatten über den Fels zu ihren Füßen, und einen Herzschlag später fegte der Vogel selbst ganz knapp über ihren Kopf hinweg. Der Luftzug traf ihre Haare. Sie machte eine abwehrende Handbewegung, griff dabei aber nur ins Leere.

Sie bekam einen trockenen Mund, als der große Greifvogel jetzt über dem Wasser schwebte und dabei immer wieder einen klagenden Ruf ausstieß. Angesichts seiner schrillen Schreie schlug ihr das Herz bis zum Hals hinauf. Sie war schon einmal, damals allerdings in einem Zustand höchster Verzweiflung, in der Lage gewesen, den Söhnen des Usnech zu folgen … Sie musste einfach wissen, was geschah, und dabei war es ihr völlig egal, ob sie dabei die Verbindung zu ihrem Körper verlor oder nicht. Wenn Naisi tot war, gab es ohnehin nichts mehr, was sie hier verankerte.

Sie stand wie angewurzelt da und beobachtete den Bussard, der sanft durch die Luft glitt und dann, entgegen seiner natürlichen Scheu, wieder auf sie zuflog, so als wolle er ihr Herz durchbohren.

Naisi und seine Brüder lagen im hohen Farn hinter dem rauchenden Gehöft auf der Lauer. Indem sie immer der dunklen

Rauchfahne folgten, hatten sie das Marschland und die Riedgebiete durchquert und waren auf der Südseite, dort wo die Felsspitzen steiler waren, das Tal heraufgekommen.

Die Plünderer hatten ein gehäutetes Schaf in die Glutasche der niedergebrannten Hütte gelegt. Jetzt hatten sie es sich bequem gemacht und aßen dessen Fleisch, das sie in großen, verkohlten Stücken davon abrissen. Mairis Tochter kauerte an den Resten einer der Wände und hielt ihr zerrissenes Kleid vor der Brust zusammen. Im Licht der tief stehenden Nachmittagssonne sah Naisi das Blut an ihren Beinen.

Er ließ seinen Blick langsam zu den Männern wandern. Sie waren in Leder und Pelze gekleidet. Die dunklen Haare hatten sie mit Fett und Kalk zu langen Pferdeschwänzen aus schwarzen und weißen Strähnen gedreht. Naisi starrte die Tätowierungen an, die ihre Wangen und ihre Stirn bedeckten. Auch Ferdia und Cúchulainn trugen seit ihrer Kampfausbildung hier in Alba kleine Tierfiguren auf ihren Schläfen – Cúchulainn den kriegerischen Raben und Ferdia einen Fuchs. Die geschwungenen Linien dieser Tätowierungen veränderten die Gesichtzüge der Männer jedoch derart, dass sie nicht mehr menschlich wirkten. Wenn man sie ansah, blickte man nur noch in zähnefletschende Tiergesichter. Sie waren gut bewaffnet, ihre Schilde aber hatten sie lässig beiseitegelegt, und ihre Schwerter lagen locker über ihren Beinen. Trotz ihrer wilden Aufmachung waren diese Männer alles andere als wachsam.

Die Brüder beobachteten sie, bis die Schatten der untergehenden Sonne über den Farn krochen. Die Plünderer standen hin und wieder auf, um zu pinkeln, nahmen große Schlucke Ale aus ledernen Beuteln, rülpsten und machten grobe Scherze. »Sie werden heute Abend nicht mehr weiterziehen«, flüsterte Naisi leise.

Ainnle rieb seine Handflächen mit Sand ein, um einen festeren Griff zu bekommen. »Wir sollten uns verteilen und sie aus verschiedenen Richtungen angreifen. Wenn wir uns aus dem Dunklen heraus auf sie stürzen, werden sie glauben, dass wir ein ganzer Trupp von Kriegern sind und nicht nur drei Mann.«

»Sie sind viel zu betrunken, um eine echte Herausforderung für uns zu sein.« Ardans Stimme war voller Verachtung.

Naisi zuckte mit den Schultern. »Sie verdienen keinen fairen Kampf.«

Sie krochen, verborgen durch die purpurfarbenen Schatten, noch näher heran.

Deirdres Bussard flog enge Kreise und schüttelte sich dabei aufgeregt. Sie versuchte seinen Geist irgendwie zu beruhigen, aber das war schwierig, da es ihr nicht gelingen wollte, den Strahl ihres Bewusstseins zu fokussieren.

Sie wusste nicht, wie es ihr gerade ohne Levarchams Hilfe gelungen war, ihren Körper zu verlassen. Genau wie beim letzten Mal war da ein schwaches Pochen gewesen, ein uraltes Wissen, das tief in ihre Seele hineinsank. Ihre druidische Ausbildung musste sie in irgendeiner Weise darauf vorbereitet haben. Beim letzten Mal war es die Frustration gewesen, die ihr den Zugang zu alledem ermöglicht hatte. Jetzt jedoch hatte sie panische Angst, dass Naisi etwas geschehen könnte, und so war es diesmal ihr brennender Wunsch, ihn zu schützen, der den Vogel vorwärtstrieb.

Sie warf einen Blick zurück. Die Verbindung zu ihrem Körper war ein in der Luft vibrierender Fluss aus Tönen, die irgendwie lebendig waren, und nicht der silberne Faden, den Levarcham sie zu sehen gelehrt hatte.

Ein Schrei des Bussards holte sie wieder zurück. Ein Stück weiter vorn, vor dem dunklen Hintergrund der mit Heidekraut bewachsenen Hänge, sah sie glühende Flammen. Von einer zerstörten Hütte stieg Rauch auf. Deirdre musste ihre ganze Willenskraft aufbieten, um den noch immer aufgeregten Vogel durch die Wolke aus Asche zu einer abgestorbenen Ulme zu dirigieren. Mit einem einzigen scharfen Blick durch die Augen des Bussards erfasste Deirdre die Situation. Die Plünderer saßen am Feuer. Ein Stück davon entfernt das weinende Mädchen. Deirdres Bewusstsein wurde von Kummer erfüllt, und der Vogel, der nicht wusste, wie er mit diesem ihm unbekannten Gefühl umgehen sollte, reckte seinen Hals und schlug aufgeregt mit den Schwingen.

In diesem Moment sah sie die kaum wahrnehmbare Bewegung im Farn – drei dunkle Gestalten, die sich aus unterschiedlichen Richtungen näherten. Der Bussard hätte beinahe wieder geschrien, aber es gelang ihr, ihn mit verzweifelter Willensanstrengung ruhig zu halten.

Einer der Männer am Feuer erhob sich jetzt auf alle viere und kroch auf das Mädchen zu, das sich gegen die Wand drückte. Als er sie erreicht hatte, schob er ihr Kleid nach oben und begann an seiner Hose herumzufummeln, während sie weinend versuchte, ihren Rock festzuhalten.

Naisi, der jetzt hinter einer verkohlten Wand kauerte, war selbst überrascht, als plötzlich ein atemloses Knurren aus seiner Kehle stieg. Die ganze Zeit über hatte er, auch wenn es ihm noch so schwergefallen war, sein Verlangen nach Deirdre mit aller Macht unterdrückt. Und dies nur, weil er der Meinung war, dass er keinen Anspruch auf sie erheben durfte, solange der Makel eines Verfolgten an ihm haftete. Sein Stolz ließ es einfach nicht zu, dass Conor recht behalten sollte. Dieser Abschaum hier würde seiner Lust jedoch rücksichtslos nachgeben. Sie würden sich einfach nehmen, was sie wollten. Der Zorn ließ heißes Blut in seine Lenden strömen. Jetzt endlich konnte er sich wenigstens eine gewisse Erleichterung verschaffen.

Einen Moment später hielt er die Hand wie einen Trichter vor den Mund und stieß den Ruf der Eule aus – das war das Zeichen, das er mit seinen Brüdern, die sich der Hütte von verschiedenen Seiten her näherten, vereinbart hatte. Die Plünderer beachteten den Ruf überhaupt nicht. Naisi griff über seine Schulter nach hinten und zog sein Schwert langsam aus der Scheide. Das Metall gab dabei ein leises Zischen von sich, so als dürste es auch dieses nach Blut. Er kontrollierte noch einmal, ob sein Dolch fest in seinem Stiefelschaft steckte. Dann richtete er sich auf und stieß dabei den zweiten Ruf aus.

Im selben Augenblick brach Ainnle mit einem lauten Kampfschrei aus dem Unterholz. Er wirbelte mit einer eleganten Drehung am ersten Plünderer vorbei, während er sein Schwert in den Hals des Mannes schlug. Naisi setzte noch mit großen Sprüngen über die Trümmer hinweg, als Ardan sich schon mit einem heiseren Brüllen in den Kampf stürzte. Seine Stimme hallte von den Hängen ringsum wieder, sodass es sich anhörte, als würden Dutzende von Kriegern angreifen.

Naisi zog seine Klinge über den ungeschützten Nacken eines der Plünderer. Der Mann neben ihm griff nach seinem Speer, aber Naisi riss, noch im Fluss dieser Bewegung, mit der linken Hand seinen Dolch aus seinem Stiefel und stieß ihn in dessen Eingeweide. Ardan duckte sich gerade unter dem Hieb eines weiteren Plünderers weg und schlitzte einem fünften Krieger, der aus dem Farn herausgestolpert kam, den Bauch auf. Als Krieger des Roten Zweiges arbeiteten sie perfekt zusammen. Sie waren ein einziges, wild kämpfendes Tier mit vielen Gliedern. Ainnles Schwert traf die Klinge seines Gegners mit einem lauten metallischen Krachen, das sich mit den Schreien der sterbenden Männer vermischte.

Naisi wurde sich plötzlich einer unkontrollierbaren Kraft bewusst, die durch seinen Körper strömte – es war dies der alte Zorn auf Conor, der jetzt heiß glühend durch ihn hindurchschoss. Er wandte sich jetzt dem Mann zu, der gerade noch über das Mädchen hatte herfallen wollen. Dieser versuchte, in seine Hose verheddert, an seine Waffen zu gelangen, während das verängstigte Mädchen sich ins Gestrüpp davonschleppte, wo es sich an einem Zaun zusammenkauerte und die Arme schützend über den Kopf hielt.

Naisi ging mit großen Schritten über die Lichtung. Sein Schwert schleifte an seiner Seite, und dessen Spitze schnitt durch den Farn. Das Schwarz und Rot in seinem Inneren vermischte sich miteinander, verbrannte ihn regelrecht. Er spürte das Heft seines Schwertes in der Hand und sah die Spuren der Vergewaltigung auf den Oberschenkeln des Mädchens – das war es, was diesen Zorn entfesselt hatte. *Endlich ein Kampf, der gerecht und edel war.* Er ging mit aller Gewalt auf den Mann los und schlug ihm mit einem Hieb das Schwert aus der Hand. Wie von Sinnen stieß Naisi dann auf das weiche Fleisch ein, und ein jeder Hieb befreite ihn ein wenig mehr von dem lang aufgestauten Druck in seinem Inneren, ließ ihn wie Blut aus seinem Körper herausfließen und gerinnen. Ein Schrei entrang sich ihm, wild und hoch, ein Heulen, das zum dunkler werdenden Himmel hinaufstieg.

Als er schließlich sein Schwert aufrecht in den Brustkorb des Toten stieß, wurde Naisis Blick wieder klar, und er sah, was er getan hatte. Er sah das Blut auf den hellen Steinen glänzen, sah es über die weißen Arme des wimmernden Mädchens im Farn verspritzt. *Roter Zweig,* schrie es in seinem Kopf. *Denkt an den Roten Zweig.* Sein zorniger Schrei verwandelte sich in ein Kriegsgeheul, und als Ainnle und Ardan einstimmten, die Köpfe nach oben geworfen wie ein Rudel Wölfe, war ihm kaum bewusst, was er mit diesem Schrei verkündete: *Das bin ich! Ich bin noch immer Naisi! Naisi!*

Er sah jetzt ein Licht – es war das Licht von Cúchulainns Geist, das ihn in die Schlacht führte, so wie es das stets getan hatte. Ein silberner Faden, der sich durch die Dunkelheit zog.

Er überließ sich diesem herrlichen Strom, hielt sich an ihm fest wie an einer Rettungsleine.

Die schrillen Kriegsrufe und die lauten Schreie der Verwundeten scheuchten den Bussard von seinem Baum auf. Der Vogel versuchte, diesem schrecklichen Lärm zu entfliehen. Deirdre musste mit aller Macht kämpfen, um wieder die Kontrolle über ihn zu erlangen. Schließlich brachte sie ihn dazu, seinen Kopf zu wenden und nach unten zu sehen.

Ihr Entsetzen ließ den Bussard laut aufkreischen.

Vier weitere Krieger rannten den Hang oberhalb der brennenden Hütte herunter. Sie zogen ihre Schwerter, während sie auf den Lärm des Kampfes zuliefen. Es waren also zehn Plünderer, nicht sechs.

Die Söhne des Usnech begannen, vor Anstrengung keuchend, ihre Deckung herunterzunehmen. *Naisi!*, rief Deirdre. Sie hatte völlig vergessen, dass sie keine menschliche Stimme hatte, keinen Körper, mit dem sie schreien oder einfach losrennen konnte, um ihn zu warnen. Ihre Angst traf den Vogel wie ein Messerstich, und er schrie, von Schmerz überwältigt, an ihrer Stelle auf.

Naisi sah nach oben, in Richtung des Schreis, während das Licht der Flammen auf seinem Unterkiefer lag. Er und Ainnle standen mit erhobenen Schwertern vor der verkohlten Mauer, als die anderen Plünderer auf sie zustürmten. Diese Männer waren weder betrunken noch hatte man sie überrascht. Ein erbitterter Kampf entbrannte. Das Entsetzen, das Deirdre spürte, veranlasste den Bussard, weiter über dem Geschehen zu kreisen.

Angst und Panik hatten die letzten Reste ihres menschlichen Denkens ausgelöscht. Sie empfand jetzt nur noch das, was der Vogel empfand. Sie klammerte sich an dessen Licht, da dies die einzige Gegenwart in ihrer Nähe war. Die Söhne des Usnech wurden von einem silbernen Feuer eingehüllt, das sich wie lange

Rauchfahnen ausbreitete, wenn sie einen Ausfallschritt machten, und wieder zurückschnellte, wenn sie zurücksprangen. *Die Quelle.* Der Vogel sah die Quelle allen Seins. Sie war mächtig und kraftvoll und nahm von dem Vogel und Deirdre als reine Emotion Besitz. Im selben Moment spürte Deirdre, wie entschlossen sich die Brüder gegenseitig zu beschützen suchten, spürte das starke Band zwischen ihren Herzen, das drei einzelne Flammen zu einer einzigen feurigen Klinge zusammenfügte.

Ardan brachte einen der Männer mit einem Stoß seines Hefts aus dem Gleichgewicht und überließ ihn dann Ainnle, der ihm den Rest gab. Naisi nahm sich unterdessen den nächsten Krieger vor. Die Wucht seines Angriffs trieb seinen Kontrahenten auf das Feuer zu, das sich jetzt an den eingestürzten Deckenbalken hinauffraß. Sie wirbelten mit ihren Füßen einen Schauer von Funken auf, während sie vorwärtssprangen und zurückwichen.

Der Rauch nahm Naisi die Sicht. Er blieb mit einem Fuß an einem verbrannten Stück Holz hängen und geriet ins Stolpern. Kurz bevor der Plünderer seinen Arm hob, sah Deirdre ein nebelhaftes Schimmern, das dessen Klinge umgab. In diesem Moment stürzte sich ihr Geist auch schon durch die Flammen nach unten und riss den Vogel mit der Gewalt ihres Zorns mit sich. Sie stürzte sich auf das Gesicht des Kriegers, peitschte ihm mit den Schwingen in die Augen und schlug mit ihren Fängen nach ihm.

Der Mann schrie auf und hielt sich einen Arm schützend vors Gesicht. Naisi fing sich wieder und duckte sich unter dem wirbelnden Schwert weg, als Deirdre wieder herabstieß. Der Bussard kreischte voller Entsetzen. Sie sah, dass Naisi das Heft seines Schwertes mit beiden Händen packte und es seinem Gegner mit einem triumphierenden Schrei von unten in den Bauch rammte.

Die unglaubliche Erleichterung, die Deirdre jetzt überkam, raubte ihr alle Kräfte und befreite so den Bussard von ihrem Willen. Er stieg hoch in die Luft und flog laut kreischend vor dem Gestank des Qualms und des Blutes davon. Unter Deirdre raste der jetzt in der Dämmerung liegende See in einem Strom aus Licht und Schatten dahin, bis sie in eine tiefe Bewusstlosigkeit fiel.

Und dann war da plötzlich wieder ihr Körper, der frierend auf dem feuchten Sand lag.

Als die Brüder zurückkamen, warf die sinkende Sonne einen goldenen Schimmer auf die fedrigen Wolken über den Bergen. Sie blieben am Rande der Lichtung stehen. Naisi ließ ein großes, in Fell gewickeltes Bündel auf den Boden fallen. Es klirrte laut.

Deirdre stellte mit zitternden Händen ihren Becher mit Brennnesseltee auf den Boden und rannte auf ihn zu. Sie ignorierte das getrocknete Blut auf seiner Kleidung und seinem Gesicht. Er drückte sie lachend an sich. »*Fiáin,* fass mich besser nicht an!« Der Rauch hatte seine Stimme rau werden lassen. »Wir müssen uns erst waschen, bevor wir uns zu dir ans Feuer setzen können.«

Sie vergrub ihren Kopf an seiner Schulter, ohne sich vom Blut und dem sauren Geruch des Schweißes abschrecken zu lassen. Während sie sich an ihn klammerte, stellte sie verwirrt fest, dass sie noch immer das Gefühl hatte, Federn an den Fingern zu haben. Ihre Arme erschienen ihr dünn und unbeholfen, und als sie in Naisis blutverschmiertes Gesicht sah, fiel es ihr schwer, ihre Lippen zu bewegen. Es kam ihr so vor, als müsste sie einen großen Schnabel öffnen.

Ardan sagte mit heiserer Stimme: »Und dann halten wir ein Siegesmahl. Unser erstes in Alba. Schau!« Er hielt zwei Lederflaschen in jeder Hand. »Urp hat uns Met geschenkt.« Ainnle schob sich, eine Hammelkeule auf der Schulter, an ihm vorbei. Er hatte ein strahlendes Grinsen auf seinem blutverschmierten Gesicht.

Während Deirdre Fleischstücke aufspießte und sie über das Feuer hängte, gingen die Brüder mit ihren Schwertern zur tiefsten Stelle des Bachs. Sie zogen sich aus und stiegen ins Wasser. Ihr lautes, unbeschwertes Lachen löste endlich auch den Knoten in Deirdres Brust. Sie reinigten sich und segneten ihre Klingen, dann wuschen sie sorgfältig ihre Kleidung im Bach aus, bevor sie zur Höhle gingen, um sich frische Sachen zu holen.

Naisi wärmte seine Hände am Feuer. Sein hellblauer Kittel klebte an seiner noch feuchten Haut. Deirdre nahm ihm das leinene Handtuch aus der Hand und stellte sich hinter ihn, um ihm die Haare zu trocknen. *Er lebte.* Sie schloss die Augen, genoss sein Gewicht an ihren Oberschenkeln.

Er hob den Kopf. »Wir haben Mairi und den anderen Hirten alle Armreifen und Torques gegeben, damit sie etwas zum Tauschen haben. Mairi bringt ihre Tochter zu Verwandten im großen Tal. Sie wird also etwas für den Neuanfang haben. Die Schwerter aber haben wir behalten.« Obwohl sie eine tiefe Befriedigung in seiner Stimme vernahm, war da noch immer ein angespannter Unterton. Als Deirdre sich Naisi genauer ansah, entdeckte sie eine Spur von Hunger und Erregung in seinen Augen. Aber das bildete sie sich vielleicht auch nur ein. Wahrscheinlich sahen alle Männer so aus, wenn sie gekämpft hatten und ihr Blut noch immer in Wallung war. Sie strich ihm sanft das feuchte Haar aus der Stirn und küsste seinen Scheitel. Er drückte daraufhin ihre Hand an seinen Mund. Sie spürte, wie sein Atem durch ihre Finger strich.

An diesem Abend bekam Deirdre einen Eindruck davon, wie es in Emain Macha zuging, wenn die Krieger siegreich aus der Schlacht zurückkehrten: Es wurde gegessen und getrunken, gesungen und gelacht. Die Brüder schwelgten in Erinnerungen an vergangene Schlachten und Ruhmestaten. Irgendwann drehte sich dann alles nur noch um den Kampf dieses Abends. Die drei beschrieben aufgeregt jeden Schwerthieb und jeden Ausfall. Deirdre saß neben Naisi auf einem Baumstamm, während der Met in ihren Adern summte. Auch sie war dabei gewesen. Sie hatte Naisi verteidigt.

Naisi berichtete gerade, wie er in schwere Bedrängnis geraten sei. Schließlich hätte er sogar geglaubt zu sehen, wie ein Vogel ins Gesicht seines Gegners geflogen sei. Aber das sei unmöglich; das musste er sich eingebildet haben. Ohne nachzudenken, sagte Deirdre: »Du hattest dich einfach nur verschätzt und bist zu weit in den Rauch hineingeraten, das ist alles.«

Die Brüder starrten sie an. »Deirdre«, sagte Naisi mit ruhiger Stimme. »Woher weißt du das?«

Sie verschluckte sich fast an dem Stück Hammelfleisch , das sie gerade im Mund hatte. Fieberhaft suchte sie nach einer Antwort auf Naisis Frage. Naisi packte ihre Hand, so heftig, dass er seinen Met über ihren Schoß verschüttete. »Du hast dich also meiner Anweisung widersetzt und bist uns gefolgt? Ich kann nicht glauben, dass du das tatsächlich getan hast!«

»Nein«, stotterte sie. *Ich bin dir jedenfalls nicht mit meinem Körper gefolgt.*

Ardan und Ainnle ließen ihren Blick zwischen den beiden hin- und herwandern, während Naisi ihre Hand losließ und sich langsam erhob. Der enttäuschte Ausdruck in seinem Gesicht traf sie bis ins Mark. »Ich bin dir nicht gefolgt, so wie du glaubst, das schwöre ich. Ich bin als ...« Sie holte tief Luft. »Ich bin als Vogel geflogen – ich meine, in einem Vogel. Levarcham hat mich das gelehrt. Ich weiß, dass es sich verrückt anhört, aber die Druiden können so etwas.« Absolute Stille legte sich über das Lagerfeuer. In Naisis geweitete Augen trat jetzt ein verwirrter Ausdruck.

»Was soll das heißen?«, fragte Ardan schließlich. »Dass du dich in einen Vogel verwandelt hast?«

Verzweifelt hielt sie Naisis ungläubigem Blick stand. »Nein. Du lässt zu, dass ein Teil deines Geistes aus deinem Körper schlüpft, und irgendwie ... fängst du dann ein Tier ein. So wie in einem Netz. Ich habe mir die Vögel ausgesucht, weil sie frei sind.« Sie flehte Naisi stumm an, sie zu verstehen. Aber er rieb sich nur die Schläfen und wich ein paar Schritte vor ihr zurück.

Ardan hingegen beugte sich begeistert ein Stück nach vorn. »Der Druide unseres Vaters hat oft von solch geheimnisvollen Dingen gesprochen, aber ich habe immer angenommen, dass er sich nur über mich lustig machen wollte, damit ich ihn mit meinen ewigen Fragen endlich in Ruhe lasse! Du kannst also einen Vogel dazu bringen, das zu tun, was du willst?«

Deirdre kaute auf ihrer Unterlippe herum und beobachtete Naisi, der in die Flammen starrte. »Nein. Man kann dem Tier nicht seinen Willen aufzwingen, man kann es nur beeinflussen, und das auch nur für kurze Zeit.«

Ainnle stieß einen lauten Pfiff aus. »Das ist ja unglaublich!« Sein Gesicht war vom Met gerötet, sein Blick glasig. »Dann bist du also damals, in dieser ersten Nacht in Erin, auch als Vogel zu uns in den Wald gekommen?«

Ainnle war seit dem Tag der Hirschjagd sehr zurückhaltend gewesen, wenn es um sie ging. Seine Verachtung hatte sich in letzter Zeit in eine Art gereizte Wachsamkeit verwandelt. »Nein, das war ich selbst. Ich wollte euch nur einen Streich spielen.« Sie sah Naisi an. »Heute aber bin ich euch als Vogel gefolgt, und als du gestolpert bist, habe ich den Vogel dazu gebracht, dem Mann ins Gesicht zu fliegen.«

Er machte noch immer ein ausdrucksloses Gesicht. Ihre Finger gingen langsam zu ihrem Mund. Sie konnte noch immer seine Berührung auf ihrer Haut riechen, konnte den Geruch des Flusses wahrnehmen. Glaubte er jetzt, dass sie hellsehen konnte? Oder hielt er sie einfach für verrückt? Levarcham hatte ihr oft gesagt, dass sich die Druiden von den anderen Menschen unterschieden, aber sie wollte jetzt nicht nur hierhergehören, sie wollte dazugehören und an alldem teilhaben. »Bitte«, sagte sie leise. *Bitte. Ich bin doch noch immer ich.* Als hätte er ihre Gedanken gehört, konzentrierte sich sein Blick wieder auf sie, und in diesem Moment sah sie, dass in seinen Augen nicht Angst, sondern Staunen lag. Ein Zittern durchlief sie. Sie ließ ihre Hand matt in ihren Schoß sinken.

Ardan richtete sich auf. »Ich weiß gar nicht, warum ihr jetzt alles so entsetzt seid. Wir haben doch erlebt, wie sie den Hirsch gerufen hat.« Er hielt inne und versuchte herauszufinden, was sein älterer Bruder gerade dachte. »Immerhin ist sie von einer Druidin unterrichtet worden.«

Deirdre stockte der Atem, als Naisi sich wieder neben sie setzte. Er nahm ihre Hand und starrte dann ihre Finger an. »Du hast recht. Aber das ist alles so ... so überraschend.« Er hob den Kopf, und sein brennender Blick ging jetzt direkt durch sie hindurch.

Ainnles Lachen löste schließlich die Anspannung. »Bei allen Göttern! Ich dachte, dass das nur Druiden könnten.«

»Nun, man muss dazu *sehr* viel üben, und es ist auch sehr anstrengend.« Dieses eine Mal dachte sie ohne jedes schmerzliche Gefühl an die vom Herdfeuer erhellten Nächte mit Levarcham. »Solange es mit der erforderlichen Ehrfurcht geschieht, kann ich es euch zeigen.«

Ainnle schnaubte. »Ich sehe es schon vor mir. Wir würden wahrscheinlich übers Ziel hinausschießen und irgendwo dort oben verloren gehen.« Er zeigte betrunken zu den Sternen hinauf.

»Und *du*, kleiner Bruder, würdest dich wahrscheinlich von deiner Begeisterung so überwältigen lassen, dass du irgendeinen armen Vogel geradewegs gegen eine Felswand klatschen lassen würdest«, warf Ardan ein.

Naisi drückte Deirdres Finger, während er Ardan ansah. »Und du würdest niemals zurückkommen. Du würdest dir einen Albatros aussuchen und über das Meer fliegen. Du würdest dabei vor dich hin träumen und uns vollkommen vergessen.«

Sie zog an Naisis Hand. »Was ist mit dir, Naisi?«

»Ich wäre ein Adler und würde so hoch fliegen, dass mir nie mehr irgendjemand Fesseln anlegen könnte.«

Ainnle verdrehte die Augen. »Ich wäre schon mit einem Turmfalken glücklich und zufrieden. Aber bei dir muss es gleich wieder ein Adler sein.«

Naisi lächelte geheimnisvoll. »Ein Adler kann tun, was immer er will.«

»Nun, ich zum Beispiel würde gerne wissen, wie es ist, ein Druide zu sein«, sagte Ardan leise. Er sah Deirdre an. Seine Ehrfurcht kämpfte dabei unübersehbar mit seiner Verwirrung. Dann schüttelte er einfach nur den Kopf und stand auf, um noch mehr Met zu holen. Auf unsicheren Beinen wankte er davon.

Als er zurückkam und Ainnle einschenkte, sahen Naisi und Deirdre ihre miteinander verschränkten Finger an. Sein Oberschenkel wärmte den ihren. »Du hast also für mich gekämpft«, murmelte Naisi.

Sie zupfte an der sich abschälenden Rinde herum. Plötzlich war sie merkwürdig schüchtern. »Du bist mir also nicht böse?«

»Bis jetzt waren es immer nur meine Brüder, die sich für mich in Gefahr begeben haben.« Unter einem seiner Nägel haftete noch immer ein wenig Blut. Er war dem Tod so nahe gewesen.

Sie schluckte und legte ihren Handrücken an sein Gesicht, dann strich sie damit an seinem Hals entlang und genoss das Pochen seines Pulses. »Du hast für mich schon einmal dasselbe getan.«

Sein Mund zuckte. »Als du sagtest, dass du mir niemals gehorchen würdest, hast du das tatsächlich auch so gemeint.«

Sie wurde still. Ihr Gesicht war ernst. »Ich werde nicht einfach tatenlos zusehen, wie du stirbst. Niemals.« Die Worte waren ihr irgendwie herausgerutscht. Während sie jetzt ein Schauder überlief, kam Ardan mit der Flasche auf sie zu, und Naisi hielt ihm lächelnd seinen Becher hin.

Den Rest der Nacht floss der Met in Strömen, bis nur noch leere Flaschen vor ihren Füßen lagen. Das Feuer war zu einem Haufen Glutasche heruntergebrannt, aber da es gerade Hochsommer war, wurde der Himmel vom flackernden Nordlicht schwach erhellt. Endlich wickelte sich Ardan in seinen Mantel ein und rutschte von seinem Sitz auf den Boden, wo er sich zusammenrollte und sofort in einen trunkenen Schlaf fiel. Ainnle machte es sich auf der Kleidung, die vor dem Feuer trocknete, bequem. Er krächzte noch etwas Unverständliches, dann fielen auch ihm die Augen zu, und kurze Zeit später vernahm man von ihm nur noch ein lautes Schnarchen.

Deirdre konnte ihn gerade noch mit einem Fell zudecken, bevor Naisi mit glasigem Blick ihre Hand packte und sie dann auf unsicheren Beinen den Pfad zur Höhle entlangzog. Dort streifte er ihren Umhang von den Schultern, warf ihn einfach zur Seite und fiel dann vor ihr auf die Knie. Er schwankte wie ein Baum im Wind, als er Deirdres Arme über den Kopf hob und ihr den Kittel auszog. Es war kalt. Sie schnappte keuchend nach Luft und bekam eine Gänsehaut. Ihre Brustwarzen wurden steif. Das Keuchen wurde zu einer Art ersticktem Wimmern, als sich seine warmen Lippen um eine ihrer Brustwarzen schlossen. Dann verlor er die Balance und fiel um. Ihre Brustwarze rutschte aus seinem Mund. Er zog Deirdre mit sich zu Boden, schlüpfte mit ihr unter die Felle und bedeckte jetzt ihre Lippen mit unbeholfenen Küssen. Eingehüllt in seinen nach Met riechenden Atem, begann Deirdre an seiner Hose herumzunesteln und sie dann nach unten zu ziehen. Irgendwann musste es ja schließlich einmal geschehen …

Es dauerte einen Moment, bis ihr klar wurde, dass ihre suchenden Finger über drahtiges Haar und eine weiche Mulde in seiner Lende strichen, dann schlossen sie sich um nichts als schlaffes Fleisch zwischen seinen Beinen. Naisi bekam einen Schluckauf, sein Kopf sackte auf ihren nackten Oberkörper. »Zu viel …«, murmelte er leise, während sein Gewicht schwer auf ihr lag. »Ach, *fiáin* …«, brummte er in die Rundung einer ihrer Brüste. Sie lag erstaunt da, während er noch einmal aufstieß und dann einfach einschlief.

Nach einer Weile ließ auch sie sich zurücksinken und starrte den Felsen über ihr an. Er war eingeschlafen! *Jetzt?* Als er zu schnarchen begann, stieß sie unwillkürlich ein amüsiertes Schnauben aus. Dann lächelte sie still in sich hinein.

Wenigstens konnte er jetzt ihre Hände nicht mehr wegschieben. Sie strich mit einer Handfläche über seinen Kittel, fuhr sein Schulterblatt und seine Taille entlang und schob ihre Finger dann in seine Hose, um besitzergreifend eine seiner Pobacken zu umschließen. Der Muskel dort war hart. Ihr schoss unwillkürlich das Bild der rostroten Flanken des Hirschs durch den Kopf, der die Hirschkuh besprang. Das Bild machte ihr jetzt jedoch keine Angst mehr, und sie dachte dabei auch nicht mehr an Conor oder an Fintan oder sonst irgendwen. Sie konzentrierte sich mit all ihren Sinnen nur noch auf diesen Mann … auf seinen rauchigen Duft, das leise Pfeifen seines Atems, den lang ausgestreckten Körper auf dem ihren. Sie spürte ein prickelndes Gefühl in ihrem Inneren, tief zwischen ihren Beinen, und genoss dabei das ungewohnte Gewicht seines Körpers, das langsam ihre Oberschenkel auseinanderschob. Durch ihre Nase atmend, versuchte sie sich ein wenig zu bewegen, um ihren Bauch an dem seinem zu reiben, aber er war einfach zu schwer.

Stattdessen griff sie unter seinen Kittel und fuhr an seiner Wirbelsäule hinauf, betastete seine warmen Muskeln und fragte sich, wie es sich wohl anfühlen würde, wenn sie sich unter ihren Fingern anspannten. Ihr Gesicht glühte, während er selig vor sich hinschnarchte und von alledem nichts mitbekam. Sie biss sich auf die Unterlippe, um ein Lachen zu unterdrücken, dann legte sie ihre Hände flach auf seinen glatten Rücken.

Jetzt hielt sie sein schlagendes Herz in ihren Händen. Und das war alles, was zählte. Er lebte.

Die Brüder hatten allesamt einen schweren Kopf, als sie am nächsten Tag zu Mairi gingen, um unter einer großen Esche auf einem Hügel ein Grab für ihren Vater auszuheben. Deirdre gab Naisi ein Sträußchen aus Ebereschenblättern mit, das er ins Grab legen sollte. In Urps Hütte klammerte sich Mairi dann weinend an Ainnle und Ardan und segnete sie, weil sie ihre Tochter gerettet hatten. Das Mädchen saß zusammengekauert an Ardas Herdfeuer und sah die Brüder immer wieder völlig verängstigt an, egal, wie freundlich Naisi auch mit ihr redete.

Urp lehnte an seinem Schafpferch, als sie sich von ihm verabschiedeten. »Arda sagt, dass die Götter euch geschickt haben, um uns zu beschützen«, sagte er, während er ihre Schwerter betrachtete.

Naisi warf einen Blick zu seinen Brüdern hinüber. Auch wenn er ein flaues Gefühl im Bauch hatte und sein Kopf schmerzte, spürte er in seinen Gliedern noch immer einen Rest der Kraft, die ihn beim Kampf erfüllt hatte. »Wir würden niemals ein solches Gemetzel zulassen«, sagte er mit seiner vom Met noch immer heiseren Stimme.

Urp nickte und ließ seinen Blick langsam den Hang hinaufwandern, bevor er Naisi plötzlich in die Augen sah. »Ihr seid keine umherziehenden Jäger.«

Von den scharfsinnigen Augen Urps festgehalten, wurde Naisi bewusst, dass er diesen Mann, der so standhaft und aufrichtig war wie die Felsen in diesem Land, nicht länger belügen wollte. »Wir ziehen umher«, sagte er und wischte die Erde weg, die beim Schaufeln des Grabes an seiner Hose hängen geblieben war. »Aber es ist wahr. Wir wurden nicht in der Hütte eines Hirten geboren.«

»Wahr ist auch, dass wir keinen Ärger haben wollen«, mischte sich Ainnle ein und warf Naisi dabei einen besorgten Blick zu.

Urp stieß ein bellendes Lachen aus, das in einen Hustenanfall überging. Er klopfte sich auf die Brust. »Ärger! Ihr habt *uns* vor Ärger bewahrt, Junge. Also sieh mich nicht an, als wolltest du gleich mit deinem Messer auf mich losgehen.«

»Das würde ich niemals tun!«

»Eben.« Urp gelang es nicht, ein neugieriges Funkeln in seinen Augen zu verbergen. »Und genau deshalb werde ich auch niemandem etwas von euch sagen. Jede Familie in diesem Tal hat gutes Fleisch von euch bekommen, und Mairis Tochter verdankt euch sogar ihr Leben. Arda sagt, dass es die *calleach* selbst war, die euer Kommen gesegnet hat – denn die *sídhe* haben uns vor ein paar Nächten Kräuter als Geschenk gebracht.«

Naisi runzelte die Stirn. Sein noch immer benebelter Verstand versuchte, aus diesen Worten schlau zu werden. Urp hatte seinen Hirtenstab jetzt auf die Hürde gelegt und starrte ihn aufmerksam an. In Naisis Brust begann es wie wild zu hämmern. Er spürte, dass Urp eine Gegenleistung für sein Schweigen erwartete. Dann überfiel ihn plötzlich die Erkenntnis: Urp wollte *Vertrauen*. Das Vertrauen, das alle Menschen miteinander verband, die in diesem Tal lebten. »Wir haben uns hier versteckt«, gab er zu, woraufhin Ainnle und Ardan ihn durchdringend ansahen. »Wenn ich dir sagen würde, vor wem wir uns verstecken, wäret ihr alle in großer Gefahr, also lass es dabei bewenden. Unsere Anwesenheit muss so lange wie möglich geheim bleiben.«

Ardan atmete auf und wandte sich an Urp. »Sonst müssen wir von hier fortgehen.«

Urp nickte ernst. »Ihr habt uns mehr gegeben, als ihr genommen habt. Unser Schweigen ist dafür nur ein geringer Preis.«

»Aber es könnte Tote geben.« Naisi wollte, dass Urp begriff, worum es ging. »Wenn jene, die uns verfolgen, hierherkommen, könnte es schlimm für euch enden.« Dann hatte er plötzlich eine Eingebung. »Und aus diesem Grund dürft ihr niemals unser Lager suchen. Das ist sicherer für euch, denn dann könnt ihr wahrheitsgemäß sagen, dass ihr nicht wisst, wo wir sind.«

Urp dachte darüber nach. Dann zuckte er mit den Schultern. »Ich habe mehr Angst vor den Veniconen als vor euren geheimnisvollen Feinden. Aber ich weiß jetzt genug, um keinen Argwohn mehr gegen euch zu hegen. Behaltet also eure Geheimnisse für euch.«

Als sie den Hang hinauf zurückgingen, legte Naisi seine Hände auf den Bogen, den er über der Schulter trug, und streckte seinen Rücken. Jetzt, da diese Heimlichkeiten zumindest zum Teil beendet worden waren, konnte er wieder frei durchatmen und klar denken. Die Menschen in dem Tal waren mit ihnen verbunden, und sie selbst waren jetzt, da sie es mit ihrem Leben verteidigt hatten, an dieses Tal gebunden. Ein kleines Haus … ja, jetzt konnten sie ein kleines Haus bauen – einen Kreis aus Steinen mit einem Dach –, denn sie hatten sich das Anrecht auf diesen Grund und Boden mit ihrem eigenen Blut erworben. Einen Ort mit festen Mauern, an dem er mit Deirdre in Frieden leben konnte.

Er hätte in den vergangenen Tagen einen Platz in den Bergen suchen können, wo sie miteinander schlafen konnten. Aber da war noch immer dieser abergläubische Gedanke, dass ihm, wenn er dies tat, der Weg nach Erin für immer versperrt sein würde. Dann nämlich hätte er das getan, was der König und alle seine Kameraden vom Roten Zweig von ihm annahmen – dass er seinen Eid gebrochen hätte.

Aber Naisi! Es ist doch schon geschehen, rief er sich traurig in Erinnerung. Im dunkelsten Winkel seines Herzens hatte er das schon vor Jahren getan. Er hatte seinen Eid gebrochen, lange bevor er Deirdre überhaupt begegnet war. Dann traf ihn die Erkenntnis wie ein Schlag. War er wirklich so blind? *Es gab kein Zurück mehr für ihn.* Diese Möglichkeit war bereits vorbei. Es hatte deshalb auch keinen Sinn, sich jetzt noch Gedanken darum zu machen. Da er und seine Brüder ihre Schwerter erhoben und gekämpft hatten und auch Blut geflossen war, waren sie in diesem Land keine Flüchtlinge mehr. Sie waren seine Beschützer.

Mit einem Schlag fielen alle Bedenken von ihm ab. Wenn es einen Herd und ein Bett gab, wenn Fischernetze und ein Jagdbogen über der Tür hingen und wenn sie Fleisch im Topf hatten … dann würden er und Deirdre sich ehelich verbinden können. Dann konnte niemand mehr sagen, dass sie wie brünstige Tiere oder liebeskranke Kinder seien. Dann waren sie nichts anderes mehr als Naisi und Deirdre. Mann und Frau.

In den folgenden Tagen stellte Deirdre bei den Brüdern eine Veränderung fest. Ihr wurde klar, dass die Kampfesglut in ihnen die ganze Zeit geschwelt hatte und dass dieses Feuer durch den Kampf mit den Plünderern jetzt wieder entfacht worden war. Sie begannen von vergangenen Kämpfen zu sprechen. Ihre Stimmen wurden dabei lauter, und ihre Lieder hallten von den Felsspitzen wider.

Sie hatte das Feuer der Brüder mit den Augen eines Bussards gesehen, und so wusste sie Bescheid.

Sie gaben sich wieder voll und ganz dem todbringenden Tanz hin. Ihre Gliedmaßen bewegten sich wieder geschmeidig und voller Kraft. Sie hatten wieder den Rausch des Könnens und der Schnelligkeit erlebt und ihre Verbindung als Schwertbrüder erneuert. Jetzt brannte es wieder. Dieses Feuer in ihnen.

Deirdre bemühte sich, sie zu verstehen und sich über ihr Lächeln zu freuen.

Über ihr Herz zog jedoch ein Schatten, so als hätte es ein vorbeiziehender Vogel mit seiner dunklen Schwinge gestreift.

25

Als Conors Mutter Nessa aus ihrer Festung im Norden nach Emain Macha gekommen war, hatte sie ein luxuriös ausgestattetes Quartier direkt unterhalb der Hügelkuppe bezogen.

Jetzt saß Conor an ihrem Herd. Es war ein grimmiger, kalter Tag. In den überall aufgestellten römischen Lampen brannten kleine, zarte Flammen, die ihm bei Weitem nicht so gut gefielen wie die hell lodernden Feuerstellen in seiner großen Halle. Er sah mürrisch dabei zu, wie seine Mutter ihrem Dienstmädchen herrisch mit dem Finger winkte, damit es ihm Ale einschenkte.

Nessas Rücken war noch immer vollkommen gerade. Ihr offenes Haar lag als grauer Umhang über ihren knochigen Schultern. Auch wenn sie mit ihren fünfundsechzig Jahren eine fleckige Haut und Handgelenke hatte, die dünn wie Vogelknochen waren, hatte sie sich, in einem mehr als nur vergeblichen Versuch, mädchenhaft zu wirken, das runzelige Gesicht mit Mehl gepudert und die Lippen mit *ruam* rot gefärbt.

Nachdem sie schon mit fünfzehn Jahren Witwe geworden war und als Mutter eines Säuglings völlig allein dagestanden hatte, mit einem Säugling und ohne noble Verwandtschaft, hatte sie sich mit Intelligenz und mit den Vorzügen ihres Körpers im Lauf der Jahre eine überaus einflussreiche Position erarbeitet. Sie hatte dabei eine Reihe älterer Ehemänner gehabt und als deren Erbin großen Reichtum angesammelt. Als sie dann mit dreiunddreißig Jahren wieder einmal Witwe geworden war, hatte sie den gerade gewählten König Fergus Mac Roy ins Auge gefasst, der fünf Jahre jünger als sie war.

Conor nahm das Ale entgegen. Er lechzte so sehr nach dem kühlen, würzigen Gebräu, dass er das hübsche Mädchen, das ihm den Becher reichte, nicht einmal eines Blickes würdigte. Wenn er doch nur, so wie Fergus, mit seinen Kriegern hätte zechen und lachen können, um eine enge Verbindung zu ihnen zu knüpfen. Für ihn war das Trinken etwas, das er allein im Verborgenen tat. Es nahm dem ständigen Nagen in seinem Bauch die Schärfe. Es gab ihm eine gewisse, verschwommene Ruhe wieder, die es ihm erlaubte, seine Spurenleser und Krieger auf die Jagd nach den Söhnen des Usnech zu schicken, damit sie die kahlen Hügel, die Inseln und das Marschland der Ulaid absuchten. Je mehr Krieger des Roten Zweiges er auf die Suche schickte, desto weniger musste er sich ihre Witze oder die Schlachtlieder anhören, die ihn nur immer wieder daran erinnerten, wie die drei Brüder in seiner Halle getrunken und gesungen hatten …

Er kniff die Augen zusammen und betrachtete die Erhebungen aus rotem Email an seinem Bronzebecher. Er musste sich immer wieder ins Gedächtnis rufen, dass die Art, wie Fergus gekämpft, getrunken und gevögelt hatte, ihn schließlich ins Verderben geführt hatte. Nessa hatte Fergus zwar mit einem Trick dazu gezwungen, Erin zu verlassen, aber, so sagte Conor sich grimmig, alles andere war sein Verdienst gewesen: die Verträge, die Beschwichtigung der Fürsten, die äußerst verärgert darüber gewesen waren, dass Fergus sie um seines eigenen Vergnügens willen vernachlässigte; die geschickten Intrigen und Ränkespiele, damit sie ihn, Conor, zu ihrem König gemacht hatten. Er schluckte. Seine Hand zitterte. Das war sein Werk gewesen. Und er würde sich das alles bestimmt nicht von irgend so einem wimmernden Welpen nehmen lassen.

Nessa schickte ihre Frauen hinaus. Sobald sie mit ihrem Sohn allein war, sah sie ihn mit ihren kleinen, schlauen Augen scharf an. »Ich habe gehört, dass du deine Krieger ständig zu irgendeiner lächerlichen Suche ausschickst, während du hier sitzt und nach diesem undankbaren und unverschämten Fratz schmachtest.«

Er hätte wissen müssen, dass das jetzt kam. Seine Zunge lag unbeholfen und schwer in seinem trockenen Mund. »Sie ist kein …«

»Es hat keine Angriffe mehr aus Connacht gegeben«, fuhr Nessa unbeirrt fort. Sie stand auf und schenkte sich aus einer kostbaren Glasflasche, die keiner ihrer Diener auch nur anrühren durfte, griechischen Wein ein. Sie ließ die dunkelrote Flüssigkeit in einen Kelch aus Bronze rinnen, während die klirrenden Reife an ihren Armen ihre Aufregung verrieten. »Ist Eochaid krank? Oder vielleicht schon tot? Möglicherweise lecken sie sich in Connacht gerade ihre Wunden. Vielleicht kämpfen sie auch schon um den Thron – wer weiß? Jedenfalls ist das jetzt der ideale Zeitpunkt für einen Überfall!« Sie drehte sich zu ihm um und sah ihn voller Verachtung an. »Und was tust du? Du lässt deine besten Krieger irgendeine kleine Schlampe suchen. Wie ich mich für dich schäme!«

Conor sah sie hasserfüllt an. »Dir geht es doch wieder einmal nur um dich selbst.«

Sie war mit einem großen Schritt bei ihm, und er musste den Impuls unterdrücken, nicht vor ihr zurückzuweichen. »Natürlich. Schließlich habe ich all die Jahre sehr hart gearbeitet, um dich in diese Halle zu bringen«, zischte sie.

Hart gearbeitet? Ja, in der Horizontale. Ein heiseres Lachen kitzelte in seinem Hals. »Das stimmt. Du hast alles dafür getan, um die Ehefrau eines Königs und später dann die Mutter eines Königs zu sein. Aber das ist auch schon alles, wofür du dich je interessiert hast.« Die grellen Farben der Wandbehänge, der Glanz der Pelze und der polierten Bronze verstärkten seine Kopfschmerzen. Er empfand sie als ebenso erstickend wie die Wolken ihres ägyptischen Parfums.

Er schloss die Augen vor ihrem wütenden Blick, versuchte ihre Worte aus seinem Kopf zu verdrängen. Ein Überfall? Er konnte unmöglich zusammen mit seinen Männern den Becher der Schlacht trinken, wenn Naisi und Deirdre ihm dadurch zu entkommen drohten! Die dünne Schale seiner Selbstkontrolle würde mit Sicherheit daran zerbrechen. »Wenn die Männer von Connacht sich untereinander streiten wollen, dann sollen sie das doch tun und ihr eigenes Blut vergießen. Sie dürfen jedoch niemals erfahren, dass ich des Usnechs Sohn, diesem Milchgesicht, beschämt werde ...« Er trank wütend ein paar Schlucke Ale.

Nessa seufzte. Conor öffnete wieder die Augen. Als sie einen ihrer knochigen Finger ausstreckte, erschrak er wieder, aber sie tippte ihm damit nur leicht auf die Stirn. »Ich habe dir *damit* den Thron verschafft – und Fergus hat ihn trotz seiner kämpferischen Stärke verloren. Rohe Gewalt kommt auf lange Sicht niemals gegen Schlauheit an.«

Conors Lippen kräuselten sich voller Abscheu. Sie wollte einfach nicht begreifen, was er empfand, wenn er das verächtliche Glitzern in den Augen seiner Krieger sah. Genauso wenig, wie sie begriff, dass er nicht darüber hinwegsehen konnte, wie lächerlich seine Schwäche und sein Schmerz waren.

»Wenn du einen Feind besiegen willst, musst du zuerst einmal wissen, wie er *denkt.*« Mit diesem Worten hatte sie wieder seine volle Aufmerksamkeit. »Naisi.« Ihre Zunge fuhr über ihre Lippen. »Glaubst du wirklich, dass dieser prächtige Junge für alle

Zeiten glücklich damit sein wird, sich irgendwo im Exil zu verkriechen?« Ihr Blick wurde glasig, und sie streichelte mit ihren Fingern unbewusst die Perlen aus Bernstein, die sie um den Hals trug. »Ich habe das Feuer in ihm gesehen. Ein dunkles Feuer, das niemals erlischt.«

»Beherrsch dich.« Conor stand auf. Er überragte sie um ein ganzes Stück, obwohl sein Rücken von dem unangenehmen Gefühl in seinem Bauch gebeugt wurde. »Du würdest ihn mit deinen alten Brüsten nur ersticken.«

Sie sah ihn verächtlich an. »Ich will dir damit sagen, dass dieses Feuer irgendwann wieder aufflammen wird. Er kann nicht leben, wenn er seine Kraft unterdrücken muss. Irgendwann wird er bestimmt mehr wollen.« Noch bevor er zurückweichen konnte, packte sie ihn am Nacken. Er versuchte, sich ihrem Griff zu entziehen. »Du musst an den Höfen der Könige nach ihm suchen und nicht in der Wildnis.« Conor starrte sie nur stumm an. Endlich ließ sie ihn wieder los. »Du Narr!«, murmelte sie und klopfte unter ihrem langen Kleid mit dem Fuß auf den Boden.

»Er ist also nicht in Connacht?«

»Dazu ist der junge Schnösel doch viel zu stolz.«

»Die Könige von Laigin würden ihn nicht vor mir verstecken.«

»Dann such an anderen Orten der Macht.« Sie musterte ihn missbilligend. »Gütige Göttin. Wenn ich ein Mann wäre, dann hätte ich dich und Fergus schon vor langer Zeit erledigt.«

Als Antwort darauf leerte Conor den Becher in einem Zug und warf ihn dann auf ihre edlen Kissen. Ihre Augen wurden schmal, als dunkle Tropfen auf das feine, gebleichte Leder spritzten. Die Genugtuung darüber verlieh ihm wenigstens so viel Kraft, dass er eine gewisse Kontrolle über seine Beine wiedergewann, als er zur Tür hinausging, obwohl er dabei die ganze Zeit ihren Blick in seinem Rücken spürte.

Sobald Nessa allein war, lehnte sie sich erschöpft an den Dachpfosten. Die kunstvolle Schnitzerei grub sich schmerzhaft in ihr Schulterblatt. Es wurde mit jedem Jahr schwieriger, das kleine bisschen Vernunft aufzuspüren, das die Männer besaßen.

Sie kämmte sich gerade am Feuer die Haare, um sich zu beruhigen, als ihr Schankmädchen das hintere Türfell zur Seite schob, um Fergus Mac Roy eintreten zu lassen. Ehemaliger Ehemann, ehemaliger König. Er hatte sich anderen Ehefrauen zugewandt, aber er begehrte sie noch immer – wofür sie mit großem Aufwand gesorgt hatte.

Nessa legte den vergoldeten Kamm aus Knochen vorsichtig zur Seite und stand auf, während sie das geheimnisvolle Lächeln aufsetzte, das ihn stets so sehr erregte. »Willkommen daheim«, sagte sie heiser. Fergus war mehrere Monate lang fort gewesen, um Verwandte an der Grenze zu Laigin zu besuchen.

Fergus nahm seinen Umhang von den Schultern, schüttelte den Regen ab. »Es war ein langer Ritt«, brummte er und streckte sich dann. Nessa war bewusst, dass er das nur tat, um ihr seine breiten Schultern zu zeigen. Mit seinen fast sechzig Jahren war er durchaus noch ein ansehnlicher Mann. Er befand sich ständig im Kampftraining, sodass sich unter den weißen Haaren und der schlaffen Haut auf seiner Brust noch immer harte Muskeln zeigten. Seine Oberschenkel waren so dick wie Baumstämme, und er kalkte seine Haare, sodass sie seinen Kopf als üppige graue Mähne umgaben. Dazu passend trug er einen nach alter Mode lang herunterhängenden Schnurrbart und ein glatt rasiertes Kinn. Er sank auf die Bank, und als das Mädchen ihm Ale einschenkte, trank er seinen Becher mit einem einzigen Zug leer. »Das ist vielleicht ein Willkommen«, brummte er und wischte sich dabei die Regentropfen von seinem Schnurrbart.

»Ich nehme an, dass du damit nicht das Wetter meinst.« Nessa schnippte mit den Fingern, um dem Dienstmädchen zu bedeuten, dass es mehr Holz in die Kohlenbecken legen sollte, während sie selbst in ihrem aus Binsen geflochtenen Stuhl Platz nahm, die Fußknöchel verschränkte und ihre Röcke ordnete.

»Diese dumme Sache mit Conor und Fedlimids Tochter! Mein Sohn Illan sagt, dass die Krieger des Roten Zweiges über nichts anderes mehr reden.«

Ein Gefühl starken Unbehagens drückte Nessa plötzlich auf die Schläfen. Sie entließ das Mädchen mit einer herrischen Handbewegung. »Ich nehme nicht an, dass sie Naisi vorwerfen, ein Dummkopf zu sein«, sagte sie, als das Mädchen gegangen war. Fergus zuckte mürrisch mit den Schultern. »Ich gehe vielmehr davon aus«, fuhr sie fort, »dass sie inzwischen diese ganze Eskapade als eine Art großes, romantisches Abenteuer ansehen.«

»Jetzt, wo Leary tot ist, tun sie das bestimmt nicht mehr.« Seine Stimme war scharf geworden.

»Durch Naisis Klinge gestorben«, erwiderte sie barsch.

Fergus' Gesicht wirkte plötzlich besorgt, und in seine Augen trat ein schmerzlicher Ausdruck. Er runzelte die Stirn und starrte in seinen Becher. »Du solltest Conor sagen, dass es das Beste für ihn wäre, endlich die Finger von der Sache zu lassen.« Sein Mund verzog sich zu einem freudlosen Lächeln. »Unfassbar, was er alles riskiert, nur um seinen Schwanz in irgendein dummes Mädchen zu stecken!«

Nessa zwang sich, über seine groben Worte zu lächeln. »Mir fällt wirklich niemand ein, der *so etwas* schon einmal riskiert hätte.«

Fergus' Augen glitzerten unter seinen buschigen Brauen trübselig. »*Du* warst damals das wildeste und aufregendste Weib in ganz Erin – und ich habe mich gelangweilt.« Er drehte seinen Becher in der Hand. »Ich liebe es zu kämpfen und zu feiern. Das ständige Geschwafel über Verträge und das ganze Getue, um alle Fürsten bei Laune zu halten, hat mich fast wahnsinnig gemacht.«

Sie stellte sich hinter ihn und massierte seine verspannten Schultern. Er seufzte und lehnte seinen Kopf an ihren Bauch. Fergus genoss unter den Männern selbst jetzt noch großes Ansehen. Sie tat also gut daran, sich alle Optionen offenzuhalten. »Die Königswürde ist in der Tat eine schwere Bürde«, murmelte sie leise. »Mir war immer bewusst, dass Conors Schultern sie leichter tragen würden. Er war schon als Kind sehr schlau. Ein Kind, das lieber seinen Verstand als seinen Schwertarm trainiert hat. Ich wollte diese Last von dir nehmen, und ich habe durchaus den Eindruck, dass du jetzt auch viel glücklicher bist.«

»Dein Sohn ist gerissen, das ist wahr, aber er gehört nicht dem Roten Zweig an.«

Sie massierte fester, streute in die knetenden Bewegungen jetzt auch Liebkosungen ein. »Die Krieger des Roten Zweiges mögen gute Kämpfer sein, aber was sie brauchen, ist ein schlauer König.«

»Sie brauchen vor allem einen König, der sie führen kann«, brummte er. »Ich gebe zu, dass Conor seine Sache jetzt schon dreißig Jahre lang erstaunlich gut macht, sonst wäre er schon längst kein König mehr. Aber warum setzt er gerade jetzt all das aufs Spiel? Mir scheint, als würde er schwächer werden. Als würde er manchmal nicht mehr klar denken können.«

Dass es ihm gelang, ihre Ängste einfach so in Worte zu fassen, ärgerte sie. Nessa unterdrückte jedoch ihren Zorn und gurrte ihm ins Ohr: »Nun, ich bin mir sicher, dass wir auch über angenehmere Dinge sprechen könnten.« Sie warf einen Blick über seine Schulter. Seine Männlichkeit reckte sich ihr bereits entgegen. Wie immer, wenn ihr beider Blut in Wallung kam, fielen die Jahre von ihnen ab – die Runzeln und die schlaffe Haut waren ohne jede Bedeutung. Sie fühlten sich wieder jung und waren einfach nur scharf aufeinander. Nessa kniete sich zwischen seine Oberschenkel, ließ dabei ihre grauen Haare über ihre Brüste fallen. Sie rieb sich mit ihrem Bauch an seiner Härte. »Je schneller

Naisi gefunden wird, desto besser«, murmelte sie. »Dann kann Conor die Angelegenheit endlich in Ordnung bringen.«

Seine Augen wurden glasig. »Die Männer suchen überall nach ihm«, flüsterte er ihr ebenso leise zu. Er sah, wie sie ihre Lippen mit ihrer Zunge befeuchtete.

»Und wenn du oder deine Söhne ihn finden, muss man ihn so schnell wie möglich zum König bringen. Ihr müsst Conor in diesen Angelegenheiten vertrauen. Er weiß, was zu tun ist.«

»Das hat er schon immer gewusst«, räumte Fergus, wenn auch widerwillig, ein. Sie sah, dass er noch immer nicht überzeugt war. Sie schnürte seine Hose auf, wanderte mit ihren Fingern dann langsam seinen Bauch hinunter zu den lockigen Haaren. Er lächelte jetzt träge. Sie kannte die empfindlichen Stellen, die bei ihm zu suchen sich noch keine andere je die Mühe gemacht hatte. Weit unter ihr stehenden Frauen mochte es vielleicht gefallen, wenn er sich auf ihnen abrackerte wie ein wilder Stier, aber es brauchte schon mehr, um den erotischen Kern eines Mannes zu finden und zutage zu fördern, sodass er schließlich seine Selbstkontrolle aufgab.

Sie hatte jahrelang an dieser Kunst gearbeitet, und jetzt gab es kein Hindernis mehr, das Nessa nicht überwunden hätte, wenn sie sich einmal etwas in den Kopf gesetzt hatte.

Naisi lud vor Deirdre einen Armvoll Haselnussschösslinge ab. Beinahe wären sie ihr dabei auf die Füße gefallen. Ein Kreis aus Steinen hatte auf einer Lichtung an einem Bach Gestalt angenommen. Die Mauern waren bereits mannshoch. Um sie herum lagen kleine Haufen von Heidekraut, das Deirdre für das Dach gesammelt hatte. Auch Farnwedel und die cremeweiß blühenden, duftenden Zweige des Mädesüß lagen schon bereit. Mit ihnen wollten sie ihr Bett polstern.

Deirdre betrachtete ihre druidische Scheibe mit der Sonne

und den Sternen und die Stäbe, in die sie für jeden Tag eine Kerbe geschnitten hatte. »Ich finde es schrecklich, dass wir es, nachdem wir Aeds Festung verlassen haben, versäumt haben, Beltaine zu feiern. Levarcham und ich haben immer alle druidischen Feste beachtet.«

»Ich bin mir sicher, dass die Götter uns das vergeben werden.« Naisi wischte sich mit dem Handrücken über die Stirn. Sein nackter Oberkörper war schweißüberströmt, denn inzwischen war es schon sehr viel wärmer geworden. »Wir waren damals ein wenig abgelenkt.«

»Und jetzt haben wir schon bald den längsten Tag des Jahres.« Sie biss sich auf die Unterlippe und sah ihn dabei ernst an. »Das Haus muss bis dahin fertig sein, Naisi.«

Naisi fuhr sich mit den Fingern durch seine feuchten Haare, sodass ein feiner Regen von Schweißtropfen auf sie niederging. »Wie viel Zeit haben wir noch?« Der Himmel war von einem dunstigen Wolkenschleier überzogen. Die Luft war schwül.

Sie schürzte die Lippen und rutschte ein Stück zur Seite. »Drei Tage.«

»Willst du mich umbringen?« Er setzte sich neben sie und lockerte seine Arme.

Der Platz, den sie sich für das Haus ausgesucht hatten, befand sich auf halber Höhe eines niedrigen Hügels, in der Nähe den Flussmündung. Er lag hinter dichten Haselnusssträuchern und Eichen verborgen. Ardan und Ainnle hatten sich entschlossen, ihre Hütte ein Stück weiter oben am Hang zu bauen. Durch eine Lücke in den Bäumen konnte Deirdre die bewaldeten Hänge zum großen See abfallen sehen.

Die Haare auf Naisis Arm kitzelten sie am Handgelenk. Sie spürte die Hitze, die von ihm ausging. Obwohl sie sich bewusst war, dass er sie anstarrte, konnte sie seinen Blick einfach nicht erwidern. Dies hier würde ihr Zuhause werden. Sie würde hier mit ihm als Mann und Frau leben. Hier würde ihr Herdfeuer brennen. Sie würden das Bett teilen und allein miteinander sein. »Warum muss es denn unbedingt bis zum längsten Tag des Jahres fertig sein?«, flüsterte er leise in ihr Ohr.

Levarchams Stimme antwortete in ihrem Kopf. Ihre Lehrerin sprach in einem fröhlichen und zuversichtlichen Ton, der Deirdre jedoch in keiner Weise zu beruhigen vermochte. »Wenn man zum ersten Mal ein Feuer im Herd anzündet, so darf das niemals nach der Sonnenwende geschehen«, sagte Deirdre leise. »Die zurückweichende Sonne nimmt sonst das Leben aus dem Haus mit. Wir müssen die Feuerstelle jetzt bauen, damit wir dann, wenn die Sonne am stärksten ist, einen Teil ihrer Seele in den Flammen festhalten können.«

»Dann werde ich alles tun, um das Haus fertigzubekommen«, murmelte er. Sie starrte gebannt die Sehnen an, die sich in seiner Hand bewegten, als er seinen kleinen Finger ausstreckte und damit sacht über ihren Oberschenkel strich.

Am nächsten Tag sah Deirdre dabei zu, wie die Brüder einen Türsturz aus Eichenholz, auf dem das Gewicht der nächsten Steine ruhen sollte, an seinen Platz verankerten. *Ich habe jetzt also ein richtiges Zuhause. Und ich bin die Hausherrin,* dachte sie und fragte sich dabei, warum sie sich das immer wieder sagen musste und warum sie dennoch so bedrückt und niedergeschlagen war. Da war noch immer dieses geheimnisvolle Murmeln am Rande ihrer Wahrnehmung – das jetzt aber durch ein viel unmittelbareres Gefühl der Angst überlagert wurde. Sie wusste nicht, wie es sein würde, als Gefährtin oder Ehefrau zu leben, und vor allem nicht, wie es sein würde, wieder von Mauern umgeben zu sein …

»Was du in das Haus hineinbringst, wird es dir zurückgeben«, sagte Naisi, »also sei freundlich und lächle.« Ardan und Ainnle hatten sich inzwischen wieder auf den Weg zu ihrem eigenen

Haus gemacht. Deirdre legte vorsichtig ihre Hände um Naisis Taille. Sie kam sich plötzlich so besitzergreifend vor, jetzt, da sie vor ihrer eigenen Türschwelle standen. Sie ließ ihre Finger an seinen nackten Armen hinaufwandern, fuhr die Details nach, die ihr allmählich immer vertrauter wurden: die muskulösere rechte Seite, mit der er meistens das Schwert führte; die dicken Sehnen, dort, wo die Schultern auf den Nacken trafen; die schlanke Silhouette der Taille und der Schenkel, die ihm den federnden Schritt eines Jägers ermöglichten. Sie hatte all das schon so oft mit den Augen erforscht, und schon bald würde sie es auch mit ihrem Körper tun. Ihre Kehle war wie zugeschnürt. Trotzdem gelang es ihr irgendwie, zu lächeln und ein fröhliches Gesicht zu machen. Naisi drehte sich daraufhin zufrieden um und folgte seinen Brüdern den Hang hinauf, wo er noch mehr Heidekraut schneiden wollte.

Am Tag vor der Sonnenwende deckten sie ihr Haus fertig ein. Anschließend ging Naisi zu seinen Brüdern, um ihnen bei den letzten Arbeiten an ihrer Hütte zu helfen. Deirdre stand allein in der Tür ihres neuen Zuhauses.

Drinnen war es dunkel. Es roch nach getrocknetem Lehm, nach feuchten Steinen und zerdrücktem Heidekraut. Das diesige Licht in ihrem Rücken warf ihren verzerrten Schatten auf den Boden. Sie fragte sich, welche Form sie wohl annehmen würde, wenn Naisi schließlich zwischen ihren Schenkeln lag. Ihre Muskeln spannten sich unwillkürlich an, aber sie verstand nicht warum – war es Verwirrung, Verlangen, Besorgnis …

Im Laufe des Vormittags waren im Westen dicke Wolken aufgezogen, die jetzt eine schwefelig gelbe Farbe angenommen hatten. Es würde bald ein Unwetter geben. Sie ging mehrmals zwischen der Höhle und dem Haus hin und her, um die Dinge, die sie im Dorf gekauft hatten, und alles, was sie sonst noch brauchten, zu holen. Dann würde sie die druidischen Riten vollziehen, mit denen jedes neues Haus gesegnet wurde.

Während ihr Verstand im leeren Raum verharrte und unfähig war, über den Tag hinauszudenken und sich vorzustellen, was die Nacht bringen würde, legte sie die Felle auf die Bettstatt, die sie aus Erde aufgeschüttet und mit mehreren Lagen Heidekraut und Farn bedeckt hatten. Sie stellte den Sack mit Mehl zusammen mit dem Wassertopf aus Bronze neben die Tür. Die eisernen Kessel und den Bratspieß stellte sie in die Feuerstelle. Dann zog sie sich bis auf ihr leinenes Unterhemd aus, entblößte ihre Füße und löste ihre Zöpfe, sodass ihre Haare ihre Schultern bedeckten. Schließlich nahm sie einen Ebereschenzweig und zog damit eine Spirale um den Herd, während sie leise einen druidischen Segen sang.

Auf dem Pfad
Vom Mutterleib zum Tod
Vom Herd zum Scheiterhaufen
Leitet sie uns
Brid, krümme unsere Schritte
Macha, erhelle unsere Herzen
Dana, lenke uns zu dir
Lass uns das Herz aller Dinge finden
Göttin, segne uns.

Sie schauderte, als sie sich an Levarchams Worte erinnerte. Die Spirale war ein Symbol der ewigen Suche und der Verwandlung, der heiligen Reise zu Gott und Göttin. Sie strebte sowohl nach außen, wuchs und dehnte sich aus, wie auch nach innen auf das uralte Herz der Schöpfung und das Eine zu. Schon die Vorfahren hatten ihre Gräber damit geschmückt. Die Spirale fand sich in der Natur in den perlweißen Seemuscheln wieder. Sie zeigte sich in den Samenständen der Pflanzen und in den Blüten der Blumen.

In diesem Haus würde sie zur Frau werden, da sie diesen Spiralweg schon viele Male gegangen war … und ihn wieder gehen würde. So drehte sich alles im Kreis. *Aber was würde sie, abgesehen von der Frau, der Geliebten … und der Gefährtin, noch sein?* Diese Gedanken, dieser seltsame Schmerz, hallten wie die Schreie der Adler, die von den Felsen zurückgeworfen wurden, ständig in ihrem Bewusstsein wider.

Als sie Naisis Kleidung zur Hand nahm, fand sie schnell, was sie suchte. Auf einem seiner Hemden lag ein schwarzes Haar. Nachdem sie auch eines der ihren ausgerissen hatte, entfernte sie einen Stein aus der Feuerstelle und legte beide Haare in das Loch. Dort lagen sie jetzt zusammen, Gold und Schwarz miteinander verwoben. Ihr Herz schlug heftig, als sie ein paar Tropfen Schafmilch darüberträufelte, um Brids Segen zu erflehen. Plötzlich spürte sie wieder diese urwüchsige Energie, die aus dem Boden kam. Heftig atmend legte sie den Stein zurück.

Sie ging durch den Raum, legte ihre Handfläche auf den Türsturz aus Eichenholz, der in die Wand aus Stein und Lehm eingepasst war. Sie versuchte, sich mit dem Gedanken zu trösten, dass das Haus zwar aus Steinen und Holz bestand, dass es die Wildnis aber nicht aussperrte, sondern noch immer ein Teil von ihr war. Die Träume der Eiche wanderten durch das Holz unter ihrer Hand, sie spürte die Erinnerung an Äste, die sich den Sternen entgegenreckten. Dann legte sie ihre Hand auf die kalten Steine. Auch die Steine fühlten sich unter ihren Fingern plötzlich lebendig an. Aus ihrer harten Oberfläche sprang etwas auf sie über – *die Quelle allen Seins.*

Draußen fielen jetzt die ersten schweren Regentropfen. Deirdre wurde sich bewusst, dass sie wohl längere Zeit wie in Trance neben der Feuerstelle gesessen hatte. Dicke Wolken verdunkelten den Himmel. Es war unerträglich schwül. Ihr Nacken war unter ihren Haaren schweißnass. Ihr Puls raste. Die düstere Schwere der Riten lastete auf ihr und schien sie zu ersticken. Sie hatte das Gefühl, fest mit der Erde zu verwurzeln, sich in ihr aufzulösen und zu verlieren. Die Magie des goldenen und des schwarzen Haares schien sie zu fesseln …

Sie hob den Kopf und sah in Naisis Gesicht. Es war kaum zu erkennen, da er vom Tageslicht in die Dunkelheit des Hauses trat. Seine Haare waren feucht, und er roch nach dem Wasser des Flusses. Er hängte seinen Umhang über einen vorstehenden Stein, legte seinen Dolch und seinen Bogen auf den Boden und schnallte dann feierlich sein Schwert ab. Die Scheide aus poliertem Holz und vergoldetem Leder fing dabei das gedämpfte Licht des Himmels ein, das durch die offene Tür fiel. Dieses Schwert würde jetzt für immer da sein, um sie zu beschützen. Sie hatte einen Ehemann. Das Bild der miteinander verwundenen Haare hatte sich hinter Deirdres Augenlidern eingebrannt.

»Lass uns das Feuer entzünden«, sagte Naisi mit heiserer Stimme und seltsam gestelzt. Vielleicht fühlte auch er die Veränderung.

Sie schichteten heilige Hölzer in der kleinen Feuerstelle auf und zuckten jedes Mal zusammen, wenn sich ihre Hände zufällig berührten. Dann schlug Naisi mit einem Feuerstein einen Funken. Der Zunder begann zu rauchen, und schließlich erwachte eine winzige Flamme zum Leben. »Der Segen von Brid und Macha schütze dieses Haus«, murmelte Deirdre. Naisi nahm ihre Hand, und dann sahen sie beide dabei zu, wie ihr erstes Feuer immer heller brannte.

Jetzt erst wagte es Deirdre, Naisi einen kurzen Blick zuzuwerfen. Seine Augen waren glasig. In ihren Pupillen spiegelten sich die tanzenden Flammen. Sie kannte die Konturen dieses Unterkiefers und dieser Wange, die lange Nase und die geschwungenen Lippen ganz genau. *Ich weiß es,* rief sie sich ins Gedächtnis. Ein Regenschauer trommelte plötzlich auf die dicke Schicht aus Heidekraut über ihren Köpfen, dann rollte lauter Donner über den Himmel. Die Bäume um das Haus herum wurden von einer heftigen Windbö geschüttelt. Ihre Äste knarrten laut.

Deirdres Rücken war schweißüberströmt. Mit einem Mal fühlte sie sich gefangen und eingesperrt, genau wie damals in der Nacht, als sie vor Conor getanzt hatte. *Ich bin nicht so wie die Mädchen, die Naisi früher hatte. Genauso wenig, wie ich eine Herdgefährtin wie Aiveen bin.* Sie war sich jedoch selbst nicht sicher, was sie eigentlich war. Aber zu jemandem zu gehören, auf ihn einzugehen, ihn zu *brauchen* …

Ihre Hand entzog sich wie von selbst der seinen. »Ich muss nach draußen«, keuchte sie. Der feuchte Wind trug den Geruch von vermoderndem Holz, von Felsen und von Nadelbäumen zur Tür herein. Sie holte tief Luft. Die Kraft des Sturms ergriff sie, während der Regen auf das Dach rauschte. *Werde in Unwetter und Blitz wiedergeboren,* sang er. *Im Chaos.*

Naisi runzelte irritiert die Stirn. Aber in ebenjenem Moment, in dem Deirdre die schwüle Luft einsog, wurde ihr Körper wieder von Verlangen gepackt. Die Verwirrung verschwand aus ihrem Herzen. Sie nahm seine Wangen in ihre Hände und saugte an seiner Unterlippe. Als er aufstöhnte, trat sie einen Schritt zurück und streckte die Hand nach ihm aus. »Komm und werde mein Ehemann.«

Er schüttelte verwundert den Kopf. »Was?« Er wollte sie in seine Arme nehmen, sie aber entzog sich ihm, tanzte leichtfüßig davon. Dann warf sie ihm, über die Schulter gewandt, einen schelmischen Blick zu und lief durch die Tür nach draußen.

Entrüstet hob Naisi ihren Umhang vom Boden auf, bevor er ihr nach draußen in den Regen folgte. Dichte Wolken ballten sich am Himmel. Durch ein paar kleine Lücken in der Wolkendecke ergoss sich ein fahles Licht über die nassen Wiesen. Der Wind schüttelte die Bäume. Naisi konnte kaum etwas sehen, weil ihm der Regen direkt ins Gesicht peitschte. Er blinzelte und hielt sich die Hand vor die Augen, dann erkannte er schemenhaft eine weiße Gestalt, die den Hügel hinunterrannte. Er lief ihr hinterher, während der Regen auf seinen Kopf trommelte. Als er endlich das schützende Unterholz erreichte, rief er laut: »Deirdre?« Dann entdeckte er sie auf einer Lichtung. Sie stand unter einer Eiche, deren Äste sich knarrend im Wind bewegten.

Der erste Blitz zuckte über den Himmel. Naisi sah, dass Deirdre den Kopf in den Nacken gelegt hatte und ihren geöffneten Mund in den Regen hielt. »Deirdre«, rief er noch einmal, machte einen Schritt auf sie zu. Dann blieb er wie angewurzelt stehen.

Sie blinzelte und sah ihn mit einem begeisterten Lächeln an. »Ist das nicht herrlich?« Sie öffnete wieder den Mund, um den Regen aufzufangen.

Der Umhang rutschte aus seinen Fingern und fiel zu Boden. Ihr nasses Hemd klebte an ihrer Haut, ließ ihre Rundungen hervortreten und fing sich in den sonst verborgenen Falten ihres Körpers, die er schon so lange zu erforschen begehrte. Wie konnte er jetzt noch warten? Das, was er hier sah, konnte niemals durch Conors Anspruch oder seine eigene Schande besudelt werden.

Sie lachte, weil er sie so fasziniert anstarrte. »Komm schon! Komm auch in den Regen.« Er ging zu ihr und legte seine Hände auf ihre Schultern. Ihre Brustwarzen zeichneten sich als dunkle Knospen unter dem nassen Leinen ab, ihre Brüste waren klatschnass. Sie fröstelte und lachte dabei über ihre eigene Schwäche. »Er wird auch deine Seele reinigen.« Sie ergriff seine Hände und breitete seine Arme aus. »Findest du das nicht auch so aufregend, dass du nicht einmal mehr denken kannst?«

Naisi blinzelte die Regentropfen weg, während er sie ansah. »Ja, das tue ich.« Als sie die Intensität in seiner Stimme hörte, wurde ihr Gesicht ernst. Sie richtete ihren Blick auf seine regennassen Lippen. Ihre Augen wurden dunkel. »Bei Manannáns Odem«, murmelte er leise. Dann zog er sie an sich und küsste sie. Der Regen lief ihnen beiden in den Mund. Er trank jeden Tropfen, der nach ihrer Haut duftete, so als würde er so ihr innerstes Wesen in sich aufnehmen. Ihre Zunge war in all dem kalten Wasser erstaunlich warm. Als sie sich an ihn klammerte und ihren Kopf zurückwarf, rutschte das Hemd von ihren Schultern, und er leckte die Rinnsale von ihrer nackten Haut.

Die Wolken wurden jetzt von einem gewaltigen Blitz erhellt. Sie fuhren auseinander. Das grelle Licht ließ ihre Pupillen zu kleinen Punkten werden, bevor sie sich wieder weiteten und dabei unergründlich und verlockend wirkten. »Wird es wehtun?« Ihre Stimme klang wie das Stöhnen des Windes.

Er konzentrierte sich. Seine Zunge war schwer vor Erregung. »Es gibt da ein paar Dinge, damit es das nicht tut.« Seine Finger streiften ihre Lippen. »Man berührt sich erst lange Zeit, damit sich der Körper öffnen kann, und dann tut es auch nicht weh.« Er hielt ihr tropfnasses Haar mit beiden Händen und sah sich um. »Aber dazu müssen wir irgendwo hingehen, wo es warm und trocken ist und wo ich mir die Zeit nehmen kann, dich weich werden zu lassen ...«

»Nein!« Sie entzog sich seinen Armen und tanzte wieder ein Stück davon, bevor sie sich umdrehte und ihn ansah. »Die Erde ist mein Bett, das war schon immer so!«

»Komm wieder her.«

»Nein!«

Diese Mischung aus Trotz und ausweichendem Verhalten machte ihn schier wahnsinnig. Er stieß einen frustrierten Schrei aus. »Dann willst du mich also zwingen, dich auf dem Boden zu nehmen? Bei allen Göttern, du machst es mir wirklich nicht leicht, *fiáin!*«

Sie wischte sich übers Gesicht. »Der Regen lässt deine Männlichkeit doch nicht etwa verwelken?« Ihr rätselhaftes Lächeln ließ seine Lenden in einem beinahe schmerzhaften Verlangen entflammen.

Er knurrte und wollte sie fangen, sie aber wich hinter den

Baum zurück. Er rannte um den Stamm herum, rutschte aus und stürzte. »Deirdre!«, schrie er und schlug mit der flachen Hand wütend auf die Rinde.

Deirdre schwieg, dann aber kam sie doch hinter dem Baum hervor. Sie legte den Kopf schief, während sie seinen Blick mit dem ihren festhielt. Dann zog sie plötzlich ihr Hemd über den Kopf und ließ es auf den Boden fallen, wo es als nasser Haufen liegen blieb. »Darin friere ich sowieso nur.«

Naisi lehnte sich keuchend an den Baum. Ihre fein strukturierte Haut glänzte. Die Höfe ihrer Brustwarzen hatten sich in der kalten Luft zusammengezogen. Unterhalb der schmalen Taille und der gerundeten Hüften war die geheimnisvolle Spalte mit den dunkelgoldenen Haaren zwischen ihren Beinen zu sehen. Er machte einen schnellen Satz auf Deirdre zu und hielt sie fest, damit sie ihm nicht wieder entkam. Dann drückte er sie mit seinem Körper gegen den Stamm einer Birke.

Er schob seine Zunge in ihren Mund, hob ihre Pobacken an und legte ihre nackten Schenkel um die seinen. Endlich klammerte auch sie sich mit verzweifelter Kraft an ihn. Er rieb seine Hüften an ihr. Mit seiner klatschnassen Hose hätte er genauso gut auch nackt sein können, während sein anschwellendes Fleisch in eine trügerisch nachgiebige Offenheit drückte. Nur ein Stück Wolle hielt ihn noch davon ab, in sie einzudringen.

Er löste sich von ihren Lippen und taumelte ein paar Schritte zurück. Dann sah er sich suchend um. Auf dem Hang oberhalb des Hauses stand ein kleines Gehölz aus Eiben und Fichten, deren Kronen ein dichtes und schützendes Dach bildeten. Dort war der Boden trockener. Er bückte sich und hob Deirdres Umhang und ihr Hemd vom Boden auf. Sie versuchte, sich ihm zu entwinden, bis er wieder ein Knurren ausstieß, sich aufrichtete und sie sich einfach über die Schulter legte. Sie trommelte laut lachend mit den Fäusten auf seinen Rücken und hörte erst auf sich zu wehren, als er sie unter den Eiben absetzte. Er hielt sie mit einer Hand fest, während er mit der anderen seinen Kittel auszog und diesen zusammen mit ihrem Hemd als Unterlage auf den Boden warf. Schließlich zog er ihren Umhang über sie beide wie ein dunkles Zelt. Die Zweige ließen nur wenige Regentropfen durch, und der mit Nadeln bedeckte Boden unter ihrer Kleidung war angenehm weich.

Während Naisi an seiner Hose herumhantierte, strich Deirdre mit ihren Handflächen bereits über seine Schultern und seine Oberschenkel. »Von dem Tag an, als wir uns zum ersten Mal begegnet sind, wollte ich all das fühlen«, stieß sie hervor.

Naisi sah sie an. »Selbst als ich dich gescholten habe?«

»Ja, selbst da.« Sie presste ihre Lippen auf seine nasse Schulter. »Immer wenn du wütend auf mich bist, brennen sich deine Augen direkt in meine Seele.«

Naisi schob seine Hose weg. Jetzt waren sie beide nackt und glatt wie zwei junge Otter. »Wenn du *so* redest«, er drückte sie nach unten, um seine Nase an ihrem Ohr zu reiben, »frage ich mich, ob ich dir überhaupt noch irgendetwas beibringen muss.« Seine Hand wanderte über ihren Bauch. »Vielleicht bist du ja sogar schon bereit, mich aufzunehmen.«

Sie versetzte ihm einen Klaps auf die Brust. »So leicht kommst du mir nicht davon. Ich will alles wissen.« Sie arbeitete sich mit ihren Fingerspitzen langsam nach unten, um über die Haare in seiner Schamgegend zu streichen. »*Absolut alles!* Also streng dich ein bisschen an.«

Er war jetzt über alle Maßen erregt. »Dann solltest du zuerst das lernen«, murmelte er, ging ein Stück nach unten und nahm eine ihrer Brustwarzen in den Mund.

Sie japste auf und verschluckte sich dann fast an ihrem Lachen. Er ließ sie los und fing dann an, mit federleichten Lippen um den Hof herumzuspielen. Ihr Atem kam jetzt in kleinen Stößen, ihre

Finger gruben sich in seine Schulter, und sie versuchte, ihre Brust in seinen Mund zu drücken, bis er schließlich nachgab und daran zu saugen begann. Sie stieß einen lauten Schrei aus. Naisi erschrak, und ihre Brustwarze entglitt seinen Lippen. »Wenn du weiter so schreist, werde ich noch taub«, murmelte er.

Als Reaktion darauf nahm sie seinen Kopf und zog ihn zu ihrer anderen Brust, während sie sich unter ihm hin und her wand, bis einer ihrer Schenkel zwischen seinen Beinen lag und gegen seine Weichteile drückte.

Deirdre war in einen Traum hineingeglitten, in dem es nur noch Naisis Zunge und Finger und warme Haut gab, die sie an so vielen Stellen gleichzeitig spürte, dass ihr schwindelig wurde.

Da sie nicht voraussehen konnte, was er als Nächstes tat, löste jede seiner Bewegungen eine Art freudigen Schreck in ihr aus. Seine Finger wanderten zum empfindlichen Spann ihres Fußes, strichen über ihre Waden, über die Innenseiten ihrer Oberschenkel und zogen sich dann wieder zurück. Als Naisi sich wieder ihren Brüsten widmete, merkte sie, dass das Fleisch zwischen ihren Beinen heiß und geschwollen war. Zum ersten Mal wurde sie sich ihrer weiblichen Körperteile richtig bewusst, der Stellen ihres Körpers, die Levarcham stets mit so leidenschaftslosen Worten beschrieben hatte. *Wenn du das hier jemals gefühlt hättest, hättest du niemals so gesprochen,* dachte sie benommen. Andererseits aber hatte noch nie jemand so etwas gefühlt. Sie und Naisi hatten sich in ihrer eigenen Welt aus feuchter Dunkelheit und warmem Atem auf bebender Haut verloren. Eine solche Ekstase hatte es auf dieser Welt bestimmt noch nie gegeben.

Naisi saugte wieder an ihren Brustwarzen, und sie ließ ihre Hände über seine schweißnassen Schultern wandern, ließ sie von der Feuchtigkeit ihrer Lippen und ihrer Zunge glänzen. Sie war vollkommen auf das, was sie tat, konzentriert und erstarrte deshalb auch, als seine Hand ganz unerwartet die Haare in ihrer Schamgegend streifte. Jetzt gingen die suchenden Finger noch tiefer und verharrten dort. Sie stöhnte leise auf, als sie sanft ihre verborgenen Lippen teilten und die sich entfaltenden Blütenblätter aus weicher, geschwollener Haut streichelten. »Siehst du?« Seine Stimme klang heiser. »Genau das ist es, was dich seidig macht, sodass du mich ganz aufnehmen kannst und dabei nur Vergnügen empfindest und keinen Schmerz.«

»Dann brauche ich … das …« Sie konzentrierte sich jetzt mit allen Sinnen auf den Genuss, den seine Finger ihr bereiteten, bis er sie erneut überraschte, weil er dort, wo die Blütenblätter zusammentrafen, mit seinem Handballen zu reiben begann. Kleine brennende Pfeile schossen mit jeder Bewegung seiner Hand in ihr Inneres hinein. Unwillkürlich bog sie ihren Rücken durch. »Jetzt, Naisi, jetzt …«

»Noch nicht.« In seiner Stimme schwang ein Lächeln mit. Er rutschte mit seinem gesamten Körper nach unten. Ohne Vorwarnung schob er ihre Oberschenkel mit den Händen auseinander … Sie war völlig verwirrt, denn plötzlich teilte er ihre geschwollenen Lippen mit seiner Zunge und begann dort zu lecken.

Sie grub ihre Fersen in die Fichtennadeln und krallte ihre Hände in seine Haare, um ihn noch näher zu sich heranzuziehen, dorthin, wo sich jetzt alles Gefühl konzentrierte. Sie löste sich von ihrem Körper, kaum noch festgehalten durch den Funken sprühenden Knoten des Vergnügens unter seiner Zunge. Gerade, als sie an seinen Haaren zu ziehen begann, glitt Naisi wieder an ihrem Körper nach oben. »Jetzt bin ich es, der nicht mehr warten kann«, flüsterte er. Er stützte sich auf die Arme und schob seine harte Spitze langsam in die Öffnung in ihrem feuchten Fleisch.

Deirdre ließ sich von ihren Instinkten leiten. Sie kippte ihr Becken nach vorn und erhob sich auf die Ellbogen, um ihn tiefer in sich hereinzuholen. »Warte …«, keuchte er. Plötzlich spürte sie einen Widerstand, während ihr Körper gegen den seinen drückte. Er stieß einmal zu, heftig und schnell, und obwohl sie einen Schrei unterdrücken musste, war der brennende Schmerz rasch wieder vorbei, als ihr Körper sich öffnete, um ihn in sich aufzunehmen.

Sie sank wieder auf den Rücken, und Naisi drang tiefer in sie ein. Jetzt waren sie endgültig miteinander vereint. Sie klammerte sich, Tränen in den Augen, an ihm fest. Sie wollte sich nicht bewegen, damit dieser Augenblick niemals aufhörte. *Er war in ihrem Körper.* Sie war sich sicher, dass nichts auf der Welt besser sein könnte als das, dann aber begann Naisi sich zu bewegen, zog sein Glied heraus und vergrub es dann wieder in ihr. Und mit jeder seiner Bewegungen empfand sie ein tieferes Vergnügen, eine wildere Lust, die wie eine große Welle durch ihren Körper lief.

Sie schlang ihre Beine um ihn, ihrer beider Hüften bewegten sich gemeinsam in einer langsamen Wellenbewegung. Er zog sie zu sich heran, rieb die Wurzel seines Glieds an der Knospe zwischen ihren Lippen, und sie empfand dabei ein Gefühl höchster Wonne. Es konzentrierte sich in ihrer Mitte und wurde rasch zu einem Sturm, der durch ihren Körper nach oben und aus ihr hinausschoss und dabei ihren Geist zum glänzenden Himmel hinaufschleuderte. Sie erinnerte sich plötzlich an einen Traum, in dem sie in unendlich viele Scherben zersplittert war ... und die Scherben, aus denen sie bestanden hatte, waren von einer schimmernden Welle davongetragen worden, hinein in die Ekstase. Sie war die Quelle allen Seins, und sie war das Eine. Einen schier endlosen, unglaublich schönen Augenblick lang war sie alles. Naisis Funken verschmolzen mit den ihren. Sie hielten einander fest, und er schrie seine Befriedigung mit einem einzigen Schrei hinaus, in welchem all seine Hingabe lag.

Das Licht durchdrang Deirdres geschlossene Lider, so als würden die Wälder ringsum mit dem weißen Feuer, das sie beide umgab, erfüllt ... blendend hell ... alles verzehrend ...

Schließlich verblasste auch das, und sie fielen gemeinsam in die Dunkelheit. Zeit und Raum existierten nicht mehr, während die Nacht sie umfing.

Ihr Fleisch und ihre Knochen formten sich nur langsam wieder zu ihrem Körper.

Sie erinnerte sich jetzt wieder daran, dass sie Deirdre war und dass sie sich hier auf Alba befand. Die Sterne hatten sie hierhergeführt, hatten sie mit Naisi, mit Levarcham, den Druiden und den Stämmen verbunden. Es war die Gegenwart, in der sie lebte. *Erinnere dich.*

Naisis Gewicht lag auf ihr, und sie hatte Mühe, ihre Lungen mit Luft zu füllen. Als er spürte, dass sie sich rührte, rollte er auf die Seite. Sie seufzte. Sie umfasste sein Glied und hielt es fest. So lagen sie Seite an Seite. Ihr Atem vermischte sich, während ihre Herzen allmählich wieder langsamer schlugen.

»Ich kriege keine Luft«, flüsterte Deirdre schließlich und schob dabei den Umhang von ihrem Gesicht weg, sodass ihre Schulter der feuchten Luft ausgesetzt war. Es war schon einige Zeit vergangen, und der Regen in der diesseitigen Welt hatte aufgehört. Das Unwetter war über die Berge abgezogen, und der Sturm hatte sich gelegt. Von den Bäumen tropfte die Nässe. Dies war das einzige Geräusch in dem stillen Wald. Ein bronzefarbener Mond kämpfte sich mühsam hinter den Wolken hervor.

»Bleib da, *a stór*«, murmelte Naisi und breitete dabei den Umhang so über sie aus, dass sie sich beide mit angezogenen Knien aneinanderschmiegen und sich darin einhüllen konnten. Als er sich wieder entspannte, konnte er nur mit Mühe ein Ächzen unterdrücken. Sie sah ihn fragend an. »Ein Krampf«, murmelte er. »Mir sind die Beine eingeschlafen.«

»Mir auch.« Sie kuschelte sich mit klappenden Zähnen in die Felle. »Und irgendwie laufe ich gerade auch aus.«

Er legte den Arm um sie und zog sie an seinen warmen Körper. »Das ist nur ein bisschen Blut und mein Samen …« Sein Ton veränderte sich. »Wie schaffst du es nur, dass wir von diesen Dingen genauso sprechen wie ein Druide, der gerade in den Eingeweiden liest?«

Sprudelnde Heiterkeit stieg in ihr auf. Die letzten Reste des Schocks lösten sich in einem angenehmen Gefühl von Schwindel auf. »Außerdem bin ich wund, und es ist nass.«

»Und all das fällt dir erst jetzt auf, nicht wahr?«

Die Bäume warfen Schatten auf sein Gesicht. Sie strich ihm eine Haarsträhne aus der Stirn. Im schwachen Licht erkannte sie ein Staunen in seinen Augen, das ihre eigenen Gefühle widerspiegelte. »Ja«, flüsterte sie.

Er rückte ein Stück zur Seite und zog etwas unter sich hervor. »Die Nadeln fangen an, in alle möglichen Ritzen zu kriechen.« Sie begannen beide wie Kinder zu lachen. Jede Spur von Verlegenheit war verschwunden.

Sie rieb ihre Nase an seinem Hals. Dann richtete sie sich auf, um sich die Pfeilspitze anzusehen, die sie gerade an der Wange gekratzt hatte. Wortlos knotete sie den ledernen Riemen auf, während sie seinen Blick mit dem ihren festhielt. Als ihm bewusst wurde, was sie da gerade tat, entspannten sich seine Schultern. Die Pfeilspitze fiel in ihre Hand. Sie seufzte laut. Dann band sie ihm das Hirschamulett und den Eberzahn wieder um den Hals. Anschließend gingen sie den Hang hinauf und scharrten unter einem Schwarzdornbusch ein Loch, in dem sie Conors Andenken gemeinsam begruben.

Sie setzten sich wieder unter die Fichten. Deirdre lehnte ihren Kopf an Naisis Schulter. Er zog ihn unter sein Kinn und küsste ihre Haare. Erst jetzt wurde ihr bewusst, dass er sie vorhin *a stór* genannt hatte.

Geliebte.

26

Sie verbrachten die langen Sommernachmittage auf den warmen Felsbrocken, die auf den Hängen verstreut herumlagen, während Deirdre versuchte, den Brüdern etwas von der Lehre des Vogel-Geistes zu vermitteln. Ainnle war allerdings viel zu ungeduldig. Es gelang ihm nicht einmal, langsamer zu atmen. Gewöhnlich gab er schon nach kurzer Zeit auf und schlenderte dann mit seinem Bogen davon, um Hasen zu jagen. Naisi brachte zwar die nötige Konzentration auf, gestand Deirdre jedoch irgendwann, dass es ihm lediglich gelingen würde, immer mehr zusammenzuschrumpfen. Am Ende aber würde er dann nur feststellen, dass er einfach eingeschlafen war. Deirdre gestattete ihm das großzügig, denn schließlich verbrachten sie beide, anstatt zu schlafen, einen großen Teil der Nacht damit, sich gegenseitig zu erforschen.

So waren es meistens nur sie und Ardan, die mit überkreuzten Beinen in der Sonne saßen oder, wenn es regnete, um ihre Feuerstelle kauerten und sich mit der Lehre der Druiden beschäftigten. Dann zeichnete Deirdre Bilder auf den Lehmboden, die Naisi und Ainnle zuerst grinsend anstarrten, um dann verständnislos den Kopf zu schütteln. Strahlende Fäden … Geister, die zu Lichtpunkten wurden … wie sollte sie ihnen etwas erklären, das sie selbst nur mit ihrem Körper empfand?

Unübersehbar war jedoch, dass zumindest Ardan eine gewisse Begabung besaß. Auch wenn es bei ihm bislang nur dazu gereicht hatte, dass er hin und wieder das vage Gefühl verspürt hatte, sich aus seinem Körper zu lösen. Einmal jedoch schien er tatsächlich in Trance gefallen zu sein. Als er seine grauen Augen geöffnet hatte, hatten sich in ihren Tiefen neblige Wolken an einem fernen Himmel gespiegelt.

Jetzt hockte Deirdre auf dem Felsen und lächelte ihn ermutigend an. Sein Bewusstsein kehrte nur langsam wieder zurück. Er wurde rot, als er sah, dass sie ihn beobachtete. »Das Aufwachen fühlt sich ziemlich merkwürdig an«, murmelte er irritiert. »So schwer. Die Leichtigkeit ist das, was ich immer ...« Er brach ab, aber Deirdre setzte im Geiste das fort, was er hatte sagen wollen. *Es ist das, wonach ich mich immer gesehnt habe.*

Sie selbst hatte sich immer nach Freiheit gesehnt. Aber wie sahen Ardans Träume aus? Er war doch frei.

Naisi rollte sich herum, stützte sein Kinn in die Hände und gähnte. »Solange du nicht am Himmel herumwanderst und wir dich nicht mehr finden, soll es mir recht sein, Bruder. Aber Vorsicht, du könntest eines Tages nicht mehr zurückkommen.«

Ardan wandte sein Gesicht ab, sodass seine offenen schwarzen Haare über seine Augen fielen. »Vielleicht ist es so.« Ein betretenes Schweigen breitete sich zwischen ihnen aus, bevor er schließlich wieder Deirdre ansah. »Lass es mich noch einmal versuchen.«

Naisi setzte sich auf und reckte seine Arme. »Ich werde Ainnle suchen. Mal sehen, ob er uns etwas zum Abendessen besorgt hat.« Er sprang vom Felsen herab. Der Blick, den er Deirdre dabei zuwarf, war voller Leidenschaft.

Sie sah Ardan an, der mit geschlossenen Augen vor ihr lag. Gerührt von dem leisen Schmerz, der ihn umgab, drückte sie seine Hand. Er verkrampfte sich sofort, und sie ließ sie verwirrt wieder los. Dann kauerte sie sich wieder auf den Felsen und schlang die Arme um die Knie. Einem Moment später holte er tief Luft und entspannte seine Schultern.

Sie sagte mit leiser Stimme: »Atme neun Mal. Und mit jedem Atemzug stellst du dir vor, dass du leichter und kleiner wirst …«

Stille legte sich über den Hang, unterbrochen nur vom Summen der Bienen, die um die länglichen rosa Kelche des Waldgeißblatts herumschwirrten, das ein Dornengestrüpp in der Nähe überwucherte. »Kleiner und kleiner …« Deirdre sprach immer langsamer. »Atme tief ein und spüre dabei deinen Körper auf dem Felsen. Spüre die Härte des Steins, die Wärme der Sonne, die er abstrahlt, seine Feuchtigkeit und seinen Geruch. Spüre die Sonne auf deinen Augenlidern … halte all das fest … atme.« Sie hielt inne und beobachtete Ardans Brust, die sich gleichmäßig hob und senkte. Dies alles waren Levarchams Worte. Zum ersten Mal in ihrem Leben stellte Deirdre jetzt mit Erstaunen fest, dass in ihrem Kopf eine Vorstellung davon kreiste, was sie wirklich bedeuteten, welche Wahrheit hinter alldem lag. »Du bist Ardan, der Bruder von Naisi und Ainnle; Schwertkämpfer; Sänger. Und du bist der Geist, der fliegt.« Ihre Stimme wurde zu seinem Flüstern. Ihr Blick verschwamm, während das Sonnenlicht, das von dem mit Tau benetzten Farn zurückgeworfen wurde, sie blendete. »Du bist dieses Licht. Ganz egal, wie die Menschen dich auch immer nennen mögen. Nichts kann dich aufhalten.« Diese Worte kamen irgendwo tief aus ihrem Inneren. Sie war sich jedoch nicht sicher, ob sie damit Ardan oder nicht doch sich selbst meinte.

Sie gingen zu viert in der warmen Abenddämmerung den Pfad hinunter. An Ainnles Schwertgürtel baumelte ein erlegter Hase. Die bereits tief stehende Sonne ließ den See wie geschmolzene Bronze wirken und die purpurfarben blühende Heide aufflammen. Als die Luft abkühlte, erhob sich ein leichter Wind, der die Birkenblätter erzittern ließ. Naisi bildete die Nachhut. Deirdre suchte sich gerade ihren Weg zwischen ein paar verstreuten Felsbrocken hindurch, als er sie plötzlich von hinten an ihrem Zopf zog und damit fast aus dem Gleichgewicht gebracht hätte. Er legte die Hand über ihren Mund und zog sie an sich, während er ihr leise ins Ohr flüsterte: »Die Nacht ist viel zu schön, um schon ins Haus zu gehen, *fiáin*.«

Ardan, der vorausging, blieb stehen und sah sich um. Auch Ainnle drehte sich zu ihnen um und machte eine scherzhafte Armbewegung. Dann verschwanden die beiden zwischen den Felsen.

Deirdre drückte ihre Zunge in Naisis Handfläche. Er ließ die Hand sinken. »Das fühlt sich ja an wie ein Aal!«

Sie drehte sich in seinen Armen herum. »*Das* hast du das letzte Mal nicht gesagt, als du meine Zunge gespürt hast.«

»Da hast du mich ja auch nicht an Aale denken lassen.« Er legte seinen Arm um ihre Taille und küsste ihren Hals. »Ich glaube, ich sagte gerade, dass es hier draußen viel zu schön ist, um schon ins Haus zu gehen.«

Deirdre schloss die Augen und rieb ihren Bauch an ihm. »Jedes Mal, wenn wir vom Berg herunterkommen, ziehst du mich in den Wald und fällst dann einfach über mich her.«

Er hob den Kopf. Seine Augen glitzerten. »Ich werde nicht über dich herfallen, wenn es dir nicht gefällt.«

Sie wand sich aus seinen Armen und kletterte auf den nächsten Felsen. »Oh, von ›gefallen‹ ist hier nicht die Rede«, rief sie und blieb dann dort stehen, um seinen Anblick in sich aufzunehmen. Jede Anspannung war jetzt aus seinem Gesicht verschwunden. Das weiche Licht der Dämmerung überzog seine Haut mit einem goldenen Schimmer und ließ etwas Wildes in seinen Augen aufleuchten. *Ich schmelze geradezu dahin,* beendete sie den Satz im Geiste. Sie lächelte. Dann sprang sie von dem Felsbrocken herunter in den Farn und rannte auf die Bäume zu. Schon hörte sie seine Schritte hinter sich.

Die reale Welt und die Welt der Träume hatten für sie jetzt die Plätze getauscht. Dieser Taumel des glühenden Verlangens, das war das wirkliche Leben. Der ganz normale Alltag hingegen kam ihr wie ein langweiliger, bedeutungsloser Traum vor. Deirdres Leben wurde jetzt einzig und allein von Naisi bestimmt. Davon, wie er roch, wie er sich unter ihrer Zunge, ihren Händen und in ihrem Körper anfühlte. In ihrer Welt gab es jetzt nur noch den Geruch von Moschus, streichelnde Hände und das Gefühl, sein Gewicht zwischen ihren Schenkeln zu spüren.

Als er jetzt im Farn zwischen den Haselnussbüschen mit ihr schlief, vereinten sich ihre Sinne mit dem Rauschen des Windes in den Bäumen und dem Geruch des dahinschießenden Wassers. Sie war sich in keiner Weise mehr sicher, wo ihr Körper aufhörte und wo die Erde anfing.

Der Sommer wurde zum Herbst, und die Welt war mit einem Mal in ein flammendes Rot und ein prächtiges Gold getaucht.

Die Farnwedel nahmen einen rostigen Kupferton an, die Gräser und Seggen auf den Hängen verblassten und sahen jetzt aus wie schimmernde Bronze. Die Blätter der Bäume wurden erst gelb, dann braun und rollten sich schließlich zusammen. Deirdre pflückte körbeweise glänzende, purpurfarbene Brombeeren. Sie legte Ebereschenbeeren und Hagebutten in Honig aus dem Bienenstock ein, den Ainnle entdeckt hatte, und verschloss die Tontöpfe anschließend mit Wachs. Sie röstete auch Haselnüsse und verarbeitet sie dann zu Mehl.

Naisi half ihr bei den Lohegruben, und sie ging mit ihm auf die Jagd. Jetzt war niemand mehr der Meinung, dass sie als Frau bei der Jagd nichts zu suchen hatte. Ihrer beider Verlangen sich zu berühren war so übermächtig, dass sie nicht einen Augenblick getrennt sein wollten. Naisi besaß als erfahrener Jäger eine bessere Kondition als Deirdre, und so setzte sie sich, wenn ihre Kraft sie verließ, auf einen Felsen und wartete auf ihn. Das Fleisch und die Häute trugen sie dann wieder gemeinsam vom Berg herunter. Sie legten Schlingen aus und bauten Fallgruben. In beiden Hütten stapelten sich schon bald die Pelze von Hase, Marder, Hermelin und Fuchs, sodass sie im kommenden Winter bestimmt nicht frieren würden.

Das sehnsuchtsvolle Verlangen, das Deirdre die ganze Zeit erfüllte, überdeckte alles andere. Sie spürte nur noch einen Schimmer dieses *Anderen,* schwach wie das Wasser einer unterirdischen Quelle, das unter ihren Füßen dahinströmte. Sie war von Naisi vollkommen in Anspruch genommen, sie lebte nur noch in ihrer verborgenen, gemeinsamen Welt.

Eines Tages schlug er ihr vor, aus einem Baumstamm ein kleines Boot zu bauen, weil sie mit dem *curragh,* den sie zum Fischen benutzten, nicht allein auf den See hinausfahren konnte. Sie verbrachten einen ganzen Tag mit der Suche nach einer passenden Eiche. Nachdem sie deren Äste abgeschlagen hatten, legten sie ihre Äxte beiseite und vergnügten sich unter einer Eberesche, deren gefiederte Blätter über ihnen einen goldenen Baldachin bildeten.

Jetzt empfand Deirdre auch etwas anderes, etwas, das tiefer ging als ihr wildes Verlangen. Er wusste, dass sie es liebte, über das Wasser zu gleiten, während die Seehunde mit ihren glänzenden Flanken neben ihnen herschwammen und die Schwäne sie mit ihren dunklen Augen beobachteten. Er kannte sie.

Vorsichtig setzte sie sich rittlings auf ihn, beugte sich über ihn und ließ ihre Haare um seine Schultern fallen, während sie diesmal einen langsameren Rhythmus vorgab.

Sie glätteten das Boot am Ufer gerade mit ihren Krummhauen, als Naisi plötzlich innehielt und auf etwas zu lauschen schien, das Deirdre nicht wahrnahm. Er starrte aufmerksam in den Wald, dann sagte er: »Bleib hier.«

Ainnle und Ardan waren gerade in den nur schwer zugänglichen Tälern im Osten unterwegs, um dort zu jagen. Als Naisi jetzt wortlos sein Schwert gürtete, wusste Deirdre, dass es nicht die Schritte seiner Brüder waren, die er eben gehört hatte. Er verschwand lautlos zwischen den Bäumen. Die Farnwedel schlossen sich hinter ihm. Deirdre legte ihre Krummhaue beiseite, lehnte sich an das kleine Boot und begann, leise Segenssprüche zu murmeln.

Naisi kam zurück und sagte ihr, dass Urp ihn gerufen hätte. Als der alte Mann seine Schafe auf die Weide geführt hatte, hätte er auf einem Hügelkamm drei Krieger gesehen.

Zu ihrer Erleichterung kehrten Ardan und Ainnle an diesem Abend unversehrt, wenn auch mit leeren Händen, zurück. »Wir haben gerade zwei Hirsche verfolgt.« Ardan schob sich ein Stück Forelle in den Mund. »Aber dann sind wir auf drei Fremde getroffen, die aus der entgegengesetzten Richtung kamen. Der Wind war ziemlich stark. Wir haben sie nicht gehört und sie uns auch nicht.«

Naisi, der gerade einen geräucherten Fisch entgrätete, fragte: »Veniconen?«

Ainnle schlang ein Stück von Deirdres mit Honig gebackenem Brot hinunter, das er mit Ardas Weißkäse belegt hatte. Es war offensichtlich, dass er inzwischen wenigstens Deirdres Essen schätzte. »Wir hatten keine Gelegenheit, das herauszufinden. Wir gingen gerade eine Schlucht hinauf, und sie standen plötzlich vor uns. Noch bevor wir irgendetwas sagen konnten, haben sie uns schon mit Pfeilen beschossen, und wir mussten in Deckung gehen. Als wir dann unsere Schwerter zogen, sind sie über den Bergkamm geflohen. Sie waren nur mit Bögen bewaffnet. Wahrscheinlich waren es Kundschafter.«

»Sind sie entkommen?«, fragte Nasi.

Ardan hörte zu kauen auf und zog eine Augenbraue hoch. »Tut uns leid, Bruder, dass wir sie dir nicht alle drei übrig gelassen haben.«

Ein Lächeln huschte über Naisis Gesicht, obwohl er weiter besorgt aussah. Am nächsten Tag verkündete er, dass er und Ainnle mit dem *curragh* über den See zum Dorf fahren würden.

Als sie in der Abenddämmerung zurückkamen, hatten sie Säcke voller Korn dabei. »Wir haben Gerüchte gehört«, sagte Naisi zu Ardan, während er einen der Säcke vor seinem Haus abstellte und sich dann die Schultern rieb. Er trat einen Schritt zurück, damit Deirdre den Sack öffnen konnte. »Die Leute im Dorf sagen, dass die Veniconen einen neuen König haben und dass es zwischen ihm und Cinet, dem König der Epidier, bald Krieg geben wird. Vielleicht haben die Veniconen deshalb weitere Männer ins Tal geschickt. Sie wollen wahrscheinlich herausfinden, wie gut es verteidigt wird.«

Die Gerstenkörner rannen Deirdre durch die Finger.

»Nun, dann werden sie es mit uns zu tun bekommen«, sagte Ainnle leise. Die drei Brüder sahen sich an. »Auch wenn sie das noch nicht wissen.« Dann ließen sie ihren Blick nachdenklich zu Naisis Schwert wandern, das an der Wand der Hütte lehnte.

27

Herbst

Zum Samhain-Fest, der Feier zur Jahreswende, hatte man große Freudenfeuer auf der bereiften Ebene von Emain Macha entzündet, über die sich in dieser Nacht ein funkelnder Sternenhimmel spannte.

Die Druiden baten die Götter, ihre schützenden Hände in der langen Zeit der Dunkelheit über das Land zu legen. Mit erhobenen Armen und hohen Stimmen leiteten sie die göttliche Kraft in den Boden, um die darin schlummernde Saat zu nähren. Sie gingen in die Pferche der Kühe und Schafe, um für die Kälber und Lämmer in den Bäuchen ihrer Muttertiere zu bitten. In dieser Nacht verwischten sich die Grenzen zwischen der Anderswelt und der diesseitigen Welt. Die *sídhe* erhoben sich, und die Toten wanderten ungehindert zwischen den Welten umher.

Es war eine Nacht voller Geheimnisse. Draußen vor der Festung drängten sich die Menschen um die Feuer, vertrieben ihre Angst vor den Geistern mit Gesang, köstlichem Fleisch, das an Spießen brutzelte, und Fässchen voller Ale. Musik vermischte sich mit trunkenem Gelächter. Die Trommeln schlugen den Rhythmus stampfender Füße, während die Reihen der Tänzer sich zwischen den niedergebrannten Feuern hindurchschlängelten.

Cúchulainn und Ferdia standen still an einem der Feuer. Ihre Köpfe waren über ihre Becher gebeugt. Die Hirten, Diener und Wachen aus der Burg des Wachhunds scharten sich um eine Feuergrube, aus welcher der verlockende Duft von gebratenem Rindfleisch aufstieg. Cúchulainn hob seinen Becher und prostete seiner Frau Emer zu, die gerade das Baby einer Freundin auf ihrer Hüfte trug. Sie erwiderte sein Lächeln, und in ihren Augen leuchtete ein Versprechen. Er seufzte. Es war in dieser Nacht der Geheimnisse nicht ungefährlich, auf einer frostigen Wiese ein Kind zu zeugen.

Der Sommer war fruchtbar gewesen. Es war jedoch nicht nur die Gerste gediehen, in den Burgen war auch die Unruhe gewachsen. Wenigstens verhielt Connacht sich im Augenblick ruhig. Die Überfälle der jungen Krieger, die ihre Kampfkraft erprobten und ihr Vieh raubten, und die darauf folgenden Gegenangriffe der Krieger des Roten Zweiges waren von beiden Seiten schon vor einiger Zeit eingestellt worden. Cúchulainn war noch immer enttäuscht darüber, dass der König sie nicht gegen Connacht ziehen ließ, solange das Land noch durch Eochaids Tod geschwächt war. Er hatte nur angeordnet, dass die Tore der Macha und die anderen Verteidigungsanlagen mit einer ausreichenden Zahl von Kriegern besetzt wurden. Cúchulainn selbst verbrachte die Zeit, die Emer und die Verpflichtungen als Oberhaupt seines Klans ihm ließen, damit, die Grenzen zu Connacht abzureiten. Ferdia aber hatte weder Frau noch Familienbande, sodass es ihm möglich war, öfter im Land umherzustreifen. Da er auch nicht so bekannt war wie er, war es ihm gelungen, viele Neuigkeiten in Erfahrung zu bringen.

»Aed hat die Chieftains im Süden aufgehetzt«, murmelte Ferdia jetzt leise und ließ die Flüssigkeit in seinem Becher kreisen. In all den Jahren, die Cúchulainn Ferdia jetzt kannte, hatte sein Freund nie etwas anders als mit Honig gesüßtes Wasser getrunken. Er behauptete, Ale würde ihn streitlustig und mürrisch machen – was Cúchulainn allerdings kaum glauben konnte. »Auch Learys Frau und seine Verwandten sind auf den König zornig, weil es ihm nicht gelingt, Naisi gefangen zu nehmen und ihn zur Rechenschaft zu ziehen.« Ferdia senkte die Stimme. »Sie stellen Conor als König in Frage. Und sie beklagen sich auch über den Roten Zweig.«

Cúchulainn brummte. »Leary hat doch auch zum Roten Zweig gehört.«

»Ich weiß. Aber sie sagen, er hätte es verdient gehabt, in einem ehrenvollen Kampf gegen einen unserer Feinde zu fallen. Sie behaupten auch, dass wir eine Gefahr für alle seien, weil wir zu stolz und zu streitsüchtig seien.« Cúchulainn trank grimmig einen Schluck Ale, und Ferdia sah sich über die Schulter um. »Alles, wovor Conor sich fürchtet, wird doch schon in aller Öffentlichkeit gesagt: dass er seine Männlichkeit verloren hätte, dass er nichts anderes als ein alter Narr mit verwelktem Schwanz sei.«

»Gütige Götter.« Cúchulainn wusste nicht, wie man das alles aufhalten sollte. Wenn sie nur kämpfen könnten … Deshalb hatte er Conor auch gedrängt, Connacht anzugreifen. Der König hatte ihm jedoch entgegnet, dass sie zuerst Naisi finden müssten, damit niemand seine Autorität anzweifeln konnte. Wenn der Zusammenhalt des Roten Zweiges nicht im Krieg gestärkt wurde, gewann das leere Gerede an Macht. Cúchulainn stieß mit dem Fuß ein Stück Holz ins Feuer zurück. »Wenn die Männer anfangen, Partei zu ergreifen, dann sind wir alle in Gefahr.«

Ferdia zuckte mit den Schultern. Sein Mund war jetzt ein dünner Strich. »Die jungen Krieger haben die Söhne des Usnech schon immer bewundert. Auch ich glaube, dass es hier in Wirklichkeit um den Neid eines alten Mannes auf einen jungen Kerl geht. Was die älteren Krieger angeht, so ist die Art und Weise, wie Conor zur Königswürde gekommen ist, nie gut angekommen. Die Männer sind der Meinung, dass er dankbar sein sollte.«

Am Feuer nebenan hatte einer der jungen Barden gerade seine Harfe gestimmt. Er wurde von einer Gruppe laut grölender junger Krieger umringt, die sich schwankend aneinander festhielten. Als die Stimme des Barden den Lärm schließlich übertönte und zu verstehen war, was er sang, horchte Cúchulainn auf.

Er erschrak. Es war ein Lied, das der Barde des Königs vor zwei Jahren geschrieben hatte, um den Kampfesmut der Söhne des Usnech zu rühmen. Ferdia warf Cúchulainn einen entsetzten Blick zu, aber wie sollte es ihnen gelingen, jeder Äußerung unter den Ulaid Einhalt zu gebieten? Er nahm einen kräftigen Schluck Ale, um sich zu beruhigen. Nein, er würde nicht verhindern, dass man ihre Namen in ihrem eigenen Land rühmte.

Dann ging das Lied in eine langsamere, eingängige Melodie über. Die heiseren jungen Männer ringsum verstummten, und die Stimme des Barden erhob sich jetzt klar und deutlich in die

Nacht. Eine neue Komposition erklang – die Klage um einen namenlosen jungen Mann, einen edlen Krieger, den ein boshafter König grausam verstoßen hatte.

Cúchulainn und Ferdia sprangen auf. Sie gingen auf den Barden und die um ihn versammelten Krieger zu. Noch bevor Cúchulainn die Gruppe erreichte, hörte er schon laute Stimmen. Fiacra, der Sohn des Königs stand schwankend und mit zu Fäusten geballten Händen vor Illan. »Du wagst es, so etwas über meinen Vater zu sagen?«

Illan und Fiacra waren wie Brüder aufgewachsen, und mit ihren blonden Haaren sahen sie auch aus wie Brüder. Jetzt jedoch verzog Illan wütend den Mund und brüllte zurück: »Niemand kann die großen Krieger aus unseren Herzen reißen! Du gehörst auch zum Roten Zweig – ihm sollte deine Loyalität zuerst gelten!«

Der Barde verstummte. Eine unnatürliche Stille breitete sich aus. Fiacras Augen waren glasig. Das Feuer warf einen roten Schimmer auf seine Locken. »Naisi und seine Brüder haben uns verraten. Sie haben die Braut des Königs entführt. Warum siehst du das nicht endlich ein?«

»Nein, das haben sie nicht«, erwiderte Illan mit schwerer Zunge. »Ich will nicht, dass man schlecht über sie redet. Am heutigen Abend sollen die Toten geehrt werden, nicht wahr? Nun, die Söhne des Usnech könnten genauso gut tot sein!«

Andere junge Männer mischten sich jetzt in den Streit ein und brüllten sich gegenseitig an. Das Ganze drohte in eine Schlägerei auszuarten. In diesem Moment tauchte Conall auf, der mit seiner Frau und seinen Verwandten an seinem eigenen Feuer gesessen hatte. Conall versuchte, Fiacra zu beruhigen, während sich Cúchulainn vor Illan stellte. Fergus' jüngster Sohn forderte den Barden gerade auf weiterzuspielen. Seine Stimme peitschte den brüllenden Mob auf, während er die Faust in die Luft reckte und laut grölte: »*In der Schlacht die fröhlichen Brüder – Naisi, Ardan und Ainnle!*«

Conall sah Cúchulainn mit funkelnden Augen an. »Stopf ihm endlich das Maul, Wachhund!«

»Illan«, knurrte Ferdia und legte dem Jungen einen Arm um den Nacken, um seinem betrunkenen Gejohle Einhalt zu bieten.

Illan schrie laut auf und duckte sich weg. Noch bevor irgendjemand etwas unternehmen konnte, holte er aus und wollte Ferdia schlagen. Er verfehlte ihn jedoch und hätte fast Cúchulainn getroffen, der einen schnellen Schritt zur Seite machte. Der junge Mann fiel zu Boden. Als Cúchulainn sich bückte, um ihm aufzuhelfen, begann Illan zu stottern. »Gütige Götter … es tut mir leid … so leid …« Der Barde beobachtete das Ganze inzwischen mit einem zufriedenen Lächeln. Solche Emotionen auszulösen, war ein großer Erfolg für ihn.

Conall schob Fiacra zu seinen Freunden hinüber und baute sich drohend vor Illan auf, der auf so unsicheren Beinen stand, dass Cúchulainn ihn jetzt sogar festhalten musste. »Lass ihn in Ruhe«, warnte Cúchulainn Conall. »Du siehst doch selbst, wie besoffen er ist.«

»Er ist ein Idiot«, zischte Conall.

Cúchulainn hatte es langsam satt, ständig seine Gefühle unterdrücken zu müssen. »Er trauert – so wie ich das von dir auch geglaubt habe.«

An der Art und Weise, wie Conall sich jetzt mit der Hand durch seine rote Mähne fuhr, erkannte Cúchulainn, dass auch er sich nicht unter Kontrolle hatte. Eine warnende Stimme in seinem Inneren meldete sich zu Wort. »Ich werde nicht zulassen, dass der Rote Zweig von so einem arroganten Bürschlein wie diesem ach so stolzen Naisi ruiniert wird«, murmelte Conall. Er hielt inne. In seine Augen trat jetzt ein schmerzlicher Ausdruck. »Er hat Leary getötet.«

Auch bei Cúchulainn zeigte das Ale Wirkung. »Sie haben versucht, den drei Brüdern eine Falle zu stellen, und das weißt du auch.« Als Conalls Gesicht wie versteinert blieb, riss bei Cúchulainn endgültig der Geduldsfaden. »Das alles ist verdammter Wahnsinn«, knurrte er leise, »aber du warst ja schon immer neidisch auf die Brüder.«

Conalls Augen funkelten voller Zorn. In diesem Moment verstummten alle Stimmen um sie herum so plötzlich wie eine Harfensaite, die reißt. Conor war gekommen. Stille legte sich über die Menge, unterbrochen nur vom Knistern des Feuers und dem leisen Weinen eines Säuglings. Der König sah jedem einzelnen Mann ins Gesicht, bevor sein Blick schließlich auf den jungen Barden fiel. »Ich habe dir nicht erlaubt, dieses Lied zu singen.«

Der Harfenspieler besaß Mut. Er straffte die Schultern und hob den Kopf. »Bei allem Respekt, Mylord. Die Worte eines Barden sind von den Druiden gesegnet, und niemand darf ihm deshalb etwas vorschreiben.«

Ein Murmeln erhob sich. Viele der Männer und Frauen begannen sich in Richtung der anderen Feuer davonzustehlen. Conor blickte unverwandt auf den Barden. Obwohl sich in seinem Gesicht nur ein leichtes Zittern zeigte, war der Zorn in seiner Stimme unüberhörbar. »Ich verbiete, dass noch irgendjemand die Namen dieser Verräter, die uns so viel Schmerz gebracht haben, in den Mund nimmt. *Ich will sie einfach nicht mehr hören.* Und du …« Er drehte sich langsam zu Illan um. »Denk daran, dass auch derjenige Verrat begeht, der sich auf die Seite eines Verräters stellt.«

Cúchulainns Lippen wurden schmal. In der Luft lag plötzlich eine knisternde Spannung, und er wollte gerade etwas sagen, als mit einem Mal eine tiefe Stimme ertönte: »Verrat, Conor?« Fergus schob einen Mann zur Seite und trat zu seinem Sohn. »Illan hat nichts anderes getan, als ein Lied zu singen, das dein eigener Barde verfasst hat.«

»Dann verbiete ich es eben jetzt«, beharrte Conor.

Fergus' Haare waren anlässlich des Festes mit Kalk zu einer stacheligen, steifen Mähne frisiert. Um seinen kräftigen Hals trug er einen Torques aus Bronze und Gold. »Es ist auch für einen König nicht ungefährlich, das Wort Verrat in den Mund zu nehmen«, knurrte er.

Cúchulainn bemühte sich krampfhaft darum, seine Gefühle zu zügeln. Mac Roys Worte ließen das Ale in seinem Bauch rumoren. Verrat zwang den Roten Zweig zum Handeln, zumindest dann, wenn er die Königswürde gefährdete. War Conor nicht auch ein Verräter? Und zwar am Roten Zweig?

Der König schwieg einen Moment erstaunt. »Die Worte und die Gedanken sind frei«, fügte Fergus leise hinzu. »Wenn mein Sohn jetzt seine Kameraden, mit denen er so oft gemeinsam gekämpft hat, ehrt, dann geschieht dies gemäß der Eide des Roten Zweiges.« In seinen dunklen Augen lag für alle unübersehbar die Botschaft, dass Conor nichts über diese Eide wusste, weil er sie nicht geleistet hatte.

Anstatt darauf zu antworten, reckte Conor seine lange Nase in die Luft und fuhr den jungen Barden an. »Du bist unverschämt! Und ich habe diesen ständigen Ärger mit irgendwelchen unbesonnenen jungen Männern gründlich satt. Ein Barde ist auf die Gunst des Königs und auf die der Chieftains, die ihn beherbergen, angewiesen.« Er hielt inne. Seine weißen Finger strichen über seinen Bart, während er sich sichtlich darum bemühte, seine Aufregung zu unterdrücken. »Singe vom Roten Zweig. Aber wähle ein Lied, das keinen Mann über einen anderen stellt. Du siehst ja, was du gerade angerichtet hast.«

Dem Barden standen jetzt Schweißperlen auf der Stirn. Er schlug die Hacken zusammen und verbeugte sich, bevor er sich schweigend auf den Weg zum Tempel auf dem Hügel machte. Der König vermied es, jemandem in die Augen zu sehen, und ging dann mit unsicheren Schritten auf die Tore der Festung zu, während Fergus Illan in die entgegengesetzte Richtung davonzerrte. Conall warf sich seinen Mantel um die Schultern und verschwand dann in der Dunkelheit.

»Das hier ist eine einzige Grube voller schwelender Kohlen«, sagte Cúchulainn düster. »Schon bald werden wir nicht mehr imstande sein, die Glut zu ersticken.«

»Dann hör mir zu. Ich wollte gerade etwas erzählen, bevor dieser verdammte Harfenspieler mit seinem Gekrächze begonnen hat.« Ferdia packte Cúchulainn an der Schulter und sah ihn an. »Ich habe mich an die Schlampe herangemacht, die Conor das Ale serviert.«

Cúchulainn zog die Augenbrauen hoch. »Mit ihr zu schlafen, ist gefährlich, mein Freund. Er vögelt sie nämlich auch.«

»Da siehst du, was ich alles auf mich nehme, um an Informationen heranzukommen.«

Cúchulainn schnaubte trocken, während sie, ein Stück vom Feuer entfernt, auf zwei Baumstümpfen Platz nahmen. »Es ist die reine Folter, da bin ich mir sicher.«

»Nun, es ist durchaus angenehm. Aber das, was ich von ihr erfahren habe, ist noch viel besser.«

Cúchulainn zog einen herumliegenden Becher mit dem Fuß zu sich heran und hob ihn auf. Dann schenkte er sich einen Schluck Met ein und kippte ihn hinunter. »Schlimmer als das hier kann es gar nicht werden.«

»Der König hat geheime Kundschafter nach Britannien und nach Gallien geschickt.«

Cúchulainn ließ den Becher sinken. Er und Ferdia hatten einige Fischer gebeten, jede kleine Insel und jeden windgepeitschten Felsen in der Erin-See abzusuchen. »Dann glaubt Conor also, dass sie sich nicht mehr in Erin aufhalten.« Er sah Ferdia an. »Wie viele Kundschafter?«

»Woher soll ich das denn wissen? Niemand kann sagen, wie viele Spione er hat.«

»Dann müssen wir Naisi eben zuerst finden.«

Sie sahen sich an. Ferdia sagte nur ein Wort: »Skatha.« Die Kampfschule der Kriegerkönigin befand sich auf einer der windgepeitschten Inseln vor der Küste von Alba. Krieger aus den verschiedensten Völkern kamen dorthin, um jene geheimen Künste zu erlernen, die den weiblichen Verstand mit männlicher Kraft und Geschicklichkeit verschmolzen. Nicht nur Britannier waren dort zu finden, sondern auch die zottigen Männer aus den Nordländern. Selbst römische und griechische Abenteurer traf man dort an. Skatha war Cúchulainn und Ferdia, die einst ihre Musterschüler gewesen waren, noch immer sehr verbunden.

»Und selbst wenn Skatha keine Informationen für uns hat, dann haben vielleicht einige ihrer Schüler etwas gehört«, sagte Cúchulainn. »Nicht einmal Conor verfügt über so viele Männer, dass er ein so großes Territorium kontrollieren könnte. Du solltest so bald wie möglich aufbrechen.«

»Der Herbst ist eine höchst ungewöhnliche Zeit für eine Schiffsreise – und für eine gefährliche noch dazu. Ich werde mir eine gute Geschichte einfallen lassen müssen, damit der König mich gehen lässt.«

»Nun, dann werden wir uns eben anstrengen müssen. Das sind wir Naisi schuldig.«

Emer kam und stellte sich neben Cúchulainn. Sie spielte an den blonden Locken in seinem Nacken herum. »Dies ist ein Abend, um zu lachen und um fröhlich zu sein«, schalt sie ihn mit ihrer rauchigen Stimme. »Und ihr beide macht die ganze Zeit nur lange Gesichter.« Cúchulainn stand auf und zog sie an sich, um ihren tröstlichen Geruch nach Seife und Brot, nach Kräutern und Wolle in sich aufzunehmen. Sie wehrte seinen Kuss ab. »Aber doch nicht vor Ferdia!«

Ferdia zwang sich zu einem Lächeln und schüttete den kleinen Rest, der sich noch in seinem Becher befand, ins Gras. »Ich glaube, ich sollte mir auch ein wenig Gesellschaft suchen«, sagte er. »Da ist ein gewisses Mädchen, das das Ale mit richtig schöner Schaumkrone einschenkt.«

Verblüfft sah Emer ihm hinterher. »Aber er trinkt doch gar kein Ale!«

Cúchulainn drückte seine Nase an ihren Hals. »Wahrscheinlich ist er von deiner Schönheit so geblendet, dass er lauter Blödsinn redet.«

»Hmmm, wie ich sehe, hast du für euch beide getrunken.« Sie stellte sich auf die Zehenspitzen, um ihn auf die Nase zu küssen. »Aber mir fällt da etwas ein, womit ich dich bestimmt wieder zum Lächeln bringe, mein Ehemann.«

Cúchulainn sah in dieses geliebte Gesicht und segnete es im Stillen für seine Eigenheiten: den wilden Schopf aus widerspenstigen schwarzen Locken, die Stupsnase, das schmerzliche, schiefe Lächeln. Emer war zwar keine Schönheit, aber eine bodenständige, gute Frau.

Sie zog scherzhaft einen Flunsch. »Du bist mit deinen Gedanken ja noch immer ganz weit weg.«

Er lächelte und vergrub sein Gesicht an ihrem Hals, während er sie hochhob. »Ich bin genau hier«, sagte er und atmete dabei ihren Duft ein.

Deirdre schichtete unten am See Holz für das Samhain-Feuer auf. Die Söhne des Usnech sahen ihr dabei zu. Die Luft war eisig, und über ihren Köpfen funkelten die Sterne. Sie hatten ihre Herdfeuer gelöscht und sich im Licht der Sterne auf den Weg gemacht. Mit ihren Fackeln, die sie zuvor an der heiligen Flamme entzündet hatten, würden sie das Feuer in ihren Hütten entfachen, um den Beginn des neuen Jahres zu feiern.

Als das Feuer knisternd zum Leben erwachte, erhob Ardan seine Stimme zu einer Klage für Erin. Samhain war eine Nacht, in der man sich an das erinnerte, was vergangen war. Deirdre bat die Muttergöttin, die Saat zu schützen, während diese darauf wartete, dass die Sonne zurückkehrte. Ihr Atem sah im Licht der Sterne aus wie eine ätherische Wolke, wie der sichtbar gewordene Zauber der Göttin. Sie legten Honigkuchen für die Toten aus, und als sie gemeinsam einen Schritt zurücktraten, kam es Naisi so vor, als nähme im gespenstischen Schein der Flammen ein Gesicht Gestalt an.

Es schwebte zwischen dem Licht der Lebenden und dem gespenstischen Flackern der Geister unter den Bäumen. Usnech. *Sein Vater, der ihn voller Enttäuschung ansah.*

Ein verirrter Krümel kratzte Naisi plötzlich im Hals. Mit diesem einen Blick seines Vaters versickerte die heiße Flut, die ihn in all diesen Monaten in Deirdres Armen durchströmt hatte, im kalten Erdreich. Ihre Hand rutschte aus der seinen – oder hatte er sie losgelassen? Sie bückte sich, um noch einen der Honigkuchen zu zerteilen, und er wandte sein Gesicht den dunklen Klippen zu.

Mairi und ihre Tochter zu verteidigen, hatte also nicht genügt, um die nagende Scham in seinem Inneren zu beruhigen, um den Verrat, den er schon vor so langer Zeit in seinem Herzen begangen hatte, wiedergutzumachen. Den Verrat am Roten Zweig; an seinen Brüdern; an den Ulaid selbst. Und wohin hatte das alles geführt? Die Folgen waren noch weit schlimmer gewesen als die verborgenen Qualen in seinem Inneren. Dallan und Leary waren tot. Er und seine Brüder lebten im Exil. Ein einziger kurzer Kampf konnte daran nichts ändern, ganz zu schweigen davon, dass er sein Herz nicht trösten konnte.

Er wusste jedoch nicht, was dazu erforderlich sein würde.

28

Frühling

Im kalten Licht des Mondes sah sie aus wie eine Statue aus Marmor. Glatt und silbrig.

Obwohl der lange Winter endlich vorbei war, glitzerten nachts noch immer Eiskristalle am Rand der Quelle hinter den beiden Häusern, und der Vollmond ließ den Bach leuchten wie ein endloses Band aus Glas.

Sie stand barfuß im Gras. Mit einer Hand hatte sie ihr langes Hemd hochgerafft, während der Rest ihrer Kleidung schon auf dem Boden lag. Sie war das Mondmädchen. Silbernes Licht, das sich zu weichen Kurven und schlanken Muskeln geformt hatte, die er jetzt unter dem feuchten Leinen erkennen konnte. Dann atmete sie aus, und die Wolke, die um ihren Kopf aufstieg, war Beweis dafür, dass sie doch ein menschliches Wesen war.

Ardans Magen verkrampfte sich. Das war Deirdre und nicht die Gestalt aus seinen Träumen.

Auch wenn sich an den Bäumen bereits die ersten, noch fest geschlossenen Knospen zeigten, war die Luft noch immer eisig. Wusste Naisi, dass sie in diese Kälte hinausging? Wusste er, dass sie von der in helles Mondlicht getauchten Quelle geradezu magisch angezogen wurde? Ardan jedenfalls wusste es. Entgegen aller Vernunft und auch entgegen seiner Liebe zu Naisi folgte er ihr, aus dem Schlaf gerissen, so als hätte sie laut seinen Namen gerufen. Sie war ein Traum-Mädchen, das in tiefster Nacht an seiner Tür vorbeiging, und ihre leisen Schritte lockten ihn aus dem Bett.

Jetzt nahm sie eine Flasche und goss mit feierlichen Bewegungen ein wenig Milch in das Becken. Dann hob sie den Kopf und sagte leise etwas zum Mond. Ardan holte tief Luft. Sein Schmerz war zu heftig, um ihn zu unterdrücken. Sie war es, die dieser grauen Welt voller Enttäuschung und Qual mit ihrer geheimnisvollen Andersartigkeit Farbe verlieh. Die Äste der Erlen über dem Quellbecken, das von Reif bedeckt war, schienen sich nach ihr auszustrecken. Die abgefallenen Blätter und Zweige glitzerten, als wären sie lebendig. Selbst die dunklen Felsspitzen neigten sich über sie, um sie vor den Augen der Sterblichen zu verbergen und diesen verzauberten Ort zu schützen.

Es war genau wie bei seinen Flügen mit den Vögeln. Wenn er allein übte, war sein Erfolg nur bescheiden. Aber wenn Deirdres flüsternde Stimme ihn leitete, wurde er stets von einem Gefühl der Leichtigkeit erfüllt. Dann gelang es ihm manchmal sogar, fast den weiten blauen Himmel zu sehen. Wenn er schließlich aus seiner Trance erwachte, saß sie stets neben ihm, die Beine an die Brust gezogen, das Gesicht nach oben gewandt. Sie schenkte ihm die Freiheit, einfach zu *fliegen*.

Jetzt legte Deirdre den Kopf schief, so als würde sie auf irgendetwas lauschen. Gleich darauf zog sie auch ihr Hemd aus und warf es zu ihren anderen Kleidern auf den Boden. Schweißperlen traten Ardan auf die Stirn, und er verwünschte sich mit bitteren Worten, während er den nackten Rücken und den glatten, runden Po mit den Augen verschlang. Naisi hatte Deirdre im Licht des Tages und im Schein des Feuers für sich. Für Ardan gab es jedoch keine Möglichkeit, sie anzusehen, außer im Schutze der Nacht, dann, wenn sie ein anderes Wesen war. Dieses Mädchen dort gehörte nicht Naisi allein. Während sie am Rand des Beckens stand, schienen mit jedem Atemzug Splitter aus Eis in ihn einzudringen.

Der lange Winter war für ihn schier unerträglich gewesen. Sturm und Regen hatten verhindert, dass sie auf die Jagd gehen konnten. Er war gezwungen gewesen, entweder mit Naisi und Deirdre zusammen am Feuer zu sitzen und zu sehen, wie der Schein der Flammen über ihr Gesicht huschte, oder, schlimmer noch, allein am Feuer zu sitzen und zu wissen, dass Naisi gerade zwischen diesen schlanken Schenkeln lag. Die beiden verbrachten sehr viel Zeit in ihrem mit dicken Fellen bedeckten Bett. Wenn sie dann doch einmal wieder auftauchten, waren sie von einer Aura des Begehrens umgeben, die Ardan förmlich riechen konnte. Deirdres Haut war stets rosig und glänzte, so als würden Naisis Hände sie jeden Tag polieren.

Ardan sah den Dolch an, den er immer dann in den Händen hielt, wenn er Deirdre beobachtete. Er drückte die Klinge in seine Finger, damit der Schmerz ihn davon abhielt, diesen dunklen Pfad weiter zu beschreiten. Stattdessen gelang es ihm für ein paar Augenblicke, sich der Illusion hinzugeben, dass dieses Mitternachts-Mädchen, geschaffen aus dem Schaum des Meeres und dem vom Mond erhellten Wasser, nur ihm gehörte. Er schloss die Augen, um ein qualvolles Stöhnen zu unterdrücken. *Geliebter Bruder.*

Ein leises Platschen holte ihn zurück. Sie war trotz der Kälte ins Quellbecken gestiegen und schöpfte, so wie sie das immer tat, mit einer Muschelschale Wasser und schüttete es sich über den Kopf. Sie schauderte und hielt mit tropfenden Haaren inne, während sie in den dunklen Wald starrte. Diese Versunkenheit, dieser sehnsuchtvoll in Richtung der bereiften Bäume geneigte Kopf ließ Ardan entflammen. Was hörte sie dort? Als sie das Wasser aus ihren Haaren schüttelte und es von ihren Beinen abstreifte, begriff er instinktiv, dass es für sie *Licht* war. Sie badete in dieser vom Mond erhellten Lumineszenz, genoss sie als etwas Lebendiges, das noch Tage später in ihren Augen leuchtete. Aber was sah sie nur unter der Oberfläche der Welt?

Gleich würde sie aus dem Wasser steigen und sich zu ihm umdrehen, sodass er ihre Brüste und die weichen Locken zwischen ihren Beinen sehen konnte … Aber das stellte er sich nur vor, denn er würde es sich niemals gestatten, sie tatsächlich anzusehen. Mit gesenktem Kopf schlich Ardan davon. Je weiter er sich von ihrem Körper entfernte, desto besser gelang es ihm, sich von diesem kranken Verlangen zu lösen und sein Herz stattdessen mit Ehrfurcht zu erfüllen. Nur die inständige Bitte um Naisis Vergebung ließ ihn endlich wieder einschlafen.

In seinen Träumen war er dann oft in wirbelnden Wellen gefangen. Schlanke Arme schlangen sich im aufgewühlten Wasser um seinen Nacken, und ein geschmeidiger Körper presste sich an ihn. Dort fand er Erlösung. Die Hitze seines Körpers wurde vom Wasser gelindert, während die langen Haare der Selkie, der Seehundfrau, sich über seine Augen legten, sodass er nichts mehr zu sehen brauchte.

Deirdre ging im Mondlicht über das von Raureif überzogene Gras.

Diese Nächte, in denen das Becken der Quelle in den strahlenden Glanz des Mondes getaucht war, waren die einzigen Gelegenheiten, bei denen sie sich aus Naisis Umarmung löste. Sie trotzte der Kälte, wenn sich das Wasser und der Schein des Mondes miteinander vermischten und sie dem Ruf der Nacht nicht widerstehen konnte. Sie musste die Schönheit dieser Nächte einfach auf sich wirken lassen. Sie streckte die Hand aus, während ihr Atem um sie herum zu einer feinen Wolke kondensierte. Ein Gedanke schoss ihr plötzlich durch den Kopf: Möglicherweise waren die Schleier der Anderswelt wie die Oberfläche des Wassers … dann konnte sie vielleicht sogar mit ihren Fingerspitzen die Grenze spüren?

Sie zog die Hand zurück. *Naisi!* Sie glaubte, seine Schritte gehört zu haben.

Als sie sich umdrehte, sah sie etwas aufblitzen. Es war etwas Helles, wie der Bauch eines Fisches, der aus dem Wasser springt und dann wieder in den Fluten verschwindet. Sie spürte den Impuls, diesem flüchtigen Schimmer nachzugehen, plötzlich aber fröstelte sie heftig. Das Verlangen, zu Naisi ins Bett zu krabbeln, sodass er sie wärmen konnte, überkam sie. Schließlich entspannte sie ihre Schultern und ließ sich vom Wasser liebkosen, das an ihrem Körper hinunterrann. Dann wurden all die geheimnisvollen Bewegungen, die sie in der mondhellen Luft wahrnahm, von einer einzigen Erinnerung überlagert, die so stark war, dass sie sie noch immer mit ihrem Körper spürte: Naisis Gliedmaßen, die sie festhielten, ihre ineinander verschlungenen Beine, sein Atem an ihrem Hals.

Sie konnte ihn beinahe riechen. Sie hielt ihre Finger an ihre Nase und berührte dann ihren Bauch. Heute Nacht war Imbolc, das Fest der Göttin Brid, die den Nachwuchs der Tiere schützte und die Saat nährte, während diese darauf wartete, dass der Sonnengott Lugh zurückkehrte. Es war eine Nacht der Frauen, in der die Macht der Göttin und der Schoß der Schöpfung beschworen wurde. Konnte es sein, dass sie jetzt schon den Samen eines Kindes in sich trug?

Sie zog sich an und ging, eine Hand auf ihrem Bauch, zum Haus zurück. Obwohl ihre Zähne klapperten, musste sie lächeln. Sie schob die Tür aus Haselzweigen und Heidekraut zur Seite, dann das dicke Fell, das dahinter hing. Anschließend ging sie um die Feuerstelle herum und kniete sich auf das Bett aus Farn, um Naisi zu betrachten.

Er lag da, die Arme weit ausgebreitet. Die matte Glut der Kohlen verlieh seiner Haut den Glanz und den Farbton von geöltem Holz. Sie hielt ihre Hände über seine Brust und ließ seine Wärme in ihren Körper strömen. Dabei berührte sie mit einem Finger zufällig seinen Bauch. Er zuckte zusammen und riss die Augen auf. Einen Augenblick lang war sein Blick verschwommen. »Du bist kalt«, krächzte er.

»Entschuldige«, flüsterte sie.

Er murmelte etwas und zog sie zu sich hinunter in die Felle, sodass sie sich an seinen Körper schmiegen konnte. »Was hast du denn draußen gemacht?«, murmelte er. Jetzt klang seine Stimme schon munterer. »Deine Haare sind ja ganz nass.«

Sie fröstelte wieder und drückte ihre kalte Nase an seinen Arm. »Du solltest ein Mädchen niemals fragen, warum es nachts hinausgeht.«

Er hob ihr Kinn mit dem Daumen an. »Nun, dann werde ich dich wohl wärmen müssen«, murmelte er, beugte sich über sie und öffnete ihren Mund mit seiner Zunge. Sie entspannte sich seufzend und gab sich ihm hin.

Danach lagen sie zufrieden in den zerwühlten Pelzen. Naisi schlief sofort wieder ein. Deirdre hatte sich ein Stück zur Seite gerollt. Der Schweiß kühlte ihre nackte Haut.

Auch sie schlief wieder ein und war sich dabei nicht bewusst, dass eines ihrer Beine über die Bettkante hing. Die Zehen berührten den Boden, so als machte sie sich zur Flucht bereit.

Obwohl weiterhin ein eisiger und böiger Wind blies und die höchsten Bergspitzen noch mit Schnee bedeckt waren, waren die Dornbüsche zwischen den kahlen, braunen Bäumen bereits mit weißen Blüten übersäht. Eine Reihe kalter, aber sonniger Tage ließ den vertrockneten Farn wie schimmerndes Kupfer erstrahlen, und die Kronen der Birken verliehen den Hängen einen rostroten Schimmer. Selbst in der düstersten Zeit des Jahres zeigte sich das Land in vielen leuchtenden Farben, so als wolle es sich von dem Grau und der Kälte nicht einschüchtern lassen.

Eines Tages war Ainnle in den Kanälen der Marsch gerade damit beschäftigt, Netze für die Lachse zu spannen, als ein schmaler *curragh* vom Westen her den See heraufkam. Der Wind wühlte das Wasser auf, und Ainnle mühte sich mit gebeugtem Kopf in der steifen Brise ab, sodass er das flache Boot aus Häuten nicht bemerkte. Erst als es so nahe war, dass dessen Insassen ihm einen Gruß zurufen konnten, richtete er sich auf. Ainnle wusste, dass er jetzt keine andere Wahl mehr hatte, als sich den Ankömmlingen mutig zu stellen.

Der *curragh* trieb langsam auf die Kiesbank zu. Schließlich sprangen die Bootsführer ins flache Wasser und zogen den Kahn an seinen Seilen ans Ufer. Noch bevor er richtig auf dem Strand lag, sprang ein hochgewachsener Krieger aus dem Boot und watete durch das klare Wasser auf Ainnle zu. Seine Hand ruhte auf dem Griff eines Schwertes an seiner Taille. Er trug einen Helm aus gehämmertem Eisen, unter dem lange blonde Haare zu sehen waren.

Ainnle stand da und blies sich in seine rissigen Hände, während sich seine Gedanken überschlugen. Die Krieger waren mit einem Boot von Westen gekommen, also waren es wohl keine Veniconen. Zudem war der Mann, der jetzt vor ihm stand, eine Person von Rang. Sein karierter, wollener Umhang wurde an der Schulter von zwei emaillierten Broschen gehalten. An seinen Handgelenken trug er dicke Reife aus Bronze. Sein Wollhemd und seine Hose waren mit bunten wirbelnden Mustern bestickt.

»Sei gegrüßt«, sprach ihn der Krieger mit dem Selbstbewusstsein eines Mannes an, der es gewöhnt ist zu befehlen.

Ainnle nickte, während er seine Handflächen aneinanderrieb. So wie bei den Veniconen auch überzogen dunkle Tätowierungen die Wangen und die Stirn des Mannes. Es waren jedoch keine Wolfszähne und Schnauzen, sondern Pferdeköpfe mit aufgestellten Ohren und wehenden Mähnen. Drei andere Krieger, die jetzt ebenfalls ans Ufer kamen, trugen auch diese gewundenen Muster auf ihrer Haut. Die Tätowierungen gaben ihren Gesichtern einen wilden Ausdruck, der den Krieger in Ainnle ansprach und sein Herz schneller schlagen ließ.

Fasziniert musterte Ainnle den Anführer. Er hielt erst inne, als sein Blick auf ein Paar scharfer, grauer Augen traf. »Ich suche einen Mann namens Finn und seine beiden Brüder. Sie heißen Conn und Bran«, sagte der hochgewachsene Krieger jetzt. Sein Gesicht war lang und hager, mit einer schmalen Nase und dünnen Lippen. Die Reflexionen auf dem Wasser blendeten ihn, und er kniff deshalb die Augen zusammen.

»Ich kenne keinen Finn.«

»Wirklich?« Der Mann trat einen Schritt näher, schüttelte dabei das Wasser von seinen Stiefeln. Die anderen drei Krieger richteten ihre ganze Aufmerksamkeit inzwischen auf die Hänge der Umgebung. »In meiner Burg im großen Tal haben wir schon viel über diesen Mann und seine beiden Brüder gehört. Eine Witwe, die uns von ihnen berichtet hat, sagte, das Tal, in dem sie lebten, würde sich vom Cruachan, dem Gehörnten, aus ins Landesinnere erstrecken.« Er sprach offensichtlich von dem großen Berg im Westen, der den See bewachte und zwei Gipfel hatte. Sein Blick war scharf. »Ich bin mir sicher, dass sie bei klarem Verstand und keineswegs verwirrt war.«

Eine vertraute Wachsamkeit durchströmte Ainnles Gliedmaßen. Es war ein beinahe angenehmes Gefühl. »Vielleicht leben diese Brüder ja ein Stück weiter oben im Moor«, erwiderte er mit einem Schulterzucken.

Der Krieger sah in die angegebene Richtung und richtete dann seinen Blick wieder auf Ainnle. »Sag diesem Finn, falls du ihn zufällig sehen solltest, dass Cinet, der König der Epidier und Herr von Dunadd und den Inseln mich geschickt hat. Ich komme in Frieden und würde gerne mit ihm sprechen.« Er grinste und musterte Ainnle dabei von oben bis unten. »Ich bin mir übrigens sicher, dass dort oben im Moor keine fremden jungen Männer waren, als ich das letzte Mal in dieser Gegend gejagt habe.«

»Ich bin nur ein einfacher Wanderer. Ich bringe den alten Leuten, die hier leben, von Zeit zu Zeit etwas frisches Fleisch.« Ainnle sah dem blonden Mann in die Augen und lächelte entwaffnend. »Falls ich dich gekränkt haben sollte, so möchte ich mich dafür entschuldigen.«

Er sagte das so kühn, dass der Krieger unwillkürlich lachen musste. »Keine Ursache. Ich habe gehört, dass die Hirten hier oben schon zweimal gewisse Probleme hatten, die dieser Finn und seine Brüder … nun sagen wir … schnell gelöst haben. Ich freue mich darauf, ihn kennenzulernen.«

»Nun, ich denke, dann wird das hier für euch nur ein gemütlicher Spaziergang«, sagte Ainnle fröhlich und hob dabei einen letzten Stein hoch, um das Netz zu befestigen.

»Wenn du uns hinbringst, bestimmt.«

»Ich muss mir erst noch ein paar Hasenfallen ansehen. Du willst doch sicher nicht, dass ich verhungere.«

Der Krieger schürzte die Lippen. Ein Ring aus schwarzem Bernstein funkelte in der Sonne, als er auf den Griff seines Schwertes klopfte. »Ich denke, wenn wir uns das nächste Mal sehen, wirst du etwas zugänglicher sein.«

»Aber nur, wenn mein Bauch mir das erlaubt«, erwiderte Ainnle. Er grüßte mit einem Finger. »Wenn du mich also jetzt entschuldigen würdest, ich muss mich um mein Abendessen kümmern.« Er hängte sich seinen Bogen und seinen Köcher über den Rücken und steckte seinen Dolch in den Gürtel. Im sicheren Wald versteckte er sich dann hinter einer Eiche und beobachtete die Männer. Sie ließen den *curragh* und ein paar Krieger als Wache zurück, während sich fünf weitere Männer mit ihrem blonden Anführer auf den Weg das Tal hinauf machten. Ainnle drehte sich um und rannte los.

Naisi stand allein vor seinem Haus. Ainnle hatte erwartet, dass sein älterer Bruder ihnen sagen würde, dass sie sich verstecken sollten. Nachdem er ihm zugehört hatte, ging Naisi jedoch nur eine Weile mit nachdenklicher Miene auf und ab, bevor er in seinem Haus verschwand. Ainnle wollte ihm verblüfft folgen, als Naisi auch schon wieder in der Tür erschien. Er hatte einen Umhang aus Wolfspelz in der Hand, der einer seiner größten Schätze war. Er hatte ganz unten in dem Bündel gelegen, das ihre Mutter in Erin unter dem Schwarzdornbusch versteckt hatte, denn er trug ihn nur bei Festen und an Feiertagen. Zum ersten Mal in Alba zog er ihn jetzt an. Der zottige graue und schwarze Pelz schimmerte in der Sonne. Der Kopf des Wolfs bildete die Kapuze. Sie wurde mit Lederbändern, die mit goldenen Spitzen versehen waren, unter dem Kinn gebunden. Die fellbedeckten Ohren und die lange Schnauze des Wolfskopfs verliehen Naisis vertrauten Gesichtszügen etwas Wildes und Drohendes.

Ainnle stieß einen leisen Freudenschrei aus. »Du willst dich ihnen also stellen!«

Naisi legte den Torques seines Vaters um. »Wenn dieser Mann ein Krieger ist, dann weiß er mit Sicherheit, dass auch du ein Krieger bist. Ich wette, dass du in kühnem Ton mit ihm gesprochen und ihm dabei direkt in die Augen gesehen hast.« Ainnle wollte gerade ansetzen, um sich zu rechtfertigen, dann aber überlegte er es sich doch anders. Naisis grimmiges Lächeln verlor durch seinen verständnisvollen Blick an Schärfe. »Jetzt ist es zu spät, um noch irgendetwas vorzutäuschen, kleiner Bruder. Wenn wir jetzt weglaufen, dann wissen sie, dass wir etwas zu verbergen haben.«

Den Göttern sei Dank sind Deirdre und Ardan nicht da, dachte Ainnle. So konnten sie sie auch nicht zurückhalten. Er freute sich schon darauf zu spüren, wie sich das Heft seines Schwertes in seine Hand schmiegte, während er stolz vor diesen Adeligen stand.

Sein Bruder runzelte die Stirn. »Die alte Mairi muss geplaudert haben, als sie auf dem Weg zu ihren Verwandten war.« Er befestigte eine bronzene Brosche an seinem Umhang. »Ich hätte sie noch einmal um ihr Stillschweigen bitten sollen, aber sie geriet jedes Mal, wenn sie mit mir sprach, völlig außer sich.«

Ainnle zuckte mit den Schultern und versuchte, seine glänzenden Augen vor seinem Bruder zu verbergen, während er seine Waffen anlegte.

Urp stand in seiner Schafhürde und sprach von dort aus mit den Fremden. Als Ainnle und Naisi sich näherten, humpelte er zum Tor. Dort blieb er dann stehen. Die Armreifen, Torques und Broschen, die die beiden Brüder trugen, glitzerten in der Frühlingssonne. Die Wolfskapuze bildete einen eindrucksvollen Rahmen für Naisis Gesicht. In Urps runzeligem Gesicht war deutlich zu erkennen, dass er sich fragte, wen er in den vergangenen Monaten an seinem Feuer bewirtet hatte.

Erst jetzt drehten sich die Männer des Königs um, und Naisi versuchte, ihre Überraschung auszunutzen. Er schob seine Kapuze zurück und sagte: »Ich bin Finn.«

Die hellen Augenbrauen des Anführers gingen nach oben, sodass sich die Tätowierung auf seiner Stirn verzerrte. Sein scharfer Blick wanderte zu Ainnle. Naisi hatte den Namen seines Vaters verschwiegen und auch nicht gesagt, woher er kam. Der Mann ignorierte jedoch dieses unhöfliche Verhalten und nickte. »Ich bin Talan, der Sohn des Nectan, aus der Festung am North Loch in der Nähe der Wasserfälle. Cinet, der König der Epidier grüßt die tapferen Krieger, die sein Land gegen den Angriff einer feindlichen Streitmacht verteidigt haben.«

Naisis Verbeugung war verhalten, sein Lächeln steif. »Ich danke dir, aber mir ist von einer *Streitmacht* nichts bekannt. Es waren nur neun Männer, denke ich.« Er wandte sich an Ainnle. »Oder waren es zehn?«

»Zehn«, erwiderte Ainnle und richtete sich dabei auf. »Du und Bran, ihr hattet drei, und ich vier.«

Naisi breitete die Hände aus, um die Armreifen seines Vaters zu zeigen – schwere, gedrehte Bronzeringe, die mit roten Knöpfen aus Email verziert waren. »Zehn Mann sind keine Armee. Es ist also nicht nötig, dass uns dein König seine Dankbarkeit erweist, auch wenn wir uns darüber natürlich freuen.« Er musste vorsichtig auf dem schmalen Grat zwischen Unverschämtheit und Respekt balancieren – zeigte er zu wenig Überheblichkeit, erschien er schwach. War er zu anmaßend, dann riskierte er einen Kampf. Es war dies ein Spiel unter Kriegern, und sein Blut sang freudig bei dieser vertrauten Herausforderung.

Talans Blick lag jetzt auf Ainnles Schmuck. »Und wer bist du?«

Ainnle grinste. »Conn.«

»Dann bist du also kein Jäger.«

Naisi antwortete schnell für seinen Bruder: »Wir sind tatsächlich Jäger, und wir gehören nirgendwohin. Wir haben eingegriffen, weil wir dazu gezwungen wurden.« Das prickelnde Gefühl der Erregung war mit einem Mal verschwunden. Er hatte nicht damit gerechnet, dass sie mit ihrem Kampf gegen die Plünderer Aufmerksamkeit erregen würden. Vor allem nicht die Aufmerksamkeit des Königs der Epider, einem erklärten Feind der Ulaid. *Aber wenn wir es nicht getan hätten,* so rief er sich in Erinnerung, *wären wir jetzt alle schon tot.*

Talan musterte die Scheide von Naisis Schwert, die aus vergoldetem Holz und Leder bestand. Dann drehte er sich um und ließ seinen Blick langsam über die Berghänge wandern. »Und wo ist der andere? Der dritte Bruder?«

»In der Nähe.« Naisis Lippen waren kalt geworden.

Talans Tätowierungen verliehen seinem Lächeln ein sardonisches Aussehen. »Ihr braucht kein so ernstes Gesicht zu machen! Die Frau sagte, seit die drei jungen Männer hier seien, hätten sie Fleisch im Überfluss gehabt und sie hätten auch wieder ruhig schlafen können. Mein König kann solch tapfere Krieger, die sein Volk und sein Land beschützt haben, nicht unbelohnt lassen. Die Veniconen waren noch nie in diesem Gebiet, wohl auch deshalb, weil es so schwer zugänglich ist. Aber sie haben einen neuen König. Er ist noch sehr jung und aus diesem Grund vielleicht auch kühner als sein Vorgänger. Cinet wünscht dich deshalb kennenzulernen. Du bist nach Dunadd eingeladen.«

Naisi ignorierte Ainnle, der tief Luft holte. Sein Gesicht blieb ausdruckslos. »Ich fühle mich durch diese Einladung außerordentlich geehrt. Wenn wir den nächsten Winter überleben wollen, müssen wir jedoch noch sehr viel Wild erlegen. Ich kann diese Einladung also nicht sofort annehmen. Ich denke aber, dass man mich irgendwann hier entbehren kann.«

Talans Miene nahm plötzlich einen unnachgiebigen Zug an. »Ich bin der Vetter des Königs. Und der König hat befohlen, dass ich dich persönlich nach Dunadd bringen soll. Mein Boot legt noch heute ab, und ich werde nicht warten.«

Naisi saß in der Falle. Cinet wollte ihnen nicht danken. Er wollte vielmehr wissen, ob sie eine Bedrohung für ihn waren. Naisi zuckte mit den Schultern. »Dann erwarte mich, wenn die Sonne eine Handspanne tiefer steht.«

Ardan und Deirdre kamen gerade von den Lohegruben zurück. Sie hatten diesmal einen anderen Weg als üblich genommen, als sie in einer kahlen Eiche eine Mistel mit glänzenden Blättern und Beeren sahen – ein sehr seltener Fund. Deirdre bat Ardan aufgeregt, hinaufzuklettern und die Mistel herunterzuholen. Diese heilige Pflanze durfte niemals mit einer Klinge geschnitten werden. Die Druiden versuchten, sie mit den Händen vom Baum zu pflücken, und wenn die Ranken sich dann tatsächlich von der Rinde lösten, war dies ein Geschenk der Götter. Die Mistel durfte auch den Boden nicht berühren, und so stellte sich Deirdre mit ausgebreitetem Umhang unter den Baum und fing die Zweige auf, die Ardan vorsichtig zu ihr herunterwarf.

Später saßen sie dann in der Sonne vor ihrer Haustür. Vor ihnen lag der ausgebreitete Umhang. »Die Mistel wird als Allheilmittel bezeichnet, weil sie so viele verschiedene heilkräftige Eigenschaften hat«, erklärte sie ihm. »Aber ich weiß, dass du dich für so etwas nicht so sehr interessierst.«

»Sie ist eine heilige Pflanze«, erwiderte Ardan rasch. Er hatte die Ellbogen auf die Knie gestützt. Sein Gesicht, auf dem während des ganzen Winters ein bedrückter und grüblerischer Ausdruck gelegen hatte, wirkte jetzt wieder lebhaft und interessiert. Seine grauen Augen strahlten. »Und deshalb will ich auch alles über sie wissen.«

»Wie hätte ich das ahnen sollen?« Sie reichte ihm einen kleinen Zweig. Er drehte ihn vorsichtig zwischen seinen Fingern und studierte dabei die weißen, wachsartigen Beeren. »Diese Beeren sind den ganzen Winter über gelb und sprenkeln so die kahlen Bäume mit Gold – auf diese Weise sagt Lugh den Menschen, dass er im Frühling die Sonne zurückbringen wird.« Ardan nickte, und Deirdre hob ihren Finger. Sie genoss das Ganze sehr. Wenn sie ihm diese Dinge erklärte, fühlte sie sich stets Levarcham nahe. »*Und* sie wächst hoch oben in den Ästen anderer Bäume. Sie berührt niemals den Boden. Ihre Blätter sind das ganze Jahr grün, damit …«

»Sie ist eine Pflanze der Anderswelt«, warf Ardan ein. »Sie ist ein Zeichen der Götter, denn sie ist unsterblich. Sie wächst zwischen Himmel und Erde, dort, wo auch die Götter leben.«

»Ganz genau.« Sie strahlte ihn an.

»Als Junge habe ich immer geglaubt, dass die Druiden dieses Allheilmittel in der längsten Nacht nur zur Dekoration pflücken würden.« Er wurde rot, als er sie lächeln sah.

»In der druidischen Lehre hat alles mehr als nur eine Bedeutung.« Deirdres Stimme wurde sanft, als sie die glänzenden grünen Blätter berührte. »Wenn wir diese Pflanze in unseren Häusern aufhängen, dann bringt sie uns Schutz und Wohlstand.« *Und die heiligen Zweige versammeln und halten die Liebe im Haus.* Aber das sagte sie nicht laut.

Sie spürte, dass Ardan sie jetzt von der Seite her betrachtete. Es war dieser intensive Blick, mit dem er sie jedoch nie direkt ansah. Jetzt wurde auch sie rot. Sie konnte nicht sagen, was in den unergründlichen Tiefen seiner Augen verborgen lag. Wie hätte sie das auch können? Er war Ardan. Er war ehrlich und zuverlässig. Seine Liebe zu Naisi war stärker als alles andere. Es musste die geistige Verwandtschaft zwischen ihnen sein, die auch sie spürte. Jetzt sah sie ihn an. Er zuckte zusammen und wandte seine Aufmerksamkeit wieder den Beeren zu. »Und schließlich«, endete sie leise, »bringt sie wunderschöne Träume.«

»Wirklich?« Er hielt den Zweig vor sein Gesicht, sodass sie seine Augen nicht sehen konnte. »Dann ist es in der Tat eine heilige Pflanze.«

Der sehnsüchtige Unterton in seiner Stimme verklang, denn in diesem Moment kamen Naisi und Ainnle zurück.

Deirdre und Ardan sprangen auf. Angesichts Naisis wildem Erscheinungsbild und dem ungewohnten Umhang erstarb Deirdres Gruß auf ihren Lippen. Als Naisi dann den Umhang von seinen Schultern streifte und mit den Händen durch sein verschwitztes Haar fuhr, sodass es schließlich in alle Richtungen abstand, brach er den Bann. Dann berichtete er ihnen, was geschehen war. Deirdre sank auf die Bank vor dem Haus nieder und starrte dann den Mistelzweig an, den sie noch immer in der Hand hielt. *Schutz.*

»Wir werden dich nicht allein gehen lassen«, wandte Ardan ein. »Was ist, wenn der König dich töten lassen will?«

Naisi holte bereits sein Bündel aus dem Haus. Er hielt inne und lächelte Ardan grimmig an. »Dann laufen da draußen noch zwei andere Brüder herum, die tapferer sind als ich. Kein König würde es riskieren, eine Blutfehde auszulösen, ohne zu wissen, wer unsere Verwandten sind und welchem Herrn wir dienen.« Er ging nach drinnen, um sich frische Kleidung zu holen. Ainnle folgte ihm.

»*Ich* werde mitkommen«, hörte Deirdre Ainnle sagen.

»Nein.« Naisi kam heraus und zog sich einen wollenen Kittel über seinen nackten Oberkörper. Auch dieses Kleidungsstück hatte sie noch nie bei ihm gesehen. Es war mit importierten Farben tiefrot gefärbt. Die Ärmel und den Saum zierten silberne Stickereien. Das satte Rot brachte Naisis schwarze Haare besonders gut zur Geltung und verlieh seinen Wangen und Lippen einen ebenso kräftigen roten Schimmer. Deirdre erschrak. Der goldene Torques und die Armreifen, die prächtige Kleidung und der Umhang, all das zeugte von seiner edlen Herkunft. Er sah aus wie ein Prinz. Ihr wurde klar, dass er schon bald wieder vor einem König stehen würde. »Ich kann uns nicht alle in Gefahr bringen«, sagte er. »Ihr beide müsst das Tal bewachen.« Sein Blick wanderte zu Deirdre hinüber, die ihn entsetzt ansah. »Es gibt hier etwas zu beschützen, das kostbarer ist als mein Leben.«

Ainnles Blick streifte sie. »Das mag vielleicht für dich gelten, aber ich …«

»Wenn du mich liebst, dann gilt das auch für dich.« Naisi legte seinen Umhang wieder um und hob sein Bündel vom Boden auf. Er sah jetzt zu allem entschlossen aus. Seine Schultern waren gestrafft, und seine Augen leuchteten. »Außerdem glaube ich, dass es für uns durchaus von Vorteil sein könnte, wenn ich mich mit diesem Cinet treffe. Bislang hat er anscheinend nur Gutes über uns gehört.« Er zwang sich zu einem zuversichtlichen Lächeln und sah Deirdre an. »Das sind die besten Voraussetzungen, um einem König vorgestellt zu werden.«

Deirdre erhob sich. Sie brachte kein Wort heraus, als sie den Mistelzweig in seinen Kittel steckte. Einen Moment lang hielt er ihre Hand fest.

Später stand sie am Waldrand und sah zu, wie Naisis Gestalt im Heck des Bootes immer kleiner wurde, als der *curragh* sich langsam entfernte. Auch Ardan und Ainnle sahen dem Boot nach, bis es im Glitzern der Sonne auf dem Wasser verschwunden war.

Dann drehte Ainnle sich um. Deirdre erschrak zutiefst über den Ausdruck in seinem Gesicht. Er schien regelrecht krank vor Sorge zu sein. Ohne nachzudenken, hob sie ihre Hand und wollte seinen Arm berühren. Er wich vor ihr zurück. »Wenn du nicht wärst«, sagte er mit zitternder Stimme, »würden wir jetzt Seite an Seite stehen, so wie es immer gewesen ist.«

Sie ließ ihre Hand sinken. »Ich wollte immer, dass ihr euch versteckt, anstatt zu kämpfen.«

»Ainnle«, sagte Ardan scharf.

Ainnle funkelte seinen Bruder an. »Aber das ist nicht fair.«

Deirdre lächelte gequält. »Das Leben ist nicht fair, für keinen von uns.«

»Das alles ist allein Conors Schuld«, sagte Ardan müde. »Und das weißt du auch.«

Ainnle warf Ardan einen bösen Blick zu, bevor er wieder Deirdre anschaute. Sie sah den Widerstreit seiner Gefühle in seinem mageren Gesicht. Der bittere Vorwurf verschwand aus seinen schrägen grünen Augen, bis schließlich nur noch Frustration in ihnen zu sehen war. Er schnaubte angewidert – das galt jedoch nicht ihr, sondern der Welt – und ging dann mit steifen Schritten am Ufer entlang, watete durch einen seichten Kanal und verschwand schließlich zwischen den Erlen.

»Er war schon immer ein wenig schwierig«, murmelte Ardan, »vor allem, wenn er nicht an Naisis Seite ist.« Er verzog den Mund. »Du hast keine Vorstellung, was für ein Albtraum es für uns alle war, als Naisi in den Roten Zweig aufgenommen wurde und Ainnle noch zwei Jahre warten musste.« Er hatte den steifen Rücken und den trotzig gereckten Kopf seines Bruders angestarrt, bevor er sich wieder Deirdre zuwandte. »Nun können wir nur noch warten.«

Erst jetzt bemerkte Deirdre, dass ihre Hände zitterten. Sie strich sich die offenen Haare hinter die Ohren und zwang sich zu einem Lächeln. »Lass uns mit dem Einbaum zur Insel hinausfahren und Muscheln sammeln«, sagte sie. »Und wir werden so schnell paddeln, wie wir können.«

Er betrachtete sie etwas argwöhnisch, seufzte und sah über das Wasser. »Ja«, murmelte er, »sonst werden wir noch wahnsinnig.«

Dunadd, der Königssitz der Epidier, des Volkes des Pferdes, war eine große Festung.

Sie befand sich auf einem einsamen Berg, der sich mitten aus dem Marschland erhob und vom Fluss Add, der sich durch das Moorland zum westlichen Meer wand, umsäumt wurde. Dunadd besaß einen kleinen, aber geschäftigen Hafen, der ein Stück weiter flussabwärts in einer geschützten Bucht lag. Dort besteuerten die Epidier alle Schiffe, die zwischen den nördlichen Bernsteinländern, Erin, der westbritannischen Küste mit ihren Zinnminen, Gallien und dem Römischen Reich verkehrten.

Ihr Königreich besaß weder Gold noch Vieh im Überfluss, erfuhr Naisi von Talan. Sein Reichtum bestand vielmehr aus den Häuten und Pelzen der Tiere, die in den wilden Bergregionen lebten, aus den robusten Pferden, mit denen sie handelten, und den prächtigen Hunden, die sie für die Bären- und Wolfsjagd züchteten und die vor allem bei den reichen Römern sehr beliebt waren.

Naisi war entsprechend beeindruckt, als sie einen massiven Festungswall aus Holz passierten, der ein Dorf mit riedgedeckten Hütten umgab. Dann gingen sie unter einem geschnitzten Holzbogen hindurch und begannen, den Berg hinaufzusteigen, an dessen grüne Hänge sich die prächtig geschmückten Häuser der Adeligen schmiegten. Hier, hoch über der Ebene, hatte man einen ungehinderten Blick auf die Berge in der Ferne und auf die glänzende See – Dunadd war in der Tat ein geradezu majestätischer Adlerhorst.

Durch einen zweiten Torbogen gelangte man zur Halle des Königs, einem gewaltigen Rundhaus, das ganz oben auf der Kuppe des Berges thronte. Mit Pferdemotiven geschmückte Fahnen flatterten über einem ausladenden Rieddach, dessen goldene Binsen noch von einem kürzlich niedergegangenen Regenschauer glänzten.

Die gerundeten Wände des höhlenartigen Innenraums waren mit den Fellen von Hengsten bedeckt. Ihre schwarzen Mähnen bewegten sich leicht in dem Luftstrom, der vom Feuer aufstieg. Stangen mit Wimpeln aus Pferdeschweifen markierten einen Ring von gepolsterten Bänken und niedrigen Tischen aus Eichenholz, die um zwei prasselnde Feuerstellen gruppiert waren. An den Wänden hingen überall Pferdeschädel, und Naisi konnte sich des Eindrucks nicht erwehren, dass sie ihn aus ihren leeren Augenhöhlen anstarrten.

Cinet saß auf einem geschnitzten Thron, der aus einem umgedrehten Eichenstamm bestand, sodass dessen Wurzeln die Armlehnen bildeten, und nagte an einer Gänsekeule. Er war untersetzt, hatte Schultern wie ein Bär und eine gewölbte Brust. Seine Stiefel waren mit Fuchspelz gesäumt, eine kurze Tunika gab den Blick auf seine muskulösen Oberschenkel frei. Über seinen dicken Bauch spannte sich eine lederne Brustplatte. Ein schwerer Umhang aus brauner Wolle und Biberpelz lag in üppigen Falten über seinen Schultern. Goldene Broschen und Armreifen glitzerten im Licht des Feuers.

Ein Barde, der an der Seite des Königs stand, spielte auf der Harfe. Sein Spiel wurde jedoch vom lauten Gelächter der Krieger übertönt, die am Feuer saßen. Sie machten sich gerade über ein am Spieß gebratenes Schwein her und kümmerten sich dabei nicht im Geringsten um die geschäftigen Diener und all die wartenden Menschen, die wohl darauf hofften, den König sprechen zu können. Cinet zu Füßen lag ein riesiger grauer Hund. Er hatte die Pfoten ausgestreckt. Seine gelben Augen blickten ungerührt.

Naisi wurde von den vielen Eindrücken vollkommen in Anspruch genommen. Die Tatsache, dass er gerade in die Höhle eines der größten Feinde der Ulaid hineinspaziert war, wurde ihm erst in dem Moment richtig bewusst, als er die Schreie und das laute Gelächter der Krieger hörte. Sein Körper spannte sich an, seine Füße verlagerten ihren Schwerpunkt wie von selbst auf die Zehen, seine Hände packten seinen Gürtel, und seine Schultern strafften sich. Gütige Götter. Möge Manannán ihm jetzt beistehen. Der metallene Reif des Roten Zweiges, den er noch immer am Arm trug, brannte jetzt unter seinem Hemd wie Feuer.

Einer der Verwalter kündigte ihre Ankunft an. Nachdem der König kurz mit Talan gesprochen hatte, schickte er alle anderen davon und winkte Naisi dann mit seinem abgenagten Gänseknochen zu sich. Viele glitzernde Augenpaare beobachteten, wie Naisi sich dem König näherte. Über den Brauen des Königs waren Pferdeohren und auf seinen Wangen schräge Augen tätowiert. Seine rötlichen Haare und sein Bart waren zu vielen dünnen Zöpfen geflochten, die mit goldenen Endstücken geschmückt waren. An der Wand hinter ihm schien ein mächtiges Geweih sein Haupt zu krönen.

Als Talan einen Schritt zurücktrat, löste sich einer der Krieger, der vielleicht zehn Jahre älter als Naisi war, aus dem Gedränge am Feuer und stellte sich neben den Thron des Königs. Er schluckte noch ein Stück Schweinefleisch hinunter und wischte sich dann die Hände an seiner Hose ab. Auch er hatte eine rote Mähne.

Cinet räusperte sich. »Wo kommst du her, Wolfsjäger?« Er zeigte mit dem Finger auf Naisis zottigen Umhang.

Naisi stand kerzengerade da. Mit jedem Schritt hierher und auch mit jeder weiteren Lüge geriet seine Ehre mehr in Gefahr. Er musste jedoch an Deirdre denken und auch an Ardan und Ainnle. Da er seine Brüder bereits so sehr enttäuscht hatte, würde er alles tun, um ihre Sicherheit zu gewährleisten. »Von einer abgeschiedenen Insel in der Nähe von Erin, Mylord. Sie wird nur von Fischern angelaufen.« Er überlegte fieberhaft, welche Stämme keine Tätowierungen trugen, und ihm fielen nur die Händler ein, die manchmal nach Emain Macha kamen. Die Westbritannier waren dunkelhaarig, und das würde auch seinen starken Akzent erklären. »Wir sind Siluren. Aber jetzt sind wir heimatlos.«

»Fischer, hm?« Cinet betrachtete Naisis Schmuck und grinste den jüngeren rothaarigen Krieger an. »Warum kommt ihr von so weit her, um euch ohne meine Erlaubnis hier niederzulassen?«

Die Frage sollte Naisi aus dem Gleichgewicht bringen, aber da dieser so viele Jahre Conor gedient hatte, war er es gewöhnt, schnell zu denken. »Vergebt uns, aber wir wollen hier nur vom Nötigsten leben, sodass wir deinem Volk nichts wegnehmen. Wir wollen weder jemandem Ärger machen, noch wollen wir welchen bekommen.«

Cinet warf dem Hund den Knochen hin und sah dann dabei zu, wie dieser zuschnappte. Es war der andere Mann, der jetzt sagte: »Ihr habt aber jede Menge Ärger bekommen, wie wir gehört haben.« Seine hellblauen Augen sahen Naisi eher neugierig als kalt an.

Als Naisi schwieg und dabei fieberhaft überlegte, was er darauf antworten sollte, machte Cinet eine träge Handbewegung zu dem Mann hin. »Das ist mein Neffe Bridei, der Erbe meiner Halle und der Königswürde.«

Naisi befeuchtete seine Lippen. »Es waren nicht wir, die den Ärger angefangen haben. Talan sagte, die Angreifer seien Veniconen gewesen, die erkunden wollten, wie gut deine Grenzen verteidigt werden.« Er hielt inne und reckte unwillkürlich das Kinn. »Wir haben ihnen lediglich etwas zum Nachdenken gegeben.«

Brideis Mund zuckte. »Sie sind nicht wiedergekommen?«

»Die Plünderer? Nein. Nur einmal noch haben wir drei Kundschafter gesehen, aber wir haben sie davongejagt. Mehr war nicht.«

Bridei nickte, während Cinet geistesabwesend zwischen seinen Zähnen herumstocherte. Das musste Fassade sein – welcher König machte sich keine Sorgen um seine Grenzen? Cinet zog eine Fleischfaser aus seinen Mund und schnippte sie dann mit dem Finger weg. »Dann sag mir, Finn-ohne-Vater, warum hast du deine Heimat verlassen?«

»Die Verwandten meiner … meiner Frau … waren mit unserer Verbindung nicht einverstanden. Ich wollte sie aber unbedingt, also konnten wir nicht bleiben.« Das war so nahe an der Wahrheit, dass es ihm leicht über die Lippen kam.

Cinet schnaubte. »Mutig – doch auch unbesonnen. Aber wir alle wollten schon einmal eine Kuh und mussten deshalb vor dem Bullen davonrennen, hm?« Noch während Naisi versuchte, diese scharfsinnige Bemerkung, die der Wahrheit wesentlich näher kam, als Cinet ahnen konnte, zu verdauen, grinste der König der Epidier plötzlich und schlug mit seiner fleischigen Pranke auf die Lehne seines Throns. »Genug! Mir ist bewusst, dass du uns allen einen großen Dienst erwiesen hast. Sag mir, welche Belohnung du dafür verlangst.« Die dunkelblauen Augen des Königs waren jetzt halb geschlossen, wie die einer müden Katze, die eine Maus beobachtet. Sein Lächeln war verschlagen.

Naisi hatte sein Schwert an der Tür ablegen müssen, aber er hatte noch immer seinen Jagddolch, der im Stiefel steckte. Er atmete aus, bemühte sich mit seiner Stimme, den Lärm zu übertönen. »Nichts als die Erlaubnis, in unserem eigenen Gehöft in Frieden leben zu dürfen.«

Bridei meldete sich wieder zu Wort. »Du bist von edler Geburt, was auch immer du uns von Fischern erzählen magst.« In seinen Augen blitzte trockener Humor auf. »Du willst also kein Land? Keine große Burg? Keine kostbaren Armreifen?«

Beizeiten. Naisis Herz machte einen Sprung, als ihm bewusst wurde, was er hier gewinnen könnte. Er war aus der Dunkelheit seines Versteckes ins grelle Licht der Fackeln gezerrt worden, und obwohl er zuerst darüber geflucht hatte, fragte er sich jetzt … war dies das Wirken der Götter? Er unterdrückte diese Gedanken jedoch sofort wieder, denn die Hoffnung auf Rettung, auf Vergebung, auf die Wiederherstellung seiner Ehre schwächte ihn nur. »Reichtümer sind keine Garantie für Zufriedenheit. Wir wollen nichts als deinen Segen.«

»Ha!«, rief Cinet und stützte sein Kinn in seine gespreizten Finger. »Alle Männer begehren Gold und Bronze, willige Mädchen, Ale und gutes Essen. Willst du dich etwa über mich lustig machen?«

Naisi hielt eine angemessene Pause ein. »Nun, dann bitte ich dich nur um einen Gefallen. Wenn du uns erlaubst zu bleiben, werden meine Brüder und ich den Pass bewachen. Was wir jetzt jedoch noch brauchen könnten, wären ein paar einfache Dinge, die wir durch die Jagd nicht beschaffen können: etwas Korn, ein paar Töpfe, eiserne Werkzeuge und Pfeilspitzen, Wolle für Kleidung. Das wäre alles.«

Der König wischte sich die fettigen Hände an seiner Tunika

ab. »Offensichtlich seid ihr gute Schwertkämpfer. Jemand, der mit einer so großen Überzahl von Gegnern fertig wird, muss ein guter Schwertkämpfer sein.« Er rülpste. »Also gut, ihr sollt bekommen, was ihr braucht, und als Gegenleistung verpflichtet ihr euch durch einen Eid, meinen Pass zu bewachen.« Er grinste Bridei an. »An diesem gottverlassenen Ort will ohnehin niemand leben!«

Talan und Bridei kicherten pflichtschuldig. Naisis Herz jubelte. Sie würden also noch einmal ungeschoren davonkommen. Das, wozu er verpflichtet wurde, war das, was er die ganze Zeit über schon getan hatte, nämlich Deirdre und seine Brüder zu beschützen. In einer Sache musste er jedoch aufrichtig sein. Er räusperte sich. »Leider habe ich bereits meinem früheren Herrn die Treue geschworen, deshalb kann ich diesen Eid nicht leisten.« Sein Eid gegenüber Conor war ihm dabei vollkommen egal – dieser war durch die Pfeilspitze, die sich in sein Fleisch gebohrt hatte, null und nichtig geworden – aber er war in keiner Weise bereit, sich einem Mann zu verpflichten, den er nicht kannte.

Cinets kalte Augen forschten in Naisis Gesicht, versuchten ihn einzuschätzen. »Du scheinst ein höchst ehrenwerter Mann zu sein«, sagte der König. Die unbewusste Ironie, die in seinen Worten lag, schnürte Naisi förmlich die Kehle zu. »So etwas ist mindestens genauso selten wie eine treue Frau. Für jeden Herrn, dem du dienst, ist deine Ehrenhaftigkeit auch ohne Eid von großem Wert.« Cinet erhob sich aus seinem Sessel. »Ich akzeptiere das. Aber als Gegenleistung dafür verlange ich, dass du dich mit deinen Brüdern meinen Kriegern anschließt, wann immer ich es von dir verlange. Falls dieser Konflikt mit den Veniconen sich verschärft, brauchen wir jeden guten Schwertkämpfer.«

Naisi verbeugte sich, als Cinet auf seinem Weg nach draußen an ihm vorbeiging. »Dein Wunsch ist mir Befehl, Mylord.«

Als Naisi mit den Geschenken des Königs in sein Tal zurückkehrte, überschlugen sich seine Gedanken angesichts der vielen neuen Möglichkeiten, die sich ihnen jetzt eröffneten. Voller Begeisterung berichtete er Deirdre, was geschehen war. Als er jedoch sah, wie ihre Miene erstarrte, brachte er es nicht über sein Herz, ihr von dem Versprechen zu erzählen, das er dem König hatte geben müssen. Er legte es einfach in seinem Gedächtnis ab als etwas, dem er sich nur dann stellen würde, wenn es sich nicht vermeiden ließ.

Ich werde tun, was getan werden muss, dachte er und sah Deirdre dabei zu, wie sie langsam eine Bahn feines, kariertes Tuch aufrollte und die Freude darüber ihr Gesicht weich werden ließ. Er strich mit dem Daumen über die eine, winzige Sommersprosse in ihrem Mundwinkel, dann zog er sie an sich und küsste sie. Nur das Hier und Jetzt waren in diesem Moment noch für ihn von Bedeutung.

29

Die Fleischvorräte waren nach dem harten Winter deutlich geschrumpft. Die Brüder gingen deshalb jagen und fischen, wobei sie immer schon früh am Morgen aufbrachen und dann den ganzen Tag unterwegs waren.

Eines Morgens paddelte Deirdre mit ihrem kleinen Boot zu einer der kleinen, felsigen Inseln im westlichen Teil des Sees. Dort zog sie das Boot ans Ufer, um im Seegras Flussmuscheln zu sammeln. Seehunde lagen auf den Steinen und sonnten sich. Sie sang ihnen etwas vor, und so blieben sie, anstatt ins Wasser zu flüchten und unterzutauchen, einfach liegen und beobachteten sie mit ihren dunklen, glänzenden Augen. Als der Tag sich seinem Ende zuneigte, paddelte sie auf dem Rückweg am Ufer entlang einem Schwanenpaar hinterher. Das weiße Federkleid der Schwäne leuchtete vor der grüner werdenden Böschung, die in einen Schleier von Knospen gehüllt war, die sich gerade entfalteten.

Mit einem Sonnenbrand und müden Gliedern, aber auch glücklich und zufrieden, ging sie dann den Weg vom See zum Haus hinauf. Als sie an Ardans Hütte vorbeikam, blieb sie stehen. Die Melodie, die sie gesummt hatte, erstarb ihr auf den Lippen.

Ardan kniete draußen vor seiner Tür und steckte gerade seine Speere in einen Transportbehälter.

Ein Bote des Königs sei gekommen, erzählte er ihr und vermied es dabei, sie anzusehen. Die Veniconen hätten eine Festung im Südosten angegriffen – in einem Tal, wo die Epidier Gold aus den Flüssen wuschen. Sie hätten die Männer ermordet und die Frauen und Kinder als Sklaven verschleppt. Jetzt befänden sie sich auf dem Rückweg über die Berge, wobei sie wegen der geraubten Karren mit Erz und der Verschleppten nur langsam vorankämen. Talan stelle gerade eine Truppe von jungen, schnellen Kriegern zusammen, um sie zu verfolgen. Sie würden auf ihrem Weg zum Moorland durch ihr Tal kommen. Ardan senkte das Kinn und betastete eine der Speerspitzen. Talan fordere jetzt das Versprechen ein, das Naisi dem König der Epidier gegeben habe.

»Versprechen?«, wiederholte Deirdre. Aus dem Beutel mit Muscheln tropfte Wasser, das an ihrer Hose hinunterlief

Ardan sah sie an und biss sich dabei auf die Unterlippe. »Frag Naisi.«

Sie rannte nach Hause und sah, dass Naisi in der offenen Tür kauerte und gerade seine Schlaffelle zusammenrollte. Ihr Schatten fiel auf ihn und verdunkelte den Sonnenschein, der auf seinem Körper lag. Dunkelheit vertrieb das Licht. »Was ist das für ein Versprechen?«, verlangte sie heiser von ihm zu wissen. »Du *gehst weg?«*

Naisi wischte verlegen ein paar Krümel Erde von seiner Schlafrolle und stand auf. Er wappnete sich, um ihrem Blick zu begegnen. »Es tut mir leid, dass ich dir das nicht schon früher gesagt habe. Ich habe König Cinet geschworen, dass ich mich im Kampf gegen die Veniconen an seine Seite stellen würde, als Gegenleistung dafür, dass wir hierbleiben dürfen.«

Der nasse Beutel rutschte Deirdre aus den Fingern und fiel ins Gras. »Und das hast du mir nicht gesagt?« *Gütige Götter.* Sie hatte angenommen, dass alles in Ordnung sei, wenn Cinet sie nicht als Bedrohung ansehen würde. Jetzt erinnerte sie sich daran, wie stolz Naisi an jenem Tag gewesen war, wie entschlossen und zuversichtlich er in seinem edlen Kittel und dem Umhang aus Wolfspelz ausgesehen hatte. Wie hätte Cinet das auch übersehen können? Sie fröstelte.

In Naisis Gesicht vermischten sich jetzt auf höchst seltsame Weise Resignation, Kummer und auch eine Spur Schuldbewusstsein. Ihm war offensichtlich bewusst, was er ihr antat. »Ich hatte gehofft, dass es niemals so weit kommen würde, *fiáin*, und gewiss habe ich es nicht so schnell erwartet. Ich wollte dich nicht grundlos ängstigen.« Seine Stimme klang gepresst, und er trat einen Schritt aus der Tür, um sie in die Arme zu schließen.

Ihr war jetzt durch und durch kalt geworden. Sie wusste, dass sie seine Berührung jetzt nicht ertragen konnte. Deshalb wich sie vor ihm zurück. Es war dies eine instinktive Reaktion, aber auch eine, die sie selbst erschreckte. Sie beide waren vereint gewesen, sein Wesen hatte sie voll und ganz durchdrungen, sodass ihr Körper und ihr Geist miteinander verschmolzen waren. Und jetzt ging er einfach weg. Er riskierte sein Leben. Es war, als hätte ein einziger brutaler Schwerthieb ihren gemeinsamen Traum entzweigeschlagen. *Hatte sie selbst entzweigeschlagen.* »Wenn das der Preis für dieses Haus ist, würde ich lieber unter den Bäumen leben.« Ihre Stimme hörte sich an, als käme sie aus weiter Ferne. Sie konnte vor lauter Angst nicht mehr klar denken.

»Da ist noch etwas anderes«, sagte er mit ruhiger Stimme und fuhr sich mit der Hand durch seine Haare, während er den Blick senkte. »Wir können uns nicht ewig verstecken …«

»Warum denn nicht?« Sie konnte sich kaum auf den Beinen halten. »Du hättest zuallererst diesen Plünderern aus dem Weg gehen sollen. In Erin hast du dich versteckt, wenn es unvermeidlich war, und du bist geflohen, wenn es unvermeidlich war!«

Er zuckte zusammen. Im hellen Licht der Sonne waren die Anspannung und die Müdigkeit in seinem Gesicht deutlich zu sehen. Ihr wurde plötzlich bewusst, dass er nicht aus irgendeinem übereilten Impuls heraus handelte. Er war stundenlang in finstere Gedanken versunken gewesen. Tiefe Falten hatten sich auf seiner Stirn eingegraben. »Willst du wirklich, dass wir immer auf der Flucht sind? Dass wir uns für immer verstecken müssen?«, murmelte er leise. »Willst du wirklich, dass jeder, der in diesem Tal lebt, ermordet wird? Du kannst die Welt nicht aussperren, Deirdre. Es wird immer Könige geben, die um die Macht kämpfen, und Krieger, die in die Schlacht ziehen.« Er ergriff ihre kalte Hand, bevor sie sie ihm entziehen konnte, und hielt sie fest. »Man weiß, dass wir hier sind. Wir können nicht riskieren, dass Cinet auf den Gedanken kommt, dass wir aus Erin kommen. Das Beste ist jetzt, mutig ins Feuer zu springen und uns vor ihm zu beweisen. *Das* ist es, was uns Sicherheit gibt.«

Ihre Hand lag schlaff in der seinen. Sie spürte die Schwielen – die Spuren, die seine Waffen in seiner Handfläche hinterlassen hatten. Unübersehbar war auch die Narbe auf seinem sonnengebräunten Unterarm, die von Learys Schwert stammte. »Erzähl mir nichts von Sicherheit«, sagte sie, während ein unkontrollierbares Zittern durch ihren Körper lief. »Wie sicher bin ich denn, wenn du mich allein lässt?«

Er ließ ihre starren Finger los und trat einen Schritt zurück. »Ich werde dafür sorgen, dass dieses Tal gut bewacht wird. Der einzige Weg, mit den Veniconen fertig zu werden, ist, sie so zu schlagen, dass sie sich niemals wieder hierherwagen.«

Sie antwortete ihm nicht, beobachtete nur, wie sein Mund diese leeren Worte formte. Sie rang nach Luft, während sie ihre Finger zur Faust schloss und dabei versuchte, sich seine Berührung einzuprägen. Er musste glauben, sie wolle sich eben davon befreien.

»Du weißt nicht, was wir früher alles getan haben«, sagte er, und jetzt war seine Stimme heiser vor Schmerz. »Wie wir früher waren …«

»Nun, vielleicht werde ich nie mehr die Möglichkeit haben, es zu erfahren.« Ihr Herz raste, als sie sich plötzlich an etwas erinnerte: Seit dem Überfall war ihr Ainnle zunehmend missmutiger und frustrierter vorgekommen, Ardan wirkte distanzierter, und Naisi erschien ihr ruheloser. Es war als schwaches Vibrieren zu spüren gewesen, das durch ihn hindurchlief, wann immer er nicht gerade zwischen ihren Schenkeln lag. Sie hatte das ignoriert, hatte sich eingeredet, dies sei der Nachhall seines Verlangens. Jetzt jedoch war es zu einer Erregung angewachsen, die sie beinahe mit Händen greifen konnte. Sie hob ihren Blick und sah ihn an, und in diesem Moment dämmerte ihr eine Erkenntnis. »Du gehst weg, weil du dich danach sehnst zu kämpfen«, sagte sie leise.

Er schluckte und reckte sein Kinn, so als ringe er um Luft. »*Fiáin.*« Dann sah er sie mit seinen leuchtend blauen Augen direkt an. Es war ein Blick, über dessen strahlende Kraft sie jedes Mal wieder überrascht war – nur dass darin diesmal die Bitte um Verständnis lag.

Aber sie konnte das einfach nicht verstehen.

Sie lief vor ihm davon. Sie kletterte den Hang hinter dem Haus hinauf, klammerte sich an die zerklüfteten Steine, ohne sich darum zu kümmern, dass sie sich dabei die Hände aufschürfte. Ganz oben, auf dem Kamm des Hügels, brach glatter Fels durch das Gras. Dort warf sie sich auf den Boden und presste ihre Faust auf den Mund. Nach einer Weile folgte er ihr durch den Farn und kletterte dann zum Felskamm hinauf. Sie rührte sich nicht. Ihr Herz war nicht imstande, seinen gewohnten Rhythmus wiederzufinden. Er sah sie lange an, bevor er sich zu ihr setzte und sie an sich zog. Sie legte ihren Kopf auf sein Knie und starrte durch die jungen Blätter der Birken auf den See hinaus, auch wenn sie deren Schönheit in diesem Moment überhaupt nicht wahrnahm.

»Du kennst mich als Jäger und als Sänger. Aber vor allem bin ich eines: Ich bin ein Krieger.« Beim Klang seiner heiseren Stimme drückte sie ihre Wange an sein Bein. »Du hast mich einmal gebeten, *dich* zu sehen, *fiáin*, und um dasselbe bitte ich jetzt dich«, er atmete aus. »Ich vermisse den Roten Zweig sehr.«

Deirdre rollte sich herum und sah zu ihm auf. Er hatte sich mit seinem Dolch rasiert. Die Haut war streifig rot. Sie waren oft so vollkommen miteinander verschmolzen, und dennoch unterschied er sich deutlich von ihr. Seine kräftigeren Knochen bildeten den Rahmen für einen Unterkiefer, der dort breit war, wo der ihre sich verschmälerte. Seine Nase war ein entschlossener Grat, während ihre klein und nach oben gerichtet war. Seine Oberlippe war lang und fleischig, die ihre geschwungen wie ein Jagdbogen. Der ständige Ausdruck von Eigensinn und Selbstbeherrschung mochte das Einzige sein, was sie wirklich gemeinsam hatten.

Verwirrt durch den Schmerz, den er in ihrem Gesicht sah, starrte er jetzt über ihren Kopf hinweg. »Ach, *fiáin*. Irgendwann mussten wir uns ja einmal streiten. Mein Vater und meine Mutter haben das oft getan.«

Sie schob ihre Hand unter ihr Kinn. »Ist unser Leben hier denn nicht schön? Ist es nicht wunderbar, frei zu sein, ohne dass jemand über uns bestimmt?« Sie sprach den schrecklichen Gedanken, der ihr plötzlich durch den Kopf ging, nur flüsternd aus. »Wenn du kämpfst, bringt dich das nur *ihm* näher.« Sie meinte damit aber nicht Cinet. »Ich fürchte, dass es ihm irgendwie gelingen wird, uns zu finden, wenn du dein Schwert ziehst.«

Er sah sie an und streichelte ihre Wange. »Als ich gegen diese Plünderer gekämpft habe, hat mich eine Art Feuer durchströmt …« Seine Stimme verlor sich, während sich sein Blick angesichts dieser Erinnerung verklärte. »Ich hatte endlich wieder das Gefühl, ich selbst zu sein … so als würde jeder einzelne Teil von mir in einen Tanz hineingezogen.« Sein Mund zuckte. Er schluckte, bevor sein Blick sich wieder auf sie konzentrierte. »Dasselbe habe ich auch bei dir gesehen, damals, als du den Hirsch berührt hast. Auch du kennst dieses Gefühl.«

Jetzt war es Deirdre, die zusammenzuckte. Sie wollte gar nicht wissen, welche Kraft sie so anzog. Sie wollte nicht von ihm getrennt werden. Ihre Finger, die an ihrem Hals lagen, spürten die bittere Wahrheit, die ihr klopfender Puls verkündete. Sie hatte von Anfang an gewusst, dass da irgendetwas in ihm schwelte, eine Leidenschaft, die jederzeit auflodern konnte. Schließlich hatte sie durch die Augen des Vogels gesehen, was damals geschehen war.

Diese Flamme loderte in ihm nicht nur, wenn er sein Schwert in der Hand hielt, sondern auch wenn sie miteinander schliefen.

»Und dann«, sagte Naisi, »stand ich vor Cinet, und er verlangte diesen Eid von mir. Mir blieb überhaupt nichts anderes übrig. Ich hatte einfach keine Wahl.«

Sie rollte sich zusammen. Er streichelte ihr über die Haare. Sie schwiegen.

Am nächsten Morgen verabschiedeten sie sich, unweit von Talans Boot, das am Ufer des Sees angelegt hatte, im Wald voneinander. Die Krieger der Epidier machten sich gerade bereit, um durch das Tal zum Moor hinaufzugehen.

Irgendetwas trennte sie jetzt voneinander. Als Naisi sie küsste und sich zum Gehen wandte, hielt Deirdre ihn fest. »Warum siehst du mich nicht an?« Obwohl er sie in der Nacht leidenschaftlich geliebt hatte, waren sich ihre Blicke und ihre Seelen im Schein des Feuers nicht begegnet.

Er seufzte. »Derart zerrissen zu sein … macht es mir schwer zu kämpfen.« Er strich mit seinem Daumen langsam über ihre Unterlippe und sah ihr dabei in die Augen. »Es tut mir leid.«

Sie legte ihre Stirn an sein Kinn. Sie kämpfte mit ihrem Zorn, der sich einfach nicht besänftigen lassen wollte, ganz egal, wie sehr sie sich auch bemühte. Selbst in der Nacht, als sie sich an ihn geschmiegt und seinen Geruch eingeatmet hatte, war ihr das nicht gelungen. *Vielleicht zum letzten Mal.*

Aber sie würde Naisi niemals bewusst schwächen. Wegen des dicken ledernen Brustpanzers konnte sie die Wärme seiner Haut nicht spüren. Das Heft seines Schwertes grub sich in ihre Hüfte. »Geh mit meinem Segen«, murmelte sie. Der Schmerz ließ dabei ihre Stimme ganz rau werden. »Versprich mir, dass du erst dann wieder an mich denkst, wenn ihr auf dem Heimweg seid.«

Er hob ihr Kinn an und forschte in ihrem Gesicht, bevor er stumm nickte und die Schultern senkte. Er strich ihr die Haare aus den Augen, leicht wie ein Windhauch. Seine letzte Berührung.

Die Tage verstrichen, und die Rhythmen, die ihr Leben bestimmt hatten, kamen zum Erliegen.

Da waren keine vertrauten Stimmen mehr, keine Geschäftigkeit beim Kochen und beim Essen und auch keine Schritte mehr in der Abenddämmerung, die die Rückkehr der Jäger ankündigten. Da war kein Naisi, der sie mit seiner Berührung ins Hier und Jetzt geholt und sie mit seiner Leidenschaft in der Gegenwart verankert hätte.

Ihr Schmerz ließ einfach nicht nach. Er wuchs sogar noch an

und mündete schließlich in eine unerträgliche Ruhelosigkeit. Ihr war so oft übel, dass sie nichts mehr essen konnte, und so erstarrte die Gerstengrütze im Topf, und das Brot wurde trocken und hart. Sie konnte nicht mehr richtig schlafen. Es gelang ihr lediglich noch, das Feuer am Leben zu erhalten und sich dann, das Kinn auf den Knien, davorzukauern und wie hypnotisiert in die zuckenden Flammen zu starren.

Sie versuchte, sich in alltägliche Arbeiten zu vertiefen, bearbeitete die steifen Hirschfelle so lange mit dem Glättstein, bis sie weich waren. Sah mit glasigem Blick dabei zu, wie ihre Nähnadel in der Wolle verschwand und wieder auftauchte, spürte dabei kaum ihre Hände. Der Mangel an Nahrung machte sie benommen, und sie begann, sich leer und unwirklich zu fühlen. Ein Trampelpfad im Farn legte Zeugnis darüber ab, wie oft sie vom Haus zum See ging. Er beschrieb die Grenzen, innerhalb deren sie durch Naisis schmerzhafte Abwesenheit gefangen war.

Während sie auf den Felsen am Ufer kauerte, starrte sie in die morgendlichen Nebel, so als könne sie dort im Dunst vielleicht Naisi sehen … bis der Schleier zerriss und dann schließlich von der aufsteigenden Sonne ganz aufgelöst wurde. Erst dann kam sie wieder zu sich und stellte fest, dass der Wind sich gedreht hatte und eisige Wellen ans Ufer trieb, die um ihre Füße spülten.

Die Stille des Landes senkte sich langsam und unerbittlich über sie. Diese völlige Abwesenheit von Geräuschen war beinahe körperlich zu spüren.

In dieser erwartungsvollen Stille schwollen die Vibrationen in der Erde zu einem beständigen Murmeln an. Es kam ihr schließlich so vor, als hörte sie überall um sich herum Stimmen. Ihre Augen waren so gereizt und geschwollen, dass sie, wenn sie ihrer Arbeit nachging, winzige silberne Flammen am Rande ihres Blickfelds flackern sah, die die Bäume und die Felsen hinaufliefen, sodass es aussah, als wären sie mit Raureif umgeben. Das

Flackern hörte jetzt überhaupt nicht mehr auf, nicht einmal, wenn sie blinzelte.

Als sie sich jetzt vom Ufer erhob, zwei Schwanenfedern in ihrer zur Faust geballten Hand, schien sich der feste Boden unter ihren Füßen aufzulösen. Es gelang ihr kaum noch, sich auf den Beinen zu halten.

Auf ihrem Weg durch Alba wurde Naisi von einer Kampfesglut durchdrungen, die immer stärker wurde, je näher sie den fliehenden Veniconen kamen.

Diese Glut überstrahlte seine nagenden Schuldgefühle wie die aufgehende Sonne – überstrahlte sogar Deirdres Gesicht und die Qual in ihren Augen – und ersetzte sie durch Entschlossenheit. Er berührte Deirdre in seinen Gedanken, eine Hand in ihrem Haar vergraben, während er ihren Kopf an seine Brust drückte.

Wenn er kämpfte und siegte, würde er seinen Brüdern all das zurückgeben, was sie durch die Schwäche seiner Seele verloren hatten. Nur wenn er kämpfte, konnte er sich sicher sein, dass Deirdre in Frieden leben konnte. Sie war keine Kriegerin, und sie konnte das deshalb auch nicht verstehen. Sie war für ihn noch immer ein schwer fassbares, unbekanntes Wesen. Ihr Geist war durch andere Kräfte geformt worden als der seine. Jetzt aber würde er dieser feindlichen Welt einen ruhigen, sicheren Ort abtrotzen, einen, der für immer und ewig Conors Einfluss entzogen war. Und wenn er diesen Ort erst einmal in Besitz genommen hatte, würde er auch die Zeit haben, nach all den Einflüssen zu forschen, die sie als Kind geformt und zu der gemacht hatten, die sie jetzt war.

Diese Gedanken kreisten unablässig in seinem Kopf, beschleunigt durch den stampfenden Rhythmus seiner Beine und die kalte Luft, die seine Lungen füllte. *Wenn ich kämpfe, dann werde ich auch siegen … erst dann wird sie mich ganz und gar kennen – und erst dann kann sie stolz auf mich sein.*

Er sah die gleiche Begeisterung in Ainnles Gesicht. Die Vorfreude auf den Kampf ließ die Augen seines jüngsten Bruders leuchten. Er lief neben ihm her wie ein eifriger junger Hund. Dann warf Naisi einen Blick auf seinen zweiten Bruder. Ardan war in den vergangenen Monaten immer so bedrückt gewesen. Jetzt stampfte er den Pfad entlang, so als wolle er alles zertrampeln, was sich ihm in den Weg stellte, während sich zwischen seinen Brauen tiefe Falten eingegraben hatte. Er schien unter der Isolation, in der sie zu leben gezwungen waren, am stärksten zu leiden, obwohl er von ihnen dreien schon immer derjenige gewesen war, der die meiste Zeit für sich gebraucht hatte. Naisi bekam ein schlechtes Gewissen. *Ardan.* Es war die Dunkelheit in Naisis Herzen, sein Mangel an innerer Größe gewesen, der diesen edelsten aller Männer zu einem trostlosen Leben in der Einsamkeit verdammt hatte.

Als sie kurz an einem Bach Rast machten, um ihre Wasserflaschen zu füllen, verdrängte Naisi seine Schuldgefühle und fuhr Ardan scherzhaft durch die schweißnassen Haare. Obwohl Ardan eine ihm vertraute Antwort brummte, lächelte er nur zögernd.

Sie waren mit einer Gruppe von vierzig Epidiern unterwegs, die von Talan und seinem Neffen Carnach angeführt wurden. Alle Krieger waren jung und stark. Mit ihren Tätowierungen auf ihren Gesichtern und Armen, ihren rostroten und schwarzen Haaren und ihren Umhängen aus Pferdefell verschmolzen sie geradezu mit der Landschaft, die hier oben aus dunklen Felsen und rotem Moorland bestand. Das dumpfe Geräusch ihrer Schritte hallte in Naisis Ohren wie Kriegstrommeln. Es brachte sein Blut in Wallung, und schon bald fiel er wieder in eine Art Trance. Das hier war ihm vertraut. Das war sein Leben. Verfolge den Feind, stelle ihn, besiege ihn.

Am Zugang zu ihrem Tal hatten sie Wachen zurückgelassen, dann hatten sie sich nach Süden gewandt und ein riesiges Moor durchquert. Es war mit unzähligen kleinen Weihern durchsetzt, in denen sich der Himmel und die zerklüfteten Berggipfel spiegelten. Einzelne Ebereschen standen an diesen Tümpeln. Die Fußspuren, die die Krieger auf ihrem Weg durch das Moor hinterließen, füllten sich sofort mit braunem Wasser. Die Kundschafter berichteten, dass die Veniconen sich gerade über die östlichen Berge kämpften, die auf der anderen Seite dieser trostlosen Ebene begannen, und wegen der Karren nur langsam vorankamen.

Die Brüder hatten vor einem Kampf stets beratschlagt, was zu tun sei, und so teilte Naisi, ermutigt durch die Freundschaft, die ihn mittlerweile mit Carnach verband, abends am Feuer seine Überlegungen mit. Er sprach mit großer Eindringlichkeit und Überzeugungskraft. Sie sollten die Täler meiden, erklärte er. Wenn sie stattdessen über die Pässe vorstießen und die Wildpfade oben an den Hängen nutzten, würden sie zwangsläufig irgendwann auf die Veniconen treffen. Dann sollten sie einen schmalen Hohlweg für den Angriff auswählen und sich wie Adler vom Himmel herab auf die Plünderer stürzen.

Talan bedachte Naisi mit einem sardonischen Lächeln, während er ihn mit abschätzendem Blick ansah. Carnach jedoch trat mit all der Leidenschaftlichkeit der Jugend, die weiß, dass sie sich zu beweisen hat, für Naisis kühnen Plan ein.

Die Jugend gewann schließlich. Die Epidier beschlossen, den Weg über die Berge zu nehmen, auf deren schattigen Hängen noch immer Schnee lag.

Deirdre versuchte Naisis Schicksal zu ergründen, während sie am Ufer des Sees saß und auf das Wasser hinausstarrte. Ihr wurde warm, als der Tag begann, und dann wieder kalt, als das Licht verblasste und sich die Sterne am dunklen Himmel über ihr zeigten.

Ein Ziehen tief in ihrem Bauch holte sie aus ihren Gedanken

zurück. Als die Sonne wieder aufging, mündete es in einen ihr vertrauten Schmerz, der jedoch alles andere als Hunger war. Sie stolperte nach Hause und suchte nach dem getrockneten Moos, das sie im Moor gesammelt hatte.

Blut. Sie starrte es an, bevor sie es von ihren Oberschenkeln wusch. Die Luft um sie herum murmelte, und die Krämpfe in ihrem Unterleib ließen auch ihr Herz schmerzen. Ihre Mondblutung … sie und Naisi hatten also kein Kind gezeugt. Sie band das Moos unter sich fest, zog sich wieder an und ging nach draußen. Sie schirmte die Augen vor der Sonne ab. Ihr Verstand war durch den Schlafentzug und das endlose Starren in den Nebel völlig mitgenommen. Jetzt überfielen sie seltsame Ängste, die als kalte Schauer um sie herumwirbelten wie tanzende Schneeflocken.

Kein Kind. Nichts, das sie miteinander verbinden würde, das sie im Hier und Jetzt verankern und davon zeugen würde, dass sie sich geliebt hatten. Ein Traum, aus Lust geformt, konnte mit einem einzigen Windstoß ausgelöscht werden, mit einem einzigen Hieb einer Klinge zerschlagen werden. War das wirklich alles? Was würde ihr bleiben, wenn Naisi tot war?

Ein unwiderstehlicher Drang befiel sie, und sie rannte den Berg hinauf, bis ihre Kräfte sie verließen und sie auf Händen und Knien weiterkriechen musste. Sie hatte das Wissen über jene andere Welt verdrängt, um sich mit Naisi nur dem Verlangen hinzugeben. Sie hatte so große Angst gehabt, diese verlockenden Pfade zu betreten, dass sie sich davon abgewandt hatte. Aber wenn er nicht mehr zu ihr zurückkam … dann war da kein Verlangen mehr, kein Kind und keine weiblichen Rhythmen von Herd und Heim, die sie erfüllen würden. Und angesichts all dessen sollte sie einfach hier herumsitzen und *nichts wissen?*

Endlich lag die Wiese vor ihr. Sie stand langsam auf und bahnte sich einen Weg durch den hohen Farn. Als sie den uralten Stein erreichte, setzte sie sich mit gekreuzten Beinen darauf nieder. Dann schloss sie die Augen und holte tief Luft. Der Schlag ihres Herzens war wie ein wilder Gesang. Krieger, Könige ... Naisi, der sich mit so vielen Waffen umgürtete, dass sie ihn nicht berühren konnte. Zurückgelassen zu werden – blind, taub, stumm –, während Männer über *ihr* Schicksal entschieden. Das war nicht das, was Deirdre wollte; nie wieder würde sie das zulassen.

Die Sonne ließ aus den Blättern der Eibe, die neben dem Stein wuchs, harzige Dämpfe aufsteigen. Deirdre atmete deren scharfen Geruch ein. Er drang in jede einzelne Faser ihres Körpers ein. Tod. Wandel. Wiedergeburt. Das Tor zu den Geistern.

Naisi!

Sie ließ den Schmerz, den sie in ihrem Inneren spürte, durch ihre Haut nach draußen. In der ungeheuren, widerhallenden Stille, die diesem stummen Schrei folgte, nahm sie das erwartungsvolle Schweigen, das sie schon seit Tagen umgeben hatte, tief in sich auf. Und plötzlich war es keine Stille mehr, sondern *Leben.*

Wieder drang ein vibrierendes Trommeln aus dem Stein nach oben. Der Ton wurde durch die steinerne Tafel gebündelt, die menschliche Hände an dieser Stelle in den Boden versenkt hatten. Die Vibrationen wurden mit jedem Atemzug, mit dem sie den harzigen Geruch der Eibe in sich aufnahm, ein wenig stärker. Der Geruch machte sie schwindelig so wie heiliger Rauch und nahm von ihrem Blut Besitz, bis ihr Herz schließlich im Rhythmus des Steines schlug und sein Lied in ihr widerhallte.

Sie musste ihr Schicksal selbst bestimmen. In Naisis Armen hatte sie das vergessen. Sie wollte *verbunden* sein, nicht allein gelassen werden. Aber hier war noch eine andere Welt, die auf sie gewartet hatte.

Der Klang des Steins, das Licht der Sonne und ihr eigener Zorn strömten jetzt mit großer Macht durch sie hindurch und sammelten sich am unteren Ende ihrer Wirbelsäule. Die Kraft dieses Klangs riss sie förmlich auf die Füße, sodass sie auf unsicheren Beinen dastand wie ein gerade geborenes Kitz.

Deirdre öffnete die Augen. Jetzt endlich *sah* sie.

Die Luft war silbernes Licht, feiner als ein Dunstschleier, heller als der Mond. Dieses Licht befand sich jetzt nicht mehr irgendwo am Rande ihrer Wahrnehmung, sondern umgab sie als leuchtende Flut.

Sie bewegte ihren Kopf und sah um jeden Baum herum eine schimmernde Aura. Direkt am Stamm leuchtete sie am hellsten, ein schwächerer Schein umgab Blätter und Zweige. Es war ein geisterhafter Schimmer, der sich an einigen Stellen überlappte und nach außen hin schwächer wurde, bis er sich schließlich völlig auflöste.

Deirdre erinnerte sich an das, was sie damals in Erin gesehen hatte. *Hinter dieser Welt liegt noch eine andere.* Überall zwischen den Blättern und selbst im Unterholz sah sie jetzt dieses Schimmern. Es waren die Tiere des Waldes. Auch in ihnen strömte das Leben. Wenn sie sich auf einen Grashalm konzentrierte, sah sie jeden Tautropfen, der an ihm hing. Wenn sie den Kopf in den Nacken legte, wirbelten am Himmel zarte Schichten aus sich überlagernden Blautönen.

Ein Gedanke kam ihr plötzlich in den Sinn. *Die Anderswelt, sie ist nicht* irgendwo. *Sie ist hier.*

Der Klang des Felsens hallte in ihrem Innern nach, sodass sie noch immer im Einklang mit dieser mächtigen Welle vibrierte. Dann bemerkte sie, dass sich die Schleier aus Licht zu hellen Punkten bündelten, die wie Motten tanzten. Diesmal aber würden sie nicht flackern und verblassen, denn sie waren ihr jetzt nicht mehr fremd.

Sie folgte den Funken über das silberne Gras, bis sie zu dem Bach kam, der von der Quelle im Wald gespeist wurde. Dutzende dieser leuchtenden Punkte hingen über dem Wasser wie

Wolken von Leuchtkäfern in der Abenddämmerung. Deirdre stand schwankend da und starrte ihre Füße an. Das Wasser eines Bachs schliff den härtesten Stein. Etwas so Weiches war also imstande, so etwas Hartes und Unnachgiebiges zu formen. Und ebenso würde *sie* in Zukunft über ihr Schicksal in dieser Welt bestimmen. Nicht mit einem Schwert in der Hand, sondern allein als sie selbst.

Sie hob einen Stein auf und warf ihn ins Wasser, damit die Wellen, die er auslöste, bis zum See hinunterliefen und dann weiter hinaus in den Ozean, auf dem die großen Schiffe mit den Kriegern fuhren – weiter bis nach Erin. Bis zu Conor, um ihm zu trotzen.

Eine silbrig schimmernde Fontäne schoss plötzlich vor ihr auf und zersprang dann in unzählige Tropfen. Die Fontäne fiel in sich zusammen – einige der Tropfen aber hingen weiter in der Luft. Deirdres atemloser Schrei verstummte, als die Tropfen plötzlich begannen, um sie herumzuwirbeln. Sie schlug die Hand vor den Mund, während sie lachte. Das waren Teile von etwas Lebendigem.

Die leuchtenden Flecken tanzten aufgeregt und fröhlich um sie herum. Deirdre spürte, dass sie etwas von ihr erwarteten. Sie spürte dies als eine Art körperliche Kraft, die an ihr zerrte. Sie wurde zum Bach gezogen, auf dem das Sonnenlicht glitzerte.

Im nächsten Moment lag Deirdre schon flach auf dem Bauch und tauchte ihre Arme ins Wasser.

Naisi rannte den steilen, felsigen Berghang hinunter. Auf dem schmalen Weg unter ihm im Tal quälte sich die Kolonne von Veniconen-Kriegern mit ihren rumpelnden Ochsenkarren voran. Auf der einen Seite des Wegs ragte der Berg auf, auf der anderen befand sich ein steiler Abgrund, in dem ein schäumender Fluss dahinschoss. Die Veniconen wandten ihre tätowierten Gesichter entsetzt nach oben, als plötzlich eine Gruppe schreiender Krieger wie aus dem Nichts heraus auf sie herabstieß.

Naisi stieß einen Kriegsruf aus und holte aus, um seinen Speer zu schleudern, während Ardan einen Ausfallschritt machte und noch vor Naisi und Ainnle seine Lanze warf. Alle drei Speere trafen ihr Ziel. Die Brüder schlitterten das letzte Stück des mit Geröll bedeckten Hangs hinunter und kamen schließlich in einer Kaskade von Steinen auf dem Weg zum Stehen.

Viele der Veniconen trugen Wolfspelze. Auf ihren ledernen Helmen und eisernen Waffen lagen die dunklen Schatten, die die Berge warfen. Es waren kampferprobte Krieger, die sich innerhalb kürzester Zeit von ihrem Schrecken erholten. Sie schrien einander etwas zu und zogen sich dann hinter die Karren zurück, während sie schon ihre Schwerter aus den Scheiden rissen.

Jetzt trafen die Epidier auf die Linie der Veniconen, und sofort entbrannte zwischen ihnen ein wilder Kampf Mann gegen Mann.

Eisiges Wasser strömt zwischen Deirdres gespreizten Fingern hindurch.

Sie sieht, dass es keine Flüssigkeit ist, sondern eine Wolke winzig kleiner Funken, die auseinanderstieben, wenn sie ihre Hände bewegt. Sie hebt ihre Hände. Die Sonne scheint durch die Häutchen zwischen ihren Fingern und … sie sieht, dass ihr Körper ebenfalls aus diesen Funken von Licht besteht, die ein Muster bilden, das dichter ist als Luft und Wasser.

Wenn also alles aus Funken von Licht besteht … kann sie dann mit den anderen Strömen aus Licht verschmelzen? Mit den Felsen? Der Luft? Mit dem *Wasser?* Schon als sich dieser Gedanke formt, spürt sie, wie sie sich auflöst und mit der leuchtenden Wolke verschmilzt.

Ihre eigenen Funken vermischen sich mit den Funken des

Wassers. Jeder ihrer Funken bleibt jedoch ein Teil von ihr, sodass sie noch immer ein Bewusstsein besitzt.

Und dann fliegt sie durch eine Welt aus unzähligen winzigen, tanzenden Sternen.

Dort, wo die Funken Knochen, Rinde oder Felsen bilden, vibrieren sie langsamer. Die Luft und die Wolken hingegen sind durchscheinende Funkenregen. Die einzelnen Funken haben kein Bewusstsein, aber sie tragen die Quelle allen Seins in sich, die Kraft des Lebens, die wie ein Blitz über die Funken hinwegzuckt und sie dazu bewegt, Muster und Formen zu bilden. Diese Energie sagt jedem Funken, welchen Platz er einnehmen muss, damit aus Sternenstaub feste Materie wird.

Eine der *sídhe* huscht an ihr vorbei. Deirdre erkennt die *sídhe* anhand ihrer strahlenden Helligkeit und ihrer gezielten Bewegungen, die sie von den Funken, die das Wasser und die Luft bilden, unterscheidet. Die *sídhe* fliegt über dem Bach einen weiten Bogen. Die Wasserfunken werden von ihr angezogen, sodass sie eine Schleppe hinter ihr bilden.

Deirdres Geist sieht plötzlich Regen, der auf einen grauen Ozean prasselt. Sie weiß, was da gerade geschieht. All die Funken von Luft, Wasser, Fels und sogar des Fleisches sind durch die Energie des Blitzes, die Quelle allen Seins, miteinander verbunden. Und die *sídhe* können die Funken mit ihrem Willen formen.

Auch sie kann das. Aber womit will sie sich verbinden? *Mit Naisi. Mit Naisis Lebenskraft.*

Ihre Sehnsucht ist so groß, dass sie die Funken herbeiruft. Wasser zu Wasser, das ist der einfachste Weg. Ihr Geist fliegt durch die Wolken aus Wasserfunken, durch Regen und durch Nebel. Dann in die Spalten im Felsen hinein, folgt den unterirdischen Flüssen und Wasseradern. Dann wieder hinauf durch die Erde an die Oberfläche, dort, wo die Feuchtigkeit verdunstet und zu den Wolken wird, die am Himmel dahinziehen. Schließlich als Regen auf die höchsten Gipfel der Berge fällt. Wasser … das dann als tosender Bach durch eine Klamm rauscht und als feine Gischt in die Luft geschleudert wird.

Plötzlich ist sie sich wieder ihres Körpers bewusst. Ihre Handflächen schweben über dem glitzernden Bach. Das Wasser steigt zwischen ihren Fingern auf, herbeigerufen durch ihren heftigen Wunsch. *Ich muss wissen, ob er noch lebt!*

Ein männlicher Körper formt sich aus Tropfen, die zwischen ihren Händen schimmern. Sie sieht die Andeutung seiner Gesichtszüge, durchscheinend und glitzernd. Seine Nase, sein Unterkiefer … genauso, wie sie immer waren. Und da … die Form eines Mundes, den sie so oft geküsst hat.

Unter der Wasseroberfläche beginnen sich kleine Wellen auszubreiten, die durch das Licht, das aus ihren Händen strömt, ins Leben gerufen werden. Sie starrt sie atemlos an. *Lasst mich sehen. Lasst es mich wissen.* Jetzt sind da plötzlich viele Männer. Ihre Köpfe und Schultern tauchen für die Dauer eines Herzschlags aus dem Bach auf und fallen dann wieder zurück. Die Formen ihrer rennenden Körper rollen wie die Dünung an der Oberfläche entlang. Säulen aus Wasser steigen auf und wiegen sich zwischen ihren Fingern. Sie bilden eine dahinstürmende Masse stampfender Füße und wirbelnder Arme. Dann werden die Wassersäulen von scharfen, leuchtenden Spitzen gekrönt.

Speere. Schwerter.

Naisi kam schlitternd vor dem zweiten Karren zum Stehen. Die wogende Masse von Männern in ihren ledernen Panzern verschmolz um ihn herum zu einer einzigen formlosen Masse. Der Ochse, der vor den Karren gespannt war, geriet in Panik. Er entwand seinem Lenker das Führungsseil, verlor auf dem schmalen Weg den Halt und begann abzurutschen. Dabei zerrte er den Karren über die Kante, und dann war er nicht mehr zu sehen, als er in den Fluss unten im Tal stürzte. Naisi machte sich auf Schreie gefasst, aber er hörte nichts. Er hatte keine Zeit, sich darüber zu wundern, denn in diesem Augenblick nahm er im Augenwinkel eine Bewegung schräg hinter sich wahr – jemand stürmte mit erhobenem Schwert auf ihn zu. Aber noch bevor Naisi sich umdrehen und sich verteidigen konnte, war Ardan schon da. Er wirbelte herum und führte das Schwert dabei mit beiden Händen. Die Klinge grub sich in den Arm des Angreifers. Der Mann schrie auf und ging in die Knie, der zerschmetterte Knochen schimmerte weiß in einem Strahl von Blut.

Ardan hatte nach diesem Hieb seine Balance noch nicht wiedergefunden. Als ein zweiter Krieger der Veniconen das ausnutzen wollte, sprang Naisi dazwischen, um ihn niederzustrecken. Seine Klinge schlitzte die Halsschlagader des Kriegers auf. Heißes Blut spritzte Naisi ins Gesicht, als der Mann zu Boden ging. Mit demselben Schwung duckte Naisi sich dann unter Ainnles horizontal geführtem Schlag weg, der einem Gegner galt, der plötzlich neben ihm aufgetaucht war, und durchbohrte einen vierten Krieger, der sich seinem jüngsten Bruder von hinten näherte.

Das Feuer des Roten Zweiges war jetzt in Naisi voll entflammt, und er gab sich ihm mit wilder Begeisterung hin. Jetzt war er durch die unsichtbaren Fäden dieser mystischen Vereinigung mit seinen Schwertbrüdern verbunden, stimmte sich auf die Bewegungen jener ein, die er liebte. Durch dieses Band verknüpft, gelang es den Kriegern des Roten Zweiges, sich untereinander in jeder Phase des Kampfes zu beschützen; sie wehrten ab und wirbelten herum, griffen dann wieder an und stießen zu. Ein jeder Kämpfer befand sich in einem geheimnisvollen Zustand höchster Aufmerksamkeit, die ihm ein unübertreffliches Gefühl für Wind und Geruch, Boden und Gewicht, Haltung und Stoß verlieh.

Roter Zweig! Roter Zweig!, schrie er im Geiste, damit er sich nicht verriet, während die Macht durch ihn hindurchströmte, wie er das schon seit ... gütige Götter, schon seit so langer Zeit nicht mehr gespürt hatte. Das war etwas anderes als ein einseitiges Scharmützel mit irgendwelchen Plünderern; besser als jede Erinnerung. Er nahm den Blick von seiner blutigen Klinge und sah dasselbe Licht in den Gesichtern seiner Brüder. Er wusste, dass sie wieder eins waren – Ardans Grübelei, Ainnles Frustration, sein eigener Schmerz, all das wurde von dieser tosenden Flamme verzehrt.

Die drei Brüder mähten sich geradezu durch die Reihen der Gegner. Um sie herum bildeten die angreifenden Epidier und die sich heftig verteidigenden Veniconen wilde Knäuel, hieben völlig ohne jede Ordnung aufeinander ein. Einige der Feinde versuchten den Berg hinauf zu fliehen, wurden aber von den Speeren der Epidier niedergestreckt. Andere suchten unter und hinter den Karren Schutz.

Naisis geschärfter Instinkt erfasste einen Herzschlag, bevor sein Gegner lossprang, wie sich dessen Muskeln zusammenzogen. Sein Körper reagierte automatisch, ließ ihn unter dem wilden Schwerthieb seines Gegners hindurchtauchen, eine Bewegung seines Handgelenks teilte dessen Tunika und sein Fleisch. Der Mann schrie auf und hielt sich seine Seite mit der Hand. Blut quoll zwischen seinen Fingern hervor. Ainnle hob seinen Speer und grub ihn in dessen Rücken.

Jemand zischte einen Fluch in Naisis Ohr. Er wirbelte herum und sah direkt in das tätowierte Wolfsgesicht eines Angreifers, das zu einer Grimasse verzerrt war. Das Schwert des Kriegers zielte bereits auf Naisis Bauch. Naisi bog sich nach hinten durch. Im selben Moment holte Ardan auch schon mit einem Speer aus. Der Schaft krachte mit großer Wucht auf den Nacken des Veniconen, und Naisi durchbohrte ihn mit einer nach oben gerichteten Bewegung seines Dolchs. Die beiden Brüder sahen sich über die Leichen am Boden hinweg an. In Ardans blutbeschmiertem Gesicht lag eine leise Herausforderung, die Naisi bei ihm noch nie gesehen hatte.

Ein lautes Johlen kam vom hinteren Teil des Zuges. Die Brüder hielten inne. Dort, wo sie standen, waren sie für einen Moment unbehelligt.

Ein Venicone mit dunklem Bart war auf einen der Karren geklettert. Um seinen Hals lag eine Kette aus Wolfszähnen. Er zerrte einen verwundeten Epidier über das zerbrochene Joch mit sich – Talan. Der Anführer der Epidier hatte seinen Helm verloren. Sein langes blondes Haar war dunkel und klebrig vom Blut, das aus einer tiefen Wunde auf seiner Stirn quoll. Einer seiner Arme endete am Handgelenk in einem blutigen Stumpf. Er war völlig benommen und nicht imstande aufzustehen.

Als die Schreie ringsum immer lauter wurden, spuckte der hünenhafte Krieger Talan ins Gesicht. Dann stellte er einen Fuß auf ihn, um ihn auf diese Weise niederzuhalten, schwang mit beiden Händen sein Schwert und trennte dem verwundeten Mann den Kopf ab. Unter den Kämpfern der Epidier erhob sich ein lautes Wehklagen. Naisi sah sie zögern, Unsicherheit breitete sich aus. Die Wucht ihres Angriffs ließ spürbar nach.

Sie gehören nicht zum Roten Zweig. Die Epidier spürten kein Licht, das sie miteinander verband. Sie strauchelten, verloren in dem Moment, in dem ihr Chieftain fiel, ihren Kampfeswillen. *Ein Stamm, viele Äste.* Das Lied des Roten Zweiges: Wenn man einen Ast abschlug, blieb der Stamm noch immer stark wie eine Eiche im Sturm. In diesem Moment wurde ihm bewusst, was er alles verloren hatte. Und diese Erkenntnis schmerzte unsäglich.

Die Veniconen stürzten sich mit neuer Energie in den Kampf, als der riesige Krieger auf dem Karren Talans bluttriefendes Haupt hoch über seinen Kopf hielt. Alle Bewegungen um ihn herum schienen sich zu verlangsamen. Naisi versuchte, den strahlenden Glanz aufzusaugen, der zwischen ihm und seinen Brüdern flackerte, bis dieser Glanz seinen Körper förmlich anhob, sodass er leichtfüßig und entschlossen auf seinen Beinen stand. »Sie lassen nach! Wir müssen dafür sorgen, dass sie wieder Mut fassen.« Der Gedanke zuckte zwischen ihnen dreien hin und her wie ein Blitz am Himmel.

Naisi zog einen Speer aus einem der Gefallenen und wischte das Blut von seinem Schaft. Dann schob er sein Schwert in die Scheide und warf es über seinen Rücken. »Singt mit mir«, rief er und begann, mit dem Speer in der Hand loszurennen.

Seine Brüder folgten ihm, teilten die Flut der Veniconen mit kraftvollen Schlägen. Naisi prüfte, wie der Speer in seiner Hand lag, während er den umgestürzten Karren mit dem Krieger darauf fest im Auge behielt, der Talans Kopf herumschwang. Man hatte den Ochsen von seinen Zugriemen losgeschnitten. Das leere Joch bildete eine Ebene bis zur Ladefläche hinauf.

Stark der Schritt der Kämpfer
Durch die brüllenden Heere sich bahnt
Triumphieren über tapfre Männer
Deren Herzen kühn wie sie!

Es war den Brüdern egal, ob irgendjemand ihr Lied vernahm, denn der Rhythmus von Ardans und Ainnles Gesang zählte Naisis Schritte ab. Sein Bewusstsein zog sich zu einem Kanal aus Raum und Zeit zusammen. Er war ein heller Pfad, den sein Körper und sein Geist formte … *und dein Herz,* fügte Cúchulainn in Naisis Gedanken hinzu, *das Feuer deines Herzens.* In diesem leuchtenden Strom sah er alle Einzelheiten mit unglaublicher Deutlichkeit vor sich. Das Schimmern des Jochs, das vom vielen Gebrauch glatt gescheuert war. Die Erhebung im Boden, wo er die Spitze des Speers aufsetzen konnte. Er ging im Geiste den Bewegungsablauf des Lachssprunges noch einmal durch … und als er losrannte, spürte er Cúchulainns abschätzenden Blick, spürte, wie die Hände des Wachhundes seine Haltung korrigierten. *Lass einfach los. Dein Instinkt und das Training sorgen schon dafür, dass dein Körper weiß, was zu tun ist, auch wenn es dein Verstand nicht erfassen kann.* Naisi blinzelte den Schweiß aus seinen Augen. Sein Herz hämmerte, nicht nur wegen der Anstrengung sondern auch, weil er Cúchulainns Nähe spürte.

Die Krieger, die vor dem Karren standen, fuhren herum, als Naisi den Speer in den Boden rammte und sich zu einem ungeheuren Satz in die Luft schwang. Die Lanze bog sich unter seinem Gewicht durch, und er hörte das Pfeifen des Windes. Dann ließ er die Lanze los, schlug einen Salto und flog dabei auf den Karren zu, während seine Hand schon auf dem Heft seines Schwertes lag.

Die Zeit lief mit einem Ruck weiter.

Naisi landete auf dem vorderen Rand des Karrens, den Rücken dem feindlichen Krieger zugekehrt, das Schwert in der Hand. Er fing den Aufprall mit federnden Beinen ab, und im selben Moment peitschte seine Klinge in einem halbkreisförmigen Hieb durch die Luft. Die Spitze seines Schwertes traf den Krieger der Veniconen, der völlig regungslos und mit offenem Mund dastand, am Hals. Der Schlag durchtrennte Sehnen, schnitt durch Fleisch. Der Krieger gurgelte, sackte zusammen und fiel vom Karren. Und schon waren Ardan und Ainnle bei ihm, um ihm den Rest zu geben.

Naisi reckte sein Schwert in die Luft. Blut lief an seinem zitternden Arm hinunter. »Die Stute! Die Stute!«, rief er laut. Das war der Schlachtruf der Epidier, den er jetzt über das Kampfgetümmel hinweg erschallen ließ. »Zu mir! Zu mir!« Die Krieger der Epidier jubelten, und als Naisi erst einmal ihre Aufmerksamkeit hatte, sprang er zu Boden. Ardan und Ainnle stellten sich neben ihm auf, sodass ihre Körper einen Schild bildeten. Jetzt kam auch Carnach angerannt und gab ihnen Rückendeckung. »Zu mir!«, brüllte jetzt auch er.

Die Epidier sammelten sich mit lautem Gebrüll um sie herum. Mit vereinten Kräften trieben sie einen Keil aus Leibern in die Reihen der Veniconen. Schon bald brach der Widerstand ihrer Gegner zusammen, und sie traten einen verzweifelten Rückzug die Hänge hinauf an.

Ardan und Ainnle kletterten auf die anderen Karren und hielten laut jubelnd ihre Schwerter in die Luft, während die Epidier bereits dem fliehenden Feind nachsetzten.

Naisi stand allein da, während die Gegenwehr der Veniconen in blanke Panik umschlug. Er hatte sich so verausgabt, dass er am ganzen Körper zitterte. Die Euphorie des Kampfes floss bereits aus seinen Muskeln wieder in den Boden zurück. Mit einem Mal wurde er sich bewusst, dass der Wind seinen Schweiß kühlte und ihm den Geruch von Blut in die Nase trieb.

Deirdre legte mit glasigem Blick Holz nach. Sie war sich nicht bewusst, dass ihre Hände eiskalt waren. Die Wärme der Flammen drang nur langsam in sie ein. Jetzt beruhigte sie sich, starrte dabei unverwandt in das lodernde Herz des Feuers. Ein leises Zittern lief durch ihren Körper. Das Lied des Wassers beherrschte sie noch immer, auch wenn sie inzwischen in ihren Körper aus Fleisch und Blut zurückgekehrt war.

Sie war voller Staunen – und es war ein so tiefes Staunen, dass es ihren Verstand erschütterte.

Sie ließ sich langsam auf dem Haufen von Pelzen neben der Feuerstelle sinken und rollte sich zusammen. Mit zitternden Fingern zog sie Naisis Wolfsumhang zu sich heran. Sie deckte sich damit zu und vergrub ihre Nase im Fell. Sie wusste, dass er jetzt nach der Schlacht allein umherging, während der Schweiß und das Blut in seinen Haaren trockneten.

Naisi stand am Grund der Schlucht neben dem zerbrochenen Karren und stocherte mit seinem Stiefel in den aufgeplatzten Säcken herum. Der Fluss toste in seinen Ohren, und er konnte kaum die Rufe der Epidier hören, die über ihm auf dem Schlachtfeld ihre Verwundeten versorgten. Der Kadaver des abgestürzten Ochsen lag zwischen einigen Birken auf einem Bett zerdrückter Farnsträucher.

Noch immer pulsierte ein Rest der Euphorie des Kampfes in Naisis Körper. Seit der Auseinandersetzung mit den Plünderern hatte ihn alles auf diesen Sieg hier hingeführt – es war der Griff nach dem Ruhm, der Sprung ins Licht. Als der Siegesrausch jetzt langsam verebbte, kam er sich vor den Epidiern, die ihn voller Ehrfurcht und Bewunderung ansahen, jedoch plötzlich entblößt und hilflos vor.

Bewunderung. Das war es, wonach er strebte. Andererseits war es vor allem dieses Streben nach Ruhm gewesen, das sein Herz zum Verrat geführt hatte. Er hob sein Gesicht zum Himmel, dann presste er die Lippen fest aufeinander. *Hiermit haben wir uns wieder einen Platz unter den Kriegern geschaffen,* rief er sich ins Gedächtnis. Er dachte an Ainnle und Ardan, dachte an das Licht, das sie ausgestrahlt hatten, als sie gemeinsam gekämpft hatten. Sie hatten ein Recht auf das, was er ihnen weggenommen hatte – nur daran durfte er jetzt denken. Seine eigenen Bedürfnisse musste er zurückstellen.

Er ging in die Hocke und schlitzte die geplatzten Säcke mit seinem Dolch vollständig auf. In einem Sack befanden sich zwischen der Füllung aus zerrissener Wolle nur Brocken aus dunklem Gestein, in einem anderen winzige Kiesel aus Gold. Sie lagen schwer und kalt in seiner Hand. In ebendiesem Moment verebbte die Hochstimmung der Schlacht vollends in ihm.

Jetzt hörte er Schritte hinter sich. Er drehte sich um. Es war Carnach. Der junge Krieger der Epidier nahm seinen Helm ab – eine eiserne Halbkugel, die von einer ramponierten Pferdemähne aus Bronze gekrönt wurde – und klemmte ihn sich unter den Arm. Auf seinem blutbeschmierten, müden Gesicht lag noch immer ein verblüffter Ausdruck: »Bei allen Göttern, Mann, so habe ich noch nie jemanden durch die Luft fliegen sehen«, sagte er. »Meine Krieger sind noch immer sprachlos.« Als Naisi trotz dieses Lobs ernst blieb, legte Carnach ihm die Hand auf die Schulter. »Bei der Ehre meines Onkels. Ich werde dafür sorgen, dass der König erfährt, dass du es warst, der den Kampf entschieden hat. Was für ein Sprung! In Dunadd werden die Männer Schlange stehen, um das zu lernen.«

»Dazu braucht man jahrelange Übung«, erwiderte Naisi und starrte dabei die Überreste des völlig zerstörten Karrens an.

Carnach legte den Kopf schief und musterte ihn neugierig. Naisi war sich sehr wohl bewusst, dass die Krieger des Roten Zweiges für ihre ungewöhnlichen Fähigkeiten auch in anderen Königreichen bekannt waren. Er warf die Goldklumpen in den Beutel zurück und wischte sich den Goldstaub von den Fingern. »Ich dachte, wir würden hier Gefangene retten.«

Carnach runzelte die Stirn. »Niemand konnte mit Bestimmtheit sagen, ob die Veniconen überhaupt welche gemacht haben. Anscheinend haben sie nur Steine mitgenommen.« Er setzte seinen Helm wieder auf. »Aber was spielt das schon für eine Rolle? Mit diesem Gold hätten Söldner angeworben werden können. Der König wird deshalb in Dunadd ein Loblied auf dich singen.« Er grinste freudlos. »Wir sollten uns also so schnell wie möglich auf den Rückweg machen. Ich persönlich werde den ersten Schluck Ale mit dir trinken.«

Naisi versuchte, sein Unbehagen abzuschütteln, während sie die Felsen hinaufkletterten. Als sie wieder oben auf dem Pfad standen, begannen alle Epidier, laut zu jubeln. Jetzt dachte er an überhaupt nichts mehr.

30

Der uralte Stein rief sie jetzt unablässig mit seinem Lied. Sang von Ekstase … Verbindung … Zugehörigkeit. Macht.

Sie legte sich auf den Rücken, nutzte die Wärme der Sonne, um mit dem Stein, dem Wind und der Erde zu verschmelzen. Tagelang dachte sie an nichts, war stattdessen erfüllt von dem Herzschlag, der durch Erde und Himmel pulsierte, so als wäre das Licht hinter der sichtbaren Welt das Blut in ihren Adern. Sie beobachtete benommen, wie auch die Echos der Anderswelt, die Baum und Hügel, Bach und Felsen umgaben, im Einklang mit diesem Herzschlag pulsierten.

Von Zeit zu Zeit riss die Angst sie aus ihrer Trance. Würde sie irgendwann in den Stein hineinsinken und dann vielleicht niemals wieder erwachen … sich in den Funken aus Licht auflösen und nie wieder in ihre eigene Gestalt zurückkehren können? Das, was sie so sehr anzog, machte ihr gleichzeitig auch Angst, denn sie wusste, dass es sie verzehren konnte.

Erst als sie Augenblicke des völlig gedankenlosen Dahinfließens erlebte, erspähte sie die *sídhe*, die um sie herumschwebten. Jetzt packte sie eine ganz andere Angst: Sie fürchtete, in der diesseitigen Welt zurückgelassen zu werden, hier gefangen zu sein, falls sie allzu verzweifelt zu ihnen hinstrebte. Dieser Gedanke überschwemmte ihre Adern mit einer kalten Flut. In diesem Moment zogen sich die Funken von ihr zurück.

Wenn die Tiere des Waldes durch das Unterholz brachen oder ein Vogel über ihrem Kopf dahinflog, versuchte sie, sich in sie hineinzuprojizieren. Deren Körper und ihr Geist waren für ihren Verstand jedoch viel zu schnell. Ihr wurde bewusst, dass sie jetzt weder von Levarchams Kraft noch von ihrem eigenen verzweifelten Wunsch, Naisi zu sehen, Unterstützung erhielt. Ihre Kräfte waren erschöpft.

Stattdessen konnte sie nicht mehr aufhören zu zersplittern, immer tiefer in die sie umgebende Stille hineinzusinken, in der es keine menschlichen Stimmen mehr gab, die sie zurückriefen.

Es war ein windiger Tag. Tief hängende Wolken jagten über den Himmel. Fidech, der Jäger des Königs, starrte die drohenden Berggipfel über dem See finster an. Sein Pferd lahmte und trottete mit hängendem Kopf auf dem schmalen Pfad hinter ihm her. Als Fidech die ersten Regentopfen auf seinem Gesicht spürte, zog er die Schultern ein und knurrte etwas Unverständliches vor sich hin.

König Cinet hatte einen unstillbaren Hunger auf Luxus. Fischer, Händler und Jäger riskierten oft ihr Leben, nur um ihm von allem nur das Beste zu bringen und damit seine Gunst zu erlangen: Delikatessen aus den Tiefen des Meeres, Vogeleier von weit entfernten, steilen Klippen, seltene Pelze und Häute. Ein Jäger durfte mit einer stattlichen Belohnung rechnen, wenn er dem König für seine Sammlung das prächtige Geweih eines kapitalen Hirschs brachte.

Fidech warf seinem humpelnden Hengst einen nachdenklichen Blick zu. Das Tier war, in diesem entlegenen Tal völlig unerwartet, mit dem Bein in eine Schlinge geraten. Er hatte zwar etwas Salbe in seinem Gepäck, aber wenn das Bein ernsthaft verletzt war … Er verzog wütend das Gesicht und spuckte auf den Boden. Er würde ein ganzes Jahr lang jagen müssen, um sich ein anderes Pferd leisten zu können.

Er schlitterte einen Hang hinunter und war dabei so sehr damit beschäftigt, sein Pferd zu ermuntern, ihm zu folgen, dass er erschrocken einen Satz rückwärts machte, als er um einen Felsblock herumging und plötzlich eine Bewegung sah. Eine wahre Mähne von Haaren flatterte unter einer dunklen Kapuze hervor im Wind, darunter sah er ein geschecktes Fell. Er hob die Finger instinktiv zu einem Zeichen der Abwehr. *Calleach!*

Der Angst einflößende Geist schrie jedoch ebenfalls vor Schreck auf und wich mit dem Rücken an den Felsen zurück. Fidech starrte verblüfft in ein Paar wütender, aber nichtsdestotrotz menschlicher Augen. Dann sah er das Messer, das plötzlich in der Hand der jungen Frau schimmerte. »Willst du mich etwa umbringen?«, fragte er.

»Ich habe dich bei diesem Wind nicht kommen gehört!«

Außer dem wild flatternden Haar konnte Fidech kaum etwas erkennen. »Du solltest vorsichtiger sein, wenn du, wie ein Reh gekleidet, in den Bergen hier herumschleichst«, brummte er und zeigte dabei auf den Bogen, den er über dem Rücken trug.

»Welcher Jäger würde schon einen Pfeil von der Sehne lassen, bevor er sich überzeugt hat, welcher Art seine Beute ist«, erwiderte sie wütend.

Fidech starrte sie sprachlos und mit offenem Mund an, bis sein Hengst wieherte und mit seinem unverletzten Bein zu scharren begann. Erst jetzt fand er seine Sprache wieder. »Ich bin Fidech, der Jäger des Königs, und das hier ist sein Land. Ich kann also tun, was ich will.« Er zeigte auf sein Pferd. »Donnan ist in eine Falle geraten. Er hat eine Wunde am Bein, was bedeutet, dass ich nicht zu Talans Burg zurückreiten kann.« Er legte den Kopf schief. »Das war doch deine Schlinge, oder etwa nicht?«

Das Mädchen atmete aus. Ihr Gesicht war durch die Kapuze und ihre Haare noch immer verborgen. »Gütige Götter.« Sie hielt einen Zipfel ihres Mantels über ihr Kinn und bückte sich. Obwohl die Wut in ihrer Stimme unüberhörbar war, fuhr sie mit der Hand erstaunlich sanft am Bein des Hengstes hinunter. Zu Fidechs großer Überraschung stand Donnan dabei vollkommen still. Nur die Muskeln in seinen Schultern zuckten. Schließlich richtete sie sich wieder auf. Sie drehte jedoch sofort wieder ihr Gesicht von ihm weg, sodass er nur einen flüchtigen Blick auf ihre Stirn und Nase erhaschen konnte. »Der Muskel ist gerissen …«

»Das ist offensichtlich.«

»Wenn die Verletzung tatsächlich durch eine Schlinge entstanden ist, dann ist die Wunde verunreinigt.« Sie sah den Weg entlang, auf dem sie hierhergekommen war. »Ich sehe keine andere Möglichkeit, als dass du mitkommst, damit ich mich um das Pferd kümmern kann …«

»Und?« Er hatte Hunger, er fror, und er war müde. Im Moment war ihm alles andere egal. »Hast du noch nie etwas von Gastfreundschaft gehört, Mädchen?«

Der Blick der jungen Frau wanderte wieder zum Bein seines Pferdes. Schließlich drehte sie sich um und warf sich ihr Netz voller schlammiger Wurzeln über den Rücken. »Auch du wirst etwas zu essen bekommen«, murmelte sie. In Fidechs Ohren klang dies jedoch äußerst widerwillig.

Deirdre bot dem Jäger einen Platz an, während sie sich unter den Bündeln von Kräutern duckte, die zum Trocknen an den Deckenbalken aufgehängt waren. Die Haut des Jägers war wettergegerbt, seine schwarzen Haare angegraut. Seine Kleidung roch nach getrocknetem Blut. Sie wandte ihm den Rücken zu, um eine Lampe aus Seifenstein, die Schafsfett und einen Docht aus Binsen enthielt, anzuzünden. Die flackernde Flamme spendete nur wenig Licht, sodass sie darauf hoffen konnte, dass ihr Gesicht verborgen blieb.

Sie war in letzter Zeit so oft und so tief in diese seltsame, fließende Trance gesunken, dass jetzt der Anblick eines anderen Menschen und der raue Ton einer fremden Stimme an ihrem Bewusstsein zerrte und ihr sogar körperlichen Schmerz bereitete. Niemand – auch nicht Urp und Arda – war jemals so weit in das Tal heraufgekommen, geschweige denn ein Fremder. Heute jedoch war ein Tier durch ihre Hand zu Schaden gekommen, und das konnte sie nicht einfach ignorieren.

Sie servierte Fidech einen Haseneintopf mit Sauerampfer. Sie hielt dabei ihr Kinn gesenkt. Ihren Mantel hatte sie anbehalten und fest um sich gewickelt, obwohl sie darunter vor Hitze fast umkam. Während er das Essen hinunterschlang, ging sie zu dem Regal mit den Salben und den zerstoßenen Kräutern, die sie in ausgehöhlten Hirschknochen und kleinen Säckchen aus Leder aufbewahrte. »Ich werde mich jetzt um dein Pferd kümmern.«

Sie spürte den Blick des Mannes in ihrem Rücken. »Lass nur, das mache ich schon …«

»Nein.« Sie wandte sich von ihm ab und griff nach einer anderen Lampe. »Das Pferd ist durch meine Schuld verletzt worden. Bleib hier und trockne deine Kleidung.«

Sie ging nach draußen zu dem Unterstand, den Naisi gebaut hatte und unter dem sie ihr Feuerholz stapelten. Dort hatte der Jäger seinen Hengst angebunden.

Das Pferd stand mit gesenktem Kopf da. Das verletzte Bein hatte es angewinkelt. Sie beruhigte den Hengst mit einem alten Lied der Druiden über Flidhais, die Göttin der Tiere. Als Kind hatte sie dieses Lied immer Fintans altem Jagdhund vorgesungen und ihn dabei gestreichelt, bis er eingeschlafen war. Donnan schnaubte und schüttelte die Mähne, dann legte er seinen Kopf auf ihre Schulter. Sie stellte die Lampe auf den Boden, während sie langsam in die Hocke ging und schließlich mit überkreuzten Beinen vor seinen Vorderläufen Platz nahm. Die Wunde, die die Schlinge verursacht hatte, war im Mondlicht als dunkle Kruste zu erkennen. Als ihre Finger die Haut des Tieres berührten, zuckte es kurz, zog den Fuß jedoch nicht weg.

Als sie ihre Hände auf den geschwollenen Muskel legte, erinnerte sie sich daran, dass auch ihr eigener Körper aus Funken bestand. Der Tanz dieser Funken belebte Knochen, Haut und Blut. Sie wurden von der Energie der Blitze erhellt, die an den Nervenbahnen und Muskelfasern entlangliefen.

Sie schloss die Augen, atmete tief ein, spürte, wie sie langsam begann, in die andere Welt hinüberzugleiten ... und riss die Augen wieder auf. Ihre Herz hämmerte wild. Es fiel ihr noch immer schwer, in diesen traumartigen Zustand des Schmelzens und des sich Auflösens hineinzusinken und ihn gleichzeitig mit ihrem Willen zu steuern. Noch schwieriger war es jedoch für sie zuzulassen, dass sich die Grenzen ihres Körpers auflösten, während sich ein Fremder in ihrem Haus befand. Aber es war ihre Pflicht, diesem Pferd zu helfen. Wenn sie es nicht tat, würde es schon bald sterben. Sie dachte an Levarcham. *Segne alles, was du tust.*

Irgendjemand, irgendetwas war plötzlich bei ihr.

Die *sídhe*. Deirdre hatte das Gefühl, als würde eine unsichtbare Wolke an ihr vorbeischweben, obwohl sie lediglich ein ganz schwaches, sich auf und ab bewegendes Leuchten sah. Die Berührung weckte jedoch ihre Erinnerung daran, wie sie die Funken des Lebens ausrichten musste, damit die Quelle allen Seins als klarer, starker Strom dahinfloss.

Die verstreuten Funken ihres Ichs streiften die Aura des Pferdes. Sie spürte das zerrissene Gewebe, spürte, wie die winzigen

Funken dort einen unregelmäßigen Tanz vollführten, spürte, wie sie aus dem Takt geraten waren, wie die Schwingungen gestört waren. Blut war ausgetreten, Muskeln waren angeschwollen und Nervenstränge zerrissen.

Segnen. Das war ein Akt des Willens. Ihr Herz öffnete sich und füllte sich mit Ehrfurcht, mit Liebe zu diesem wilden Geschöpf, mit Kummer, weil sie es verletzt hatte. Sie hatte schon Tausende von Malen etwas gesegnet … diesmal aber spürte sie die Quelle allen Seins. Sie rief sie aus der Welt um sich herum herbei, um sie dann zu konzentrieren und zu einem einzigen Strom aus Licht zusammenzuführen. Da war jedoch noch mehr; da war ein intensives Strahlen, das zwischen den Funken in der Luft lag. Vielleicht kam es von den Schleiern *hinter* dieser Welt. Licht aus der Anderswelt.

Der Segen floss aus ihren Handflächen, und ein Teil ihres Bewusstseins bewegte sich ganz instinktiv zwischen den Funken, aus denen das Gewebe des Hengstes bestand, hin und her. Sie sah, wie es von dem Strom aus Licht belebt wurde. Dann schwebte eine *sídhe* an ihr vorbei, und in ihrer Schleppe aus Licht sah Deirdre ein ätherisches Pferd, so wie sie damals den Geisterhirsch gesehen hatte.

Mit einem Mal verstand sie.

Jede Kreatur in der diesseitigen Welt war das Echo eines Geister-Tieres aus der Anderswelt. Der Hengst sehnte sich nach der Berührung seines Geistes, dessen Erinnerung in jedem Funken seines Körpers eingeprägt war.

Sie konnte die Risse in seinem Muskelgewebe nicht einfach durch ihre Berührung heilen. Stattdessen musste sie einen Faden zum Geist des Pferdes in der anderen Welt spinnen. *Hier*, beruhigte sie sich selbst. *Spüre seine Lebenskraft, verbinde die Fäden.*

Der Strom der Quelle allen Seins, den sie durch den Körper des Pferdes lenkte, zog die aus dem Takt geratenen Funken in dem zerrissenen Gewebe an. Sie wurden aufmerksam, erinnerten sich an das, was sie ursprünglich gewesen waren. Dann begannen sie wie eine Harfensaite im Einklang mit dem Takt dieses Liedes zu schwingen, das sie veranlasste, wieder eins zu werden.

Deirdre war sich verschwommen bewusst, dass das Fell des Hengstes unter ihren Fingern bebte.

Sie kam nur langsam wieder zu sich. Ihr Kopf fühlte sich schwer an, und als sie ihn bewegte, schien ihr Körper einen Moment lang hinter ihrem Geist zurückzubleiben, so als wäre dieser noch nicht wieder ganz in ihren Körper zurückgekehrt.

Sie öffnete blinzelnd die Augen und sah noch immer eine schimmernde Aura, die das Pferd und ihre Hände umgab. Als sie jedoch noch einmal blinzelte, war da nur noch das Licht des Mondes.

»Bei Taranis ... was machst du denn da?«

Ihre Hände zuckten zurück. »Ich verbinde die Verletzung«, sagte sie über die Schulter gewandt und hoffte, er würde nicht näher kommen. Ihre Zunge fühlte sich unbeholfen an, und es fiel ihr schwer, die Worte zu formen. Sie griff in die Schüssel mit warmem Wasser, die neben ihr stand und in der Schafgarbe und ein Sträußchen Beinwell schwammen. Der Hengst stand jetzt mit erhobenem Kopf da, die Ohren gespitzt, so als hätte irgendetwas seine Aufmerksamkeit erregt.

»So hat mir das aber ganz und gar nicht ausgesehen.«

Gütige Götter, wenn er sie doch endlich in Ruhe ließe. »Ich wurde von einer Druidin unterrichtet. Es gibt gewisse Dinge, die man tun muss, bevor man eine Wunde reinigt – Gebete zu den Göttern sprechen zum Beispiel.« Sie hielt inne. »Und diese Dinge sollte man am besten allein tun.«

Hinter ihr blieb es still. Schließlich hörte sie, wie der Jäger sich langsam entfernte. Sie verband das Bein des Hengstes. Dann atmete sie ein paarmal tief ein, damit die kalte Luft ihren Verstand klar werden ließ, bevor sie wieder ins Haus zurückging. Ihr Körper prickelte jetzt vor Hitze. Sie konnte sich nicht länger vermummen. Also sei es so. Sie stellte die Lampe auf den Herdstein, zog den Mantel aus und wusch ihr brennendes Gesicht mit kühlem Wasser aus dem Gefäß, das neben der Tür stand.

Fidech starrte ihren Rücken an. »So etwas habe ich noch nie gesehen.« Die Aggressivität in seiner Stimme war jetzt tiefer Ehrfurcht gewichen. »Ist er wieder gesund?«

Sie strich sich mit nassen Händen die Haare zurück. »Einen solchen Zauber beherrscht niemand. Aber mit ein wenig Glück wird die Wunde schon bald von selbst zu heilen beginnen.«

Der Jäger nagte an seiner Unterlippe. »Ich muss morgen in alle Frühe aufbrechen. Aber wenn mein Hengst lahmt, hält er mich nur auf. Ich werde ihn also erst einmal bei dir lassen.« Er sah sie neugierig an, aber ihre feuchten Haare schirmten noch immer ihre Wangen ab. »Ich werde wiederkommen, um ihn zu holen.«

Ihr geschrubbtes Gesicht wurde immer heißer. Schließlich drehte sie sich zu ihm um. Seine von tiefen Fältchen umgebenen Augen weiteten sich. Sie war sich bewusst, dass ihr Kittel feucht vom Schweiß war, und verschränkte deshalb die Arme vor ihrer Brust. Dann räusperte sie sich und sagte: »Ich hoffe, dass du dann auch mit meinem Ehemann sprechen kannst.«

Er machte ein langes Gesicht. »Ehemann?«

»Natürlich.«

»Ich habe angenommen, dass du hier oben ganz allein lebst.« Sie versuchte, unter seinem forschenden Blick nicht nervös zu werden. »Du gehst in den Bergen auf die Jagd, und du heilst ein Pferd durch Handauflegen. Was machst du sonst noch?«

Jeder einzelne Muskel in ihren Schultern hatte sich inzwischen angespannt. »Mein Mann und seine Brüder genießen hier oben ein ruhiges und friedliches Leben. Und ich tue das auch.« Sie hatte eigentlich nicht *Brüder* sagen wollen, aber sie hatte die drei sofort im Geiste vor sich gesehen, nebeneinanderstehend wie eine Reihe von Schilden.

Der Blick des Jägers lag jetzt auf den Haken, die in den Lehmmörtel über der Tür eingelassen waren. Der Ruß des Feuers hatte die steinernen Wände dunkel werden lassen, und im matten Licht der Lampe war der schwache Umriss von Naisis Schwert zu sehen. Deirdre folgte seinem Blick, während Fidech sich nachdenklich seinen drahtigen Bart kratzte. Dann wanderte seine Aufmerksamkeit zu den Fischreusen, zu den Netzen aus Krähenbeere und schließlich zu den langen Stiefeln, die neben der Tür standen. »Dein Mann hat großes Glück, eine Frau mit solch einzigartigen Begabungen gefunden zu haben.«

»Ich bin es, die Glück hat«, entgegnete sie ihm mit Nachdruck. »Er ist der beste Gefährte, den eine Frau sich wünschen kann.«

»Auch wenn er dich allein und ohne Schutz hier zurücklässt?«

Sie sah ihn ruhig an. »Er hat auch anderen gegenüber Verpflichtungen. Und ich bin nicht so schwach, dass ich ihn an mich binden muss.« Sie lächelte ihn voller Stolz an. »Wir sind stark, weil wir miteinander verbunden sind, auch wenn wir nicht zusammen sind.«

Sein Blick wanderte noch ein paarmal zwischen ihr und dem Umriss des Schwerts an der Wand hin und her. »In der Tat.«

Fidech warf sich spät in der Nacht in seinen Schlaffellen am Feuer hin und her. Das Mädchen hatte sich in das andere Haus zurückgezogen, aber jedes Mal wenn er die Augen schloss, sah er die Linie ihres Nackens, als sie mit diesem bezaubernden Lächeln ihr Gesicht zum Mond erhoben hatte. Er hatte noch nie solch strahlende Haut und solch funkelnde Augen gesehen, noch nie Gesichtszüge, die im Schein des Feuers von innen heraus zu leuchten schienen. Sie war erstaunlich und verwirrend – noch nie im Leben war er so einer Frau begegnet.

Er schüttelte das klumpige Kopfkissen aus Farn auf und bettete dann seinen Kopf neu. Sie hatte ihm an ihrem Herd etwas zu essen angeboten, und das war ein heiliger Akt. Jetzt durfte er sie nicht mehr anfassen, denn er wusste, dass ihn dann die Götter der Jagd im Stich lassen und die *calleach* ihn verfolgen würde, bis er in einen Abgrund stürzte.

Am nächsten Tag stand er in aller Frühe auf und bedankte sich bei ihr. Sie hatte ihre Kapuze aufgesetzt, sodass es ihm versagt blieb, sich nun auch bei Tageslicht an ihrem Anblick zu erfreuen. Als er ging und sich noch einmal umdrehte, wurde sie allmählich von den morgendlichen Dunstschleiern verschluckt, bis er sich schließlich sogar fragte, ob er das Ganze nur geträumt hatte.

Seltsame Gedanken verfolgten ihn den ganzen Weg am See entlang. Eigentlich hatte er mit einem Boot zum Dorf Awe fahren wollen, jetzt jedoch änderte er seine Meinung und lenkte seine Schritte stattdessen nach Süden, in Richtung Dunadd.

Die Brüder verließen Dunadd, kaum dass das Ale auf ihren Lippen getrocknet war. Die Loblieder waren gesungen, der Eber verspeist. Cinet hatte sich bei ihnen mit einem zynischen Lächeln bedankt. Der Stolz, den Naisi empfand, als er sah, wie man seine Brüder pries und wie ihre Augen daraufhin leuchteten, linderte den Schmerz in seiner Seele.

Die Klarheit kam mit der Morgendämmerung zurück, die hell und kalt war wie der Morgenstern. Ihm wurde bewusst, dass er Deirdre jetzt schon seit fast zwei Wochen allein gelassen hatte. Er drängte seine Brüder zum Aufbruch, genauso begierig darauf zurückzukehren, wie er es gewesen war, sein Zuhause zu verlassen.

Das Feuer der Schlacht und das Vergnügen der rauen Siegesfeier belebten ihre Unterhaltung. Sie sangen fröhliche Lieder, als sie von Dunadd aus zuerst nach Norden in Richtung des Loch Awe und dann weiter an seinen Ufern zu dem schmalen Pass gingen, der zu ihrem See führte. Im Dorf am See starrten die Menschen sie und ihre strahlenden Gesichter verblüfft an. Diesmal versteckten sie ihre Schwerter auch nicht, sondern trugen sie offen und stolz zur Schau.

Sie konnten einen Fischer, dem sie einen Fingerring aus Bronze als Bezahlung anboten, dazu bewegen, sie bis zum anderen Ende ihres Sees zu fahren. Inzwischen war es bereits dunkel geworden, und Ardan und Ainnle boten deshalb ihrem Fährmann ein Bett für die Nacht an, während Naisi die letzten Schritte voller Vorfreude nach Hause rannte.

Sie war beim Licht der mit Schafsfett gefüllten Lampe eingeschlafen und lag zusammengerollt in ihren Pelzen. Seine Augen gewöhnten sich gerade erst an das schwache Licht der flackernden Flamme, als sie plötzlich aus dem Schlaf fuhr. Ihre Augen waren weit aufgerissen und glasig. Einen Augenblick später warf sie sich ihm mit einem leisen, tierähnlichen Wimmern entgegen. Sie schob sein Hemd zurück, ihre Nase trank seinen Geruch, ihre Beine wickelten sich um ihn. Er ließ sein Bündel einfach fallen, damit er ihre Hüften mit beiden Händen halten konnte. Dass sie unter ihrem Hemd nackt war, merkte er erst, als er mit seinen Händen ihre Pobacken umschloss und nur warme, glatte Haut fühlte.

Er ließ ihre Füße langsam auf den Boden gleiten, schnallte seinen Schwertgürtel und den Speerbehälter ab, während sie ihre Nase an seinen Hals drückte. Seine Hände spürten die Rippen unter ihrer Haut und ihr hervorstehendes Rückgrat, aber er vergaß seine Sorge um sie, als sie ihm unterhalb des Ohres in den Hals biss und ihre Hände an der Verschnürung seiner Hose zogen. »Deirdre!« Überrascht von ihrem Ungestüm, lachte er auf.

Schon einen Moment später umschlossen ihre Finger sein Glied, das unter ihrer Berührung sofort zum Leben erwachte und mit einer Flut von Hitze anschwoll. Er schüttelte seine Hose von seinen Knien und Knöcheln und schob Deirdre dabei rückwärts auf das Bett zu. Dort gelang es ihm, ihre Arme von ihm zu lösen. Er warf sie auf die Felle, wo sie mit wirren Haaren und glasigen Augen liegen blieb.

Naisi starrte sie an. Sie hatte noch einmal abgenommen. Ihr Gesicht war eingefallen. Ihr Kinn war spitz wie das eines Fuchses, ihre Wangenknochen standen hervor. Dieser wilde Ausdruck in ihrem Gesicht und diese Augen, die direkt durch ihn hindurchzusehen schienen, ließen ihn sich unwillkürlich fragen, in welchen Träumen sie gerade gewandert war. Eine abergläubische Angst prickelte in seinem Nacken. War sie vielleicht doch eine *calleach*, so wie Adra gesagt hatte, die sich voller Leidenschaft auf ihn stürzen und dann mit einem geisterhaften Lachen verschwinden und ihn allein lassen würde? Sein Gewissen meldete sich zu Wort. *Wer außer ihm selbst war denn daran schuld, wenn sie weit weg gewandert war?* Er selbst war doch auch gewandert, angetrieben vom Hohn und Spott seiner eigenen dunklen Geheimnisse.

Sie unterbrach ihn in seinen Gedanken, als sie ihm den Kittel über den Kopf zog und ihn dabei in den Bauch kniff. Seine Schuldgefühle durchbohrten ihn wie ein Speer, der sie beide miteinander verband, als er sich auf sie legte. Sie fasste ihn um den Nacken, presste ihren Mund auf seine Lippen, saugte an seiner Zunge.

Bring mich zurück. Ihre Stimme.

Er wusste nicht, ob sie ihm diese Worte ins Ohr geflüstert hatte oder ob es ihre Gedanken waren, die er hörte, weil sich die Grenzen zwischen ihrem und seinem Verstand aufzulösen begannen. *Gütige Götter! Ja, bring mich zurück,* wiederholte er und presste seinen Mund auf den ihren. Sie wehrte sich gegen seine Arme, während sie gleichzeitig seine Zunge verschlang. Er hatte das Gefühl, eine zornige Wildkatze in den Armen zu halten … ja, eine unglaublich zornige Wildkatze, die jetzt mit den Krallen über seinen Rücken kratzte und wild um sich trat. Er hielt ihre

Beine mit seinen eigenen fest, und ihre vergebliche Gegenwehr ließ ihn nur noch mehr entflammen.

Das Bett stand an der Wand. Naisi drückte Deirdre gegen das Mauerwerk, stützte sich mit beiden Händen ab und stieß in sie hinein. Sie wollte keine Zärtlichkeiten, sie wollte gezähmt werden. Als sie keuchte und ihm ihre Hüfte entgegenhob, griff er in ihre Haare und drückte ihr Gesicht an seine Schulter, sodass er noch tiefer in sie eindringen konnte. Sie schrie auf. Der Schrei war eine Herausforderung, in die Dunkelheit geschleudert, und die Wildheit, die in ihm lag, ließ ihn die Kontrolle über sich völlig verlieren. Er brüllte laut, als er zum Höhepunkt kam. Obwohl er sich keine Zeit genommen hatte, sie langsam zu erregen, warf sie jetzt den Kopf zurück und stieß ein lustvolles, kehliges Knurren aus. Das Flattern in ihrem Hals, das er unter seinen Fingern spürte, war dabei das Echo der sich verkrampfenden Muskeln tief in ihrem Inneren.

Sie sanken wieder aufs Bett zurück, keuchend und noch immer miteinander verbunden. Einen benommenen Augenblick lang fürchtete Naisi sich selbst vor der Wildheit, die er gerade ausgelebt hatte. Er wusste nicht, ob er ihr wehgetan hatte. Als sie beide wieder ruhiger atmeten, rollte sie sich zusammen und legte seine Arme auf ihren Rücken. »Es tut mir leid …«, hörte er sie flüstern. »Aber ich musste mich einfach erinnern … musste mich an dich erinnern …«

Er stützte sich auf den Ellbogen und berührte zärtlich ihr Gesicht. »Deirdre«, sagte er sanft.

Sie holte bebend Luft, dann drehte sie sich zu ihm um. Jetzt sah ihr Gesicht wieder so aus, wie er es kannte. »Es ist deine Schuld«, sagte sie heiser, und auch ihre Stimme klang jetzt wieder so wie sonst. »Wenn du dabei nicht so gut wärst, würde ich nicht so sehr danach verlangen.«

Er strich ihre Haare glatt, die wie Wasser unter seinen Fingern schimmerten. »Eine Frau, die ihr Feuer zeigt, ist für einen Mann wie ein guter Schluck Met.« Er hielt inne. »Ich habe keine Angst davor.« Und die hatte er jetzt auch tatsächlich nicht mehr, denn die Leidenschaft hatte diesen nagenden Schmerz in ihm einer ungezügelten Erlösung zugeführt. Vor seinem inneren Auge sah er sich wieder auf dem Karren stehen. Jetzt endlich konnte er dieses Hochgefühl genießen, ohne dass auch nur ein Schatten von Schuld und Scham darauf fiel …

Deirdre fuhr mit dem Finger über eine Narbe an seinem Arm, hielt dann inne. Ihr Gesicht lag jetzt an seiner Schulter. »Du hast so viele Narben.« Sie schwieg einen Moment. »Woher hast du diese hier?«

Sein Verstand war durch das Feuer der Hingabe noch getrübt, und so fiel ihm der seltsame Unterton in ihrer Stimme nicht auf. »Ein Krieger aus Connacht hat meine Deckung unterlaufen. Das war vor zwei Jahren. Glücklicherweise hat er nur meinen Arm und nicht meine Seite erwischt. Und das hier war meine erste Schwertwunde.« Einen Atemzug lang spürte er in seinem Brustkorb wieder diese Leere. »Ich war damals erst vierzehn, und es war mein erster Kampf. Ich hatte viel mehr Angst, als ich zugeben wollte, und ich leerte den Inhalt meines Magens auf die Stiefel meines Gegners. Das hat seinen tödlichen Schlag lange genug verzögert, damit Cúchulainn ihn niederstrecken konnte.« Er berührte die Narbe, während der Schmerz in seinem Inneren anstieg und verebbte. *Roter Zweig.*

»Und das da?« Ihre Hand wanderte zielsicher zu einem Wulst in seiner Kniekehle, so als hätte sie sich bereits jede seiner Narben eingeprägt.

Er schob ihre Hand weg. »Ich … äh … war mit irgendetwas beschäftigt und bin über einen Stock gefallen. Das war keine Klinge.«

Deirdre schwieg. Dann zog sie langsam eine Haarsträhne von

ihrem Mund weg, das Kinn lag noch immer auf seiner Brust. »Das, was wir gerade getan haben, hast du sicher schon mit vielen anderen Mädchen gemacht.«

Die plötzliche Schärfe in ihrer Stimme irritierte ihn, also versuchte er, so unbeschwert wie möglich zu klingen. »Hast du schon einmal gesehen, wie Urps Schafe sich den Rücken an einem Baum scheuern?«, murmelte er und wandte ihr den Kopf zu. »Diese Mädchen zu nehmen war genauso: vorher ein Jucken, dann Befriedigung und schon bald wieder vergessen.«

Er spürte, wie sich ihr Kehlkopf bewegte, als sie schluckte. Dann rollte sie sich auf den Rücken und sah ihn an. »Du kratzt dich also an mir, weil es dich juckt, und schon bald wirst du mich vergessen haben?«

Ein herausfordernder Unterton lag in ihren Worten, auch wenn die Andeutung eines Lächelns ihre Lippen umspielte. Er starrte sie an. Die Leidenschaft hatte ihre Wangen mit einem feinen Schweißfilm überzogen. Ihr feuchtes, goldenes Haar umrahmte ihre Augen, in denen plötzlich ein Hauch von Unsicherheit lag. Ihr Mund war leicht geöffnet, so als wolle sie selbst jetzt noch kosten, wie er schmeckte. *Niemals vergessen.* Er schloss die Augen, um ihrem intensiven Blick auszuweichen, und küsste ihre Stirn. »Nein. Mit dir ist es, wie in einem Ozean zu ertrinken.«

Sie ließ diesen Satz unbeantwortet. Mit jedem Moment, in dem das Schweigen zwischen ihnen anhielt, fühlte er sich verwundbarer und entblößter. Er legte sein Gesicht neben das ihre aufs Kopfkissen. Die flackernde Lampe ließ seltsame Schatten über ihr Gesicht huschen. Wo war sie gewesen, während er fort war? *Wer war sie?* Nein! Es war nur die Angst, die ihm diese Gedanken einflüsterte. Er würde nicht darauf hören.

»Naisi«, sagte sie nach einer Weile, während sie den Blick von ihm abwandte und die Schatten ansah, die auf der Wand tanzten. Dann holte sie tief Luft und erzählte ihm von dem Besuch des königlichen Jägers und von dem Pferd, das hinter dem Haus stand.

Naisi war zutiefst entsetzt darüber, dass man Deirdre gesehen hatte. Sie verteidigte sich, sagte, dass sie kein Tier Schmerzen leiden lassen dürfe, dass das die Quelle allen Seins stören würde.

Er wollte die Leidenschaft zwischen ihnen bewahren. Da er sich ihrer jetzt aber nicht mehr sicher war, legte er eine Hand auf ihren Busen, damit sie zu diskutieren aufhörte. Seine braunen Finger spreizten sich besitzergreifend über die helle Brust. Deirdre zuckte zusammen und starrte die so unterschiedliche Haut an. »Du wirst diesen Mann niemals wieder zu Gesicht bekommen, da bin ich mir sicher«, murmelte Naisi. »Also vergiss ihn einfach!«

Sie legte ihre Finger auf die seinen, während sie noch immer ihre weiße Brust in seiner braunen Hand anstarrte. Blut stieg ihr in die Wangen. »Das mache ich nur allzu gern.«

Er wollte sie jetzt nur noch spüren. Sein Verstand war zu müde für Worte. Er streckte die Hand nach dem Binsendocht der Lampe aus, um die Flamme mit den Fingern zu löschen. Er hielt Deirdre in den Armen, als sie beide in den Schlaf hinüberglitten. Erst jetzt fiel ihm ein, dass er vergessen hatte, ihr das Wichtigste zu sagen. »Wir haben gesiegt«, sagte er.

Es folgte eine Pause. »Das weiß ich.«

Aus der lärmenden Menschentraube an der Tür zu Cinets Halle löste sich ein Mann. Nachdem der Verwalter ihm bedeutet hatte näher zu kommen, trat er vor und machte dann vor dem großen Thron aus Eichenholz einen Kniefall, während er seinen Bogen zum Gruß vor die Brust hielt.

Cinet sah ihn mit trüben Augen an. Sein Kopf schmerzte, denn er hatte an diesem Abend schon sehr viel Ale getrunken. »Sag mir, was du mir aus den Bergen mitgebracht hast, Jäger.«

Fidech verbeugte sich noch einmal und drückte dabei seinen

Bogen noch fester an seine Brust. »Mein Pferd hat sich am Bein verletzt und lahmt, Mylord. Ich war deshalb nicht in der Lage, Geweihe oder Pelze für dich zu beschaffen.«

Cinet runzelte die Stirn. Er hatte gerade eine Gruppe von Händlern eines Stammes, der weit oben im Norden lebte, empfangen und gehofft, bei ihrem König ein prächtiges Geweih gegen den Pelz des sagenhaften weißen Bären aus Island eintauschen zu können. Er hatte sich bereits vorgestellt, wie der schimmernde Pelz auf seinen Schultern lag, sodass er aussah wie ein Gott. »Dann bin ich überrascht, dich überhaupt hier zu sehen«, knurrte er.

Aus der schmutzigen Lederkleidung des Jägers drang der Geruch von Schweiß und altem Blut, gemischt mit einer Spur von Feuchtigkeit und Salz aus seinen Haaren. Cinet störte das nicht allzu sehr, denn es erinnerte ihn an das wilde Land draußen vor seiner Halle mit all diesen Speichelleckern, die seine Gunst suchten. Die widerlichen Parfums seiner Frauen und der fettige Dampf, der von den Bratspießen aufstieg, verursachte ihm plötzlich Übelkeit. Er zerrte an seinem Gürtel, angewidert von dem Speck, der sich darüber wölbte.

»Weil ich etwas entdeckt habe, das dir gefallen wird, Mylord«, sagte Fidech mit seiner kratzigen Stimme und sah den König dabei nervös an.

Cinet grunzte, während sein Blick auf den Tänzerinnen lag, die mit starren Gesichtern um das Feuer herumsprangen. Er hatte diese dunkelhäutigen und glutäugigen fremdländischen Sklavinnen gegen Gold eingetauscht. Die Krieger sahen ihnen fasziniert zu, aber Cinet war dieses gekauften Fleisches bereits überdrüssig. Ihm tat es nur noch um das viele Gold leid, das sie ihn gekostet hatten.

»Mein König hat einen guten Geschmack, was Frauen angeht«, sagte Fidech, dessen Blick zu den geschmeidigen Tänzerinnen gewandert war.

»Und wenn schon?«, fuhr Cinet ihn barsch an. All dieses Gezappel, und er war zwischen seinen Beinen *noch immer* weich wie roher Teig. Die verdammten Schlampen versuchten ihn alle immer nur auf dieselbe Art und Weise zu befriedigen. Das Ale machte seinem Kopf immer mehr zu schaffen. Die Halle hatte schon mehrmals auf höchst beunruhigende Weise zu schwanken begonnen. »Spuck's schon aus, Mann.«

Ein durchtriebener Ausdruck lag plötzlich auf Fidechs wettergegerbtem Gesicht. »An einem stürmischen Tag ist mir in den Bergen des Grenzlandes ein Mädchen begegnet, das ebenso wild war wie der Wind.«

Cinet sah ihn skeptisch an. Sein Jäger hatte wohl zu vielen Barden gelauscht. »Und du hast sie natürlich gleich aufs Kreuz gelegt, nicht wahr?«

Fidech schüttelte seinen struppigen Kopf. »Für jemanden wie mich ist sie zu weit entfernt – eine außergewöhnliche Schönheit mit goldenen Haaren, heller, schimmernder Haut und dem Blick einer Wildkatze.« Fidechs Blick schweifte in die Ferne. Er schien in Gedanken irgendetwas noch einmal zu erleben und dabei offensichtlich vollkommen vergessen zu haben, dass er gerade mit dem König sprach. Und genau das war es schließlich, was Cinets Aufmerksamkeit weckte.

»Sie lebt allein auf einem Berg, unberührt von den seichten Dingen, die die Frauen sonst beschäftigen«, fuhr Fidech fort und begann, sich dabei sichtlich für dieses Thema zu erwärmen. Cinet warf einen kurzen Blick zur Seite, als zwei seiner Bettgefährtinnen sich um den Platz auf den Kissen zu seinen Füßen zu streiten begannen. »Sie ist eine Jägerin, geschmeidig und geschickt, und sie lebt dort oben in der Wildnis wie eine *calleach*. – Dafür hatte ich sie auf den ersten Blick auch gehalten, bis ich, als ich an ihr vorbeiging, die Wärme spürte, die ihr Körper ausstrahlte.« Fidech fuhr sich geistesabwesend mit der Zunge über die Lippen, und Cinet gelang es nicht mehr, seinen Blick von diesem gierigen Gesicht zu nehmen. Die Tatsache, dass eine bloße Erinnerung diesen sonst so mürrischen und verschlossenen Jäger seine Umgebung ganz und gar vergessen ließ, machte ihn neugierig. »Und sie hat heilende Hände. Sie hat mein Pferd in einer einzigen Nacht geheilt. Sie ist ganz anders als die Frauen von Alba. Sie ist ein ungezähmter Geist. Die anderen Könige werden dich beneiden, wenn sie dir das Fleisch eines Tieres serviert, das sie mit ihrem eigenen Bogen erlegt hat, und wenn sie deine Leiden mit ihren Händen heilt.«

»Du hörst dich an, als hättest du sie bereits gehabt.« Cinet sah ihn durchdringend an, obwohl sein Atem auf überaus angenehme Weise schneller ging. »Warum willst du diese Schönheit nicht für dich behalten?«

Fidech kam wieder zu sich und senkte den Kopf. »Weil sie vermählt ist und nur ein König eine solche Frau an seine Seite befehlen könnte.«

Cinet grinste. »Ich wühle doch nicht im Schlamm von Schafhürden herum.«

»Sie ist mit einem großen Krieger verheiratet.« Das ließ Cinet aufhorchen. »Auch wenn ich seinen Namen und den seiner Brüder nicht herausgefunden habe.« Fidech setzte das Ende seines Bogens auf dem Boden auf. Seine Schultern sackten nach vorn, als die Leidenschaft in ihm verebbte.

Cinet runzelte die Stirn. »Wo sagtest du, hast du dieses Mädchen gesehen?«

»Im tosenden Tal.«

Cinet drehte sich um und starrte die Tänzerinnen an. Ihre wirbelnden Bewegungen brachten das Ale in seinem Magen in Bewegung. Er rieb sich den Bauch und rülpste laut. Vielleicht sollte er nach draußen gehen. Dort konnte er dann nach dem Jäger in sich suchen. Dem Jäger, der noch irgendwo unter seiner wachsenden Leibesfülle versteckt war. Nach dem Krieger, der einst tagelang laufen und Berge erklimmen konnte.

Draußen in der klaren Luft würde er sich bestimmt nicht mehr so schwerfällig fühlen … weniger *alt* … und bereit, diesem aggressiven jungen König der Veniconen entgegenzutreten. Er brauchte etwas Neues, damit sein Schwanz wieder stand wie früher und ihn mit der Kraft erfüllte, die er brauchte, um in den Schlachten, die schon bald zu schlagen waren, zu triumphieren.

»Brüder«, murmelte er.

31

Die Stimmung auf dem Beltaine-Fest in Emain Macha war mehr als gedämpft. Eigentlich hätte fröhlicher Lärm und trunkenes Gejohle die Jahreszeit der Wärme und des Wachstums ankündigen, hätten stampfende Füße den Göttern der Fruchtbarkeit einen wirbelnden Tanz darbieten sollen. Stattdessen war jedoch nur das Muhen der Rinder in der rauchgeschwängerten Abenddämmerung zu hören, als sie zwischen zwei großen Freudenfeuern hindurchgetrieben und dabei von den Druiden gesegnet wurden. Schon kurz darauf kehrten die Adeligen und die ranghohen Krieger zum Festschmaus in ihre eigenen Burgen zurück. Sie zogen es vor, ihren Groll an ihrem Feuer zu hegen.

Auf Dun Dalgan, wo Cúchulainn mit seinen Leuten feierte, platzte ein schlammbespritzter Bote mitten in das Fest. Er war unter einem wolkenverhangenen Abendhimmel über Wege galoppiert, die der Frühlingsregen in Matschflächen verwandelt hatte. Der Mann kniete nieder, um Cúchulainn seine Nachricht zu überbringen. Das Trillern der Knochenpfeifen und der dumpfe Schlag der Trommeln verstummte.

Connacht war aus seiner Starre erwacht. Eine Gruppe von ungefähr hundert Plünderern hatte ein entlegenes Gehöft im Südwesten überfallen. Das verletzte den Frieden des heiligen Festes und traf die Ulaid deshalb auch völlig unvorbereitet. Die Krieger des Roten Zweiges hielten sich allesamt auf ihren Burgen auf, und die waren über das ganze Land verstreut.

Der Wachhund brach das Fest sofort ab und schickte seine eigenen Boten los. Emers Kuss war diesmal sowohl heftig als auch besorgt. Er hielt einen Moment inne, um sie noch einmal mit seinem breiten Lächeln zu bedenken, dem Lächeln, das sagte: *Mir wird bestimmt nichts passieren; wir werden uns schon bald wiedersehen.*

Am folgenden Nachmittag schritt er auf den Erdwällen der Tore der Macha hin und her, wobei er vor Anspannung mit den Zähnen knirschte. Er hatte nicht einmal geschlafen, da er mit seinen Männern so schnell wie möglich hier sein wollte. Wo aber waren die anderen? Schließlich traf Conall mit einer Handvoll Krieger ein. »Warum kommst du erst jetzt?« Cúchulainn fuhr sich nervös mit den Händen durch die Haare.

Conall saß ab. Seine Augen waren rot. »Ich dachte, es ginge hier wieder einmal um die Söhne des Usnech. Dein Bote hat mich aus dem Schlaf gerissen, und der war tief. Dafür hat das Ale letzte Nacht schon gesorgt.«

Dann kam Fergus mit seinen beiden Söhnen – Buinne, dem Roten, und dem jüngeren Illan. Sie hatten sich wegen der unberechenbaren Launen des Königs auf ihre Burg oben im Nordwesten zurückgezogen. »Conor sagt kaum noch ein Wort. Er schleicht ständig umher und betäubt seinen Schmerz mit Ale«, beklagte sich Fergus bei Cúchulainn, als sie beide allein auf dem

Wall standen. »Seit Samhain kann er mir kaum noch in die Augen sehen. Ich muss ständig auf Illan aufpassen, damit er in seinem Zorn keine Dummheit macht. Ich musste mich sogar dafür verbürgen, meine Söhne jetzt von ihm fernzuhalten.«

Noch ein Bruch, dachte Cúchulainn. Der Schmerz in seinen Eingeweiden erinnerte ihn an Ferdias Abwesenheit. Er wusste, dass dieser auf dem Weg nach Alba auf hoher See in einen Herbststurm geraten war und es mit knapper Not zu Skathas Insel geschafft hatte. Die Witterungsverhältnisse zwangen ihn, dort zu überwintern. Die Nachricht hatte ein unerschrockener Händler Cúchulainn überbracht.

Noch ein Kampfgefährte, der jetzt nicht an Cúchulainns Seite war. Und auch daran war Conor schuld.

Fergus stieß seinen Speer in die Erde des Walls. Seine grauen Haare flatterten im Wind. Er hatte zwanzig Krieger mitgebracht, die sich jetzt mit ihren Pferden innerhalb des Schutzwalls aufhielten. Cúchulainn zählte die Männer seiner Truppe. »Es sind nicht alle gekommen, die ich gerufen habe. Kann es tatsächlich sein, dass sie wegen ihrer Meinungsverschiedenheiten die Ulaid im Stich lassen?«

Fergus räusperte sich und spuckte in den Schlamm, dann blinzelte er mit trüben Augen in die tief stehende Sonne, die gerade durch den Nieselregen brach. Er rieb sich mit der Hand über sein rotes Gesicht, um einen klaren Kopf zu bekommen. »Die Männer meiden Emain Macha und den Roten Zweig, soweit es ihnen möglich ist, Wachhund. Sie wollen weder gegen die Söhne des Usnech Stellung beziehen, weil sie wissen, dass sie dich damit verärgern, noch wollen sie die drei unterstützen und so den König gegen sich aufbringen. Sie fragen sich, was passieren würde, wenn Naisi und seine Brüder eines Tages die Gunst des Königs wiedererlangen.« Er machte jetzt ein noch finstereres Gesicht. »Und einige sind inzwischen so verbittert, dass sie jeden Aufruf im Namen des Königs ignorieren, ganz egal, worum es geht.«

»Was? Sie gefährden damit doch nur die Ulaid.« Cúchulainn ging auf und ab, machte seiner Frustration mit schweren Schritten Luft. »Wer so niederträchtig und feige denkt, dem sollte man auf der Stelle die Burg und den Schild des Roten Zweiges wegnehmen!«

Irritiert durch Cúchulainns Wutausbruch, wich Fergus einen Schritt zurück. »Allein die Götter wissen, was Conor durch diese Obsession zu gewinnen glaubt. Kein Mann ist mehr der Meinung, dass er seine Königswürde behalten sollte. Er hat weder das Recht dazu, noch hat er die Loyalität seiner Männer.«

Cúchulainn gelang es nur mit Mühe, seinen Zorn zu kontrollieren. Er sah den früheren König an und schöpfte aus Fergus' Stärke Mut. »Ich habe gehört, dass du damals, als du noch König warst, immer versucht hast, das Beste für die Ulaid zu tun.«

»Bis ich den Fehler machte, die Aufgabe, sie zu schützen, einem anderen zu übergeben«, murmelte Fergus und starrte über die Hügel, die noch von den letzten Regenschleiern verhüllt waren.

Cúchulainn drehte sich um. Cormac, der älteste Sohn des Königs, ritt an der Spitze einer Reihe von Kriegern, die Conor geschickt hatte, in die Festung. Er wurde von seinem jüngsten Bruder Fiacra und einer Gruppe von Kriegern des Roten Zweiges begleitet. Der Wachhund erkannte unter ihnen Dubthach, Maine, Curoi, Lugaid, Aengus, Fachtna und Brecc. Dreißig Krieger des Roten Zweiges waren dem Ruf gefolgt. Mit ihrem Gefolge zusammen belief sich die Zahl der Kämpfer auf knapp einhundert. *So wenige vom Roten Zweig,* dachte Cúchulainn bedrückt.

Die Kundschafter berichteten, dass die Eindringlinge einen Bogen um die Hügel gemacht hatten und jetzt in Richtung Connacht marschierten. Allein schon an dem Weg, den sie nahmen, war deutlich zu erkennen, was sie als Nächstes planten: Einer der Viehzüchter an der Grenze besaß eine besonders schöne Herde mit einem berühmten Bullen. Ihre offensichtliche Sorglosigkeit weckte bei Cúchulainn großes Unbehagen. *Sie wissen, dass wir geschwächt sind.* Was wussten sie über die Krankheit, die unter den Ulaid grassierte?

Illan und Fiacra hatten Erin in den letzten Jahren oftmals zusammen durchstreift, so wie es Cúchulainn und Ferdia früher getan hatten. Obwohl nach dem unseligen Samhain noch immer eine gewisse Verlegenheit zwischen den beiden herrschte, berieten sie sich. Sie stimmten überein, dass sie den Weg über die Hügel und die Marsch wählen sollten, um die Männer aus Connacht abzufangen, die wegen des gestohlenen Viehs nur langsam vorankamen.

Am nächsten Morgen erfuhr die Truppe der Ulaid, dass der Viehzüchter, der von seinen Nachbarn bereits alarmiert worden war, seine Herde auf eine durch hohe Erdwälle geschützte Hügelkuppe getrieben hatte. Cúchulainn wies ihn an, die Rinder wieder nach unten zu bringen, damit die Herde als Köder dienen konnte, und versprach ihm bereitwillig einen Teil von Conors Gold als Entschädigung, falls die Tiere zu Schaden kämen.

Wieder schüttete es in Strömen. Der Regen prasselte auf die Pfützen, die sich auf den Wegen gebildet hatten, und hüllte die Rieddächer und Lehmwände des Gehöfts in einen grauen Vorhang. Die Krieger nutzten den Regen als Deckung, um sich in den Schafhürden und den Vorratshäusern zu verstecken. Sie kauerten hinter der Palisade und auf den Tortürmen und hockten im Matsch der Viehgatter zwischen den Tieren, während sich die Familie des Viehzüchters in die Hügel zurückzog.

Die Krieger des Roten Zweiges warteten.

Der Angriff kommt wie ein Traum.

Die Kriegs-Krähe der *sídhe* krächzt ihm leise etwas zu, als er vom Torturm herunterspringt. Sein dunkler Umhang flattert im Wind, sodass es aussieht, als wäre auch er eine fliegende Krähe.

Komm, mein Geliebter, mein Wachhund, singt die Krähe. *Sei Kampf und Mut in Person, eine Klinge, die von den Göttern geschliffen wurde …*

Um Cúchulainn herum ertönen laute Schreie … Die Kriegsrufe der Ulaid zerreißen die Luft, als die Männer aus ihren Verstecken hervorbrechen. *Ein Stamm, viele Klingen. Roter Zweig … Roter Zweig!* Connacht-Krieger brüllen vor Angst und Wut … das dumpfe Schlagen von Schwertern auf Schilde … das Surren der Speere und das Geräusch der eisernen Spitzen, die in den Erdboden dringen … in Fleisch dringen …

Er ergibt sich jetzt völlig der Flamme und wird von dem Einen verzehrt. Er wird zu einem Kanal, einer Säule aus Luft, die das Feuer der Anderswelt durch einen Windstoß aufflammen lässt. Es tost durch ihn hindurch. Gedanken, Angst und Zweifel gibt es nicht mehr.

Alle Dunkelheit ist aus ihm gewichen. Er ist nur noch von Helligkeit erfüllt, und diese Helligkeit schmiedet ihn zu einer hoch aufragenden Klinge aus Kraft und Zorn. Er tanzt von Freude erfüllt durch eine Mauer aus Schwertern. Er hört die entsetzten Schreie der Connacht-Krieger: »Das ist Cúchulainn. Cúchulainn!«

Er ist von der Quelle allen Seins umgeben, einer leuchtenden Wolke, die alles durchdringt. Plötzlich spürt er alle Augenblicke des Daseins gleichzeitig … und auf diese Art und Weise vergeht für ihn die Zeit langsamer.

Er ist von absoluter Stille umgeben. Das weiße Licht der Flammen hüllt ihn ein.

Ein leises Ausatmen, das stumme Klagen des Windes in seiner Seele. Um ihn herum verharrt alles in völliger Reglosigkeit. Kleinste Einzelheiten fallen ihm auf. Das Glitzern des Wassers auf der Erde, der aufgeweichte Boden unter dem Fuß des Kriegers vor ihm … der Mann rutscht aus, und schon ist Cúchulainns Klinge da. Dort, die Sonne bricht gerade durch die Wolken … ihr Licht wird von einer polierten Klinge reflektiert, sodass einer der Feinde davon geblendet wird. Schon einen Herzschlag später streckt ihn Cúchulainns Speer nieder. Ein Lufthauch streift die Wange des Wachhundes. Er blickt auf und sieht eine Lanze, die mit dieser Bö in hohem Bogen auf ihn zufliegt. Er schlägt sie mit seinem Schwert weg.

Mit der Quelle allen Seins verbunden, sieht er die Korona, die jeden feindlichen Krieger umgibt. Er sieht ihre Angst, ihren Hass, kann die Gedanken seiner Gegner lesen. Er konzentriert sich auf den Mann vor ihm. Die Bewegungen des Kriegers sehen für ihn aus wie ein langsamer Tanz. In der ungeheuren Stille und dem geschmolzenen Nebel sieht Cúchulainn, wie sich die Aura um seine Arme und seine Beine herum verändert. Sie verrät ihm die Absicht des Kriegers, als sie sich wie eine Spur aus Licht ausbreitet und dann am Boden entlangfließt, kurz bevor der Mann losspringt. Cúchulainn ist bereit, noch bevor der Krieger den Hieb ausführen kann. Die Spuren aus Licht zerspringen in Tausende glitzernde Tropfen, als der Körper fällt.

Roter Zweig! Roter Zweig! Cúchulainn legt triumphierend den Kopf in den Nacken, während er einen Moment lang völlig unbehelligt dasteht und sich vor seinen Füßen eine Blutlache ausbreitet. Er streckt die Hand aus, um seine Brüder zu spüren, die alle durch eine einzige Flut aus weißem Feuer miteinander verbunden sind, ein Feuer, das auch das Land um sie herum mit dem Puls des Lebens durchflutet … die Herzflamme der Ulaid und von Erin …

Irgendetwas stimmt nicht.

Dunkle Flecken des Missklangs unterbrechen plötzlich das Licht, das die Männer des Roten Zweiges verbindet. Ein einziger Riss reicht aus, ein vorübergehendes Auseinanderklaffen, und es wird keine Einheit mehr geben … und jetzt sind da viele Risse, viele Spalten, so als hätte ein schwarzer Wind die schimmernden Schleier zerrissen. Blutige Lücken voller Angst und Zweifel zerstören die Verbindung zwischen ihnen. Wo ist Ferdia, Bruder des Herzens? Er sollte bei ihm sein, ihrer beider Flammen sollten zusammen hell leuchten.

Ein Teil von Cúchulainns Bewusstsein fliegt hoch hinauf in die Luft, und er sieht, was vor sich geht.

Die Krieger des Roten Zweiges war in kleine Gruppen auseinandergefallen. Ihre Bewegungen wirkten unbeholfen und immer verzweifelter. Die Deckung von Bruder und Kampfgefährte fehlte. Ihre Hiebe wurden nicht mehr durch die der anderen gespiegelt. Der fließende Tanz aus Stechen und Stoßen, Ausholen und Wegducken hatte sich in einem einzigen Chaos aufgelöst.

Illan und Fergus standen zwar Seite an Seite, Buinne aber kämpfte allein. Sein Vater brüllte ihm zu, dass er sich zurückziehen sollte, aber Buinne konnte oder wollte ihn nicht hören. Conall und seine Männer kämpften im Schlamm der Viehgatter und hatten den Plan, die Plünderer in den Graben des Gehöfts zu treiben, offensichtlich vollkommen vergessen. Die anderen Krieger des Roten Zweiges waren unter den gewöhnlichen Kriegern verstreut, die zwar allesamt zuverlässige Kämpfer waren, zwischen denen jedoch keine Verbindung bestand.

Ihr Argwohn und ihre Frustration waren wie Eisensplitter, die tief in ihr Fleisch eindrangen. Da war kein anmutiges Fließen mehr, keine Kraft des Einen. Jeder der Männer war gezwungen, sich auf die eigene Stärke und sein eigene Verzweiflung zu verlassen. Die Kriegs-Krähe krächzte neben Cúchulainn, unsichtbare Schwingen schlugen ihm ins Gesicht. *Sie haben dich im Stich gelassen, sie haben versagt.*

Viele Kriegsrufe hatten sich inzwischen in Schmerzensschreie verwandelt. Sie standen für die Namen von Männern, die er kannte, und deshalb war ein jeder von ihnen wie ein Dolchstich in sein Herz.

Cúchulainn hatte sich das verkrustete Blut der gefallenen Männer nicht vom Gesicht gewaschen, als er nach Emain Macha zurückgeritten war, um Conor gegenüberzutreten. Die Wachen vor der Halle sprangen erschrocken zur Seite, als er die Türen aufstieß und wie eine lodernde Fackel durch das höhlenartige Gebäude stürmte.

Er fand den König schließlich in einem der Lagerhäuser – einem lang gestreckten Schuppen, der auf Stelzen stand, damit er vor Wasser geschützt war. Cúchulainn sprang die Treppe mit einem Satz hinauf. Drinnen erstellte Conor mit seinem Verwalter gerade eine Liste der Beltaine-Geschenke. Die beiden Männer standen in einem Kegel aus Licht, den eine Lampe aus Hornplatten warf. In ihrem matten Schein waren die dunklen Umrisse von Fässern und Körben zu sehen, die an der Wand standen. Durch die Spalten zwischen den Brettern fielen schmale Strahlen von Tageslicht.

Der König fuhr herum, als Cúchulainn das Lagerhaus betrat. Er schleifte sein Schwert in seiner blutigen Hand hinter sich her. »Sag mir, dass ihr gesiegt habt«, krächzte Conor, und das von roten Adern durchzogene Weiß seiner Augen schimmerte im Halbdunkel auf.

»Connachts Krieger sind geflohen. Das Vieh wurde zurückgebracht, wenn es das ist, was du hören willst.« Cúchulainns Lippen fühlten sich seltsam taub an. Seine Stimme war vom Schreien heiser.

Conors Blick schoss zum Verwalter hinüber, dessen Schreibfeder noch immer über dem Bogen aus gebleichtem Leder verharrte. »Geh«, sagte der König. »Wir machen später weiter.«

Ein Vorratshaus war nicht gerade der Ort, den Cúchulainn sich für diese Begegnung ausgesucht hätte, aber es waren jetzt die zum Trocknen aufgehängten Rinderhälften, die Säcke mit muffigem Korn und die Bottiche mit Käse, die ihm aus der Dunkelheit zuflüsterten, dass die Ulaid-Krieger nicht versagen durften.

Wenn das geschah, stand das Schicksal aller Menschen in diesem Land auf dem Spiel – ihre Sicherheit, ja sogar ihr Überleben. Sobald sich der Verwalter entfernt hatte, sah Cúchulainn dem König direkt in die Augen. »Maine, Brecc und Curoi sind tot, und mit ihnen sind viele andere gute Männer gestorben.«

Conor zuckte mit keiner Wimper, obwohl sich eine seiner Wangen verkrampfte und seinen Mundwinkel nach unten zog. »Wenn ein Krieger in den Kampf zieht, dann muss er damit rechnen zu sterben.«

»Wenn du dich nicht deinem Wahnsinn hingegeben hättest, hätte Connacht uns nicht an Beltaine überfallen. Sie wissen von deiner Schwäche.«

Der König ächzte wie zum Protest. Cúchulainn ging auf ihn zu. In ihm knisterte noch immer der Nachhall des Kampfes. Conor machte unwillkürlich einen Schritt rückwärts. Sonnenlicht, das durch einen Spalt in der Wand drang, fiel auf sein Gesicht. In diesem Moment sah Cúchulainn in den glasigen Tiefen seiner Augen einen Schimmer blanker Angst.

Das lange, ergrauende Haar des Königs war ungekämmt. Das Gewand, das er unter dem schweren Pelzumhang trug, hatte einen großen Alefleck. Seine Wangen, die Schläfen und auch seine Augenhöhlen waren eingefallen, so als würde er von innen heraus verzehrt. Das alles weckte bei Cúchulainn jedoch nicht das geringste Mitleid. »Wir haben die Plünderer überrascht, und es hätte eigentlich ein leichter Sieg werden müssen. Stattdessen sind viele tapfere Männer gestorben. Und das liegt ausschließlich daran, dass es einen Riss zwischen uns gibt.«

Conor spielte mit seiner Zunge an einem lockeren Zahn herum, und er kniff die Augenlider zusammen. »Es gäbe den Riss nicht, wenn der Rote Zweig diesen verräterischen Flegeln ein für alle Mal den Rücken gekehrt hätte. Die Männer sollten ihrem König gehorchen und …«

»Bist du tatsächlich so verblendet? Willst du wirklich nicht einsehen, dass du mit deinem Verhalten nicht nur unseren inneren Frieden, sondern auch unsere Stärke zerstört hast?«, brüllte Cúchulainn den König so wütend an, dass dieser fast zusammengezuckt wäre. »Diese Krankheit lässt die Wurzeln des Roten Zweiges verfaulen. Connacht weiß jetzt, dass wir an Stärke verloren haben, und deshalb werden sie wiederkommen – und zwar mit einer ganzen Armee. Dann wirst du keine Gelegenheit mehr haben, Deirdre nachzutrauern, denn dann werden wir nämlich alle tot sein.«

Conor legte die Hand auf seine Brust und krallte sie zu einer weißen Klaue zusammen. »Die Männer werden sich wieder erholen. Die Krieger des Roten Zweiges sind die stärksten, die tapfersten. Ich habe mein ganzes Leben lang nichts anderes gehört.« In seiner Stimme lag Bitterkeit.

Cúchulainn konnte nicht anders. Er ergriff sein Schwert mit beiden Händen und riss es hoch, besaß dann aber die Geistesgegenwart, die Klinge an seine Wange zu legen. Conors Blick wanderte langsam an der Klinge entlang. »Du hast den Geist des Roten Zweiges noch immer nicht begriffen.«

»Du bist nicht der Erste, der mir das sagt.«

»Dann hör mir zu. In der Schlacht haben wir alle an der Quelle allen Seins teil. Unsere Liebe zu unserem Land und zueinander knüpft ein Netz, und in diesem Netz *sind wir eins. Das ist es*, was uns stark macht. Aber das alles hängt von unserer Einigkeit ab – und ebendie setzt du mit deiner Lust und deinem Stolz aufs Spiel.« Conors Adamsapfel hüpfte auf und ab, als er das wütend bestreiten wollte. Dann jedoch senkte sich die Schwertspitze in seine Richtung. »Wenn du nichts unternimmst, um das so schnell wie möglich wieder in Ordnung zu bringen, wird der Rote Zweig schon bald auseinanderfallen. Dann steht den anderen Königreichen, selbst Alba, der Weg offen, und sie werden über uns herfallen. Ihre Krieger werden die Menschen in diesem

Land in ihren Betten dahinmetzeln oder versklaven. *Dann wird es keine Ulaid mehr geben.* Niemand wird sich mehr an uns erinnern, niemand wird von uns singen oder ein Feuer für uns entzünden.« Er hielt inne. Die Worte brannten in seinem Hals wie Feuer. »Und wenn sie schon von dir singen, großer König, dann werden das nur Spottlieder sein.«

Aus Conors Gesicht war jetzt jede Farbe gewichen. In seinen Augen brannte jedoch unübersehbar der Zorn. Seine runzelige Haut spannte sich über seinen Schlüsselbeinen, als er schluckte. »Willst du mir drohen, Neffe?«

»Ich habe nicht vor, dich zu verraten, Onkel.« Cúchulainn ließ sein Schwert sinken. »Aber ich habe einen Eid geschworen, die Ulaid und denjenigen, der auf dem Thron sitzt, wer immer das auch sein mag, zu beschützen. Ich stelle dir mein Schwert nur deshalb zur Verfügung, weil auch *du* einen Eid geleistet hast. Du hast geschworen, alles zu tun, um dieses Land zu beschützen.« Er schob sein Schwert in die Scheide und wandte sich zum Gehen. An der Tür blieb er noch einmal stehen und berührte einen der Säcke mit Korn. »Noch ist Zeit«, sagte er leise, »noch hast du deinen Eid nicht gebrochen.«

Als Cúchulainn das Lagerhaus verließ, sah er, dass Levarcham unter der Dachtraufe der Halle stand. Er ging mit schnellen Schritten zu ihr. »Sie müssen unbedingt zurückkommen«, sagte er. Er biss sich auf die Unterlippe, als ihm ihre ungepflegte Erscheinung und vor allem ihre glasigen Augen auffielen. »Hast du im Feuer nichts erkennen können, Schwester?« Trotz seines Zorns vergaß er nicht, sie in der gebotenen Art und Weise anzusprechen.

Ein Zittern lief bei seinen Worten durch ihren Körper. Sie bemühte sich sichtlich, den Blick ihrer grauen Augen auf ihn zu richten. Dann strich sie sich ein paar wirre Strähnen aus der Stirn. »Ich habe es versucht«, flüsterte sie. »Ich habe nichts mehr anderes getan, als es immer wieder zu versuchen. Ich habe mich schier zerrissen, um nur einen Blick von ihnen zu erhaschen – im Feuer, im Wasser, im Rauch!« Sie ließ die Hand wieder sinken. »Ich weiß selbst nicht, warum es so ist. Ich gebe alles, aber ich sehe nichts.«

Deshalb also hatte er sie so lange nicht mehr gesehen. Sie hatte es nicht ertragen können, in Conors Nähe zu sein, hatte aber nichtsdestotrotz im Rahmen ihrer Möglichkeiten alles getan – so wie auch er und Ferdia alles versucht hatten.

»Vielleicht habe ich Deirdre nicht genug geliebt, um sie jetzt finden zu können«, sagte Levarcham mit tiefer Verzweiflung in der Stimme. Der Schmerz, den sie empfand, zeichnete sich unübersehbar in ihrem Gesicht ab, lastete schwer auf ihren Schultern.

Cúchulainn fing sich wieder, richtete sich auf und schob seine eigenen Gefühle zur Seite. »Vielleicht wollen sie nicht gefunden werden«, sagte er. »Aber die Ulaid brauchen sie. Sonst werden wir alle schon bald tot sein.«

32

Sommer

Carnach schickte eine Botschaft, in der er die Brüder bat, sich seinen Kriegern anzuschließen, um eine Schiffsladung mit Pelzen zu den Caledoniern im Norden zu begleiten. Deirdre versuchte sich einzureden, dass es die Kameradschaft von Kriegern sei, nach der Naisi sich sehnte. Auch wenn es sie selbst bestimmt nicht nach dieser Gesellschaft verlangte, so hatte sie doch eingesehen, dass diese Art zu leben ein Teil von ihm war. *Nimm mich so, wie ich bin.* Das war es, worum er sie gebeten hatte.

Die Brüder brachen an einem sonnigen Tag auf. Irritiert stellte Deirdre fest, dass sie seltsam erleichtert war, als der *curragh* den See hinunterfuhr. Sie stand am Ufer und presste ihre Faust auf die Brust, um den befreienden Seufzer, der aus ihr herauswollte, zu unterdrücken. Das alles machte ihr Angst.

Der Kampf mit den Veniconen hatte die drei Brüder nicht auf Dauer von ihrer Frustration zu befreien vermocht. Vielleicht hatte er sie sogar noch verschlimmert. Naisi liebte Deirdre wild und heftig, und dann ging er allein auf die Jagd, wobei er die Spur der Hirsche bis über die höchsten Berge verfolgte. Ainnle war in letzter Zeit so versessen darauf gewesen, aus dem Tal herauszukommen, dass er noch aufbrausender war als sonst. Ardan diskutierte mit ihr zwar noch immer über die Lehre der Druiden, aber er wich ihrem Blick beharrlich aus. Immer wieder verschwand er einfach für mehrere Tage. Wenn sie alle zu Hause waren, verursachte die nervöse Energie der Brüder kleine Wellen auf der glänzenden Oberfläche des Teichs, der Deirdre umgab.

Des Teichs, der so verlockend für sie war.

Sie legte den Kopf in den Nacken und starrte zu den grünen Hügeln hinauf. Das Heidekraut auf ihren Hängen leuchtete in der Nachmittagssonne. Über den Bäumen hing schimmernder Dunst, der von den Schwingen eines Adlers, der am Himmel kreiste, zu Spiralen aufgewirbelt wurde. Die Kielwelle des Bootes hatte sich inzwischen wieder im Wasser des Sees aufgelöst. Jetzt war da keine Spur von menschlichem Tun mehr zu sehen. Die glasige Oberfläche warf nur noch wie ein Spiegel der Anderswelt das Licht aus einem verborgenen Reich zurück.

Sie bückte sich zu den Steinen am Ufer hinunter, die vom Wasser umspült wurden. Als sie das Ufer des Sees verließ, löste sie ihre Zöpfe und wob noch mehr Schwanenfedern in ihre Haare. Sie spürte kaum, wie ihr Umhang von ihren Schultern rutschte, wie ihre Füße ihre Schuhe abstreiften. Dann stand sie plötzlich auf der Hochwiese und grub ihre Zehen in das saftige Gras.

Am großen Stein fiel auch ihre Kleidung mit einem leisen Seufzen von ihrer Haut. Jetzt konnte sich ihr Körper ungestört mit der Erde und dem Fels verbinden. Der Tau konnte ihre Haut benetzen, und sie konnte sich im Licht auflösen.

Weitere Botschaften von Carnach kamen, und jedes Mal folgten die Brüder der Bitte um Hilfe. Von Ainnle erfuhr Deirdre, dass das jetzt keine friedlichen Handelsreisen mehr waren. Einige von Talans Chieftains hatten gegen Carnach rebelliert. Eines Tages fand sie dann heraus, dass Naisi sein Schwert gezogen hatte, um einen widerspenstigen Fürsten zu unterwerfen.

Eine Zeit lang vermied sie es, Naisi darauf anzusprechen, denn wann immer er zu ihr zurückkam, kam ihr die Anspannung in seinem Körper und in seinen Augen wie ein kleiner, kalter Splitter vor, der sich schmerzhaft in ihre Beziehung bohrte. Eines Tages lagen sie, nachdem sie im See gebadet hatten, nackt auf den Felsen. »Du hast diesem Carnach inzwischen mehr als nur einen Gefallen getan.« Sie warf ihm über ihre Schulter einen kurzen Blick zu, während sie spürte, wie ihre Haut sich zusammenzog, als sie trocknete.

Auch wenn sie mit Naisi zusammen war, zog es in letzter Zeit einen Teil von ihr zu diesem verführerischen Schimmer hin, der von den Berggipfeln ausging. Die Welt dort sang ihr mit leiser, lockender Stimme etwas vor, und ihr Körper hallte davon wider. Sie biss sich auf die Unterlippe. Sie sollte stattdessen den Wunsch verspüren, in *Naisi* hineinzusinken. Aber ein Teil von ihr wappnete sich immer stärker gegen den Schmerz, den seine häufige Abwesenheit ihr bereitete, gegen die Angst um ihn, weil ihm die Gefahr wie ein Wolf in der Abenddämmerung hinterherschlich, wann immer er das Tal verließ.

»Nicht oft genug«, erwiderte Naisi mit ruhiger Stimme. Er hatte wegen der grellen Sonne die Augen zusammengekniffen. Sein Blick wirkte abwesend.

Dann kam er wieder zu sich. Er zog ihre Hüften fest an seine Leistengegend und schlang seine Beine um die ihren. Er küsste ihren Hals, und sie schloss die Augen, während er das Wasser von der Rinne auf ihrem Rücken trank und sich dabei mit seinem nassen Körper über sie hinwegbewegte. Erleichtert gab sie sich dem Gefühl hin, den Bauch auf den warmen Fels gepresst, bis Naisi innehielt, einen Finger auf ihren Unterkiefer legte und ihren Kopf zu sich herumdrehte.

Er verschlang sie geradezu mit seinen Augen. Als sie seinem Blick begegnete, sah sie darin etwas, das tiefer war als jedes Verlangen und das ihr Innerstes nach außen kehrte. Dieser Blick suchte eine noch tiefere Verbindung zu ihr, eine noch nie erlebte Zusammengehörigkeit, das Flüstern *ich kenne dich*. Dann presste er seinen Mund fest zusammen und runzelte die Stirn, so als versuche er, ihr noch mehr zu sagen, etwas, das er nicht in Worte fassen konnte, das sie aber *wissen* sollte – aber sie verstand nicht.

Verwirrung breitete sich in ihr aus, so kalt wie der Wind, der über ihre nasse Haut strich.

Deirdre kam bei ihren Wanderungen weit in die Berge hinauf. Eines Tages erwachte sie aus einer seltsamen Trance, in der sie durch die Felsadern im Berg unter ihr eingedrungen war, mit der Erinnerung von Stein, der wie schimmerndes Wasser dahinfloss. Sie öffnete blinzelnd die Augen und bemerkte, dass sie jemand aus den Büschen heraus beobachtete. Die kleinen, glänzenden Augen des Beobachters weiteten sich vor Schreck und verschwanden dann. Wenige Augenblicke später hatte sie Urp, der, ein blökendes Lamm in den Armen, den Hang hinunterhumpelte, auch schon eingeholt.

Als es Deirdre endlich gelungen war, ihm klarzumachen, dass sie bestimmt keine *calleach*, sondern nur Finns Gefährtin war, waren sie bereits auf den unteren Weiden angelangt. Sie folgte ihm bis zu seinem Haus, und jetzt war es Arda, die vor Angst laut aufschrie. Dann begann sie, über Naisi – Finn – lauthals zu schimpfen, weil er sie ihnen vorenthalten hatte, gefolgt von mütterlichem Mitgefühl angesichts Deirdres dünner Arme und ihres hageren Gesichts.

Urp war wütend, weil Naisi ihn so lange angelogen hatte, bis Deirdre am nächsten Tag mit mehreren Bündeln Kräutern für Arda zurückkam, woraufhin sich seine Lippen wenigstens zu einem mürrischen Lächeln verzogen.

Danach führte sie ihr Rundgang stets auch über den Bergkamm hoch über dem Gehöft der beiden alten Leute, wo sie die Quelle allen Seins als Segen über ihr Haus und ihre Herden legte. Wenn Urp und Arda sie leise singend über die Hügel wandern sahen, dann wusste sie, dass sie sie insgeheim doch für eine *sídhe* hielten. Sie schien sie nie ganz vom Gegenteil überzeugen zu können, ganz egal, wie oft sie Urp neckte oder wie viel von Ardas Käse und Gerstenmehlkuchen sie auch verschlang. Im Lächeln der beiden lag immer auch großer Respekt.

Sie schützte das Tal mit dem Licht, das sie herbeirief. Das zu tun, kam ihr irgendwie vertraut vor, so wie etwas, das sie schon vor langer Zeit getan hatte.

Die Brüder waren wieder einmal unterwegs. Deirdre hatte das Pferd am Ufer spazieren geführt und es dann angebunden, um in den feuchten Wäldern Löwenzahn, Vogelmiere und Sauerampfer zu sammeln. Plötzlich weckte eine Bewegung zwischen den Bäumen ihre Aufmerksamkeit. Sie blickte auf und blinzelte, damit ihre Augen wieder klar wurden. In ebendiesem Moment erstarb ihr das segnende Lied, das sie gerade sang, auf den Lippen.

Ein kleiner *curragh* fuhr im schattigen Uferbereich über den See auf die Mündung des Flusses zu. Sie ließ die Kräuter fallen und wollte fliehen, aber es war schon zu spät. Das Pferd war, für jeden sichtbar, in der Nähe eines kleinen Bachs angebunden, der sein Wasser in den See ergoss.

Sie beobachtete, hinter einer Erle versteckt, das Boot und erkannte unter den Männern den Jäger des Königs, der sein Pferd gesehen hatte und jetzt ans Ufer sprang. Es blieb ihr keine andere Wahl mehr, als sich zu zeigen.

»Sei gegrüßt, Pferde-Heilerin.« Fidech nickte ihr respektvoll zu, während er seinem Hengst auf den Hals klopfte. »Ich sagte ja, dass ich zurückkommen werde.«

Mit ihm war ein zweiter Mann ans Ufer gekommen, der genau wie Fidech ein schlichtes Gewand aus Leder trug. Der Mann hatte eine breite Brust und einen dicken Bauch. Die Röte seiner Wangen und seiner von Äderchen durchzogenen Nase ging fließend in eine Mähne aus roten Haaren über. Im Gegensatz zu Fidech zogen sich bei ihm jedoch die verblassenden Umrisse von geschwungenen Tätowierungen seine dicken Wangen hinauf bis zu seiner Stirn. Er ließ seine kleinen, dunkelblauen Augen langsam über Deirdre hinweggleiten. Als sein Blick auf sie fiel, lief ein Schauder durch ihren Körper wie ein Schock.

Es war an diesem Tag so warm, dass sie ihre Haare hochgebunden und mit Nadeln aus Bein festgesteckt hatte. Sie trug ein altes Kleid aus Hirschleder und lederne Stiefel. Ihre Beine waren nackt. »Donnan geht es schon seit einiger Zeit wieder gut«, sagte sie vorsichtig und ging dabei um den Hengst herum auf die andere Seite.

Fidech warf seinem Begleiter einen Blick zu, aber noch bevor er ihr antworten konnte, fragte der andere Mann mit krächzender, aber dennoch kraftvoller Stimme: »Was hast du mit ihm gemacht?«

Sie fühlte sich durch seine unverhohlene Neugier beleidigt, obwohl sie sich bemühte, das zu verbergen. »Das waren nur Kräuter und so.« Als sich der Mann bückte, um das Bein des Hengstes hochzuheben, warf sie Fidech einen fragenden Blick zu. Der jedoch stand einfach nur mit ausdruckslosem Gesicht da und schwieg. »Bist du ein Heiler, oder kennst du dich einfach nur mit Pferden gut aus?«, fragte sie den anderen Mann kühn und entfernte sich dann einen Schritt von dem Geruch abgestandenen Schweißes, der von seinem Kittel ausging. Er setzte den Huf wieder auf den Boden. In seinen Augen lag ein amüsiertes Glitzern. Jetzt, aus der Nähe, glaubte sie unter den Tätowierungen auf seinen Wangen lange Tierohren zu erkennen.

Fidech kratzte sich den grauen Bart. »Wir sind nicht nur hier, um Donnan abzuholen, Mädchen. Wir haben dir als Bezahlung für deine Pflege auch etwas mitgebracht.«

Deirdre rieb sich die nackten Arme, verschränkte sie dann vor ihrer Brust, wo das Leder abgenutzt und dünn war. »Ich verlange dafür keine Bezahlung.«

Der andere Mann gab den Bootsmännern ein Zeichen, woraufhin diese damit begannen, mehrere Bündel am Ufer abzuladen. »Das ist nicht nur für das Pferd. Unser König sendet Finn und seinen Brüdern Geschenke als Dank für die Dienste, die sie Talan erwiesen haben.«

Deirdres Schultern entspannten sich ein wenig. Wenn diese Männer wussten, dass Naisi den Schutz des Königs genoss und dass sie Naisis Gefährtin war, dann drohte ihr von ihnen wohl keine Gefahr.

Sie übergaben ihr einen Kochtopf, Nadeln, Tuch und Gerstenmehl, und ihr wurde klar, dass sie nicht umhinkommen würde, die beiden Männer in ihrem Haus zu bewirten. Der andere Mann hieß Galan, wie sie von ihm erfuhr, als er und Fidech die Säcke zu ihrem Haus schleppten. Deirdre spürte seine Gegenwart auf dem ganzen Weg wie einen dunklen Schatten in dem murmelnden Teich aus Helligkeit, der sie stets umgab.

Ein unbehagliches Mahl folgte. Während sie auf Stapeln von Hirschfellen saßen, schlangen die beiden den Fischeintopf, den sie ihnen anbot, gierig hinunter. Dann begann Galan, sie darüber auszufragen, wie sie ihren Tag verbrachte. Insbesondere interessierte ihn, was sie aß, wenn Naisi – Finn – nicht da war. Er befragte sie zu ihrem Kräuterwissen und wie sie das Pferd geheilt hatte, wie sie mit ihrem Einbaum auf Fischfang ging und wo und wann sie Pflanzen sammelte. Sie hatte das Gefühl, in der Falle zu sitzen, wollte jedoch keinen Anlass dafür bieten, dass man König Cinet berichtete, Naisis Gefährtin hätte seine Jäger schlecht behandelt. Dann wollte Galan wissen, ob sie sang und tanzte. Sie hatte plötzlich Conors schlaffen Mund vor sich und verschüttete vor Schreck das Ale, das sie gerade einschenkte. Nein, sie tanze nicht, erwiderte sie.

Die inzwischen tief stehende Sonne schickte ihre Strahlen durch die geöffnete Tür. Jetzt endlich rülpste Galan und erhob sich schwerfällig. »Fidech hat mit seinem Pferd noch einen weiten Weg über die Berge vor sich. Wir sollten deine Gastfreundschaft auch nicht zu sehr strapazieren. Junge Frauen sollten mit Respekt behandelt werden, damit sie uns Männern gegenüber wohlgesinnt sind, hm?« Er stieß Fidech in die Rippen und lächelte.

Während sie an der Feuerstelle saßen, war sich Deirdre des leisen Sirrens in der Luft, des leisen Klangs von Gefahr, immer mehr bewusst geworden. Jetzt sah sie Galan an. Ihr Puls klopfte in ihren zarten Handgelenken und machte ihr bewusst, wie schwach ihr Körper war. »Respekt sollte unaufgefordert gezollt werden. Es sollte für einen Mann eine Selbstverständlichkeit sein, eine Frau so zu behandeln, wie sie behandelt werden will.«

Galans Augen blitzten voller Freude auf. »Ha! Hast du das gehört, Fidech? Nicht nur schön und geschickt, sondern auch noch intelligent.«

Deirdres Lippen wurden schmal. Sie war inzwischen ziemlich erschöpft. »Ich zeige mich nicht ›intelligent‹, so als wäre dies etwas, womit ich einen Mann erfreuen will. Das, was ich gesagt habe, ist nichts anderes als schlichte Vernunft.«

Galans Lächeln wurde noch breiter. Er wischte sich über sein rotes Gesicht, denn die Luft war stickig und stank nach dem Schweiß und dem im Rauch gegerbten Leder. »Nicht viele Frauen besitzen das, was du Vernunft nennst, Herrin. Du hast eine gute Erziehung genossen.« Sie drückte ihre Zunge gegen ihr Gaumendach, damit ihr nichts Unbedachtes über die Lippen kam, während Galan sich jetzt mit derselben Unverfrorenheit, mit der er sie ausgefragt hatte, im Raum umsah. »Wirklich schade, dass du hier draußen verkümmerst. Sehnst du dich denn nicht nach prächtigen Hallen, nach Musik und gutem Essen?«

Deirdre sah ihn an. »Ich bin hier draußen sehr glücklich – ich habe absolut nicht das Bedürfnis, irgendwo anders zu sein.«

Galan brummte und betrachtete sie von oben bis unten, sodass sie eine Gänsehaut bekam. »Ja, ich sehe, dass du hier als Blume zwischen Steinen gedeihst, so eigensinnig und wild wie der Wind.«

»Solch romantische Begriffe passen nicht zu mir. Ich ziehe schlichte und klare Worte vor.«

»Und das ist von noch größerer Schönheit.« Galan machte eine merkwürdige Verbeugung vor ihr, dann brach er mit Fidech auf. Deirdre sah den beiden verwirrt hinterher. Sie hatte ihre Handflächen gegen den Türpfosten gepresst, den Naisis Axt geglättet hatte, und schöpfte so Kraft aus seiner einstigen Berührung.

Cinet stand auf der aus Weiden geflochtenen Plattform seines Streitwagens und sah zu, wie die Gruben für die Gerste, die sich überall auf Dunadd befanden, mit dem geernteten Korn gefüllt und feierlich versiegelt wurden. Bridei saß auf seinem Pferd, das neben dem Wagen stand. Er hatte seinen Schild aus getriebener Bronze an seinem Arm.

Die Priesterinnen, angeführt von seiner Schwester, Brideis Mutter Eithene, legten als Opfergabe auf den Boden einer jeden Grube irdene Töpfe mit Met, Spindeln aus Bein und Kämme aus Bronze. Eithene sprengte heiliges Wasser als Segen darüber und bat die Muttergöttin Rhiannon, dafür zu sorgen, dass das Korn in ihrem Schoß, der Erde, sicher ruhte und nicht verdarb. Dann traten die Frauen der Burg mit Körben auf dem Kopf an die Gruben, bückten sich nach vorn und gossen einen bronzefarbenen Strom von Samen hinein.

Cinets Gedanken waren jedoch nicht bei dem Korn. Es interessierte ihn im Moment auch in keiner Weise, ob seine Leute ihn mit der angemessenen Ehrfurcht ansahen. Er ignorierte auch den Singsang der Priesterinnen und der kahl geschorenen Druiden völlig. Was ihn fesselte, waren die runden Hinterteile der Frauen, als diese die Körbe leerten, und ihre schwingenden Brüste, die in den Halsausschnitten ihrer Kleider zu sehen waren. Ihre Silhouetten verschwammen dabei allmählich zu einem vollkommen anderen Bild, einer ebenso lebhaften wie sinnlichen Erinnerung.

Gebräunte Gliedmaßen in einem kurzen Kleid aus Hirschleder, das sich weich an üppige Kurven schmiegt. Ein Wasserfall aus Haaren, die wie das Gold der Königinnen und die Bronze der Krieger schimmert. Rote Lippen und cremeweiße Haut. Ihre Augen, in denen eine wilde Mischung aus kühner Intelligenz und einem unbezähmbaren Willen liegt. Allein schon bei dem Gedanken an dieses Bild wurde sein Glied steif. Sie war ein wildes Biest, und sie war Priesterin – aber nicht eine von diesen pferdegesichtigen, ewig vor sich hin murmelnden Trampeln. Sie bewegte sich mit der Grazie seiner Tänzerinnen, und dennoch trug ihr Gesicht den trotzigen Ausdruck eines Menschen, der sich niemals würde versklaven lassen. Allein bei der Erinnerung an sie hatte er das Gefühl, den frischen Wind der Berge zu atmen.

Wie jedes wilde Wesen musste jedoch auch sie vorsichtig behandelt werden. War er zu brutal, würde er ebenjenen Geist zerquetschen, der seine übersättigten Begierden so sehr reizte. Er konnte über jede Frau herfallen und sie vergewaltigen, aber das hatte er schon so oft getan, dass er ihre Angst dabei nicht mehr erregend fand. Nein, er würde sie *zähmen*, und bei der Jagd durch ihr Reich in den Bergen würde das Fett von seinem Körper schmelzen, und seine Glieder würden ihre alte Kraft wieder zurückgewinnen. Das würde die Lästermäuler endlich zum Schweigen bringen, die behaupteten, dass er seine beste Zeit schon lange hinter sich hätte.

»Was ist mit diesem Finn und seinen Brüdern?«, brummte er Bridei zu, als die Priesterinnen die Grube mit Lehm versiegelten und mit ausgestreckten Händen einen Segensspruch sangen. »Wie halten sie sich?«

Der stechende Geruch des träge dahinströmenden Flusses war an diesem Tag besonders stark. Bridei schob seinen Stirnreif zurück und wischte sich über die Stirn. »Carnach und seine Männer reden kaum noch von etwas anderem. Alle seine Leute hängen diesen Brüdern an den Lippen. Bei unserem Fest nach dem Sieg über die Veniconen haben sie einige Dinge mit dem Schwert vorgeführt, die hier noch niemand je gesehen hat. Unsere besten Krieger sind ganz versessen darauf, an ihrer Seite zu kämpfen.«

»Tatsächlich?« Cinet wusste das alles bereits. Er wollte lediglich herausfinden, wie Bridei darüber dachte.

»Die Krieger haben Finn den Namen *fladorca*, dunkler Prinz, gegeben. Sie glauben, er sei von königlichem Geblüt und von einem neidischen Verwandten in die Verbannung getrieben worden. Wie auch immer. Sie sind auf jeden Fall ein Gewinn für jeden, der sich ihre Loyalität sichern kann.«

Cinet kaute auf der Innenseite seiner Backe herum und bedeutete seinem Wagenlenker dann, zu wenden und wieder durch das Dorf zurückzufahren. Er würde die drei Brüder in seine Armee aufnehmen, dies aber auch nur deshalb, weil sie ein ödes Stück Land bewachten, das zu weit von den Handelswegen entfernt lag, um seine eigenen Krieger zu reizen. Die Spielregeln hatten sich jedoch geändert. Was bedeutete schon der Verlust dreier Schwerter, ganz egal, wie groß das Können ihrer Besitzer war? Allein die Art und Weise zählte.

Sie hatten bereits die Unterstützung von Carnachs Männern gewonnen. Selbst Bridei war von ihnen beeindruckt, und die anmaßenden jungen Freunde seines Neffen – die alle nur darauf warteten, dass er, Cinet, das Zeitliche segnete – brannten darauf, an ihrer Seite zu kämpfen. Man schenkte ihnen Beachtung, beobachtete sie, hörte auf sie … sie still und leise beseitigen zu lassen, war deshalb nicht mehr möglich. Nichts war so unnachgiebig wie die Verbundenheit zwischen jenen, die zusammen das Blut ihrer Feinde vergossen hatten, oder das Urteil, das diese Männer über Könige fällten, die diese Verbundenheit nicht achteten. Cinets Thron wackelte bereits. Es wäre dumm gewesen zu riskieren, dass jemand laut »Verrat« schrie.

Er sah Bridei über die Schulter gewandt an. »Sie scheinen äußerst begierig darauf zu kämpfen.«

»Sie sind stets die Ersten, die ihr Schwert ziehen, und sie tun sich immer besonders hervor.«

Cinet lächelte. »Dann sollten wir uns ihr Bedürfnis, alle anderen Krieger in den Schatten zu stellen, zunutze machen.«

»Wie das?«

»Nun, sie sind jung und herausragend, und es war schon immer besser, fremdes Blut zu vergießen als das der eigenen Männer.«

Sein Neffe runzelte die Stirn. Er war sich nicht sicher, was er sagen sollte. Cinet lächelte in sich hinein, als der Streitwagen den schlammigen Weg entlangrumpelte. Er nickte den Menschen zu, die vor ihren Häusern standen und sich vor ihm verbeugten. Er war gelangweilt genug, um dieses kleine Spiel noch ein wenig länger zu spielen. Das ließ sein Blut auf höchst angenehme Weise schneller durch seine Adern fließen.

Eine Schlacht bedeutete immer Gefahr: blanke Klingen, fliegende Speere. Und wenn man dann den Drang, sich immer beweisen zu wollen, hinzufügte, brauchte man nur einen einzigen Fehler zu machen, und schon war es vorbei. Ein solcher Tod war für die Tapfersten der Tapferen nichts Ungewöhnliches.

33

Wenn Carnachs Bitten um Hilfe für Deirdre die fernen Rufe von Vögeln gewesen waren, so war es jetzt der Flügelschlag großer Schwingen, die aus dem Westen über sie hinwegfegten. Eine Botschaft des Königs der Epidier persönlich war eingetroffen: Cinet bat darum, dass sich die Brüder als Kundschafter zur Verfügung stellen sollten.

Das war kurz, nachdem man sie gebeten hatte, den Handelsschiffen, die an der Küste entlangfuhren, Geleitschutz zu geben. Es hatte inzwischen noch andere geheime Unternehmen gegeben, von denen Naisi Deirdre jedoch nichts erzählte, weil er wusste, welche Angst sie dann um ihn haben würde. Da die Brüder im Gegensatz zu seinen Kriegern keine Tätowierungen hätten, sagte Cinet, könnten sie in das Gebiet der Veniconen eindringen und es auskundschaften, während sie so taten, als seien sie Reisende aus Gallien. Oder aus Erin, wie er mit einem Glitzern in seinen zusammengekniffenen Augen hinzugefügt hatte.

Naisi hatte es nicht gewagt, sich der Bitte zu widersetzen.

Außerdem hatte sich der König bisher mit wahrlich großzügigen Geschenken erkenntlich gezeigt: In ihrem Zuhause stapelten sich mittlerweile Trinkhörner mit goldenem Rand, weiche Wolle, Robbenfelle und bronzene Platten und Krüge. Er hatte auch eine kleine Glasflasche für Deirdre mitgeschickt, in der sich jedoch nicht Parfum, wie man es für die Ehefrau eines Adeligen erwartet hätte, sondern Rotblumen-Sirup, eine seltene Kräutermedizin, befand. Es war dies ein ungewöhnliches, aber auch durchaus passendes Geschenk, denn Deirdre hatte sich schon immer mehr für Pflanzen als für weiblichen Putz interessiert. In ihrer Hütte hingen stets irgendwelche Kräuter zum Trocknen über dem Feuer, und in den Regalen standen irdene Gefäße mit allerlei Salben und Pulver. In der Luft lag der pikante Geruch von trocknenden Blättern und Blüten.

Cinet hatte auch eine große Anzahl feiner Ziegenhäute geschickt, die weiß gebleicht und zu einem langen Ballen zusammengenäht waren, sodass sie aussahen wie transparentes Tuch. Dies war ein sowohl unpraktisches wie auch teures Geschenk, und Deirdre hatte, den Ballen auf dem Schoß, lange Zeit einfach nur dagesessen und ihn mit reglosem Gesicht angestarrt.

Aber auch als sich die Geschenke an den Wänden stapelten, sah Naisi weder den Glanz der Bronze noch das Schimmern der Pelze. Er erinnerte sich lediglich an die glänzenden Augen der Krieger der Epidier in Dunadds Halle, wenn Cinet ihn und seine Brüder für ihre Tapferkeit rühmte und ihre Taten seinen Adeligen mit begeisterten Worten beschrieb.

All die wild tätowierten Gesichter waren den Söhnen des Usnech zugewandt, und Naisi wusste, dass sie endlich dabei waren, sich ihren Platz unter den Kriegern zu schaffen.

Ardan und Naisi saßen an einem Feuer in einer Senke, die vor dem heftigen Wind, der über das Moorland hinwegfegte, geschützt war. Die anderen Kundschafter der Epidier unterhielten ihre eigenen Feuer und sammelten dazu totes Holz, wo immer sie es finden konnten.

Naisi hielt seine kalten Fingerknöchel ans Feuer und nahm dann wieder sein Messer zur Hand. Da sich der längste Tag des Jahres näherte, stand die Sonne auch zu dieser späten Stunde noch über dem wolkenverhangenen Horizont und warf ihr mattes Licht auf ihre erschöpften Gesichter. Sie waren den ganzen Tag auf den Beinen gewesen. Der Wind hatte auf Nord gedreht und blies jetzt kalt und beißend, obwohl es Sommer war.

Naisi warf einen Blick über seine Schulter. Er und seine Brüder hatten sich früher immer wortlos verstanden, wenn sie ihr Essen zubereitet hatten: Ardan hatte Steine aufgeschichtet, Ainnle die Feuergrube gegraben, Naisi den Hirsch gehäutet. Jetzt aber saß Ainnle an einem der anderen Feuer, und Ardan konnte ihm nicht mehr in die Augen sehen. Sie arbeiteten nicht mehr Hand in Hand.

Früher war Ardan stets derjenige von ihnen gewesen, der am wenigsten begierig darauf war, in den Kampf zu ziehen. Jetzt jedoch nutzte er jede Gelegenheit, von zu Hause fortzukommen. *Er zerrt an den Fesseln, die ich ihm angelegt habe.* Naisis Kehle schmerzte, als er sah, wie sein Bruder über das düstere Grasland zu den fernen Gipfeln hinstarrte. Ardans Blick war umwölkt und fern wie der Himmel. Da war kein Roter Zweig mehr, der sie in der Schlacht angefeuert hätte. Nur hin und wieder sahen sie unter den Epidiern das aufscheinen, was sie verloren hatten. Aber sie war jetzt zum Greifen nahe … diese Zugehörigkeit, diese Einigkeit. Naisi schloss die Augen. *Fla dor ca! Fla dor ca!* Dunkler Prinz.

Ardan kauerte auf dem Boden und drehte die heißen Steine um. Die Brüder waren hin und wieder auf Kundschafter der Veniconen getroffen. Ardan kämpfte stets grimmig und mit aller Entschlossenheit, obwohl seine Freude über einen Sieg niemals lange andauerte. Naisi beobachtete ihn mit wachsamen Augen. Ardan und Ainnle hatten auf Carnachs Burg und in Dunadd keinen Mangel an Bettgefährtinnen, aber Ardan schien das nicht zu befriedigen. Was er brauchte, war ein Herd, seine Sippe, Musik und knisterndes Feuer – und die Geborgenheit einer Familie. Vielleicht auch eine Frau und Kinder.

Der Rauch des kleinen Feuers kräuselte sich und wurde einen Moment lang zu Deirdres Gesicht. Mit finsterer Miene begann Naisi jetzt den Hirsch auszunehmen. Er spürte, dass es da irgendetwas gab, das Deirdre von ihm fortzog. Ihm war aufgefallen, wie oft ihr Blick in letzter Zeit glasig wurde, so als wäre sie mit ihren Gedanken irgendwo anders. Er wusste, dass das seine Schuld war, weil er sie so oft allein ließ. Die bittere Ironie war jedoch, dass sie diese Isolation zu suchen schien. Wenn sie gemeinsam unterwegs waren, ließ sie ihn oft einfach stehen und verschwand in den Wald, oder sie schlich sich mitten in der Nacht aus dem Bett in den Sturm hinaus, nur um den Wind zu spüren. Das alles machte ihm Angst – aber es brachte ihm auch Erleichterung. Sie ließ ihm Raum, um das zu tun, was er tun musste, nämlich die zersplitterten Stücke seines Ichs wieder zu etwas zusammenzufügen, das sie lieben konnte. Sein Ziel war jetzt zum Greifen nah. Er löste mit seinem Messer die glänzende Leber des Hirschs heraus.

»Du solltest nicht so oft von zu Hause weg sein.« Ardans Stimme war schärfer als ein Dolch. Er stieß glühende Steine in das Loch. Das Riedgras, mit dem es ausgelegt war, begann zu rauchen. »Ich finde es nicht richtig, dass du Deirdre so oft allein lässt.«

Einen Augenblick lang konnte Naisi ihm nicht antworten. Es war ihm nicht entgangen, wie Ardan Deirdre ansah, auch wenn er sich das nicht eingestehen, geschweige denn darüber reden wollte. *Es ist nicht seine Schuld. Sie ist wunderschön, und sie ist jung.* Das war Lust, und Lust war etwas Vergängliches, das hatte Naisi immer wieder festgestellt. Er räusperte sich. »Die Pässe werden von Carnachs Männern bewacht. Deirdre ist sich durchaus darüber bewusst, dass wir alles tun müssen, um Cinets Gunst zu gewinnen.« Sein Herz raste, als er dies sagte, so als müsse er sich mit aller Macht verteidigen. Er atmete tief durch. Ardans Verlangen würde mit dem Kampf schwinden. Und auch alles andere.

Ardan stocherte mit der Spitze seines Stiefels in dem Haufen ausgehobener Erde herum. »Ich kann nur hoffen, dass sie das wirklich so sieht.«

War es Ardan möglich, die Welt zu sehen, die Deirdre so faszinierte? »Das geht nur sie und mich etwas an«, murmelte Naisi. Ein Graben hatte sich plötzlich zwischen ihnen aufgetan, dunkel und kalt.

An einem der Feuer ertönte lautes Rufen. Ardan ging hinüber. Als er wieder zurückkam, zerrte er Ainnle hinter sich her. Ihr jüngerer Bruder hatte ein blaues Auge und ein albernes Grinsen im Gesicht. Ardan setzte Ainnle zu Naisi ans Feuer. »Ich habe gewettet, dass mich nicht einmal vier Männer festhalten können«, krächzte Ainnle. Sein Atem stank nach Ale. »Und ich habe gewonnen!« Er warf drei Lederbeutel auf den Boden, in denen Flüssigkeit schwappte.

Naisi sah, dass Ainnles Nase blutete. »Spar dir deine Kräfte für die Veniconen auf.«

Ainnle schob ihn mit einer fahrigen Bewegung weg. »Komm schon! Sie wollen, dass wir uns zu ihnen setzen. Die Nacht ist noch lang. Lassen wir doch das Fleisch hier einfach vor sich hin kochen.«

Ainnle brannte mehr denn je darauf zu kämpfen. Als er jetzt wild mit dem Arm in der Luft herumfuchtelte, fiel Naisis Blick auf die Schnittwunde, die sich sein Bruder vor ein paar Tagen in einem Scharmützel mit Kundschaftern der Veniconen zugezogen hatte. Der behelfsmäßige Verband war schmutzig, die Enden ausgefranst.

Naisi starrte ihn mit schmalen Augen an. Wenn Ainnle sich jetzt so eifrig in die Schlacht stürzte, folgte er nur seinem Beispiel. Er wollte sich jedes Mal aufs Neue vor ihm beweisen, und das war es auch, was ihn so wild und ungestüm machte.

Stiefel schreiten durch lichte Wälder. Er legt seine Seele in die Spitzen seiner Pfeile, um ihnen Kraft zu geben. Wie in Trance spürt der Jäger den Herzschlag der Erde unter seinen Füßen, spürt auch den Herzschlag des Hirsches, der im Einklang mit dem Puls von Mutter Wald schlägt. Der Bogen und seine Muskeln sind gespannt. Er duckt sich … streift mit seinem Umhang leicht die Blätter, genauso wie der Hirsch dies mit seinem Fell tut. Er malt die Gestalt des Hirsches mit seinem Geist wie auf die Wand einer Höhle … hält dann das Bild fest. Mutter, lass ihn so nahe kommen, dass der Hirsch sein Blut als sein eigenes empfindet, seine Wärme als die eigene.

Deirdres Handflächen lagen auf dem Stein unter ihr. Dieser Ort ließ sie die uralten Echos menschlicher Ehrfurcht hören. *Auf diese Weise* also gelang es ihr, wenn auch nur für kurze Zeit, eins zu werden mit den Tieren – indem sie mit dem Jäger Verbindung aufnahm.

Jetzt begriff sie, dass die Seele des Jägers klar wie ein Kristall war. Ihr eigener Verstand hingegen war wie ein grober Felsblock, durchzogen von steinernen Adern, die von Angst und Selbstzweifeln gezeichnet waren. Deshalb bereitete es ihr auch solche

Mühe, die Grenzen zu den flüchtigen, silbernen Geistern der Tiere und Vögel allein mithilfe ihres Willens zu überschreiten. Ganz egal, wie sehr sie sich nach dieser Verbindung sehnte, sie wurde noch immer von der Angst beherrscht, sich vollkommen zu verlieren. Sie fürchtete, Wurzeln im Boden zu schlagen und eine Haut aus silberiger Rinde zu bekommen, und dann würde Naisi sie nicht mehr sehen können …

Sie erwachte. Erschrocken setzte sie sich auf. Der Tau der Nacht hing in ihren Wimpern. Um sie herum tanzten die *sídhe* im Licht des Mondes, ein wirbelnder Glanz ergoss sich über die Wiese. Sie streckte ihre zittrigen Hände nach diesem fröhlichen Tanz aus, denn die *sídhe* wurden von den Gefühlen angezogen, die Deirdre immer dann empfand, wenn sie den Jäger aus uralten Zeiten begleitete.

Dazugehören. Klan. Mutter-Land. Schoß. Das war es, was der Jäger spürte – und jedes Mal, wenn sie aus ihrer Trance erwachte, wurde sie von tiefer Traurigkeit ergriffen, weil sie davon getrennt war. Sie erinnerte sich daran, wie sie gerade eben noch ein Wanderer zwischen den Welten gewesen war, und jetzt war sie einfach nur noch Deirdre. Deirdre, die die Männer schon nach ihren Wünschen formen wollte, bevor sie überhaupt zu sich selbst gefunden hatte.

Sie sog die Nachtluft ein und lief durch den Wald zurück, das Gesicht zum Mond erhoben, dessen Licht sie jetzt begierig trank. Als sie zwischen den dunklen Bäumen einen flackernden Schimmer sah, blieb sie stehen.

Deirdre wartete, bis ihr Blick wieder klar wurde und sie sich im Hier und Jetzt verankert hatte. Sie sah, dass dieser Schimmer der Schein eines Feuers war. Sie schlich näher heran, bis sie hinter einer Eiche stand, von wo aus sie das Ganze beobachten konnte.

Es war Naisi. Seine Waffen und Amulette lagen im Mondlicht ausgebreitet vor ihm. Er hielt einen Gegenstand nach dem anderen hoch in die Luft und fuhr dann mit seinen Fingern ehrfürchtig dessen Form nach, badete ihn in heiligem Licht. Er küsste die kalten Klingen von Schwert und Dolch, dann den Anhänger aus Hirschhorn und den Torques seines Vaters. Schließlich nahm er den Armreif des Roten Zweiges und murmelte etwas, so als teile er ihm seine tiefsten Geheimnisse mit. Als er den Reif anstarrte, breitete sich auf seinem Gesicht ein tiefer Schmerz aus. Seine Brauen beschatteten hohle Augen.

Deirdre presste ihre Brust an den Stamm der Eiche, um ihren Schmerz zu unterdrücken. Mit einem so sehnsüchtigen Blick sah Naisi sie nie an, wenn er das Tal verließ. In ihrem Kummer wurde sie unvorsichtig, und unter ihrem Fuß zerbrach knackend ein Ast. Naisi ließ den Reif fallen und hatte mit einer einzigen fließenden Bewegung auch schon sein Schwert in der Hand. Sie sah, wie selbstverständlich er die Klinge gezogen hatte, so als wäre sie Teil seines Körpers.

Als sie zwischen den Bäumen hervorkam, senkte er sein Schwert. Er wirkte ein wenig beschämt. »Ich dachte, du würdest schlafen«, platzte er heraus.

»Und ich dachte, du wärst bei deinen Brüdern«, erwiderte sie. Als er ihr nicht antwortete und nur stumm seine Waffen anstarrte, machte sie einen weiteren Schritt auf ihn zu. »Wenn der Mond scheint, gehe ich oft zu dem Felsen dort oben«, sagte sie. »Das ist ein Kraftort. Ich finde dort Trost, wenn …«

Sie brach ab, aber seine dunklen Augen zuckten, und ihr war klar, dass er wusste, was sie hatte sagen wollen. *Wenn ich wieder einmal allein hier im Tal bin.*

Sein Mund wurde zu einer schmalen Linie. Er ließ sein Schwert fallen und fuhr sich unsicher mit der Hand durch die Haare. In diesem Moment erinnerte sie sich daran, wie sich diese Lippen anfühlten, wenn sie ihre Haut berührten. Sie zitterte. Vielleicht war das Feuer zwischen ihnen genau wie dieses hier: eine kleine, flackernde Flamme in der Dunkelheit, die voller Geheimnisse und gegensätzlicher Wünsche war. Die Lust verband sie miteinander, aber sie wusste nicht, ob diese Lust nicht auch das Gegenteil bewirken konnte. Die Geheimnisse zwischen Männern und Frauen gingen über das hinaus, was Levarcham sie gelehrt hatte.

»Was machst du dort oben?« Naisi schien nicht zu wissen, was er mit seinen Händen anfangen sollte, jetzt, da sie leer waren. Er hob seinen Dolch auf und steckte ihn in die Scheide an seinem Gürtel.

Ihr Herz schmerzte, als sie auf ihn zuging. Sie mussten ihre Pfade wieder miteinander verflechten, mussten sich gegenseitig sagen, was sie bewegte. »Viele Dinge. Ich übe … die Vogel-Lehre, die ich auch Ardan beigebracht habe, und … ich folge den Tieren, so wie ich damals dem Hirsch gefolgt bin.« Sie erinnerte sich daran, dass ihm das keine Angst gemacht hatte. »Und …«, sie dachte an den Jäger aus uralter Zeit, »und manchmal werfe ich auch einen Blick in die Vergangenheit …«

»Die Vergangenheit?« Plötzlich flackerte Angst in seinen Augen auf.

Ihr wurde vor Schreck übel. Er hatte also doch Angst vor ihrer hellseherischen Gabe, ihrer Fremdheit. Warum war ihr das bis jetzt nicht aufgefallen? »Ja«, krächzte sie.

Er drehte sich um und bückte sich nach dem Torques seines Vaters. Sie trat von hinten an ihn heran, schlang ihre Hände um seine Taille und legte ihr Gesicht an seine Schulter. Er erstarrte, als sie ihn berührte. Aber schon einen Augenblick später wurden seine bebenden Muskeln unter ihrer Wange weich, und seine warme Hand legte sich auf ihre Finger. *Fiáin*. So leise, dass es auch der flüsternde Wind hätte sein können.

Sie holte Luft. »Sag mir die Wahrheit, Naisi. Warum gehst du immer wieder fort und riskierst dein Leben …« Ihre Stimme versagte.

Er schwieg einen Moment, während seine Finger ihre Hand streichelten. »Jedes Mal, wenn wir für Cinet kämpfen, steigen wir in seiner Gunst. Und wir gewinnen immer mehr Einfluss bei seinen Männern. Bald werden wir Krieger dafür gewinnen können, an unserer Seite zu kämpfen – gegen Conor zu kämpfen.« Deirdre zuckte zusammen und senkte die Arme. Naisi drehte sich um und starrte in die Schatten, die aus dem Wald heraus auf sie zukrochen. Ihr fiel auf, dass seine Hand den Torques fest umklammert hielt. »Wenn wir Cinet helfen, die Veniconen zu schlagen, werden wir zum Lohn ein Stück Land erhalten, auf dem wir Schafe und Rinder züchten und Früchte anbauen können, sodass wir eine eigene Truppe versorgen können. Wir werden auch eine Burg erhalten. Dann werden dich nicht nur Krieger, sondern auch massive Mauern schützen.« Die Worte sprudelten wie ein Sturzbach aus ihm hervor. Deirdre starre ihn fassungslos an. Mauern?

Er atmete aus und sah sie an. »Die Epidier nennen mich inzwischen *fladorca*«, fuhr er jetzt mit sanfterer Stimme fort. »Weil sie nichts über meine Herkunft wissen – und wegen meiner Haare.« Er lächelte schmerzlich, als er sich eine Locke aus der Stirn strich. »Jedes Mal, wenn wir unser Schwert ziehen, werden wir ein wenig mehr Teil dieser Bruderschaft.«

Sie sah ihre Hände an, die sie jetzt, da er sich einen Schritt von ihr entfernt hatte, ineinander verschränkt hatte. Das also war seine Wahrheit – aber es war nicht die ihre. Aus dem feuchten Boden unter ihren Füßen kroch die Angst in ihren Körper. Sein größter Wunsch war also, wieder eine Festung zu haben, eine prächtige Halle, eine eigene Truppe. Sie aber wünschte sich nichts anderes als die Stille des Waldes, wollte ungestört in die Nebelschleier der Anderswelt eintauchen. Dies hier war etwas ganz und gar anderes als die vollkommene Verbindung zwischen ihnen, das ekstatische Vergnügen, wie sie es bis jetzt kannte. Dies hier war verwirrend …

Plötzlich schossen ihr alle möglichen Gedanken durch den Kopf. Sie durfte ihn nicht bedrängen zu bleiben, wenn sie sich selbst so sehr davor fürchtete, in ihrer Freiheit eingeschränkt zu werden, dass sich jeder Armreif, den Naisi ihr stolz schenkte – Gold aus Cinets Schatzkammer – für sie noch immer wie eine Fessel anfühlte.

Sie konnte ihn nicht ändern, denn dann würde er genau dasselbe auch von ihr verlangen. Wie aber sollte sie ihm erklären, welche Versuchung dieses Wandern durch die Schleier der Anderswelt für sie war? Nein, sie würde ihm das niemals erklären können. Das Ganze war noch immer so zerbrechlich und fein, und es gehörte ihr allein – *ihr ganz allein*. Auch wenn Naisi ansatzweise begriffen hatte, was geschehen war, als sie den Hirsch gerufen hatte, so würde er doch von den unermesslichen und verwirrenden Tiefen dieses Vorgangs zurückschrecken. Sie durfte ihm deshalb auch nicht sagen, dass sie inzwischen mit jedem Schlag ihres Herzens den Ruf der *sídhe* vernahm, der ihr Frieden, Vertrautheit, Zugehörigkeit versprach …

Sie schrak zusammen, als Naisi sich nach dem Armreif des Roten Zweiges bückte und ihn anlegte. Seine Finger verweilten einen Moment lang auf der Speerspitze aus Bronze. Sie sah, wie seine schwarzen Haare über seine Wangenknochen fielen, und versuchte sich mit aller Macht selbst davon zu überzeugen, dass dies der Platz war, an den sie gehörte.

Aber wenn er sich so sehr danach sehnt, von hier fortzugehen, dann ist er hier nicht glücklich, flüsterte eine kalte Stimme in ihrem Innern. *Du wiederum sinkst unter die Oberfläche der Welt, so als wolltest du nie wieder die Luft der Menschen atmen. Aber warum solltest du auch, denn schließlich könnte er sterben, und dann wärst du allein?* Verschloss sie sich so sehr, nur weil sie die Trennung von ihm fürchtete? Ihre Augen brannten. »Wenn du ein Bauer wärst, dann bräuchten wir keine Truppe«, murmelte sie.

Er hängte sich seine Amulette um den Hals. »Wenn ich ein Bauer wäre, würdest du nicht halb so oft deine Schenkel um mich schlingen.«

»Unsinn«, presste sie mit einem Kloß im Hals hervor.

Ein Lächeln huschte über sein Gesicht, dann sah er zum mondhellen Himmel hinauf, so als könne er ihr nicht länger in die Augen blicken. »Der Tag, an dem wir unangreifbar sein werden«, murmelte er, »dieser Tag wird schon bald kommen, Deirdre.«

Es war dieses starke Bedürfnis zu kämpfen, das ihn so hart machte. Plötzlich spürte sie, wie sich Kälte in ihr ausbreitete, und konnte nicht verhindern, dass ihr Herz sich zu seinem eigenen Schutz zusammenrollte wie eine Blüte, die sich in der Abenddämmerung schließt. Unfähig, noch ein einziges Wort zu sagen, stolperte sie über die Lichtung davon und in den Wald hinein. Worte konnten nicht ändern, was sie im Herzen fühlten, konnten nicht ändern, dass sie sich so unterschiedliche Dinge wünschten. Sie blieb in der Dunkelheit zwischen den Bäumen stehen und warf einen Blick zurück auf die Lichtung. Sie sah, dass Naisi am Feuer kauerte, den Kopf gesenkt, während er Zweige in die Flammen warf.

Naisi, flehte sie innerlich, *warum kann dein Herz nicht in der Stille, im Schweigen, Frieden finden?*

Während sie den Weg durch den Wald entlangging, sehnte sie sich danach, seine Schritte hinter sich zu hören, sich im Bett an seinen nackten Körper zu schmiegen. Dort konnten sie zusammen lachen und sich gegenseitig wärmen.

In dieser Nacht kam er nicht zu ihr.

Als die Söhne des Usnech das nächste Mal zurückkehrten, kamen sie nicht singend und mit glitzernden Schwertern über der Schulter den Hang herauf. Die beiden Älteren hatten Ainnle in ihre Mitte genommen. Sie stützten ihn, während er mit gesenktem Kopf auf unsicheren Beinen voranstolperte.

Deirdre sah sie kommen und verschwendete keine Worte. Sie zeigte auf ihr Haus, da dieses am nächsten lag. Ainnles Gesicht war vor Anspannung weiß wie ein Leintuch. Es war ein warmer Tag. Das Fell an der Tür war zurückgebunden. Das matte Tageslicht, das in die dunkle Hütte fiel, hob den feuchtkalten Glanz auf Ainnles Haut hervor. Er fiel leise stöhnend auf die Decken und hielt sich dabei die Taille. Sein Hemd war steif von getrocknetem Blut, das durch den groben Verband gesickert war, den er um seine Körpermitte trug. Deirdre fragte, was geschehen war, während sie Wasser in eine eiserne Schüssel goss und diese dann auf ein Dreibein über die Kohlen stellte. Sie fachte das Feuer an und legte Haselnusszweige aus dem Korb mit dem Brennholz nach.

»Er war unvorsichtig, der Dummkopf, das ist passiert«, antwortete ihr Naisi barsch.

Er funkelte Ardan, der gerade seine Waffen ablegte, böse an. Auch die beiden älteren Brüder sahen völlig erschöpft aus. Ihre Haare waren vom Wind zerzaust, und sie hatten dunkle Ringe unter den Augen. Auch ihre Kittel waren voller Blut. *Sie haben ihn abwechselnd festgehalten,* dachte Deirdre

Während sie sich zu beruhigen versuchte, kniete sie sich neben dem Bett nieder und versuchte, Ainnles Hemd hochzuziehen.

»Ist schon gut …«, keuchte Ainnle und biss dabei die Zähne zusammen. »Es ist nur ein Kratzer. Er tut ein bisschen weh … das ist alles.«

»Nur ein Kratzer!«, herrschte Naisi ihn an. Er hatte sich die ganze Zeit zusammengerissen, hatte sein Entsetzen und seine Schuldgefühle verdrängt, damit sie Ainnle möglichst schnell nach Hause bringen konnten. Jetzt aber brach sich die Erleichterung, seinen Bruder in Deirdres Händen und an seinem eigenen Herd zu wissen, Bahn, und er verlor die Beherrschung. »Ihr seid beide schuld! Tollkühne, gedankenlose …«

»Es war ein Unfall«, fiel Ardan ihm ins Wort und stellte den Behälter mit seinen Wurfspeeren auf dem Boden ab. »Die Novanten haben den Epidiern letztes Jahr jede Menge Vieh geraubt. Ket und die anderen haben uns gebeten, es zurückzuholen.«

»Wir sollten aber eigentlich Cinets Karren bewachen«, erwiderte Naisi.

Ainnle wich ein Stück vor Deirdre zurück. Eine rote Linie zog sich über seine blassen Wangenkochen. »Sie haben uns darum gebeten.«

Naisi fuhr zu ihm herum. »Und wenn sie dich bitten, von einer Klippe zu springen, würdest du das dann auch tun?« Er ließ seinen Blick zwischen seinen beiden Brüdern hin- und herwandern, sah den trotzigen Zug um ihren Mund und den Unmut in ihrem Blick. Das Atmen fiel ihm sichtlich schwer. Er füllte seine Lungen mühsam mit Luft und stieß sie dann wieder aus. »Wie konntest du dich derart leichtsinnig in Gefahr bringen?«, schnauzte er Ainnle an. Am liebsten hätte er laut geschrien. *Ich mache das alles hier nur, damit ihr wieder eine Zukunft habt, und du wirfst sie beinahe weg?*

Ainnle keuchte. Seine Schultern zitterten. »Es ist allein meine Sache, was ich riskiere! Außerdem bist du es doch, der sich ständig in Gefahr begibt, Naisi. *Ich* habe nicht darum gebeten, auf Trinkgelage, Frauen und Gesang verzichten zu müssen …«

»Nein, das hast du nicht«, gab Naisi zurück. »Aber du hättest schon vor langer Zeit deinen eigenen Weg gehen können.« Ainnle fiel die Kinnlade herunter, und Naisis Stimme schnappte über. »Du vergisst anscheinend, dass es allein meine Sache ist, für uns zu entscheiden.«

Ardan war aufgesprungen. Seine Augen funkelten in seinem bleichen, schmutzigen Gesicht. »Es ist eben *nicht* allein deine Sache, und es betrifft auch nicht nur dich! Ainnle ist frustriert, und deshalb geht er solche Risiken ein. Wir beide halten es hier einfach nicht mehr aus.« Sein Blick wanderte kurz in Deirdres Richtung. Es wurde still. Nur lautes, empörtes Atmen war zu hören. Deirdre wusste nicht, wo sie hinsehen sollte. Instinktiv wich sie an die Wand zurück.

Naisi konnte nicht verbergen, dass sich sein Körper anspannte. Er hatte die Hände auf seine Oberschenkel gelegt und spürte, wie sich seine Muskeln verhärteten. Ardan schluckte. Einen Moment später warf er seinen Schwertgürtel neben seine Speere auf den Boden, dann drehte er sich auf dem Absatz um und stürmte zur Tür hinaus.

Naisi folgte ihm nicht: Er war weder imstande sich zu bewegen, noch die Scherben zu kitten.

Ardan nahm seinen Bogen und seine Schlingen und verschwand wortlos in den Wald.

Naisi versuchte, Deirdre zu helfen. Er legte seinem Bruder mit finsterem Gesichtsausdruck die Hand auf die Stirn, betastete dann seine Schulter und seine Gliedmaßen, so als könne er allein dadurch das verletzte Gewebe wieder zusammenfügen. Dann packte er ihn wie ein kleines Kind in ihr Bett und häufte einen Berg von Decken um ihn herum, den Ainnle jedes Mal, wenn er ihm den Rücken zukehrte, wieder wegschob.

Schließlich gelang es Deirdre, Naisi dazu zu überreden, auf die Jagd zu gehen, damit sie frisches Fleisch hatten. Sie war sich sicher, dass Ardan nicht so bald zurückkommen würde. Jetzt endlich konnte sie sich auf Ainnle konzentrieren.

Die Wunde war nicht tief. Sie hatte sich jedoch entzündet. Die Ränder waren gerötet, und die Wunde selbst war feucht und gelb. Sie musste weit mehr schmerzen, als Ainnle es zugab. Deirdre flößte ihm deshalb etwas von dem Rotblumensirup aus dem kostbaren Fläschchen ein, bevor sie die Wunde reinigte. In der Nacht begann er zu fiebern. Das Fieber und die Wirkung des Sirups ließen ihn in einen unruhigen Schlaf fallen, in dem er fortwährend leise vor sich hin murmelte. Deirdre wusch seine brennenden Wangen von Zeit zu Zeit mit kühlem Wasser und versuchte sich dabei verzweifelt an die stärksten Heilkräuter zu erinnern.

Am nächsten Morgen ließ sie Ainnle allein zurück und ging in den Wald, um Kräuter zu sammeln. Dort legte sie sich in die Sonne, die durch die Blätter schien, und atmete den Geruch der Erde und des Moders ein, bis ihr Geist sich beruhigt hatte. Als sie schließlich langsam in den Waldboden hineinsank, sah sie, dass die Quelle allen Seins um einige Pflanzen herum hellere Wirbel bildete als um andere. Es waren die Pflanzen, die sie noch nie verwendet hatte.

Wie im Traum pflückte Deirdre die Blätter und grub auch deren Wurzeln aus. Zu Hause bereitete sie daraus einen Sud und trank ihn. Erst als ihr nicht übel wurde, war sie sich sicher, dass sie ihn auch Ainnle geben konnte. Er stürzte das Gebräu hinunter, hastig wie ein Kind. Sie setzte sich zu ihm, so wie sie das auch bei dem Pferd getan hatte, und leitete die Quelle allen Seins durch ihren Körper hindurch in den seinen. Sie zeigte den kleinen Funken seines Bluts, wie sie wieder gesund werden konnten, indem sie sich wie die Funken in ihrem eigenen Körper bewegten. Es dauerte lange, bis Ainnle sich endlich wieder rührte.

Er öffnete die Augen zu schmalen Schlitzen. »Er ist nicht mehr … derselbe«, sagte er mit schleppender Stimme. »Nie mehr … wir … drei.«

Sie sah in seine kleinen Pupillen. Seine Augen waren glasig. »Er liebt dich«, sagte sie sanft und fragte sich, ob der traumartige Zustand, in den ihn der Rotblumensirup versetzt hatte, vielleicht bewirken würde, dass ihre Worte direkt in sein Herz gelangten und dabei seinen eigensinnigen Verstand umgingen. »Es tut ihm unendlich weh, wenn es dir schlecht geht. Du musst also so schnell wie möglich wieder gesund werden.«

Ainnles rissige Lippen verzogen sich zu einem freundlosen Lächeln. »Wehtun … ihm?« Seine Mundwinkel gingen nach unten. »Nein … das kümmert ihn nicht. Nicht mehr …«

Sie nahm seine feuchtkalte Hand. »Er braucht dich, Ainnle.« Nach einer Weile hörten seine Augenlider auf zu flattern, und er wurde ruhiger. Schließlich glitt er wieder in den Schlaf hinüber.

Als sie in der Nacht wieder nach ihm sah, war er in Schweiß gebadet. Die Kräuter schienen zu wirken. Schweißperlen standen ihm auf der Stirn, trugen die Hitze von seiner Haut in die bereits feuchten Leintücher. Sie wischte seinen Körper ab. Obwohl sein Atem jetzt wieder regelmäßiger ging, hatte er noch immer die Augen geschlossen.

Zwei Tage später war das Fieber gefallen, und über der Wunde begann sich eine Kruste zu bilden. Deirdre nahm gerade die Bandagen von den Deckenbalken ab, die sie dort zum Trocknen aufgehängt hatte, als Ainnle endlich wieder etwas sagte, das über die gebrummten Antworten auf ihre Fragen nach seinem Befinden hinausging. »Ich hätte ihm keine Vorwürfe machen sollen«, murmelte er. »Ich habe ihn noch nie so wütend erlebt.«

Deirdre warf ihm einen kurzen Blick zu. Er zupfte nervös an der Wolldecke herum. Seine Stirn war leicht gerunzelt. Jetzt stieß er einen Seufzer aus und schob eine Hand unter seinen Kopf. Dann starrte er stumm die Decke an.

»Das zeigt nur, wir sehr er dich liebt, Ainnle.« Sie ging zu dem Regal aus Eichenholz, das mit Pflöcken in der Wand befestigt war, und nahm ein irdenes Gefäß mit Goldrutensalbe heraus. Dann nahm sie die Schafgarbenbrühe, die auf einem Schemel stand, und zog vorsichtig das Stück Schwammmoos von seiner Wunde. Er zuckte zusammen. »Mein Ziehvater Fintan hat mich nur ein einziges Mal in meinem Leben angeschrien, und das war, als ich mich beinahe selbst umgebracht hätte«, sagte sie.

Ainnle starrte sie an. »Du … hast was?«

Sie lächelte und tupfte die Wunde vorsichtig mit dem Schafgarbensud ab. »Ich war erst fünf und hatte entdeckt, dass ein Fuchs seinen Bau in einer kleinen Höhle in einem Hügel hatte. Ich bin hinaufgeklettert, weil ich mir die Jungen ansehen wollte. Ich war kurz davor, von den Felsen abzurutschen, als Fintan kam und mich gerade noch rechtzeitig festhielt.« Belustigt über Ainnles erstaunten Blick, zuckte sie mit den Schultern.

»War er wütend auf dich?«

Sie nickte. »Er hat so laut gebrüllt, dass sich eine ganze Woche lang kein Wild mehr blicken ließ. Als wir nach Hause gingen, wurde ihm plötzlich bewusst, dass ich sogar *in* den Fuchsbau hatte hineinkriechen wollen. Falls ich also nicht vom Felsen gestürzt wäre, hätte mich wohl die Füchsin getötet. Also brüllte er noch lauter.«

Ainnle stieß, wenn auch widerwillig, ein bewunderndes Schnauben aus. Deirdre lächelte. »Er hat mich tatsächlich gezüchtigt. Er hat mir auf die Finger gehauen, obwohl er dabei Tränen in den Augen hatte.«

Ainnle starrte sie mit offenem Mund an. »Das war alles? Wir haben fast jede Woche eine ordentliche Tracht Prügel mit der Rute bekommen.«

»Nun, ich nehme an, dass die Dinge, die ihr angestellt habt, schlimmer waren als meine Missetaten und dass die Strafe deshalb auch mehr als angemessen war.«

Er kicherte. »Das waren sie zweifellos.«

Verlegen schwiegen sie beide einen Moment lang. Sie trug die Salbe auf die Wunde auf, legte frisches Moos darauf und bat Ainnle, die Auflage festzuhalten, während er sich aufsetzte. Dann dirigierte sie ihn zur Bettkante und begann, ihn zu bandagieren.

Sie vermied es dabei sorgfältig, ihn zu berühren. Ihr war bewusst, dass Naisi der einzige Mann war, dem sie jemals nahegekommen war. Der Umriss von Ainnles Oberkörper, die dunklen

Locken an Schläfen und Nacken wirkten irgendwie verwirrend vertraut auf sie. Aber es geschah vielleicht nie wieder, dass er sich ihr in dieser Weise öffnete. »Du brauchst nicht so verbissen darum zu kämpfen, dass er dich respektiert«, sagte sie leise. »Es ist nicht nötig, dass du dich um etwas bemühst, was du bereits hast. Und es ist auch nicht nötig, andere wegzustoßen, die nicht zwischen dir und deinem Bruder stehen.«

Sie glaubte an seinem Profil zu erkennen, dass er beschämt aussah, und beschloss deshalb, die Gelegenheit zu nutzen. Sie musste noch immer an die Qual in Naisis Augen denken, als er Ainnles Wunde angestarrt hatte. Aber vielleicht würde er jetzt erkennen, was sie riskierten, und vielleicht würde er sich jetzt nicht mehr jedem Kampf stellen. »Du und Ardan, ihr seid sein Atem und sein Blut; ohne euch wäre er nicht der, der er ist.« Sie wickelte den Verband ein weiteres Mal um seinen Körper. »Erinnerst du dich daran, wie deine Mutter gelitten hat, als euer Vater starb?«

Ainnle schwieg. Er hatte den Kopf abgewandt. »Ja.«

»Dann verstehst du auch, was ich dir sagen will.« Sie band den Streifen aus Leinen fest und lehnte sich zurück. »Wie dem auch sei«, fügte sie nüchtern hinzu. »Ich habe ihn auch nicht für mich allein. Also geht es uns beiden ähnlich.«

Sein Kopf fuhr herum, und er sah sie verblüfft an. Sie wusch sich die Hände in einer Schüssel, während er seinen Kittel herunterzog und sich wieder niederlegte. Sie sah, dass sein knochiger, schlaksiger Körper langsam fester und kompakter wurde und dass seine Schultern schon beinahe so breit waren wie die von Naisi. Er hat auch denselben eigensinnigen Zug um den Mund, dachte sie. Dann schoss ihr plötzlich ein anderer Gedanke durch den Kopf. *Und er wird bis zum letzten Atemzug an Naisis Seite kämpfen.* Sie rieb sich das Druckgefühl zwischen ihren Schlüsselbeinen weg.

»Naisi war schon immer ein rätselhafter Mistke…«, Ainnle

hielt sich gerade noch zurück. »Er hat seine Gedanken schon immer für sich behalten, so als wäre ich noch zu jung, um ihn zu verstehen.« Ainnles Nasenflügel bebten jetzt wie die Nüstern eines nervösen Fohlens.

»Dann haben wir noch etwas anderes gemeinsam. Mir erzählt er im Moment auch nicht allzu viel.«

Sein Blick war sowohl bitter als auch belustigt, während er sich räusperte. »Ich habe mich noch gar nicht bei dir dafür bedankt, dass du dich um mich kümmerst.« Er zuckte mit seiner unverletzten Schulter. »Es ist vermutlich gar nicht schlecht, eine Heilerin im Haus zu haben.«

»Dann bin ich jetzt also doch für etwas gut?«, fragte sie und warf die blutigen Verbände ins Feuer.

Er schnaubte. »Wahrscheinlich würde ich Naisi in den Wahnsinn treiben, wenn du nicht da wärst.«

Nachdem Naisi mit einer erlegten Hirschkuh zurückgekommen war, wich er nicht mehr von Ainnles Seite. Er fütterte ihn mit Fleischeintopf und erzählte ihm Geschichten aus ihrer Kindheit. Im Licht dieser ungewohnten Aufmerksamkeit erholte Ainnle sich erstaunlich schnell. Die Wunde begann zu jucken, während sie heilte. Jetzt, da sich die Haut wieder geschlossen hatte, wirkten die Salben noch besser.

Fünf Tage, nachdem er sie verlassen hatte, kam auch Ardan mit zwei Hasen über der Schulter aus den Bergen zurück. Er war nicht allein.

Ihm folgte ein Kundschafter der Epidier, der ein stämmiges kleines Pferd, das Lebensmittel und Schlaffelle trug, am Halfter führte. »Ich habe ihn unterwegs getroffen. Carnach schickt ihn«, sagte Ardan zu Naisi und warf die erlegten Hasen vor die Feuerstelle, wo Deirdre saß und Ainnles Verband wechselte. Ardans Wangen waren rau vom Wind, und sein Blick war wieder klar.

Sein Zorn schien völlig verpufft zu sein. »Er sagt, dass er eine wichtige Nachricht für Finn hat – so wichtig, dass er nicht einmal mir sagen wollte, worum es geht.« Er sah den Kundschafter mit hochgezogenen Augenbrauen an.

Der Bote der Epidier nickte Naisi zu. »Ich kann nicht lange bleiben, denn ich bin auf dem Weg zu den Tälern im Süden. Jeder Krieger, der einen Speer tragen kann, ist aufgerufen, nach Dunadd zu kommen.«

»Warum?« Das Wort schoss aus Naisis Mund wie ein Pfeil von der Sehne eines Bogens.

Deirdre richtete ihren Blick auf den bunten Wollteppich unter ihren Füßen – ein Geschenk von Cinet. Sie begann, ein Stück Leinen um ihren Zeigefinger zu wickeln.

»Die Veniconen haben die Kriegsflagge nach Dunadd geschickt.« Die Augen des Mannes strahlten, so als würde er Naisi eine besondere Ehre verkünden. »Schon bald wird es eine Schlacht geben. Die größte seit Jahren. Der König fordert alle Krieger auf, ihrem Eid zu folgen und an seiner Seite zu kämpfen. Die Männer strömen bereits von überall her nach Dunadd. In einer Woche werden sie zum Aufbruch bereit sein.«

Ein tiefes Schweigen senkte sich über die kleine, vom Feuerschein erhellte Hütte. Mit jedem Augenblick, der verstrich, klopfte Deirdres Herz lauter, bis sie es nicht mehr aushielt und aufstand. Sie sah nur Naisis Gesicht und seinen Blick, der direkt durch sie hindurchzugehen schien. »Das ist jetzt nicht dein Ernst«, flüsterte sie.

Naisi erhob sich, so beherrscht und ruhig wie immer. »Meine Brüder werden dir Proviant mitgeben, wenn du welchen brauchst«, bot er dem Kundschafter höflich an. »Sehe deinen Botengang zu uns als erledigt an.«

Dann ging Naisi ohne ein weiteres Wort mit steifen Schritten zur Tür hinaus. Deirdre warf die Verbände aufs Bett und folgte ihm. Er nahm den Pfad den Hügel hinauf, bis sie im lichten Schatten der Birken standen. Sobald sie außer Hörweite waren, drehte er sich zu ihr um. »Nur noch diesen letzten Kampf, *fiáin.*« Er biss die Zähne zusammen, sah sie jedoch gleichzeitig mit einem Blick an, der inständig um ihr Verständnis bat. »Diesen letzten Kampf, zu dem es zwangsläufig kommen musste – so wie ich es dir schon damals nachts im Wald gesagt habe. Die Chance auf den großen Triumph.«

»Nein.« Ihre Stimme bebte. »Beim letzten Mal wurde Ainnle verwundet. Wie kannst du auch nur daran *denken,* wieder in den Kampf zu ziehen?«

Zu ihrem großen Entsetzen fühlte sich ein Teil von ihr seltsam erleichtert. In Gedanken lief sie bereits wieder den Weg zu jenem Ort in der Wildnis hinauf, wo es nur das Flüstern der *sídhe* gab. Dort, wo sie sich treiben lassen konnte, dort, wo es keinen Schmerz gab. Es wäre so einfach für sie, für immer in den Nebel der Anderswelt zu entfliehen. Ein Teil von ihr wünschte sich das so sehr, hatte sich wohl schon immer danach gesehnt. So weit hatte sie sich also schon von Naisi entfernt. Die Erkenntnis ließ sie erstarren.

Naisis Augen glühten. Seine Selbstkontrolle ließ sie ihre Gefühle umso deutlicher spüren. Ihre Stimme überschlug sich. »Wovor läufst du davon? Wonach *sehnst* du dich so sehr, dass du mich verlässt, ohne auch nur einen Blick zurückzuwerfen, und immer wieder völlig sinnlos den Tod herausforderst?«

Ein leichtes Zittern lief durch seinen Körper. »Nichts von dem, was ich tue, ist sinnlos«, sagte er ruhig.

Aber sie hörte ihm schon gar nicht mehr zu. »Wie kannst du es riskieren, dass wir auf diese Weise für immer voneinander getrennt werden, wo ich doch ganz allein dir gehöre?«

Das Blut schoss ihm ins Gesicht, und seine Nasenflügel weiteten sich. »Du gehörst ganz allein mir, Deirdre? Wohl kaum.

Manchmal verschwindest du einfach, um dich mit wer weiß wem zu unterhalten – gütige Götter, selbst wenn wir zusammen im Bett liegen, hast du immer einen Fuß auf dem Boden, um jederzeit fliehen zu können!«

Ihre Augen brannten. »Ich weiß, dass du Angst vor mir hast, dass du Angst vor dem hast, was in mir ist.«

Naisi schüttelte den Kopf. »Nein, ich habe keine Angst vor dir. Aber als du den Hirsch gerufen hast, haben wir das gemeinsam erlebt. Ich habe es auch gespürt.« Seine Augen glitzerten. »Du behauptest, dass du ganz die meine bist. Aber ich kann es in deinem Gesicht sehen, wenn dieses … dieses *Ding* die Kontrolle über dich übernimmt. Du verzehrst dich manchmal geradezu danach, in der Wildnis zu verschwinden und zu den *calleach* zu gehen. Du willst herausfinden, wer und was du bist – aber was ist, wenn du eines Tages nicht zurückkommst? Was bleibt denn dann mir, wenn ich mir kein anderes Leben aufgebaut habe?«

Sie waren beide tief gekränkt und wollten sich jetzt nur noch gegenseitig verletzen. »Ja, es stimmt, ich bin froh, dass mich das Land ruft. Denn wenn du nicht bei mir bist, habe ich nichts anderes, womit ich mein Herz füllen kann«, schrie sie ihn an. »Aber egal. Sicher bist du im Grunde deines Herzens glücklich darüber, dass ich nicht versucht habe, dich einzuschränken, wie das die anderen Mädchen in Emain Macha getan haben.« Er schrak zurück. Offensichtlich hatte sie einen wunden Punkt bei ihm berührt. Da sie jedoch nicht wusste, womit genau sie ihn so getroffen hatte, zögerte sie. »Ist es das, worum es dir in Wirklichkeit geht, Naisi? Versuchst du, mich auf diese Weise loszuwerden?«

»Genau dasselbe könnte ich von dir behaupten, wenn du wieder einmal aus einer puren Laune heraus in die Nebel verschwindest, ohne dass ich weiß, wann und ob du wieder zu mir zurückkommst!« Er machte einen Schritt auf sie zu. »Auch du bist auf der Suche nach irgendetwas, das nicht das Geringste mit uns beiden zu tun hat, Deirdre. Ich verlange ja nicht, dass du mir jede Regung deines Herzens mitteilst. Aber es kommt mir so vor, als würdest du, seit wir hierhergekommen sind, irgendetwas vor mir verbergen!«

Ihre Kehle brannte. »Das ist also der Grund, warum du immer wieder weggehst. Du tust es nur, weil ich es wage, einen eigenen Willen und eigene Wünsche zu haben?«

»Ich habe dir gesagt, warum ich es tun muss.« Er machte eine fahrige Handbewegung, und dabei fielen ihm seine schwarzen Haare in die Stirn. »Das ist die Gelegenheit, auf die ich so lange gewartet habe. Ich kann Cinet jetzt um mehr bitten. Nach diesem Kampf könnten wir uns hier richtig niederlassen. Eine Burg bauen, eine eigene Truppe ...«

»Um all das habe ich dich niemals gebeten; das ist nicht meine Zukunft. Ich werde lieber meinen eigenen Weg gehen. Ohne diese Dinge, denn sie bringen mir keine Sicherheit, sie gefährden mich nur noch mehr.«

»Du kannst allein nicht überleben!«

Ihr Zorn brach sich Bahn. »Warum denn nicht? Jedenfalls *will ich nicht* von dir abhängig sein, ich brauche dich nicht!«

»Und ich brauche dich nicht!«, brüllte er zurück. »Ich habe einen Eid geschworen – ich bin meinem Klan und meiner Familie verpflichtet. *Ich* kann mich nicht so einfach in der Wildnis verstecken!« Er keuchte. Um seinen Mund zeigten sich jetzt weiße Linien der Anspannung.

Sie starrten einander an, entsetzt darüber, dass sie eine Grenze überschritten hatten, die nicht hätte überschritten werden dürfen. Naisi versuchte, auf sie zuzugehen, breitete die Arme aus. »Ich habe noch für keine Frau das empfunden, was ich für dich empfinde. Wenn wir miteinander im Bett sind ...«

»Dann gibt es nur noch uns zwei«, beendete sie mit erstickter Stimme den Satz. »Diesem Verlangen nachzugeben, das ist so einfach, nicht wahr? Es lindert unseren Schmerz, Naisi, und es schließt alles andere aus. Aber was ist, wenn unsere Leidenschaft erlischt?« Es war dies für sie eine entsetzliche Vorstellung, aber sie musste sie einfach aussprechen, sonst würde sie ersticken.

In Naisis Augen lag plötzlich eine schmerzliche Warnung. »Deirdre …«

»Für dich gibt es offensichtlich noch etwas anderes.« Ein seltsamer Impuls veranlasste sie, die Hand auszustrecken. Sie wollte ihn berühren, damit sie in ihn hineinsinken und mit seinen Funken dahintreiben konnte. »Du hast mir gesagt, dass du stolz bist. Aber wenn du das alles hier nur aus blindem Stolz heraus tust, könnte ich dir das niemals verzeihen. Du musst dich endlich dem stellen, was geschehen ist – Learys Tod und der Tatsache, dass ihr Erin verlassen musstet. Auch wenn du versuchst, davor davonzulaufen, Naisi, wirst du es niemals loswerden.«

Er schob den Unterkiefer vor, und seine Augen wurden schmal. »Und wenn du gegen eine Fessel kämpfst, so wird sie sich nur noch fester zusammenziehen. Du hast so große Angst davor, dass Conor oder sonst irgendein Mann dich einsperren könnte, dass du dich auch niemals wirklich an *mich* binden wirst.«

Sie ließ die Hände sinken, legte sie schützend auf ihren Bauch. »Und du bist so versessen darauf, ein berühmter Krieger zu werden, dass dir völlig egal ist, wenn deine Brüder das mit ihrem Leben bezahlen müssen.«

Er gab ein ersticktes Geräusch von sich, so als hätte sie ihm einen Schlag auf die Brust versetzt. Dann wich er schwankend einen Schritt vor ihr zurück. »Denkst du das wirklich von mir?«

Diese Qual in seinen Augen … »Nein.« Sie unterdrückte ihre Tränen. »So habe ich das nicht gemeint …«

Er hörte ihr jedoch schon gar nicht mehr zu. Der Schmerz über ihre Worte ließ ihm die Röte ins Gesicht steigen und fegte die letzten Reste seiner Vernunft hinweg. »Bei allen Göttern, du vertraust mir nicht. Du glaubst, dass ich dein Vertrauen nicht wert bin.« Der ihr so gut bekannte Ausdruck gehetzter Qual in seinen Augen starrte ihr entgegen, und sie suchte verzweifelt nach einer Antwort.

Sie brachte jedoch kein einziges Wort mehr heraus. Ihr Herz raste. Was war, wenn er recht hatte? Vielleicht vertraute sie ihm tatsächlich nicht, weil sie nicht verstand, was ihn antrieb.

Naisi las in ihren Augen, was sie dachte. Er warf den Kopf in den Nacken und holte tief Luft. Dann drehte er sich um und ließ sie einfach stehen. Auch Deirdre drehte sich um. Ihre Glieder schmerzten, so als hätte sie Fieber. Sie hielt sich die Hände vors Gesicht, während sie blindlings durch den Wald hastete.

Es war ihr egal, dass die Zweige ihre Wangen zerkratzten und an ihren Haaren zerrten. Schließlich hörte sie nur noch das Zwitschern der Vögel und ihren eigenen qualvollen Atem, als sie mit dem Geruch des feuchten Bodens ihre Lungen füllte.

34

Naisi war allein ins Haus zurückgekehrt und band jetzt mit hektischen Fingern seinen Umhang zusammen. Er musste weg von hier. Deirdres Blick war so unglaublich klar und durchdringend gewesen, dass er schon befürchtet hatte, sie könne bis auf den Grund seiner Seele blicken. Und dafür war er noch nicht bereit.

Nur noch eine einzige Schlacht, dann durfte sie alles von ihm wissen – und würde ihn noch immer lieben. Denn das Einzige, worauf er sich verlassen durfte, war das Schwert in seiner Hand. Nach diesem letzten Kampf würde er Cinet sagen, dass sie eine Festung bauen mussten, irgendwo in der Nähe von Carnach, an einem Ort, den man gut verteidigen konnte. *Das* würde er Conor ins Gesicht schleudern. Endlich war er dann in der Lage, sie alle zu beschützen – seine Brüder und Deirdre – und dafür zu sorgen, dass die Welt wieder *heil* wurde. Als er dieses Wort dachte, spürte er einen schmerzhaften Stich in seinem Herzen.

Was ist, wenn eines Tages unsere Leidenschaft erlischt? Ihr Schrei hallte als Echo durch seine Gedanken. Er hielt inne, beschwor ihr Bild herauf, ihren glänzenden Körper im Feuerschein … nein, nicht dieses Bild, das war zu einfach. Stattdessen stellte er sich vor, wie sie vorhin ausgesehen hatte, auf dem Pfad. Das Gesicht verzerrt und von Tränen überströmt, hässlich in ihrem Schmerz. Er hörte noch einmal ihre Worte, spürte diesmal deren volle Wucht. *War sie bereits erloschen?* Gütige Götter, nein. Deirdre machte ihn zugleich traurig und wütend, und das war doch nur möglich, wenn das Feuer zwischen ihnen noch brannte. *Deirdre … Deirdre …* Er presste seine Daumen an seine Stirn, versuchte so, den Schmerz zu vertreiben und sich wieder auf die Gegenwart zu konzentrieren.

»Ich habe alles mitbekommen.« Es war Ardan, der zurückgekommen war, nachdem er den Kundschafter verabschiedet hatte. »Ihr habt euch so laut gestritten, dass es unmöglich war, es zu überhören.« Er sah Naisi argwöhnisch an.

»Das geht dich nichts an«, murmelte Naisi leise und schnallte sich sein Schwert um.

Ardan machte einen Schritt auf ihn zu. »Du machst Deirdre für deinen Schmerz verantwortlich, dabei sind es deine eigenen Schuldgefühle, die dich antreiben. Du glaubst, du hättest uns gezwungen, diesen Weg einzuschlagen …« Naisi zuckte zusammen – *wusste* Ardan etwa, was in ihm vorging? »Es war Conor, der Dallan tötete«, fuhr Ardan fort. »Und es war auch Conor, der Leary umbrachte. Du hast eine viel zu schwere Bürde auf dich genommen, und jetzt weigerst du dich, diese Last mit uns zu teilen. Welche Wahl bleibt uns also, als zu versuchen, die Kluft zwischen uns auf unsere eigene Weise zu füllen?«

Naisi fuhr herum und sah Ardan in die Augen. »Und welches Geheimnis hütest du, Bruder? Was treibt dich fort von mir?«

Das Schuldgefühl, das in den Augen seinen geliebten Bruders aufschimmerte, ließ Naisi zurückschrecken. Er nahm seinen Umhang und warf ihn über seine Schulter. Er wollte seinem Bruder nicht mehr ins Gesicht sehen. Sein Bündel lag noch immer neben der Tür; er hatte nicht einmal die Gelegenheit gehabt, es auszupacken. »Ich werde allein nach Dunadd gehen und mich auf diese Schlacht vorbereiten.«

»Du kannst nicht allein gehen!«

»Tu, was du für richtig hältst. Du hast vollkommen recht: Ich werde keine Entscheidung mehr treffen, die dich in Gefahr bringt. Falls Ainnle kämpfen will, dann soll er nachkommen. Aber es wird bestimmt noch einige Zeit dauern, bis seine Wunde verheilt ist. Ich werde jedoch gehen, weil ich es Cinet versprochen habe.« Er hielt an der Tür inne und starrte zu den in warmes Sonnenlicht getauchten Hügeln hinauf. Alles, was ihm jedoch noch zu sagen einfiel, war: »Ich habe Deirdre einmal gesagt, dass ich genau wissen würde, wann der Tag gekommen sei. Richte ihr aus, dass dies hier nicht der Tag ist. Und dies hier ist nicht die Schlacht. Wir werden uns also bald wiedersehen.« *Auch wenn sie sich im Augenblick vielleicht das Gegenteil wünscht.*

»Welcher Tag?«

»Sie weiß schon, welchen Tag ich meine.«

»Du solltest ihr das verdammt noch mal selbst sagen!«, rief Ardan ihm noch nach, als Naisi bereits das Fell an der Tür hinter sich hatte zufallen lassen.

Conor rammte sein Glied in das Sklavenmädchen, dann griff er nach seinem Becher mit Ale und trank hastig. Das Ale lief an seinem Kinn hinunter, über das Gesicht des Mädchens und auf das Kissen. Er leerte den Becher und warf ihn auf den Boden. Er wollte sich zusammenrollen, wollte sich bis zur Besinnungslosigkeit betrinken, aber er musste sich auf die schlaffen Brüste konzentrieren, die vor ihm auf und ab hüpften, damit seine Männer unten in seiner Halle die leisen Geräusche vernahmen und wussten, dass er noch Kraft hatte. *Wenn er ihre feuchten Lippen anstarrte, musste er wenigstens nicht an das getrocknete Blut auf Cúchulainns Gesicht denken.*

Das Mädchen drehte sein Gesicht zur Seite, biss sich dabei auf die Fingerknöchel, aber er kam nicht richtig in Fahrt. Das Ganze schien sich endlos hinzuziehen.

Plötzlich wurde die Bettdecke weggerissen. »Raus!« Ein Stock bohrte sich dem Sklavenmädchen ins Bein. Sie schrie auf, als Conor sich umdrehte. »Raus!«, schrie Nessa und traktierte jetzt mit dem Stock jedes Stück nackter Haut, das sie erwischen konnte. Conor versuchte, die Stöße abzuwehren. Das Mädchen kreischte und fiel schließlich aus dem Bett. Nessa hob das achtlos zu Boden geworfene Kleid der Sklavin auf und schleuderte es ihr ins Gesicht, woraufhin diese wimmernd floh.

Conor setzte sich auf und zog die Bettdecke hoch. »Was soll das?«, zischte er.

Nessa schnaubte. »Dasselbe sollte ich dich fragen. Ich habe gehört, dass sich schon wieder Krieger aus Connacht im Grenzland herumtreiben, um Vieh zu rauben. Die Wachen an den Toren der Macha konnten sie nur mit größter Mühe abwehren. Und was machst du? Du liegst im Bett und vergnügst dich mit irgendeiner dämlichen Schlampe!« Sie zielte mit dem Stock jetzt auf seine Weichteile. »Du solltest bei deinen Männern sein und sie zur Größe ermahnen. Lass in Connacht ein paar Gehöfte niederbrennen, damit sie wissen, dass wir wieder zu unserer alten Stärke zurückgefunden haben!«

Conor schob den Stock matt zur Seite und rülpste laut. »Du gibst zu viel auf irgendwelche Gerüchte«, sagte er schleppend. Ihm war schwindelig.

Der Stock traf den Bettpfosten so heftig, dass der ganze Rahmen bebte. »Um der Götter willen, die dich geschaffen haben! Vergiss endlich das Mädchen und diesen dummen Jungen. Er hat sie inzwischen bestimmt schon Hunderte von Malen genommen. Warum willst du sie überhaupt noch haben?«

Conors Übelkeit wurde noch stärker.

»Zieh dein Schwert und *kämpfe! Dann* werden dir die Männer folgen.«

Wenn ich die Verachtung sehe, mit der sie mich anstarren, kann ich mir das kaum vorstellen. Die Gedanken in seinem vom Ale umnebelten Gehirn schmerzten wie ein gebrochener Knochen, dessen Bruchstücke aneinanderrieben. »Sie werden sich von mir nicht mehr in die Schlacht führen lassen«, sagte er heiser. »Es gibt andere, die ihre Herzen viel mehr begeistern als ich.« Zu seinem Entsetzen spürte er plötzlich eine ungewohnte Bitterkeit in seiner Kehle aufsteigen. Seine Selbstbeherrschung begann sich im Ale aufzulösen.

»Du erntest jetzt nur das, was du selbst gesät hast. Damit habe ich nichts zu tun.« Nessas graue Augen wanderten mit bitterem Blick über ihn hinweg. »Gütige Götter! Ist das wirklich der Sohn, den ich geboren habe? Hast du dir wirklich dreißig Jahre lang mit Stärke und Selbstbeherrschung etwas so Großes aufgebaut, nur um es jetzt einfach wegzuwerfen?«

Das Ale rumorte in Conors Magen und rauschte in seinem Kopf. Plötzlich stand er auf und ging auf seine Mutter zu. Nackt. »Das ist alles dein Werk …«

»Du hast ein Königreich von mir bekommen!«

»Und du hast dir dieses Königreich damit *erkauft,* dass du Mac

Roy in dein Bett gelockt hast!« Sie sah ihn mit offenem Mund an, als er auf sie zutaumelte. Der Schmerz hatte sich jetzt wie ein Schraubstock um seine Schläfen gelegt. »Jeder weiß, dass du Fergus das Leben durch seinen Schwanz ausgesaugt hast. Und jetzt saugst du auch mir das Leben aus.«

Sie gab ihm eine schallende Ohrfeige. Seine Beine gaben unter ihm nach. Er fiel auf alle viere. Das Chaos in seinem Kopf fegte jede Vernunft hinweg. Ein durch und durch böses Gefühl kam an die Oberfläche so wie ein fauliges Stück Fleisch, das aus einem stinkenden Teich aus Ale aufsteigt. Wie nur hatte es geschehen können, dass er jede Selbstbeherrschung verloren hatte? Nur weil er sich – nach dreißig Jahren – auch einmal einen einzigen flüchtigen Moment des Vergnügens erlaubt hatte? Eine Verschnaufpause von der beengenden Disziplin gegönnt und durch eine kleine Öffnung einen einzigen Atemzug frischer Luft geschnappt hatte? *Deirdre …* durch ebendiesen Spalt hatten sie und Naisi ihm einen Dolchstoß versetzt. Und jetzt wollte sich die Wunde einfach nicht mehr schließen. Sie blutete immer weiter, und mit jedem Tropfen Blut verlor er an Stärke.

Nein. Sein Verstand versuchte, das noch immer zu leugnen.

Sein Körper hörte ihm jedoch schon lange nicht mehr zu. In ihm klopfte die Erinnerung an einen weit zurückliegenden, heftigen Schmerz, der tief in seinem Inneren vergraben war. Deirdres Jugend und Schönheit hatte das angesprochen, was von seinem kindlichen Ich noch übrig war. Den Jungen, der sich so sehr nach Perfektion sehnte, während er selbst in vielem so *fehlerhaft* war. Sein schmächtiger Körper, sein unbeholfener Umgang mit dem Schwert, seine Mutter, die sich vor den Kriegern über ihn lustig machte. In dem Moment, in dem er Deirdre verloren hatte, waren all diese alten Qualen noch einmal auf ihn herabgestürzt. Und jetzt fand er einfach nicht mehr die Kraft, sich von ihnen zu befreien.

Meine Männer hassen mich, schrie alles in ihm. Am Grunde

dieser Grube, ganz tief in seinem Inneren, dort befand sich jedoch noch etwas Schlimmeres. Sein Magen krampfte sich zusammen, und ein Strom sauren Ales ergoss sich über seine Hände. *Ich habe mir meinen Thron nicht mit Blut und Tapferkeit verdient.* Der Schmerz von Jahren ließ ihn jetzt weiter würgen. Seine Mutter glaubte, sie hätte ihm das größte Geschenk gemacht, das es gab. Aber für ihn hatte dieses Geschenk noch nie einen Wert besessen. Er hatte seine Macht aus den Händen einer Frau empfangen, und es war ihm nur mithilfe unendlich vieler Tricks gelungen, sich diese Macht zu erhalten. Er hatte das alles so satt. Er wollte nur ein einziges Mal etwas Reines und Unbesudeltes besitzen. Etwas wie Cúchulainns Kampfesglut. Wie das Gefühl der Gemeinschaft, wenn Fergus mit seinen Kriegern sang.

Wie Deirdre, deren Glanz sich wie Sonnenlicht in ihm ausbreiten und die Dunkelheit für immer aus seinem Inneren vertreiben würde.

Die Garben von Gerste, mit denen der Schrein des Stammesvaters, des Dagda, geschmückt war, verströmten einen moderigen Geruch. Die Luft war dunstig von der Spreu. Conor musste ein Husten unterdrücken. Seine Beine schmerzten, denn er kniete jetzt schon sehr lange auf der Binsenstreu.

Sie hatten das Erntefest gefeiert. Bei diesem Ritual wurde der König stets mit feierlichen Worten begrüßt. Man pries ihn für seine Fruchtbarkeit und dafür, dass er den Wohlstand seines Volkes schützte. An diesem Morgen jedoch hatte ihn sein Volk mit hohlen Augen angestarrt, denn er war nur noch eine Hülle, die leere Worte sprach. Er hatte keine Königin an seiner Seite gehabt, in deren Bauch ein Kind heranwuchs, sein Kind.

Als das Ritual endlich vorbei war, war er zum Schrein des Dagda gewankt. Er hatte den großen Tempel und die gesichtslose, anklagende Gegenwart der Göttin einfach nicht mehr ertragen. Vielleicht half es, wenn er den König der Götter um Hilfe bat.

In dieser viel kleineren Hütte herrschte ein tröstliches Halbdunkel. Wände aus Lehm bildeten ein enges Rund, die Dachpfosten eine Art Wald aus stillen Bäumen. Der Raum wurde nur von einigen Talgkerzen erhellt. Sie standen zusammen mit dem silbernen Ebereschenzweig, der goldenen Schale mit geheiligtem Wasser und den Löffeln, die mit Salz gefüllt waren, auf einem steinernen Sockel. Dahinter war ein dicker Eichenstamm, der den Weltenbaum symbolisierte, in den Boden eingelassen. Die Wurzeln in den Tiefen der Erde verankert, die Äste in den Himmel gereckt, vereinte er die diesseitige Welt und die Anderswelt in sich.

Conor hatte den ganzen Nachmittag auf Knien gebetet. Er hatte so viele Bitten gemurmelt, dass er sich damit selbst in eine Art Trance versetzt hatte. Das Ale brannte noch sauer in seiner Speiseröhre, und seine Zunge fühlte sich sandig an. Sein Kopf hämmerte. Manannán, Lugh und Dagda – er war völlig am Ende. Nur die Götter konnten ihm jetzt noch helfen. Einen Augenblick lang hatte ihn Panik überfallen, denn er hatte plötzlich das Bild vor Augen gehabt, dass ihn die Götter in der Anderswelt verhöhnen und es ihm niemals gestatten würden, an ihrem Tisch zu essen. *Helft mir! Bitte!*

Etwas Weißes schimmerte hinter dem Altar. Conor hob irritiert den Kopf. Die Flamme der Lampe zischte, als etwas hineingeworfen wurde. Dichter Rauch verdunkelte plötzlich den Raum. Schemenhaft erkannte Conor eine verschwommene Gestalt, die von einer leuchtenden Aura umgeben war. Sein Puls begann zu rasen.

»Du bist gekommen, weil du Rettung suchst.« Die Stimme einer Frau, das war sein erster Gedanke. Aber nein. Während sie sprach, wurde sie tiefer und volltönender. Diese Stimme war weder männlich noch weiblich. Sie schwang mit einer Resonanz, wie es bei einem Menschen nicht möglich war. Die ganze Luft schien zu vibrieren. Das war einer der Götter, der durch einen der

Druiden sprach … vielleicht war es auch der Dagda selbst, der sich Conor zeigte, weil er ein guter und gerechter König war.

Conor spürte, wie ihn das Wesen des Göttlichen einhüllte, wie sich seine Seele öffnete. »Ich habe mich verlaufen«, stammelte er. Als dieses Eingeständnis seines Versagens über seine Lippen kam, da begann endlich das Gift aus seinem blasigen Fleisch herauszusickern.

Die Stimme schwebte in der Dunkelheit. »Die Götter sehen alles.« Die weiße Gestalt tauchte immer wieder aus dem Rauch auf und verschwand dann wieder. Er konnte sie nicht deutlicher erkennen, denn der Altar und ihr Gewand strahlten ein helles Licht aus. War das Cathbad, der gekommen war, um seine Beichte zu hören? Ein Arm hob sich, und ein Finger zeigte wie ein Speer auf seine Brust, legte sein wild schlagendes Herz frei. »Wenn du Trost finden willst, dann musst du ihnen die Wahrheit sagen.«

Die Wahrheit? Conor fuhr sich mit der Hand über seine trockenen Lippen. Er dürstete so sehr nach der versprochenen Befreiung von seinem Schmerz, und deshalb brach es jetzt auch aus ihm heraus: »Ich habe mich danach gesehnt, ihren Körper in meinem Bett zu haben, sie zu berühren und sie zu schmecken, mich in ihr zu verlieren. Ja, das wollte ich! Ich wollte sie erfüllen und sie besitzen. Alle Männer hätten mich bewundert, weil ich über eine solche Frau gebiete.«

Ein kalter Luftzug strich über seine Wange – war dies die Hand eines der Götter? »Da ist noch mehr«, sagte der Geist. »Es gibt da noch einen Mann, der in der Dunkelheit deines Hasses gefangen ist.«

Conor schloss die Augen. Er stellte sich Naisi vor. Als die Schwärze in ihm aufstieg, zwang er sich dazu, ihr ins Gesicht zu blicken. »Das Alter hat mich verwelken lassen, und … ich habe ihn beneidet, weil die Frauen seine glatte Haut und seine schwarzen Haare so sehr lieben.«

Ein leises, ermahnendes Zischen ertönte. »Das ist immer noch nicht alles.« Die Speerspitze grub sich noch tiefer in Conors Fleisch. *Die Götter konnten in sein Innerstes sehen, konnten ihn mit ihrem Licht durchbohren.* »Lass deine Bürde fahren«, flüsterte es wieder.

Schwer atmend stellte sich Conor wieder Naisis Gesicht vor. Seine schmalen Augen, die so intensiv strahlen konnten, und seine fein geschnittene Nase, den Kopf, den er hochwarf wie ein edles Pferd. Voller Kraft. Voller Herausforderung. »Die Krieger liebten ihn.« Er glaubte, gleich an seinem Zorn ersticken zu müssen. Seine Gedanken zersplitterten. *Alle jungen Männer haben zu Naisi aufgesehen … selbst Fiacra.* In Naisis Blick lag sowohl Macht wie auch Tatendrang. Die Wahrheit drückte Conor nieder, sodass er sich auf seinen schmerzenden Knien zusammenkrümmte. Er war ein schwaches Kind gewesen. Sein Verstand war schon immer seine einzige Waffe gewesen. Er hatte verachtet, was er nicht haben konnte. Das, was er sich so sehnlich gewünscht hatte – nämlich die Königswürde mit dem Schwert zu gewinnen, damit die Augen der Männer leuchteten, wenn sie ihn ansahen.

»Ja«, hauchte die Stimme ihm zu. »Spüre all das.«

Conors Bauch verkrampfte sich. Seinem Hass folgte die Scham. Eine riesige Welle, heiß und bitter. Der Ekel vor sich selbst war wie Gestank in seiner Nase. Er schämte sich, weil er sich von seinen Begierden kontrollieren ließ, weil er jene fürchtete, die noch jung waren. Er war der König; er hätte stärker sein sollen. Plötzlich hörte er das Rascheln eines Gewands. Eine kühle Hand legte sich auf seine Stirn, segnete ihn. Sie fühlte sich viel leichter an, als er es angesichts der pulsierenden Kraft der göttlichen Gegenwart erwartet hatte. »Das ist die Wahrheit«, hörte er die Götter sagen. »Endlich.«

Die Berührung, die Vergebung, all das war zu viel für ihn. Er wusste nicht, wie viel Zeit während dieses reinigenden Ausbruchs von Scham vergangen war. Er kniff die Augen zu, so als wolle er weinen. Aber da waren keine Tränen. Ein stummes Schluchzen blieb in seiner Kehle stecken. Jetzt endlich begann der Schmerz zu vergehen. Die Last seines Hasses hob sich von ihm, sodass er wieder frei atmen konnte. Die Hand verschwand, die Schritte verklangen.

Conor stützte sich auf Hände und Knie. Dann rappelte er sich mühsam hoch. Seine Gedanken waren jetzt klarer. Er erinnerte sich an Lughnasa und an die Enttäuschung, die er in den Gesichtern der Menschen gesehen hatte. Er sah seine Mutter, die ihm voller Verachtung ihren knochigen Finger immer wieder in sein Fleisch gebohrt hatte. Ihm wurde schwindelig, als sich alles zusammenfügte. Es war, als würde die Sonne aufgehen. Sein Gesichtsfeld wurde vom Licht der flackernden Kerzen erfüllt, während der Tempel in den Schatten zurückwich.

Seine Würde als König war von der ersten Stunde an durch diese Frau besudelt. Sein Blut als Krieger war schon verunreinigt, bevor es überhaupt durch seine Adern geflossen war. Es war ihm durch ihren Ehrgeiz und ihre Gier und durch seine Pflichten und seine Hoffnungslosigkeit genommen worden.

Das Gleichgewicht musste jetzt wiederhergestellt werden. Und zwar durch eine heilige Verbindung mit der Großen Göttin in der Person eines reinen Mädchens, das nichts mit Nessas weltlicher Lust zu tun hatte. Er musste Deirdre finden. Erst dann würde er sich vom verderblichen Einfluss seiner Mutter befreien und sein Königreich durch Machas Segen reinigen können. Als Gegengewicht zu seiner von Dunkelheit umgebenen Mutter würde er sich Deirdre, dem Licht, zuwenden. *Deirdre* würde ihm die Kraft und die Autorität geben, die Krieger allein mit seiner Persönlichkeit an sich zu binden. Auf diese Weise würde er völlig unangreifbar werden.

»Wenn mein Thron jetzt wackelt«, sagte er heiser, »wenn Lust und Neid mich in die Irre geführt haben, dann muss ich zu dem zurückkehren, was einen König in Wirklichkeit ausmacht.« Die Luft um ihn herum schimmerte verheißungsvoll.

»Ach, Conor, mein Sohn.« Die Stimme kam von hinten. Er öffnete die Augen und drehte sich um. Er blinzelte, der Glanz verblasste, und er sah Cathbad den Säulengang heraufhumpeln. Offensichtlich hatte er den Schrein eben erst betreten. Conor wandte sich der schmalen Tür zu, die nach Osten wies, aber da war niemand mehr … kein in wallende Gewänder gekleideter und von Rauch und Feuer umgebener Gott.

Er drehte sich wieder zu Cathbad um, während er sich mit der Hand übers Gesicht fuhr. Der oberste Druide sprach für die Götter … das taten schließlich alle Priester. Spielte es also eine Rolle, wen der göttliche Geist erwählt hatte, um ihm Trost zu spenden? Cathbad atmete pfeifend, während er langsam auf ihn zu humpelte. Die vielen Lungenentzündungen, die den alten Mann in den letzten Jahren geplagt hatten, hatten ihn immer schwächer werden lassen. Jetzt war sein Blick verschwommen. Sein Gesicht ausgemergelt.

»Was hast du mich über die Einsetzung eines Königs gelehrt?« Conor neigte seinen Kopf Cathbad zu.

Der oberste Druide hielt sich mit beiden Händen an seinem Stock fest und hustete. »Der Hügel von Macha ist die Brust der Göttin. Die Riten schreiben vor, dass der König durch einen göttlichen Segen mit der Göttin des Landes vermählt wird.« Beim Sprechen rasselte hörbar Schleim in seiner Brust.

Conor lächelte erleichtert. Der ungewohnte Gesichtsausdruck ließ seine Wangen schmerzten. »Du hast mir auch gesagt, dass ein Mann zum König wird, wenn er schwört, drei Bereiche zu beschützen: die Dinge des Geistes, die Kunst des Krieges und die Fruchtbarkeit des Landes.« Seine Gedanken rasten, ließen jeden Schatten von Scham hinter sich. »Ich war jedoch so in Lust und Torheit gefangen, dass ich darüber meine Pflicht vergessen habe. Und deshalb droht den Ulaid jetzt großes Unheil. Ich habe nicht auf euch, die ihr meine geistigen Lehrer seid, gehört. Ich vermag die Krieger nicht mehr zu führen, denn sie vertrauen mir nicht mehr. Die Menschen haben inzwischen so große Angst vor Connacht, dass sie sich fürchten, ihr Vieh auf die Weide zu bringen und ihre Felder zu bestellen. Aber das Schlimmste ist, dass ich meinen Schwur gegenüber der Göttin gebrochen habe und keine göttliche Braut an meiner Seite habe, um das Land mit Fruchtbarkeit zu segnen.«

Als ein verwirrter Ausdruck über Cathbads Gesicht huschte, machte Conor einen Schritt auf ihn zu. »Du, Vater, aber hast gespürt, dass *Deirdre* nichts anderes ist als die Große Göttin in Menschengestalt!« Er starrte in die Dunkelheit, hoffte, dort ein schimmerndes Bild von ihr heraufbeschwören zu können. »Ich wollte sie haben, weil meine Lenden nach ihr verlangten. Aber die Götter haben mir gezeigt, wie töricht das war. Deirdre ist dazu bestimmt, eine Göttin für uns alle zu sein – und wenn sie an meiner Seite im Tempel der Macha steht, wird meine Vereinigung mit der Quelle allen Seins vollkommen sein. Die Menschen werden Deirdre schätzen und lieben, das Land wird neu geboren werden.« Obwohl er völlig erschöpft war, sah er jetzt ganz klar vor sich, was zu geschehen hatte. Deirdre musste in allen Ehren und mit großem Pomp zurückkehren und nicht überschattet von einer dunklen Wolke der Schande und des Verrats. Wenn sie erst einmal sah, dass die Zukunft der Ulaid davon abhing, dass sie ihr göttliches Schicksal annahm, würde sie bestimmt ihren Kopf für die Blumenkrone neigen. Wenn ihr erst einmal bewusst wurde, dass es hier nicht um die Lust eines alten Mannes ging, sondern um die Götter, würde sie ihn gewiss verstehen.

»Es … es wäre durchaus möglich.« Cathbad fuhr sich mit seiner zitternden Hand über die Augen. »Aber das sind alles nur Vermutungen, mein Sohn. Und was ist mit Naisi?«

Conor sah den Weltenbaum an, um Kraft zu schöpfen. »Auch das haben mir die Götter gesagt. Naisi ist ein wahrer Krieger. Meine Männer verehren ihn als Kämpfer und als Jäger. Auch er muss in allen Ehren zurückkehren, um neben Deirdre und mir auf diesem Hügel zu stehen. Er wird mich als König und Deirdre als Königin mit den Kriegern verbinden.«

Cathbad atmete schwer. Er tastete nach der Bank hinter ihm und sank darauf nieder. Dann lehnte er den Kopf an die Wand aus Lehm. Seine Wangen waren gerötet. »Du musst ... du musst die beiden freigeben, weil das das einzig Richtige ist, mein Sohn. Du kannst nicht über die beiden bestimmen ... weder über ihre Herzen noch über ihr Fleisch. Die natürliche Ordnung muss wiederhergestellt werden. Du darfst sie nicht zurückholen. Ich habe eine düstere Ahnung ...« Seine Stimme schnappte über, und er hustete wieder.

Conor setzte sich neben Cathbad auf die Bank und nahm seine Hand. Die knochigen Finger fühlten sich schwach und zerbrechlich an. Die Gelenke waren geschwollen. »Du hast mich nicht verstanden. Ich werde Naisi vor aller Augen in die Arme schließen und ihm eine hohe und ehrenvolle Position im Roten Zweig verleihen. Er soll seine eigene Festung haben, so wie sein Vater sich das immer gewünscht hat. Die drei Brüder gehören zum Roten Zweig. Ohne ihn sind sie nichts, und der Rote Zweig ist nichts ohne sie. Selbst Cúchulainn hat das gesagt. Er hat versprochen, sie zurückzuholen. *Das* ist die natürliche Ordnung. Und wenn Deirdre erkennt, dass es in ihren Händen liegt, den Riss, der entstanden ist, zu schließen, wird auch sie ihr Schicksal erfüllen!«

Cathbad versuchte wieder etwas zu sagen, presste die Luft aus seinen verschleimten Lungen. »Wir wissen nicht, was die beiden fühlen. Du darfst sie nicht zwingen, etwas zu tun ...«

»Du hast nicht gesehen, zu was für einer Frau Deirdre herangewachsen ist. Du hast nicht das gesehen, was ich gesehen habe … diesen Tanz, bei dem sich die Göttin in ihr offenbart hat. Sonst nämlich wüsstest du, dass du die ganze Zeit über recht hattest – und dass Deirdre uns nicht das Verderben, sondern Gnade bringen wird.« Er beugte sich zu Cathbad hinüber, um ihn ehrfürchtig auf beide Wangen zu küssen, dann sprang er mit wiedergewonnener Energie auf. »Die Suche nach ihnen muss mit doppelter, nein dreifacher Anstrengung fortgeführt werden. Es ist mir völlig egal, wie viel Gold mich das kostet!«

Er eilte zur Tür. Hinter ihm ertönte Cathbads matte Stimme. »Wenn du die beiden schon zurückholst, dann musst du auch zulassen, dass sie sie selbst sind und nur ihrem Herzen folgen.«

Conor hörte ihm jedoch gar nicht mehr zu. Er stürmte nach draußen und sog die frische Luft ein. *Ihr Götter, nehmt die Fäule des Neides von mir,* betete er. Er sah sich zusammen mit Deirdre und Naisi auf dem Hügel stehen, ihre Hände hoch in die Luft gereckt. Die Augen seiner Krieger würden endlich wieder voller Stolz strahlen, wenn sie ihn ansahen.

Levarcham war an ihr Herdfeuer zurückgekehrt. Sie legte mit zittrigen Händen duftendes Harz in die Flammen, um sich von der tiefen heilenden Trance zu erholen, in die sie im Schrein gefallen war. Wie schon so oft war sie Conor gefolgt. Hatte ihn beobachtet wie eine Krähe, die auf einem Baum sitzt. Als sie ihn endlich zusammenbrechen sah … als sie seine Gebete gehört hatte … hatte sie zum ersten Mal seit Deirdres Flucht wieder Hoffnung geschöpft.

Göttliche Energie hatte sie durchströmt … hatte ihre Stimme tiefer klingen lassen … Sie hatte die Wahrheit gehört, Conors Wahrheit. Wenn schon kein Sterblicher imstande gewesen war, zu ihm durchzudringen, so war es jetzt endlich den Göttern gelungen.

Sie hatte seine Scham und seinen Ekel vor sich selbst in ihrem eigenen Körper gespürt, hatte gespürt, wie sich seine innere Einstellung verändert hatte, als er vor dem Altar des Dagda gekniet hatte. Er hatte erkannt, wie sehr er sich durch seinen Wahnsinn selbst erniedrigt hatte. Jetzt endlich würde er die Flüchtigen freigeben, sodass sie in allen Ehren zurückkehren konnten.

Deirdre. Deirdre.

Das Lied erfüllte vollkommen ihren Körper und ihre Seele.

Sie ließ es zu, dass ihr Tränen in die Augen stiegen, auch wenn sie in der Hitze des Feuers schon getrocknet waren, bevor sie ihr übers Gesicht laufen konnten.

35

Die Kriegshörner in Gestalt von Pferdeköpfen aus Bronze verkündeten laut die Herausforderung. Auf ihren höhnisch grinsenden Schnauzen spiegelte sich das Sonnenlicht, als sie eine Kakophonie aus Wut und Trotz über die Horden von Kriegern hinausschmetterten.

Die Epidier hatten ihr Heer am Fuße der Berge zusammengezogen, deren Hänge mit leuchtendem Heidekraut überzogen waren. Vor ihnen lag eine weite, sumpfige Ebene mit blassem Ried- und rotem Sumpfgras. Der Boden war fleckig und durchnässt. Auf der anderen Seite eines trüben braunen Flusses sammelte sich die Armee der Veniconen, deren heulende Trompeten die Form von Wolfsköpfen hatten.

Die Luft war dunkel von den Insektenschwärmen, die von den sumpfigen Teichen aufstiegen. Der Wind trug Geräuschfetzen von den Linien der Veniconen herüber. Es waren höhnische Bemerkungen, ein leises Murmeln, das wie das Summen eines Bienenschwarms klang. Zwischen ihren dunklen Mänteln, Lederpanzern und Haaren blitzten Speerspitzen und Schwerter auf. Vergoldete Helme und Wimpel aus Fell kennzeichneten die Adeligen in ihren Streitwagen, die hinter den Kriegern, die zu Fuß kämpften, Aufstellung bezogen hatten. Ihre Banner trugen die Silhouetten von Wölfen in Grün und Schwarz.

Naisi und seine Brüder hatten sich auf einer Hügelkuppe versammelt, wo sie letzte Vorbereitungen trafen, bevor sie sich den Reihen der Epidier anschlossen. Sie legten ihre Kittel und Schwertgürtel ab, sodass sie nur noch ihre ledernen Brustplatten, ihre Helme und ihre Hosen trugen, die sie mit Riemen aus Hirschleder fest an ihre Oberschenkel gebunden hatten. Naisi hatte sich niedergekniet, um sich noch einmal die Stiefel zu binden. Er versuchte gerade die Zahl der Feinde abzuschätzen, als Ardan neben ihn trat. Sein Bruder nahm einen Grashalm aus dem Mund und bemerkte: »Fünfhundert, würde ich sagen.«

Naisi stützte das Kinn auf sein Knie und atmete tief aus, bevor er wieder aufstand. Er stellte sich neben seinen Bruder und starrte in die Ferne. Ardan hatte Ainnle davon überzeugen können, dass es günstiger für ihn war, noch ein paar Tage zu warten, bis die Wunde besser verheilt war. Naisi hatte sich während dieser Zeit bereits in Dunadd aufgehalten, wo er Carnachs Männer trainiert hatte. Seine Brüder waren an ebenjenem Tag dort eingetroffen, als das Heer sich zum Abmarsch bereit gemacht hatte. Naisi und Ardan hatten auf dem ganzen Weg hierher nur das Nötigste miteinander gesprochen.

Jetzt, da sie vor dieser Mauer aus Männern standen, wurde die unausgesprochene Kluft zwischen ihnen zu einem beinahe körperlichen Schmerz. Ainnle ließ seinen Blick immer wieder zwischen seinen Brüdern hin- und herwandern. Er hatte die Brauen zusammengezogen. Es ärgerte ihn, dass Naisi seine Kampftauglichkeit in Frage gestellt hatte. Er hatte ihm wütend geantwortet, dass die Wunde bestens bandagiert sei und sich außerdem nicht auf seiner Schwertseite befände. Naisi hatte sich damit zufriedengegeben, hatte sich aber immer wieder vergewissert, dass Ainnle nicht zusammenzuckte, wenn er sich bewegte.

Als die Trompeten der Veniconen jetzt wieder ein misstönendes Kreischen von sich gaben, sagte Ainnle zu seinen Brüdern: »Wenn wir kämpfen, dann müssen wir das gemeinsam tun.« Er sah sie mit festem Blick an. »Ihr beide macht mich noch wahnsinnig.«

Naisi schnaubte und starrte auf seine Stiefel, zertrat mit dem Absatz einen Klumpen Erde. Das Blut floss bereits schneller in seinen Adern. Er spürte, wie es in seinen Schläfen klopfte. Seine Muskeln spannten sich an, und es juckte ihn in den Fingern, endlich sein Schwert in die Hand zu nehmen. Aber wenn sie kämpften, dann mussten sie als Krieger des Roten Zweiges miteinander verbunden sein, sonst würde es für jeden Einzelnen von ihnen gefährlich werden. Außerdem hatte er sie bereits genug geschwächt. Er wies mit dem Kopf in Ainnles Richtung, blinzelte dann in die Sonne. »Na das wäre dann mal etwas anderes«, sagte er trocken.

Ainnle gab vor, wütend zu sein, so wie er das oft als Junge getan hatte. Naisi wollte ihm eine Ohrfeige verpassen. Als Ainnle sich grinsend wegduckte, nahm Naisi ihn in seine Arme und hielt ihn fest. Ainnle wand sich hin und her und trommelte mit den Fäusten auf seinen Rücken. »Gütige Götter, du brichst mir ja die Rippen!«

Naisi ließ ihn los und drehte sich zu Ardan um, ohne ihm jedoch dabei ins Gesicht zu sehen. Im selben Moment wandte sich Ardan ihm zu, sodass die drei sich in einer kraftvollen Umarmung begegneten. Naisi schloss die Augen. *Vergebt mir*, dachte er so inbrünstig, wie er es niemals mit Worten hätte sagen können.

Hinter Ardans Schulter sah er jetzt ein anderes Gesicht. So nahe, dass er meinte, es berühren zu können. Bevor er sein Leben riskierte, musste seine Bitte um Vergebung auch ihren Weg zu Deirdre finden. Das geisterhafte Seufzen des Todes, das vor der Schlacht über den Reihen der Krieger lag, verstärkte alle Gefühle, und er bereute es deshalb bitter, dass er einfach so gegangen war. *Fiáin. Mein Wildfang.* Wenn das hier vorbei war und er sie mit der Kraft seines Herzens wieder an sich gezogen hatte, würde sie ihn sicher verstehen.

Ardans Augen leuchteten, als sie sich wieder voneinander lösten. Er hielt Naisis Arme noch einen Moment lang fest. »Du musst dir selbst verzeihen, sonst wirst du nicht stark sein.«

Die feindlichen Krieger begannen zu brüllen. Naisi sah zu den langen Reihen glitzernder Schwerter hinüber, die die Veniconen hoch in die Luft hielten. Das Licht tanzte auf den Spitzen der Klingen wie die Sonne auf den Wellen des Meeres. »Ich weiß nicht wie«, entfuhr es ihm beinahe verzweifelt.

»Es gibt einige Dinge, die wir einfach so hinnehmen müssen, wie sie sind«, murmelte Ardan.

»Ja«, sagte Naisi und sah ihm dabei in die Augen. Jetzt war es Ardan, der den Blick abwandte. Sie sahen gemeinsam auf das Schlachtfeld hinaus, ließen dabei eine Hand noch eine Zeit lang auf der Schulter des anderen ruhen.

»Was wir brauchen«, sagte Ainnle leidenschaftlich und wirbelte dabei sein Schwert in den Händen herum, »ist, wieder unter Menschen zu kommen, damit Ardan und ich wieder Frauen haben können – jeder von uns mindestens zwei.«

Ardan lächelte und band sich jetzt ebenfalls die Stiefel, während Naisi seine Arme ausstreckte. »Dann möge der größte Kampf auch den größten Lohn bringen«, sagte er und nahm endlich sein Schwert in die Hand. *Manannán erfülle dich,* murmelte er der kalten Klinge zu. *Lugh sporne dich an. Der Dagda stärke dich.*

Als Cinet sich mit seinen Heerführern in Dunadd getroffen hatte, hatte Carnach Naisi zu seinem Stellvertreter ernannt – eine Wahl, die Cinet ein seltsames Lächeln entlockt hatte. Daraufhin hatte er Carnach und seine Männer mit einer Position in der Mitte der Schlachtaufstellung geehrt. Immerhin, so hatte Carnach Naisi erklärt, hätten seine Krieger nicht mehr aufgehört, von ihm und seinen Brüdern zu sprechen. Viele hatten darum gebeten, sich seiner Truppe anschließen zu dürfen. Sobald sie jetzt also bereit waren, bahnten sich die drei ihren Weg durch die Reihen der Epidier bis zur vordersten Linie. Carnach drehte sich zu ihnen um und grinste. Auf seinem polierten eisernen Helm prangte ein Büschel schwarzer Pferdehaare, das ihm bis zur Taille reichte.

Naisi spürte die Blicke der Epidier hinter ihm. Er und seine Brüder waren auf dem besten Weg, sich einen guten Ruf zu erwerben, auch wenn sie das nicht unter ihrem eigenen Namen taten. Bald aber würden sie stark genug sein, um die Wahrheit wieder laut aussprechen zu können. *Dann würden sie sich auch wieder die Söhne des Usnech nennen können.*

Er drehte sich um und musterte die Streitkräfte der Epidier mit schmalen Augen. Ihre Banner zeigten eine weiße Stute auf blauem Hintergrund. Auch die Kämpfer selbst trugen das Zeichen des Pferdes: Schweifbüschel hingen an Zöpfen und Speerspitzen, lange Mähnen zierten Helme, die Felle von Hengsten polsterten Schultern und überzogen die Körper der Männer mit einem fleckigen Braun und Schwarz. Mit Nieten beschlagene Brustplatten waren mit Pferdezähnen geschmückt, und ockerfarbige Knochen hingen klappernd an den Hälsen. Die Tätowierungen der Männer waren während der letzten vier Nächte mit rituellen Gesängen auf der Ebene von Dunadd mit Eisenfarben nachgezeichnet worden. Die Bögen und Spiralen ließen ihre Gesichter zu wilden Masken werden.

Auf dem Hügel hinter ihm stand Cinet in seinem Streitwagen, den man unter größten Mühen über die Berge geschafft hatte. Die Seiten aus Weidengeflecht waren orangefarben bemalt, die Radnaben vergoldet. Seine Waffen und die seiner persönlichen Wachen waren ebenfalls poliert, sodass die Bronze und das Gold glänzten, als läge das Licht der Sonne darauf und zeige ihren Feinden, dass die Götter ihnen gewogen waren.

Der Lärm der Schlachtrufe schwoll jetzt noch mehr an. Die Epidier schrien und schleuderten den Veniconen Verwünschungen und Drohungen entgegen. Sie rammten die Enden ihrer Speere in den Boden, um sich in Raserei zu versetzen. Das Schlagen von Schwertern auf Schilden nahm den Rhythmus der wummernden Kriegstrommeln auf, während die Trompeten heulten wie *banshees*. Die Druiden schritten mit erhobenen Armen die Reihen ab, und die Krieger stimmten in ihren Gesang ein.

Naisi stellte zufrieden fest, dass Carnachs Männer das Heer der Veniconen inmitten dieses Chaos mit eisigem Blick anstarrten, während sie ihre Energie sammelten, bis ihre Körper regelrecht davon summten. Es war in der Kürze der Zeit nicht möglich gewesen, das zu schmieden, was die Krieger des Roten Zweiges miteinander verband, aber Naisi hatte ihnen immer wieder gesagt, wie wichtig es sei, ihre Kraft zu konzentrieren, auf einen Punkt zu bringen und sie dann nach außen zu schleudern, um ihre Schwertbrüder damit zu schützen. Als er zu ihnen gesprochen hatte, hatte er sich daran erinnert, wie es sich anfühlte, in einer großen Masse von Kriegern zu stehen, und seine so lange unterdrückte Leidenschaft hatte seinen Worten eine große Überzeugungskraft verliehen.

Auf diese Art und Weise hatten auch die Epidier endlich gespürt, worum es ging.

Cinets Beine waren schwer und schmerzten. Die Sonne brannte unerträglich heiß auf seinen Helm, und er hatte das Gefühl, in seinem eigenen Saft zu schmoren. Seine Kopfhaut spannte, und ihn quälten heftige Kopfschmerzen. Sein Kettenpanzer saß so eng, dass er die Befestigungen hatte lockern müssen, und er fühlte sich wegen der Bänder, die seine Arme einquetschten, so steif wie ein Käfer in seinem Panzer.

Die Kriegstrommeln dröhnten in seinen Ohren. Unten auf der Ebene brüllten seine Krieger Beleidigungen, so laut, dass ihnen der Hals anschwoll. Immer wieder wurden Männer auf die Schultern ihrer Kameraden gehoben, bevor sie wieder in die wogende Menge zurücksanken. An den Flanken versuchten die Reiter ihre nervösen Pferde im Zaum zu halten.

Cinet wäre nur allzu gern einfach losgestürmt. Aber nein: Er würde sich nicht den Hang hinunter in den Kampf stürzen. Es war schon einige Jahre her, dass er stundenlang hatte kämpfen können: Er hatte sich viel zu sehr dem Luxus hingegeben, hatte zu viele Feste gegeben, um irgendwelchen Adeligen und Gesandten Honig um den Bart zu schmieren. Er würde bestimmt nicht der strahlende Stern dieses Tages werden, flüsterte ihm sein innere Stimme zu. Aber das würde sich schon bald ändern, antwortete er ihr. Er würde sich mit *ihr* stärken.

»Wenn wir noch länger so weitermachen, wird die Hitze unser Blut eintrocknen lassen«, bemerkte Bridei.

Cinet lenkte seine Gedanken mit einem ärgerlichen Brummen auf das Hier und Jetzt zurück. Diese Männer kämpften für *ihn*. »Lass uns zum Angriff blasen«, knurrte er. Er hielt sich mit beiden Händen an den Seitenwänden des Streitwagens fest und richtete sich auf, sodass seine Männer ihren König sehen konnten. Sein Neffe wendete sein Pferd und ritt den Hang hinunter.

Die vielen Trompeten ertönten jetzt wie eine einzige. Die Trommler wechselten zum Marschrhythmus. Die Krieger wurden immer erregter, bis sie schließlich in wildem Zorn losbrüllten. Ihre Speere bildeten glitzernde Wellen, die Banner flatterten im Wind.

Jetzt setzten sich die Veniconen in Bewegung und verfielen sofort in eine Art Laufschritt. Auch Cinets Krieger rannten jetzt unter lautem Gebrüll los, wobei die Reiter sich um die Reihen der zu Fuß kämpfenden Krieger schlossen. Dem König kam es von seinem Streitwagen aus so vor, als würde der gesamte Hügel unter ihm in das Tal hineinstürzen.

Seine vordersten Reihen kämpften sich durch den Fluss und die flachen Teiche, das Sonnenlicht wurde durch das schäumende Wasser in unzählige bunte Splitter zerteilt. Cinet hielt der Atem an, als die Krieger aufeinander zustürmten. Dann legte er seinen ganzen Willen in seine Männer, um den Kriegern Mut und Stärke zu geben.

Naisi rannte auf die Reihen der Veniconen zu. Seine Füße trommelten im Takt mit jenen seiner Brüder. Ihre drei Schwerter ragten in die Luft wie die Reißzähne eines einzigen großen Tieres. Die drei blieben im selben Moment stehen, um ihre Wurfspeere zu schleudern. Die Lanzen aus Eschenholz flogen hoch in den Himmel und stießen dann zusammen mit den Speeren der Epidier und einer glitzernden Wolke von Pfeilen auf die Veniconen herab.

Roter Zweig! Roter Zweig!, schrien die Brüder. Ihr Ruf ging jedoch im Gebrüll der Epidier um sie herum völlig unter. Als er mit Carnachs Männern über die Ebene stürmte, spürte Naisi ein schwaches Echo der Zusammengehörigkeit, die ihn mit seinen Kampfgefährten des Roten Zweiges verbunden hatte. Er sah, wie die Veniconen mit einem Wirbel aus blitzenden Klingen auf ihn zukamen, suchte sich einen ersten Gegner aus – einen jaulenden, schwarzhaarigen Kämpfer – und überließ sich dann ganz und gar dem weißen Licht. Das plötzliche Aufleuchten des

Lichts war dabei so hell, dass alle Formen, Farben und sogar Geräusche völlig in den Hintergrund traten. Jetzt gab es nur noch ihn und seine Brüder.

Zu seiner Linken nahm er Ainnle mehr als eine Veränderung der Luft wahr, eine Gegenwart, die gegen Naisis Bewusstsein drückte. Als Ainnle mit seinem Arm ausholte, spürte Naisi, wie sich auch seine Muskeln anspannten. Er wusste auch, wann Ardan, der auf seiner anderen Seite kämpfte, seinen Körper anspannte, um einen Hieb zu führen. Glitzernde Funken wanderten seine Gliedmaßen entlang und sprangen dann in die Körper seiner Brüder, verbanden sie so miteinander. Sie waren wieder eins … einen Augenblick lang genoss Naisi die Ekstase, die sie alle erfasst hatte.

Dann verengte sich sein Gesichtsfeld, und er konzentrierte sich auf die Tätowierung auf dem Gesicht seines Gegners, während dieser auf ihn zustürmte. Ein blauer Kreis begann sich in Naisis Vorstellung zu drehen, so als wäre sein Körper ein Pfeil, der auf ein Ziel zuflog. Kurz bevor die Linien der beiden Heere aufeinandertrafen, flackerte das helle Licht, das den feindlichen Krieger umgab, kurz auf und zeigte Naisi, dass der Mann seinen Schildarm senken und nicht heben würde, um Naisis Ablenkungsangriff zu parieren. Als der Venicone mit seinem Schild nach unten ging, um den Ausfall abzublocken, sprang Naisi für seinen Gegner völlig unerwartet hoch in die Luft, während sein Schwert bereits auf die gewundene Tätowierung herabstieß und sich in den Hals des Mannes bohrte. Noch bevor das Echo des Zusammentreffens der beiden Heere auf den Gipfeln verklungen war, hatte Naisi schon den ersten Gegner besiegt.

Naisi tötete Ardans zweiten Angreifer, während Ardan sich schon einem weiteren Gegner zuwandte. Ainnle überraschte seinen Gegner inzwischen mit einem rückwärts geführten Hieb, bei dem er dessen Schild beiseitestieß. Es schien purer Wahnsinn, aber die anderen waren gerade selbst in Kämpfe verwickelt, und so stieß Ainnle seinem Feind, während dieser verzweifelt um sich schlug, sein Schwert zwischen dessen Beinen nach oben. Das Gebrüll seines Gegners verstummte schlagartig.

Ainnle sprang schreiend wieder auf und rammte Naisis nächstem Gegner sein Schwert in den Rücken, woraufhin dieser in dem Gewirr von Leibern zu Boden fiel. Die drei Brüder sahen sich keuchend an, während die Quelle allen Seins in ihren Augen leuchtete.

Der Gestank von Blut und aufgeschlitzten Eingeweiden, Urin und Schweiß stieg Naisi in die Nase. Er hustete und hob sein Gesicht zum Himmel, um frische Luft zu atmen. Überall um ihn herum drängten sich die Krieger. Zu seinen Füßen lagen abgetrennte Stücke Fleisch und sich im Schmerz windende Körper in einem Meer von Schlamm und Blut. Weiße Gesichter waren blutverschmiert, Münder aufgerissen. Schwerter kamen aus allen Richtungen. Das glänzende Eisen war eingekerbt und verbeult und mit scharlachroten Streifen überzogen. Abgebrochene Speerschäfte wurden auf ihn geworfen, und Pfeile zischten über seinen Kopf hinweg.

Trotz des Chaos konnte Naisi sehen, dass Carnachs Truppe sich weiterhin an seine Befehle hielt. Sie kämpften Rücken an Rücken. Um die Männer herum sah Naisi ein flackerndes Licht – kleine Flammen schlossen sich wie geschmolzenes Eisen einige Augenblicke zusammen und trennten sich dann wieder. Ein kurzes Aufflackern des Roten Zweiges. Während sich die übrigen Reihen aufgelöst hatten, hielt Carnachs Truppe noch immer zusammen und kämpfte gemeinsam.

Deirdre hatte so nahe am Feuer gelegen, dass ihre Lippen trocken und rissig geworden waren. Sie fuhr benommen mit dem Finger darüber und spürte die raue Haut. Die Flammen hatten tagelang ihre Gefühle widergespiegelt, hatten sich gewunden und waren aufgeschossen, in lebhaftem Rot und Orange. Die Adern des Holzes waren gesprungen, das Harz hatte gespuckt und geknallt. Mit jedem Luftzug von der Tür her war das Feuer aufgelodert und hatte dann ihre verborgenen Ängste in kleinen Stichflammen zum Ausdruck gebracht.

Schließlich war das Feuer heruntergebrannt. Es waren nur noch Kohlen geblieben, die ein gleichmäßiges Glühen auf ihr Gesicht abstrahlten. *Naisi.* Sie hörte seine Stimme als leises Flüstern in der Dunkelheit. Ihr Kopf fuhr herum.

Du lässt dich niemals ganz an mich binden.

Selbst wenn wir zusammen im Bett liegen, hast du immer einen Fuß auf dem Boden, um jederzeit fliehen zu können.

Du verzehrst dich manchmal geradezu danach, in der Wildnis zu verschwinden.

Ein Keuchen entfuhr ihrer Kehle. Der erste Laut, den sie seit Tagen von sich gab. Sie rappelte sich auf die Füße und stand dann auf unsicheren Beinen da. All ihr Zorn war verraucht. Das Feuer hatte ihn aufgezehrt. Jetzt sah sie wieder Naisi. Seine dunklen Haare rahmten seine Wangenknochen ein. Sein Blick war ruhig und gefasst. Es war nicht das Verlangen nach dieser Haut und diesem Körper, das sie überkam, sondern das entsetzliche Wissen, dass das Licht in diesen Augen tatsächlich er selbst war. Er offenbarte sich ihr. Das alles lag in der sanft strahlenden Tiefe seines Blicks, seinem schiefen Lächeln. Es lag in seinen sanften Händen, wenn er sie in die Pelze einhüllte. Sie hatte sich so sehr von der Welt, die sich in ihrem Innern entfaltete, fesseln lassen, von dem Licht, das durch die Schleier fiel, dass sich tatsächlich ein Teil von ihr von ihm abgewandt hatte.

Sie spürte eine Träne auf ihrer Wange und berührte sie mit dem Zeigefinger. Schmeckte sie dann auf ihrer Zunge, um die Wahrheit zu begreifen. *Gütige Götter, Naisi! Lass mich dein Gesicht wieder in meinen Händen halten. Ich werde dich niemals aus meinem Herzen lassen, ganz egal, wie weit du auch von mir entfernt sein magst.*

Sie schleppte sich nach draußen. Das Licht schmerzte in ihren Augen, als sie schwankend auf den Rand des Hügels zuging. Es war ein seltsamer, geisterhafter Tag, den nur die für Alba typischen extremen Witterungsverhältnisse aus Kälte und Feuchtigkeit heraufbeschwören konnten. Obwohl der Himmel direkt über ihr klar war, lag eine dichte Nebelbank über dem See. Die oberen Bereiche der Hügel und die mit Heidekraut bewachsenen Berge in der Ferne leuchteten im Sonnenschein. Das Wasser und das Ufer waren jedoch mit einem undurchdringlichen Dunstschleier bedeckt.

Sie starrte lange in den Nebel. Dann sah sie zu der Hochwiese hinauf, die im hellen Sonnenlicht lag. Sie wusste, dass das klare Licht dort oben alles ganz deutlich hervortreten ließ: die Blätter und das Gras, auf dem der Tau funkelte. Das Schimmern der Adern, von denen der aufrecht stehende Stein durchzogen war. Die *sídhe*, die wie von der Sonne beschienene Insekten über dem Bach tanzten. Vertraut … warm und einhüllend.

Sie musste keine Entscheidung treffen. Ihre Schritte führten sie ganz einfach in die entgegengesetzte Richtung, den steilen Pfad zum Ufer und zum dichten Nebel hinunter.

Als sie näher kam, strich die Kälte der Nebelbank über ihre Wange. Die Nebelschleier wirbelten vor ihren Augen, sodass sie stehen blieb. Sie und Naisi waren nicht nur wie Licht und Feuer, sondern auch Körper, die voller Verlangen füreinander brannten. Was sie ebenfalls verband, war subtil und verwirrend, schwierig und schrecklich … ja, auch schrecklich. Deshalb hatte sie auch der Mut verlassen. Sie hatte sich von jenen Nebeln abgewendet, in denen die Wahrheit ihres Herzens verborgen war.

Sie würde Naisi nicht dort oben am Stein, in der Sonne finden. Nein, sie musste ihn hier unten im Nebel suchen.

Deirdre stand mit ausgestreckten Armen da, wirbelte die Nebeltropfen mit ihren Händen herum, so als wolle sie so sein Gesicht formen. Aber damit allein bewies sie noch keinen Mut. Sie zögerte, stand noch immer an der Grenze zwischen Kind und Frau. Sie kannte die Grenze ganz genau, jetzt aber musste sie es wagen sich zu verlaufen.

Deirdre stürzte sich in den feuchtkalten Nebel und stolperte voran. Am geisterhaften Klatschen des Wassers erkannte sie, dass sie am Ufer entlangging. Der Nebel war so dicht, dass sie eine Hand ausstrecken musste, um sich voranzutasten. Der Weg war mit Felsbrocken und Pfützen übersät – bei Tageslicht sprang sie immer von einem Fels zum anderen, geschmeidig und trittsicher. Jetzt aber konnte sie nur sehen, was sich direkt unter ihren Füßen befand, und so stolperte und stürzte sie mehrmals, schürfte sich dabei die Schienbeine und die Handflächen an den scharfkantigen Steinen auf.

Der Nebel drang in ihre Nase, kroch in ihre Lungen und löste Panik in ihr aus. Sie kämpfte gegen das kaum zu unterdrückende Verlangen an, zurück ins Licht zu flüchten. *Naisi.* Ihre Füße stießen an eine niedrige Mauer, und sie stürzte wieder, schlug sich dabei die Fingerknöchel auf. Sie sank im Gras auf die Knie. Verwitterte Stämme von Eichen waren als dunkle Schemen im Nebel zu erkennen. Sie befand sich offensichtlich in einem kleinen Eichenwäldchen. Unter einem Haufen vom Sturm abgerissener Äste drang ein leises Plätschern hervor. Eine Quelle.

Sie wurde sich bewusst, dass sich plötzlich die Atmosphäre verdichtete, dass sich eine Kraft darin bildete wie ein Strudel im Wasser, der sie in seinem Zentrum festhielt. Das Plätschern wurde lauter, pflanzte sich in kleinen Wellen von ihren Füßen bis in ihren Kopf fort. Sie zog die Äste weg und schob eine dicke Schicht aus Blättern zur Seite. Dann wischte sie sich die Feuchtigkeit des Nebels aus den Augen. Menschliche Hände hatten die Steine gesetzt, die ein kleines Becken bildeten.

Deirdre starrte die verwitterten Muster an, die in den Stein gemeißelt waren. Ihre Hand wurde geradezu magisch angezogen, so als würde das Herz des Steins ihr Fleisch begehren. Schließlich umschloss sie die Spirale mit der Hand. Wellen von Hitze drangen in ihre Handfläche ein. Gleichzeitig hatte sie eine Vision: eine Frau, die sich nach vorn beugte, um gesegnete Blumen in die Quelle zu streuen, während sie mit einem leisen Lied einen Zauber heraufbeschwor. Die Halskette der Frau baumelte in der Luft, als sie sich bückte … eine Sichel aus Perlmutt … eine Mondsichel. Das Zeichen einer Göttin. Die Frau umschloss die Kette mit ihren Fingern, bevor sie ihre Hände ins Wasser tauchte – das Bild verblasste. Eine weise Frau, eine Druidin.

Deirdre beugte sich nach vorn, um die Spirale mit beiden Händen zu umfassen. In diesem Moment begannen die Wassertröpfchen, so als würde die Sonne den Nebel auflösen, zu leuchten und schlossen sich zu einer schillernden Wolke zusammen. Verwirrt sah Deirdre sich um, während die Welt plötzlich in ein silberiges Licht getaucht wurde. Die Eichen glitzerten, und die Quelle glänzte, so als würde das Licht des Vollmonds auf ihr liegen.

Aus den Eichen flog ein Stern heraus auf sie zu und verharrte dann so dicht vor ihrem Gesicht, dass sie geblendet war. Sie hob instinktiv die Hand, um ihre Augen zu schützen. Das Licht der *sídhe* pulsierte vor ihr – glitzernd und launenhaft –, bevor sie davonflogen und dabei einen Umhang aus Licht um sie legten, sodass ihr Geist aus ihrem Körper gezogen und von ihnen mitgerissen wurde.

Die *sídhe* stiegen in der Substanz des Lebens in eleganten Spiralen nach oben. Sie flogen vor Deirdre dahin, wurden dabei immer kleiner und heller, während die Funken der Quelle allen Seins um sie herum immer größer wurden.

In ihrem flimmernden Sog bewegte sich Deirdre durch den glitzernden Äther. Dann waren da plötzlich die Sterne, und sie flog durch einen klaren nächtlichen Himmel. Ihr wurde bewusst, dass ein jeder Stern ein einziger Augenblick war, ein kleines Stück Zeit, das im Licht gefangen war. Der Strom von Augenblicken erstreckte sich jedoch nicht nur in eine Richtung, sondern breitete sich wie ein Netz in alle Richtungen aus. Sie erkannte, dass die Zeit sich bog und faltete, sich in endlosen Strudeln und leuchtenden Spitzen um sich selbst krümmte.

Sie hatte Naisi, der an einem anderen Ort kämpfte, einmal im Wasser gesehen ... jetzt aber flog sie mit den *sídhe* ganz nah bei den Sternen. Sie sah Naisi und sich selbst in anderen Zeiten. Sie erhaschte flüchtige Bilder, wie sie sich ansahen und sich berührten. Wie sie Hand in Hand durch sonnendurchflutete Wälder gingen. Sie sah den Schein eines Feuers auf ihren Gesichtern, Feuchtigkeit auf ihren Lippen. Es waren all dies Dinge, die sie erlebt hatte und die sie als Erinnerungen in ihrem Herzen bewahrte. Und diese Erinnerungen trieben hier zwischen den Funken der Quelle allen Seins umher wie Insekten, die im Bernstein gefangen waren.

Die Lebenskraft der *sídhe* fühlte sich jetzt nicht klein und flackernd an, sondern ungeheuer groß, fröhlich und stark. Und diese Kraft vermittelte ihr mit ihrem Licht Wissen, so wie Levarcham das einst mit ihren Worten getan hatte. Es gab keine festgelegte Abfolge von *vorher* oder *nachher*. Irgendwie drehte sich die Zeit, Vergangenheit, Gegenwart und Zukunft um sich selbst. Die unendlich vielen Möglichkeiten eines jeden Augenblicks existierten in den Tröpfchen, die um den ewigen Moment des Einen kreisten. Mit den Sinnen der diesseitigen Welt konnten die Menschen jeweils nur immer eines der Zeit-Tröpfchen wahrnehmen. Deirdre war sich jedoch sicher, dass sie, wenn sie es nur versuchen würde, sowohl Vergangenheit als auch Zukunft sehen konnte. Ihre erster Gedanke war jetzt, in der Zeit *zurück*zugehen ... dorthin, wo die Priesterinnen über der Quelle sangen und die Spirale in den Fels meißelten. Zurück ... damit sie mit deren Zauber Naisi schützen konnte.

Stattdessen spürte sie jedoch plötzlich, wie etwas an ihr zerrte und sie in eine vollkommen andere Richtung gerissen wurde.

Die Funken der Quelle allen Seins schossen jetzt wie Sternschnuppen an ihr vorbei. Ihre wirbelnden Muster machten sie benommen, bis sie schließlich mit einem flammenden Ball aus Licht zusammenstieß, der bei ihrer Berührung in tausend Stücke zersprang. Dann wurde sie von einem einzelnen *Augenblick* eingehüllt. Die Fragmente von dahinschießendem Silber bildeten jetzt Formen, die ihr Verstand zu erfassen vermochte.

Es war Nacht.

Sie sah den schwarzen Himmel und darunter den gespenstischen Schein von Flammen, die Bauten aus Holz beleuchteten. Sie schwebte am Himmel und blickte jetzt nach unten. Da war Naisi. Auf den Knien. Seine schwarzen Locken fielen auf seinen bleichen Nacken, als er den Kopf beugte. Deirdre öffnete den Mund, um ihn mit einem Schrei zu warnen, bevor ihr bewusst wurde, wie schrecklich *falsch* dieser Augenblick war, den sie da sah. Dann wurde ihr dessen volle Bedeutung klar, und ihr Schrei verstummte.

Naisis Schultern fielen nach vorn. Seine Arme umklammerten seinen Bauch. Um ihn herum heulten und bellten dunkle Gestalten wie Wölfe. Sie wollte sie von ihm fortzerren, wollte zu ihm. Plötzlich wichen die Gestalten zurück, und sie sah alles …

Das Licht des Feuers spiegelte sich auf poliertem Eisen und glitzerte auf Flecken nassen Blutes, als das lange Schwert aus Naisis Körper gezogen wurde, begleitet von großem Jubel.

Cinet stand mit seinen Heerführern auf der Anhöhe und versuchte, sich ein Bild von dem zu machen, was sich auf dem Schlachtfeld abspielte, als Bridei auf ihn zugaloppiert kam.

»Haben wir das Feld?«, brüllte Cinet ihm zu.

»Noch nicht«, schrie Bridei, »aber schau, was Carnach und Finn gerade machen!«

Die Krieger wimmelten unten auf der Ebene herum wie ein Heer von Ameisen. Es war schwer, auch nur irgendetwas zu erkennen. Die rötlichen Köpfe der Epidier vermischten sich mit den dunklen der Veniconen; das zerrissene Banner des Wolfs hatte sich mit dem der Stute verheddert. Dann sah Cinet, dass Carnach und seine Männer sich nicht wie alle anderen aufgesplittert hatten. Und er sah noch etwas anderes, etwas, das man nur von seinem erhöhten Standpunkt auf dem Hang aus sehen konnte. Carnachs Männer bildeten jetzt eine Art Keil aus Kriegern, den sie in die Reihen der Veniconen auf der linken Seite des Schlachtfelds trieben.

Bridei erhob sich in seinem Sattel. »Sie umfassen ihre Flanke, und die Veniconen merken das nicht einmal!«

Die Gespräche der Wachen um Cinet herum wurden zu einem aufgeregten Geschrei. Carnachs Krieger schlugen einen Bogen um eine große Gruppe von Feinden und trieben sie den Reitern der Epidier entgegen. Diese wiederum schlossen ihre Reihen, sodass die Veniconen jetzt in der Falle saßen. Die feindlichen Krieger merkten bald, dass ihnen der Rückzug abgeschnitten war, und gerieten in Panik. Sie kämpften verzweifelt, behinderten sich aber nur gegenseitig und stolperten über ihre eigenen Füße, während Carnachs Kämpfer und die Reiter der Epidier sie immer fester in die Zange nahmen.

Bridei stieß einen heiseren Kriegsruf aus. »Wir müssen es auf der anderen Seite genauso machen!«, schrie er und preschte, noch bevor Cinet etwas sagen konnte, den Hang hinunter zur rechten Seite, um die Anführer der Epidier, die dort kämpften, aufzufordern, dieselbe Taktik anzuwenden. Das Heer der Veniconen war schon bald von beiden Seiten eingeschlossen, während die Männer in einem glitschigen Sumpf aus Blut und gefallenen Leibern verzweifelt kämpften.

Schließlich bliesen ihre Schlachthörner zum Rückzug.

Cinet sah mit großer Genugtuung dabei zu, wie sein Heer das

seiner Feinde dezimierte. Speichel sammelte sich in seinem Mund. Er umklammerte die Scheide seines Schwertes, als die Sonne sich in den Hunderten von Klingen spiegelte, die die Epidier hoch in die Luft hielten. Und dieses ungeheure Funkeln erfüllte ihn mit Begeisterung. *Er* würde jetzt hinuntergehen, seine Stirn mit Blut beschmieren und den Sieg für sich beanspruchen!

In diesem Augenblick erhob sich aus dem Lärm von Schlachtrufen und Schmerzensschreien ein vielstimmiger Gesang. Der König der Epidier hielt auf seinem Weg inne. Ihm wurde bewusst, dass er schwankte. Der Gesang traf ihn wie ein Schlag.

Fla dor ca! Fla dor ca!

Deirdre kam neben der Quelle wieder zu sich. Sie griff sich unwillkürlich an die Kehle, weil sie kaum Luft bekam. Ihr Unterkiefer war von ihrem stummen Schrei völlig verkrampft. Sie fischte hastig die restlichen Zweige und Blätter aus dem Wasser, tauchte dann ihr Gesicht hinein und trank in großen Schlucken, damit ihre Kehle wieder frei wurde.

Das, was sie eben gesehen hatte, begann sich bereits in die dunklen Winkel ihres Gedächtnisses zurückzuziehen, floh vor ihrem Blick. Alles, was sie wusste, war das, was ihr rasendes Herz mit jedem Schlag verkündete: Naisi war in großer Gefahr! Verrat drohte. Nicht wütende Feinde in der Schlacht bedrohten sein Leben … sondern Verrat.

Cinet … die Epidier.

Sie wischte sich das Wasser von den Wangen, keuchte. Es war noch nicht geschehen. Sie hatte nur einen Blick in eine Zukunft geworfen, die vielleicht niemals eintreten würde. Ihr Verstand klammerte sich verzweifelt an die Hoffnung, dass das, was sie gesehen hatte, nur eine Möglichkeit von vielen war. Sie tastete nach den Felsblöcken, die fremde Hände vor so langer Zeit dorthin geschafft hatten. Die leisen Vibrationen eines Gesangs drangen aus den Steinen in ihren Körper. Fragmente von Erinnerungen, die in diesem Tal gefangen waren, eingebettet in die Eichen und den Nebel. *Schwester …* War das ein Flüstern oder ihr eigener sehnsuchtvoller Seufzer nach einer Zugehörigkeit, die sie einst verspürt hatte?

Sie legte ihre Wange auf den kalten Fels. Sie hatte bis zu diesem Tag nicht begriffen, dass sie durch Zeit und Raum mit Nasisi verbunden war. Verbunden durch ihre Seelen. *Nein.* Es war ein Klagelaut, der tief aus ihrer Kehle kam – ein verzweifeltes Verleugnen. Sie öffnete die Augen.

Die schimmernden Funken der Quelle allen Seins schwebten um sie herum, aber es waren keine kleinen Flammen, sondern Himmelskörper. Sie konnte sie mit ihren eigenen, ihren wirklichen Augen sehen. Sie trieben wie Regentropfen durch die Luft, während sie sich langsam um ihre eigenen Achsen drehten. Und in diesen schimmernden Tropfen sah sie die Augenblicke jener Vergangenheit, die genau *hier,* hier an diesem Ort, verankert war: Frauen, die das Quellbecken mit Opfergaben in den Händen umschritten.

Eine nach der anderen beugte sich über die Quelle und streute Blumen und Korn, goss Milch hinein. Einige der Frauen warfen auch Gold in das Becken, Ringe, die die Könige dem Wald und den *sídhe* der Quelle geschenkt hatten. Dann sah Deirdre die Frauen – *Priesterinnen* – auf den Grabhügeln ihrer Vorfahren stehen und als Gegenleistung für die Opfergaben das Licht der Quelle allen Seins aus der Erde in sich aufnehmen, um es in einen Strom von Segnungen zu bündeln, den sie dann den Menschen zuteilwerden lassen konnten.

Deirdre stützte sich auf ihre Hände. Das Wasser tropfte aus ihren Haaren. Die Flamme, die die weisen Frauen für die Menschen bündelten, war … Schutz, Sicherheit und Liebe zugleich. Sie sah die Frauen tanzen, sah sie ihre geschmeidigen Körper wiegen wie Bäume im Wind, sah sie springen und sich drehen wie die Tiere des Waldes, während sie die Kräfte der Erdgöttin herbeiriefen, um ihren Clan zu segnen. Jetzt war auch Deirdre aufgesprungen und gab sich jenem uralten Tanz hin.

Und endlich spürte sie wieder die wahre Macht, die sie so lange Zeit vergessen hatte.

Die Hörner der Veniconen bliesen noch immer zum Rückzug. Immer mehr feindliche Krieger ergriffen die Flucht. Die Krieger der Epidier stießen heisere Schreie aus, während sie ihren Feinden nachsetzten und sie dann von hinten niedermähten.

Naisi verspürte keine Lust, unter den Fliehenden ein Massaker anzurichten, und zog sich deshalb zurück. Auch seine Brüder wurden langsamer, bis sie alle drei wie auf ein Kommando stehen blieben, um Atem zu holen. Das Schlachtfeld breitete sich als ein Meer aus Blut und Schlamm vor ihnen aus. Überall verstümmelte Körper. Krieger lagen mit ineinander verschlungenen Gliedmaßen in Haufen übereinander. Überall abgehackte Arme, scharlachrote Pfützen auf entblößten Oberkörpern.

»Wasser«, keuchte Ainnle und stieg über die Leichen, die um seine Füße herum lagen. Naisis Schwert war am Heft so glitschig vom Blut, dass er es kaum noch festhalten konnte. Er streifte seine Hände an seiner Hose ab und wischte sich dann den Schweiß von der Stirn, sodass er auf seine Schulter tropfte. Die drei Brüder stolperten auf einen Bach zu, der über die Ebene floss. Sie suchten sich ihren Weg zwischen den Kriegern der Epidier, die sich um ihre Verwundeten kümmerten und die Waffen und die Panzer der Toten einsammelten.

Das Wasser des Bachs war rot vom Blut, und sie mussten ein ganzes Stück gehen, bis es klar wurde. Dort nahmen sie ihre Lederkappen ab und wateten knietief hinein. Dann bückten sie sich, um ihre brennenden Gesichter und nackten Arme zu kühlen und ihren Durst zu stillen. Das eisige Wasser wusch die letzten Reste der Raserei des Kampfes von ihnen ab. Naisi schrubbte sich das getrocknete Blut von den Wangen und blinzelte mit schmerzenden Augen. Plötzlich hörte er das laute Gebrüll vieler Männer. Er hob seinen nassen Kopf.

Fla dor ca! Fla dor ca!

Jemand packte ihn von hinten an den Armen.

Im blutigen Schlamm des Schlachtfelds fuhr Cinet herum. Einige seiner Krieger hatten Finn aus dem Bach geholt und auf ihre Schultern gehoben. Alle anderen sprangen wild jubelnd um ihn herum.

Carnach kletterte gerade über die erhobenen Arme und setzte Finn lachend einen eisernen Helm auf das tropfnasse Haar. Der Helm war schwer und mit kunstvollen Bändern aus Bronze und Kupfer geschmückt. Den Helm zierte ein springender Wolf mit ausgestreckten Läufen und gefletschten Zähnen – dem Zeichen der Könige der Veniconen.

Zuerst wehrte Finn, dem das offensichtlich peinlich war, sich noch und verlangte, wieder heruntergelassen zu werden, während auch seine Brüder ihm zujubelten und ihn feierten. In den Gesichtern all der jungen Männer um sie herum leuchteten Blutgier und wilder Triumph. Ihre Augen strahlten.

Cinet erstarrte das Blut in den Adern. Das Bild des Mädchens, das ihm die ganze Zeit vor den Augen gestanden hatte, war mit einem Schlag verblasst. Wie hatte er diese Gefahr nur übersehen können? Ein Wolf. Ja. Und da war er – ein großer schwarzer Wolf mit scharfen Fängen. Diese Ehre sollte eigentlich dem König von Dunadd und Herrn der Inseln gebühren; es sollte eigentlich Bridei sein, der auf den Schultern der Krieger ritt.

Finn hatte die ganze Zeit über versucht, von den Schultern herunterzukommen, dann aber schien er plötzlich seine Meinung zu ändern. Er wehrte sich nicht länger, sondern setzte sich aufrecht hin und schüttelte sich die nassen Haare aus dem noch immer geröteten Gesicht. Cinet sah über die wogende Menge hinweg ein hungriges Aufblitzen in seinen Augen.

Hunger nach diesem Augenblick. Hunger nach mehr.

Deirdre stand mehr als knietief im Wasser des Sees. In den letzten Fetzen des Nebels, die sich gerade auflösten, schimmerte etwas rein Weißes auf, glitt geräuschlos dahin.

Das Schwanenpaar zog eine pfeilförmige Kielwelle auf der spiegelnden Oberfläche des Sees hinter sich her. Die beiden Vögel schwammen dicht nebeneinander, so wie sie es schon den ganzen Sommer über getan hatten. Ihre noch grau gefiederten Jungen blieben ein Stück hinter ihnen zurück und tauchten ihre langen Hälse immer wieder ins flache Wasser und bis hinunter auf den Grund. Deirdre sah dem Paar zu, das langsam an ihr vorbeizog. Die kleinen Wellen schwappten gegen ihre Fingerspitzen. Die Kälte machte sie auf einen Schlag munter. Als sie auf ihre Finger sah, trieb eine Feder auf sie zu. Sie nahm sie in die Hand und hielt sie hoch. Ein Weiß wie das Antlitz des Mondes, der weißen Göttin. Als sie mit der seidigen Spitze über ihre Wange strich, kam ihr wieder der Tanz der Frauen in den Sinn: der heiligste aller Tänze. Der Tanz von Priesterin und König.

Jetzt kam wieder Leben in ihre Beine. Sie stieg ans Ufer, zunächst noch auf unsicheren Beinen, dann sprang sie jedoch leichtfüßig über die Felsen, die jetzt, da sich der Nebel gelichtet hatte, in helles Sonnenlicht getaucht waren. Urp und Arda blickten von ihrer Feuerstelle auf, als Deirdre durch die Tür ihrer Hütte stürmte. Die beiden alten Leute erschraken heftig, als sie so plötzlich und mit weit aufgerissenen Augen vor ihnen stand.

Urp legte seine Ahle und den ledernen Schuh beiseite, an dem er gerade arbeitete. »Was ist, Mädchen?«

»Wo ist Dunadd?«, stieß Deirdre keuchend hervor.

Arda erhob sich vom Feuer, wischte sich ihre mit Teig verklebten Hände an ihrem Rock ab. »Das ist vier oder fünf Tagesmärsche von hier entfernt, Kind.«

»Sagt mir einfach, wo es liegt«, erwiderte Deirdre. Sie zitterte am ganzen Körper. »Finn ist in großer Gefahr. Ich muss sofort zu ihm.«

Urp zog seine weißen Augenbrauen zusammen und warf Arda einen langen Blick zu. »Der Herbstmarkt ist bald – viele haben sich schon auf den Weg nach Dunadd gemacht. Wegen des Pferdehandels, der Festessen und der Spiele. Ich kann dich begleiten, Mädchen, und ...« Ardas leiser Aufschrei ließ ihn verstummen. Sie wusste, dass er sich damit in Gefahr begab.

»Nein.« Deirdre sah ihn an. Ihre Gliedmaßen fühlten sich taub an. In ihrem Kopf vernahm sie plötzlich ein leises Summen, so als wäre sie von ihrem Körper losgelöst und ihr Geist würde bereits über die Hügel fliegen. »Die Nebel sind mein Reich – nur ich kann sie durchdringen.« Arda und Urp hatten noch nie irgendwelche Fragen zu ihrem merkwürdigen Äußeren und ihren seltsamen Erklärungen gestellt, und das taten sie auch jetzt nicht. Deirdre erkannte in ebendiesem Moment, dass die beiden trotz allem fest davon überzeugt waren, dass sie eine *calleach* war. Eine *sídhe,* die mit einem Sterblichen vermählt war. Sie stand kurz davor, in Tränen auszubrechen. »Du musst hierbleiben«, sagte sie mit belegter Stimme zu Urp, »und das beschützen, was du liebst. Das würde auch Naisi vor allen anderen Dingen wollen.«

Arda riss sich sichtlich zusammen, so als müsse sie zuerst ihren tiefen Aberglauben überwinden, dann aber wagte sie es sogar, Deirdres Wange zu berühren. »Wir wollen dich nicht von ihm fernhalten. Geh zum Dorf und dann flussaufwärts zum großen See. Folge dann dem südlichen Ufer und dem anschließenden Tal, es heißt Tal der Vorfahren, nach Süden, dann kommst du nach Dunadd. Auf dem Markt dort wirst du niemandem auffallen, denn die Tore stehen für alle offen.«

Deirdre legte ihre Hand auf Ardas runzelige Finger und lächelte. In der Tür blieb sie stehen und drehte sich noch einmal um. »Falls wir nicht zurückkommen, gehört euch alles, was wir besitzen. Ihr wart immer für uns da, und ihr habt uns eure Herzen geöffnet.« Die beiden Alten sahen sie ängstlich und mit großem Kummer in den Augen an. Deirdre musste gehen, bevor sie sich noch von der Freundlichkeit der beiden von ihrem Vorhaben abbringen ließ.

Zu Hause angekommen, schlug sie das Fell an der Tür zurück und verharrte dann auf Zehenspitzen vor der Feuerstelle. Sie sah an den glänzenden Pelzen auf dem mit Farn gepolsterten Bett und an den Gefäßen mit heilenden Salben auf dem Regal vorbei. Am Herdstein vorbei, auf dem sie gerade Gerstenmehlkuchen gebacken hatte und der noch immer mit Mehl bestäubt war, hinüber zu den Körben, die an den Wänden gestapelt standen.

Naisi hatte ihr die Freiheit geschenkt und seine Ehre für sie geopfert. Er hatte schon mehrfach sein Leben für sie riskiert. Sie durfte keine Zeit mehr verlieren.

Sie ging auf den verlockenden Schimmer aus reinem Weiß zu, der in der Dunkelheit leuchtete.

36

Levarcham, Ferdia und Cúchulainn starrten einander im Licht der einzigen Lampe in der winzigen Unterkunft der Druidin an. Levarcham sah aus wie eine Krähe, so sehr war sie abgemagert. Ihr Hals war dürr und ihr Unterkiefer scharf. Ihre Wangen waren eingefallen, und ihre Nase ragte wie ein Schnabel aus ihrem Gesicht. Auf ihren Lippen lag jedoch ein triumphierendes Lächeln. »Ich habe gefastet, um eine Ohnmacht herbeizuführen, und ich habe Kräuter verwendet, deren Namen man nicht aussprechen darf.« Sie reckte das Kinn und sah dann Cúchulainn an. »Sie sind in Alba, dem Land der Epidier. Mein Herz hat mich über das Meer geführt wie eine Möwe. Endlich.«

Sie tastete nach ihrer Sitzbank, und Cúchulainn reichte ihr einen Becher mit Wasser, bevor er sich an Ferdia wandte.

»Conor und der König der Epidier sind Todfeinde«, sagte Ferdia nachdenklich. »Ich kann mir nicht vorstellen, dass sie sich gerade dort verstecken. Das wäre mehr als tollkühn.«

Cúchulainn lachte. Er war erleichtert und hoffte, seinen Freund bald wiederzusehen. »Das wäre wirklich unglaublich mutig.«

Seine Augen mussten seine Begeisterung verraten haben, denn Ferdia runzelte plötzlich die Stirn. »*Du* wirst nicht gehen, Cúchulainn. Du bist in ganz Alba bekannt. Stell dir vor, was geschehen würde, wenn die Epidier herausfänden, dass sich Erins größter Krieger in ihrer Mitte befindet! Ich aber habe dunkle Haare und sehe aus wie einer der Caerenier, der Inselleute.«

Cúchulainn musterte ihn. »Die Caerenier sind alle viel kleiner als du«, brummte er.

»Cú, sei vernünftig. Du musst hierbleiben. Du musst weiter Druck auf Conor ausüben und den Roten Zweig zusammenhalten.« Sein Lächeln war angespannt. »Ich hingegen, ich bin entbehrlich.«

Cúchulainn beobachtete Levarcham, die völlig erschöpft und ausgelaugt auf ihrer Bank saß. Er warf Ferdia einen scharfen Blick zu. »Für mich bist du das nicht.«

Ferdia zuckte mit den Schultern. »Nichtsdestotrotz werde ich einen *curragh* nehmen und mich sofort auf den Weg machen – ich werde aber nicht riskieren, dass mich jemand mit meinem

Boot erkennt. Also werde ich irgendwo an Land gehen und mich zu Fuß auf den Weg nach Dunadd machen.«

Cúchulainn legte seine Hände auf Ferdias Schultern. »Pass so auf dich auf, wie du auf mich aufpassen würdest.« Mit diesen Worten verabschiedeten sich die beiden immer.

Drei Tage nach der Schlacht fand in Dunadd die große Siegesfeier statt.

Als der Mond aufgegangen war, hatten sich die Festlichkeiten in ein wüstes Trinkgelage aufgelöst. Von den Bratspießen, die sich über den knisternden Feuerstellen drehten, stieg dichter Rauch auf. Cinet hatte sich den Bauch bis zum Platzen mit fettigen Stücken Fleisch gefüllt, die man von den glänzenden, gebratenen Schweinen abschnitt, während der riesige Wildschweineber vom Spieß genommen und auf eine Platte gelegt wurde, wo man ihn unter den Trinksprüchen der Krieger zerteilte.

Cinet leckte sich mit einem starren Lächeln die Finger und brüllte den Adeligen auf ihren Bänken Scherze zu, kippte Unmengen von Ale in sich hinein und befummelte dabei seine Sklavinnen, während in seinem Kopf ohne Unterlass dunkle Gedanken kreisten wie die Würfel in den nervösen Fingern der Spieler.

Der heilige Pferdemarkt war der perfekte Zeitpunkt, um einen solch großen Sieg zu feiern. Selbst jene Chieftains, die nicht mit ihm gekämpft hatten, waren aus ihren Festungen herbeigeströmt, um mit den anderen zusammen ihre Treueschwüre zu erneuern und seine Vorratshäuser mit Geschenken für den langen Winter zu füllen. Desto großzügiger er sie mit Ale und mit Essen versorgte, umso fester würde er sie an sich binden. Außerdem gab ihm das die Gelegenheit, mit seinem Erfolg zu prahlen. Sein triumphaler Sieg über die Veniconen zeigte all seinen Kriegern und Adeligen, dass er noch nicht zum alten Eisen gehörte.

Und dennoch …

Er beobachtete die jungen Männer, die sich wieder einmal begeistert um Finn und seine Brüder drängten, während Carnach ihre kämpferischen Fähigkeiten und ihre Tapferkeit in allen Einzelheiten und mit vielen Worten rühmte. Während Cinet ihm zuhörte, wurde das Ale auf seiner Zunge bitter. Raue Stimmen schilderten jeden Schwerthieb dieser Schlacht. Kräftige junge Arme klopften anerkennend die Rücken all jener, deren ruhmreiche Taten sich in das Gedächtnis der Krieger eingebrannt hatten wie der Nachschein eines Feuers. Er erinnerte sich daran, wie sich das anfühlte, aber es war eben nur eine Erinnerung.

Nun war es Zeit, die Krieger zu ehren. Cinet stand schwankend auf und schenkte Bridei einen goldenen Armreif. Dann rief er jeden einzelnen Befehlshaber mit Namen auf. Während das Stimmengewirr immer lauter wurde, kam er zu Carnach. Gerade, als Cinet eine Halskette aus schwarzem Bernstein um den Hals des jungen Mannes legte, drehte sich Carnach mit vom Ale gerötetem Gesicht zu ihm um. »Gib Finn, Bran und Conn die Eberkeule!«, rief er.

»Ja!«, schrie einer von Carnachs Männern. »Sie sollen das beste Stück unter sich aufteilen!«

Der Vorschlag wurde mit lauter Zustimmung aufgenommen. Cinet blinzelte sich den beißenden Rauch aus den Augen und verzog sein schlaffes Gesicht zu einem Lächeln. Dies war die größte aller Ehrungen, eine, die er nicht verweigern durfte, wenn seine Männer sie verlangten. Carnach streckte seine Arme in die Höhe und forderte so seine Männer auf, die Namen der Brüder zu skandieren.

Der Sprechgesang breitete sich aus, bis die ganze Halle davon widerhallte. Die Vibrationen drangen in Cinets Bauch ein und versetzten das Ale und die fettigen Fleischbrocken in Bewegung. Auf unsicheren Beinen bedeutete er den Brüdern widerwillig, nach vorn zu kommen. Dann richtete er ein paar abgedroschene Worte des Lobes an sie. Aber selbst diese blieben ihm fast in der

Kehle stecken. Es entging ihm auch nicht, dass sogar die Frauen diese Fremden unverhohlen anstarrten.

Der jüngste der Brüder grinste, rief Carnachs Männern scherzhafte Erwiderungen entgegen. Der mittlere schwieg. Sein Gesicht blieb völlig ausdruckslos. Und der älteste versuchte zu verbergen, wie stolz er war, dennoch sah Cinet in seinen Augen wieder diesen Hunger, und er sah auch, wie sehr er nach diesem Lob dürstete.

Einem Krieger, der so tapfer für ihn gekämpft hatte, vor aller Augen etwas anzutun ... so etwas würde kein König riskieren, jedenfalls nicht in dieser Grube voller Rauch und Ale und voller erhitzter Gemüter. Als die knusprige Haut des Ebers von einer Lanze durchbohrt wurde, ließ sich Cinet wieder auf seinen Stuhl fallen. Dampfschwaden hüllten sein Gesicht ein, schirmten ihn vor neugierigen Blicken ab. Er atmete begierig den feuchten, salzigen Dunst ein.

Plötzlich hatte er wieder dieses verlockende Bild vor Augen. *Sie*, wie sie neben seinem Thron auf den glänzenden Seehund- und Biberfellen ruhte. Er würde sie in weiches, weißes Leder kleiden. Seine Sklavinnen würden ihre Haare kämmen, bis sie als glänzender Vorhang herabfielen, und er selbst würde sie dann mit einem goldenen Bogen schmücken. Er stellte sich ihr wildes, leidenschaftliches Gesicht vor dem Hintergrund der Geweihe an der Wand vor. Alle würden wissen, dass sie seine wilde Waldgöttin war, vollkommen anders als andere Frauen und unvorstellbar fremd und aufregend. Zufrieden legte er eine Hand auf seinen Bauch.

Alles um ihn herum zeugte in diesem Moment von seiner Macht und seinem Reichtum. Er rühmte sich, die seltensten Dinge zu besitzen. Sie aber würde das Juwel sein, das alles andere überstrahlte – etwas, das nur die größten aller Könige besaßen. Wie immer, wenn er an sie dachte, spürte er diese Kraft durch seinen Körper strömen, die ihn all seine Zweifel vergessen ließ.

Das Blut floss zuerst in seine Lenden und breitete sich dann von dort aus in seinem ganzen Körper aus. Das Spiel musste jetzt ein Ende haben.

Das Festmahl war zum Chaos geworden. Es war so voll in der Halle, dass Naisi immer wieder von Kriegern angerempelt wurde, die, die Arme um ihre Schultern gelegt, lallend und laut gröhlend herumtorkelten. Betrunkene tanzten zur wilden Musik von Flöten und Trommeln, die bei dem Lärm jedoch kaum zu hören waren. Einige hatten Platz geschaffen, wo sie miteinander ringen und Übungskämpfe austragen konnten. Sie verwendeten dazu jedes längliche, hölzerne Objekt, das ihnen in die Hände fiel, denn in der Halle des Königs waren eiserne Klingen streng verboten. Andere drängten sich um *fidchell*-Bretter auf dem Boden oder würfelten unter lautem Gebrüll, während Wetteinsätze hektisch die Hände wechselten.

Naisi versuchte, einen sicheren Stand zu behalten, als die Menge um ihn herumtobte. Sein schweißnasser Kittel klebte an seiner Brust und seinem Rücken. Er hatte sich gestattet sich zu betrinken, weil er wusste, dass sie jetzt, nach diesem Sieg, den Einfluss gewonnen hatten, den er sich so sehr gewünscht hatte. Er hatte das Gefühl, als würde sein Herz gleich vor Stolz platzen. Ardan sah den Ringern auf der einen Seite der Halle zu. Er schüttete unverdrossen Ale in sich hinein, während ihm ein Mädchen etwas ins Ohr flüsterte und eine seiner schwarzen Locken um ihren Finger wickelte. Seine Brüder brauchten solche Zerstreuungen. Schon bald würden sie wieder dorthin zurückkehren, wo sie hingehörten.

Er schloss die Augen, als er Deirdres Finger auf seinem Nacken spürte, erinnerte sich daran, dass er bei ihr den Panzer ablegen konnte, den er vor aller Welt tragen musste. Jetzt würde das nicht mehr nötig sein. Er würde in jede glänzende Pore ihres Körpers hineinflüstern, dass er jetzt niemals wieder von ihr getrennt sein würde. Die Finger bewegten sich zu seinen Lippen. Er öffnete die Augen. Ihm drehte sich der Kopf. Eine mit Edelsteinen geschmückte Frau presste sich mit einem einladenden Glitzern in ihren Augen an ihn. Sie trug Ringe aus Bronze an ihren Ohren. Es war durchaus angenehm zu spüren, wie ihre Hüfte gegen seine Weichteile stieß, aber er schob ihre Hand mit einem freundlichen Lächeln zurück.

Ihn interessierte nur eine einzigen Frau, Deirdre, und mit ihr musste er sich wieder versöhnen. Sie würde bis auf den Grund seines Herzens blicken, und dort würde es jetzt keine Geheimnisse mehr geben. Zum ersten Mal in seinem Leben würde er das so wollen. Es war ihm sogar ein echtes Bedürfnis. Er kämpfte sich durch die Menge voran. Schließlich erreichte er eine Stelle, wo Ainnle mit vier anderen Kriegern auf dem Boden kniete und würfelte. Sein Bruder stieß jedes Mal, wenn er gewann, einen lauten Freudenschrei aus. Wetteinsätze in Form von Broschen, Schnallen und Ringen wechselten über die Köpfe der Spieler hinweg den Besitzer.

»Siehst du?«, zischte ihm jemand ins Ohr. Völlig aus dem Konzept gebracht, taumelte Naisi kurz, bevor er sein Gleichgewicht wiederfand. Es war der König, der sich mit seiner massigen Gestalt durch das Gewühl an Naisi herangeschoben hatte. »Wenn dieses Fest vorbei ist, werden eure Arme schwer von den Reifen aus Bronze sein, und eure Bäuche werden mit dem heiligen Fleisch des Ebers gefüllt sein. Alles, was ihr jetzt noch braucht, ist der weiche Körper einer meiner Tänzerinnen. Dann wird euer Triumph vollkommen sein.«

Ein merkwürdiger Unterton schwang in seinen Worten mit. Cinets Blick war dabei unverwandt auf die Würfelspieler geheftet, und so beobachtete auch Naisi sie, während er sich krampfhaft bemühte, seine Benommenheit abzuschütteln. Der Rauch kratzte in seinem Hals. Er räusperte sich. »Da wir gerade von Triumphen sprechen, Mylord, so muss ich dich um etwas bitten.«

»Ah! Jetzt kommt es! Ich dachte, ihr bedürft keiner Belohnung.«

Obwohl der König mit schwerer Zunge sprach, entzündete der scharfe Unterton in seiner Stimme einen kleinen Funken in Naisis Verstand. Er sah Cinet jetzt an. Die feisten Wangen des Königs waren mit roten Äderchen durchzogen. Sein Blick war glasig, und sein Mund war zu einem schmallippigen Lächeln verzogen, während er das Würfelspiel beobachtete. Naisis Gedanken kämpften sich aus den Tiefen seiner Trunkenheit an die Oberfläche.

»Aber andererseits«, sagte Cinet, »habt ihr mir einen großen Dienst erwiesen, und ich bin ein überaus großzügiger König. Jetzt, da wir den Veniconen die Mine weggenommen haben, ist mein Goldnachschub gesichert. Und das wiederum gibt mir die Möglichkeit, alle Handelsrouten bis zur Ostküste hin zu kontrollieren.«

Naisi schloss die Augen, öffnete sie dann wieder und schüttelte den Kopf, um wieder klar denken zu können. »Die Mine *weggenommen?*«

Cinet warf Naisi einen raschen Blick zu. »Natürlich. Meine Männer haben die Festung der Veniconen angegriffen, von der aus die Mine bewacht wurde. Ein anderer, schnellerer Trupp hat dann die fliehenden Verteidiger verfolgt und das Erz sichergestellt, bevor es für uns verloren war.« Seine Augenbrauen zuckten nach oben. »Du warst doch selbst an diesem Sieg beteiligt!«

Eine gespenstische Mischung aus bunten Farben, glitzerndem Geschmeide und Gelächter wirbelte um Naisi herum. Er hatte sein Schwert für diesen König erhoben, aber er hatte es nur getan, um einer gerechten Sache zu dienen. Er hatte sich in all diese Kämpfe gestürzt, um den finsteren Brunnen, der tief in seinem Inneren glitzerte, trockenzulegen und ihn dann wieder mit dem hellen Licht des Stolzes füllen zu können.

Cinets Zähne wirkten wie ein gelber Fleck in seinem roten Gesicht. »Du hast doch sicher gehört, wie meine Männer darüber gesprochen haben, Finn. Angriff ist noch immer die beste Verteidigung.«

Obwohl die Männer nie offen darüber geredet hatten, hatte Naisi in den letzten Tagen doch einige Bemerkungen aufgeschnappt, die für ihn keinen Sinn ergaben. Aber er hatte auch nie nachgefragt. Es war immer nur sein Bestreben gewesen, für die Schwachen zu kämpfen und nicht für die Gier eines Königs zu töten. Nicht schon wieder. Er streckte die Hand aus, um sein Gleichgewicht zu finden, aber da war nichts, woran er sich hätte festhalten können. Schweiß lief ihm übers Gesicht.

Cinet lachte leise, als er seinen Gesichtsaudruck sah. Er strich sich nachdenklich über seinen Bart. »Dann willst du also eine Festung und eine Halle haben. Du verlangst nach Männern, die sich um dich scharen, und nach Frauen, die deine Bälger gebären?« Er machte ein träge Handbewegung zu den Musikanten hin. »Dann nimm dir zum Lohn eine meiner Tänzerinnen.«

Naisi sah sich verzweifelt nach Ardan um. Er musste hier raus. Sie mussten sofort weg von hier.

»Oh, ich vergaß. Du sagtest ja, dass du eine Frau hast.« Die Worte drangen plötzlich wie aus weiter Ferne an Naisis Ohren, fast übertönt vom Hämmern seines Herzens, das erst jetzt, viel zu spät, Alarm schlug. Er wandte seine Aufmerksamkeit jetzt wieder Cinet zu. Der Mund des Königs arbeitete, so als koste er etwas aus. Sein Blick war mit einem Mal voller Gier. »Du bist ein Mann, der sich stets nur mit dem Besten im Leben zufriedengibt, Finn. Ich nehme deshalb an, dass deine Frau ungezähmt ist. Dass ihr Gang so geschmeidig ist wie der einer Wildkatze, die durch die Berge streift. Ich nehme an, dass sie in Hirschleder gekleidet ist und ihre grünen Augen mit dem Grün der Blätter verschmelzen. Ein hübsches Bild, in der Tat.«

Naisi spürte eine eisige Kälte, die ihn schlagartig wieder nüchtern werden ließ. Der Jäger des Königs. Er starrte in Cinets Gesicht und sah, wie das gierige Lächeln von ihm abfiel wie eine heruntergerissene Maske. In den Augen des Königs lag jetzt purer Abscheu. *Bei allen Göttern.*

Naisi hatte sich stets so bedingungslos in den Kampf gestürzt, hatte all seine Leidenschaft und all seinen Zorn auf ein einziges Ziel gerichtet – auf Wiedergutmachung. Und dabei hatte er seine Deckung völlig vernachlässigt. Er hatte seinen Rücken der Klinge preisgegeben, sein Herz dem Vergessen, weil er Deirdre nicht fest genug gehalten hatte ... *Deirdre ...*

Um ihn herum herrschte noch immer ein wildes Gedränge. Die Spieler schrien enttäuscht auf oder jubelten begeistert, sodass niemand mitbekam, wie Cinet jetzt ganz nah an ihn herantrat. »Sie gehört mir.« Der Speichel des Königs landete auf Naisis eiskalter Wange. »Und du wirst dastehen und mir zusehen, wie ich meine Hand in ihren Haaren vergrabe und meine Finger über ihre milchweiße Haut streichen ...« Naisi zitterte jetzt am ganzen Körper, jeder Nerv war prickelnd zum Leben erwacht. »... und unter ihrem Hirschleder werden ihre Brüste vor Angst beben, mein stolzer Prinz – oder wird es gar vor Verlangen sein?«

Plötzlich sah Naisi Deirdres Gesicht vor sich. Ihr Mund war in panischer Angst aufgerissen, die Augen waren voller Schmerz ... und in diesem Moment begriff er, dass er sie im Stich gelassen hatte. Zum ersten Mal in seinem Leben verlor er vollkommen die Kontrolle über sich. Er spürte nicht einmal, wie sich die Muskeln in seinem Arm streckten und zusammenzogen, um an seinem Bein nach unten zu gleiten, wie seine Finger den Griff des Jagddolchs umschlossen, der in seinem Stiefel steckte. Ihm war nicht bewusst, dass er ihn herausriss und ihn vor sich hielt, so als müsse er sich gegen dieses Bild verteidigen, das Cinet heraufbeschworen hatte. Er wusste nicht einmal, was er jetzt mit dieser Klinge anfangen sollte, weil hinter dem allem keine Absicht gestanden hatte, sondern nur blinder Zorn, auf den sein Körper einfach reagiert hatte. Das Bedürfnis, Deirdre zu beschützen, war einfach überwältigend gewesen. Er sah, wie der Blick des Königs auf seinen Dolch fiel und dann triumphierend aufleuchtete.

Naisi wich zurück, schob sich zwischen den Menschen hindurch. Aber es gab kein Entrinnen, denn in diesem Moment standen auch schon die Leibwächter des Königs neben ihm, so als hätten sie nur darauf gewartet. Sie packten ihn an den Schultern. *Ainnle … Ardan …* Um ihn herum ertönten laute Rufe. Er hörte den König brüllen: *Verrat! Verrat!* Ungläubige und verwirrte Rufe antworteten ihm.

Naisi wurde gegen einen der Eichenpfosten gedrückt, die das Dach trugen. Als seine Brüder versuchten, durch die Menge zu ihm zu gelangen, schrie Cinet: »Lasst sie durch. Sie sind alle zusammen entehrt, so wie sie auch zusammen geehrt wurden!« Und noch immer sah Naisi nichts anderes als das Gesicht des Königs, über das jetzt ein Lächeln zuckte.

Schließlich trat ein schockiertes Schweigen ein, als die Musik nach ein paar trunkenen Flötentrillern verstummte.

»Er hat das Gesetz gebrochen und den König bedroht!«, schrie Cinet und ging dabei vor Finn auf und ab. *Ein Messer,* jubelte er insgeheim. Das war ja noch besser, als wenn Finn mit der Faust auf ihn losgegangen wäre!

»Das muss ein Versehen gewesen sein«, wagte dieser eigensinnige Bengel Carnach zu sagen. »Wir haben alle zu viel getrunken, Mylord.«

Cinet wandte sich an ihn. »Er hält die Klinge doch noch immer in der Hand!« Zu seiner Freude bemerkte er, dass der größte Teil der Krieger, die eben noch so bereitwillig diese Fremden gefeiert hatten, jetzt zutiefst bestürzt waren, während sie völlig verwirrt immer wieder zwischen den Brüdern und ihrem König hin- und hersahen. Ein leises Flüstern lief durch die Menge, so wie ein Windstoß, der durch ein Gerstenfeld fuhr.

Finn sprach trotz der Schwertklinge, die man an seine Kehle hielt. »Er sagte, dass er … sich meine Frau nehmen und mich entehren würde …« Das Schwert der Wache lag schwer an seinem Hals und schnitt ihm die Worte ab.

Cinet fuhr zu ihm herum. »Frau? Ich habe deine Frau noch nie gesehen; keiner von uns hat das.« Er sah seine Krieger mit einem kalten Lächeln an. »Wir alle hier sind der Meinung, dass es sich bei deiner Frau nur um das Produkt deiner Fantasie handelt, mein Freund.« Er zeigte auf Finn und sah dabei einem jeden seiner Adeligen in die Augen. »Es muss in der Tat Wahnsinn sein, da du den Frieden meiner Halle zu dieser geheiligten Zeit gebrochen hast.«

Bridei trat jetzt an Cinets Seite. Er runzelte die Stirn. »Das alles muss ein Irrtum sein, Onkel. Finn würde niemals …«

»Woher willst du wissen, was er tun würde und was nicht? Was wissen wir überhaupt von ihm? Ihr nennt ihn doch alle den dunklen Prinzen, eben weil man nichts von ihm weiß. Wir haben zugelassen, dass sich diese Fremden in unsere Gunst geschlichen haben.« Er wirbelte erneut herum und ging zwischen den Feuerstellen auf und ab. Die Krieger und ihre Frauen wichen entsetzt zurück. »Einer unserer Feinde muss sie geschickt haben, um mich zu töten. Und wenn wir dann geschwächt sind, wird man uns angreifen. Seht ihn euch doch nur an: Er ist nicht aus Alba! Diese Verräter kommen aus den britannischen Westländern. Vielleicht sind es auch Seeräuber aus Erin oder sogar Gallier, die mit Rom unter einer Decke stecken!«

Ungläubige Rufe ertönten, während Carnach den Männern zurief, dass die Brüder immer tapfer gekämpft und sich so als zuverlässig erwiesen hätten.

Im Schutze des allgemeinen Geschreis flüsterte Cinet Bridei

zu: »Bist du blind, du Narr? Die drei haben sich binnen weniger Monate mehr Ansehen verschafft, als es dir je gelungen ist. Diese Männer werden dich in dem Moment, in dem du ihnen den Rücken zukehrst, um deinen Thron bringen!« Seine Worte zeigten Wirkung. Brideis sommersprossiges Gesicht wurde immer blasser, und er ersparte sich jedes weitere Wort der Widerrede.

Cinet hob die Hand, um jetzt auch Carnach zum Schweigen zu bringen. »Es spielt keine Rolle, wie tapfer sie gekämpft haben. Das alles könnte auch nur eine List gewesen sein, um nahe genug an mich heranzukommen und mich zu töten. Warum hatte er wohl sonst eine versteckte Waffe bei sich? Und warum hat er sie vor mir gezogen?«

»Das hätte ich … niemals … getan …«, keuchte Finn. Seine Brüder stürzten herbei und versuchten, Finn aus dem Griff der Wachen zu befreien, bis auch sie überwältigt wurden.

Cinet registrierte zufrieden die verstörten Blicke, die sie wechselten. Alle seine Krieger hatten so hitziges Blut, dass ihre Bewunderung von einem Moment auf den anderen in tiefsten Argwohn umschlagen konnte, wenn jemand eine Gefahr für das Volk der Epidier beschwor. Und dieses zu beschützen, hatten sie vor allem anderen geschworen. Blutsverwandtschaft und Stammeszugehörigkeit waren noch immer das engste Band – und gerade das hatte Finn offensichtlich versucht zu zerschneiden.

»Ich werde mich gnädig zeigen«, verkündete Cinet. »Sie sollen bis zu den Spielen der Krieger in zwei Tagen gut bewacht werden. Dann werden sie vor Gericht gestellt werden.«

»Aber sie haben doch gar nichts getan!«, protestierte Carnach.

»Er hat in der Halle des Königs einen Dolch gezogen«, fuhr Cinet ihn an. »Und allein schon deswegen wird er seine Treue auf eine Art und Weise beweisen müssen, die keinen Zweifel offenlässt. Die Druiden werden entscheiden, ob es einen Zweikampf bis zum Tod oder ein Gottesurteil geben wird.« Er sah mit bösem Blick in die Runde. »Und jeder, der mit ihnen spricht oder es gar wagt, meine Entscheidung in Frage zu stellen, erhält dieselbe Strafe.«

Bridei fand jetzt wieder seine Sprache. »Schafft sie weg«, sagte er zu den Wachen, »und lasst sie erst einmal ihren Rausch ausschlafen.«

Die drei Brüder wurden, begleitet von bedrücktem Schweigen, zur Tür hinausgeführt. Cinet schüttelte den Kopf, so als wäre er zutiefst betrübt. Dann klatschte er in die Hände und ließ noch mehr Ale und Met bringen. Er forderte die Musiker mit einer Handbewegung zum Weiterspielen auf und bedeutete seinen Tänzerinnen, dass sie sich um seine Adeligen kümmern sollten. Er selbst hatte jetzt anderes im Sinn.

Er lehnte sich in seinem Sessel zurück und schickte einen seiner Boten zu den Lagerfeuern auf der Wiese am Fluss, um den Jäger Fidech holen zu lassen. Er beruhigte sich gerade mit einem Becher kühlen, schäumenden Ales, als Fidech wie ein alter, grauer Jagdhund durch die Menge geschlichen kam und vor ihm niederkniete.

»Schaff unseren kleinen Vogel herbei«, murmelte Cinet. »Die Falle ist zugeschnappt.«

In Nessas Haus in Emain Macha starrte Conor unverwandt die vom Feuerschein erhellte Wand an. Vor ihm kniete ein Mann, der seine Hände um das Heft seines Schwertes gelegt hatte.

Der Mann hatte flachsblondes Haar und das kantige, hohlwangige Gesicht der Menschen, die jenseits des nördlichen Meeres in den kalten Ländern lebten. Sein ledernes Gewand war von Salz gebleicht und abgetragen. Seine klugen, blauen Augen waren von einem Kranz von Fältchen umgeben, die vom hellen Sonnenlicht auf dem Wasser herrührten.

Dunkler Prinz, sagte er. *Drei Brüder.* In den Häfen hätten sich Gerüchte verbreitet. Scherzhafte Bemerkungen unter den Seeleuten und Fischern.

Conor nahm aus dem Lederbeutel, der an seinem Gürtel hing, ein paar Silber- und Bronzemünzen und warf sie dem Mann zu, der auf Nessas schönem Teppich kniete, was ihr offensichtlich sehr missfiel. »Den Rest bekommst du, wenn ich Beweise habe. Meine Männer werden dich begleiten, und sie werden sich mit eigenen Augen davon überzeugen.«

Der Mann berührte seine Stirn mit der Faust und erhob sich zum Gehen, wobei er den Gestank von Fisch verbreitete.

Conors Blick löste sich jetzt von der Wand und begegnete dem seiner Mutter. Ihre Augen waren hart und schimmerten wie der Anhänger aus Edelstein, den sie zwischen ihren Fingern rieb. »Dunadd also«, flüsterte sie.

37

Cúchulainn stieß mit einem lauten Krachen die Türen von Conors Halle auf. Der König saß auf seinem geschnitzten Sessel, das Licht des Feuers spiegelte sich in seinen glasigen Augen, während die Krieger auf den Bänken an der Wand saßen, tranken und sich unterhielten. Als Cúchulainn auf die Feuerstelle zuging, setzte sich Conor auf. Während sich alle Hälse reckten und die Gespräche allmählich verstummten, rief Dubthach, wie er es mit Cúchulainn vorher besprochen hatte, mit lauter Stimme: »Sei gegrüßt, großer Krieger!«

Cúchulainn erreichte den vom Schein der Fackeln erhellten Bereich, wo er stehen blieb.

Sein roter Umhang wurde von Broschen in Form von Sonnenscheiben zusammengehalten. Ein riesiger, gedrehter Torques lag um seinen Hals. Er hatte eine Brustplatte aus poliertem Leder angelegt, darunter trug er einen Kittel und eine karierte Hose, die mit Goldfäden bestickt waren. Emer hatte seine Haare mit Kalkwasser nach oben frisiert, und er trug seinen auf Hochglanz polierten Zeremonien-Schild, auf dem das Emblem des Roten Zweiges prangte. Das Heft seines Dolchs war mit einem einzelnen Kristall besetzt, der wie ein Stern an seiner Taille glitzerte.

»Mein König.« Cúchulainn atmete tief ein und stieß die Luft dann wieder aus wie einen Speer. »Ich habe Nachricht, dass die Söhne des Usnech bei den Epidiern in Alba entdeckt wurden, wo sie Zuflucht genommen haben.«

Die Krieger stießen sowohl überraschte als auch begeisterte Rufe aus. Conor saß zuerst reglos da, während seine Männer jubelten, dann stellte er seinen Becher mit Met langsam auf einen Tisch neben seinem Thron ab. Der Blick seiner rot geäderten Augen hielt den von Cúchulainn fest. Seine faltigen Wangen wurden von seinen Haaren eingerahmt. Die glatten Strähnen, die unter seiner Krone hervorsahen, waren jetzt vollkommen grau und hatten auch die letzte Spur von Gold verloren. »Ich habe diese frohe Kunde selbst gerade erst erhalten, Wachhund, und wollte noch auf dich warten, bevor ich sie allen verkünde.«

Cúchulainn drehte sich zu den Kriegern um, deren ganze Aufmerksamkeit jetzt ihm galt, während das Licht der Fackeln von seinem Schmuck reflektiert wurde. Ferdia würde jetzt jeden Tag bei den Söhnen des Usnech eintreffen. Der König hatte also keine Möglichkeit mehr, etwas zu verheimlichen. Cúchulainn musste jetzt mit aller Entschlossenheit vorgehen. »Wir alle haben viel gelitten. Der Argwohn, der sich tief im Herzen des Roten Zweiges festgesetzt hat, hat uns gespalten.« Er schritt den Kreis der Männer langsam ab, zog sie mit seinen Augen und mit seiner eindringlichen Stimme in seinen Bann. Er hatte das Feuer der Schlacht mit aller Vorsicht herbeigerufen, ließ sich davon jetzt ganz langsam ausfüllen, sodass es aus seinem Gesicht heraus leuchtete und in seiner Kehle vibrierte. Er begegnete dem Blick eines jeden Mannes, der sich gegen Naisi ausgesprochen hatte. »Nun wird dieser Argwohn von uns genommen werden. Das Licht wird zurückkehren, und unsere Verbundenheit wird erneuert werden!«

Die Krieger begannen, sich bereits ein wenig zu entspannen. Die Erleichterung strömte wie Met durch ihre Körper. Die frohen Gesichter von Illan, Fiacra, Cormac und Dubthach, in die er jetzt sah, ließen Cúchulainns Herz höher schlagen. Nur Conall schien noch nicht überzeugt zu sein. Dann jedoch senkten sich auch seine Schultern, und er sah in seinen Becher, so als atme auch er erleichtert auf.

»Lasst wieder Freundschaft und Vertrauen zwischen uns herrschen«, rief der Wachhund jetzt mit lauter Stimme, »denn wir alle wissen, wie es sich anfühlt, Seite an Seite zu kämpfen, während die Quelle allen Seins in unserem Blut pocht, habe ich nicht recht?«

»*Ja!*«, erhob sich lautes Rufen.

Er schaute wieder den König an. Seine geschärften Sinne sahen, dass das Licht, das Conor umgab, mit tiefer Dunkelheit rang und von einem blutigen Rot durchzogen wurde. Da war also selbst jetzt noch Widerstand … ein innerer Kampf. Conors Bedürfnis nach Frieden kämpfte mit seinen alten Ängsten. *Nein,* dachte Cúchulainn grimmig. *Wenn du dein Königreich behalten willst, wirst du dich hier und jetzt dem Roten Zweig beugen.* »Wir werden wieder so stark sein wie früher. Wir werden Schulter an Schulter zusammen mit all jenen stehen, die wir lieben. So vereint werden wir die Plünderer aus Connacht nach Cruachan zurücktreiben und mit unseren Stiefeln in ihrem Blut waten!« Die betrunkenen Krieger brachen in lauten Jubel aus. Cúchulainn legte den Kopf in den Nacken. Seine Augen waren geschlossen, seine Arme ausgestreckt. »Zeigt den Göttern euren Stolz!«

Die Jubelschreie verwandelten sich in einen rhythmischen Sprechgesang, der in Wellen auf und ab wogte und durch jeden Muskel und jeden Knochen in seinem Körper vibrierte. *Roter Zweig! Roter Zweig! Roter Zweig!*

Erst als der heisere Gesang langsam verebbte, suchte Cúchulainn durch den Rauch der Feuerstelle hindurch Conors Blick. »Und so fragen dich deine Krieger, großer König: Wann wirst du Naisi, Ardan und Ainnle nach Hause holen?«

Conor erhob sich unsicher. In dem Moment, als er und Cúchulainn einander in die Augen sahen, sprang etwas zwischen ihnen über – und sie trafen eine Art stille Übereinkunft. Der große Krieger sprach seinem König in aller Öffentlichkeit das Vertrauen aus, und der König zeigte sich ebendieses Vertrauens würdig.

Conor wartete, bis auch die letzten Rufe verstummt waren. »Ich habe jetzt seit Monaten alles darangesetzt, die Söhne des Usnech zurückzuholen und wiedergutzumachen …« Seine Stimme versagte. Zur allgemeinen Bestürzung senkte er den Kopf und legte die Hand auf seinen mageren Brustkorb, wo eine goldene Halskette ruhte. »… wiedergutzumachen, dass ich mit solcher Blindheit geschlagen war.« Er sah auf. Seine faltigen Wangen waren feucht. Cúchulainn starrte erstaunt die sich verändernden Farbtöne an, die den König umgaben. Er erkannte echte Verzweiflung. Die ebenso verblüfften Krieger murmelten leise, denn die Stärke, die es erforderte, um vor dem Roten Zweig Demut und Gefühle zu zeigen, war ebenso beeindruckend, wie es zuvor Cúchulainns dröhnende Stimme gewesen war.

Conor holte mühsam Luft und ließ seine Hand dann wieder sinken. Er sah völlig gebrochen aus. Das ist echt, dachte Cúchulainn und jubelte innerlich. Der König bereute also. »Das Licht hat endlich wieder die Dunkelheit in mir durchdrungen«, krächzte Conor. »Ich bitte euch, mir zu vergeben.«

Cúchulainns inneres Feuer flammte voller Hoffnung auf, während die Krieger sich räusperten und leise vor sich hin murmelten. Das Eingeständnis des Königs hatte sie alle zutiefst berührt.

Jetzt reckte Conor das Kinn und sprach mit kräftigerer Stimme. »Wenn Naisi zurückkehrt, werde ich mit ihm und Deirdre auf dem Berg von Macha stehen und ihnen beiden große Ehre erweisen. Das schwöre ich bei meinem Blut. Die Stärke und das Können der Söhne des Usnech wird wieder den Ruhm der Ulaid mehren und dem Roten Zweig zur Ehre gereichen, meine Brüder!«

Seine Stimme erhob sich am Ende. Die jüngeren Krieger gerieten angesichts seiner Worte schier außer sich und verliehen mit lauten Freudenschreien derselben Erleichterung Ausdruck, die auch Cúchulainn in seinem Herzen empfand. Inmitten all des Jubels blieben nur Conor und Cúchulainn ruhig.

Der Wachhund nickte seinem König dankbar zu. Conor deutete eine Verbeugung an, während die Männer ringsum begeistert mit den Füßen stampften.

Wumm.

Wumm.

Wumm.

Die Schläge der großen Trommeln vibrierten durch Deirdres schmächtigen Körper, während sie im Eingang zu Cinets großer Halle in Dunadd stand und wartete. Sie drückte sich an die Zwischenwand aus Flechtwerk und machte sich dabei in der Dunkelheit so klein wie möglich. Der rhythmische Schlag der Trommeln vertiefte die Trance, in die sie gefallen war und in der die Erinnerungen an die letzten Tage wie weiße Möwen auf einem Ozean dahintrieben.

Sie erinnerte sich an die Menschenmassen auf der großen

Wiese von Dunadd. An das Wiehern der Pferde in ihren Gattern und die vermischten Gerüche von Dung, Rauch und zertrampeltem Matsch. Mattes Licht hatte auf den Helmen und den Speeren der Wachen gelegen, die auf den hohen Mauern aus Holzbalken patrouilliert waren. Sie hatte mit heiserer Stimme nach den drei Brüdern gefragt. Dann ihr Erschrecken, als sie hörte, dass sie zwar am Leben waren, man sie aber gefangen genommen hatte. Und die Strafe? Hatte sie flüsternd gefragt. Urteil durch das Schwert, hatte man ihr geantwortet. *Ein Schwert aus Eisen, rot von Naisis Blut.*

Nach ihrem Erlebnis an der Quelle hatte sie nicht gewusst, was ihre bruchstückhaften Visionen genau bedeuteten oder welchen Impulsen ihr Handeln folgte – sie hatte sich einfach mit der Strömung und dem Wind treiben lassen. Als sie jedoch gesehen hatte, dass viele der Adeligen dem König Geschenke brachten, um zu dieser heiligen Zeit ihre Treue als Untertanen zu bestärken, hatte sie gewusst, was zu tun war.

Ein Geschenk.

Die Halle des Königs befand sich am höchsten Punkt der Klippe. Ihre Flaggen flatterten im Wind, der von der See her blies. Auf der felsigen Flanke des Hügels standen bunt bemalte Häuser. Ihre Türen waren mit Wimpeln aus Fell geschmückt, die an Speeren befestigt waren. Nachdem Deirdre ein mit Schnitzereien geschmücktes Tor in dem steinernen Schutzwall passiert hatte, suchte sie sich ihren Weg zwischen den Häusern hindurch, bis sie an einer Stelle stand, wo der Hügel steil abfiel. Vor ihr breitete sich das weite Marschland aus, über dem die Abendröte lag. Sie kauerte sich hin und betrachtete ihre Hände. Sie zitterten. Sofort schlang sie die Arme um ihr Bündel mit seinem kostbaren Inhalt und zog sich in sich zurück. Angst war etwas, das sie sich jetzt nicht leisten konnte.

Sie hatte diese Angst so lange Stück für Stück in die schimmernde Wolke hineingeatmet, die sie umgab, bis sie spürte, wie ihre Haut von innen her zu leuchten begann. Sie konnte kein Schwert führen, um Naisi aus dem Gefängnis zu befreien, konnte keine körperliche Kraft aufbieten, um den Kriegern entgegenzutreten.

Sie hatte nur noch sich selbst. Und die Brüder hatten nur noch sie.

Wumm.

Wumm.

Wumm.

Cinet rülpste und lehnte sich zurück, als ihm sein Verwalter durch den Lärm hindurch etwas zurief. Ihm war vom vielen Ale, das er getrunken hatte, schwindelig, und sein Magen war bis zum Platzen gefüllt. Noch nie hatte er jedoch das Gefühl gehabt, so vor Kraft zu strotzen, jetzt, da sein letztes Problem gelöst war. Die vielen Geschenke – Pelze, Tuch, Geweihe und Bronze – stapelten sich hinter seinem Thron. Seine Adeligen sahen ihn im Licht des Triumphs und taten gut daran, ihm mit gebeugtem Knie und gesenktem Kopf zu huldigen und ihn so als ihren Herrn anzuerkennen.

Was hatte der Verwalter gesagt? Was kam jetzt? Ach ja! Einer der Chieftains hatte ihm etwas höchst Ungewöhnliches geschenkt – einen Tanz. Cinet schnaubte. Nun, zumindest versprach es unterhaltsam zu werden. Er nickte seinem Verwalter zu, und der Mann schob sich durch die Menge, bis er an der Feuerstelle stand. Dort klatschte er in die Hände, um sich die Aufmerksamkeit der Krieger zu verschaffen, die sich ganz dem Ale und ihren Frauen widmeten. Die Flöten und Trommeln verstummten, und langsam verebbte auch das laute Gelächter. Die Reihen tanzender Gäste lösten sich auf, und die Tänzer ließen sich keuchend und mit schweißglänzenden Gesichtern auf die Binsenstreu und die Kissen fallen.

Als der Verwalter ihnen eine besondere Darbietung ankündigte, begannen die Leute, aufgeregt miteinander zu tuscheln, und sahen mit gereckten Hälsen zu den Türen.

Cinet lümmelte auf seinem Thron, ließ es zu, dass sich seine Körpermasse ausbreitete. Er konnte jetzt die Brüder mit vollkommen legalen Mitteln beseitigen, und falls die Gefahr bestand, dass sie ihrer Strafe entkamen, so verfügten seine Druiden über gewisse Kräfte, die seine Krieger nicht besaßen. Er legte den Kopf in den Nacken, um die klarere Luft oberhalb der schwitzenden Menge einzuatmen. Es würde bestimmt auch nur noch ein paar Tage dauern, bis Fidech mit *ihr* zurückkam.

Auch sein Blick lag auf den Türen. Durch seinen erhöhten Sitzplatz war er der Erste, der in der Dunkelheit etwas Weißes schimmern sah. Die Stille, die diese helle Gestalt umgab, breitete sich im gesamten Raum aus. Die Krieger machten ihre Frauen aufmerksam und traten einen Schritt zurück. Die Diener verharrten mit Platten voller Fleisch und Käse und reckten die Hälse. Cinet winkte einen der Burschen zu sich und nahm sich eine Entenkeule von dessen Platte. Er grub seine Zähne in das Fleisch, während er sich wieder zurücklehnte.

Das Mädchen machte mit gesenktem Kinn einen Schritt nach vorn, dann noch einen. Sie bewegte sich nicht mit einem sinnlichen Hüftschwung, so wie es Cinet eigentlich erwartet hatte. Auch klimperten an ihren Knöcheln keine Glöckchen. Sie glitt vielmehr dahin, als würde sie über den Boden schwebten, ohne ihn auch nur einmal zu berühren. Es war gespenstisch. Er hörte auf zu kauen.

Genau in diesem Moment trat das Mädchen in den Schein der Fackeln. Ein leises Raunen ging durch die Menge. Cinet blieb der Bissen fast im Halse stecken. Sie war von Kopf bis Fuß in einen Kapuzenumhang gehüllt, der vollkommen mit weißen Federn bedeckt war. Vor ihrem Gesicht trug sie eine grob gearbeitete

Vogelmaske mit einem orangefarbenen Schnabel und schrägen Augen. Außer ihren Händen, die den Umhang geschlossen hielten, war keine Spur Menschliches an ihr.

Jetzt hob sie ihren Kopf und sah Cinet an. Er glaubte zu sehen, wie sich ihre Pupillen einen Moment lang weiteten, bevor sie blinzelte. Dann wurde ihr Blick ruhig und durchdringend. Sie verbeugte sich vor ihm.

Cinet ließ seine Hand mit der angebissenen Entenkeule in den Schoß sinken, während ein abergläubischer Schauder über seinen Rücken lief. »Tanze«, sagte er mit schleppender Stimme, »und wir werden sehen, ob ich Gefallen daran finde.«

Die Musiker hoben ihre Flöten an ihre Lippen, aber das Mädchen schüttelte energisch den Kopf, sodass die Federn an ihrem Hals und ihrem Scheitel flatterten. »Ihr kennt diese Melodie bestimmt nicht.« Sie trat einen Schritt zurück, breitete die Arme aus wie Schwingen und verharrte dann, einen ihrer nackten Füße ausgestreckt. Dann begann sie zu singen.

Es war sofort offensichtlich, dass dieses Mädchen keine geübte Sängerin war. Ihre Stimme war belegt und leise, die Melodie schlicht, beinahe kindlich. Und dennoch: Das heiser vorgetragene Lied und die Maske mit den schrägen Augen beschworen eine unwirkliche Atmosphäre herauf, in der alles Herumzappeln und alles Scherzen aufhörte. Die klagende, schwankende Stimme, die in der Weite der Halle ertönte, hatte etwas so Schmerzliches, dass Cinet der Atem stockte.

Und dann endlich begann sie sich zu bewegen.

Sie beugte und streckte ihre Arme, dann drehte sie sich und wirbelte herum, sodass ihr Umhang wie eine weiße Wolke um sie herumflog. Ihr Stimme wurde kräftiger, bis sie von dem hohen Rieddach und den geschnitzten Pfeilern aus Eiche zurückgeworfen wurde, während die weiße Maske und der orangefarbene Schnabel im Licht der Flammen die verwirrendsten Formen annahmen. Einen Moment lang fühlte sich Cinet in die uralte Welt der *sídhe* versetzt, in die dunklen Wälder vor Anbeginn der Zeit.

Und dann dachte er gar nichts mehr, denn er war wie von einem Zauber gebannt.

Cinet war Galan.

Deirdre speiste die weiße Flammenspirale in ihrem Innern mit dieser Erkenntnis, sodass sie zu einer hoch aufragenden Säule von unglaublicher Helligkeit wurde. Es war jedoch weder Zorn noch Verzweiflung, was sie spürte, denn diese Gefühle würden sie nicht stark genug machen, um Naisi zu retten. Sie musste in diesem Moment mächtiger sein als dieser König – stärker als seine Krieger mit ihren Schwertern.

Das, was sie jetzt spürte, war die unbändige Kraft der Liebe.

Sie ließ sich davon verzehren, sah die Flamme, die an ihren erhobenen Armen loderte und sie blendete, sodass sie in der Menge keine Gesichter mehr erkennen konnte. Die Halle, die Schatten, das Feuer des Herdes, das Scharren der Füße und das Flüstern der Zuschauer – all das trat völlig in den Hintergrund. Sie wurde zu dem Schwanenmädchen aus der alten Erzählung, das Schwanenmädchen, das mit angelegten Schwingen über einen schwarzen Teich gleitet.

Sie sah den Jäger – Naisi –, wie er sich, den Bogen in der Hand, hinunterbeugte, um aus dem Teich zu trinken. Das, was ihr Herz fühlte, konnte sie mit der Kehle eines Schwans jedoch nicht ausdrücken. Sie sehnte sich danach, ihm zu zeigen, dass sie ein Mensch war und dass sie ihn brauchte. Dass die Kluft zwischen ihnen überwunden werden konnte. *Du bist mit mir verbunden, bist untrennbar mit mir verwoben, auch wenn ich das lange nicht gewusst habe.*

Sie breitete die Flügel aus, und ihre Federn wurden von Liebe emporgehoben.

Der unbezähmbare Drang, diese Liebe zu verteidigen, war stärker als alles, was sie je gefühlt hatte. Die blendend helle Wolke um sie herum zerriss, und sie tanzte jetzt durch wirbelnde Scharen von *sídhe* hindurch, während ihr unter ihrer Maske die Tränen übers Gesicht liefen. Sie hatte sich völlig geöffnet, ihr Herz war frei, und so fielen die Sterne wie Licht einfach durch sie hindurch.

Jetzt endlich wusste sie, was die *sídhe* zu ihr hinzog und was sie selbst an die *sídhe* band: Es war die Reinheit des Gefühls, frei von Gedanken – die Flamme der absoluten Wahrheit, die in einer Seele brannte. Der harmonische Tanz der natürlichen Ordnung, des sich entfaltenden Lebens, der Schöpfung. Freude, Zorn, Kummer, Liebe und Mut, all das begeisterte die *sídhe*, und Deirdre war stets davon erfüllt gewesen. Sie würde nicht zulassen, dass die Zerstörungswut irgendeines Mannes, seine Angst und seine Gier den Fluss des Lebens missbrauchte und das Feuer in ihr löschte.

Diesmal ließ sie ihre Seele nicht mit dem Körper eines Vogels fliegen. Stattdessen rief sie das Bild eines Schwans in ihren Körper. Ein einziger Augenblick, irgendwo, der ein Echo seines Geistes einfing. Rief ihn mit einem leise geflüsterten Segen zu sich. Und als er bei ihr war, erlaubte sie ihm, sie vollkommen in Besitz zu nehmen.

Cinet sah dem Mädchen jetzt mit offenem Mund zu. Alles andere hatte er völlig vergessen.

Ihr Untergewand aus feinem, gebleichtem Ziegenleder war so eng geschnürt, dass er, wenn sie ihre Gliedmaßen unter ihrem Umhang hervorstreckte, die anmutigen Linien ihres Körpers erkennen konnte. Ihre Arme wurden zu schlagenden Schwingen, die sie wieder anlegte, während sie so tat, als würde sie auf einem imaginären Teich landen. Die weißen Federn leuchteten hell vor dem Hintergrund der rötlichen Flammen.

Cinet setzte sich auf. Sein Mund war trocken. Als sie sich

umdrehte, hätte er schwören können, dass er tatsächlich einen Schwan sah, einen elegant gebogenen Hals und ausgebreitete Schwingen, die wie feiner Nebel den Umriss ihres Körpers verwischten. Eine solche Illusion, eine solche Zauberei hatte er noch nie erlebt. Er bekam eine Gänsehaut und stellte fest, dass ihn die Angst, die er plötzlich empfand, erregte.

Nur am Rande nahm er wahr, dass sich seine Schwester Eithne, die königliche Priesterin, langsam von ihrem Sitz erhob. Sie wirkte angespannt und misstrauisch. Ihr durchdringender Blick war unverwandt auf die Tänzerin gerichtet. Anscheinend war er nicht der Einzige, der erkannt hatte, welche Magie dieses Mädchen beherrschte. Die Tänzerin musste eine Priesterin oder eine Hexe aus einem ägyptischen oder griechischen Tempel sein – in der Tat ein überaus wertvolles Geschenk. Er hatte gehört, dass die Menschen weit im Osten sexuelle Künste von göttlicher Natur beherrschten. Künste, die an den hiesigen Gestaden völlig unbekannt waren.

So als hätte sie seine Gedanken gelesen, sprang das Mädchen jetzt auf die Plattform, auf der sein Sessel stand, und begann, um ihn herum große Bögen zu beschreiben. Sie warf ihm im Vorbeigehen über die Schulter gewandt einen Blick zu. Die schrägen Augen glitzerten. Dann hielt sie inne, um sich verführerisch zu strecken, sodass ihr Umhang auseinanderklaffte und er sich an der Rundung ihrer Brüste weiden konnte. Er drehte seinen Kopf hin und her, um jede ihrer Bewegungen zu verfolgen, bis ihm schließlich schwindelig wurde. Aber das steigerte nur die Hitze, die seine Lenden durchströmte.

Dann tanzte sie wieder zum Feuer zurück. Als sie an ihm vorbeischwebte, stieg ihm ein salziger Geruch nach Federn und ein moschusartiger Duft in die Nase.

Als der Jäger seinen Pfeil auf das Schwanenmädchen anlegte, schickte Deirdre einen stummen Schrei der Liebe zum Himmel, damit die Welt von diesem Moment absoluter Verzückung erfuhr, die ihren Flug antrieb. Sie stieß nach oben, um den letzten Augenblick des Fliegens auszukosten, denn der Jäger konnte sie in dieser Gestalt nicht erkennen. Damit er sie lieben konnte, musste sie verzichten. Sie musste für ihre Liebe sterben.

Ein stechender Schmerz … sie fiel, während sie sich wieder in die Gestalt eines schönen Mädchens zurückverwandelte, sodass der junge Jäger sie noch einmal in seinen Armen halten konnte, bevor sie starb. Ein kollektiver Seufzer ging durch die Menge, als Deirdre auf den Teppich vor dem Feuer niedersank und die schimmernden Federn ihres Umhangs zur Ruhe kamen. Sie lag da. Die Arme im Tod ausgebreitet, die Augen geschlossen. Die atemlose Stille in der Halle hielt an. Nur Deirdres Brustkorb hob und senkte sich.

Naisi, Naisi. Ihr Herz sang immer wieder seinen Namen. Ein Schrei in dieser Höhle voller Feinde, so stumm und einsam wie der des Schwans in der alten Geschichte.

Schließlich wurde die Stille von einem einzelnen lauten Klatschen unterbrochen, das von dort kam, wo der Thron des Königs stand. Ein weiteres Klatschen war zu hören, und dann noch eines; nach und nach schlossen sich alle anderen Zuschauer an, klatschten heftig und begannen miteinander zu tuscheln, als die Spannung von ihnen abfiel. Der Applaus wurde immer lauter, bis die ersten Beifallsrufe zu hören waren, die sich noch steigerten, als Deirdre schließlich aufstand. Sie machte eine schwungvolle Bewegung mit dem Schwanenumhang, als sie sich vor dem König verbeugte.

Cinet war jetzt aufgestanden. Schweiß lief ihm über seine dicken Backen in seinen Bart. Er hob den Arm und forderte die Menschen in der Halle auf, ruhig zu sein. Sobald das aufgeregte Geschnatter nachließ, rief er: »Bei den Göttern, die mich geschaffen haben. Nach dieser Darbietung kannst du dir wünschen, was du willst!« Er winkte Deirdre zu sich heran. »Einen Bronzereif für deinen Knöchel vielleicht? Oder ein Band für deine Haare?«

Die Tänzerin senkte den Kopf und hob ihn dann wieder, um ihm direkt in die Augen zu sehen. »Hat der König in diesem Tanz die Macht der Göttin gespürt?« Ihre Stimme war leise und atemlos.

Cinet war verwirrt. Das musste irgendeine rituelle Frage sein. Vielleicht gehörte sie noch zu der verführerischen Darbietung. Er lachte. »Wie hätte mir das entgehen können? Etwas Derartiges habe ich noch nie erlebt.« Seine Adeligen waren noch immer sichtlich von Ehrfurcht ergriffen. Sie staunten mit halb geöffnetem Mund oder tauschten sich leise und aufgeregt über das Gesehene aus.

Seine Schwester kam jetzt zu ihm auf die Plattform. Als sie neben seinem Thron stand, legte sie ihre Hand auf die gebogenen Eichenwurzeln, die dessen Rückenlehne bildeten. Auch seine Druiden warteten gespannt. Das Mädchen sah ihn jedoch weiter unverwandt an, dann breitete sie ihre Schwingen aus und sagte, diesmal mit wesentlich lauterer Stimme: »Dann hat also eine Priesterin heute Abend die Göttin zum König gebracht.«

Priesterin? Es stimmte also. Plötzlich hatte er diese unheimliche Maske vor sich, wie sie im Halbdunkel seiner Bettstatt mit einem höhnischen Grinsen auf ihn herabsah, und seine Angst verstärkte noch sein Verlangen. *Gütige Götter.* »Was sind denn das für Fragen?«, brummte er gutmütig und lächelte seine Krieger an.

Das Mädchen neigte den Kopf und erinnerte ihn dabei an einen Vogel, der seinen Schnabel hebt, bevor er zupickt. »Es gibt einen alten Ritus. Einen heiligen Pakt zwischen Priesterin und König: Sie schenkt ihm mit ihrem Tanz die Macht der Göttin und damit die Fruchtbarkeit der Erde und die Kraft des Bodens – und wenn ihm der Tanz gefallen hat, gewährt er ihr eine Bitte.«

Cinet war erleichtert. Es handelte sich also um ein Rätsel, ein Spiel. Das war unterhaltsamer als alles, was er erlebt hatte, seit er Finns wildes Mädchen gesehen hatte. Plötzlich beugte sich seine Schwester zu ihm herunter und flüsterte ihm ins Ohr. »Was sie sagt, stimmt, mein Bruder.«

»Was?« Cinet sah sie mit finsterem Blick an.

Eithne war das genaue Gegenteil von ihm. Eine imposante, grauhaarige Erscheinung, deren Ernst und Würde auf ihrer Stellung als Ban Cré, als heilige Mutter des Landes beruhte. Die Menschen vertrauten ihr und hörten auf sie. »Es ist älter als das Ritual bei deiner Thronbesteigung«, fügte sie hinzu. Bei Cinets Amtseinsetzung hatte Eithne als personifizierte Göttin den rituellen Becher mit Met an seine Lippen gehalten. Mit dieser Geste hatte sie seiner Herrschaft den Segen der Großen Mutter zuteilwerden lassen. »Viel älter«, murmelte sie leise und beobachtete dabei das Mädchen. »Dieses Ritual wurde bereits im Land der aufgehenden Sonne getanzt, dem Land unserer Vorväter. Die Schwestern auf der heiligen Insel tanzen es noch heute, allerdings in einer anderen Form, um die Könige der Caerenier in ihr Amt einzuführen.« Sie runzelte kurz die Stirn. »Ich habe noch niemals auch nur annähernd etwas so Mächtiges gesehen, Bruder. Sei also vorsichtig.«

»Vorsichtig?«, murmelte Cinet. »Natürlich werde ich vorsichtig sein. Glaubst du, ich lasse mich von irgendeinem gerissenen alten Chieftain reinlegen?«

Sie warf ihm einen merkwürdigen Blick zu. »Das meinte ich nicht. Ich meinte, du sollst vorsichtig sein, dass du die Göttin nicht gegen dich aufbringst.«

Das war doch alles Unsinn. »Ist es nicht vielleicht so, dass die Priesterin bei diesem *uralten* Ritus die Segnungen durch ihren Körper gewährt, Schwester?«

Eithne schürzte ihre schmalen Lippen. »Gelegentlich, aber …«

»Nun denn!« Er zeigte mit der Hand auf das Mädchen. »Ist diese Gunst, die du von mir erbittest, ein Versuch, um den Herrn, der dich bezahlt, reich zu machen? Will er Ringe, Schiffe, Pelze, eine Herabsetzung des Zehnten?« Er kicherte, betrunken und von Lust und den Triumphen dieses Abends erhitzt. Unter seinen Adeligen war vereinzeltes Lachen zu hören.

Die Intensität in diesen schrägen Pupillen war fesselnd, denn er konnte in den Löchern der Maske kein Weiß sehen. »Nein. Diese heilige Bitte betrifft mich allein.«

»Ah! Nun, solange es dasselbe ist, was *mir* in den Sinn kommt, mein Kleinod!« Das Lachen in der Halle wurde jetzt lauter. Cinet klatschte begeistert in die Hände. »Wer auch immer mich mit diesem Geschenk ehrt, er wird an meiner Seite sitzen und aus meinem Becher trinken!«, rief er aus.

Zwei seiner Druiden traten jetzt an seine andere Seite und flüsterten ihm etwas ins Ohr. *Das hier könnte eine Falle sein. Das ist kein Spiel. Tue nichts Unbesonnenes. Du gibst dein Wort, und das ist bindend.* Jetzt meldete sich auch seine Schwester noch einmal zu Wort. *So ist es. Es ist bindend. Dieses Mädchen beschwört etwas herauf, das nicht von dieser Welt ist.*

Cinet schnaubte wie ein ungeduldiger Hengst. Mit einer unwilligen Handbewegung scheuchte er seine Schwester und seine Druiden davon. Dieses Mädchen würde sein Fleisch beleben, bis Fidech mit seiner Beute zurückkam.

Die *sídhe* glitzerten noch immer am Rande von Deirdres Gesichtfeld. Sie spürte ihr Lied in ihrem Blut. *Wahrheit.* Sie schloss hinter ihrer Maske die Augen.

In diesem Moment war Deirdres Wahrheit die Liebe, die wie ein flammender Stern in der Dunkelheit leuchtete. Angetrieben vom Chor der *sídhe* und deren Hunger nach Wahrhaftigkeit, schleuderte sie Cinet ihr eigenes Licht entgegen. Das Leuchten drang wie eine Fackel durch seinen Geist bis tief in die Seele des Königs hinein.

Die Pfade in seinem Inneren waren verwirrt wie ein Dornengestrüpp. Seine Lebensenergie war nicht frei. Sie bildete Knoten und Schlingen in seinem Herzen, seinem Verstand und seinem Bauch. Während das alles ihren Geist berührte, begriff sie ihn.

Da war die Angst, von einem Rivalen verdrängt zu werden. Es war dies eine gewaltige Kraft, die alles andere beeinflusste. Dann war da noch die Gier und die Lust … *Ich will dies und jenes, egal, was es kostet.* Da war auch Stolz und Arroganz … *Ich bin unbesiegbar … Ich habe triumphiert … alle werden sich mir unterwerfen.* Deirdre spürte die Verachtung gegenüber den Frauen und den Neid auf alle, die noch ihre Jugend und ihre Kraft besaßen. Und dann stand ein Gedanke ganz deutlich vor ihr: Diese Tänzerin war eine Zauberin, die all jene beeindrucken würde, die um ihn herumscharwenzelten.

Erfüllt vom Licht der *sídhe* und von Deirdres eigener Flamme, strahlten all seine Ängste noch lebhafter, leuchteten auf wie ein verzweigter silberner Baum. All das, was er bereits über lange Jahre hinweg durch seinen Groll genährt hatte, erhielt durch dieses Licht nur noch größere Kraft. Der Stolz wurde zur Selbstüberhebung, sein Zorn zur Verachtung gegenüber schwachen Frauen. Er spürte dies als ein köstliches Pochen, das ihn zum Lachen brachte. *Welches Mädchen könnte schon eine Gefahr für mich sein? Doch nicht für mich, Cinet, den Bären. Den Herrn der Inseln.*

Seine weiß gewandeten Druiden versuchten noch einmal, ihm etwas zu sagen, aber Cinet winkte unwirsch ab. »Dein Wunsch sei dir gewährt!«, rief er. »Du hast mein königliches Wort. Jetzt nimm endlich deine Maske ab, damit ich sehen kann, wer mich so verzückt hat.«

Deirdre zog die Maske mit einer einzigen Bewegung von ihrem Gesicht, schob die Kapuze zurück und schüttelte ihre Haare aus.

Cinet schien zu versteinern.

»Ich bin Finns Frau«, sagte sie mit lauter, volltönender Stimme, »und die Gunst, die ich von dir verlange, ist, dass du meinen Mann und seine Brüder von ihrer Strafe entbindest und uns stattdessen für immer aus deinem Königreich verbannst.«

Verblüfftes Schweigen erfüllte die Halle. Cinet tastete mit den Händen nach den Armlehnen seines Throns und sank dann darauf nieder. Seine Fingerknöchel waren schneeweiß. Einen Augenblick später erhoben sich unter den bestürzten Kriegern laute Rufe, unterbrochen von den schrillen, aufgeregten Stimmen ihrer Frauen. Cinet sackte in seinem Sessel zusammen, sein schweißnasses Gesicht war aschfahl geworden. »Sie sind … sie müssen für ihre Vergehen bestraft werden.«

Deirdre schwankte, als sich der Zorn des Königs jetzt wie beißender Gestank von ihm erhob. »Die Verbannung ist Strafe genug, Mylord.«

Die Unruhe unter den Kriegern wurde immer größer. Die hochgewachsene Frau mit der Mondsichel aus Perlmutt um ihren Hals beugte sich wieder zu Cinet herunter. Dabei sah sie Deirdre unverwandt an. In ihren ruhigen, blauen Augen erkannte Deirdre so etwas wie Sympathie. »Du hast der Göttin dein Wort gegeben.« Diesmal senkte sie ihre Stimme nicht. »Es war ein heiliger, ein bindender Schwur, abgelegt vor all deinen Adeligen. Hüte dich, im Augenblick deines größten Triumphs den Zorn der Götter auf uns zu lenken, sonst wirst du schon bald all das, was du gewonnen hast, durch Unwetter, Hunger und Trockenfäule wieder verlieren.« Cinet starrte noch immer mit glasigen Augen ins Leere. Er hatte die Lippen fest zusammengepresst.

Einige seiner Krieger begannen jetzt, miteinander zu diskutieren. Ein junger blonder Mann rief etwas. Seine wütenden grauen Augen und das finstere Gesicht, das er machte, sagten mehr als seine Worte. »Die Verbannung ist in der Tat ausreichend, Mylord. Vor allem, da das Verbrechen nicht bewiesen ist! Zeige dich großzügig und verhänge über unsere Schwertbrüder keine schlimmere Strafe als die Verbannung. Vergiss nicht, dass sie in deinen Diensten große Tapferkeit bewiesen haben.«

Ein zustimmendes Gemurmel folgte seinen Worten. Dann schrie ein anderer Krieger: »Sie haben den Tod nicht verdient, denn sie haben für uns gekämpft!« Das Murmeln wurde immer lauter.

Deirdre wurde sich nur ganz allmählich wieder ihres Körpers bewusst. Ihr Blut strömte wieder langsamer durch ihre Adern, die Erinnerung an den Tanz verblasste bereits. Auch ihr Empfinden für die Anderswelt verblasste, bis sie nur noch das flackernde Licht der Fackeln, die abgestandene Luft und die Wände der Halle, an denen glänzende Schilde hingen, wahrnahm.

Ein rothaariger Mann, der Cinet ähnlich sah, war jetzt vor den Thron des Königs getreten. »Du tust damit das Richtige, Onkel«, sagte er und ließ dabei seinen Blick über die Krieger schweifen, die mit finsteren Mienen auf ihren Bänken saßen. An der Haltung seiner Schultern war seine innere Anspannung deutlich zu erkennen. Dann kehrte sein Blick zu Cinet zurück. »Steh zu deinem Wort. Lass sie gehen, damit unsere Ehre unbefleckt bleibt. Finn hat mit seinem Verhalten zwar das Gesetz verletzt, aber dieses Vergehen wird durch das Blut, das die Brüder für uns vergossen haben, mehr als aufgewogen. Zudem hat uns der Mut und die Schönheit dieses Tanzes alle zutiefst beeindruckt!« Auch das kurze Lächeln, das er daraufhin Deirdre zuwarf, wirkte angespannt.

Cinets kleine Augen sahen in seinem bleichen Geicht aus wie glühende Kohlen. Sein Blick wanderte langsam in der Halle umher, verharrte auf verschiedenen Kriegern, die allesamt trotzig zurückstarrten. Sein Adamsapfel hüpfte auf und ab. Er befeuchtete seine Lippen mit der Zunge. Schließlich gab er zwei seiner Wachen, die hinter seinem Sessel standen, ein Zeichen, woraufhin diese nach draußen gingen.

Deirdre ließ es zu, dass sich die Blicke des Königs in ihren Körper bohrten. Es machte ihr nichts mehr aus. So vieles von dem, was sie zu sein geglaubt hatte, war mit diesem Tanz einfach weggebrannt worden. Jetzt war nur noch ihr innerster Kern übrig – und diesem konnte Cinet nichts anhaben. Eine Hand berührte ihren Arm. Der junge Krieger mit den grauen Augen bot ihr einen Becher an. »Trink das, Mädchen«, sagte er. »Dein Mann wird gleich hier sein.« Er sah dabei erleichtert, aber auch zutiefst betrübt aus.

Genau in diesem Moment öffneten sich die Türen. Obwohl Deirdre mit dem Rücken zu ihnen stand, spürte sie, wie sich sofort die Atmosphäre in der Halle veränderte. Sie drehte sich um. Naisi blieb wie angewurzelt stehen. Während sie sich anstarrten, begann ihre Seele wieder zu fliegen, denn sie sah, wie das Licht ihres Tanzes sein Gesicht erhellte. Es war dies der Augenblick, als der Jäger aus der alten Geschichte endlich erkennt, wen er da in seinen Armen hält.

Sie erwiderte Naisis suchenden, hungrigen Blick. Auf seiner Wange waren blaue Flecken zu sehen, und eine Schnittwunde zog sich an seinem Unterkiefer entlang. Der Schorf sah aus wie ein dunkler Strich in seinen schwarzen Bartstoppeln. Sein Kittel war schmutzig und sein verschwitztes Haar völlig zerzaust. Er sah erschöpft aus. Der Schmutz und die Angst in seinem Gesicht ließen alles andere in den Hintergrund treten, nur in seinen Augen leuchtete noch immer der Stolz.

Bevor noch irgendjemand etwas sagen konnte, trat die Schwester des Königs vor. »Dieses Mädchen hat mit seinem Mut und seiner Hingabe an die Göttin eurer Leben gerettet – und hat dieser Halle damit den Segen der Göttin zuteilwerden lassen.«

Ardan und Ainnle starrten die Frau völlig verwirrt an. Sie waren genauso schmutzig wie ihr Bruder. In ihren Haaren hing Stroh, und unter Ainnles Nase war getrocknetes Blut zu sehen. Cinet wurde bewusst, dass er jetzt etwas sagen musste. Er richtete sich in seinem Thron auf. »Ich sehe, dass deine Frau ebenso viele Geheimnisse in sich trägt wie du, Finn.« Er schloss kurz die Augen, öffnete sie dann wieder.

Naisi hatte seinen Blick noch nicht von Deirdres Gesicht abgewendet. Sie spürte ihn als Liebkosung auf ihren Augenlidern, auf ihrem Mund ... es war, als würde er ihre Wangen streicheln. Jetzt riss er seinen Blick von ihr los und wandte sich an Cinet. »Wie du sagtest, Mylord. Du hast sie noch nie gesehen.« Er lächelte kalt. »Ich bin mir sicher, dass du jetzt verstehst, weshalb sie mir so viel bedeutet – und warum ich, betrunken wie ich war, so wütend geworden bin.«

Cinet sah ihn finster an. »In meiner unendlichen Gnade«, zischte er, »habe ich eure Bestrafung in lebenslange Verbannung umgewandelt.«

Während die Brüder sich verblüfft ansahen, trat der junge Krieger der Epidier, der Deirdre den Becher gegeben hatte, zu Naisi und legte ihm die Hände auf die Schultern. »Ihr werdet des Landes verwiesen. Das Schwert ist von eurer Brust genommen.« Er umarmte Naisi, der seine Umarmung erwiderte. Die beiden wechselten ein paar leise Worte, bevor sie einander wieder losließen.

Naisi verbeugte sich vor Cinet. Sein Gesicht war jetzt hart und unerbittlich. Deirdre wusste plötzlich, wie er aussah, wenn er in die Schlacht zog. »Wir danken dir für deine Gnade und dass du so großzügig über mein Vergehen hinwegsiehst.«

Cinet verzog bei jedem seiner Worte das Gesicht. »Holt eure Sachen aus euren Häusern«, stieß er hervor, »und verschwindet aus meinem Land, bevor ich es mir doch noch anders überlege.«

Angesichts dieser ungnädigen Bemerkung des Königs erhob sich wieder ein Murren unter seinen Kriegern. Naisis Freund mit den grauen Augen reckte sein Kinn und sagte mit lauter Stimme: »Komm anschließend auf meine Burg, Finn. Ich werde euch dort mit Proviant für die Reise versorgen. Du hast meine Halle gerettet und meinen Männern zu einem Sieg in der Schlacht verholfen, an den sie sich noch lange erinnern werden.«

Andere Männer scharten sich jetzt mit düsteren, verschlossenen Mienen um die drei Brüder und berührten sie respektvoll an den Schultern. »Gebt ihnen ihre Schwerter zurück«, rief der rothaarige Neffe des Königs den Wachen zu. »Sie sollen nicht ohne Schutz sein, wenn sie unser Land verlassen. Wir können uns darauf verlassen, dass sie ihre Waffen nicht gegen uns erheben werden, um sich zu rächen.«

Er warf Naisi einen auffordernden Blick zu, woraufhin dieser sich verbeugte. »Ihr habt mein Wort«, sagte Naisi und richtete sich dann auf, um sich noch einmal an Cinet zu wenden. »Immerhin, Mylord, warst du es, der gesagt hat, dass ich ein überaus ehrenwerter Mann sei.«

Cinet winkte sie davon, und obwohl er seinen Kopf abwandte, um einen großen Schluck Ale zu trinken, spürte Deirdre, wie sein Blick auf ihrem Rücken lag, als sie zusammen mit den drei Brüdern die Halle verließ.

Sobald sie den von Fackeln erhellten Bereich vor der Halle verlassen hatten, packte Naisi Deirdre am Handgelenk und zerrte sie von dem Pfad herunter, der zum oberen Tor führte. Stattdessen rannten sie in die entgegengesetzte Richtung einen schmalen Weg entlang. Dieser führte quer über den Hügel und an einem Tempel vorbei, der aus Eichenpfosten und zum Himmel hin offen war. Sie kletterten über einen Felsgrat, der einen natürlichen Wall um die Kuppe des Hügels herum bildete, und rutschten dann eine steile Rampe hinunter, bis sie neben den Häusern standen, die sich am Rande des Abhangs befanden.

»Das war wirklich gut. Auf diese Weise konnte Cinet sein Gesicht wahren«, murmelte Naisi, der noch immer Deirdres Hand hielt. »Aber seine Wachen suchen sicher schon nach uns – und diesmal werden sie alles versuchen, um uns still und leise umzubringen.«

»Glaubt er denn im Ernst, dass wir nach Hause zurückgehen werden?«, fragte Ainnle ungläubig.

»Nein, natürlich nicht.« Naisis Stimme klang jetzt fest und zuversichtlich. Er war wieder ganz der Krieger. »Sie werden davon ausgehen, dass wir uns unter die Menschenmenge mischen und dann die Straße nach Norden nehmen, um zu unserem Boot zu gelangen.«

»Es gibt noch einen Handelsweg, der nach Westen zum Hafen führt«, warf Ardan ein.

»Sie rechnen sicher nicht damit, dass wir nach Westen oder Süden gehen«, stimmte Naisi ihm zu. »Aber die Straße werden wir trotzdem meiden.« Er drehte sich um und starrte in das Meer aus Dunkelheit hinaus, das sich vor ihnen ausbreitete und in dem, ganz im Gegensatz zu der Wiese am Fluss, keine Lagerfeuer zu sehen waren. »Wir werden die Marsch durchqueren. Ich habe dort schon einmal mit Carnach Vögel gejagt. Es ist zwar ein schwieriges Terrain, aber es gibt nur wenige Tümpel und Schlammlöcher.« Naisi sah Deirdre im Licht der Sterne an. »Wir werden so schnell laufen müssen wie noch nie, *fiáin*. Glaubst du, dass du mithalten kannst?«

Aus Ainnles Richtung kam ein heftiges Schnauben. »Nach dem, was sie gerade getan hat, glaube ich nicht, das sie sich überhaupt noch von irgendetwas unterkriegen lässt. Sie wird mit uns Schritt halten. Das hat sie auch früher schon.« Die Wärme in seiner Stimme ließ Deirdre erröten.

Nachdem der Rausch des Tanzes verebbt war, begannen sich nun der Schlafmangel und die Strapazen des Weges bei ihr bemerkbar zu machen. Am liebsten hätte sie sich einfach auf den Boden gelegt. Stattdessen küsste sie Naisis Fingerknöchel, machte eine Faust und hielt ihrer beider Hände an ihre Brust. »Ich werde es schon schaffen.«

Das matte Licht strahlte in seinen Augen. »In der Mauer hier oben gibt es irgendwo ein altes Tor.« Seine Stimme klang plötzlich heiser. »Ich weiß, dass es nicht bewacht wird, weil der Hang davor für jeden Angreifer unüberwindlich wäre. Man ist bestimmt auch noch nie auf die Idee gekommen, dass jemand diesen Weg zur Flucht nutzen könnte. Die Bewohner der Festung werfen dort außerdem ihren Unrat hinunter. In dem Gestank wird wohl niemand nach uns suchen.«

»Woher *weißt* du denn das alles?«, fragte Ainnle ihn erstaunt.

Naisi gab ihm keine Antwort. Er ließ stattdessen Deirdres Hand los und drehte sich um. Dann legte er den Kopf schief, um zu lauschen. Offensichtlich kletterte gerade jemand hinter ihnen die Felsen herunter. Als Ainnle und Ardan sich auf ihren Verfolger stürzen wollten, hielt Naisi sie zurück. »Carnach«, sagte er leise.

Die dunkle Gestalt kam auf sie zu und packte Naisi am Handgelenk. »Cinets Wachen suchen schon nach euch«, sagte Carnach atemlos. »Ich habe gesehen, wie sie durch das große Tor hinunter zur Wiese am Fluss gerannt sind.«

»Den Göttern sei Dank, dass du mir von diesem Weg hier erzählt hast.«

Carnach brummte. »Ich will mich nicht damit aufhalten, euch zu sagen, wie wütend ich bin. Lasst mich einfach nur wissen, wie ich sie von eurer Spur abbringen kann.«

Deirdre hatte eine Idee. »Hier.« Sie zog den Schwanenumhang aus und drückte ihn Carnach zusammen mit der Maske in die Hand. Sie spürte, wie das Holz, das Levarcham so mühsam bearbeitet hatte, ihren Fingern entglitt.

»Du könntest die Sachen ein Stück stromaufwärts in den Fluss werfen, dann werden sie annehmen, dass wir nach Südosten geflohen sind«, schlug Ainnle vor.

»Perfekt.« Naisi legte Ainnle die Hand auf die Schulter.

»Ich habe mein Bündel ganz in der Nähe versteckt«, fügte Deirdre hinzu. »Mit meinem alten Kittel und meiner Hose, außerdem mit meinem Umhang …«

»Ja. Das Ziegenleder, das du gerade trägst, ist zu hell, damit fällst du in der Dunkelheit zu sehr auf«, stimmte Naisi zu. »Aber beeil dich.«

Ardan schlich mit ihr zusammen eine Gasse entlang und wartete dann, bis sie ihre alten Kleidungsstücke über ihr eng sitzendes Gewand aus Ziegenleder gezogen hatte. Dann zog er sie zu sich heran und drückte ihr seinen Dolch in die Hand. »Steck ihn in deinen Gürtel«, sagte er. Sie konnte sein Gesicht im Dunkeln nicht sehen. »Ich würde nicht vor dir stehen wollen, falls du dich einmal entscheiden solltest zuzustechen.« Er berührte leicht ihre Wange mit seinem Handrücken. »Die Krieger des Roten Zweiges können selbst auf schwierigstem Terrain laufen, weil sie sich vom Licht tragen lassen. Ich habe in Erin diesen Glanz in dir gesehen und bin mir deshalb sicher, dass auch du das kannst.« Er hielt inne, ließ seine Hand wieder sinken. »Es ist die Art und Weise, wie Krieger laufen.«

Deirdre nickte, während sie am liebsten zu weinen angefangen hätte, als sie die Erinnerung an ihr kleines Haus, den glänzenden See und die dunstigen Hügel überkam. Als Ardan mit ihr zurückging, berührte sie das Heft des Dolchs, das aus Bernstein bestand. Es fühlte sich in ihren Fingern ganz warm an.

»Berichte Urp und Arda, was geschehen ist«, sagte Naisi gerade zu Carnach. Der Krieger der Epidier nickte und umarmte dann die Brüder einen nach dem anderen. Als er sich zum Gehen wandte, hielt Naisi ihn noch einmal zurück. Er sah ihm fest in die Augen. »Sag Urp, dass Naisi Mac Usnech vom Roten Zweig der Ulaid in Erin ihm für seine Freundschaft dankt, so wie es auch seine Brüder Ardan und Ainnle tun.«

Carnach hielt inne, eine Hand auf Naisis Schulter. »Naisi.« Er wiederholte den Namen. Dann nickte er. »Ich werde dieses heilige Vertrauen nicht missbrauchen, noch werde ich euch, solange ich lebe, jemals vergessen. Ardan. Ainnle.« Er ergriff noch einmal ihre Hände, als er ihre Namen nannte. Dann ging er. Der helle Schimmer von Deirdres Schwanenumhang war das Letzte, was sie von ihm sahen, bevor die Dunkelheit ihn endgültig verschluckte.

Ardan und Ainnle öffneten das hölzerne Tor, dann begannen sie, die steilen Felsen hinunterzuklettern. Naisi und Deirdre waren jetzt einen Moment lang allein. Mitten im Gestank des Unrats nahm er sie in seine Arme. Seine Lippen suchten ihre Stirn. Sie hob ihre Hand und betastete seinen Unterkiefer. Sie fühlte frisches Blut. Die Wunde hatte sich offensichtlich wieder geöffnet. Sie hielt ihre blutbeschmierten Finger an ihre Nase und sog den Geruch seines Lebens ein, während sie den Gestank, der sie umgab, überhaupt nicht mehr wahrnahm.

»Es war deinetwegen.«

Sie löste sich ein klein wenig von ihm. »Wir müssen fliehen, Naisi. Es spielt keine Rolle mehr.«

»Das ist das Einzige, was eine Rolle spielt.« In seinen Augen schimmerten all die Gefühle, die er zu unterdrücken versuchte, weil er stark sein musste. »Uns kann schon beim nächsten Atemzug ein Speer durchbohren, *fiáin*, und dann werde ich dir nie wieder etwas sagen können.« Er lächelte benommen. »Als Cinet sagte, dass er dir wehtun würde, habe ich alles weggeworfen, wofür ich gekämpft habe. Ich konnte nur noch an dich denken, nachdem ich vorher die ganze Zeit an so viele sinnlose Dinge gedacht hatte. Wie die Götter über mich gelacht haben müssen.«

Sie sah die wilde Verzweiflung in seinem Gesicht und packte ihn an den Armen. »Ich dachte, ich würde in der Dunkelheit, die diesen König umgibt, sterben. Aber auch ich konnte nur noch dich sehen.« Sie strich ihm die rabenschwarzen Haare aus der Stirn. »Mein Geliebter.«

Sein Keuchen war eine Befreiung. »Ich wünschte, ich hätte die Zeit, dich richtig zu küssen«, murmelte er. Er klang jetzt schon fast wieder wie früher.

Sie legte ihre Stirn an sein Kinn. »Dann habe ich ja Glück, dass ich noch weiß, wie es sich anfühlt – und ich werde es bestimmt auch niemals vergessen.«

Er nahm sie in die Arme und stieß dabei einen tiefen Seufzer aus.

38

In der Nacht die Marsch zu überqueren, war ein einziger Albtraum. Deirdre hatte das Gefühl, sie würde eine Ewigkeit lang über den saugenden Schlamm stolpern, während ihnen nur der Glanz des Flusses und die dunkle Masse einer Felsspitze im Süden, die sich vor dem sternenhellen Himmel abhob, als Orientierung dienten.

Leise Geräusche drangen von Dunadd herüber, dort, wo die Krieger noch immer lautstark feierten. Die feuchte Luft war jedoch trügerisch. Sie hatten den Eindruck, als befänden sich die Stimmen dicht hinter ihnen und würden sie verfolgen. Sie platschten durch Tümpel mit brackigem Salzwasser, und sobald sie die schmale Mündung des Flusses über dem Watt erreichten, stürzten sie sich alle ins Wasser und wuschen den Gestank von Dung und Urin ab, der seit ihrem Abstieg von den Felsen von Dunadd an ihnen gehaftet hatte. Als sie am anderen Ufer wieder aus dem Fluss kletterten und die Hügel hinaufstiegen, hatten sie nur noch ihre Kleidung am Leib und ihre Schwerter bei sich. Sie waren ein weiteres Mal aller Verbindungen und aller Habe beraubt.

Der Morgen dämmerte, als sie die Küste einer Halbinsel erreichten, die weit im Süden ins Meer hineinragte. Es gab für sie keinen sicheren Weg mehr, es sei denn, sie begaben sich wieder hinaus aufs Wasser. Also stahlen sie in einem kleinen Fischerdorf wieder einen *curragh*. Diesmal hatten sie jedoch nichts mehr, was sie im Tausch dafür zurücklassen konnten.

Sie ruderten fünf Tage lang zwischen den Inseln vor der Küste und suchten nach einem Ort, wo weder Rauch noch irgendwelche Behausungen zu entdecken war. Schließlich fanden sie eine kleine Insel, die für ein Gehöft und den Ackerbau zu felsig und zu steil und der Gewalt des Windes und der Wellen ausgeliefert war. Dort befand sich eine Quelle. Mehrere kleine Sandstrände wurden von zerklüfteten Felsen eingerahmt, und ein paar windschiefe Eichen, Haselnusssträucher und Birken drängten sich hinter einem Felskamm, der quer über die Insel verlief.

Sie zogen das Boot an Land und versteckten es zwischen den Bäumen. Dann entzündeten sie in einer Höhle im Fels, wo man den Schein der Flammen und den Rauch nicht sehen würde, ein Feuer und drängten sich in ihrer nassen Kleidung unter dem feuchten steinernen Dach zusammen. Sie waren zu erschöpft, um noch etwas sagen zu können.

Nur der Schlaf brachte ihnen tröstliches Vergessen.

Am nächsten Morgen hatte Deirdre Husten und Fieber. Offensichtlich forderten die körperlichen Strapazen und die innere Kraft, die sie in Dunadd hatte aufbieten müssen, jetzt ihren Tribut. Die ersten Tage nahm sie nur verschwommen wahr. Ihr Hals war so wund, dass sie kaum ein Wort herausbrachte und Ardan und Ainnle nur flüsternd beschreiben konnte, welche Heilpflanzen sie für sie sammeln sollten. Die beiden verbrachten ihre Zeit dann damit, die Strände abzusuchen und mit dem Boot zu den benachbarten Inseln zu fahren, um dort Thymian und Huflattich zu suchen, die sie dann über dem kleinen Feuer in der Höhle in einem Lederbeutel mit Wasser kochten.

Naisi bereitete Deirdre direkt neben dem Feuer ein Lager und hielt sie dann in den Armen. Er wischte ihr immer wieder den Schweiß vom Gesicht, während sie zugleich fror und glühte.

In den Momenten, in denen sie ihre Augen einen Spalt weit öffnen konnte, glaubte sie, noch immer in einem seltsamen Traum gefangen zu sein. Der Wind trieb unablässig feine Wolken aus Gischt und Nebelschwaden über die Insel, und der Boden bebte unter dem ständigen Ansturm der Wellen. Sie fragte sich benommen, ob sie mit dieser Insel einen Ort gefunden hatten, der irgendwo zwischen den Welten lag, einem Ort, an dem sie endlich in Sicherheit waren.

Nach ein paar Tagen hatte sie das Schlimmste überstanden, aber Naisi bestand darauf, dass sie noch liegen blieb. Der ständige Wechsel zwischen Dämmerschlaf und Wachsein bescherte ihr unzählige unzusammenhängende und angstvolle Träume. Eines Nachts glaubte sie, während sie langsam in den Schlaf hinüberglitt, Möwen schreien zu hören. Aber es war tiefste Nacht, es musste also der Schrei eines anderen Vogels sein, der sich so gespenstisch in das Lied der Wellen mischte.

Und plötzlich befand sie sich an einem Strand, über dem die Abenddämmerung lag. Während sie durch den Sand ging, sah sie über die Schaumkronen der Wellen hinweg zum Horizont. Der Himmel und das Meer begegneten sich in einem flammenden Sonnenuntergang. Die Unterseiten der Wolken waren weich wie Federn und mit Gold gesäumt.

Eine plötzliche Bewegung weckte ihre Aufmerksamkeit. Sie beschattete ihre Augen und sah, wie sich ihr drei schwarze Umrisse über den feurigen Himmel näherten. Vögel.

Sie fegten über sie hinweg, und der Luftzug ihrer Schwingen traf ihre Schläfen. Sie reckte den Hals, um ihnen mit dem Blick zu folgen. Das rosige Licht der Sonne ließ etwas aufschimmern, das aus ihren Schnäbeln tropfte. Die Tropfen fielen auf ihr Gesicht. Sie berührte einen der Tropfen mit dem Finger und führte diesen dann an ihre Lippen – es war Honig. Als die Vögel nach Osten abdrehten, spürte sie, dass sich der Geschmack auf ihrer Zunge veränderte. Er war irgendwie falsch … bitter …

Deirdre bemühte sich, wach zu werden, um so dem Schmerz, der sie überkam, zu entrinnen.

Sie war allein. Das Dach der Höhle war in graues Tageslicht getaucht. Naisi hatte ihren Umhang um ihren Nacken gelegt und einen Becher mit Wasser neben sie gestellt. Die Schwere in ihren Gliedmaßen und die Entzündung in ihrem Hals waren abgeklungen. Ihr Verstand war wieder klar. Doch noch immer erfüllte das Echo des Traums ihren Körper mit Unbehagen.

Sie führte mit steifen Bewegungen den Becher an ihre Lippen und trank. Dann bündelte sie ihr zerzaustes Haar und stand vorsichtig auf. Draußen vor der Höhle musste sie die Augen zusammenkneifen, denn sie war das Licht des Tages nicht mehr gewöhnt. Die Ebereschen auf dem Felskamm über ihr bogen sich im Wind, der auch ihren Umhang wild flattern ließ, als sie am sandigen Strand entlangging. Der *curragh* war nicht mehr da. Ardan und Ainnle mussten zum Fischen hinausgefahren sein, aber Naisi hatte sie bestimmt nicht allein auf der Insel gelassen.

Schließlich fand sie ihn. Er saß, das Schwert zwischen seinen Knien, auf einem Felsen am Strand. Die Wellen krachten gegen die Felsspitze und besprühten ihn mit Gischt.

Als er sie hörte, drehte er sich erschrocken um. »*Fiáin!* Du solltest nicht hier draußen sein.«

Sie schlang ihre Arme von hinten um seine Taille, legte ihr Kinn auf seine Schultern. »Es geht mir schon wieder viel besser, und ich brauche etwas frische Luft, sonst werde ich noch verrückt.«

Es war das erste Mal seit langer Zeit, dass sie sich wieder auf irgendetwas anderes als ihre Krankheit konzentrieren konnte. Ihr Lächeln verblasste jedoch, als sie sich aufrichtete und in sein Gesicht sah. Obwohl seine Haut vom Wind und der Sonne gerötet war, hatte sie unübersehbar einen fahlen Grundton. Unter seinen Augen lagen dunkle Schatten, und zwischen seinen Brauen zeigte sich eine steile Furche. Seine Haare hingen in feuchten Strähnen herunter. Die Gischt benetzte auch seine Wangen. Es schien fast so, als wäre er dabei, mit dem Nebel und dem Meer zu verschmelzen. Er entzog sich ihrem fragenden Blick und wandte das Gesicht ab, um ihre Hand zu küssen.

Er hatte nach Westen gestarrt. Das beängstigende Gefühl, das sie in ihrem Traum empfunden hatte, war noch immer nicht verflogen. »Rufe sie nicht mit dem Schrei deines Herzens herbei.«

Er legte ihre Hand auf seine Brust, und sie lehnte sich mit ihrem Bauch an seinen Rücken. »Es hat keinen Sinn zu versuchen, bis Erin hinüberzusehen.« Der Kummer ließ seine Stimme rau werden. »Und es hat keinen Sinn, irgendwo ein Zuhause zu suchen. Es gibt keine Küste mehr, an die wir fliehen könnten, *fiáin*. Wir werden nirgendwo mehr ein Zuhause finden.« Er drehte das Heft seines Schwertes herum, sodass sich das matte Tageslicht auf der Bronze spiegelte. »Ich wollte für die Ehre kämpfen und habe stattdessen nur Cinets Gier gedient. Inzwischen ist mir eines klar geworden – jedes Mal, wenn ich versuche, nach dem Licht zu greifen, bringe ich nur Unheil und Zerstörung.«

Seine Haut begann, unter ihrer Berührung zu kribbeln, während die Funken des Wissens zum Leben erwachten. Der Aufenthalt auf dieser Insel bedeutete für Deirdre Unbeschwertheit und Freiheit. Sie waren entkommen; niemand beherrschte sie jetzt mehr. Bei Naisi sah sie jetzt jedoch eine noch größere Verzweiflung. Die Bitterkeit in seiner Stimme war unüberhörbar. »Ein paar Dinge sind nicht zerstört worden. Ich zum Beispiel und das Band, das dich mit deinen Brüdern verbindet.«

Seine Schultern verspannten sich. Er lehnte den Kopf an ihre Brust. »Aber ich hätte dich fast verloren.«

»Und ich dich«, murmelte sie. »Das Band hat sich gedehnt, aber es wird niemals zerreißen. Das kann es gar nicht.«

Nachdem er eine Weile geschwiegen hatte, sah er sie an und zwang sich zu einem schiefen Lächeln. »Vielleicht muss ich tatsächlich ein Bauer werden, so wie du es dir gewünscht hast«, sagte er. Er stieß mit der Stiefelspitze gegen einen Beutel mit Miesmuscheln. »Oder ein Fischer. Denn hier auf dieser Insel gibt es kein Wild, das wir jagen könnten. Selbst das bleibt uns versagt.«

Sie kniete sich in den Sand. »Die Geschichten der Druiden sagen, dass man, wenn man das Licht erreichen will, zuerst einen langen, dunklen Weg durch ein schattiges Tal gehen muss. Und je schöner die Morgendämmerung ist, die jenseits der Hügel winkt, desto schwieriger ist der Weg dorthin. Ich weiß auch nicht, warum das so sein muss.« Sie strich sacht über seinen Unterkiefer. »Wir vier sind durch die tiefste Finsternis gegangen, und das bedeutet nichts anderes, als dass das Licht nahe ist. Wenn man einmal die Talsohle durchschritten hat, dann kann es nur noch aufwärtsgehen – das sagen jedenfalls die Druiden.«

Naisi verbrachte die Tage damit, zwischen den Felsen Schalentiere zu sammeln. Bei sternenklarem Himmel blieb er manchmal auch über Nacht am Strand. Deirdre ließ ihm diese Freiheit, weil sie hoffte, dass der salzige Seewind diese schreckliche Dunkelheit aus ihm heraustreiben würde.

Ardan und Ainnle wurden schon bald genauso mürrisch und verdrießlich wie ihr Bruder. Sie fuhren abwechselnd mit dem *curragh* aufs Meer hinaus. Es ist eine Insel der Träume, dachte Deirdre oft, während sie unter der Eberesche auf dem Felskamm saß. Diese Insel trieb im Nebel, und so trieben auch die Brüder dahin. Sie hatten noch nicht wieder richtig zu leben angefangen. Sie selbst hingegen schöpfte aus solch wilden Orten ihre Lebenskraft. Aber auch ihr war bewusst, dass sie alle Brücken hinter sich abgebrochen hatten und sie sich irgendwann Gedanken über ihre Zukunft machen mussten.

Eines Nachts brach ein Unwetter über die Insel herein. Als Naisi am folgenden Abend zurückkam, berichtete er, dass ein Fischer mit seinem *curragh* gegen die Felsen getrieben worden war und sich am Kopf verletzt hätte. Naisi hatte das beschädigte Boot repariert und dem Mann Wasser für seinen Weg nach Hause mitgegeben. Ardan und Ainnle starrten ihn über das Lagerfeuer hinweg fassungslos an. »Du hast dich ihm gezeigt?«, fragte Ardan.

Naisi brach ein Stück Treibholz auseinander und warf die Stücke in die Flammen. »Er hätte sowieso am Ufer nach Wasser gesucht.«

»Du hättest ihm nicht helfen dürfen«, meinte Ainnle nachdenklich.

»Er hat geblutet. Er hätte schwer verletzt sein können.«

»Aber …«

»Ich verweigere niemandem, der verletzt ist, meine Hilfe!«, sagte Naisi barsch.

Als seine Brüder ihn verblüfft anstarrten, sprang Naisi auf und ging in die Dunkelheit hinaus. Deirdre folgte ihm. Sie holte ihn auf dem sandigen Weg ein. Sie hob sein Kinn sanft zum Himmel, an dem die Sterne funkelten. »Die Welt ist hier nicht zu Ende, Naisi. Es gibt noch immer das Meer, über das wir gemeinsam segeln können. Und wir können sehr weit segeln.«

Er senkte seinen Kopf, legte seine Hände um ihre Taille und zog sie an sich. »Können wir das?«, flüsterte er. »Hilf mir, *fiáin*. Hilf mir herauszufinden, wer ich in Zukunft sein werde. *Ich weiß es nämlich nicht.*«

Sie antwortete ihm mit einem leidenschaftlichen Kuss. »Wir werden gemeinsam einen Weg finden.«

Aber als diese Worte ihre Lippen verließen, kehrte die tiefe Angst ihres Traums mit aller Macht zurück. Sie konnte nicht sagen, ob sie aus seinem Körper in den ihren strömte oder aus dem Nebel, der über dem Meer lag, in sie hineinkroch.

Naisi.

Naisi.

Der Ruf drang bis in seine Träume.

Naisi schlug die Augen auf. Sonnenlicht lag auf dem Dach der Höhle und ließ die Adern im Gestein deutlich hervortreten. Es war heller Morgen. Deirdre regte sich in seinen Armen, dann rollte sie sich zusammen und schmiegte ihren Kopf an seinen Bauch. Erst jetzt fiel ihm wieder ein, warum er noch im Bett lag.

Er hatte in einer kleinen Spalte in dem Felskamm einen anderen Schlafplatz gefunden – einen Ort, an dem er zum ersten Mal seit Deirdres Krankheit wieder mit ihr allein sein konnte. Jetzt steifte er das Hirschfell von ihrer nackten Schulter. Er sah, wie ihre Haut weiß schimmerte, und erinnerte sich daran, wie er sie in der Dunkelheit mit der Zunge liebkost, wie er an ihrem Hals geknabbert hatte. In seinem Mund war noch immer der Geschmack der Haut zwischen ihren Schenkeln. Er genoss es, als er wieder steif wurde und das Verlangen in ihm zu pochen begann – es war seit Tagen das Erste, was er als gut und rein empfunden hatte. Er lächelte, als sie sich an seinen warmen Körper schmiegte, dann küsste er ihre Schulter und deckte sie wieder zu.

Naisi. Er hielt inne. In der Ferne schrie eine Möwe … oder war es eine menschliche Stimme? Anscheinend wurde er langsam verrückt. Wieder vernahm er einen leisen Ruf. Hier an diesem Ort war man ständig vom Murmeln der Wellen umgeben, und Naisi war sich nicht sicher, ob da überhaupt ein anderes Geräusch gewesen war. Dennoch wandte er ihm seinen Kopf zu, während sein Herz zu rasen begann.

Obwohl Deirdres warmer Körper neben ihm lag, zog es Naisi aus seinem Bett fort.

Deirdre kletterte aus der Höhle heraus und dann nach unten. Sie fand Ardan und Ainnle in der kleinen Senke unter dem Felskamm. Sie rieben sich gerade ihre verschlafenen Gesichter.

»Ich habe etwas gehört«, sagte Ainnle gerade zu Ardan und schnallte sich dabei schon sein Schwert um. »Ich bin mir ganz sicher.«

Deirdre stutzte, ließ ihren Blick zwischen den beiden hin- und herwandern. »Naisi ist weg. Ich dachte, er wäre bei euch.«

Sie hörten wieder ein Geräusch. Ein tiefes Brüllen. Hirsche? Aber hier gab es doch kein Wild. Ardan und Ainnle sahen sich an und rannten gleichzeitig los. Sie nahmen den Weg, der zur Ostseite der Insel führte. Deirdre lief ihnen hinterher, während ihre Sinne von einer solchen Angst verdunkelt wurden, dass sie weder aus der Luft um sie herum noch aus der Erde unter ihren Füßen irgendetwas wahrnehmen konnte.

Am Rand des Strands blieben sie alle drei stehen. Deirdre unterdrückte einen Schrei. Ardan zog sie unsanft hinter ein paar verstreute Felsen in Deckung. Vor der Insel lag ein hölzernes Segelschiff. Sie konnten seine Fahne nicht erkennen, denn der Westwind ließ sie genau hinter dem Mast flattern. Drei Männer waren mit einem winzigen *curragh*, der von dem größeren Schiff ins Wasser gelassen worden war, ans Ufer gerudert. Ihre dunklen Gestalten wurden von der weißen Gischt verhüllt, als sie jetzt auf den Stand sprangen.

Und genau dort im Sand stand Naisi, reglos wie eine Säule.

Das alles war so schnell gegangen, dass Deirdre das Gefühl hatte, das Ganze von irgendwo außerhalb ihres Körpers zu beobachten. Die kräftigen Farben des blauen Meeres und das weiße Segel, die grüne Flagge und die dunklen, scharfkantigen Felsen entfalteten sich vor ihr wie ein unendlich großer Wandteppich. Das war bestimmt alles nur Einbildung. Ein böser Traum. Es konnte nur so sein.

Ainnle wollte zu Naisi laufen, aber Ardan hielt ihn an seinem Kittel fest. »Warte!«, zischte er ihm zu.

Einer der drei Männer hatte gerade eine Fahne in den Sand gesteckt. Schon beim nächsten Windstoß entfaltete sich das Flaggentuch. Deirdre konnte das Emblem in Schwarz und Grün nicht erkennen, aber Ardan beantwortete ihre unausgesprochene Frage. Seine Stimme klang dabei atemlos. »Fergus.«

»Und Illan und Buinne«, fügte Ainnle hinzu. Er warf seinem Bruder einen verstörten Blick zu. Sein Mund war zu einer wilden Grimasse verzogen, die eine Mischung aus Zähnefletschen und ungläubigem Lächeln war. »Wir müssen Naisi helfen!« Er entwand sich Ardans Griff und rannte los.

Ardan drehte sich zu Deirdre um und raufte sich die Haare, während er versuchte, einen kühlen Kopf zu bewahren. »Du bleibst hier.«

Deirdre schüttelte den Kopf. »Wir sind jetzt eins – im Guten wie im Schlechten.«

Ein Ausdruck ungeheurer Anspannung und Qual huschte über sein Gesicht. »Also gut. Aber nur, weil die Fahne bedeutet, dass es sich nicht um einen Angriff handelt. Fergus war schon unser Freund, als wir noch einen Lendenschurz trugen, und Illan steht uns nahe wie ein Bruder. Komm.«

Ein riesengroßer Mann mit silberweißen Haaren stand unter dem Banner. Neben ihm ein schlanker, junger Krieger mit flachsblonden Locken und ein rothaariger junger Mann, der den breiten Unterkiefer und die stolze Nase des älteren Mannes hatte.

Deirdre sah Naisis Schwert in seiner Hand aufblitzen. Aber sie sah auch das leichte Schwanken seines Körpers. *Das alles ist einfach zu viel für ihn,* dachte sie verzweifelt.

Der silberhaarige Riese griff nach seiner eigenen Klinge, während er etwas zu Naisi sagte, was Deirdre nicht verstehen konnte. Ainnle und Ardan kamen in einer Wolke aus aufgewirbeltem Sand neben ihrem Bruder zum Stehen und rissen sofort ihre Waffen aus ihren Scheiden. Der große Mann nahm jedoch nur sein Schwert ab und warf es mit einer kraftvollen Bewegung zur Seite, sodass er jetzt keine Möglichkeit mehr hatte sich zu verteidigen. »Vater!«, rief sein älterer Sohn.

Fergus breitete seine riesigen Pranken aus, und seine weißen Zähne blitzten unter seinem herabhängenden Schnurrbart auf. »Jungs«, sagte er mit tiefer, polternder Stimme. »Ich war in meinem ganzen Leben noch nie so froh, so hübsche Gesichter zu sehen.«

Deirdre hatte ihre Kapuze tief ins Gesicht gezogen. Fergus und seine Söhne würdigten sie kaum eines Blickes.

»Sprich«, forderte Naisi ihn in angespanntem Ton auf. Er hatte sein Schwert noch nicht gesenkt. Es schwankte in seiner Hand, die Spitze zitterte. »*Redet.*«

Der Rothaarige machte ein finsteres Gesicht, während der Blonde seinem Vater einen wachsamen Blick zuwarf. Fergus ließ als Antwort lediglich die Hände sinken. Die Wärme in seinen Augen verblasste ein wenig, dies jedoch mehr aus Traurigkeit als aus Zorn.

»Legt eure Waffen nieder, dann werden wir miteinander reden«, mischte sich jetzt der ältere Sohn wieder ein, der jedoch sofort von seinem Vater mit einer unwirschen Geste zum Schweigen gebracht wurde.

Fergus hob herausfordernd seinen Kopf und musterte Naisi. Deirdre konnte von ihrem Standpunkt aus nur eine Seite von Naisis Unterkiefer sehen. Die Muskeln dort zeichneten sich als harter Strang ab. »Der König hat seinen Fehler endlich eingesehen.« Fergus' Stimme dröhnte mächtig aus seiner breiten Brust, was ihr großen Nachdruck verlieh. »Seit ihr weg seid, hat er nicht aufgehört, nach euch suchen zu lassen. Genauso wenig wie das Cúchulainn getan hat. Ferdia ist verschwunden. Obwohl ich den Wachhund nicht fragen werde, vermute ich, dass auch Mac Daman nach Alba aufgebrochen ist, um euch zu suchen. Wir haben Gerüchte gehört, dass ihr bei den Epidiern seid, aber gerade als unsere Krieger nach Dunadd aufbrechen wollten, erreichten uns noch schlimmere Neuigkeiten – nämlich dass sich die Epidier gegen euch gewendet hätten und ihr König euch nach dem Leben trachtet.«

Ein Zittern lief Naisis Rücken hinauf. »Das ist uns alles bekannt. Schließlich haben wir persönlich erlebt, was in Conors Halle für Unterhaltung sorgt.«

Fergus schüttelte seine silbergraue Mähne. »So ist das nicht, mein Freund. Euch zu verlieren, hat den Roten Zweig entzweit. Und auch wenn es einige Zeit gedauert hat, so hat Conor das schließlich einsehen müssen. Daraufhin hat er seine Anstrengungen verdoppelt, um euch zu finden. Als die Männer erfuhren, dass ihr in Frieden zurückkehren sollt … einen solchen Jubel habt ihr noch nie zuvor gehört, Jungs.« Er sah Ainnle und

Ardan nacheinander mit einem breiten Lächeln an, bei dem ein Kranz von Fältchen um seine Augen erschien.

»Er hat recht«, mischte sich jetzt auch der flachsblonde junge Krieger ein. Er machte einen Schritt nach vorn. Sofort zuckte Naisis Schwert in seine Richtung. Der junge Mann blieb unbeeindruckt stehen, während die Spitze keine Handbreit von seinem Brustbein entfernt war. »Als Conor den Befehl gab, euch aus Dunadd zurückzuholen, war dies seit eurem Weggang das erste Mal, dass wir uns wieder eins fühlten, Naisi. Alle hatten ein Lächeln auf dem Gesicht. Der ganze Rote Zweig sprach voller Zuneigung und Ehrerbietung von euch. Wir haben sogar einen Keiler für euch erlegt und uns mit seinem Blut gezeichnet!«

Naisis Schultern entspannten sich etwas. Ainnle stieß einen lauten Seufzer aus. »Sie haben für uns ein Festessen veranstaltet?«, fragte Ainnle staunend.

Fergus grinste. »Seit eurer Flucht hat eine dunkle Wolke über uns allen gehangen, aber als die Nachricht kam, dass man euch gefunden hätte, hat sie sich verzogen. Und als wir erfuhren, dass diese Fremden euch verfolgten – nun.« Er schnaubte und schüttelte den Kopf. »Der Rote Zweig hat Conor mit entschiedener Stimme aufgefordert, euch jetzt endlich zu finden, bevor es die Männer aus Alba tun. Und Conor hat seine Schatzkammer geöffnet. Tausende von Fischern, Seeleuten, Händlern und Reisenden – jeder hat zu Land und zu Wasser nach euch gesucht.«

Eine Pause folgte. »Ein Fischer.« Naisis Stimme klang plötzlich matt. »Jemand war hier … ich war zu sehr daran gewöhnt, Ainnles und Ardans Stimmen zu hören und jene der Epidier … und alle miteinander vermischt. Mir ist nicht einmal aufgefallen, dass er aus Erin kam.«

Fergus sah ihn voller Mitleid an, versuchte in seinem Gesicht zu lesen. »Du bist einfach unverwechselbar, mein Junge«, sagte er sanfter, als Deirdre es bei diesem massigen Körper und diesem grob geschnittenen Gesicht überhaupt für möglich gehalten hätte. »Eine einzige Beschreibung hat genügt, und einen Tag später stand Conor demütig vor meinem Tor und hat mich und meine Söhne angefleht, seine Gesandten zu sein.« Er hielt inne, und seine Augen glitzerten unter seinen buschigen Brauen. »Weil er hoffte, dass ihr mir mehr als allen anderen vertrauen würdet – allen anderen außer einem.« Eine Hand zu einer Geste des Friedens ausgebreitet, griff er mit der anderen an seinen Gürtel und zog vorsichtig einen Dolch heraus, den er Naisi dann mit dem Heft voraus entgegenhielt.

Naisi starrte ihn einen Moment lang verständnislos an, bevor der jüngste der Krieger seinem Vater den Dolch aus der Hand nahm und Naisi, an dessen Schwert vorbei, in die Hand drückte. Naisi nahm den Dolch stumm entgegen, drehte ihn in seinen Fingern. Deirdre sah, wie das Licht durch das Heft hindurchschien. Es bestand aus poliertem Kristall, klar wie grünes Glas. Naisi beugte einen Moment lang seinen Kopf.

Schließlich meldete sich Ardan schroff zu Wort. »Cúchulainns Dolch ist eine Sache, der Rote Zweig eine andere. Wir wissen es sehr zu schätzen, dass du dich persönlich hierherbemüht hast, Fergus, denn wie du weißt, achten wir dich sehr. Aber was ist mit Conor?«

Fergus wandte sich an Ardan. »Er ist endlich zur Vernunft gekommen. Das schwöre ich. Im Tempel von Macha haben die Götter zu ihm gesprochen – sie haben ihm gesagt, dass er dich ehren muss. Cathbad war ebenfalls dort, und er verbürgt sich für das, was Conor sagt. Ich bin überzeugt davon, dass er es ernst meint. Ich habe ihm in die Augen gesehen, als er mich bat, zu dir zu gehen.« Er legte eine Hand auf den breiten Ring aus Bronze, den er an seinem Arm trug und dessen geflochtenes Muster Deirdre vertraut war. »Er hat es mir geschworen, und jetzt schwöre ich es dir. Der König der Ulaid hat dich begnadigt, und ich bin hier, um dich unter dem Schutz meines eigenen Hauses nach Emain Macha zurückzubegleiten.«

Schweigen trat ein, während der Wind das Banner an seinem Speer knattern ließ. Deirdre stand wie angewurzelt da. Warum erschrak sie nicht? Es war beinahe so, als hätte sie gewusst, dass das geschehen würde. Dass ihr Pfad sie zu diesem Punkt führen würde. Eine böse Vorahnung breitete sich ganz tief in ihrem Bauch und dann in ihrem gesamten Körper aus.

Gefahr.

Fergus selbst war jedoch in helles Licht gehüllt. Einzelne Strahlen gingen dabei von seinem Herzen aus und trafen Naisi und seine Brüder. Auch bei Fergus' Söhnen konnte Deirdre keinerlei böse Absicht erkennen. Der ältere war zwar zurückhaltend, aber keiner seiner Gedanken betraf seine Klinge. Der jüngere hingegen war eine reine Flamme, die sich in freudiger Erwartung nach den Söhnen des Usnech ausstreckte, um sie schützend zu umgeben.

In dieser Wolke aus wirbelndem Glanz gab es nur eine einzige Person, die die umgebende Dunkelheit ins Herz dieses Augenblicks hineinzog wie einen Speer, der in den Teich aus Licht gestoßen wurde. Und das war Naisi.

»Was ist, wenn wir euch nicht begleiten wollen?«, fragte Naisi gerade.

Seine Worte rissen Deirdre ins Hier und Jetzt zurück und verwirrten sie völlig. Wie konnte er es auch nur in Erwägung ziehen, die drei Männer zu begleiten?

Fergus ging auf Naisi zu, schob die Klinge seines Schwertes zur Seite und legte ihm dann seine Hände auf die Schultern. Naisi sah in seinen mächtigen Pranken auf einmal sehr verwundbar aus. »Dann werden wir eben wieder gehen«, erklärte Fergus heiser, »und Conor sagen, dass ihr unsere Küsten verlassen habt und nach Osten gesegelt seid. Niemand wird euch dann noch suchen.«

Naisi legte den Kopf in den Nacken, um ihn anzusehen. »*Jetzt* also würdest du dich dem König widersetzen?«

Fergus lächelte schief, während er weiter Naisis Schultern hielt. »Beim Odem der Götter, das hätte ich schon vor langer Zeit getan. Aber du hast mir ja keine Chance dazu gegeben, mein Junge. Als ich erfuhr, was geschehen war, da warst du bereits über alle Berge.« Er starrte Naisi an. »Du hättest mir vertrauen sollen. Ihr drei hättet das nicht allein auf euch nehmen müssen.«

Naisi holte bebend Luft. Sein Schwert rutschte ihm aus den Fingern. Nach einer verlegenen Pause ging Illan auf Ainnle zu und schloss ihn in die Arme. »Es ist schön, dich zu sehen«, murmelte Illan. Jetzt entspannte sich auch Ainnle. Einen Augenblick später klopften die beiden sich gegenseitig auf den Rücken. Mit einem gequälten Lächeln streckte Buinne Ardan die Hand entgegen, und sie packten einander an den Handgelenken. Dann schloss Fergus die drei Brüder nacheinander in seine Arme und drückte sie dabei so fest an sich, dass er ihnen fast die Luft zum Atmen nahm.

»Fergus.« Naisi löste sich aus der Umarmung und sah sich nach Deirdre um, auch wenn er sie kaum wahrzunehmen schien. Seine Augen glitzerten, und sein Blick wirkte abwesend. »Das ist Deirdre.« Er winkte sie zu sich, und ihr blieb nichts anderes übrig, als auf den ehemaligen König, von dem sie schon so viel gehört hatte, zuzugehen.

Als sie ihre Kapuze zurückstreifte, drehte sich Fergus' älterer, rothaariger Sohn um. Sein Blick bohrte sich förmlich in sie hinein. Der jüngere starrte sie über Ardans Schulter hinweg mit unverhüllter Neugier an. Fergus hingegen neigte mürrisch den Kopf zum Gruß. »Das also ist das Mädchen, dessentwegen es so viele Probleme gegeben hat.« Er musterte sie von oben bis unten, nicht mit Ablehnung, sondern mit dem Blick eines Mannes, für den Frauen nur seinem persönlichen Vergnügen dienten.

Ihre Wangen und ihr Unterkiefer fühlten sich plötzlich schwer und kalt an. Ihre Miene schien zu versteinern. »Es ist allein Conors Problem, wie du sicher schon bald herausfinden wirst«, sagte sie mit heiserer Stimme.

Fergus zog zugleich überrascht und amüsiert die Augenbrauen hoch. Illan warf Ardan einen raschen Blick zu. Dieser zuckte lediglich mit den Schultern, während Ainnle sich den sprießenden Bart kratzte und dabei krampfhaft versuchte, ein Lächeln zu verbergen.

Naisi nahm ihre Hand, obwohl sein Blick noch immer abwesend war. Sein Körper sehnte sich einfach nach ihrer Berührung, so wie der ihre nach der seinen. »Wie du siehst«, sagte Naisi leise, »sind wir vermählt. Außerdem hat sie recht. Nichts von dem, was geschehen ist, war ihre Schuld. Das ist etwas, was von jetzt an jedem bewusst sein sollte.« Bedeuteten seine Worte, dass er Fergus möglicherweise doch begleiten wollte? Deirdres Puls begann zu rasen, als ihr klar wurde, dass ihr Schicksal ein weiteres Mal ihrer Kontrolle entglitt. »Wir müssen über dein Angebot nachdenken«, sagte Naisi jetzt und trat dabei einen Schritt zurück.

»Trinkt wenigstens eine Becher Met mit uns, Jungs«, drängte Fergus sie. »Als ich wusste, dass wir euch finden werden, war das das Erste, was wir eingepackt haben!«

Naisi willigte zögernd ein, und schnell ließ man ein in Bronze eingefasstes Trinkhorn herumgehen. Nach der anfänglichen Steifheit begann Fergus, unzählige Fragen zu stellen. Er wollte ganz genau wissen, wo sie gewesen waren und was sie gemacht hatten. Als sie die Gerüchte von den beeindruckenden fremden Kriegern, die bei den Epidiern zu Gast waren, gehört hatten, so erzählte er ihnen, waren die Krieger des Roten Zweiges sofort davon überzeugt gewesen, dass es sich dabei nur um die Söhne des Usnech handeln konnte. Sein strahlendes Lächeln nahm den Brüdern den letzten Argwohn, und sie begannen bereitwillig, von den Schlachten zu berichten, die sie in Alba geschlagen hatten.

Fergus' Söhne stießen dabei immer wieder bewundernde Rufe aus und stellten Fragen, die nur ein Krieger stellen konnte. Deirdre stand während der ganzen Zeit stumm und reglos wie ein Fels da. Schließlich erinnerte Naisi sich wieder an ihre Gegenwart und verkündete nach einem raschen Blick in ihr Gesicht, dass sie vier sich jetzt beratschlagen müssten. »Gib uns Zeit, bis die Sonne untergegangen ist«, sagte er mit heiserer Stimme zu Fergus. »Und bleibt bitte hier unten am Strand.« Er hielt inne. »Das hier ist unser Reich, und allein wir bewegen uns hier.«

Er drehte sich um. Deirdre ließ seine Hand los und hielt sich ein Stück hinter ihm, als er mit seinen Brüdern zum Lager zurückging. Sie fand kaum die Kraft, ihre Füße aus dem Sand zu heben, so verblüfft war sie, dass er diese Begnadigung nicht auf der Stelle abgelehnt hatte.

Das konnte doch einfach nicht wahr sein.

39

Sobald sie die Senke vor ihrer Höhle erreicht hatten, brach es aus Ainnle heraus: »So kommt sie also doch noch – die Begnadigung, auf die wir so lange gewartet haben!« Die düstere, bedrückte Miene, die er die ganze Zeit gezeigt hatte, war mit einem Schlag verschwunden. Es war, als würde die Sonne plötzlich sein Gesicht erhellen.

Ardan stand mit gesenktem Kinn da und rieb sich die Schläfen. Deirdre fragte sich, ob er genauso verwirrt war wie sie. Naisi hatte sich inzwischen auf den Stumpf einer Eiche gesetzt. Den Kopf hatte er in die Hände gestützt, die Finger in seinen Haaren vergraben.

»Was ist? Warum freust du dich denn nicht?« Ainnles Stimme überschlug sich fast vor Ungläubigkeit. Als Naisi sich noch immer nicht rührte, rannte Ainnle an ihm vorbei und drehte sich dann abrupt um. »Nachdem wir so viele Monate auf der Flucht waren, uns immer wieder verstecken mussten und von allem abgeschnitten waren, was wir lieben und was uns vertraut ist … Kannst du auch nur einen Moment lang daran denken, *nicht* zurückzugehen, wenn das, was wir uns von ganzem Herzen gewünscht haben, plötzlich zum Greifen nah ist?«

Ardan richtete sich abrupt auf. Er war blass geworden.

Deirdre starrte Naisis noch immer gesenkten Kopf an, als keiner sich rührte oder etwas sagte. Warum lehnte Naisi diesen Wahnsinn nicht rundweg ab? Sie durften Conor niemals trauen … keiner von ihnen durfte das? Sie ging vor Naisi in die Hocke. »Hier sind wir frei, und hier haben wir unsere Liebe, Naisi. Wir brauchen nichts anderes.«

»Du vielleicht nicht«, fuhr Ainnle sie mit funkelnden Augen an. »Du hast deine Liebe, und du gehörst zu jemandem. Was aber haben wir?« Er zeigte mit dem Finger so unerwartet auf Ardan, dass dieser unwillkürlich einen Schritt zurückwich. »Wir müssen unseren eigenen Weg gehen. Wir sind nicht dafür geboren, auf irgendeiner windgepeitschten Insel unser Leben zu fristen und im Schlamm nach etwas Essbarem zu suchen!«

Bei diesen Worten lief ein Zittern durch Naisis Körper. Deirdre erinnerte sich dunkel daran, wie es sich angefühlt hatte, mit dem Raben zu fliegen, und wie das Weltenrad ächzend zum Stehen gekommen war. Auch jetzt, in diesem Augenblick, war das Schicksal in seinem Fluss angehalten.

Sie berührte Naisis Unterarm. Seine Hände waren noch immer in seine Haare verkrallt. Die Muskeln in seinem Arm waren so hart, dass sie erschrak. Sie stand langsam auf. »Du hast mir nie gesagt, wieso du dich vor Cinet unbedingt beweisen wolltest«, flüsterte sie. »Ich hatte immer das Gefühl, dass da mehr dahintersteckt. Aber als ich dich dann in Dunadd sah, dachte ich … dachte ich, dass dieses Verlangen erloschen sei.«

Schweigen. »So wäre es auch gewesen«, flüsterte Naisi. Er presste jetzt eine Faust in seinen Bauch, die andere hielt er vor sein Gesicht. »Es wäre so gewesen, wenn Fergus nicht gekommen wäre.«

Naisi war dieser Speer aus Dunkelheit. »Da ist eine entsetzliche Schmach«, sagte sie nachdenklich, und ihr Blick wanderte über seine gebeugten Schultern und den verzweifelt gesenkten Kopf. »Und diese Schmach zerreißt dich selbst jetzt.«

»Sie zerreißt dich?«, fragte Ainnle stirnrunzelnd. »Wie kannst du jetzt *zerrissen* sein?« Er ging auf Naisi zu und packte ihn an der Schulter. »Du und deine Geheimnisse werden mich nicht davon abhalten, dass sich der Wunsch meines Herzens erfüllt. Also sag: Was ist los mit dir?«

Naisi entzog sich seiner Berührung und verbarg sein Gesicht in seinen Händen. Es war schrecklich anzusehen. In Dunadd hatte Deirdre gesehen, wie dieses Gesicht geleuchtet hatte, in dem Moment, als er sie erkannt hatte. Jetzt war da nur noch Dunkelheit – seine Pupillen waren tiefe Gruben voller Verzweiflung, sein Blick hohl und sein Mund verkniffen.

»Wenn du noch immer Schuldgefühle wegen Learys Tod und des Roten Zweigs hast«, sagte Ainnle schroff, »dann musst du das verdammt noch mal endlich akzeptieren. Conor begnadigt uns. Wir werden den Bruch heilen und Leary ehren. Alles andere wird wieder so sein, wie es früher war.«

Naisi stieß ein verächtliches Schnauben aus und erhob sich.

Der Baumstumpf befand sich jetzt zwischen ihm und seinen Brüdern. Dann sah er Deirdre so intensiv an, als versuchte er, sich ihr Gesicht für alle Zeiten einzuprägen. So als wäre er sich sicher, das er sie nie mehr wiedersehen würde.

Eine entsetzliche Angst packte sie. *Du wirst mein Gesicht immer vor Augen haben.* Sie wollte gerade zu ihm gehen, als eine krampfhafte Bewegung seiner Schultern sie innehalten ließ.

»Das ist es nicht.« Seine Stimme klang erstickt, bevor er schluckte und dann voller Bitterkeit hervorstieß: »Etwas anders hat mich angetrieben. Ich habe immer versucht, es zu unterdrücken, aber dann erkannte ich, dass ich verflucht bin und dass meine Gedanken schwarz sind und es immer sein werden.«

Ainnle schüttelte den Kopf. »Wovon sprichst du eigentlich?«

Naisi breitete die Arme aus und senkte den Kopf, so als biete er seinen Nacken einer Klinge dar. »Ich habe Conor nicht nur einfach gehasst.« Jetzt war es endlich heraus. »Nein, ich wollte schon immer seinen Thron.«

Ainnle ließ die Hände sinken wie ein Segel, das keinen Wind mehr hat. Ardan erstarrte, dann zwang er sich, etwas zu sagen. »Aber … aber du bist neben Cúchulainn der größte Kämpfer des Roten Zweiges. Du hast den Ulaid mit deinem Blut und deinem ganzen Herzen gedient.«

Naisis sah durch seine Haare zu ihm hoch. »Ich wollte das Feuer des Roten Zweiges spüren, wollte den Glanz genießen – aber als sich die Dunkelheit in mir ausbreitete, wollte ich das alles nur noch, um so mächtig zu werden, dass ich die Halle des Königs übernehmen und unser Volk anführen kann.« Er verzog das Gesicht, so als bereiteten ihm diese Worte körperliche Schmerzen, dann drehte er sich zu Ainnle um und warf seinen Kopf in den Nacken. »Schau ihn dir nur an, diesen Bruder, den du so sehr liebst – diesen Narren, von Stolz verblendet, der seinen König, seine Gefährten und auch dich, Ainnle, mit diesen dunklen Gedanken verraten hat.«

Der Schock hatte allen Zorn von Ainnles Gesicht gefegt. »Das kann ich nicht glauben«, stotterte er. »Jeder andere, aber doch nicht du.«

Für Deirdre ergab das alles keinen Sinn. »Deswegen also hast du dich die ganze Zeit so gequält? Du hast doch nur in der Schlacht getötet; hast niemals eine Frau vergewaltigt …«

»Was weißt du denn schon.« Naisis Stimme klang düster. Er machte eine verzweifelte Geste zu seinen Brüdern hin. »Sie kennen die heiligen Eide, die wir abgelegt haben. Wir haben geschworen, nur an unser Volk zu denken und uns in der Schlacht hervorzutun, um den Roten Zweig und die Ulaid zu ehren und um dem König, der von den Adeligen eingesetzt wurde, zu dienen. Wir haben noch nie dem Geschlecht angehört, aus dem die Könige ausgewählt werden. Wenn du aber diesem Geschlecht angehörst, wenn die Götter lächeln, die Chieftains dich feiern und du dir die Königswürde durch viele Jahre der Tapferkeit verdient hast … dann ist das etwas Gutes und Reines. Die Männer haben dich auf deinen Thron gesetzt, und der ist heilig. Etwas vollkommen anderes ist es aber, in einem finsteren Winkel deines Herzens nach dem Thron zu gieren, wenn du so jung, töricht und unwürdig bist wie ich – und einen König, der von den Adeligen gesalbt wurde, zum Ziel eines Hasses zu machen, den du nicht einmal selbst verstehst. Das ist einfach nur widerlich.«

Ardan schüttelte den Kopf. »Ich höre mir nicht länger an, dass du so etwas über dich selbst sagst …«

»Aber es kommt noch schlimmer!« Naisi ging erregt auf ihn zu, so als wolle er ihn schlagen. »Hört euch jetzt alles an!« Er sah Ardan verstört an. »Ich hätte mich damit zufriedengeben sollen, der Chieftain unseres Klans zu sein, unserer Burg vorzustehen, unsere Leute – Vaters Leute – anzuführen. Sie haben mir vertraut, ich aber habe ihnen den Rücken gekehrt, um Ruhm zu erlangen. Ich habe sie im Stich gelassen und habe auf diese Weise ihr Vertrauen missbraucht.«

Bei diesen Worten erinnerte Deirdre sich an den Streit, den sie vor der Schlacht hatten, und an den Schmerz in Naisis Augen. *Du glaubst, ich sei deines Vertrauens nicht würdig,* hatte er damals gesagt.

»Wir alle wollten den Ruhm des Roten Zweiges«, sagte Ardan mit brüchiger Stimme.

»Es war nicht eure Aufgabe, unsere Leute zu beschützen, sondern die meine.«

Ainnle sah bleich und elend aus. Er stieß seine Worte zischend zwischen den Zähnen hervor. »Auch Vater hat zum Roten Zweig gehört.«

»Vater kam aus Emain Macha zurück.«

Auf Ardans Gesicht zeigte sich Wut und Enttäuschung, als der Schock nachließ. »Ich dachte immer, du hättest dich gegen Conor gestellt, weil er unsere Familie ungerecht behandelt hat.«

»Für mich war das alles andere als ein albernes Spiel. Im Roten Zweig zu glänzen bedeutete, eines Tages über das Königreich zu herrschen.« Naisi drehte sich zu Deirdre um, und in seinem Gesicht lag jetzt die nackte Qual. »Als du mich gebeten hast, dir zu helfen, mein *fiáin,* da dachte ich, dass das ein guter Anfang wäre. Ich würde damit aller Welt zeigen, was Conor wirklich war – ein neidischer, geiziger, ungerechter König –, und die Männer so um mich scharen. Ich hatte in keiner Weise damit gerechnet, dass er auf so heimtückische Weise, so schnell und so brutal zurückschlagen würde. Damals habe ich noch nicht begriffen, warum er dich um jeden Preis an seiner Seite haben wollte. Ich wusste nicht, was ihn dazu trieb, jemanden aus dem Hinterhalt angreifen zu lassen, die Eide des Roten Zweiges zu brechen und unschuldige Kinder umzubringen, nur um dich wieder zu besitzen.« Seine Lippen kräuselten sich, forderten sie auf, ihn zu hassen. »Du siehst also: Ich habe dich nur benutzt, als ich dich rettete.«

Ihr einziger Gedanke war, diesen entsetzlichen Schmerz zu durchdringen und Naisi festzuhalten. »Ich habe dich auch nur benutzt«, murmelte sie und legte dabei ihre Hände auf ihre Brust. Trotz des warmen Tages fröstelte sie, als die Haselnusssträucher ihre Schatten über sie warfen. »Du hast keinen Frevel an mir begangen. Es ist vielmehr so, dass ich einen an dir begangen habe.«

»Ich habe dir schon gesagt, dass ich dir das längst vergeben habe«, sagte er barsch. »Aber jetzt kennst du wenigstens den Grund dafür.«

Ainnle versuchte noch immer zu begreifen, was Naisi da gerade gesagt hatte. »*Das* also hattest du geplant, als du Deirdre mitgenommen hast? Du wolltest die Chieftains aufhetzen und Conor stürzen?«

Naisi bedachte ihn mit einem kühlen Blick aus schmalen Augen. »So etwas in der Art.«

Ainnle sah zwischen seinen Brüdern hin und her. Sein Gesicht verzog sich. »Du hast unser Leben aufs Spiel gesetzt für etwas, das du selbst vor uns, deinen eigenen Brüdern, geheim gehalten hast?«

»Ich hatte keine Ahnung, dass das Ganze so schnell eskalieren würde. Und als es dann geschehen war, konnte ich es euch nicht mehr sagen, denn schließlich war es allein meine Torheit, die unser Leben zerstört hat.« Das Kinn gesenkt, holte Naisi tief Luft und schüttelte den Kopf. »Und so habe ich alles getan und verzweifelt darum gekämpft, uns wieder einen Platz unter den Kriegern zu schaffen, ein ehrenvolles Leben, damit ich euch wieder ins Gesicht sehen und euch etwas zu Füßen legen kann, das gut und schön ist.« Er lachte bitter. »Aber alles, was ich bewirkt habe, war noch mehr Zerstörung.«

Ainnle schob das Kinn vor. »Und was nun, Bruder?«

»Kann ich überhaupt noch zurückkehren? Steht mir dieser Weg noch offen? Ich weiß es selbst nicht, Ainnle.«

Deirdre hatte sich so heftig auf seinen Schmerz konzentriert, dass seine Worte jetzt mit voller Wucht über sie hereinbrachen. *Zurückgehen.*

Ainnle starrte seinen Bruder lange an, dann drehte er sich um und stapfte ohne ein weiteres Wort durch die Büsche in Richtung der nördlichen Klippen davon.

Ardan öffnete und schloss krampfhaft seine Hände, während er versuchte, seiner Gefühle Herr zu werden. »Rede mit mir«, sagte Naisi. »Wenn irgendjemand das Recht hat, mir Vorwürfe zu machen, dann bist das du. Du hast mir immer dein Vertrauen geschenkt, auch wenn ich es nicht verdient habe.«

Ardans Hände blieben jetzt zu Fäusten geballt. »Warum hast du mir das alles nicht schon früher gesagt?«

»Weil du mich dann genauso angesehen hättest, wie du es jetzt gerade tust.«

Ardan wich mit einem unsicheren Schritt vor seinem Bruder zurück. Es war offensichtlich, dass er tief verletzt war. »Du hast mir nicht vertraut.«

»Ich wollte dir nicht wehtun.«

»Du hast mich wie ein Kind behandelt!«

»Ich habe das alles so nicht gewollt.«

»Nein. Das alles waren, wie du selbst sagst, nur finstere Träume. Aber wir haben immer über unsere Träume gesprochen!«

Naisi seufzte und ließ die Schultern hängen. »Früher haben wird das getan.«

Ardan wich noch einen weiteren Schritt vor ihm zurück. »Ich brauche nichts mehr zu sagen, um dich zu bestrafen, mein Bruder. Das tust du schon selbst.« Dann stolperte auch er in die Schatten hinein und verschwand zwischen den Felsen.

Deirdre und Naisi waren jetzt allein. »Warum hast du mir

nichts davon erzählt?« Der Schmerz darüber, dass sie einander fast verloren hätten, war noch immer frisch. Jetzt ging sie zu ihm. Sie schlang ihre Arme um seine Taille, und obwohl sich sein ganzer Körper verkrampfte, strich er, schmerzlich lächelnd, mit dem Daumen über ihre Wange.

»Weil ich wollte, dass du stolz auf mich bist, *fiáin*. Weil ich wollte, dass du an das Gute in mir glaubst, bevor du die Dunkelheit in mir kennenlernst.« Er schnaubte freudlos. Die Selbstverachtung in seinen Worten schmerzte sie mehr als alles andere.

Sie schloss die Augen. »Mir sind die Eide der Krieger und der Stolz egal …«

»Aber mir nicht.« Er nahm ihre Hände von seiner Taille und hielt sie fest, sodass sie ihn ansehen musste. »Du hast mir offensichtlich nicht richtig zugehört, wenn du mir so leicht vergibst, Deirdre. Als ich dir geholfen habe, da habe ich nicht an dich gedacht. Nur an … das.« Er konnte und wollte es nicht noch einmal aussprechen.

»Und ich habe dich dazu gebracht, mir zu helfen, indem ich dich bei deinem Stolz gepackt habe. Ich habe mich dafür gehasst!«, rief sie. »Aber ich war verzweifelt und wusste nicht mehr …« Als sie hörte, was sie da sagte, verlor sich ihre Stimme.

Er ließ den Moment wirken, bevor er mit ruhiger Stimme sagte: »Und meine Verzweiflung wird mir folgen, wo auch immer ich hingehe. Ich werde sie niemals besiegen können.«

»Mein Schmerz verschwand bei deiner Berührung«, stammelte sie und schmiegte seine Hand in ihre Halsbeuge. »Verliere dich in mir, das wird auch deinen Schmerz heilen.«

Er schwieg einen Moment, schloss die Augen. »Nein, Deirdre. Du hast deinen Frieden in den Bergen von Alba gefunden. Und ich habe die Liebe gefunden, ja. Nur mich selbst habe ich nicht gefunden. Das hier quält mich schon seit Jahren …« Er schlug sich so heftig auf die Brust, dass sie zusammenzuckte. »Die

Schande hat mich von Erin nach Alba verfolgt. Sie ist auch der Grund dafür, dass alles, was ich in die Hand nehme, von vornherein verflucht ist. Siehst du das denn nicht? Und jetzt sitze ich in der Falle, und es gibt für mich keinen Ausweg mehr!«

Deirdre begann langsam zu begreifen. »Gütige Göttin ... würdest du wirklich nach Erin und zu diesem heimtückischen König zurückkehren? Würdest du alles, was wir haben, aus *Stolz* riskieren?« Sie hatte plötzlich einen galligen Geschmack im Mund. Ihre Augen wurden glasig. Der Traum ... schimmernde Tropfen, von drei Vögeln fallen gelassen, honigsüße Worte, die sich in Blut verwandelten. Sie schmeckte jetzt wieder dessen kupferartige Bitterkeit und wusste in diesem Moment mit erschreckender Klarheit, was der Traum bedeutete. »Ich habe geträumt, dass diese Männer kommen würden und dass ihre Worte uns große Gefahr bringen. *Tod.*«

Seine Augen lagen tief in ihren Höhlen. Seine Lippen waren aufgesprungen, denn er hatte auf ihnen herumgekaut. Sie sah ihn plötzlich so klar, als hätte man einen Schleier von ihren Augen gezogen: Während sie mit Fieber daniedergelegen hatte, war er es in Wirklichkeit gewesen, der dahingesiecht war. »Ich brauche keinen Traum, um das zu wissen«, krächzte er. »Ich bin ein Krieger. Mein Schicksal ist mit Blut getränkt.« Er drückte ihre Hand an seine Brust. »Versuch, dich in mich hineinzuversetzen, *fiáin*. Du musst mich verstehen.«

Sie versuchte, alles um sich herum auszublenden, damit sie die Gefühle in seinem Innern erforschen konnte, so wie sie das schon bei Cinet getan hatte, auch wenn ihre Angst sie jetzt fast erstickte. Sie sah die Dunkelheit, die um sie beide herumwirbelte. Und im Auge dieses Sturms befand sich ihre Hand, die über seinem Herzen lag. Dort spürte sie seine Wahrheit, sah tief in ihn hinein, so wie sie es sich schon immer gewünscht hatte. Sie sah die Liebe, die er für sie empfand und die hell wie eine Flamme brannte.

»Ohne meine Ehre bin ich nichts«, sagte Naisi jetzt leise. »Wohin auch immer wir fliehen, welche Meere wir auch befahren, diese Dunkelheit wird mich weiter vergiften, und irgendwann wird sie mich töten.«

Deirdre hatte einen Kloß im Hals. Sie versuchte, ihre Tränen wegzublinzeln. »Und wenn wir zurückkehren, wirst du mir vielleicht genommen werden.«

»Ich bin nicht *ich*«, entgegnete er stockend. »Ich bin so nicht vollständig. Ich habe den Roten Zweig entehrt, und obwohl ich Conor hasse, so respektiere ich doch die Königswürde. Deshalb muss ich die Demut finden, meine Eide zu erneuern – und unsere Burg zu regieren, so wie es mein Vater gewollt hat.«

»Und ich werde Jahr um Jahr die Mauern von Emain Macha abschreiten und nicht wissen, ob du auf deinen eigenen Beinen oder auf einer Bahre zu mir zurückkehren wirst«, rief sie. »Falls Conor dich nicht schon töten lässt, sobald wir auch nur einen Fuß auf sein Land gesetzt haben.«

»Ich vertraue Fergus, und Conor hat geschworen …«

»Hier geht es nicht um irgendwelche Schwüre. Es geht um Männer, die sich gegenseitig aus Gier, Wollust und Neid umbringen. Unter solchen Männern gelten keine heiligen Eide!«

Er neigte den Kopf und sah sie an. Sie spürte sein Herz unter ihren Fingern schlagen. »Und dennoch werde ich den Rest meines Lebens an dieser Wahrheit festhalten. Selbst wenn alle anderen um mich herum sie mit Füßen treten.«

Wahrheit. Das Wort klang in ihr nach, brachte sie dazu, den Kern des Ganzen zu suchen, aber es gelang ihr nicht, ihn zu finden. »Du würdest dich also für den Roten Zweig und nicht für mich entscheiden.« Da war er wieder, dieser altbekannte Schmerz. Sie spürte ihn jetzt abermals mit atemberaubender Klarheit.

Er war von ihren Worten sichtlich getroffen, fuhr zurück. Ganz unvermittelt zog er ein Hosenbein hoch und zeigte auf eine verblasste Narbe auf seinem Schienbein. »Ich habe mein Schwert am ersten Tag, als ich es trug, fallen lassen und mir das Bein bis auf den Knochen aufgeschlitzt … da … ich konnte wochenlang nicht richtig laufen. Der gesamte Rote Zweig amüsiert sich bis heute darüber. Und die andere Narbe, von der du wissen wolltest, woher sie stammt: Als ich zum ersten Mal mit einem Mädchen schlief, hat ihr Vater uns entdeckt und wollte mich verprügeln. Ich bin davongerannt, gestolpert und in einen Dornenbusch gefallen. Er hat mich erwischt und mich grün und blau geschlagen.« Sein heiseres Lachen klang fast wie ein Schluchzen. »Fergus selbst hat meine Wunden verbunden. Er meinte, dass ich fürs Erste wohl genug von Frauen hätte.« Er richtete sich auf. In seinen blauen Augen funkelte die Erinnerung. »In der Schlacht ist man dem Tod so nahe, dass man bereits seinen Atem im Nacken spürt. Du liebst mich, *fiáin*, aber wenn ich mein Schwert ziehe, bist du nicht an meiner Seite. Dort gibt es dann nur noch den Roten Zweig, und die Verbindung unter uns Kriegern wird vielleicht einmal das Letzte sein, was ich spüre.«

»Du kannst einen anderen Lehnsherren finden. Dann wirst du auch andere Kampfgefährten finden, wenn es das ist, was du brauchst. Es gibt doch noch so viele Zufluchtsorte, die wir aufsuchen können.«

»Auch wenn ich versuche, nur nach vorn zu sehen, wird mich das hier im Innersten verfaulen lassen. Alles, was ich zu vergraben versuche, wird zehnfach zu mir zurückkommen, weil es nicht geheilt ist. So wollen es die Götter, und das weißt auch du.«

»Die Götter wollen, dass wir uns für das Leben entscheiden. Und für die Liebe!«

»Sie wollen vor allem, dass wir wir selbst sind. Und wenn du dieses Licht gefunden hast, dann kann es dir niemand jemals wieder wegnehmen – weder Conor noch ich. Also gestehe auch mir mein Licht zu!«

Seine Bitte verschlug ihr den Atem. Er nahm ihr Gesicht in seine Hände und legte seine Stirn an die ihre. »Ich will in meine eigene Burg und an meinen eigenen Herd zurückkehren können und meine Waffen mit reiner Seele niederlegen und dich mit der letzten Spur jenes Feuers in meinem Blut lieben. Dann wirst du mich ganz für dich haben.«

Von ihm festgehalten, spürte sie ihre Niederlage. Trostlos und kalt. *Ganz egal, wie sehr ich versuche, ihn glücklich zu machen. Ich werde ihn mit meiner Liebe nicht befreien. Ich kann ihn nicht befreien.*

Die Unvermeidlichkeit dessen erstickte sie schier. Sie löste sich aus seiner Umarmung. Sie hörte nicht, dass er sie bat, bei ihm zu bleiben, als ein altbekannter Schmerz wie ein Sturm durch sie hindurchfegte. *Warum kann ich niemals frei sein?*

Sie stolperte blindlings davon. Sie wusste nicht, wohin sie ging, nur dass ihre Füße sie die Felsen hinauftrugen, auf die Wolken zu, bis sie dem Himmel ganz nah war und sie kaum noch die Erde spürte.

40

Deirdre kletterte den Felskamm hinauf. Als sie sich ihrem Schmerz hingab, waren ihre Gefühle so stark, dass die Luft um sie herum aufflammte.

Conor. Erin. Roter Zweig.

Sie zog eine Schleppe aus Funken hinter sich her, die, von der Klarheit ihres gequälten Herzens angezogen, aus der Erde und aus den Wolken herbeiströmten. Die Eichen auf der windgeschützten Seite des Hügels flammten auf wie Fackeln, als sie an ihnen vorbeiging. Die Schichten der Luft leuchteten hell und wurden zu Tausenden von glitzernden Juwelen, die sich zu einem Wirbelwind formten. Deirdre spürte die Aufregung der *sídhe*, die um sie herumflogen.

Oben auf dem Kamm traf sie der Westwind mit voller Wucht, überflutete ihre Nase mit dem Geruch von salziger Luft und Meerespflanzen und dem mineralischen Duft der Felsen. Die Funken der Quelle allen Seins strömten um sie herum, angezogen von ihrem Schmerz. *Wo gibt es Frieden?* Wo gab es für sie überhaupt ein Zuhause?

Sie schlitterte auf der anderen Seite des Kamms hinunter und traf auf den Pfad, der zum Strand führte. Die Quelle, die ihnen Trinkwasser spendete, plätscherte zu beiden Seiten des Kamms. Auf der Westseite mündete sie in einen kleinen Wasserfall, der sich in eine schmale Schlucht eingegraben hatte. Als sie das Rauschen des Wassers hörte, wurde ihr plötzlich bewusst, dass ihr Hals staubtrocken war. Sie wollte ihren Durst löschen und lief durch den langsam braun werdenden Farn unter den verkümmerten Birken auf den Wasserfall zu.

Dort traf sie auf Ardan, der mit dem Rücken am Stamm einer Birke lehnte. Sein Kopf wurde von den Blättern verdeckt, während er in das weiße, schäumende Wasser des Beckens starrte. Der rauschende Wasserfall übertönte alle andern Geräusche, sodass er sie nicht kommen hörte.

Er zuckte bei ihrem plötzlichen Auftauchen zusammen und stieß sich dabei den Kopf heftig an einem Ast an.

»Warum bist du noch hier?«, krächzte sie. »Ich dachte, du wärst schon bei deinen Freunden vom Roten Zweig und würdest eure Rückkehr feiern.«

»Das hatte ich auch gedacht«, erwiderte er, während er sie unverwandt ansah. »Dann aber habe ich mich plötzlich hier wiedergefunden.« Er nagte an seiner Unterlippe, so als wolle er die Worte zurückhalten. Sie kamen dennoch aus seinem Mund, heiser und abgehackt. »Deirdre, Naisi wird auf jeden Fall nach Erin zurückkehren.« Ihre Sinne waren schlagartig hellwach, denn an seinem verstörten, hungrigen Blick – der sich so sehr von seinem sonst so ruhigen und gelassenen Gesichtsausdruck unterschied – erkannte sie, dass auch er über alle Maßen angespannt war.

Sie tastete nach dem Stamm der Birke hinter sich. »Er ist verwirrt.«

»Er wird von seinen Schuldgefühlen zerfressen – warum habe ich das nur nicht schon früher gemerkt? Und er hat ein viel zu reines Herz, um noch länger davonzulaufen.« Er verzog das Gesicht und ließ die Hand sinken.

Deirdre starrte die Platzwunde an, die sich über seine Stirn zog.

»Ich weiß, dass auch ich nach Hause zurückkehren sollte, aber ...« In seinen Augen leuchtete Qual auf. »Aber als ich vorhin dort stand, habe ich nicht an Erin gedacht, sondern an *dich.*« Ihr Blick fiel auf seinen Mund, während sie sich bemühte, seine Worte zu verstehen. »Ich bin mir sicher, das du nicht nach Erin zurückkehren wirst, Deirdre. Ich habe dieses Strahlen in deinen Augen gesehen, dieses Licht von Alba, das du nicht verbergen kannst ...« Völlig verblüfft, konnte sie ihn nicht daran hindern weiterzusprechen. »Und obwohl ich meinen Bruder von ganzem Herzen liebe, gibt es etwas, das ich noch mehr brauche als ihn.« Er holte stockend Luft. »Und das bist du ... das warst schon immer du.«

»Nein.«

Ardan flehte sie mit seinen Augen an, ihn zu verstehen. »Er wird von hier fortgehen, weil er ohne den Roten Zweig nicht leben kann, und du wirst auch nicht gehen, weil du die Wildnis von Alba brauchst. Und wenn du das tust, werde auch ich bleiben – hier bei dir.« Die Worte hingen bedeutungsschwer zwischen ihnen in der Luft, aber es war Ardan, der schließlich unter ihrer Last zusammenbrach. Seine Beine gaben unter ihm nach, als die Kraft ihn verließ und er auf die Knie fiel. Er hob eine Hand, so als wolle er etwas abwehren. »Mein Bruder«, murmelte er atemlos.

»Du kannst Ainnle und Naisi nicht verlassen«, stotterte sie. »Das würde dich umbringen.«

Er hob den Kopf, und in seinen Augen standen Tränen. »Was mich umbringt, ist diese Leere in mir.« Seine Stimme war voller Selbsthass. »Ich bin so schwach. So verloren und allein. Mein Körper und meine Seele sehnen sich unablässig nach etwas, das ich niemals haben kann. Wie kann ich ein Krieger des Roten Zweiges sein, wenn ich von dieser Sehnsucht erfüllt bin? Meine Brüder sind für ihre Kühnheit und ihren Mut bekannt, aber wie soll ich mutig sein, wenn ich all meiner Kraft beraubt bin? Die Liebe ist verflucht, das weiß ich jetzt, und mit einem solchen Fluch beladen, kann ich nicht nach Erin zurückkehren.«

Deirdre schloss entsetzt die Augen. Die Liebe zwischen Naisi und ihr konnte doch unmöglich das alles hervorgebracht haben.

Als sie die Augen wieder öffnete, sah sie einen gleißenden Wirbelsturm, so als wären alle Funken der Quelle allen Seins gleichzeitig aus der Luft und dem Boden herbeigeströmt und konzentrierten sich jetzt hier an diesem einen Ort. Sie wirbelten jedoch nicht um sie herum, sondern wurden von *Ardan* angezogen … streiften seine schwarzen Haare, seine grauen Augen, umgaben seinen gesamten Körper mit einer funkelnden Aura. *Sie wollten zu ihm.* Konnte er das spüren?

Allein. Voller Sehnsucht. Diese Worte beschrieben, was sie selbst einst auch gefühlt hatte.

Die Energie der *sídhe* strömte durch sie hindurch, traf sie wie ein leuchtender Wind. *Heilt ihn, bitte!* Der strahlende Glanz vermochte Ardan jedoch nicht zu durchdringen, denn sein Schmerz war zu groß.

Damals war es ihr gelungen, in dem Hengst die Erinnerung an die Kraft des Lebens wachzurufen. Jetzt musste auch Ardan sich daran erinnern, wie er wieder heil werden konnte. Sie war sich kaum bewusst, dass sie nach dem Dolch in ihrem Gürtel griff. Als Ardan sie anstarrte, drehte sie ihre Handfläche nach oben. Er musste die Funken in sich aufnehmen, aber noch wollte er sich nicht öffnen.

Sie schnitt sich in die Hand. Der Schmerz war wie ein Ausbruch freudigen Feuers. Dann drückte sie ihre blutende Handfläche auf die Wunde an seiner Stirn. »Mein Blut wird es dir zeigen«, sagte sie leise und bot ihre ganze Willenskraft auf, damit ihr Licht durch die vibrierenden Partikel von Blut und Lebenskraft in ihn hineinströmten.

Plötzlich befand sie sich in dem leuchtenden Fluss in seinem Inneren. Diesem nicht enden wollenden Tanz von Fleisch und Lebensenergie. Inzwischen war ihrer Seele ihr eigenes Lied vollkommen vertraut, und so erkannte sie schnell den Klang von Ardans Licht. Sie stellte fest, dass es mit ihrem eigenen harmonierte. In ihrer beider Herzen lebte die gleiche Sehnsucht. Dieselbe Suche nach den *sídhe*. Deirdres verzweifelte Hoffnung zu heilen sprach die durch dunkle Spalten aus Schmerz getrennten Funken an, und da deren Schwingungen schon fast mit den ihren im Einklang standen, stimmten sich all die leuchtenden Sterne in ihm auf diesen einen, diesen reinen Ton ein. *Komm. Nimm diesen Segen.*

Ardan keuchte. Sein Körper schwankte. Er sah sich verblüfft um, so als könne er endlich die Schleier aus Licht zwischen den Bäumen sehen. Sein Staunen ließ ihn seinen Schmerz vergessen.

»Ich bin es nicht, um deretwillen du dich einsam fühlst«, flüsterte sie, während sie durch die Wahrheit seines Herzens schwebte und die Bewegungen seiner Funken ihrem Körper seine Gefühle verrieten. »Es ist die Göttin, nach der du dich sehnst – die Gemeinschaft mit der Großen Mutter, mit den *sídhe*. Diese Zugehörigkeit. Durch mich hast du das Licht der Göttin gesehen, und das war es, das dich so sehr verwirrt hat.«

Mein Bruder, flüsterte sie ihm zu. *Bruder meines Herzens.*

Und dort, in den Tröpfchen aus Licht, die Ardan umgaben, gelang es ihr, immer wieder einen kurzen Blick auf die Zukunft zu erhaschen. Ardan in einem Kapuzenumhang, wie er auf einem mit alten Eichen bestandenen Hügel in Erin umherwanderte. Wie er zum dunklen Eingang eines steinernen Grabes der Ahnen ging. Wie er, nachdem er es betreten hatte, dort eine Vision erlebte, bei der die Spiralen an den Wänden sich in einem leuchtenden Kreis aus Licht drehten, den nur er sehen konnte. Und schließlich, wie er mit himmelwärts gewandtem Gesicht über eine Wiese ging und schimmernder Tau seine lächelnden Lippen benetzte.

Entdecke, was dein Herz wirklich begehrt. Blicke unter die Oberfläche der Dinge. Der Sinn all dessen erhellte jede Faser seines Wesens. Worte waren jetzt nicht mehr notwendig.

Ardan riss sich von ihr los. Seine Augen weiteten sich, als das Becken unter dem Wasserfall und der dahinschießende Bach zu leuchten begannen. Diese Flamme galt jedoch nicht ihr. Er drehte sich um und tauchte seine Hände ins Wasser, nahm sie wieder heraus und ließ die Tropfen von seinen Händen rinnen. Sein Herz entfaltete sich wie eine Blume, so als hätte es endlich erkannt, wonach es sich so lange gesehnt hatte.

Es war dies ein so intensiver, ein so persönlicher Moment, dass Deirdre nicht länger zusehen wollte. Sie berührte kurz seinen Kopf und ging dann den Pfad in Richtung Strand davon. Ardans Licht hatte auch sie gereinigt, sodass sie jetzt wieder frei atmen konnte.

Die untergehende Sonne verwandelte den Sand zu ihren Füßen in pures Gold und ließ einen feurigen Kamm auf den brandenden Wellen entstehen.

Eine einzelne Eberesche stand in der Nähe des Ufers. Die letzte Bastion gegen die wilde See. Ihre Wurzeln waren fest zwischen den Felsen verankert. Der beständige Wind hatte sie zu Boden gedrückt, und das raue Wetter hatte sie zu einem langen, wellenförmigen Gebilde werden lassen.

Deirdre legte sich auf den Stamm und schmiegte sich an die Rinde, denn der Baum war ihr in Holz geformter Geist. Ihre Gliedmaßen ruhten auf seinen Ästen, und der Wind verwob ihre Haare mit seinen Zweigen und gelben Blättern. Sie fand nicht die Kraft, nach Westen, nach Erin zu sehen, also lag sie nur da, die tosenden Wellen in ihrem Rücken, und blickte zum Herzen der Insel und in Richtung Alba.

Alba, wo das drahtige Heidekraut sich im Wind duckte und dennoch flammend rote Blüten trug. Ein Land, wo sie mitten im Toben wilder Stürme Ruhe gefunden hatte und in frostiger Kälte von der Quelle allen Seins gewärmt worden war. Der Schmerz in ihr wurde von dem Stamm unter ihren Rippen gelindert, das Blut aus dem Schnitt in ihrer Handfläche tränkte die Rinde. Sie sah zum Felskamm der Insel hinauf. Die Kronen der Birken wurden bereits gelb, und auch das Laub der Eichen verfärbte sich schon. Der Herbst nahte.

Sie sah sich selbst, wie sie als Druidin am Strand entlangging, in einem braun gescheckten Umhang aus Hirschfell, sodass sie aus der Ferne mit dem Wald verschmolz. In die Haare hatte sie die Beeren der Eberesche geflochten. Sie würde neben der Quelle sitzen und von der Quelle allen Seins trinken. Ihre Haut würde leuchten, während sie sich in deren Licht auflöste, und einen schimmernden Umhang aus Feuer um sie herum bilden. Die Menschen würden sich von der weisen Frau erzählen, der *cailleach*, die draußen auf der Insel lebte, und sie würden ihr Opfergaben darbringen. Als Seherin würde sie die Quelle allen Seins im Wasser aufrühren und die Schicksale der Menschen sehen.

Nach vielen Jahren würde sie ausgeblichen sein und die Farbe der Eberesche angenommen haben. Sie würde sich zwischen den Bäumen verstecken und zusehen, wie die Menschen mit ihren Booten am Strand anlegten, und irgendwann würde sie vergessen, was menschliche Stimmen waren. Sie würde schließlich zu einer *sídhe* werden. Die Sehnsucht beugte ihren Körper wie ein Krampf.

Ihre Gedanken riefen die *sídhe* herbei, und schon bald schwebten sie in dichten Wolken um sie herum. Sie hob eine Hand, da sie die Unruhe unter ihnen spürte, eine Kraft, die auch in ihrem Blut pochte. Riefen die *sídhe* sie zu sich, forderten sie sie auf, das, was sie noch mit den Menschen verband, endgültig zu lösen? Oder aber ermahnten sie sie, daran festzuhalten?

Ihr stockte der Atem, als sie ihre Hand ansah, das Licht, das durch ihre Adern und dann in die Welt hinausströmte. *Hinaus zu Naisi.* Sie berührte ihre Lippen, erinnerte sich daran, wie süß sein Kuss geschmeckt und wie sehr sie um ihn gekämpft hatte. Als sie ihn in ihrer Vision von einem Schwert durchbohrt gesehen hatte, hatte sie den Verlust der Liebe gespürt. Sie hatte das Glück erlebt, als seine Hand unter den Sternen von Dunadd die ihre berührt hatte. Ein geflüstertes Nein entschlüpfte ihren Lippen und drang in die rissige Rinde des Baums ein. Sie durfte ihn nicht aufgeben und zusehen, wie er davonsegelte.

Ein dunkles Flüstern in ihr meldete sich zu Wort. *Du könntest ihn dazu bringen hierzubleiben.*

Ja. Sie konnte ihn mit ihrer neuen Macht halten, konnte ihn mit zärtlichen Berührungen an sich binden, ihn mit ihrer Zunge und ihren Lippen versklaven. Sie konnte ihn verführen und ihn dann schwören lassen, dass er niemals nach Erin zurückkehren würde. Sie konnte ihn mit Liebe, Begehren, Leidenschaft und Schönheit fesseln.

So wie Seegras, das ihn mit seinem würgendem Griff umschlang, bis er ertrank. Sie würde ihn mit Zauberei betören, bis er kein Mann mehr war. Sie würde den größten Teil von ihm besitzen – und sich einreden, dass er ganz allein ihr gehörte. Aber wenn sie schlief, würden seine Träume nicht dieselben sein wie die ihren, sie würden Albträume von Erin sein. Tief in seinem Herzen wäre da immer diese Leere, und es würde sie schier zerreißen, weil sie diese Leere nicht ausfüllen konnte.

Wenn sie ihn dazu zwang, ebendas zu opfern, was den Kern seines Wesens ausmachte, würde sie ihn entmannen, so sicher, als würde sie eine Klinge benutzen.

Der Wind war stärker geworden. Sie erhob sich schwerfällig und mit geröteten Augen und wankte dann über die Felsen, die ins schäumende Wasser hineinragten. Dort, an der Grenze zwischen Meer und Land, breitete sie die Arme aus. Ihr Haar flatterte im Wind, Tränen liefen ihr übers Gesicht.

Du hast solche Angst davor eingesperrt zu werden, dass du dich nicht an mich binden wirst. Das waren Naisis Worte gewesen. Und auf diese Weise hatte sie ihn beinahe verloren.

Die *sídhe* hatten sich jetzt als leuchtende Wolke über dem Meer versammelt. Ihr Murmeln war wie das Geräusch von Wellen, die an ferne Küsten brandeten. Deirdre schwankte. Sie stellte sich vor, ins Wasser einzutauchen und endlich ihr menschliches Selbst aufzugeben, durch von Phosphor und Mondlicht erhellte Fluten in die Tiefe zu tauchen.

Dann endlich würde es keinen Schmerz mehr geben. Keine menschlichen Sorgen, keine Verstrickungen in Sehnsucht und Liebe.

Naisi saß noch immer auf dem Baumstumpf. Seine Hände lagen kraftlos auf seinen Knien, so als wäre er völlig leer. Ein letzter Sonnenstrahl drang durch die Wolken und warf ein warmes Licht auf ihn.

Als er hörte, wie Deirdre sich ihm mit leisen Schritten näherte, blickte er auf. Seine Augen glühten in seinem weißen Gesicht.

Deirdre drehte sich noch einmal um. Die *sídhe* hatten sie begleitet wie Nebelschleier, die vom Meer aufgestiegen waren. Sie beobachtete jetzt mit bebenden Lippen, wie sie als leuchtende Wolke um sie herum verharrten. Warteten.

Ein Zittern lief durch ihren Körper. Sie streckte die Hand aus und drehte sie wie ein sich öffnendes Blütenblatt. Die Bewegung war wie eine liebevolle Berührung. Bevor die *sídhe* sie jedoch völlig in ihre ungezähmte Schönheit einhüllen konnten, ließ sie ihre Hände sinken und wandte sich von ihnen ab. Das Licht in ihren Augen und ihrem Herzen verblasste. »Wenn du nach Erin zurückkehren willst«, sagte sie mit heiserer Stimme zu Naisi, »werde ich dich begleiten.« Um sich an ihn zu binden, musste sie eine Sterbliche sein und nicht mehr.

Er sprang auf. Auf seinem Gesicht zeichnete sich tiefe Erleichterung ab. Als er jedoch auf sie zukam, hielt sie ihm ihre blutige Handfläche entgegen und sprach die nächsten Worte wie einen Eid. »Ich bin vor einem Leben in Emain Macha geflohen, weil ich wusste, dass mein Geist dort verwelken würde. Jetzt aber sage ich dir: Du darfst niemals an mir zweifeln oder meine Liebe in Frage stellen, ganz egal, was man dir auch sagen wird. Denn kein Mensch, kein Gott und auch kein Tier werden mich dazu bringen, zurück in den Schlund des Wolfs zu gehen, aus dem ich geflohen bin. Niemand außer dir.«

Er kam zu ihr und legte seine Wange an die ihre. Er umfasste mit sanften Händen ihre Hüften und strich ihr dann über die vom Wind zerzausten Haare. Er küsste ihre Augenlider, nahm ihre Hand und starrte das Blut an, bevor er ihre Finger vorsichtig über der Wunde schloss. Schließlich zog er sein Schwert aus der Scheide, fiel vor ihr auf die Knie und sah zu ihr auf. »Dann werde auch ich einen Eid vor dir ablegen, mein *fiáin*. Niemand soll je erfahren, dass meine Liebe nicht der Schönheit deines Gesichts, sondern dem Feuer deines Geistes gilt, und dieses Feuer wird mich all die langen Jahre auf dieser Erde wärmen. Ich werde dich niemals auch nur mit einem einzigen goldenen Ring schmücken, denn es gibt kein Juwel, das sich mit deinem Herzen vergleichen könnte. Ich würde dich beleidigen, selbst wenn ich dir alle Reichtümer Erins zu Füßen legte. Du wirst ohne Schmuck sein, und nur wir beide werden wissen, dass wir in unseren Seelen eins sind und die Reichtümer dieser Welt nicht brauchen. Die Druiden sagen, dass es nach unserem Tod in der Anderswelt nichts als diese Flamme geben wird, und die deine wird für mich immer am hellsten leuchten.«

Jetzt kniete auch sie sich nieder, nahm sein Gesicht in ihre Hände und küsste ihn. Sie spürte sein Herz gegen ihre Brust schlagen. Sie schmeckte Freude auf seinen Lippen und wusste, dass sie diese Freude durch ihr sterbliches Leben begleiten würde. Sie hatte sich soeben für ein gemeinsames Schicksal entschieden.

Sie errichteten auf der Lichtung ein großes Feuer und holten ihre Schlaffelle aus der Höhle. Dann setzten sie sich vor die knisternden Flammen. Als es langsam zu dämmern begann, kehrten auch Ainnle und Ardan zurück.

Ainnle kam zu ihnen. Er stellte sich vor sie hin, das Kinn hoch erhoben, die Spitze seiner Schwertscheide auf dem Boden, die gefalteten Hände auf dem Heft. »Ich habe beschlossen, nach Erin zurückzukehren«, verkündete er und sah dabei Naisi an. Deirdre entdeckte einen reiferen Ausdruck in Ainnles Gesicht. Seine geröteten Augen zeugten davon, dass er geweint hatte, aber seine Iris war klar. Die Ruhelosigkeit und der Trotz waren aus seinem Blick völlig verschwunden. »Du brauchst jetzt nicht mehr die Last der Verantwortung allein zu tragen, Bruder. Denn vom heutigen Tag an werde ich meine Entscheidungen selbst treffen – und dies hier ist meine erste.«

Naisi erhob sich von Deirdres Seite und packte Ainnle am Handgelenk, so wie Krieger es taten. »Dann vergibst du mir also?«, fragte er düster.

Ainnle lächelte schief. »Nun, das habe ich noch nicht entschieden.« Aber er nahm Naisi in seine Arme.

Ardan setzte sich inzwischen mit gekreuzten Beinen auf die Felle. »Ich werde ebenfalls nach Erin zurückgehen«, sagte er. »Irgendetwas ruft mich, und ich bin mir sicher, das ich es nur dort finden werde – eine neue Bestimmung vielleicht.« Er streckte ohne Scheu die Hand aus und legte sie auf die von Deirdre. Sein Lächeln war wehmütig, und obwohl er unaussprechlich müde wirkte, lag in seinen Augen keine Qual, sondern ein friedliches Leuchten. *Ich werde weitermachen,* sagte sein Blick. Sie drückte seine Hand und spürte darin eine große Kraft, die im Takt mit ihrem eigenen Herzschlag pulsierte.

Naisi ließ seinen Blick zwischen seinen beiden Brüdern hin und her wandern. »Dann müssen wir uns nicht trennen – Deirdre und ich werden nämlich auch nach Erin zurückkehren.«

Auf Ainnles Miene spiegelte sich Erleichterung. »Ha! Dann werde ich jetzt zu Fergus und Illan gehen und ihnen diese großartige Neuigkeit verkünden. Ich werde mit ihnen noch ein paar Becher Met trinken und in Erfahrung bringen, was es in Erin Neues gibt.«

»Aber bleib nicht zu lang«, sagte Naisi. »Wir sollten unsere letzte Nacht gemeinsam hier an diesem Feuer verbringen.«

Ainnle nickte, gab Naisi und Ardan einen Kuss auf die Wange und strich Deirdre mit einer raschen Bewegung, die durchaus als Liebkosung angesehen werden konnte, eine Strähne ihres Haares aus dem Gesicht, dann ging er mit federnden Schritten zum Strand hinunter.

Ardan betrachtete den Himmel, über den sich langsam die Abendröte legte. »Ich muss auch noch einmal kurz zum Meer zurück.« Er streifte Deirdres Hand und erhob sich, blieb dann vor Naisi stehen. »Du musst wissen«, sagte er leise, »dass du wegen deines Versagens vielleicht Schuld auf dich geladen hast. Nichts aber würde mein Herz dazu bringen, sich von dir abzukehren, außer wenn du mich ausschließt. Tu das nie wieder.«

Naisi senkte den Kopf und nickte. Sie umarmten einander. Ardan löste sich jedoch schnell wieder und drehte sich um, so als wolle er vermeiden, dass die menschliche Berührung ihn schon jetzt hier verankerte.

Naisi und Deirdre saßen am Feuer und schwiegen. Sein Blick senkte sich in ihre Augen, so als wäre in ihm endlich etwas zur Ruhe gekommen, und umhüllte sie mit Wärme. Er strich über ihre Wange. Sie nahm seine Hand und küsste sie.

Unter den Sternen dieser Nacht ehrten die Söhne des Usnech Alba mit ihren Stimmen, und die Schwingungen, die von Naisis Hand in Deirdres Hand übergingen, ließen das Lied in ihrem Körper widerhallen.

41

Unten am Ufer tanzte der *curragh* auf dem Wasser. Die Wellen trugen ihn immer wieder auf den Sand zurück, sodass es aussah, als zögere er, die Insel zu verlassen. An diesem Morgen blies ein frischer Wind, und Deirdre hatte sich in ihr warmes Vlies gehüllt, während die drei Brüder zusammen mit Fergus und seinen Söhnen Waffen und Fässer mit Wasser im Boot verstauten.

Deirdres Bewusstsein schwebte unter den Wolken über der Erde von Alba. Sie würde jedoch nicht mehr mit dem glitzernden Nebel der *sídhe* verschmelzen, der Meer und Himmel ineinander übergehen ließ. Sie hatte sich für Naisi und für ein vergängliches Leben entschieden, hatte ihr Schicksal untrennbar mit dem seinen verbunden.

Sie würde das verlockende Schimmern und das verheißungsvolle Flüstern nicht mehr suchen. Das nämlich hätte bedeute, dass sie entzweigerissen, dass sie sich von Naisi entfernen würde, und das hätte sie nicht ertragen.

Sie sah Naisi an. Seine Entscheidung hatte seinen Bewegungen Sicherheit verliehen. Er stand aufrechter da, atmete tiefer – denn selbst wenn der Weg nach Erin in die Dunkelheit führen sollte, folgte er ihm jetzt mit entschlossenen Schritten. Er musste jetzt ihr Halt sein.

»*Fiáin*.« Er drehte sich mit ausgebreiteten Armen zu ihr um. »Komm, ich trage dich zum Boot hinüber.« Sie konzentrierte ihren Blick wieder auf ihn. Seine schwarzen Haare waren vom Wind zerzaust, und er blinzelte ins Licht der aufgehenden Sonne. Sie sah die Entschlossenheit, die jetzt in seinem Gesicht lag, die Entschlossenheit, die seinen Schmerz milderte und sein Gewebe und seine Knochen kräftigte, sodass jetzt aus dem Gesicht eines Jünglings das Gesicht eines Mannes geworden war. Wenn die Epidier Naisi für einen Prinzen hielten, dann hatte er diesem Bild noch nie so sehr entsprochen wie jetzt: In seinen Augen spiegelten sich das Meer und der Himmel, sein Kinn wies in Richtung Westen wie der Bug eines stolzen Schiffes, das durch die Wellen pflügt. Vor Deirdres geistigem Auge flackerte ein kurzer Blick auf das Leben auf, das ein solcher Mann, mit ihr an seiner Seite, führen würde. Sie schluckte heftig.

Die Entschlossenheit in seiner Stimme war verlässlicher, als ihre bösen Vorahnungen es je sein konnten.

Sie zeigte mit dem Finger auf seine Handfläche. »Nein«, sagte sie langsam. »Ich will, dass meine Füße nass werden.«

Verständnis lag jetzt in seinem Blick. Er spürte den Puls ihres Herzens, kannte ihren Schmerz. Dieser Blick sagte: *Ich hätte wissen müssen, dass du diese letzten Schritte zu Fuß gehen willst,* und der ihre erwiderte: *Ja, inzwischen solltest du das.*

Sie krempelte ihre Hosenbeine hoch und legte ihren Umhang über den Arm, dann ging sie zügig ins eiskalte Meer. Das Wasser sah aus wie ein flüssiger Kristall. Die Sandkörner bewegten sich zwischen ihren Zehen. Die Kälte drang schnell in ihren Körper ein, aber sie wehrte sich nicht dagegen. Sie wollte, dass ihr dieser Schmerz über das Meer folgte und dass das Salz von Alba noch immer auf ihrer Haut trocknete, wenn sie in Erin an Land ging.

Ardan saß bereits im Boot und streckte die Hand aus. In seinem Blick lag das klare, reine Licht der See. Sie gab ihm ihre Stiefel und hielt sich dann am Rand des Bootes fest.

Ihr Herz zog sich in dem Augenblick zusammen, als sie ihre Füße aus dem Wasser zog. Sie verhüllte ihren Kopf mit einem Zipfel ihres Umhangs, als die Männer ins Boot sprangen und zu dem großen Segelschiff ruderten, das weiter draußen vor Anker lag. Dort wurde sie in dessen breiten, offenen Rumpf mit quer verlaufenden Ruderbänken gehoben. Die Seeleute starrten sie neugierig an. Sie setzte sich ins Heck, zog die Beine unter ihrem Mantel an ihren Körper heran und blickte dann unverwandt aufs Wasser hinaus.

Nachdem die Seeleute den *curragh* an Bord festgezurrt hatten, hissten sie das Segel. Es blähte sich in der frischen Brise, als sie Kurs nach Westen nahmen, aufs offene Meer hinaus. Deirdre blickte zurück. Die geschwungenen Linien der Inseln umschlossen schillerndes Wasser. Sie versuchte diese Schönheit in sich aufzunehmen und gleichzeitig das Bild der kleinen Hütte zu verdrängen, in der sie und Naisi gelebt hatten. Das Dach war inzwischen sicher schon auf das mit Farn gepolsterte Bett herabgestürzt, in dem das Gewicht ihrer ineinander verschlungenen Körper eine Kuhle hinterlassen hatte.

Als das Wasser dunkler wurde und die Insel mit dem Hintergrund von Albas Bergen verschmolz, begann sich etwas in ihrem Bauch zu regen. Eine tiefe Schwermut stieg in ihr auf, verbunden mit einem metallischen Geschmack wie von Blut. Und wie von selbst strömte ein Lied aus ihr heraus.

Die Melodie war einfach, die Worte, die sie flüsterte, kamen irgendwo tief aus ihrem Unterbewusstsein.

Teuer das Land im Osten,
Alba mit seinen Wundern,
Niemals würd ich es verlassen
Außer, um mit Naisi zu gehn.

Sie hielt inne. Der Schmerz nahm ihr schier den Atem. Aus dem Augenwinkel sah sie, wie Naisi, der am Steuerruder stand, sich zu ihr umdrehte. »Ehre mit deinem Lied das, was wir vermissen werden«, sagte er leise.

Deirdre schluckte und nickte, gestattete sich einen Moment lang diesen süßen Schmerz.

Der Fluss, von Haselnusssträuchern gesäumt,
Wir schliefen, begleitet vom sanften Murmeln des Wassers,
Fisch und Wildbret und das Fett gekochten Fleisches,
Das war unsere Speise am Haselnussfluss.
Die schattige Laube der Rehe,
Dort oben der wilde Knoblauch, hell die Äste der Eichen

Wir gingen durch das grüne Gras,
Als wir querten die felsigen Gipfel des Hirtenberges.
Das tosende Tal, wo wir unser Haus gebaut,
Köstlich dort die Wälder am Morgen,
Wenn die Sonne auf dem silbernen See lag.
Der Hügel der Birken,
Süß der Ruf des Kuckucks
Auf dem sich beugenden Ast auf dem Hügels,
Teuer ist uns die Insel der Robben,
Teuer ihre Wasser über dem sauberen Sand,
Niemals wär ich dort fortgegangen
Außer mit meinem Geliebten.

Sie zählte in ihrem Lied die kleinen Täler und Berge auf, die sie an Naisis Seite bestiegen hatte. Die Ufer der Flüsse, an denen sie gelegen hatten, die Täler, von deren Grund aus sie zugesehen hatten, wie das Sonnenlicht am Himmel verblasste. Ihre Stimme war leise und ging fast im Klatschen der Wellen am Rumpf des Schiffes und in den Scherzen der Seeleute unter. Als der Rhythmus der Ruderschläge langsamer wurde, verstummte sie. Ainnle hatte jetzt ganz zu rudern aufgehört und ihr den Kopf zugewandt. Ardans Blick war unverwandt auf das Ufer geheftet, während Naisi zu den Hügel hinaufstarrte.

Das Glitzern des Wassers verschwamm vor Deirdres Augen und wurde zu einem Strom aus Licht, der sich immer weiter zurückzog. Während die Erinnerungen verblassten, wurde sie sich Naisis Hand bewusst, die ihre Finger umschlossen. Er hielt sie fest, stärkte ihren Körper mit seiner Wärme.

Alles, was geschah, nachdem sie Albas Küste hinter sich gelassen hatten, angefangen bei der Landung in Erin bis hin zum Weg ins Landesinnere, entfaltete sich vor Deirdre wie eine Vision, bei der sie lediglich eine unbeteiligte Beobachterin war. Es kam ihr vor wie eine sich entrollende Bahn aus Tuch, gewebt von fremden Händen.

Sie versuchte, sich mit aller Macht von ihrer Umgebung zu distanzierten – vom Geruch der Bäume in Erin, vom Sand unter ihren Füßen, vom rauen Gelächter der Männer –, sie wollte einfach nicht wissen, welches Muster dieses Tuch hatte. Noch immer gestattete sie es sich nicht, nach den *sídhe* Ausschau zu halten, denn dieser Weg schien ihr jetzt dunkel und kalt.

Ich habe geschworen, meinen Mann, der ein Krieger ist, zu ehren. Ich werde die Frau eines Kriegers sein.

Sie orientierte sich einzig und allein an der winzigen Flamme, die durch Naisis Berührung genährt wurde, nahm nur noch ihn wahr. Sie musste stark bleiben, während ihrer beider Schicksal wieder mit dem anderer Menschen verwoben wurde.

Ihre Welt bestand jetzt nur noch aus Naisis Rücken, der sich unter ihrer Hand bewegte, als sie hinter ihm Erins Küste betrat. Ihr Gesicht war dabei an seiner Schulter vergraben. Da war sein sonnengebräunter Nacken, der mit feinen Härchen vergoldet war. Das Pochen seines Herzens, das sie an ihrer Brust spürte. Naisis Schultern, die sich hoben, als er die würzige Luft von Erin tief in seine Lungen sog, während sie nur das Salz auf seiner Haut roch.

Als sie ihn losließ, ließ sie einen Finger in seiner Hand. Sie sah, wie sich die Anspannung langsam wieder über sein Gesicht ausbreitete, während er ins Landesinnere starrte. Nach Westen. Nach Emain Macha. Sie war mit ihm eins, und deshalb wusste sie auch, dass seine Scham wieder da war, seit er den ersten Schritt auf Erins Boden gemacht hatte. Daran, wie er sein Kinn reckte und seine Augen leuchteten, sah sie aber auch, dass er entschlossen war, diese Fessel zu tragen. So lange, bis er sie für immer abstreifen konnte.

Sie gingen gemeinsam den Feldweg entlang, der nach Westen

führte. Deirdre berührte Naisi dabei die ganze Zeit. Sie hielt seine Hände, seine Arme, ließ ihre Hand über seinen Rücken wandern, wenn er sich umdrehte, um mit seinen Brüdern zu sprechen. Die Schwielen auf seinen Handflächen waren ihr näher als die Umrisse der Berge und Felsen, näher als der Wind in den Bäumen und die dahinjagenden Wolken. *Erin.* Sie bewegte sich wie in einem Traum.

Als die Sonne hoch am Himmel stand, sahen sie auf einem Felskamm einen Reiter, der Fergus einen Gruß zurief. Dann ritt er zu ihnen herunter. Er sagte, dass er auf Fergus gewartet hätte, und bat ihn, ihn zu begleiten. Seine Worte wirbelten um Deirdre herum wie eine Erinnerung … etwas, das sie erwartet hatte.

Fergus sollte einen Streit schlichten, der auf seinem eigenen Grund und Boden ausgebrochen war. Es ging um eine Viehherde. Da die Situation inzwischen äußerst kritisch sei, sei sein sofortiges Kommen unbedingt notwendig, sagte der Mann. Dies auch, weil einige seiner Krieger an dem Streit beteiligt seien. Buinne bot an, den Boten anstelle seines Vaters zu begleiten, Fergus aber lehnte diesen Vorschlag sofort ab, woraufhin Buinne ein finsteres Gesicht machte.

Schließlich schüttelte Fergus den Kopf. »Die Angelegenheit ist zu wichtig. Ich muss mich persönlich darum kümmern. Das Ganze wird uns höchstens einen Tag kosten. Ich darf nicht riskieren, dieses Vieh zu verlieren oder sogar meine Stellung zu schwächen.« Er legte Naisi die Hand auf die Schulter. »Ich werde mit diesen Chieftains kurzen Prozess machen, mein Junge.«

Naisi machte ein ernstes Gesicht, Deirdre, die seine Hand hielt, spürte, wie die Verzweiflung in ihm wuchs, so als wäre er ein Verdurstender, der nach Wasser lechzt. »Tu, was du tun musst, Fergus. Wir aber werden weitergehen, damit wir morgen Abend in Emain Macha sind.«

Fergus runzelte die Stirn und zupfte dabei an seinem Schnurrbart herum. »Ich habe mein Wort gegeben, dass ich euch nach Hause begleiten werde. Kommt mit mir! Genießt eine angenehme Nacht. Füllt eure Bäuche mit Met aus Erin und bettet eure Köpfe endlich wieder einmal auf ein ordentliches Kissen. Ich sehe doch, wie erschöpft ihr seid.«

Naisi sah Fergus mit ruhigem Blick an. »Wir hoffen nun schon fast zwei Jahre auf Conors Begnadigung. Wir werden also nicht länger warten. Ich kann weder dein Essen genießen noch werde ich Ruhe finden, bevor ich nicht in seine Augen gesehen und es aus seinem eigenen Mund gehört habe. Erst dann werde ich mein Schwert niederlegen und entspannt schlafen können.«

Sein ruhiger, aber bestimmter Ton ließ Fergus verstummen. Er musterte Naisi von oben bis unten. Sein Blick war dabei überraschend weich. Dann rieb er sich mit einer fleischigen Hand über die Nase und nickte. Jetzt mischte sich Illan in das Gespräch ein. »Wir sind vom Blute unseres Vaters. Sein Wort ist auch unser Wort. Buinne und ich werden euch in seinem Namen begleiten.« Er sah seinen Bruder an, woraufhin Buinne mit den Schultern zuckte und nachdenklich nickte.

Fergus wandte sich, die Hand auf seinem Schwert, an Naisi. »Aber nur, falls du die beiden an meiner statt akzeptierst, Mac Usnech.« Naisi zuckte bei der förmlichen Anrede zusammen. In sein Gesicht kehrte ein wenig Farbe zurück.

Die Gruppe trennte sich. Die anderen gingen weiter, Naisi aber blieb stehen. Er drückte Deirdre fest an sich und holte tief Luft. Deirdre nahm die schmerzlichen Gedanken, die ihn erfüllten, so deutlich wahr, als wären es ihre eigenen. *Wenn ich noch einen Funken Stolz im Leib habe, dann muss ich auf der Stelle zu Conor gehen. Auch wenn die ganze Welt gegen mich ist. Ich darf nicht zögern.* Ihre Finger tasteten nach seinen weichen Lippen, weil die Erinnerung an ihren Geschmack für sie wirklicher war als der kalte Wind und die Hügel, durch die sie gerade gingen.

Als es Nacht wurde, schlugen sie ihr Lager in einem kleinen Wald auf. Deirdre sammelte das Holz für das Feuer. Sie kämpfte dabei mit einem Druck, den sie am Rand ihres Bewusstseins wahrnahm. Sie verharrte am dunklen Waldesrand und fragte sich, ob sie ihre Hand nach dem zischenden Flüstern zwischen den Bäumen ausstrecken sollte. Aber wenn sie zuließ, dass ihre Angst vor Conor ihr Handeln bestimmte, dann ließ sie Naisi im Stich.

Hinter ihr bewegte sich plötzlich etwas. Es war Ardan. Er fragte sie, warum sie so still sei. Er sprach jetzt mit ganz einfachen Worten. Seine Stimme war entspannt und sein Gesicht weich, als er es zum Himmel von Erin hob. Sie freute sich, ihn so zu sehen.

»Ich habe geschworen, auf ewig Naisi zu gehören und an seiner Seite seinem Schicksal gegenüberzutreten«, sagte sie. »Ich versuche einfach nur, stark zu sein.«

»Hab keine Angst«, erwiderte Ardan und legte ihr die Hände auf die Schultern. »Ich habe gesehen, dass ich hier Frieden finde.«

Ein dunkler Traum hatte sie geweckt, obwohl sie sich nach dem Aufwachen nicht mehr an ihn erinnern konnte. Sie ging zum Fluss hinunter, der hinter ihrem Lager vorbeifloss, um ihren Durst zu stillen. Dort bemerkte sie, dass Naisi ihr gefolgt war. Sein Haar war so dunkel wie der nächtliche Himmel. In seinen Augen lag der Glanz der Sterne. Alle Empfindungen und Gefühle verdichteten sich, sodass sie ihn als einen einzigen lebendigen Funken sah. Ihre Nerven erwachten kribbelnd zum Leben und wurden außerordentlich empfindlich.

Sie und Naisi waren von den Schatten der flüsternden Bäume umgeben, so als würden sich die Schleier der Anderswelt über sie beide legen. So als sollte sie zwischen den schimmernden Schichten der Quelle allen Seins Zuflucht finden. Es war dies ein geschenkter Augenblick der Ruhe und Gemeinsamkeit.

Naisis Hände vollführten einen heiligen Tanz. Liebkosungen, die ihren Umhang und ihren Kittel sacht wie ein Hauch von ihrem Körper zogen. Seine Lippen kosteten jedes Stück schimmernder Haut, das er entblößte. Von der Schulter zum Arm und dann hinunter zu dem Tal zwischen ihren Brüsten. Er ließ seine Lippen ehrfürchtig über ihre Schenkel und ihre Waden wandern, dann die zarte Rinne ihres Rückgrats hinauf bis zu ihrem Nacken. Ein Schauer lief über ihre Haut.

Dann zog er sie nach unten, sodass sie voreinander auf der Kleidung knieten, die sie abgelegt hatten. Ihre Gliedmaßen schimmerten silbrig. Mit ihrem Atem brachten sie den Nebel, der vom aufgehenden Mond erhellt wurde, in Bewegung. Naisi strich zärtlich über ihr Gesicht. »Das können sie uns niemals nehmen.« Er fuhr mit seinen Fingern über ihre Wangenknochen, berührte leicht wie eine Feder ihre Augenbrauen. »Wir werden beide ein Gelübde ablegen. Ich werde niemals von deiner Seite weichen und du niemals von der meinen.«

Sie küsste sanft seinen vollen Mund, seine Augenlider und seine Wangen. Sie fuhr mit ihren Fingern durch seine dichten Haare und hielt sie an ihre Nase, dann küsste sie die Grube zwischen den Knochen seines Unterkiefers. Naisi schob sich bei diesem heiligen Tanz zwischen ihre Schenkel, verschränkte seine Hände hinter ihrem Rücken und hob ihre Taille an. Er küsste die pulsierende Einbuchtung unterhalb ihrer Rippen, und sie bog sich ihm entgegen, die Arme wie Flügel ausgebreitet. Sein Mund kostete von ihrem glänzenden Fleisch, so als wäre es ein Opfer für die Götter.

Sie war so versunken in jede Berührung seiner Lippen, dass sie sich, als er endlich in sie eindrang, nur allmählich ihrer Vereinigung bewusst wurde. Das Streicheln war wie ein Lied, das ihren Körper langsam weckte, bis er sich mit dem seinen im Rhythmus der See und des Windes wiegte. Mitten in dieser Wellenbewegung vergrub er sich tief in ihr und hielt inne. Seine Finger strichen die Haare aus ihrer Stirn, während ihre Hände auf seinen Schulterblättern lagen. Keiner von ihnen rührte sich, denn sie wollten diesen Augenblick mit aller Macht festhalten, ihn auskosten und für immer so bleiben. Unverletzlich.

Einen Moment lang erlaubten sie es sich, sich dieser Illusion hinzugeben. Dann raschelte irgendein Geschöpf der Nacht in den trockenen Blättern, und der Wind schüttelte Tau von den Zweigen auf sie herab. Die Zeit ließ sich nicht anhalten.

Naisi tauchte jetzt mit einem trotzigen Keuchen in sie ein. Dies war die einzige Antwort, die ihnen blieb. Deirdre klammerte sich verzweifelt an ihn, als sie auf eine Art und Weise miteinander zu verschmelzen versuchten, die keine Trennung mehr zuließ. Ihr Höhepunkt war so intensiv, dass sie keinen Ton von sich gaben. Erst als sie ihn gemeinsam überschritten hatten, entrangen sich ihren Kehlen gedämpfte Schreie. Es waren wütende Schreie. Eine entschlossene Kampfansage an all diejenigen, die sich gegen sie stellten, so als könnten sie allein mit ihrer Leidenschaft die herannahende Dunkelheit vertreiben.

So als könnten sie den kommenden Tag abwehren.

42

In dem Moment, in dem Cúchulainn vom Licht der Schlacht umgeben wurde, spürte er die Gegenwart der Söhne des Usnech.

Conor hatte den Roten Zweig endlich an die Grenze im Südwesten geschickt. Er reagierte damit auf Gerüchte, die besagten, dass Connacht seine Truppen zusammenziehen würde. Die Freude über die bevorstehende Rückkehr der Brüder hatte ein helles Licht über die dunklen Risse gegossen, die Cúchulainn so lange gesehen hatte. Die Krieger des Roten Zweiges waren wieder vereint, befreit von der dunklen Last, die die Verblendung des Königs ihnen auferlegt hatte. Die Herzen der Krieger hatten sich voller Erleichterung und Freude zu einer einzigen Flamme verbunden. *Die Krieger waren wieder Brüder.* Und so hatte Cúchulainn, unterstützt von Ferdia und den anderen Kriegern des Roten Zweiges, die Plünderer aus Connacht schon bald vernichtend geschlagen.

Und in ebendiesem Moment geschah es.

Die Männer aus Connacht befanden sich auf der Flucht, Ferdia und die anderen verfolgten die Versprengten …

… da riss Cúchulainn, auf dem mit Schlamm und Blut bedeckten Schlachtfeld stehend, plötzlich den Kopf hoch. Sein Bewusstsein breitete sich in der Ekstase nach der gewonnenen Schlacht wie ein Sturm aus Licht aus. Es stieg als eine Explosion der Quelle allen Seins hinauf zum Himmel. In einem Blitz sah er die ganze Insel in blendendem Silber unter sich liegen. Da war das Flechtwerk von Leben und Feuer und – *und dort: vier Flammen, die wie Sternschnuppen an der Küste im Osten niedergegangen waren und die für ihn heller leuchteten als all die anderen, weil sich sein Herz so lange und so sehr nach ihnen gesehnt hatte.*

Als Ferdia zurückkam, saß Cúchulainn bereits im Sattel des Grauen von Macha, dem schnellsten Pferd von Erin.

Cúchulainn nahm kaum wahr, dass Ferdia neben ihm stand, während der Graue, der die Energie seines Reiters in sich aufnahm, immer wieder stieg und ungeduldig mit den Hufen scharrte. Dem Wachhund stellten sich die Nackenhaare auf. Seine Beine verschmolzen bereits mit dem Rücken des Pferdes, sodass er eins mit ihm wurde und er den Hengst mit seiner Kraft unterstützen konnte. »Sie sind wieder da«, krächzte er mit heiserer Stimme. »Ich spüre sie.«

Er riss sich von dem Licht los, das noch immer wie Reif über der Umgebung lag, und richtete seinen Blick auf Ferdia, in dessen Gesicht Freude und Schmerz miteinander rangen. Ferdia hatte die Brüder nicht gefunden. Er hatte die Küsten von Alba tagelang vergebens abgesucht, bevor er zurückkehrte und erfuhr, dass Conors Spione den Erfolg gehabt hatten, der ihm versagt geblieben war.

»Es spielt keine Rolle«, sagte Cúchulainn zu ihm und berührte dabei leicht Ferdias Finger, die am Zügel lagen. Es zieht uns jetzt alle wieder nach Emain Macha zurück. Wir werden wieder wie eine einzige Klinge zusammenstehen. Es spielt keine Rolle.« Er legte seine Hand auf den Hals des Grauen, ließ sie dort einen kurzen Moment ruhen und spürte, wie die Muskeln unter seinen Fingern arbeiteten. Es gab einen Weg quer über die Ebene, den er nehmen konnte. Der Kessel der Mondgöttin war bis zum Rand gefüllt. Sie würde ihr silbernes Licht über ihn und seinen Pfad ausgießen und die Nacht hell wie den Tag machen. »Sorge dafür, dass die Grenzen bewacht werden, und führe dann die anderen nach Hause.«

»Das werde ich.« Ferdia nickte, während sich ein Ausdruck großer Erleichterung auf seinem Gesicht ausbreitete. »Übermittle unseren Schwertbrüdern meinen Gruß und sag ihnen, dass auch ich bald wieder bei ihnen sein werde.« Nachdem er Cúchulainn am Handgelenk gepackt hatte, ließ er den Zügel los.

Wie ein Pfeil von einer Sehne schoss der Graue davon.

Nach Einbruch der Dunkelheit sah Emain Macha auf der dunklen wogenden Ebene aus wie eine Zitadelle aus Licht.

Die Schutzwälle wurden von unzähligen Fackeln erhellt, sodass man den Eindruck hatte, eine Gruppe von Sternen hätte sich auf der Erde niedergelassen. Flackernde Feuer erhellten mit ihrem roten Schein die ausladenden Dächer der Hallen. Im Osten erhob sich ein weiterer Hügel. Die Flammen brannten ruhiger – das war ein großes Freudenfeuer, das sein rötliches Licht in die heraufziehende Dunkelheit warf.

Deirdre und Naisi blieben auf einem Kamm stehen, von dem der Weg in die Ebene hinunterführte. Deirdre hielt Naisis Hand, als der Wind den dumpfen Geruch von Holzrauch, Abfall und von aufgewühlter Erde zu ihnen herauftrug. Hundegebell hallte aus den Senken, dazu das Weinen von Kindern. Sie sah das rote Flackern der Herdfeuer, wenn die Menschen die Felle an der Tür anhoben und sie wieder fallen ließen. Ein Ort, wo Menschen lebten.

»Der Tempel«, flüsterte Naisi und zeigte auf den Hügel mit dem Freudenfeuer. Ein unerwarteter Schauder erfasste ihr Herz, als sie sich fragte, ob Levarcham jetzt dort war und ob sie überhaupt wusste, dass sie kamen. Naisi hatte Illan und Buinne gebeten, keine Nachricht von ihrer Ankunft zu schicken. Als sie, je näher sie der Festung kamen, auf der Straße immer mehr Menschen und Karren begegnet waren, hatte er sich dafür entschieden, die weniger belebten Nebenstraßen zu nehmen. Jetzt, als es Nacht wurde, befanden sich die Menschen in ihren warmen Hütten, und sie waren so gut wie allein auf der Hauptstraße.

Naisi machte einen Schritt und blieb dann stehen, zitternd wie ein wachsamer Jagdhund. Seine Brüder flankierten ihn, starrten dabei zu dem hohen Festungswall aus Holz hinauf. Deirdre legte die Handflächen auf seinen Rücken, spürte das Zittern, das durch seinen Körper lief. Die Muskeln in seinen Schultern waren völlig verkrampft. Sie sah, wie er schluckte. »Denk dran: Der Weg durch das dunkle Tal führt schließlich zum Licht«, murmelte sie. Er antwortete ihr mit einem schiefen Lächeln, während er ihre Hand nahm.

Dann wandte Naisi sich an Buinne und Illan. »Wir werden uns nicht ankündigen.« Er atmete tief durch, und seine Schultern strafften sich. »Niemand soll wissen, dass wir hier sind, bevor wir nicht in der oberen Festung sind.«

Illan starrte ihn stirnrunzelnd an. »Mein Vater hätte eine Ehrenwache für euch gestellt und eure Rückkehr mit Hörnerklang verkünden lassen.«

Naisi warf seinen beiden Brüdern einen kurzen Blick zu. »Ich werde Emain Macha betreten wie jeder andere Krieger auch.« Er räusperte sich und sah wieder zu den Fackeln hinauf. »Ich möchte diesen Pfad in Freiheit gehen, möchte mich an die Zeit erinnern, als das Gefühl, ein Krieger des Roten Zweiges zu sein, noch rein und unbefleckt war.«

Buinne machte ein finsteres Gesicht. »Ich verstehe nicht, was du meinst.«

Ardan legte seine Hand auf Naisis Schulter und sah ihn dabei freundlich an. »Das kann auch kein Außenstehender verstehen. Diese Sache hier betrifft nur uns und Conor. Wir wollen für niemanden wieder etwas darstellen, bevor er uns nicht begnadigt hat.«

Ainnle sah Naisi enttäuscht an – er hätte sich einen glorreichen Empfang gewünscht –, dann aber lächelte er. »Für das alles wird noch genug Zeit sein.«

Die Wachen auf den Tortürmen forderten sie auf, sich zu erkennen zu geben. Buinne und Illan nannten ihre Namen. Deirdre zog ihre Kapuze tief ins Gesicht, so als könne sie auf diese Weise die Welt um sie herum ausschließen. »Diese Wachen gehören nicht zum Roten Zweig«, flüsterte Ainnle Ardan zu. Auch die Brüder hatten ihre Kapuzen aufgesetzt. »Und sie wissen ganz offensichtlich auch nichts von Fergus' Auftrag.«

»Conor hat vermutlich nur unsere Schwertbrüder informiert«, bemerkte Ardan. Buinnes und Illans Rang bewirkte, dass sie Zutritt erhielten, und die kleine Gruppe wurde unter dem mächtigen, dunklen Torbogen hindurchgewinkt, vorbei an den beiden hölzernen Türmen, die sich vor dem dunklen Himmel abhoben.

Als sie den Weg hinaufgingen, erkannte sie niemand, obwohl das, wie Buinne brummend erklärte, bestimmt nicht lange so bleiben würde. »Es bleibt uns genug Zeit«, antwortete Naisi ihm leise. Er zog Deirdre an sich und flüsterte ihr ins Ohr: »Das dort sind die Stallungen des Königs und der Übungsplatz des Roten Zweiges.« Er stockte kurz. »Und da drüben sind die Häuser der Adeligen und die Getreidespeicher. Und dort oben, das größte Gebäude, das ist die Halle des Königs, aber das mit den vielen Flaggen, das ist die Halle des Roten Zweiges.« Er hielt inne, und der Griff seiner Hand wurde fester. »Unsere Halle. Ja.« Er sagte das mehr zu sich selbst. »Unsere Halle.«

Der Nachtwind fegte durch die schmalen Gassen zwischen den Reihen gedrungener Rundhäuser, pfiff um die tief heruntergezogenen Rieddächer und ließ Wimpel an Dachpfosten und Stangen flattern. Aus den Haustüren fiel Feuerschein, begleitet vom Gelächter der Erwachsenen und dem Plappern der Kinder.

Mit einem Sinn, der nichts mit Hören zu tun hatte, nahm Deirdre das Kratzen der schweren Tore auf dem steinigen Weg hinter ihnen wahr. Sie war eine Gefangene. Gefangen in Emain Macha.

Levarcham stand neben Conors prächtigem Thron in der großen Halle, als einer von Fergus Mac Roys Söhnen sich mit hocherhobenem Haupt durch eine Gruppe von Dienern schob. Als das Licht der Flammen auf sein schmales Gesicht fiel, dauerte es eine Weile, bis sie ihn erkannte, denn ihre Aufmerksamkeit hatte in den vergangenen Tagen allein dem König gegolten, so als könne sie, wenn sie sich nur nahe genug bei ihm aufhielt, seine Gedanken lesen.

Cathbad war inzwischen so krank, dass er das Bett hüten musste, und Levarcham war insgeheim davon überzeugt, dass er es nicht wieder verlassen würde. Die Druiden waren allesamt mit dieser spirituellen Krise beschäftigt. Sie beteten an seinem Lager, verbrannten aber bereits auch Kräuter im Tempel, um auf diese Weise Antwort auf die Frage zu finden, wen sie zum neuen obersten Druiden erwählen sollten. Levarcham hingegen quälten weltliche Sorgen. Sie musste bei Conor bleiben.

Illans flachsblondes Haar war unverwechselbar, dennoch schenkten ihm die Diener nur wenig Aufmerksamkeit. Auch an diesem Abend befanden sich weder Krieger noch Adelige in der Halle. So war es schon seit Monaten. Fergus hatte keine Nachricht geschickt, sodass noch niemand sagen konnte, ob seine Suche erfolgreich gewesen war.

Levarcham unterdrückte den Freudensprung, den ihr Herz machte, und warf einen kurzen Blick auf den König. Sie sah, wie er vor Schreck zusammenzuckte.

Illan sank vor Conor auf die Knie. »Ich habe die Söhne des Usnech aus Alba zurückgeholt. Das Mädchen ist auch dabei«, verkündete er. Levarcham schloss die Augen und schickte der Göttin ihren tief empfundenen Dank.

Conor schwieg, während er mit einer Hand unwillkürlich nach dem goldenen Torques, den er um den Hals trug, griff und dabei unsicher die Endstücke betastete, die die Form von Stieren mit Augen aus Bernstein hatten. »So schnell?«, fragte er matt. Dann räusperte er sich. »Wie kommt es, dass ich nicht im Voraus von ihrer Ankunft unterrichtet wurde?«

Illan sah unbehaglich drein. »Mein Vater wurde in einer dringenden Angelegenheit aufgehalten. Wir haben daraufhin beschlossen, ohne ihn weiterzugehen, um so schnell wie möglich hier zu sein. Naisi legt großen Wert darauf, sich möglichst bald mit dir zu versöhnen.«

Conor lehnte sich in seinem Thron zurück. Levarcham humpelte ein paar Schritte nach vorn, umklammerte dabei ihren Stab. Der König schien wie gelähmt zu sein. »Wie geht es ihnen?«, stieß sie atemlos hervor.

Illan erhob sich und lächelte den König an. »Sie sind sehr glücklich darüber, endlich wieder zu Hause zu sein, Mylord. Und sie sind dankbar dafür, dass du dich so weise und großzügig zeigst. Soll ich sie holen?«

»Nein.« Das Wort war Conors Mund entschlüpft, bevor er es hatte verhindern können. Er winkte ab. »Bestimmt sind sie völlig erschöpft, durchgefroren und hungrig. Da uns ihre Ankunft nicht angekündigt wurde, konnten wir auch keine Vorbereitungen für ihren Empfang treffen. Bring sie in die Halle des Roten Zweiges, wo sie sich ausruhen sollen, bis wir alles für einen angemessenen Empfang vorbereitet haben.«

Levarcham öffnete den Mund, um ihm zu widersprechen, dann jedoch schloss sie ihn wieder. Die Tatsache, dass Conor ihnen überhaupt gestattet hatte, nach Emain Macha zurückzukehren, war schon ein Wunder gewesen. Sein plötzlicher Sinneswandel hatte die Verachtung, die sie für ihn empfand, ein wenig gemildert. Nachdem sie seine Halle so lange Zeit gemieden und sich in Rituale und Gebete vertieft hatte – deren heilige Rhythmen das Einzige waren, was sie davon abgehalten hatte, verrückt zu werden –, hatte sie sich wieder an seine Seite begeben. Sie hatte den Ausdruck, der im Schrein des Dagda auf seinem Gesicht gelegen hatte, nicht vergessen, genauso wenig wie die Wahrhaftigkeit seiner Reue. Sie musste dabei sein, wenn Deirdre eintraf.

Sie und der König hatten sich weiter mit geschraubten Worten belauert, aber es war klar, dass er Levarcham brauchte. Er würde die Menschen leichter von seinen guten Absichten überzeugen, wenn ihm Deirdres Lehrerin zur Seite stand. Und tatsächlich gingen die Menschen jetzt wieder aufrechter. Sie nahmen ihren Alltag wieder auf. Die Frauen gruben in den Gärten Wurzeln aus, und die Männer flickten die Rieddächer, damit sie für die kommenden Herbststürme gerüstet waren.

Jetzt kniff Levarcham die Augen zusammen. Sie kannte Conor und wusste deshalb, dass er sich in die Enge getrieben fühlte. Seine grauen Haare waren ungekämmt, und seine Kleidung roch muffig. Als Illan die Halle betreten hatte, war sein Gesicht aschfahl geworden. Er würde sich sicherer fühlen, wenn er die Zeit hatte, sich mit den Insignien seiner königlichen Macht zu umgeben und ein üppiges Festmahl mit vielen Kriegern, schöner Kleidung und Gold zu veranstalten. Und wenn Conor sich sicher fühlte, waren sie alle sicher.

Illan war sichtlich überrascht. Er zögerte. »Sie werden warten, wenn du das wünschst«, sagte er schließlich.

Conor erhob sich. Levarcham entging nicht, dass seine Hände zitterten. »Ich werde Naisi in Gegenwart meiner Adligen empfangen, damit ich ihm in aller Öffentlichkeit meine Achtung zollen kann. Ich bin mir sicher, dass er es vorzieht, seinem König und seinen Kameraden in sauberer Kleidung und in angemessener Art und Weise entgegenzutreten.«

Illan runzelte die Stirn. »Gewiss.« Er sah sich um. »Aber wo ist der Rote Zweig? Warum sind deine Krieger nicht in deiner Halle?«

Conor starrte ihn an. »Es gab Gerüchte, dass Connacht seine Truppen zusammenziehen würde. Cúchulainn und Ferdia bewachen mit dem größten Teil des Roten Zweiges unsere Grenzen. Conall ist in seiner Burg und überwacht die südlichen Verteidigungsanlagen, Cormac und Dubthach inspizieren die anderen Festungen und stellen sicher, dass die Männer dort in Alarmbereitschaft sind.« Er lächelte dünn. »Naisis Rückkehr kommt also gerade zur rechten Zeit. Ich werde aber sofort meine Boten zu jenen Kriegern des Roten Zweiges entsenden, die sich in der Nähe aufhalten, damit sie kommen und mit uns feiern.«

»Und Fiacra?«

»Er hat hier in Emain Macha auf eure Rückkehr gewartet. Heute hat er meine Pferde zum Fluss gebracht, um sie für den Fall vorzubereiten, dass ich unser Heer anführen muss.«

Als Illan ein langes Gesicht machte, gestikulierte Conor wieder mit der Hand und warf Levarcham einen kurzen Blick zu. »Folgendes mag die Abwesenheit des Roten Zweiges aufwiegen: Sag Naisi, dass er, wenn er zu mir kommt, um seine Eide zu erneuern, seine Klinge in meine Halle bringen darf. Er soll seinen Eid auf sein eigenes Schwert ablegen, so wie er dies bereits bei seiner Initiation getan hat.«

Dies war zweifellos eine besondere Ehre. Der Brauch verlangte, dass alle Männer ihre Waffen ablegen mussten, bevor sie die Halle des Königs betraten. Illans Stirn glättete sich, und er nickte jetzt mit größerem Nachdruck. »Das werde ich, Mylord. Und es wird ihn sehr freuen, das zu hören.« Dann stürmte er nach draußen.

Conor sah ihm mit zusammengekniffenen Augen hinterher, als er die Halle verließ. Levarcham sagte mit energischer Stimme: »In dieser Halle ist es so trostlos wie in einem Grab. Du musst die Brüder in allen Ehren und mit Freude willkommen heißen, um den Kriegern zu zeigen, dass der Riss geheilt ist. Wir müssen die Feuer schüren, die goldenen Becher und Teller bereitstellen und Barden und Musiker herbeirufen.«

Conor rieb sich über sein Gesicht. »Du hast recht.« Er winkte seinen Verwalter, der an seinem angestammten Platz an der Tür stand, zu sich. Dann straffte er seine gebeugten Schultern. »Lege in den beiden Feuerstellen Holz nach«, brummte Conor. »Verteile meine besten Pelze auf den Bänken, damit man weich sitzt. Für Naisi und seine Brüder sind die griechischen Becher aus Bronze gerade gut genug! Hängt nicht im Vorratskeller noch ein Eber?« Der Verwalter nickte. »Dann lass ihn braten, Mann! Die Söhne des Usnech sollen das beste Stück bekommen.«

Der Verwalter rang die Hände und nickte dabei immer wieder. »Gewiss, mein König. Ich soll dir außerdem sagen, dass der Chieftain Eogan aus seiner Burg eingetroffen ist, um mit dir zu verhandeln. Er bittet um die Erlaubnis, dass seine Männer auf der Wiese am Fluss ihr Lager aufschlagen dürfen.«

Conor nickte. Er wirkte nachdenklich. Auf Levarchams fragenden Blick hin winkte er ab und sagte: »Der Mann ist gekommen, um einen kleineren Streit mit mir beizulegen. Sag ihm, dass er die Erlaubnis hat«, sagte er dann an seinen Verwalter gewandt, »Eogan selbst soll in einem der Gästehäuser wohnen. Sorge dafür, dass es ihm an nichts fehlt.«

Als der Verwalter davongeeilt war, sah Conor Levarcham mit hochgezogener Augenbraue an. »Bist du mit einem fürstlichen Mahl und goldenen Bechern zufrieden?«

Sie hielt seinem Blick stand. In den vergangenen Monaten waren sie beide sichtlich gealtert. »Du solltest das nicht für mich tun, sondern für dich.«

»Glaubst du denn, ich täte das nicht alles für mich?«, erwiderte Conor gereizt. Seine Anspannung war ihm deutlich anzumerken. »Glaubst du wirklich, ich wäre so weich geworden, dass ich diesen dummen, schwarzhaarigen Bengel plötzlich in mein Herz geschlossen hätte und mich über seinen Triumph freuen würde?«

Seltsamerweise zerstreuten seine heftigen Worte Levarchams Befürchtungen. »Nein«, sagte sie. »Ich weiß, dass du nur aus Berechnung deine Meinung geändert hast. Ich bin froh, dass dein Egoismus endlich wieder erwacht ist.« Das Gefühl von Deirdres

Gegenwart zerrte jetzt wie ein unterirdischer Fluss an Levarcham. »Ich werde … ich werde jetzt zu ihr gehen.« Ihre Kehle verengte sich, und ihre Stimme wurde rau.

»Ja.« Conor klammerte sich so fest an die Armlehnen seines Sessels, dass die Adern in seinen Händen hervortraten. »Wenn ich nur wüsste, wie sie aussieht … Sie hat so lange in der Wildnis gelebt … das muss sie verändert haben. So sehr, dass sie bestimmt nicht mehr wiederzuerkennen ist.«

Levarcham Magen verkrampfte sich. *So sehr verändert, dass sie nicht mehr das war, was er sich wünschte.*

Dann würde er sie vielleicht nicht mehr haben wollen. Sie verfluchte diese verrückte Hoffnung mit demselben Atemzug, mit dem sie dafür betete.

Nachdem Levarcham gegangen war, starrte Conor noch eine Weile die Tür an, bis ihm bewusst wurde, dass er von Stille umgeben war. Die einzigen Menschen, die so leise wie möglich in der Halle herumliefen, waren seine Diener.

Frauen eilten mit Körben voller Heidelbeeren, Haselnüssen und Brot an ihm vorbei und stellten sie dann auf die niedrigen Tische vor dem Feuer. Männer befestigten den Spieß mit dem gehäuteten Eber über der Glut und legten Holz nach. Es gab niemanden, der seine Nähe suchte, es sei denn, er zitierte ihn zu sich. Die Chieftains mieden seine Halle jetzt schon ein ganzes Jahr lang und hielten sich lieber in ihren eigenen Burgen auf. Ohne die munteren und selbstbewussten Stimmen der Krieger wirkte das höhlenartige Gebäude trostlos, die Wände waren von Schatten verhüllt. Die Metallarbeiten glitzerten ihn kalt und höhnisch an.

Seine Beine schmerzten, als er die Treppe zu seinem Schlafgemach hinaufstieg. Dort würden seine Diener auf ihn warten, um ihm die Haare zu kämmen, den Bart zu waschen und ihm die schweren, bestickten königlichen Gewänder anzulegen. An diesem Abend konnte er jedoch weder die dienstbeflissenen Hände noch das unterwürfige Murmeln jener, die ihn nicht liebten, sondern nur fürchteten, ertragen.

Er setzte sich auf sein Bett, grub seine Finger in seinen Bauch und versuchte vergeblich, den Knoten wegzumassieren, den er jedes Mal spürte, wenn er zufällig irgendjemanden mit schwarzen Haaren sah.

War es denn nicht genug, dass sie wieder da waren? Musste er auch noch so tun, als würde er sich darüber freuen? Er hätte gern Erleichterung empfunden, aber selbst das wollte ihm einfach nicht gelingen. Und so hatte er inzwischen dazu Zuflucht genommen, den bitteren Kloß in seinem Hals mit Ale hinunterzuspülen, so lange bis ihn eine tröstliche Benommenheit überkam.

Er schloss die Augen und hielt sich an dem leuchtenden Bild fest, das ihn in seinem königlichen Glanz zeigte, wie er Naisi und Deirdre zum Tempel von Macha geleitete. Zwischen ihnen würde er die Arme der beiden hochhalten, ihre Hände in den seinen, und seinem Volk so zeigen, dass alle Wunden verheilt waren.

Deirdre war der Schlüssel zu dieser heiligen Verbindung. Er versuchte, sich eine keusche Göttin mit Blumen zu ihren Füßen vorzustellen. Stattdessen sah er jedoch wieder ihre zart gerötete Haut durch das feine Leinen schimmern, das sich an ihre Schenkel schmiegte, während Schwanenfedern an ihren Handgelenken flatterten.

Er erhob sich schwankend und tastete nach dem Krug.

Die Halle des Roten Zweiges war ein riesiges Gebäude. Sie stand direkt unterhalb der Halle des Königs, die sich ganz oben auf der Kuppe des Hügels erhob. Ihre steinernen Mauern waren dick und stark. Das majestätische Rieddach hatte ein Gesims aus dicken Balken und wurde von einer vergoldeten Spitze gekrönt, auf der rote Fahnen flatterten. Vor der großen Flügeltür warfen in den Boden gesteckte große Pechfackeln ihr Licht auf eine Reihe von Schilden, die an Stangen befestigt waren.

Zwei Knaben in Lederrüstung flankierten den Eingang mit kurzen Speeren, die sie gesenkt hielten, um den Ankömmlingen feierlich den Zugang zu verwehren. Als sie die Brüder erkannten, sahen sie sie überrascht an. Erst dann besannen sie sich wieder auf ihre Pflicht und verlangten die Armreife des Roten Zweiges zu sehen, welche die Söhne des Usnech jetzt wieder mit Stolz trugen. Mit ehrfürchtigem Blick und einem stummen Nicken gaben die Knaben schließlich den Weg frei.

Die Halle war leer – Illan hatte ihnen bereits gesagt, dass der Rote Zweig nicht in Emain Macha war. Das sei nichts Ungewöhnliches, klärte Ardan Deirdre leise auf, denn die meisten der Krieger hätten ihre eigenen Burgen. Man träfe sie hier nur an, wenn sie zu Festen oder vor einer Schlacht zusammenkämen.

Dennoch schlich Naisi um die Feuerstelle herum wie ein gefangener Wolf. Er starrte stirnrunzelnd die Schatten an, die in dem riesigen, hallenden Raum lauerten. Offensichtlich war er sehr verärgert darüber, dass man ihnen keinen freundlicheren Empfang bereitete.

Deirdre riss ihren Blick von ihm los. Sie war überwältigt von der glitzernden Pracht um sie herum. Die Halle war ein einziger hoher, gewölbter Raum. Nur der hintere Bereich war abgetrennt. Dort schienen sich die Schlafgemächer zu befinden. Im Hauptraum spiegelte sich das Licht eines prasselnden Herdfeuers und brennender Lampen in den Schilden, die die Wände wie Schuppen überzogen. Gruppen von Speeren hingen an der Decke. Ihre Spitzen glitzerten. Blank polierte Schwerter waren mit Haken in einer Art Zickzackmuster an den Wänden befestigt.

Die Farben waren grell und aufregend. Die vielen Kissen und Wandbehänge leuchteten in kräftigem Gelb, Grün und Orange. Und sie waren mit Gold- und Silberfäden bestickt. Pelze lagen über Stühle und Bänke gebreitet und schimmerten in Wolfsgrau und dem satten Braun von Biber und Fuchs. Auf niedrigen Tischen standen Krüge aus Bronze und goldbeschlagene Becher aus Horn. Nach den sanften Grau- und Grüntönen der Wälder und des Ozeans war dies hier ein geradezu überwältigender Anblick.

Trotz all dieser Pracht fand Deirdre die Halle jedoch irgendwie bedrückend. Den Schmuck empfand sie als Angriff auf ihre Sinne. Frei atmen, das konnte sie nur unter dem Baldachin des Waldes und wenn sie die blanke Erde unter ihren Füßen spürte.

»Der König hätte dich auf der Stelle an seinen Herd bitten sollen«, bemerkte Illan voller Unbehagen, während sein Blick Naisis Schritten folgte.

Deirdre wurde aus ihren Tagträumen gerissen, als ihr plötzlich ein Satz von Levarcham durch den Kopf schoss. *Wenn du einmal am Herd eines Mannes gespeist hast, darf er dir nichts Böses antun.*

Buinne schnaubte, setzte sich und schleuderte seine Stiefel von den Füßen. »Du nimmst dir die Geschichten der Barden viel zu sehr zu Herzen, kleiner Bruder. Der König gewährt Naisi eine beispiellose Ehre, wenn er beabsichtigt, ihn mit seinem Schwert vor seinen Thron treten zu lassen. Was zählen also die alten Rituale? Er hat bestimmt noch Großes mit dir vor, mein Freund, wenn er ein solches Zeichen setzt.« Er sah ihn unter seinen roten Brauen mit funkelnden Augen an. Deirdre beschlich angesichts dieses Blicks ein seltsames Gefühl.

Ardan warf seinen Umhang über eine Bank und lockerte seine Schultern. Obwohl er Deirdre vorhin erklärt hatte, warum kein Krieger des Roten Zweiges anwesend war, sah auch er sich immer wieder in der Halle um, so als irritiere ihn die seltsame Stille. »Wir sollten unsere Kräfte sammeln, bevor wir zu ihm gehen.«

Ainnle hatte die Hände in die Hüften gestemmt und betrachtete mit sichtlicher Begeisterung die Schilde und Schwerter an den Wänden. »Was sollen diese Zweifel? Die Götter wollen bestimmt nur unseren Mut prüfen«, erklärte er kühn. »Dass wir hier untergebracht werden, das zeigt doch allen, dass wir noch immer geschätzte Krieger sind. Und schaut! Es kann doch nur ein gutes Zeichen sein, wenn das Erste, was wir hier sehen, der Schild unseres Vaters ist!« Er zeigte auf die Wand und warf dabei seinem ältesten Bruder einen aufmunternden Blick zu.

Naisi nickte langsam und rieb sich sein stoppeliges Kinn. In diesem Moment betrat ein Junge mit zwei großen irdenen Henkelkrügen die Halle, die er mit einer Verbeugung auf einem der Tische abstellte. Er zündete ein Bündel von Kienspänen im Feuer an und verschwand dann in einem Gang im hinteren Teil der Halle. Anschließend erschienen zwei ältere Dienerinnen mit einem Brotkorb, einer Weidenschale mit Käse und Honig und einem Teller aus Bronze, auf dem sich dicke Scheiben Schweinefleisch mit brauner Kruste türmten.

»Ha!«, rief Buinne, nahm sich einen Gerstenmehlkuchen und stopfte ihn sich in den Mund. Ainnle griff zu dem Krug, der ihm am nächsten stand, klappte den Deckel aus Wachs zurück und schenkte dann Buinne ein. Dieser trank einen großen Schluck, bevor er wieder in seinen Kuchen biss. Daraufhin lehnte er sich im Sessel zurück und legte seine nackten Füße auf die Kissen. »Endlich können wir unseren Durst löschen und unseren Hunger stillen, hm?« Seine dunklen Augen huschten kurz zu Deirdre hinüber, dann sah er wieder den Gerstenmehlkuchen in seiner Hand an. »Ich bin am Verhungern.«

Während Deirdre wieder dieses merkwürdige Gefühl beschlich, warf Naisi einen Blick auf die Männer, die sich jetzt ihrer Umhänge und Schwerter entledigten und miteinander anstießen. Er nahm Deirdres Hand und zog sie zum hinteren Teil der Halle. »Es gibt hier ein paar Schlafgemächer. Du willst dich sicher erst einmal ein wenig ausruhen, *fiáin*. Ich werde versuchen, heißes Wasser zu bekommen, damit du baden kannst.«

Sie wollte sagen: *Ich will nicht von dir getrennt sein,* aber er warf mit angespanntem Gesicht einen Blick über seine Schulter und sah sich suchend um. »Vielleicht können wir von Illan und Buinne noch etwas mehr über Conors Gemütszustand erfahren, vielleicht hören wir sogar auch etwas, das sie in Gegenwart ihres Vaters nicht sagen wollten.« Die plötzliche Anspannung auf seinem Gesicht ließ sie innehalten. Dies hier war das, wonach er sich so sehr gesehnt hatte – zusammen mit Kriegern des Roten Zweiges in der Halle des Roten Zweiges am Feuer zu sitzen.

Ein Gang führte zu zwei Zimmern am hinteren Ende, die in die gerundeten Wände eingepasst waren. In jedem der Zimmer standen mehrere Betten, auf denen Pelze lagen. In einem davon entzündete der Junge mithilfe der Kienspäne gerade die Lampen. Als sie eintraten, verbeugte er sich noch einmal und eilte dann hinaus.

Deirdre zog Naisi an sich, legte ihre Stirn an sein Kinn. Sie strich mit den Händen über seine Schultern und seine Arme entlang, fuhr die Konturen seines Körpers nach und wob so allein mit ihrer Berührung einen stillen Schutz.

Er küsste sie hinters Ohr und ging wieder in die Halle zurück.

Deirdre setzte sich auf eines der Betten. Dies war das luxuriöseste Zimmer, das sie je betreten hatte. Auf den Betten lagen weiche Federmatratzen und seidige Pelze. Die hölzernen Truhen und die Anrichten waren mit Schnitzereien verziert und kunstvoll bemalt. In dem eisernen Kohlenbecken, das auf einem Dreibein stand, brannte bereits die Holzkohle und verbreitete eine angenehme Wärme und einen roten Schein. Die Lampen aus poliertem Horn, die mit Ketten an der Decke befestigt waren, verströmten den scharfen Geruch von Robbentran. Ein paar Talgkerzen brannten in Schalen aus Seifenstein.

Alles in diesem Raum vermittelte Bequemlichkeit und Wohlbehagen. Hier war es leicht, seine alltäglichen Sorgen zu vergessen. Deirdre hatte jedoch das Gefühl, keine Luft zu bekommen. Sie spürte die Last der steinernen Wände. Conors Mauern hielten sie wieder gefangen.

Sie stand vom Bett auf, ging zur hinteren Wand und zog hektisch die wollenen Wandbehänge zurück, bis sie ein kleines Fenster hoch oben in der Wand entdeckte, das mit Brettern verschlossen worden war. Dies war offensichtlich schon vor langer Zeit geschehen, denn das Holz war rissig und verfault. Nachdem sie einen Tisch an die Wand geschoben und darauf gestiegen war, gelang es ihr, ein paar Stücke gesplittertes Holz wegzureißen.

Die Nacht stürzte durch den Spalt herein. Deirdre drückte ihr Gesicht dagegen und schloss die Augen, in denen Tränen brannten.

Levarcham stand steif und aufrecht in der Tür der Halle des Roten Zweiges, während ihr Blick suchend über die Gruppe von Männern am Feuer schweifte. Die Unterhaltung verstummte langsam, als die fünf Krieger sie entdeckten.

Den Kopf erhoben, während die Eulenfedern auf ihren Wangen lagen, zwang sie sich, trotz ihres Hinkens mit ruhigen Schritten auf die Krieger zuzugehen. Einer der Männer erhob sich von der Bank am Feuer und kam auf sie zu. Sie hatte Naisi nur ein einziges Mal gesehen, mitten in einer Gruppe von Kriegern, die Conor umringt hatten. Zu ihrer Überraschung sah er ihr völlig ruhig in die Augen. »Du musst Levarcham sein. Sie hat oft von dir gesprochen.«

Das vertrauliche und zugleich ein wenig besitzergreifende *sie* sagte Levarcham, wie es um das Verhältnis zwischen diesem jungen Mann und ihrer Deirdre in Wirklichkeit bestellt war. Sie musterte ihn mit erfahrenem Blick: Schwarze Haare rahmten ein lebhaftes, scharf geschnittenes Gesicht ein, auf dem jetzt ein wachsamer, interessierter Ausdruck lag. Seine Gliedmaßen besaßen eine geschmeidige Anmut, obwohl sie in diesem Moment gerade angespannt wie eine Bogensehne waren. Er hatte helle Augen, die strahlten – nicht prahlerisch, sondern mit einer verhaltenen, gesammelten Kraft, genau wie dies bei dem vielgerühmten Cúchulainn der Fall war. Dieser Naisi war mehr, als er schien, und er wollte mehr, als er jemals zugeben würde. Ja, sie verstand, was ihre Deirdre an ihm so faszinierte.

Bevor sie noch irgendetwas antworten konnte, zeigte er den Gang entlang. »Sie ist dort«, sagte er leise und beobachtete sie dabei. Dass ein so junger Kerl ihre Verzweiflung spürte, ließ ein leises Kribbeln über Levarchams Nacken laufen. Aber schließlich war er auf der Flucht gewesen. Man hatte ihn gejagt wie ein Tier. So lange in der Wildnis zu leben, das schärfte die Sinne.

Völlig benommen ging Levarcham den Gang hinunter und blieb dann in der Tür zu Deirdres Zimmer stehen. Deirdre fuhr herum.

Lehrerin und Schülerin standen einen Moment lang wie erstarrt da.

Levarcham hörte plötzlich ein Rauschen in ihren Ohren. Ihr wurde schwindelig, und sie musste sich mit beiden Händen am Türstock festhalten. Conor hatte sich gewünscht, dass Deirdre sich verändert hätte. Und sie hatte auf ihrer Flucht tatsächlich etwas verloren. Aber dies war nur die Schlacke, die abgeschlagen wird, um eine Klinge freizulegen.

Anstelle der kindlichen Rundlichkeit waren Muskeln getreten, sodass ihre Taille jetzt schmaler und dafür ihre Brüste und Hüften voller wirkten. Ihre schlanken Gliedmaßen waren ausbalanciert, und ihre Körperhaltung war jetzt die eines Geschöpfes der Wildnis. Die Unruhe, die Deirdre als Mädchen immer gezeigt hatte, war durch absolute Selbstbeherrschung ersetzt worden. Levarcham hatte ebendiesen Ausdruck oft bei den Druiden gesehen, wenn sie von einer Begegnung mit den Göttern zurückkamen, und auch bei jungen Kriegern, wenn sie ihre Initiation hinter sich hatten. Sie zeichnete diejenigen aus, die geprüft worden waren und die die Bewährungsproben bestanden hatten. Das war eine einsame Flamme in der Dunkelheit, ein Geist, der ganz genau wusste, wer oder was er war.

Aber es war ihr Gesicht … *ihr Gesicht* … »Mein Kind«, sagte sie heiser, und als sie auf sie zuging, kam auch Deirdre ihr entgegen. Levarcham wollte ihr über die Wange streichen, hielt dann aber beschämt inne. Sie fühlte sich dessen nicht würdig und ließ die Hand wieder sinken.

Deirdre starrte sie an, ohne sie wirklich zu erkennen. Ihr Blick war verschwommen, so als sähe sie sie durch einen Schleier aus Wasser an. Levarcham beobachtete, wie sie sich aus dieser anderen Welt mühsam an die Oberfläche zurückkämpfte. Sie blinzelte. Dann wurden ihre Augen klar, und sie holte tief Luft. Levarcham forschte verwirrt in ihrem Gesicht, wollte wissen, was sie fühlte.

Eine leichte Röte kroch über Deirdres Wangen, während ihr Bewusstsein langsam zurückkehrte, und in ebendiesem Moment offenbarte sich Levarcham alles mit größter Klarheit: die Angst und die Müdigkeit, der Trotz und die Qualen. Deirdres jetzt so schmale Wangen und die deutlicher hervortretenden Konturen ihres Gesichtes zeugten von Schmerz und Resignation. Ihr Mund hatte jede kindliche Lieblichkeit verloren, denn er hatte die Lippen eines Mannes gekostet und Tränen geschmeckt. Die Liebe und der Kummer waren in die winzigen Fältchen um ihre

Augen herum eingeprägt. Wenn Deirdre als Kind die Schönheit einer Statue besessen hatte, dann war diese Statue jetzt zum Leben erwacht, und diese wissende Stärke war schöner, als ihre Unschuld es jemals hätte sein können. Was einst als kleiner Funke in diesen Augen geschimmert hatte, strahlte jetzt als heller Glanz – auch Conor würde nicht entgehen, was aus ihr geworden war.

Levarcham presste die Hand auf ihre Brust und tastete sich zu dem Bett, auf dem sie sich dann schwer atmend niederließ. »Ich habe nicht viel Zeit. Der König wartet auf meinen Bericht.«

Sie hatte angenommen, dass Deirdre sie, so wie früher, mit Fragen förmlich überschütten würde. Sie setzte sich jedoch einfach nur neben sie, ergriff ihre Hand und sah sie aus den verborgenen Tiefen ihrer Augen an. »Ich verstehe. Ich habe dich mit meiner Flucht in Gefahr gebracht. So etwas würde ich nie wieder tun.«

Levarchams bitteres Lachen klang wie ein Krächzen. »Das ist mir vollkommen egal. Ich bin es, die dich im Stich gelassen hat.« All das, was sie nun schon fast zwei Jahre mit sich herumgeschleppt hatte, es sprengte ihr jetzt fast die Brust. Und so verschwand ihre druidische Gelassenheit, und die Worte sprudelten ihr aus dem Mund. »Ich hätte schon vor langer Zeit viel mehr tun müssen. Du hättest mir sagen müssen ...«

Deirdre berührte die Federn in Levarchams Haaren, um sie zu unterbrechen. Die Druidin war so erschüttert, dass jetzt ihre Stimme versagte. »Es spielt jetzt keine Rolle mehr«, sagte Deirdre leise. »Du warst meine Freundin, meine Familie. Und du hast mir einmal gesagt, dass jene, die sich lieben, mit Schuldgefühlen nur ihre kostbare Zeit verschwenden.«

Levarcham zog eine Augenbraue hoch. »Ich bezweifle, dass ich jemals etwas so Poetisches gesagt habe, mein Vögelchen.«

Deirdre blinzelte wieder und sah sich um, so als würde ihr erst jetzt bewusst, wo sie sich befand – die Wände, das Dach –, und wurde wieder wachsam. Ihr Körper zog sich völlig in sich selbst zurück. Sie verschränkte ihre Hände im Schoß. »Du hast nur das getan, was du als Dienerin des Königs tun musstest – so wie ich das getan habe, was ich tun musste. Du hast dich damit gequält, dass du mich verraten haben könntest, und ich habe bedauert, dass ich dich verraten habe. Damit sind wir quitt, nicht wahr?« Levarcham bemerkte die Andeutung eines schelmischen Lächelns, das jetzt um Deirdres Mundwinkel spielte.

»Warum bei allen Göttern hast du es riskiert zurückzukommen?«, wollte die Druidin mit heiserer Stimme wissen und schob dabei ihre Hände zwischen ihre Knie. »Ich hatte wenigstens die Gewissheit, dass du sicher vor ihm warst, und ich habe gehofft, dass du glücklich bist.«

Deirdre hielt ihr Gesicht in den schwachen Luftzug, der durch das Fenster hoch oben in der Wand kam und den Raum mit dem Duft der Nacht erfüllte. »Ich war auch glücklich. Aber Naisi war es nicht.« Sie drehte sich um. Ihr Blick war fest und entschlossen. »In Alba war es ihm nicht möglich, sein wahres Selbst zu finden. Irgendetwas rief ihn zurück – und ich wollte ihn nicht verlassen.«

Levarcham starrte sie an. Das Rauschen in ihren Ohren wurde immer lauter. Da lag etwas in ihren Worten. Ein Rufen. *Ein Kreis, der sich schloss.* Die alte, verborgene Dunkelheit am Grunde des Brunnens stieg in ihr auf und ließ sich nicht mehr eindämmen. Trotz ihrer Verzweiflung hatte sie das Geheimnis, das Deirdres Leben bestimmt hatte, niemals preisgegeben, um dieses Kind zu schützen. Aber Deirdre war jetzt kein Kind mehr.

»Mein Vögelchen.« Jetzt waren es Levarchams Augen, die glasig wurden, während sie ihren Blick unverwandt auf das flackernde Licht der Lampe richtete. Sie würde es nicht ertragen zu sehen, wie sich Deirdres Gesicht veränderte, wenn sie, die sie tatsächlich verraten hatte, ihr gleich die Wahrheit sagte. Sie musste es jedoch tun, bevor Deirdre es zufällig von irgendjemandem erfuhr. Levarchams taube Lippen bewegten sich. *Eine Prophezeiung … Cathbads Hand auf dem runden Bauch ihrer Mutter, Cathbad, der sagte, dass dieses Mädchen über alle Maßen schön sein würde – und den Kriegern der Ulaid Zwietracht bringen und Conors Herrschaft ein Ende machen würde.* Deshalb, so stieß Levarcham hervor, hatte Conor Deirdre für sich haben wollen. Dies war auch der Grund gewesen, weshalb er sie vor aller Welt versteckt hatte.

Levarcham spürte, wie sich der warme Körper neben ihr langsam zurückzog. Deirdre gab keinen Ton von sich, während sie die Wand anstarrte. Das Schweigen dehnte sich aus. Schließlich flüsterte sie. »Deshalb war ich also immer allein. Weil ein Druide Conor und seinen Männern ein schlimmes Schicksal geweissagt hat.«

Levarcham schluckte und wandte sich ihr zu. »Ja.«

Deirdre schoss vom Bett hoch und ging durch das Zimmer. Sie blieb vor einem der bestickten Wandbehänge stehen. Ihr Atem bewegte ihre offenen Haare und ließ sie vor der Flamme der Lampe in einem Strahlenkranz aufleuchten. »Und das Schicksal dieses Königs ist auch der Grund dafür, dass Naisi von einem Pfeil verwundet wurde. Dass man ihn gejagt hat wie ein Tier – der Grund dafür, dass er hier an diesem Ort, der einmal sein Zuhause war, in Angst leben muss.«

»Das Schicksal, ja«, sagte Levarcham und trat zu ihr. »Aber hör mir zu …«

Deirdre fuhr herum. Ihre Augen funkelten. »Ich weise das Schicksal zurück!«, rief sie. »Ich weise diese Prophezeiung zurück, diese Worte der Götter, die Conor anscheinend so unerbittlich verfolgen. Ich werde mich ihnen nicht beugen. Genauso wenig wie ich mich Conor oder sonst irgendjemandem beugen werde!« Die Kraft ihrer Stimme traf Levarcham mit solcher Wucht, dass sie unwillkürlich ein Stück zurückwich. Mit solcher Bestimmtheit gesprochen, kamen ihre Worte einem Eid gleich. »Das Schicksal wird nicht von den Göttern bestimmt, sondern von den Menschen – von ihrer Gier und ihrem Neid. Von ihrer Liebe und ihrem Mut. Wenn mich die Männer ansehen und sich dann gegenseitig umbringen, hat das nichts mit meiner *Bestimmung* zu tun, sondern mit der Schwäche ihrer Herzen. Ich habe die Tropfen der Zeit gesehen, die im Sternenstaub schweben, die unendlich vielen Möglichkeiten, die ein jeder Augenblick birgt.« In Deirdres Augen leuchtete das Wissen. »Das Schicksal ist nur eine der vielen Möglichkeiten, die die Götter uns anbieten. Eine Prüfung für uns. Aber es sind die Entscheidungen, die wir Menschen treffen, die uns diesem Schicksal näher bringen oder uns davon entfernen. Und deshalb nehme ich mir das Recht, mein Leben selbst zu gestalten!«

Levarcham blieben vor Verblüffung die Worte im Hals stecken. Das konnte nicht sein … das waren druidische Lehren der geheimsten und verborgensten Art. Wie konnte Deirdre das wissen? Sie hatte sie das nicht gelehrt! *Die Götter haben das Schicksal als eine Herausforderung geschaffen, nicht als etwas Unabänderliches; es ist unsere Entscheidung, welchen Weg wir wählen.* Hatten die Götter die prophetischen Worte bei Deirdres Geburt in Cathbads Herz gelegt, um Conor zu *prüfen* und nicht, um die Zukunft der Ulaid auf immer und ewig in Stein zu meißeln?

»Was ist mit dieser verhängnisvollen Schönheit?«, fragte Deirdre sie jetzt mit Wut in der Stimme. »Conor hat etwas anderes erwartet, nicht wahr? Ein sanftes, unterwürfiges Mädchen, eine geistlose Puppe, die ohne Widerspruch all seine Begierden erfüllt.« Sie lachte bitter. »Und dann hat er *das hier* bekommen …« Sie zeigte an sich hinunter. »Schmutzige Männerkleidung und zerzauste Haare. Ein Mädchen, das viel zu sagen hat und sich zu viele Gedanken macht. Wie enttäuscht er gewesen sein muss. Ich entspreche bestimmt nicht seinem Bild von Vollkommenheit. Ich bin einfach nur ich.«

Levarchams Blick verschwamm. *Du bist viel mehr geworden, als er sich je vorgestellt hätte.* »Hör zu.« Sie öffnete sanft Deirdres Fäuste und hielt ihre Hände fest. »Was du sagst, stimmt, Liebes. Aber Conor selbst hat sich dafür entschieden, Einfluss auf sein Schicksal zu nehmen. Ich habe, genau wie auch Cathbad und Cúchulainn, die Verwandlung in ihm gesehen. Er hat sich viel zu lange von seiner Torheit beherrschen lassen, jetzt aber hat er sich nach langem Ringen endlich selbst besiegt. Er hat den vorhergesagten Weg verlassen, und damit ist die Prophezeiung gebrochen. All die Augenblicke, die hätten sein können, sind jetzt zugunsten dieses einen Moments ausgelöscht, in dem er gegen sein dunkleres Herz gesiegt und sich entschlossen hat, euch wieder willkommen zu heißen.«

Beide schwiegen sie. Sie atmeten jetzt ruhiger. Deirdres bleiches Gesicht nahm wieder etwas Farbe an. »Wenn die Götter etwas zu meiner Geburt verkündet haben, das Naisi solche Qual gebracht hat«, sagte sie mit bebender Stimme, »dann sollten sie ihm jetzt wenigstens Trost gewähren. Irgendetwas lastet schwer auf ihm. Ich hoffe, dass er es vor ihrem Altar ablegen kann, bevor er Conor gegenübertritt. Willst du uns zum Tempel bringen?«

»Ich … natürlich.« Obwohl sich Deirdre jetzt, nach so langer Zeit im Wald, zu einem ungezähmten Geschöpf der Wildnis entwickelt hatte, war sie doch einst wie ihr eigenes Kind gewesen. Levarcham nahm sie in die Arme. Endlich verließ die Anspannung Deirdres Körper, und sie legte zitternd ihren Kopf an Levarchams Schulter. Sie weinte nicht, aber sie ließ ihr Gewicht einen Moment lang auf ihrer Lehrerin ruhen. Levarcham trug es mit Freude und hätte sie am liebsten nie wieder losgelassen.

43

Levarcham blieb im Eingang zum Tempel der Macha stehen, während Deirdre und Naisi gemeinsam vor die aus einem Eichenstamm geschnitzte Statue der Göttin traten. Deirdre stand ganz ruhig da, Naisi hingegen war sichtlich angespannt. Ein leichtes Zittern lief durch seinen Körper, das Deirdre als das Schlagen seines Pulses erkannte.

Sie drehte sich zu ihm um und hob die Hand. Er tat das Gleiche. Sie legten ihre Handflächen aneinander. Levarcham bekam einen trockenen Mund, als sie sah, wie sich ihre Finger ineinander verschränkten, um diesen Augenblick für immer zu bewahren.

Die stille Versunkenheit der beiden veranlasste sie sich abzuwenden, denn dies war ein zu heiliger Moment, um von Zeugen beobachtet zu werden. Sie trat in die Nacht hinaus. Während sie die kalte Luft tief in ihre Lungen sog, starrte sie die leuchtenden Fackeln von Emain Macha an.

Dann weckte irgendetwas hinter ihr ihre Aufmerksamkeit. Sie drehte sich um. Über den Hügeln im Osten war gerade der Vollmond aufgegangen. Nebelschwaden umhüllten sein bronzefarbenes Gesicht, das bald zu leuchtendem Silber werden würde.

Die Mondgöttin, die sie alle beobachtete.

Angesichts der stummen Statue der Göttin wuchs Naisis Schmerz, bis er ihn schier zu überwältigen drohte. Die rätselhafte hölzerne Miene schüchterte alle Menschen ein. Dieser konzentrierte, erwartungsvolle Gesichtsausdruck konnte einer dunklen Seele all ihre Geheimnisse entlocken. Die Göttin starrte mit dem ewigen Blick des Unbekannten in die Ferne, ein Blick, dem selbst ein starkes Herz nicht lange standhielt. Diese widerhallende Stille, sie führte allen Menschen ihre Taten vor Augen, bis sie unter ihnen in die Knie gingen.

Naisi sank.

Er beugte den Kopf. Deirdre legte die Hände auf seinen Scheitel. Sie murmelte leise Worte, während ihre Hände weiter fest auf seinem Kopf lagen. »Für *ihn*«, sagte sie leise. »Schenkt mir etwas, das nicht für mich, sondern allein für ihn bestimmt ist. Benutzt mich als Gefäß. *Helft ihm. Bitte.*« Ihre Stimme drohte unter der Last des Kummers zu versagen, eines Kummers, den Naisi noch immer zu unterdrücken versuchte. *»Befreit ihn!«*, rief sie. *»Befreit ihn durch eure Gnade.«*

Naisi biss sich auf die Lippen, als der Druck in seiner Brust schier unerträglich wurde, er aber einfach nicht weinen konnte. Er konnte sich nur als Mann, als Krieger, dem Urteil der Götter stellen. Das war der letzte Rest Ehre, der ihm noch geblieben war.

Einen Augenblick später stieß Deirdre ein Keuchen aus. Ihr Körper versteifte sich. Ihre Finger krallten sich in seine Kopfhaut. Beunruhigt wollte er ihre Hand nehmen, aber sie hatte sich schon von ihm entfernt, war bereit, der Göttin gegenüberzutreten. Er sah, dass sich ihr Blick nach innen gewandt hatte und ihre Augen von einem schimmernden Licht überzogen waren. Verblüfft verharrte er an Ort und Stelle, seine Hände auf seinen Oberschenkeln zu Fäusten geballt.

Sie flüsterte einen leisen Strom von Worten, breitete dabei ihre Handflächen vor dem Stamm aus Eiche aus. »So viele Stimmen in Lied und Segen, Hände voller Opfergaben und im Gebet erhoben, Füße, die die heilige Spirale tanzen … sie alle rufen die Quelle allen Seins herbei, konzentrieren sie hier an diesem Ort. Das Licht von Menschen, Tausenden von Menschen. Ich habe noch nie …« Sie brach ab und hielt die Luft an. Dann atmete sie aus und machte einen schwankenden Schritt nach vorn, dann noch einen.

Zu Füßen der Statue lagen Garben von Korn, Beeren und Nüsse. Deirdre ging jedoch nicht auf diese Opfergaben zu, sondern auf die Talismane der Könige, die an den Wänden des Tempels aufgestellt waren: Schilde und Speere, Schwertscheiden und Helme sowie verblichene bunte Umhänge, Becher aus Horn, Knochen und Gold.

Deirdre hielt inne und streckte ihre Hand nach einem der Schilde aus, fuhr mit dem Finger über den Beschlag aus Nieten, über das von den Druiden sorgsam polierte und gefettete Eisen. Naisi setzte an, um etwas zu sagen, denn sie verstieß damit gegen das Tabu, die heiligen Talismane anzufassen, aber dann schwieg er doch. Deirdres Hände waren von einem Kranz aus Licht umgeben, der jedoch nicht von den Lampen stammte. Der Ausdruck auf ihrem Gesicht … er sagte ihm, dass ihre Berührung nichts als Segen brachte.

Sie begann, sich langsam in einer Art träumerischem Tanz zu bewegen. Beugte sich, um im Vorbeigehen die Talismane zu berühren, oder nahm sie mit geschmeidigen Bewegungen und voller Ehrfurcht in die Hände. Sie hielt geschmückte Kriegshelme an ihren Mund und segnete sie mit ihrem Atem. Sie strich mit den Fingern über die üppigen Falten von Königsmänteln und hielt Trinkbecher aus durchscheinendem Horn ins Licht, sodass sie hell aufleuchteten.

Dabei flüsterte sie die ganze Zeit etwas. Naisi stand schließlich auf und folgte ihr, um zu hören, was sie sagte.

Ein leises Murmeln kam aus ihrem Mund. Aber da war nicht

nur ihre Stimme. Es schwang ein tiefer, hallender Ton mit, der ihr Flüstern zu einem Sprechgesang, zu einer Art Lied machte. Überwältigt von den anmutigen Spiralen, die sie mit ihren Händen beschrieb, ging Naisi so nah an sie heran, dass er den Duft ihres Haares einatmen konnte. Ihre Stimme und der Zauber ihres Tanzes zogen ihn an wie Wasser einen Verdurstenden. Schon bald begann ein seltsamer Glanz die Schatten und die rauchgeschwängerte Luft im Tempel zu erhellen, und als dieser Glanz stärker wurde, spürte Naisi, wie der Schmerz in ihm aufstieg, so als würde er von diesem Licht unausweichlich angezogen.

Er keuchte. Deirdre drehte sich zu ihm um. Sie hatte die Hände vor der Brust gefaltet. Ihr Gesicht leuchtete voller Verzückung. Ihre Augen waren geschlossen und ihr Kinn gehoben. Ihre Lider flatterten, so als sehe sie etwas. Etwas, das er selbst nicht wahrnehmen konnte. Er war sich sicher, dass sie sich seiner Gegenwart überhaupt nicht mehr bewusst war, genauso wenig wie sie jetzt noch ihre eigene Stimme hörte. Der Glanz auf ihrem Gesicht strahlte jetzt so hell, dass er ihre Gesichtszüge kaum noch erkennen konnte. Naisi neigte ehrfürchtig sein Haupt vor der Großen Göttin.

Deirdre drehte sich wieder um und fuhr mit der Segnung der heiligen Gegenstände fort, während sie langsam im Kreis durch den Tempel ging. Naisi blieb dabei dicht hinter ihr. Sie rief mit ihrem Gesang Bruchstücke von Visionen herbei, in denen die Könige aus alter Zeit erschienen. Es schien, als hätte sich in die Gegenstände etwas von denen eingeprägt, die sie dereinst getragen hatten. Das konnte Deirdre jetzt mit ihren Fingern und ihrem Herzen spüren.

Männer mit vergoldeten Helmen, die gewaltige Heere anführten … die sich mit ihrem Körper mutig zwischen eine Klinge und das Herz eines Schwertbruders warfen.

Wiesen, die von großen Freudenfeuern erhellt wurden … Könige, die in heiliger Vereinigung mit Frauen auf der Erde lagen, um dem Boden Fruchtbarkeit zu schenken.

Ein Kriegsfürst, der in einem Kampflied von Kühnheit und Liebe sang, um seinen Männern Mut zu machen, während sie in die Schlacht zogen.

Ein Chieftain, der Gerstenkörner in eine Vorratsgrube schüttete, während hohlwangige Menschen demütig den Kopf neigten, um seinen Segen zu empfangen.

Priesterin und König. Der Segen der Göttin, weil der König seinem Volk Schutz und Frieden gewährte. Weil er seinen Körper, seinen Atem und sein Blut dem Volk schenkte.

Benommen folgte Naisi Deirdre durch den Raum, während sich in seinem Herzen eine leise Hoffnung zu regen begann. Als sie schließlich vor dem Altar ankamen, blieb Deirdre schwankend stehen und starrte das Gesicht der Göttin an. Schließlich streckte sie die Hände aus und legte ihre Handflächen auf das Holz. Ihr Kopf sank mit einem leisen Aufschrei auf ihre Brust, und sie begann heftig zu zittern. Naisi hütete sich jedoch, sie in ihrer Trance zu stören.

Sag mir, was dein Wille ist, schrie sein Herz voller Inbrunst, und mit diesem Eingeständnis seiner Verwundbarkeit und seiner Qual erhörte ihn die Göttin endlich und spendete ihm ihren Segen.

Die Wurzeln einer Eiche sind im Boden verankert, flüsterte Deirdre in das verwitterte Holz hinein. *Der Stamm trotzt dem Sturm. Die Äste geben den Menschen Schutz. Dies tut auch ein Gott … und dies ist auch die Pflicht eines Königs. Der Gott schützt die Göttin, damit sie die Schöpfung gebären kann. Und ein König schützt das Volk.*

Jetzt ergriff sie mit unglaublicher Kraft seine Hand und zog ihn, während sie selbst ihren Körper gegen den Stamm presste, an ihren Rücken. Dann nahm sie seine Hände und legte sie auf die fleckige Rinde. *Spüre es.*

Eine tiefe Resonanz erfasste ihn. Eine Resonanz, die deutlich wahrnehmbar durch das Holz und durch Deirdres Körper floss und die jetzt als Echo eines Klangs auch in ihn eindrang.

»Die Erinnerungen von Königen werden durch meinen Körper gebündelt, und der Gesang der Könige hallt durch diesen Baum«, rief Deirdre. »Und du kannst das nur deshalb spüren, weil ebendieses Lied auch in dir klingt.«

Ihre Worte ließen seinen Schmerz in tausend Stücke zerspringen, deren scharfe Kanten er im Hals spürte. Unwillkürlich wich er einen Schritt zurück. Deirdre wandte sich ihm zu, und das seltsame Licht machte ihr leuchtendes Gesicht dabei zu einem Spiegel der rätselhaften Gesichtszüge der Göttin hinter ihr. Obwohl Naisi Deirdre jetzt nicht mehr berührte, pochten die Vibrationen noch immer durch ihn hindurch. Voller Staunen sah er seine Hände an, während seine verzweifelte Hoffnung übermächtig zu werden drohte. Sein Körper klang wie der reine Ton eines Schwertes, das auf einem Amboss geschmiedet wird.

Deirdre öffnete die Augen. In ihnen leuchtete jetzt eine helle Flamme, und ihn durchzuckte eine unbändige Freude, noch bevor er ihre Worte vernahm. »Das, was du gerade gefühlt hast, war die göttliche Energie. Sie ist in dir, weil dies das Lied deiner Seele ist. Du bist dazu auserkoren, andere zu leiten und zu beschützen. Dies ist eine Berufung, die über den Eiden der Menschen steht. Höre also: Du hast nichts Unrechtes getan. In dir war kein Begehren, dir irgendetwas widerrechtlich anzueignen. Keine Gier nach Macht. Du hast nur den Ruf der Götter gehört, die dich aufgefordert haben, alles zu stärken. Und du hast nichts anderes getan, als diesem Ruf zu folgen.« Sie hielt inne. »Es gibt also nichts, was dir vergeben werden müsste.«

Ihre Worte brannten sich in Naisis Seele. Er fiel wieder auf die Knie. Diesmal gab er jedoch dabei keinen Ton von sich. Die vielen Jahre des aufgestauten Schmerzes wurden von seinen Muskeln in einem einzigen langen und stummen Krampf freigegeben, der ihn krümmte, während er seine Arme um seinen Oberkörper geschlungen hatte. Unter ihm sang der Boden, hob ihn hoch, trug ihn nach oben.

Als der Schmerz ihn endlich verließ und in der heiligen Erde versickerte, schossen ihm unzählige Gedanken durch den Kopf. *Ich habe immer nur gesehen, dass wir noch mehr sein könnten. Der Rote Zweig. Die Ulaid. Bedeutender. Größer. Wir alle zusammen, nicht ich allein.*

Deirdre legte ihre Hände wieder auf seinen Kopf, und diesmal war ihre Berührung sanft wie die Liebkosung einer Mutter. »Du hast die Schönheit des Musters nicht erkannt, hast geglaubt, es wäre etwas Schändliches.«

In diesem Moment erschien ein Bild vor seinen Augen. Wie er die Mauern seiner Burg abschritt, den Torques des Chieftains um den Hals. Ringsum die Gerstenfelder, die in der Sonne leuchteten. Er spürte, wie sich all das in ihm entfaltete – das tiefe Bedürfnis, der Vater seines Stammes zu sein, ihn mit dem Feuer zu leiten, das schon immer in ihm brannte. Jetzt aber konnte er es ungehindert leuchten lassen.

Er legte seine Arme um Deirdres Taille und hielt sich an ihr fest, vergrub sein Gesicht in ihrem Bauch, dann endlich kamen die Tränen, die ihn reinigten.

Levarcham ging zu Conor zurück. Als sie jetzt vor ihm stand, war der undurchdringliche Ausdruck, den sie stets wie eine Maske trug, von ihrem Gesicht verschwunden.

»Und?«, fuhr er sie an und kam dabei die Treppe von der oberen Galerie herunter. Der prächtig bestickte Umhang raschelte steif. Er trug ihn wie einen Panzer. Auf seinem Kopf saß ein goldener Reif. Dieser Reif, die Armbänder und der Torques, die

Broschen und seine geflochtenen Haare, das alles diente dazu, seinen Körper zu betäuben.

Inzwischen waren mehr Diener in die Halle gekommen. Levarcham warf einen kurzen Blick auf den Spieß mit dem Eber, der gerade mit Thymian und Butter eingerieben wurde. Mägde eilten geschäftig hin und her, legten dicke Kissen und Pelze neben die Bänke der Krieger und stellten die Trinkbecher bereit.

Conor blieb auf einer der letzten Stufen stehen, sodass Levarcham gezwungen war, zu ihm aufzusehen. Tiefe Falten zogen sich von ihren Mundwinkeln nach unten, in ihren Augen aber lag ein erstaunter Ausdruck. Ihre Wangen waren gerötet. Ihm stellten sich die Nackenhaare auf. »Ja, sie hat sich verändert.«

Sein Herz geriet aus dem Rhythmus. Er versuchte das damit zu überspielen, dass er fragend eine Augenbraue hochzog. »Tatsächlich?«

Ihr Gesichtsausdruck wurde plötzlich wieder scharf, so als erwache sie gerade aus ihren Gedanken. Dann breitete sich ein kummervoller Ausdruck auf ihrem Gesicht aus. »Du wirst es noch früh genug sehen.«

Conor empfand plötzlich eine merkwürdige Abneigung davor, Deirdre mit eigenen Augen zu sehen. »Ich möchte, dass du es mir sagst.«

Levarchams Pupillen verengten sich. »Die Zeit in der Wildnis hat aus dem Mädchen eine Frau gemacht.«

»Das sagt mir nichts! Ist sie erschöpft und gebrochen? Ist ihre Haut rau? Ist sie grobknochig und derb geworden?«

Levarcham legte ihren Kopf in den Nacken, um ihn mit der vollen Wucht ihres Blicks zu treffen. »Die beiden sind stärker miteinander verbunden, als du dir das überhaupt vorstellen kannst. Denk an das, was Cathbad dir gesagt hat. Du kannst nicht über ihre Körper befehlen, genauso wenig wie über ihre Herzen. Du kannst Deirdre ehren, aber du wirst sie niemals beherrschen.

Wenn du willst, dass ihr Glanz deine Halle erstrahlen lässt … dass die Göttin, die in ihr ist, uns segnet … dann *lass sie die seine sein* und verabschiede dich von der Vorstellung, sie als Königin an deiner Seite zu haben. Das wird niemals geschehen.«

Bei ihren Worten empfand er einen Moment lang Erleichterung. Er versuchte, die Gefühle zu verscheuchen, die sein Herz wie schwarze Krähen mit flatternden Schwingen umkreisten. »Ich gewähre den beiden größte Ehre«, murmelte er. »Alle meine Krieger werden Zeuge meiner Vergebung werden. Zweifelst du etwa an dem heiligen Eid, den ich vor den Göttern abgelegt habe?«

Ihre Lider flackerten. Sie schürzte die Lippen, schluckte die Worte hinunter, die ihr auf der Zunge lagen, und sagte stattdessen: »Sie badet gerade. Ich werde ihr etwas Schönes zum Anziehen heraussuchen. Ich denke, dass es dir gefallen wird.«

»Warte.« Seine Stimme war plötzlich eine Spur kälter. »Du wirst die Vorbereitungen für die Feier persönlich beaufsichtigen. Du weißt, dass ich mit diesem Fest alles andere übertreffen will. Die Schankmädchen und Köche haben Angst vor dir, also werden sie alle deine Anordnungen befolgen.« Er sah, wie sich ihre Gesichtszüge verhärteten. »Du weißt mehr als jeder andere, was es bedeutet, Naisi und … und das Mädchen zu empfangen. Und du weißt, worauf es ankommt, hast ein Gespür für die Feinheiten. Kümmere dich auch um das Mädchen. Das hilft dabei, jedem zu zeigen, wie sehr ich die beiden ehre.«

Er spürte, wie ihrer beider Wille aufeinanderprallten und miteinander rangen, obwohl keiner von beiden sich rührte. »Wie du wünschst.« Levarcham ging auf die Tür zum Kochhaus zu, das sich an der Rückseite der Halle befand.

Der König verharrte noch einen Augenblick auf der Treppe. Dann bedeutete er einem der Diener, ihn in seinen üppigen Reitumhang zu hüllen. Das geölte Leder lag schwer auf seinen

Schultern und verbarg nicht nur sein Gold, sondern auch seine Gefühle.

Ohne irgendjemanden auch nur eines Blickes zu würdigen, stürmte er aus seiner Halle in die Nacht hinaus.

Conor folgte dem Schatten des Festungswalls, bis er zu der Treppe kam, die zum Laufgang hinaufführte. Dort drückte er seine schmerzende Stirn an einen der feuchten Eichenpfosten. Der Gestank eines Dunghaufens stieg ihm in die Nase. Er hatte Deirdre so lange verfolgt, und jetzt, da sie hier war, konnte er sich nicht einmal dazu überwinden, sie auch nur zu sehen. Stattdessen schlich er wie ein lauernder Wolf herum.

Wenn er den Moment der Begegnung hinauszögerte, konnte er wenigstens so tun, als könnte er die Zeit langsamer vergehen lassen. Aber das war natürlich nicht möglich.

Ihm wurde verschwommen bewusst, dass sich seine Beine bewegten, denn die Burg zog in einem Nebel aus Feuchtigkeit und Dunkelheit an ihm vorbei, der von Zeit zu Zeit vom geisterhaften Flackern einer Fackel erhellt wurde.

Im Schatten an der Rückseite der Halle des Roten Zweiges blieb er stehen. Er starrte die hoch aufragenden steinernen Mauern an, ohne genau zu wissen, was er hier eigentlich wollte. *Sie badet gerade.* Es dauerte eine ganze Zeit, bis seine Augen das matte Schimmern hoch oben in einem Fenster ausmachten. Das Licht einer Lampe. Die Schlafgemächer. An der Wand der Halle waren Holzscheite und Alefässer gelagert. Eine Leiter, wohl vergessen von den Männern, die das Dach ausgebessert hatten, lehnte an einem der Häuser hinter ihm.

Conor hatte bei den königlichen Riten schon viele Male druidische Kräuter getrunken und eine ähnliche Trennung von Körper und Geist erlebt. Er kannte das Gefühl, wenn betäubte Gliedmaßen von druidischer Kunst gesteuert wurden, damit ein König in einem Kreis aus Feuer mit einem Mädchen schlafen konnte. Deirdre musste ihn jetzt genauso verzaubert haben, denn es war nicht er selbst, der da durch die Dunkelheit schlich. Doch nicht er, Conor, der König der Ulaid.

Er sah wieder nach oben. Der Rauch trug den Geruch von gebratenem Fleisch heran. Irgendwo in der Nähe bellte ein Hund. Hinter den Türfellen und vor flackernden Feuerstellen kreischten Kinder. Erwachsene lachten und stritten. *Voller Leben.*

Irgendetwas in ihm zwang ihn, die Leiter zu nehmen und sie an die Wand zu stellen. Ohne auch nur einen Gedanken an seine königliche Würde zu verschwenden, kletterte er hektisch die Sprossen hoch. Er blieb dabei immer wieder mit seinem bestickten Umhang an dem rauen Holz hängen. Wenn sie nackt war, dann würde er vielleicht die Lust der beiden sehen. Ihren schändlichen Verrat. Und dann wäre es vorbei. Dann würde er nur noch Ekel empfinden.

Er sah durch die Öffnung in den Brettern. Da nur eine einzige Lampe und ein Kohlenbecken in dem Raum Licht spendeten, sah er zuerst nur Schatten, die sich bewegten, bis endlich *sie* in dem matten Schein zu erkennen war – und dann vergaß er zu atmen.

Deirdre stand in einem hölzernen Zuber, tauchte gerade ein Tuch in das dampfende Wasser und fuhr sich damit über ihre Arme und Beine. Der Schein der Flammen spielte auf ihrer Haut, beleuchtete ihre Rundungen und warf geheimnisvolle Schatten über ihre Schlüsselbeine und ihren Bauch, bis hinunter zu den Haaren in ihrer Schamgegend. Sie hob einen Arm, und ihre Brust sah in dem goldenen Licht aus wie ein Apfel an einem Baum. Als sie sich wieder nach vorn beugte, um das Tuch erneut nass zu machen, begann der Schweiß auf seinen Handflächen zu prickeln, und alles in ihm schrie danach, ihre Haut zu berühren. Ihr offenes Haar glänzte, wenn sie sich bewegte, und der Schein des Feuers vergoldete jede einzelne ihrer Strähnen.

Die Symmetrie von Gesicht und Gliedmaßen war etwas, das Conor schon öfter bei Frauen gesehen hatte. Das hier aber war etwas völlig anderes. Die Mühelosigkeit ihrer Bewegungen, die versunkene, staunende Art, mit der sie mit dem Tuch über ihren Körper fuhr … Es war genau wie damals bei jenem Tanz, so als fühle sie sich in ihrem Körper vollkommen zu Hause. Überraschenderweise verspürte er plötzlich Neid. Eine unendliche Sehnsucht danach, dass diese Mühelosigkeit von ihrer nassen Haut auf ihn überspringen würde, wenn er sie küsste. Er presste seine Brust so fest gegen die kalte Mauer, dass der körperliche Schmerz ihn wieder in die Wirklichkeit zurückholte.

Dann begann sie leise zu singen, bedachte ihre Haut mit irgendeinem Segen, und als ihre Hände langsam über ihren Körper strichen, hätte er schwören können, dass er einen Nachschein sah. Conor spürte, wie eine Kraft in diesem Raum pulsierte, eine Art Verdichtung der Luft, wie er sie sonst nur in der Nähe von Druiden gespürt hatte. Und sein Blick wanderte zu ihren Augen, die im Schein des Feuers hell leuchteten. Sie hatte magische Kräfte. Sie *selbst* war reine Magie. Sein Herz geriet nun völlig aus dem Takt.

Schritte ertönten jetzt im Gang. Sie drehte sich um und stieg aus dem Zuber. Conor rutschte mit dem Fuß von der Leitersprosse, fing sich und zog sich wieder hoch.

Naisi.

Der Bengel ging mit selbstsicherem Schritt über die Binsenstreu auf Deirdre zu, nahm ein leinenes Handtuch vom Bett und legte es um ihren Nacken. »Da komme ich wohl gerade richtig, um dich zu stören.« Er zog sie mit dem Handtuch zu sich heran, während er mit einer Hand die Wassertropfen von ihren glatten Pobacken wischte und diese dann umfasste, so als wären sie sein Eigentum. Conor grub seine Nägel in das raue Mauerwerk. Lust, sagte er sich, pure Lust. Darauf war er vorbereitet.

»Hast du dich ein wenig ausgeruht?«, fragte Naisi jetzt mit ruhiger Stimme. »Ich habe gesehen, dass dich der Besuch im Tempel ziemlich angestrengt hat.«

Deirdre schüttelte den Kopf und blies dann eine feuchte Strähne von ihrem Mund weg. Naisi trat einen Schritt zurück. Ihr feuchter Körper hatte auf seinem Kittel einen dunklen Abdruck hinterlassen. Conor konnte seinen Blick nicht abwenden. Naisi strich ihr sanft eine Strähne hinters Ohr. »*Fiáin*, du kannst dir gar nicht vorstellen, was du mir heute Abend geschenkt hast.«

Deirdre nahm seine Hand und küsste sie, vergrub ihre Nase in seiner Handfläche. »Ich kann mich nicht daran erinnern, aber …« Ein Lächeln breitete sich auf ihrem Gesicht aus. »Ich sehe es dir an.« Sie hielt inne. Ihr Blick wurde ernst, tief und zärtlich. »Ich kann dich ganz und gar sehen.« Ein Schauder überlief Conor angesichts der Wärme in ihrer belegten Stimme, angesichts dieses Blicks.

Ihre Worte schienen für Naisi einen Sinn zu ergeben, denn er nickte jetzt, strich ihre Haare mit einer langsamen Bewegung zurück und fuhr mit einem sanften Staunen, das Conor frösteln ließ, über ihre Wangenknochen.

Dann küsste Naisi Deirdres Augenlider und wickelte ihre Haare um seine Finger, bevor er sie schließlich auf den Mund küsste. Conor beugte sich mit einem erstickten Keuchen nach vorn. Falls Naisi sich jetzt mit ihr paarte wie ein Hund, wäre der Zauber gebrochen. Dann wäre sie eine ganz gewöhnliche Frau.

Naisi nahm jedoch nur ihre Unterlippe zwischen seine Zähne und saugte sanft daran, bevor er ihre Mundwinkel mit Küssen bedeckte. Dann zog er Deirdre an sich, vergrub seine Nase in ihren Haaren. Sie standen da und atmeten kaum … gaben sich nicht preis wie Tiere in der Brunft, die Conor verachten konnte.

Stattdessen lehnte Deirdre ihren Kopf an Naisis Schulter und hob den Blick. Conor sah, was nicht für fremde Augen bestimmt war. Mit feinen Bewegungen – einem Zucken ihrer Lider, einem eleganten Verschmelzen von Muskeln – sank sie förmlich in Naisi hinein, wand sich um ihn herum wie eine sich schließende Blüte, die ihr Herz verbirgt. Sie verband sie so auf ewig als ein einziges lebendiges Wesen miteinander.

Es war ein sanfter, ein geheimer Augenblick. Und dennoch reichte seine Kraft bis zu Conor, ergriff sein schweres Herz und riss es in tausend Stücke.

Seine Füße schienen ihm plötzlich nicht mehr gehorchen zu wollen. Er war sich nur am Rande bewusst, wie sie die Sprossen eine nach der anderen hinunterrutschten. Was ihm jedoch bewusst war, das war die Dunkelheit, die sich unter ihm bis zum Grund der Welt ausbreitete. Alles, was er jetzt noch spürte, war der Sturz und dann das endlose Heulen des Windes.

44

Es wurde Nacht. Der Wind heulte um die Halle, und noch immer hatte sie der König nicht rufen lassen. Die Brüder kratzten den getrockneten Schlamm von ihren Stiefeln und ölten dann ihre Schwerter mit Robbenfett ein. Sie tranken Ale und aßen das Brot, das man ihnen gebracht hatte. Deirdre lag es schwer im Magen.

Die Binsenlampen brannten herunter und verloschen schließlich, und noch immer war keine Nachricht vom König eingetroffen. Ainnle fand ein *fidchell*-Brett und begann, halbherzig eine Partie mit Illan zu spielen. Bei jedem Geräusch rissen die beiden jedoch sofort den Kopf herum. Schon bald gaben sie das Spiel wieder auf. Dann gingen die drei Brüder nach hinten, um ihre Gesichter zu waschen. Als Naisi zurückkam, zuckte Illan lediglich mit den Schultern.

Naisi begann wieder im Raum auf und ab zu gehen, drehte unter den Reihen von Schilden seine Runden, fuhr, einen Becher mit Ale in der Hand, mit dem Finger über die Spitzen der Schwerter. Deirdre konnte den Blick nicht von ihm wenden. Auch wenn ihr Körper noch immer ein wenig zitterte, hatte sie keinerlei Erinnerung an das, was im Tempel mit ihr geschehen war. Aber sie wollte und brauchte es auch gar nicht zu wissen. Wichtig war nur, dass die Göttin Naisi von seiner Last befreit hatte.

Die Veränderung, die sie jetzt an ihm bemerkte, beschränkte sich jedoch nicht einfach nur auf die größere Gelassenheit, die er ausstrahlte. Seine Augen waren klar. Die Schatten waren verschwunden, und das ließ sie umso reiner strahlen. In seinem kraftvollen Körper und den zupackenden Händen vernahm sie noch immer ein Echo dessen, was im Tempel geschehen war. Naisis Haltung war aufrecht, seine Schultern gestrafft, sein Gesicht erwartungsvoll. Als sie ihn vorhin im Schlafgemach berührt hatte, hatte sie gespürt, wie das Feuer in ihm gewachsen war. Jetzt war es nicht mehr die Angst, die ihn antrieb, sondern die Gewissheit, das Richtige zu tun. In seinen Schritten, mit denen er den Raum durchmaß, sah sie das Verlangen, mit lauter Stimme den Eid vor dem König abzulegen und vor allen Anwesenden wieder die Führung seiner Burg zu beanspruchen.

Jetzt kam er wieder an der Feuerstelle vorbei, an der sie saß. Die Brüder trugen noch immer die Kleidung, die sie auf ihrer Flucht getragen hatten. Naisis roter Kittel war fleckig und an einigen Stellen durchgescheuert. Seine Hose war mit getrocknetem Schlamm überzogen, sein grüner Umhang zu einem unbestimmbaren Braunton verblasst. Der einzige Schmuck, der ihm geblieben war, war der Torques seines Vaters und der Armreif des Roten Zweiges. All der Schmutz ließ ihn jedoch nur noch lebhafter erstrahlen: die glänzenden schwarzen Haare, die helle, reine Haut und die roten Lippen, all das, was ihr damals auf der verschneiten Lichtung an ihm als Erstes aufgefallen war. Da waren kein Übermaß an goldenem Schmuck, keine kunstvolle Frisur oder grellbunte Stickereien, die von der Intensität und Klarheit seines Blickes abgelenkt hätten.

»Ich hätte gern etwas Ordentliches angezogen«, sagte Ainnle und schnippte dabei einen Klumpen getrockneten Schlamm von seiner Hose.

Naisi blieb stehen. »Wir tragen die Mühen unserer Reise in diesen Narben und in diesem Schmutz. Wir haben Fehler gemacht, wir haben Mut gezeigt, wir haben gelitten, und wir haben triumphiert. Unsere Gefährten und der König sollen das ruhig wissen, wenn wir vor sie treten.«

Deirdre hingegen trug ein Kleid, das Levarcham für sie herausgesucht hatte – ein langes, ärmelloses Gewand aus grüner Wolle, das in lockeren Falten um ihre Füße herumfiel. Auch hatte sie ihr Broschen aus Bronze für ihre Schultern, mehrere mit Edelsteinen besetzte Nadeln für ihre Haare und goldene Ohrgehänge und Fingerringe gebracht. Das Kleid hatte Deirdre angezogen, auf den Schmuck hatte sie jedoch verzichtet. Stattdessen kämmte sie jetzt vor dem Feuer mit den Fingern ihre Haare, damit sie trockneten. Nach einer Weile sah sie auf und stellte fest, dass Buinne sie fasziniert anstarrte. Sie ließ ihre Hände sinken und erwiderte ruhig seinen Blick, bis er verlegen wegsah. Er griff nach dem Krug und schenkte sich Ale nach.

Ainnle öffnete die Türen der Halle. Er musste sich dabei gegen den Wind stemmen. »Die Wachen sind weg«, sagte er über die Schulter gewandt. »Hoffentlich bringen sie uns noch etwas zu essen und zu trinken.« Dann schloss er die Tür wieder.

Naisi fuhr mit der Hand über den Schild, der neben ihm an der Wand hing. »Ich hoffe, sie bringen die Nachricht, dass Conor uns sehen will.« Er sah zu dem Schwarm von Speeren unter der Decke hoch, atmete tief durch. »Bei allen Göttern! Er *muss* uns jetzt endlich empfangen!«

Illan stand auf. Er stellte sich neben Naisi, so als wolle er ihn trösten. »Vielleicht ist die Tatsache, dass es so lange dauert, ja ein Beweis dafür, welche Bedeutung er dem Ganzen beimisst«, legte er nahe. »Immerhin hat uns hier niemand erwartet.«

Naisi warf ihm einen trübseligen Blick zu. »Und du bist viel zu höflich, um mir diesen Umstand vorzuwerfen, Bruder.« Illan errötete ein wenig und zuckte mit den Schultern.

Naisi wippte auf den Fußballen hin und her, die Arme verschränkt, die Finger einer Hand auf dem Reif des Roten Zweiges. »Wenn ich Conor wäre«, erklärte er mit lauter Stimme, »hätte ich uns gleich bei unserer Ankunft in meine Halle gebeten, damit wir unseren Eid mit Met besiegeln können. Conor denkt anscheinend immer noch zu viel.«

»Das sagst ausgerechnet du.« Obwohl Ainnle seinen Bruder anlächelte, war seine Stirn gerunzelt. »Aber wenn du tatsächlich Conor wärst, dann wäre all das überhaupt nicht passiert.«

Naisi sah Ainnle mit einem matten Lächeln in die Augen.

In diesem Moment kam Ardan mit frisch gewaschenem Gesicht aus dem Schlafgemach zurück. Der Halsausschnitt seines Hemds war nass. »Lasst uns nicht mehr über unseren Groll reden, sonst erwacht er nur wieder zum Leben.« Er versuchte, Naisi mit dem ruhigen Glanz, der jetzt auf seinem Gesicht lag, zu beruhigen. »Wir werden uns schon bald satt essen und waschen können.«

Illan drehte den Kopf zur Tür, lauschte dem Wind. »Mir gefällt das Ganze noch immer nicht. Ich sehe mal nach, was da draußen los ist.«

Er hatte die Hand gerade auf das Querholz gelegt, als ein lauter Schlag, begleitet von einem metallischen Scheppern, das Holz erschütterte. Deirdres Gedanken waren nur auf das gerichtet, was sich im Raum befand, denn sie hielt Naisis intensiven Blick fest. Erst als Illan von der Tür zurücksprang und eine Abwehrhaltung einnahm, wurde sie aus ihrem warmen Kokon gerissen. *Ein Schwert.* Ihr Verstand übermittelte diese Erkenntnis nur widerwillig an ihre Seele, die sich noch immer in einer Art Schwebezustand befand.

Eine laut dröhnende Stimme drang durch den Spalt. »Ich bringe eine Nachricht von Conor, dem König der Ulaid, für Naisi, den ältesten Sohn des Usnech. Zeige dich mir!«

Naisi befand sich bereits mit jeder einzelnen Faser – Verstand, Körper, Herz – in Bewegung. Er war schon fast an der Tür, ohne den warnenden Adrenalinstoß, der ihn traf, auch nur wahrzunehmen.

Illan stellte sich ihm in den Weg. »Nein!«

Einen Moment später lag auch Deirdres Hand auf seinem Arm und hielt ihn fest.

Illans Stirnrunzeln wurde tiefer, verdunkelte sein helles Gesicht. »Ich werde gehen. Du bleibst hier.«

Deirdres Hand zog an ihm. Naisi sah ihre Finger an, die wie eine weiße Blüte auf dem Armreif aus Bronze lagen. Ihre Augen wirkten im Schein des Feuers dunkel und geheimnisvoll. Es lag aber auch eine zärtliche Warnung, eine flehentliche Bitte, darin.

Buinne trat jetzt neben seinen Bruder. »Wir haben geschworen, dich zu schützen«, murmelte er. »Bevor wir nicht wissen, was es mit dieser seltsamen Vorladung auf sich hat, bitte ich dich, dich zurückzuhalten. Oder soll unser Vater erfahren, dass du ihm nicht vertraut hast?«

Naisi schnaubte frustriert und ließ zu, dass Deirdre ihn von der Tür wegzog. »Mach auf und sieh nach, was das alles verdammt noch mal zu bedeuten hat«, wies er Illan brüsk an. »Ich stehe hinter dir.«

Illan zog den Riegel zurück und drückte einen der Türflügel knarrend auf, blockierte den schmalen Spalt aber mit seinem Körper. Über seine Schulter hinweg sah Naisi vor dem Hintergrund des sternenklaren Nachthimmels das Licht vieler Fackeln. »Bist du Naisi Mac Usnech?«, verlangte sein Gegenüber zu wissen.

Illan stutzte. Seine hellen Haare flatterten im Wind. »Wie kommt es, dass du das nicht weißt? Wer bist du überhaupt? Aus Emain Macha kommst du jedenfalls nicht!«

»Ich bin ein Herold des Königs. Ich bringe die vollständige Begnadigung für den Sohn des Usnech.«

Die Begnadigung. Endlich. Dennoch empfand Naisi keine Erleichterung. Irgendetwas war hier nicht so, wie es hätte sein sollen. Sein Körper spürte im nächtlichen Luftzug etwas, das sein Verstand noch leugnete, und er reagierte. Jede Muskelfaser, jeder Nerv und jede Sehne zog sich zusammen. Seine Fußsohlen suchten den Kontakt mit dem Boden, sein Gewicht balancierte sich von selbst zwischen seinem Absatz und seinem Fußballen aus. Seine Hände schlossen und öffneten sich und suchten nach dem Heft von Schwert und Dolch.

»Naisi hat es verdient, diese Begnadigung vom König selbst zu hören«, erwiderte Illan ärgerlich. »Conor soll herkommen und seine Hand ergreifen, dann können sie sich vor dieser Halle als Brüder begegnen.«

Die Stimme draußen nahm einen beunruhigend verächtlichen Unterton an. »Man hat mir befohlen, Naisi eine Begnadigung für das Unrecht anzubieten, das er dem König der Ulaid angetan hat. Er wird in dieser Angelegenheit von aller Schuld freigesprochen, und der Name seine Familie erhält seine volle Ehre zurück.«

Es war nicht Conors Aufgabe, seiner Familie die Ehre zu geben oder zu nehmen. Dies musste Naisi für sich selbst einfordern. Und das hatte er auch getan. Im Tempel. Als das Licht der Götter ihn erfüllt hatte und Deirdres Worte auf sein beschämtes Herz gefallen waren wie Regen auf ausgedörrtes Land. Ein Knurren entfuhr Naisis Kehle als Antwort auf diese dunklen Worte. »Warum sagt er mir das nicht persönlich?«, wollte er wissen.

Es folgte eine weitere Pause, in der nur Illans schneller, heftiger Atem zu hören war.

»Weil er zuerst die Bezahlung verlangt.«

Naisi begriff. Und dort, wo dieses Begreifen auf die Anspannung in seinem Körper traf, begann sich ein Panzer über seiner Haut und seinen Gliedmaßen zu formen. Hinter sich hörte er Deirdre leise ausatmen. Wie gern hätte er ihr das alles erspart. »Und was ist der Preis?«, wollte er mit dumpfer Stimme wissen, obwohl er die Antwort bereits kannte.

»Du wirst die Begnadigung erhalten, wenn du dem König das Mädchen Deirdre übergibst.«

Der Fluch, den Naisi ausstieß, teilte die Haare in Illans Nacken. Von seinen beiden Brüdern kam ein lauter Aufschrei. Illan reagierte instinktiv. Er schloss die Tür und legte den Riegel vor, bevor er sich umdrehte und sich keuchend mit dem Rücken dagegenlehnte.

Ainnle schäumte vor Zorn. »Dieser schwanzlutschende *Scheißkerl!*«, schrie er und strich sich wütend die nassen Haare aus dem Gesicht, während er mit wildem Blick auf und ab ging. »Ich wusste, dass es ein Fehler war, diesem Weichling, diesem elenden Hurensohn zu trauen.«

Er hielt inne, um Luft zu holen. Naisi sah an Buinne, dem vor

Schreck der Mund offen stand, und an dem tobenden Ainnle vorbei. Er richtete seinen Blick auf die einzige Person im Raum, die völlig ruhig blieb. *Fiáin*. Er und Deirdre starrten sich im Auge des Sturms, den Ainnle entfacht hatte, einfach nur stumm an. Sie legte ihre Hand auf ihre Brust. Ihre Pupillen im dunklen Grün ihrer Iris waren riesig. Sie hatte gewusst, dass das geschehen würde. Er sah es in den dunklen Tiefen ihrer Augen. Aber er sah dort auch ein Licht, das sich nach oben kämpfte, nach ihm griff. Er spürte, was sie beide jetzt verband: dass sie sich der kleinsten Gedanken und Empfindungen des anderen bewusst waren. Dass sie einander bis zum Grund ihres Herzens sahen. Und das konnte ihnen niemand mehr nehmen.

»Nein«, sagte Naisi leise und unterbrach damit Ainnles Tirade. »Es war kein Fehler zurückzukehren.« *Denn jetzt weiß ich, dass ich stark wie eine Eiche bin, die jedem Sturm trotzen kann*. Er hielt Deirdres Blick fest und lächelte. Auch wenn es ihr schwerfiel, stimmte sie ihm mit einem Nicken zu.

Ainnle blinzelte und wandte sich an Buinne. »Steckt dein Vater mit Conor unter einer Decke?«, brüllte er ihn an.

Buinne sah ihn finster an und warf sich in die Brust. »Natürlich nicht! Du verleumdest die Ehre unserer Familie …«

»Hört auf!« Ardan drängte sich zwischen die beiden und schob sie auseinander.

Jetzt wandte sich Illan an Naisi. Er sah schockiert aus. »Wir haben das nicht gewusst. Das schwöre ich bei allem, was mir heilig ist.«

Ainnle schüttelte Ardans Hände ab, drehte sich um und schlug wütend mit der flachen Hand gegen die Tür. Alle schwiegen, bis Buinne den Kopf senkte und sich zu Naisi umdrehte. »Ich bin auch wütend. Aber vielleicht war es unvermeidlich, dass es so weit gekommen ist.« Er breitete seine fleischigen, von blassen Narben überzogenen Hände aus, biss sich auf die Unterlippe und sagte dann: »Vielleicht solltest du das Mädchen wirklich aufgeben. Bevor das Ganze noch mehr eskaliert.« Seine Worte waren für alle anderen wie ein Schlag ins Gesicht.

»Nein!« Illan versuchte vergeblich, seinen Bruder zum Schweigen zu bringen.

Doch Buinne ignorierte ihn einfach. »Ich weiß, warum du sie haben willst, Naisi. Aber so eine Frau darf nun einmal nur der König haben.«

Naisi war sich bewusst, dass Deirdres Blick sich in Buinnes roten Hinterkopf bohrte. Ihm wurde klar, dass sich die eisige Verachtung, die er darin sah, in seinen eigenen Augen spiegelte, als er Buinne anstarrte. Dieser erschrak und sah plötzlich wie ein todgeweihter Krieger aus, kurz bevor das Schwert auf ihn herabsaust. Als Naisi ihn einfach nur weiter stumm anstarrte, wich Buinne ein paar Schritte zurück.

Dann wandte er sich mit wütendem Blick an seinen Bruder Illan. »Ich werde zum König gehen«, sagte er steif, »und ihn an das erinnern, was er meinem Vater geschworen hat.« Illan nickte unglücklich, und auch Naisi widersprach ihm nicht. Buinne drückte die Tür auf. Er hatte sein Schwert gegürtet, spreizte aber die Hände weit vom Körper ab, als er hinausging.

Naisi trat an Deirdres Seite und verschränkte seine Finger mit den ihren. Nun war es also so weit. Ein Teil von ihm hatte gewusst, dass es so kommen würde. Das erdrückende Gewicht floss jetzt in Wellen über ihn hinweg, wogte, angetrieben von seinem Zorn, hoch in ihm auf und fiel dann in sich zusammen. Er stieß es aus sich heraus, bemühte sich um die Klarheit, die er in der Schlacht stets empfand. Um den Frieden des Tempels.

Buinne blieb stehen und ließ seinen Blick langsam über den weiten, dunklen Übungsplatz schweifen. Fremde Krieger, von denen jeder eine brennende Fackel in der Hand hielt, hatten das

Gebäude umstellt. Das Einzige, was sich bewegte, waren die im Wind zischenden Flammen der Fackeln. Ihr rötliches Licht zuckte über das Gras, als wäre es ein lebendiges Wesen. Der Bote, der an die Tür gehämmert hatte, bedeutete ihm, er solle über den Übungsplatz zu der kleinen Anhöhe in der Nähe eines der Vorratshäuser gehen. Buinne näherte sich einer Ansammlung von Fackeln. Ihr Licht glitzerte auf den Schwertern und Speeren einer weiteren Gruppe von schwer bewaffneten Kriegern, die den König umringten.

»Lasst ihn durch«, sagte jemand mit krächzender Stimme, und plötzlich stand Buinne vor Conor. Er wusste nicht, was er sagen sollte. Er war völlig verwirrt. Er kannte diese Fremden nicht. Sie waren allesamt dunkelhaarig und bärtig. Trotz der Kälte trugen sie nur ärmellose Lederwämser. Ihre nackten Arme waren eingeölt.

»Da er weder selbst gekommen noch das Mädchen herausgeschickt hat, gehe ich davon aus, dass er mein Angebot ablehnt.«

Buinne musste zweimal hinsehen, um sich zu vergewissern, dass diese sich überschlagende, krächzende Stimme tatsächlich seinem König gehörte. In seinem voluminösen Umhang sah Conor seltsam geschrumpft aus. Seine Kapuze wirkte wie eine dunkle Höhle. Das Licht der Fackeln fiel mit einem bleichen Schimmer auf seinen Nasenrücken und hob eines seiner Augen hervor. Sein starrer Blick sah beunruhigend glasig aus.

Neben Conor stand ein großer Mann mit schwarzem Bart. Er trug einen Umhang aus Wolfspelz. In seinen schmalen Augen stand die blanke Gier. Weder die Krieger von Emain, die sonst die Festungswälle bewachten, noch irgendjemand von den Bewohnern der Stadt war zu sehen. Da kein Krieger des Roten Zweiges anwesend war, befanden sich im oberen Teil der Festung nur die Diener und der Haushalt des Königs. Bislang hatten diese Fremden bis auf den Boten, der Naisi die Aufforderung des Königs überbracht hatte, noch keinen einzigen Ton von sich gegeben.

»Er …«, stieß Buinne hervor. »Ich glaube nicht, dass er auf deine Bedingung eingehen wird, Mylord.« Er spürte noch immer Naisis Blick, der ihn wie ein Schlag in die Magengrube getroffen hatte. Er war älter als Naisi, erfahrener. Eigentlich sollte er, Buinne, es sein, der an Cúchulainns Seite den Roten Zweig führte.

Conor schwankte einen Moment, so als hätten Buinnes Worte ihn zutiefst getroffen. Sein Kopf sank auf die Brust, er ließ die Schultern hängen. Schließlich holte er pfeifend Luft. »Dann stellt sich Naisi also doch wieder gegen mich.« Sein Kopf zuckte unsicher in Richtung des Mannes mit dem Wolfspelz. »Was würdest du tun, Eogan, wenn sich einer deiner Männer in dieser Art und Weise gegen dich stellen würde?«

Das Lächeln des Kriegers sah aus wie ein Zähnefletschen. »Nun, ich denke, er käme nicht einmal mehr dazu, Luft zu holen.«

Conor nickte. Er vergrub seine Hand in den Falten seines Umhangs und drückte sie dann an seine magere Kehle. »Ein König darf nicht zulassen, dass ein junger Mann seine Autorität in Frage stellt.« Die gespensterhafte Gestalt drehte sich wieder zu Buinne um. »Und du, Sohn des großen Fergus Mac Roy?« Seine Stimme schraubte sich schrill in die Höhe. »Wirst auch du dich gegen deinen König stellen und die Kraft deines Schwertes dem Verräter der Ulaid leihen?«

Verräter. Dieses Wort war für das schlimmste aller Verbrechen reserviert. Aber Conor hatte ja schließlich schon immer behauptet, dass Naisis Handeln Verrat sei. Buinne versuchte verzweifelt, aus diesem Widerspruch schlau zu werden.

Als Buinne zögerte, lachte Conor heiser auf. Das Lachen ging schließlich in einen brodelnden Hustenanfall über, der seine gebeugten Schultern schüttelte. Als er sich wieder davon erholt hatte, trat er mit pfeifendem Atem näher an Buinne heran. »Für deine Loyalität«, zischte er ihm zu, »sollst du reichlich belohnt werden. Ein Mann wie du sollte nicht unter der Herrschaft seines Vaters buckeln, der wie ein großer Scheiterhaufen alle Luft um sich herum verbraucht. Habe ich nicht recht?«

Heiße Scham, aber auch ein noch älterer Zorn flammten in Buinne auf und tilgten jede Erinnerung an Naisi. *Ja.*

Er sah jetzt beide Augen des Königs, in denen sich die Flammen spiegelten. »Nun, vielleicht ist es ja an der Zeit«, murmelte Conor leise, »dass du deine eigene Burg bekommst.«

Buinnes Verstand brach unter dem Gewicht seiner Verwirrung jetzt völlig zusammen. Sein Kopf wurde leer. Er sah das Gesicht seines Vaters vor sich. Der Eid, den er ihm geschworen hatte, lag noch immer auf seiner Zunge. »Und eine Frau ...«, hörte er sich stottern. »Eine schöne Frau.«

Conors Lächeln verzog sich zu einer Grimasse. »Ja. Eine schöne Frau. Fast so schön wie meine eigene.«

»Das dauert mir zu lange.« Ainnle ging unruhig vor der geschlossenen Tür auf und ab. »Buinne kommt bestimmt nicht wieder.«

Er warf Illan, der mit gesenktem Kopf dastand, einen finsteren Blick zu. Diese Haltung war für den lebhaften Illan so untypisch, dass Naisi fröstelte. Illan war immer mit seinen Freunden zusammen, oder er begleitete seinen Vater, den er vergötterte. Jetzt war er allein und wusste nicht, was er tun sollte. Er räusperte sich. »Vielleicht verhandelt mein Bruder ja noch mit dem König.«

»Da gibt es nichts zu verhandeln«, entgegnete ihm Ardan. Naisi warf ihm einen kurzen Blick zu. Ardan saß mit gekreuzten Beinen neben dem Feuer. Seine Hände lagen ruhig auf seinen Knien. Es war dies jedoch keine schicksalsergebene Haltung, das wusste Naisi, denn er kannte seinen Bruder so gut wie sich selbst. Ardan sammelte in seinem Inneren Stärke und Kraft. Seine Hände waren geöffnet und konnten jederzeit nach dem Schwert greifen. Seine Gliedmaßen waren locker. »Du bist Buinnes Bruder.« Ardan sah Illan ruhig und konzentriert an. »Du kennst ihn doch sicher genauso gut, wie wir uns kennen. Glaubst du, dass er uns im Stich lassen wird?«

Illan rang um eine Antwort. Dann überzog eine dunkle Röte sein helles Gesicht. Er tastete hinter sich nach der Bank an der Wand und sank schwer darauf nieder. Er nickte nur ein einziges Mal und vergrub dann sein Gesicht in den Händen.

Naisi ging zu ihm. Als Illan wieder aufblickte, lächelte er ihn voller Mitleid an. »Geh, Illan«, sagte er leise. »In dieser Nacht sind schon zu viele traurige Dinge geschehen, und es werden noch mehr geschehen. Ich will auf keinen Fall derjenige sein, der Bruder von Bruder trennt oder Sohn von Vater. Bring dich in Sicherheit. Ich verspreche dir, dass wir nichts Schlechtes von dir denken werden.«

Naisi war überrascht, als er sah, dass Illans Augen feucht schimmerten, obwohl sein Gesicht immer härter und entschlossener wurde. Er stand auf, legte seine Hände auf Naisis Schultern und sah ihm tief in die Augen. »Ich würde lieber mit dir zusammen sterben, als mit dem Bruder zu leben. Es liegt jetzt an mir, unserem Namen wieder die Ehre zurückzugeben. Mein Vater wird stolz auf mich sein, wenn er davon hört.«

Draußen erhob sich plötzlich ein heftiger Wind.

Ein Dutzend Krieger des Roten Zweiges, angeführt von Lugaid und Brecc, hatten zufällig von Fergus' Ankunft erfahren und waren daher die Ersten, die im Licht des Vollmonds in die Festung galoppiert kamen. Voller Vorfreude darauf, in der Halle des Roten Zweiges ein gutes Ale zu trinken und sich den Bauch vollzuschlagen, liefen sie den Weg von den Stallungen hinauf.

Sie kamen auf den grasbewachsenen Platz vor der Halle des Roten Zweiges und standen plötzlich einer unvorstellbaren Szene gegenüber – fremde Krieger umringten mit Fackeln ihre Halle, eine noch größere Anzahl von ihnen drängte sich am anderen Ende des Platzes. Die Wachen von Emain waren nirgends zu sehen. *Eine Invasion.* Einer von ihnen sah auf der kleinen Anhöhe einen Mann mit Kapuze, umgeben von einer Gruppe der dunklen Fremden. Er zischte den anderen zu, dass man den König gefangen genommen hätte.

Sie hatten sich den fremden Kriegern von hinten genähert, und der Wind hatte ihre Stimmen übertönt. Niemand hatte sie deshalb bis jetzt bemerkt. Durch ihren nächtlichen Ritt von Verwegenheit beseelt, zögerten sie keinen Augenblick. Die Flamme des Roten Zweiges loderte sofort hoch auf. Sie rissen ihre Schwerter aus den Scheiden und ihre Schilde vom Rücken und stürmten auf den noch immer ahnungslosen Feind zu.

Die Eindringliche fuhren herum und stießen wilde Kriegsrufe aus. Das erste Klirren eiserner Klingen hallte durch die Luft, gefolgt von lautem Geschrei, das jetzt überall ausbrach. Die Dunkelheit und die im Wind flackernden Fackeln gebaren das pure Chaos. Die fremden Krieger schlugen verzweifelt um sich und duckten sich, rutschten im Schlamm aus.

Fackeln fielen zu Boden und entzündeten das verstreut herumliegende Stroh.

Illan hatte sein Ohr an die Tür gepresst. »Da draußen wird gekämpft! Vielleicht sind endlich die Wachen gekommen.« Er sah Naisi an. »Ich werde einen der Türflügel verbarrikadieren, den anderen werde ich so lange halten, bis ihr die Halle auf der anderen Seite verlassen habt.«

»Nein.« Naisi schüttelte den Kopf. »Das hier ist allein unser Kampf.«

»Conor will nur dich und das Mädchen. Er hat irgendwelche fremden Krieger gefunden, die die Drecksarbeit für ihn erledigen sollen. Ich werde diesen Abschaum so lange aufhalten, bis ihr in Sicherheit seid. Wenn sie sehen, dass ihr weg seid, werden sie mich in Ruhe lassen. Schließlich bin ich Fergus' Sohn und ein Blutsverwandter von Conor. Ihr habt diese Chance verdient.«

Naisi drückte Deirdre an seine Brust. Seine Arme dämpften alle Geräusche, und sie hörte jetzt nur noch seinen Herzschlag. Sie versuchte, ihre Stimme wiederzufinden. »Ich habe ein Fenster entdeckt«, sagte sie. »Es ist nicht groß, aber wir könnten uns hindurchquetschen.«

Ainnle hatte sich inzwischen ein wenig beruhigt. Sein Gesicht war aber noch immer mit hektischen roten Flecken überzogen. Er senkte die Stimme. »Dann könnten wir sie überraschen – wir könnten uns bis zu den Gassen durchkämpfen und auf diesem Weg zum Haupttor gelangen.« Er hatte offensichtlich nicht einen Moment auch nur in Erwägung gezogen, Deirdre auszuliefern und sich und seine Brüder dadurch zu retten.

»Draußen wäre Deirdre leichter zu schützen als hier drin, wo wir in der Falle sitzen«, stimmte Ardan ihm mit ruhiger Stimme zu.

Naisi sah Illan stirnrunzelnd an. »Versprich mir, dass du dich ergibst und versuchst, dein Leben zu retten, wenn das hier schiefgehen sollte.« Illan antwortete mit einem kurzen Nicken. Die vier Männer schleppten schwere Fässchen mit Ale herbei, um die Tür zu blockieren. Naisi umarmte Illan. »Wir werden schon bald wieder Seite an Seite sein. Halte durch.«

Dann drehten Deirdre und die Brüder sich um und rannten den Gang zum Schlafgemach entlang.

Fiacra, der in den Stallungen am Festungswall die Pferde seines Vaters versorgte, glaubte Schreie zu hören und hob den Kopf. Er hatte den ganzen Abend damit zugebracht, die Tiere an einem etwas entfernteren Fluss zu baden, und trug noch immer seinen ärmellosen Kittel aus Leder und seine Hose, die vom Wasser des Flusses dunkel war. Seine nassen Haare waren von einer ledernen Kappe verdeckt. Seine Haut und seine Kleidung waren voller Schlamm und Pferdemist, und er sehnte sich nach einem Bad.

Da war es wieder. Er hielt eine der Torwachen fest, die gerade an der Stalltür vorbeirannte. »Was ist los?«

»Ich weiß es nicht«, stammelte der Mann. »Die Söhne des Usnech ...«

Sie waren wieder da? Fiacra vernahm jetzt ganz deutlich ein zorniges Brüllen. Er zögerte keinen Augenblick. Er rannte den Pfad hinauf und zog dabei schon sein Schwert. Als er näher kam, lösten sich die Rufe in Schmerzensschreie und grimmiges Knurren auf. Sein Herz schlug bis zum Hals.

Er rannte, so schnell er konnte, zum Platz vor der Halle des Roten Zweiges. Dort stieß er auf eine Gruppe von Männern, die sich vor den großen Türen einen erbitterten Kampf lieferten. Bei all den hin und her springenden schwarzen Gestalten, dem blutroten Glanz der Schwerter, den flackernden Fackeln und dem brennenden Stroh konnte Fiacra so gut wie nichts erkennen. Er sah nur, dass seine Brüder vom Roten Zweig sich verzweifelt gegen fremde Krieger mit schwarzen Bärten und ebensolchen Haaren verteidigten, und dies alles vor den Toren ihrer geheiligten Halle.

Naisi ist mit Kriegern aus Alba zurückgekommen und hat uns angegriffen! Nein, nein!, meldete sich sein Verstand zu Wort. So etwas würde Naisi niemals tun. Dennoch: Die Söhne des Usnech waren so wütend auf seinen Vater gewesen ... und nach der

Sache mit Leary auch auf den Roten Zweig … All diese Gedanken schossen Fiacra durch den Kopf, als eine Rauchwolke aus dem Stapel von brennenden Schilden zu seinen Füßen aufstieg und ihm die Luft nahm – die Trophäen des Roten Zweiges, in den Dreck geworfen.

Jemand stürzte mit gezücktem Dolch auf ihn zu und verwundete ihn an der Stirn. Fiacra keuchte vor Schmerz. Blinde Wut ergriff ihn. *Eindringlinge, hier im Herzen von Emain Macha.*

Fiacra umschloss das Heft seines Schwertes jetzt fester und stürzte sich ins Getümmel. Die schwarzhaarigen Fremden wichen vor seiner wirbelnden Klinge zurück. Er wurde von der Menge hin und her gestoßen, bis die Flut ihn in Richtung der Türen drückte. Blut lief ihm übers Gesicht, sodass er mit einem Auge nichts mehr sah. Er hatte einen kupferartigen, bitteren Geschmack, der sich mit Asche vermischte, im Mund. Der Rauch brannte ihm im anderen Auge, und er konnte in dem Chaos aus gespenstischen Flammen und tanzenden Schatten kaum noch etwas erkennen. Ein Mann mit glänzendem Schwert, der ihm den Rücken zukehrte, hatte gerade einen Gegner direkt vor der Tür niedergestreckt.

Fiacra sprang auf den Mann zu. Dieser drehte sich, so als hätte er seine Gegenwart gespürt, um und wehrte seinen Hieb mit einem lauten Schrei ab. Während sie sich im wabernden Rauch hin und her bewegten und versuchten, die Deckung des anderen zu unterlaufen, bemühte sich Fiacra verzweifelt, durch das Blut, das ihm aus der Schnittwunde auf seiner Stirn in die Augen tropfte, etwas zu erkennen. Dann trafen ihre Schwerter wieder aufeinander, bis sie sich am Heft verkanteten. Ihre Gesichter waren sich jetzt so nahe, dass der Speichel seines Gegners ihn an der Wange traf.

Auf einem Stapel von Fässern, die neben der Tür lagerten, flammte plötzlich eine weggeworfene Fackel auf. Das mit Met getränkte Holz ließ eine helle Stichflamme aufschießen. In ihrem blutroten Licht starrte Fiacra in Illans rußverschmiertes Gesicht.

Illans Augen weiteten sich, und Fiacras Verstand setzte aus. Dann löste sich die Starre in Illans Gesicht, und er fletschte die Zähne. »Auch du verrätst mich also für dieses abscheuliche Ungeheuer, das sich König nennt?«, rief er und stieß Fiacra mit beiden Händen zurück. »Aber schließlich bist du ja nichts anderes als die Brut dieses Verräters. Dein Blut ist genauso schwarz wie das seine!«

Seine Worte trafen Fiacra bis ins Mark. Naisi und Illan hatten also zusammen mit den Kriegern aus Alba die Halle angegriffen. Ein Racheakt – oder der Versuch, seinen Vater zu stürzen. Sein Herz wollte einfach nicht glauben, was seine Augen sahen. Aber Illan war schließlich Fergus' Sohn ... Wollte Fergus sich den Thron jetzt mit Gewalt zurückholen? Dann musste dieser Verrat schon die ganze Zeit in Illan geschlummert haben. *Nicht Illan!*, schrie seine gequälte Seele.

»Nicht du«, heulte Illan, und bevor Fiacra etwas erwidern konnte, verschwand aus Illans rußigem Gesicht alle Vernunft, und er stürzte sich mit einem Schrei der Verzweiflung auf Fiacra.

Conall stieß die verängstigten Menschen, die sich mit offenen Mündern in den Gassen drängten, einfach zur Seite. Er erfasste die Situation mit einem Blick.

Feindliche Krieger kämpften gegen die Krieger des Roten Zweiges und die Wachen von Emain ... dann fiel sein Blick auf zwei Männer, die direkt vor der Tür der heiligen Halle aufeinander einschlugen. Einer von ihnen drehte sich gerade ins Licht ... es war Fiacra. Sein Gesicht war vor Anstrengung und Schmerz verzerrt. Der Sohn des Königs verteidigte allein die Tür der Halle! Wurde Conor gerade angegriffen?

Alles war rot vom Schein der Flammen und vom Blut. Die beiden Krieger waren mit Ruß und Schmutz bedeckt, sodass man sie durch die Rauchschwaden hindurch kaum voneinander unterscheiden konnte. Conall sah nur Fiacras gequälte Augen, die immer wieder im Rauch aufleuchteten.

Conall stürmte mit lautem Gebrüll auf die beiden Gestalten zu. Fiacra, der sich verzweifelt verteidigte, rutschte in der aufgewühlten Erde aus. Der Arm des Fremden erhob sich hoch über Fiacras Kopf – Fiacra stieß mit seiner eigenen Klinge nach oben, drehte sein Handgelenk, um das herabsausende Schwert zu blockieren. Und in ebendiesem Moment war Conall zur Stelle.

Er packte Fiacras Gegner an der Schulter, setzte die Spitze seines Schwertes zwischen dessen Schulterblättern auf und riss den Arm des Mannes nach hinten. Dann bohrte er seine Klinge mit einem lauten Brüllen in dessen Rücken.

Der Feind stieß einen entsetzlichen Schrei aus. Fiacra brüllte ebenfalls. Voller Qual. Sein Schrei verschmolz mit dem Todesschrei seines Gegners, bis beide gleichzeitig verstummten. Fiacra schob Conall zur Seite und packte den Körper, der gerade von seiner Klinge rutschte. »Nein«, schluchzte Fiacra. »Ich hätte ihn entwaffnen können, wenn sich sein Zorn gelegt hätte! *Nein!*«

Verwirrt und keuchend starrte Conall das mit Ruß beschmierte Gesicht an, auf das jetzt das Licht der Fackeln fiel. Die Wangen des Mannes waren mit schaumigem Blut bedeckt, das aus seinem Mund quoll. *Illan.* Conall spürte, wie seine Beine unter ihm nachgaben, bis er betäubt in der immer größer werdenden Blutlache auf den Steinplatten auf die Knie fiel.

Illan krallte sich an seinem Ärmel fest. Er zerrte daran, sodass Conall sich zu dem schönen, jungen Gesicht herunterbeugen musste, das ihn, den großen Helden, so oft voller Ehrfurcht angesehen hatte, während sie über die Kunst des Schwertkampfs gesprochen hatten. Einen Helden, der Fergus' geliebten Sohn getötet hatte. Conalls Kehle verkrampfte sich. Er bettete Illans Kopf in seine blutigen Hände.

»Conall«, war alles, was Illan noch sagte, bevor seine Finger kraftlos zu Boden glitten.

45

Naisi ließ sich wieder vom Fenster herunter. Sein Gesicht füllte Deirdres gesamtes Blickfeld aus. »Männer mit Fackeln schleichen um die Halle herum«, sagte er. »Sie werden uns mit ihren Speeren töten, bevor wir auch nur einen Fuß auf den Boden gesetzt haben.«

Die drei Brüder starrten einander an. Bevor jedoch jemand etwas sagen konnte, ertönte draußen ein neues Geräusch: ein gespenstisches Zischen, dann das tiefe Grollen von trockenem Holz, das Feuer fängt. Die Eingangstüren gaben ein unheilvolles Knacken von sich.

»Sie wollen uns bei lebendigem Leib verbrennen!«, rief Ardan.

Der Geruch von Rauch kam bereits vom Rieddach herunter.

»Wir werden nicht in den Flammen sterben«, sagte Ardan verträumt, so als schwebe er in irgendeiner anderen Welt.

»Nein«, stimmte ihm Naisi zu. Er straffte die Schultern und reckte die Brust, als sein Zorn von ihm abfiel und er ganz ruhig wurde. »Ich werde mich nie wieder von der Gier und dem Hass anderer Männer beherrschen lassen.« Er starrte einen der Wandteppiche an. Dieser zeigte ein Bildnis des Gottes Lugh mit der

Sonne als Schild. »Ich werde ihnen die Kontrolle über mich entreißen, werde im Feuer meines eigenen Herzens voranstürmen und nie mehr davonlaufen.« Sein funkelnder Blick lag jetzt auf seinen Brüdern. Deirdre sah, wie die Flamme in seinem Inneren aufloderte. »Wir werden einen Ausfall durch die große Tür machen und so unter dem Schild unseres Vaters passieren.« Er lächelte, legte die Hände um Ardans und Ainnles Nacken. Die drei Brüder bildeten jetzt einen Kreis mit Deirdre in ihrer Mitte.

Ardan hielt sein Handgelenk mit festem Griff; Ainnle schob die Arme um die Taillen seiner Brüder und beugte den Kopf, sodass er beinahe auf Naisis Schulter lag. Ein Augenblick, ein Atemzug, der sie so zeigte, wie sie als Jungen gewesen waren.

Dann richteten sie sich wieder auf und legten die Hände auf die Hefte ihrer Schwerter, schöpften Kraft aus diesem geheiligten Boden und reckten die Köpfe. »Geht«, forderte Naisi seine Brüder auf, »und tränkt eure Kleidung mit Wasser, als Schutz gegen die Flammen.«

Als Cormac und Dubthach den Platz vor der Halle des Roten Zweiges erreichten, brach gerade ein tragender Pfosten, und das Dach sackte in einem Schauer orangefarbener Funken ein Stück nach unten, wobei es eine der Kriegsflaggen mit sich riss. Die Flagge löste sich und ging in Flammen auf. Ein heftiger Windstoß trug sie auf sie zu. Cormac und Dubthach mussten zur Seite springen, gemeinsam mit einer Gruppe von schreienden Menschen, die ebenfalls versuchten, sich vor der Hitze in Sicherheit zu bringen.

Cormac zuckte zusammen, als ein Funke seine Wange traf. *Die Söhne des Usnech sind wieder da.* Das hatte einer der Boten seines Vaters berichtet, als sie ihn ein Stück weiter unten am Fluss getroffen hatten. Cormac starrte mit verstörtem Blick auf das wilde Durcheinander von kämpfenden Männern, Feuer und Blut.

»Connacht!«, keuchte Dubthach.

Die Krieger aus Connacht hatten sie überrascht. Sie hatten gnadenlos die Schwäche ausgenutzt, die ihre eigene Torheit heraufbeschworen hatte.

Cormac stürzte sich auf die feindlichen Krieger und kämpfte blindlings im Rauch. Er konnte den goldenen Schmuck seines Vaters nirgendwo sehen. *Die Halle. Er musste zusammen mit Naisi in der Halle sein.* Cormac zog seine Klinge aus dem Körper des Gegners, den er gerade durchbohrt hatte, sprang über die Leiche und stürmte durch eine Lücke, die sich zwischen den kämpfenden Kriegern mit ihren rußgeschwärzten Gesichtern aufgetan hatte. Er konzentrierte sich nur auf sein Ziel, die brennenden Flügeltüren der Halle. Dubthach ließ er dabei weit hinter sich.

Der rothaarige Conall kämpfte gerade verzweifelt gegen zwei Gegner. Sein Kittel und seine Arme waren rot von Blut. Ein Schauer von Funken, der von dem brennenden Dach herabregnete, blendete Cormac vorübergehend. Als er ihn abschüttelte und durch den Rauch weiterrannte, hustete er beißende Asche.

An der Tür der Halle lehnte ein Krieger. Dunkles Blut färbte seinen Oberkörper und tränkte das Holz. Sein Kopf war auf die Brust gesunken, sein silberhelles Haar fiel auf seine Schultern herab. *Illan.* Der Mann, der ihn getötet hatte, beugte sich gerade triumphierend über ihn. Er zerrte mit einer Hand an seinem Kittel herum, während er mit der anderen so krampfhaft sein Schwert umklammerte, dass sich die Sehnen unter seiner Haut abzeichneten. Er trug das ärmellose Lederwams dieser dunklen Fremden. Mit dem schmutzigen Helm und dem Schlamm auf seinen Gliedmaßen sah er aus wie ein Geist, der versuchte, Illan das Leben auszusaugen. Gewiss hatte er vor, Illans Kopf abzutrennen!

Cormac zögerte nicht einen Augenblick. Er stieß einen wütenden Schrei aus, als er herbeistürzte und die wilde, wirbelnde Drehung vollführte, für die die Krieger des Roten Zweiges berühmt waren. Mitten im Sprung schlug er seine Klinge mit aller Kraft in den Nacken des Feindes.

Die lederne Kappe flog von der Gewalt des tödlichen Schlags davon. Als Cormac auf dem Boden landete, sah er eine vertraute flachsblonde Mähne, die bereits mit Blut getränkt war.

Levarcham hielt sich gerade in den unterirdischen Vorratsräumen hinter der Halle des Königs auf und sichtete die Fässer und Säcke, die dort gelagert waren, als sie die aufgeregten Rufe der Diener hörte. Sie rannte die Treppe hinauf, an der Halle vorbei und den Weg hinunter auf den hellen Feuerschein zu. Dort kämpfte sie sich dann durch die verängstigen Menschen, die aus ihren Häusern gestürzt waren und deren dicht gedrängte Körper vor dem gespenstischen Feuerschein eine schwarze Silhouette bildeten.

Deirdre ... Conor ... Der Rauch und die Flammen raubten ihr die Sicht. Die Halle des Roten Zweiges brannte lichterloh.

Sie presste die Finger auf ihre Schläfen, um nachdenken zu können. Als sie die Menge verzweifelt mit den Augen absuchte, fiel ihr Blick auf einen Mann in einem Kapuzenumhang, der auf einer Bodenerhebung auf der anderen Seite des Platzes stand. Conor. Sie erkannte ihn an seiner Körperhaltung. Jetzt drehte er sich um, und sie sah, wie er dieses entsetzliche Gemetzel mit glasigen Augen beobachtete. Sein Mund hatte sich zu einem gierigen Grinsen verzogen, während das gespenstische Licht der Flammen auf seinem Gesicht tanzte.

Er ist für das alles verantwortlich. Es musste wegen Naisi, wegen Deirdre sein.

Das Gedränge der aufeinander einschlagenden Krieger vor der Halle war zu dicht, als dass sie dort durchgekommen wäre. Also führten ihre Schritte sie auf Conor zu. *Deirdre.* Das war der einzige Gedanke, zu dem sie noch fähig war.

Inzwischen waren so viele Menschen herbeigeströmt, dass Conors Wachen sie erst sahen, als die Leute vor ihrem zornigen Gesicht zurückwichen. Sie streifte ihre Kapuze zurück, um die Eulenfedern zu enthüllen, die zeigten, dass sie Druidin war. Ihr plötzliches Auftauchen und ihr schiefer, hinkender Gang ließen die Wachen zögern. In diesem Moment machte sie einen Satz vorwärts, wollte Conor ins Gesicht spucken. Ein von Narben gezeichneter Mann packte sie und hielt sie mit beiden Armen fest. »Verräter!«, schrie sie. »Ich verfluche dich, Nessas Brut, mit dem Atem der Götter dafür, dass du deinen Eid gebrochen und den Menschen, die dir vertraut haben, Böses angetan hast!«

Sie wand sich im Griff des Mannes. Der Fluch war die einzige Waffe, über die sie verfügte – aber es war etwas, das selbst den härtesten Kriegern Angst machte. »Ein König, der die Götter auf so schändliche Weise entehrt, den werden sie vernichten. Dein Blut wird von uns niemals wieder geehrt werden!«

In Conors Augen glitzerte jetzt der Wahnsinn. »Ich bin schon verflucht genug!« Sein Lachen klang wie das heisere Krächzen einer Krähe. »Es ist vorbei.«

Levarcham entwand sich dem Griff der Wache und stürzte sich in das Getümmel. Jetzt hatte sie nichts anderes mehr im Sinn, als mit allen Mitteln zu Deirdre zu kommen … und falls diese bereits tot war, ihr auf den Scheiterhaufen zu folgen. Sie vernahm ein ihr fremdes, tiefes Grollen hinter sich: »Fesselt und knebelt sie, ihr Narren, bevor ich euch mit meinem eigenen Schwert durchbohre!« Kräftige Hände zwangen sie auf die Knie. Ermutigt dadurch, dass die Götter die Häscher nicht auf der Stelle für ihr Tun bestraften, warfen sich jetzt auch andere auf sie. Man knebelte sie mit einem blutigen Stück Tuch und band ihr die Arme grob mit einem ledernen Gürtel auf den Rücken. »Deirdre!«, schrie sie hinter dem Knebel, aber der Ton blieb in ihrer schmerzenden Kehle stecken.

Auf der anderen Seite des Platzes lief eine Welle von Flammen den Dachfirst der Halle entlang, auf die prächtige Fahne mit dem Baum mit den vielen Ästen in Rot und Gold zu.

Im Schlafgemach hörten sich die Schreie und das Klirren der Klingen wie ein fernes Unwetter an.

Naisi hielt Deirdres Gesicht in seinen Händen. Sie schienen mit einer Kraft zu glühen, die tiefer ging als jede Hitze. Die Kraft drang langsam in ihren Körper ein, breitete sich darin aus und ermutigte ihr ängstliches Herz.

Dieselbe Kraft leuchtete auch in seinen Augen. Die silbernen Sprenkel um die Pupillen erinnerten sie dabei an das Licht einer stählernen Klinge, die in der Sonne aufblitzt. »Ich habe dir gesagt, dass ich wissen werde, wenn der Tag gekommen ist, an dem ich sterbe.« Sie bewegte sich, um seinen Worten zu entkommen, aber er hielt sie fest. »Heute ist dieser Tag, *a stór.*«

Ein Schauder lief durch ihren Körper. Ihr Bewusstsein hatte sich zusammen mit dem Feuer entfaltet, denn um diesen Augenblick auszukosten, in dem sie auf diese ganz besondere Art und Weise von Naisi erfüllt war, musste sie mit seinen Sinnen empfinden. Also ließ sie jetzt das Tosen der Flammen, die Rufe und die Schreie in sich eindringen, anstatt sie zu verdrängen, denn sie wollte nicht einen einzigen der kostbaren Tropfen Zeit verlieren, die ihr mit ihm noch blieben. Die Welt, die sie in den letzten Stunden nur noch verschwommen wahrgenommen hatte, erwachte um sie herum plötzlich zu plastischem Leben. Sie spürte, wie eine große Kraft durch ihren Körper fegte, so als würden sie beide von ihr durch Stromschnellen und dann über einen großen Wasserfall getragen. »Naisi … ich liebe …«

»Nein.« Er schnitt ihr das Wort ab. »Wir haben niemals nach den Maßstäben der Sterblichen geliebt, deshalb werden Worte auch nicht das Letzte sein, was wir miteinander teilen.« Er zog sie zu dem Tisch unter dem Fenster und stieg mit ihr zusammen auf die Tischplatte. Dann riss er mit einem leisen Knurren die restlichen Bretter vom Fenster weg und hielt Deirdre dann, den Bauch an ihren Rücken gelehnt, in den Armen. »Schau«, flüsterte er.

Seine Stimme war jetzt das Murmeln eines Liebenden, das zu einer knisternden Feuerstelle und warmen Pelzen auf nackter Haut gehörte. Plötzlich wurde der beißende Brandgeruch von einem eiskalten Windstoß vertrieben. Deirdre konnte einen Schleier aus Dunkelheit erkennen, der von Sternen und Mondlicht erhellt wurde. Durch das Fenster kamen die Gerüche von nasser Erde, dazu ein Hauch von modrigem Holz und Moos, der aus dem Wald unterhalb der Burg heraufdrang. Die Wildnis hatte den Rauch besiegt, streckte jetzt ihre Finger nach ihnen aus und hüllte sie ein. »Aus Liebe zu dir habe ich den Menschen den Rücken gekehrt. Nur der Wald war unser Zuhause.« Er zögerte, sein Atem war ein Seufzer in ihrem Ohr. »Ich hätte mit dir dort bleiben sollen. Es tut mir leid.«

Sie schüttelte den Kopf, berührte seine Hand, mit der er sich an der Wand abstützte. »Ich weiß von der Prophezeiung, und ich weiß auch, warum du mir nie etwas davon gesagt hast.« Rauch wehte jetzt wieder vom Dach herunter. Sie musste husten. »Ich weiß, welches Schicksal du auf dich genommen hast, als du dir gestattet hast, mich zu lieben.«

»Das hat für mich nicht ein einziges Mal eine Rolle gespielt.« Das Leuchten in seinen Augen, das sie über ihre Schulter hinweg sah, hob sie an, und sie hatte das Gefühl, es könnte sie bis in den Himmel treiben wie eine erhobene Klinge, könnte sie mit einem einzigen trotzigen Schrei befreien. »Ich bin mir sicher, dass wir alle unser Schicksal selbst bestimmen können, mein *fiáin*.«

Er hob sie wieder vom Tisch herunter. Sie zog ihn an sich und küsste ihn, versuchte dabei, jeden Partikel an Gefühl einzufangen, um ihn auf immer und ewig in ihrem Herzen zu bewahren. Ihre Finger fuhren an seinem Unterkiefer entlang, dem festen Knochen und dem nachgiebigen Gewebe. Ihre Fingerspitzen nahmen das Kratzen der Bartstoppeln wahr. Sie bewegten sich weiter zu den weichen Lippen, die sich, von seinem Atem erhitzt, leicht öffneten, dann beugte sie sich nach vorn und trank den süßen Duft, der aus der warmen Einkerbung an seinem Nacken aufstieg.

Sie umschloss jenen Körperteil von ihm, der ihr stets so großen Genuss bereitet hatte, ehrte ihn mit ihrer Berührung, fuhr die Rinnen neben seinen Leisten bis zu seinen Hüftknochen hinauf, während er diese Liebkosung mit seinen Händen auf ihren Schenkeln und Brüsten erwiderte. Dann wanderten ihre Hände weiter nach oben, formten seine Schulterblätter nach, erinnerten sich dabei, wie sie sich bewegten, wenn er in ihr war. Er bemächtigte sich wieder ihres Mundes, schmiegte ihren Kopf in seine Ellenbeuge, bis er sich schließlich von ihr löste und sein Kinn auf ihre Stirn legte. »Wie seltsam«, flüsterte er, »dass ich mich selbst jetzt in dir verlieren möchte und alles um mich herum niederbrennen lassen würde. Selbst jetzt würde ich dich zu der meinen machen, um mich Conor zu widersetzen.«

Ihr Lachen war heiser vom Rauch, aber in ihrem Körper erklang jetzt ein reiner Ton. »Stell dir vor, sie dringen hier ein und finden uns nackt und mit uns selbst beschäftigt.« Ihre Finger bewegten sich weiter, formten seine Wangenknochen nach, die kleine Kerbe über seinem Mund, spürten den Puls an seiner Schläfe. *Naisi. Naisi.* »Sie würden sagen, dass wir doch nicht anderes als wilde Tiere sind!« Sie legten sich jetzt gegenseitig die Köpfe auf die Schultern so wie Schwäne, die einander liebkosen. *Naisi. Naisi.*

Es war ein Lied, das sie nie mehr zu singen aufhören wollte.

Über ihren Köpfen war jetzt deutlich ein Knacken zu hören. Der Lärm des Kampfes und die Schreie wurden lauter. Plötzlich stand Ardan in der Tür zum Schlafgemach. »Hier.« Er warf Naisi und Deirdre ihre tropfnassen Umhänge zu. »Illan ist draußen. Die Tür ist geschlossen. Er muss sich in den Kampf gestürzt haben.«

»Dann müssen wir zu ihm«, sagte Naisi. Ardan nickte nur und rannte los.

Naisi hüllte Deirdre ohne jede Hast in die nasse Wolle, glättete sie zärtlich mit den Händen, so als klebte sie nicht in eiskalten Falten an ihrer Haut, sondern wäre ein wärmender Pelz. Dann fasste er sie unter dem Kinn, hob ihr Gesicht an und küsste sie zuerst auf ein Augenlid, dann auf das andere. »Komm«, murmelte er sanft. »Komm, mein Schatz.«

Ardan und Ainnle hatten eine schwere Anrichte vor die Tür geschoben, um sie zu verbarrikadieren, bis sie bereit waren, die Halle zu verlassen. Jetzt zerrten sie sie weg und ließen nur ein einziges Fass stehen, um den Querriegel festzuhalten. Hier sammelte sich der Rauch, der durch das Rieddach eindrang. Heftige Schläge prasselten auf die Türflügel aus Eiche. Das Holz erbebte bei jedem Stoß, während durch die Ritzen heiseres Brüllen und lautes Schreien zu hören war.

Die Brüder schnallten sich ihre Schwerter wieder auf den Rücken. Deirdre sah Ardan in die Augen und ging dann langsam auf ihn zu. Er breitete die Hände aus und nahm sie in den Arm. »Das hier ist nicht die Zukunft, die wir gesehen haben«, sagte er mit einem leisen Lächeln. Wenn seine Augen jemals weitblickend gewirkt hatten, so zeigten sie jetzt das verwaschene Licht des Himmels. Seine Hände zitterten, aber nicht vor Angst, sondern vor der Anspannung, die entsteht, wenn ein Vogel seine Schwingen ausbreitet, kurz bevor er sich in die Luft erhebt. »Dennoch habe ich zur Göttin zurückgefunden.«

Mein Bruder. Segen und Dankbarkeit flossen aus ihrem Herzen, und als er das spürte, küsste er sie auf die Stirn.

Ein paar Halme des brennenden Rieds begannen auf sie herabzufallen und schwelten in der Binsenstreu weiter. Deirdre legte ihre Finger zögernd auf Ainnles Hand, die auf seinem Schwertgurt ruhte. Nach einem kurzen Augenblick drehte er seine Hand um und ergriff die ihre. Sein Lächeln strafte das wehmütige Schimmern in seinen Augen Lügen.

Naisi umarmte noch einmal seine Brüder und stellte sich dann vor die Tür. Er richtete sich zu seiner vollen Größe auf wie eine Welle, kurz bevor sie bricht. Ainnle trat an seine Seite, Ardan an die andere. Deirdre stellte sich hinter die drei Brüder. »Niemand kann die Söhne des Usnech trennen, wenn wir zusammenhalten«, sagte Naisi. »Ruft das Feuer des Roten Zweiges wie nie zuvor!« Er wandte den Kopf und sah Deirdre an. Es war eine kleine, intime Bewegung. »Wir können durchs Feuer gehen. Vergiss das nicht, *a chuisle mo chroí*.« Schlag meines Herzens.

Sie nickte und konnte dabei nicht mehr aufhören zu husten. Tränen liefen ihr übers Gesicht und vermischten sich mit den Flocken von Asche, die auf ihren Wangen lagen. Ihre Lungen rangen nach Luft … nach Leben. Ihr blieb ein letzter Moment, um ihre Finger in die schwarzen Strähnen zu wickeln, die Naisi über den Rücken fielen. Sie spürte, wie dabei eine starke Wärme in ihre Handfläche eindrang, und stellte sich das Licht in seinem Inneren vor, wie es für immer brannte. Er holte Luft. Sein Atemzug bewegte ihre Finger. Während sie dieses Gefühl zu bewahren suchte, schob er das Fass zur Seite und zog den Riegel zurück.

Mit einem ohrenbetäubenden Schrei auf den Lippen stieß Naisi die Tür mit dem Fuß auf. – *Roter Zweig!*

Mit Deirdre in ihrer Mitte rannten die Söhne des Usnech durch einen Schauer von Asche und brennendem Ried, das der Wind vom Dach gerissen hatte. Sie stürmten hinaus in ein Wirrwarr aus kalter Luft, sternenklarem Himmel und dunklen Gestalten, die vor einer Wand aus Flammen kämpften. In genau diesem Augenblick brach hinter ihnen die Vorhalle in einem zischenden Schauer aus Funken zusammen.

Der Schwung ihres Vorstoßes trug sie über die Leichen am Boden und durch die ersten Reihen schreiender Männer hindurch. Durch den Rauch sah Deirdre verzerrte Gesichter, verdrehte Arme und den Schein des blutroten Lichts, der auf den Klingen der Schwerter lag. Der Lärm, die Schlachtrufe und das Prasseln der Flammen stürzte auf ihre Ohren ein. Der Gestank verbrannten Fleisches und verkohlten Holzes drang ihr in die Nase, sodass sie unwillkürlich zu würgen begann.

Dann sah sie nur noch körperlose, feurige Augen, die durch einen grauen Schleier auf sie zustürzten. Die Brüder blieben stehen, als eine Wand dunkler Männer im Rauch Gestalt annahm.

Deirdres Hand lag noch immer auf Naisis Rücken, und so spürte sie das erste Aufeinandertreffen von Klingen in ihrem Arm. Seine Muskeln traten unter ihren Fingern hervor, als er Schlag um Schlag abwehrte, sich drehte und einen Ausfall machte. Und dann waren da zu viele Hiebe, um sie noch zu unterscheiden. Sie verschmolzen in einem einzigen Sturm aus klirrenden Schwertern, funkensprühendem Stahl und angestrengtem Ächzen.

Sie standen in einem dreifachen Knoten mit dem Rücken zueinander, Deirdre in ihrer Mitte, und gaben sich so gegenseitig Deckung. Die Angreifer umringten sie von allen Seiten, und die Bewegungen der Söhne des Usnech wurden zu einem endlosen, tödlichen Strom aus Eisen. Während sie immer wieder nach vorn sprangen und abblockten, stießen sie Deirdre hin und her, sodass sie Mühe hatte, sich auf den Beinen zu halten.

Plötzlich ertönte eine schrille Stimme über dem Chaos. »Wenn ihr das Mädchen verletzt, lasse ich euch die Köpfe abschlagen und auf Speere stecken!«

Etwas Warmes lief Deirdres Wange hinunter. Sie hielt es für Tränen, als sie es jedoch wegwischte, war ihre Hand mit Blut beschmiert. Sein metallischer Geruch drang ihr in die Nase, als noch mehr Blut aus Schwertwunden spritzte und begann im Schlamm zu ihren Füßen große Lachen zu bilden.

»Es reicht!«, schrie Conor. »Es reicht!«

Hinter Naisi ging die Halle des Roten Zweiges in einem Meer von Flammen unter. Umgeben von Funkengarben, stürzten die stolzen Mauern und das Dach ein. Die Fahnen mit dem goldenen Baum waren nur noch brennende Fetzen.

Als die Krieger innehielten, senkte sich eine gespenstische Stille über den Platz. Das Gedränge dunkelhaariger Fremder um sie herum lichtete sich. Obwohl Naisi zu der kleinen Anhöhe hinüberstarrte, auf der Conor stand, sahen seine Augen nichts. Sein Bewusstsein hatte sich von den Fesseln seines Körpers befreit. Er hatte das Gefühl, als ströme es aus jeder Pore seines Körpers heraus. Als umhülle es ihn mit Silber und stiege dann wie eine Flamme von seinem Scheitel auf. Seine Seele war stark und frei, ein Flammenstoß, der zum Himmel hinaufschoss. *Das war Cúchulainns Ekstase.*

Naisi hatte sich schon viele Male in der Quelle allen Seins mit seinen Brüdern und seinen Gefährten vereinigt. In diesem Zustand waren nur ihre Sinne und ihr Instinkt geschärft. Sie waren einzig und allein auf das Hier und Jetzt beschränkt. Das, was er jetzt erlebte, war jedoch etwas völlig anderes. Sein Bewusstsein schraubte sich in Spiralen nach oben, überflutete das Land einen endlosen Augenblick lang und verband ihn mit etwas, das sich *jenseits des Himmels* befand.

Unter sich sah er Krieger des Roten Zweiges tot auf dem Boden liegen, während sich ihre Schwertbrüder über sie beugten. Dubthach lehnte an einer Wand, den schwer verwundeten Conall in den Armen. Cormac, der Sohn des Königs, sang, schier wahnsinnig vor Kummer, mit gebrochener Stimme die Totenklage für Fiacra und Illan, deren beider Leichname er auf seinen Knien hielt.

Wo Naisi angesichts dieses Verlustes einst eine tiefe Scham überfallen hätte, ließ die tosende Flamme, die ihn umgab, nur einen reinen Strom von brennendem Kummer zu, der ungehindert durch ihn hindurch- und dann aus ihm hinausfloss. Die Flamme loderte jetzt sogar noch heller, strömte aus seinem Körper heraus und erhellte den Platz mit einem Leuchten wie eine Fackel in der Nacht. *Er kannte sich selbst. Er war er selbst.*

Die Schrecken dieser Nacht waren nicht sein Werk. Ihn hatte immer nur eine auf das Wohl aller gerichtete, schöpferische Kraft angetrieben: das Verlangen, die Menschen seines Clans zu führen, den Roten Zweig zu stärken, ihn mit seiner Klinge zu schützen. Jetzt wurde er sich wieder seines Körpers bewusst. Die Wärme von Deirdres Hand strahlte in seinen Rücken aus. Diese Liebe, das war sein Werk. Den Atem und das Blut seiner Brüder mit dem seinem zu vereinen – auch das war etwas, was sie getan hatten. Und das war alles, was zählte.

Er sah, dass Conor ein paar mühsame Schritte auf sie zu machte. Die fremden Krieger wichen zur Seite und ließen den König durch, bis er stehen blieb. Eine in einen Umhang gehüllte Gestalt, so gebeugt wie eine knorrige Eibe. Naisi konnte unter seiner Kapuze nur den weißen Rücken seiner Adlernase sehen.

Beinahe demütig streckte Conor die Hand aus. »Selbst jetzt bin ich noch bereit, dir das Leben zu schenken.« Der knochige Finger zitterte, und in der krächzenden Stimme lag tiefe Verzweiflung. »Wenn du sie mir jetzt übergibst, werde ich die Sache als erledigt betrachten, so wie ich es versprochen habe. Selbst jetzt noch.«

Er war nicht mehr als ein unwirklicher Schatten am Rande

von Naisis Wahrnehmung. Naisis Blick war stattdessen hinauf zum Himmel gerichtet, der sich über das dunkle Tal spannte, durch das er gehen musste. Zur heraufziehenden Morgendämmerung, die über dem Gipfel vor ihm winkte, genauso wie Deirdre es beschrieben hatte. Sein Herz schlug heftig in seiner Brust. Er wollte auf diesen Gipfel zulaufen und den Blick in die Ferne schweifen lassen, denn das war es, wonach sie sich so gesehnt hatte. Er wollte dieses Feuer mit einem gewaltigen Ausruf der Freude auflodern lassen. Er holte tief Luft und lachte. »Sie war nie mein Eigentum. Wie also sollte ich sie dir übergeben können?«

Es wurde still. Deirdre legte plötzlich ihren Kopf an Naisis Rücken und ließ ihre Wange auf seinem Schulterblatt ruhen. Mit dieser einen, dieser subtilen Bewegung sagte sie alles, was es zu sagen gab. Sie wies damit den König, seine Krieger und die verkohlten Mauern, die sie umschlossen, ab. Stattdessen schob sie ihre Hand um Naisis Taille und legte sie dann mit großer Zärtlichkeit wie einen Stern auf sein Herz.

Conors glasiger Blick lag gebannt auf ihren Fingern.

Plötzlich zerriss ein wütendes Knurren die Stille. »Was soll das?« Der große bärtige Mann im Wolfsmantel schob sich jetzt durch die Menge. »Ich habe gehört, dass die Männer des Roten Zweiges die tapfersten Krieger von Erin sind, ihrem König bis in den Tod treu ergeben.« Er spuckte auf den Boden und ließ dann den Blick über seine Männer schweifen, deren Augen im Licht der Flammen gierig glitzerten. »Vielleicht steht dieser Weg zu Ehre und Ruhm jetzt anderen Kriegern offen!« Mit einem lauten Brüllen reckte er sein Schwert in die Luft.

Die Flut schreiender Krieger riss Conor mit sich, so als wäre er nicht mehr als ein Stück Treibholz in einem Fluss. Sie schoss an ihm vorbei, um auch die Brüder zu verschlingen.

Naisi schwang sein Schwert, eine Flamme, die die Dunkelheit

durchbohrte. »Folgt mir!«, rief er seinen Brüdern zu. *Folgt dem Weg zur Morgenröte.*

Cúchulainn galoppierte mit dem Grauen der Macha den Weg vom Haupttor hinauf. Er hatte sich wegen des unheilvollen Feuerscheins am Himmel und der bösen Vorahnung, die ihn beim Anblick der Festung überfallen hatte, auf den Weg gemacht. Reiter und Pferd waren noch immer eins, während sich die Menschen mit einem Satz vor den wirbelnden Hufen in Sicherheit brachten

Roter Zweig! Roter Zweig!

Die Zeit schien stehen zu bleiben. Der Graue bewegte sich unter ihm wie eine fließende Welle. Cúchulainn sah eine schwarze Masse von brüllenden Kriegern, die vor der brennenden Halle standen – sah Kampfgefährten, die tot oder verwundet waren. Und dort ... ein gleißender Blitz, der einen silbernen Schild gegen die blutroten Flammen, den Ascheregen, die kummervollen und zornigen Schreie bildete. *Naisi.*

Er sah alles: Die Söhne des Usnech waren die Letzten, die die Halle und Emain Macha gegen eine Woge laut brüllender Eindringlinge verteidigten. Feinde.

In der Stille der Quelle allen Seins bückte Cúchulainn sich nach unten, um sich die Stiefel von den Füßen zu reißen. Er ließ die Zügel des Grauen los, stieg auf dessen Rücken und galoppierte in der Hocke kauernd weiter. Der Graue schnaubte, spürte die Verlagerung des Gewichts ... *Das Reiterkunststück von Skatha, das er zusammen mit Ferdia so oft an den langen Sommerabenden auf der Ebene von Muirthenne geübt hatte.*

Cúchulainn griff in die Mähne des Tieres, als der Graue einfach in die Menge von Kriegern hineingaloppierte. Sie schrien und versuchten seinen wirbelnden Hufen auszuweichen. *Cúchulainn!*, riefen sie.

Während er sich dem Rhythmus des wiegenden Pferderückens anpasste, richtete sich Cúchulainn auf, wobei die Sohlen seiner nackten Füße sich um die Schultern des Hengstes bogen, um die Balance zu halten. Das Gedränge von Kriegern hatte sich unter seinem Ansturm geteilt, zog sich zurück und ließ um die Brüder herum einen freien Platz. Während der Hengst über das Gras preschte, wartete Cúchulainn, bis der Graue auf gleicher Höhe mit den Brüdern war. Dann spannte er Schenkel und Waden an, stieß sich mit einem lauten Schrei von seinem Rücken ab und vollführte einen hohen Rückwärtssalto.

Er landete mit einem dumpfen Geräusch auf dem Boden. Eine Hand griff bereits nach hinten, um sein Schwert aus seiner Scheide zu ziehen. Völlig verblüfft, rissen Ainnle und Ardan ihre Klingen hoch, um sich zu verteidigen, Naisi aber tat nichts. Er hatte den Flug des Wachhundes mit leuchtenden Augen verfolgt.

Der Knoten der Brüder öffnete sich, und Cúchulainn sprang zwischen sie. Der Graue galoppierte weiter bis zum Rand der Menge. Das Entsetzen über sein plötzliches Auftauchen und seine wirbelnden Hufe hielt die feindlichen Krieger noch einen Augenblick auf Abstand. Die Männer liefen alle ziellos umher, versuchten, sich auf die lauten Befehle ihres Anführers hin zu sammeln.

Das verschaffte Cúchulainn genug Zeit, um Ardan und Ainnle kurz zu umarmen. Ihr ungläubiges Lachen zog wie eine frische Brise durch den beißenden Gestank des Rauchs. Genug Zeit, um Naisi an der Schulter zu packen und zu sehen, wie die Quelle allen Seins als silbriges Leuchten in seinen Augen strahlte.

»Schön, dass du da bist, Bruder«, keuchte Naisi.

Deirdres sagenhafte Schönheit war unter Ruß und Blutspritzern verborgen. Ihre Augen aber blickten ebenso wild und entschlossen wie die von Naisi. In diesem kurzen Augenblick des Friedens trat Naisi einen Schritt zurück, und sie fasste ihn um die Taille, so als wäre er alles, was für sie existierte. Cúchulainn, der schon so viele Schattierungen der Quelle allen Seins gesehen hatte, stellte erstaunt fest, dass er Deirdres Feuer nicht ertragen konnte, denn es war zu unverstellt, zu intim und düster. Und es war für Naisi allein bestimmt.

»Es tut mir leid, dass ich so spät komme«, war alles, was Cúchulainn herausbrachte, denn einen Moment später mussten sie sich schon umdrehen und wappnen, da die Flut von Kriegern erneut über sie hereinbrach.

Der Kampf ging mit noch größerer Heftigkeit weiter. Cúchulainn und die Söhne des Usnech fegten durch die feindlichen Reihen wie eine brennende Fackel, die in ein dürres Feld geworfen wird. Der Kampf war ein Tanz. Ein Traum. Cúchulainn wusste nicht, wie viel Zeit verging, nur dass jeder Atemzug, den er machte, an einen Ort der Stille zu fallen schien, dort, wo sie alle vereint waren. Und ein jedes Ausatmen schickte eine noch hellere Flamme an ihren Klingen entlang.

Die Angreifer rannten in immer neuen Wellen gegen sie an – Dutzende von ihnen –, und so konnten selbst der Wachhund der Ulaid in all seiner Kampfeswut und die Söhne des Usnech in der Flamme ihrer Jugend niemals diesen Kampf gewinnen.

Durch die schiere Zahl der Gegner zeigten sich erste Risse im Schild der Quelle allen Seins: ein Hieb, den Ainnle mit seinem Schwert abfing, riss ihn einen Schritt zur Seite; Ardan stolperte, als eine Klinge seinen Arm traf. Naisi presste seinen Rücken gegen den von Cúchulainn, sodass sie miteinander sprechen konnten, ohne ihre Schwerter zu senken, während Deirdre zwischen Naisi und Ardan auf seiner anderen Seite eingekeilt war.

Naisis Flüstern traf Cúchulainn wie ein sanfter Windhauch, der hoch über allem wehte, während das Licht der Quelle allen Seins zwischen ihnen floss und ihre Herzen miteinander verband. »Rette sie«, flüsterte Naisi. »Ich kann es nicht ertragen.«

Cúchulainn wollte widersprechen, aber Naisi sah ihn an. Das Weiße in seinen Augen blitzte auf, während er verzweifelt einen weiteren Schwerthieb abwehrte. »Gewähre mir diese Ehre als Krieger und streite nicht mit mir.«

Das schwarze Meer, in dem Deirdre sich befand, roch nach Blut, aber der leuchtende Glanz um Naisi herum dehnte sich jetzt plötzlich aus und wuchs zu einer hoch aufragenden Säule aus Helligkeit an, die ihn und Cúchulainn einhüllte. Der Glanz strahlte immer heller, bildete einen Schild zwischen ihr und ihrer entsetzlichen Angst, sie könnte spüren, wie Naisis Puls verlosch.

Das ist der Tod, dachte sie, völlig benommen von diesem blutigen Traum. Sie und er gingen gemeinsam hinüber in die Anderswelt – der Tod war das Licht, das ihr den Schmerz nahm und sie in einen glitzernden Umhang hüllte, um sie in den ewigen Frieden zu geleiten, während Naisis Blick auf ihr lag.

Und dann packten sie kräftige, sehnige Arme, und der kreischende Lärm der Nacht brach wieder über sie herein. Das war jedoch nicht der Tod – es war Cúchulainn. Sie wehrte sich heftig, aber der berühmteste aller Krieger hielt sie fest und trug sie aus der Helligkeit zurück in die Dunkelheit. Der Aufprall, als er sie einfach auf den Boden warf, erweckte sie endgültig zum Leben. Sie lag an einer Mauer. Vor ihr stand ein riesiges Pferd, das sie vor den Männern und den Flammen abschirmte. Es stampfte, schnaubte und starrte die Krieger an. Diese hielten respektvoll Abstand.

Deirdres Finger gruben sich in das nasse Gras, eine Haarsträhne hing in ihrem Mund … und die Zeit lief wieder weiter. »Lass mich mit ihm sterben!«, rief sie. Aber Cúchulainn hatte sich bereits wieder ins Gefecht gestürzt. Er kam jedoch nicht weit, weil sich eine größere Gruppe von Kämpfern auf ihn stürzte.

Atemlos und von Übelkeit gepackt, versuchte Deirdre sich aufzurichten, aber in ebendiesem Moment bohrte sich eine unsichtbare Klinge in ihre Brust. Sie keuchte schmerzvoll auf und krümmte sich zusammen, presste die Hände auf ihre Rippen, so als wäre sie, obwohl kein Eisen sie berührt hatte, tatsächlich von einer Klinge getroffen worden.

Das brodelnde Gedränge von Kriegern stieß einen gewaltigen Schrei voller Blutgier aus, und während Deirdre auf der Erde kniete und mit einer Hand Halt an der Wand suchte, stand plötzlich Ainnles Bild vor ihr – seine Haare, nass vom Wasser des Sees, seine Augen vor Übermut leuchtend. *Ainnle.* Sein Schrei hallte durch ihren Körper. Sie warf den Kopf zurück und stimmte klagend ein. Der Schmerz wogte noch einmal hoch auf, bevor Ainnles Stimme verklang wie der Donner eines abziehenden Gewitters.

Sie hatte kaum Zeit, Luft zu holen, bevor ein zweiter Stoß kam und sie nach vorn warf, sodass sie laut stöhnend auf alle viere fiel. Ein gewaltiger Schlag schien dann ihren Nacken zu treffen, ihr Rückgrat zu spalten. Sie umklammerte ihren Bauch mit einer schlammbeschmierten Hand. *Ardan,* flüsterte sie. Speichel, vermischt mit Blut, füllte ihren Mund und lief ihr das Kinn hinunter.

Ein zweiter Jubelschrei erhob sich zum Himmel. Deirdres Rücken krümmte sich. Sie erbrach auf ihre Hände. Der bittere Gestank fing sich in ihren Haaren, ließ sie würgen. Immer wieder. *Ardan.*

Dann bog sich ihr Körper in einem langen, qualvollen Krampf, als der dritte und letzte Todesstoß kam. Dieser grub sich tief in ihren Bauch, drehte sich um seine Achse wie ein Speer, der durch ihre Eingeweide gestoßen wurde. Die Dunkelheit schlug über ihr zusammen. Löschte die Luft und den Schein des Feuers, den Lärm und den Gestank einfach aus.

Das Letzte, was sie wahrnahm, war, dass sie mit dem Gesicht in den blutgetränkten Schlamm fiel, als der lauteste Jubelschrei von allen über sie hereinbrach. Er wurde von den Mauern der Häuser zurückgeworfen, bis hinauf zu den Wolken geschleudert und wieder zurück, bis er sie vollkommen umgab, sie auslöschte.

Die wilden Hügel in der Ferne und die Sterne am Himmel schwiegen.

46

Das Lied drang in Deirdres Bewusstsein. Sie trieb in einem traumähnlichen Dämmerzustand dahin, schwebte auf den Tönen. Sie war wieder zehn Jahre alt und lag krank im Bett. Sie spürte kühle Laken an ihrem schweißnassen Körper, nahm das Aroma von Kräutern wahr, und Levarcham sorgte mit sanften Händen für sie.

Der Gesang war heiser, und die Melodie wanderte auf und ab. Deirdres kindliches Selbst lauschte staunend. Das Lied erzählte von den Helden der Ulaid! Wie sehr sie es liebte, solche Geschichten zu hören, wenn sie krank war. Jetzt hob Levarcham einen Becher mit Honigwasser an ihre Lippen und strich ihr zärtlich über die schmerzende Stirn. Sie wurde verwöhnt. Es war warm. Sie war sicher.

Das Lied stockte, dann nahm es seinen Rhythmus wieder auf.

Seht die Söhne des Usnech, stolz schreiten sie daher,
Naisi, im Feuerschein von mir gebadet,

Ardan, den Hirsch über der Schulter,
Ainnle, einen Stapel Holz im Arm,
Auch wenn du den würzigen Met preist
Den Conor Mac Nessa trinkt,
Kenn ich doch einen süßeren Trank
Am Teich im Wald,
Aus den Feuergruben, die Naisi grub
In den weiten, bewaldeten Ebenen,
Kam Met hervor, schmelzender als Honig
Unter den Händen der drei Söhne,
Naisi!
Die schwarze Blume seines Kopfs
Auf stängel-weißem wohlgestaltetem Körper;
Kein Willkommen ist mehr nötig für die toten,
nimmermehr wiederkehrenden Söhne des Usnech.

Levarchams Hand schloss sich fester um die ihre. Ihr Atem drang in Deirdres Ohr. Die Druidin sang nicht. Wem also gehörte diese klagende, gebrochene Stimme?

Tagesanbruch im Wald, als er sich regte,
Mit offenem Blick kleidete ich mich im Licht der Sonne,
Seine blauen Augen ein Verzücken für alle Frauen,
Für Feinde ein wilder Schrecken,
Ich liebte unseren zweisamen Schritt im Schatten der Bäume,
Diesen Gesang, der durch dunkle Wälder sich windet,
Jetzt schlafe ich nicht,
Noch färbe ich meine Fingernägel,
Jetzt ist kein Willkommen mehr nötig,
Er wird nicht kommen,
Der erstgeborene Sohn des Usnech.

Die Stimme wurde zu einem kratzigen Flüstern.

»Bring sie endlich zum Schweigen!« Das wütende Knurren eines Mannes hallte durch Deirdres leeren Kopf. »Stopf ihr den Mund! Das ist ein Befehl!«

Levarchams Stimme klang so schrecklich, wie Deirdre sie noch nie gehört hatte. »Sie spricht im Fieber. Ich kann ihren Gedanken genauso wenig befehlen, wie ich die Sonne auslöschen kann.« Deirdre zupfte an der Decke, unter der ihre Beine gefangen waren. Die beiden Stimmen waren wie scharfe Spitzen, die in ihr Fleisch stachen.

»Sorge dafür, dass sie seinen Namen niemals mehr in den Mund nimmt«, zischte der Mann.

Eine Pause. »Du kannst einem Mann weder den Namen nehmen noch kannst du es vergessen machen, dass er gelebt hat. Das kannst du genauso wenig, Sohn der Nessa, wie du den Göttern befehlen kannst, die Welt neu zu erschaffen.«

Das Wort *Nessa* wies auf einen anderen, einen dunklen Namen hin. Eine andere Erinnerung. Deirdre spürte, wie sie ihre Schwingen ausbreitete und aufflog, um davor zu fliehen. Im letzten Moment bannte Levarchams Stimme sie, warf einen Strick um eine ihrer Krallen. Sie wurde festgehalten, während sie immer verzweifelter mit den Flügeln schlug. Alles, was sie unter sich noch sah, war eine wabernde Wolkenbank, ein Unwetter, das über das Land zog, welches sie verlassen wollte, während sich über ihr strahlendes Sonnenlicht ausbreitete. »Deirdre!« Das war Levarchams heiseres Murmeln. »Ich werde dich zurückholen. Das muss ich.«

Deirdre wurde zwischen der Sonne, die ihr Licht über die Berge goss, und der Stimme ihrer Lehrerin hin und her gerissen. Sie musste träumen. Ja, so musste es sein. Levarcham rief sie. Sie war zehn, und wenn sie aufwachte, würde die Druidin sie freundlich anlächeln, Aiveen würde gerade Gestenmehlkuchen backen, und Fintan würde seine Netze sortieren.

»Komm.« Levarchams Rufe klangen jetzt atemlos, aber beharrlich. »Komm zu mir zurück.«

Deirdre sträubte sich, geblendet von dem verlockenden Licht über ihr und von den Wolken unter ihr hin- und hergeworfen. Dann spürte sie Levarchams Arme, und die vertrauten Gerüche von Thymian, Myrthe und Leinsamen hüllten sie ein. Etwas Bitteres wurde ihr unter die Nase gehalten, riss sie zurück. Ihr Geist flog in enger werdenden Spiralen nach unten. In ihren Gliedmaßen breitete sich eine große Schwere aus. Jetzt spürte sie den Druck der Decken auf ihrem Körper, und sie nahm auch saure Gerüche wahr. Ihre Augen waren noch immer fest geschlossen. Als der Schwindel endlich nachließ, öffnete sie mit großer Mühe ihre Augen.

Sie lag in einem fremden Gemach. Es war üppig mit Kissen und Teppichen ausgestattet, deren grelle Farben ihr in den Augen wehtaten. Levarcham lächelte nicht. Sie saß vornübergebeugt. Ihre Haare ein graues Wirrwarr, ihre eingefallenen Wangen mit Ruß beschmiert. Ihre dämmerungsgrauen Augen waren kalt und völlig ohne Leben.

Deirdre starrte diese gebrochene Frau an. Dann betrachtete sie ihre eigenen Hände, die bleich und reglos auf ihrer Brust lagen. Sie drehte sie um. Sie waren nicht zart und jung, sondern rau. Die Nägel waren abgebrochen, und Schwielen bedeckten die Handfläche. Eine Narbe zog sich über einen Finger. *Ein brennendes Stück Kohle, das aus dem Feuer gesprungen war … sie hatte versucht, es wieder zurückzuschieben, und er hatte gelacht, als sie vor Schmerz laut geflucht hatte. Dann hatte er ihren verbrannten Finger in den Mund genommen, um den Schmerz zu lindern, hatte sie dabei angelächelt …*

Das Unwetter verschlang sie.

Levarcham sah, wie es über sie hereinbrach. Ihr Gesicht verzog sich vor Schmerz. »Es tut mir leid … es tut mir leid, dass ich dich zurückgeholt habe.« Dann begann sie zu weinen.

Conor schickte Geschenke: Ringe aus Bernstein und Kristall, Haarnetze aus gesponnenem Gold, mit Schnitzereien und Perlen verzierte Kästchen. Seidenstoffe und Ohrgehänge aus Bronze und Amseln, die an ihren Sitzstangen festgebunden waren, damit sie ihr etwas vorsangen.

Deirdre sah weder die Geschenke an, noch sprach sie auch nur ein einziges Wort.

Conor formte seinen Bart und seine Haare mit parfümiertem Fett zu kunstvollen Locken und setzte sich zu ihr ans Bett. Ihre Hand blieb jedoch in der seinen völlig schlaff. Sie starrte die Wand an, und ihr Blick schoss dabei hin und her, so als wäre sie in ihre eigene Welt versunken. Eine Welt, die sich nur vor ihren Augen entfaltete und zu der er keinen Zugang erhielt. Er hatte Schwäne erlegen und ihre Federn auf eine Decke nähen lassen, die jetzt auf Deirdres reglosem Körper lag wie eine weiche Schneewehe. Nur das leichte Auf und Ab ihres Brustkorbes, auf dem sich eine Leiter aus Knochen abzeichnete, zeigte, dass sie überhaupt noch lebte.

Aber Schuldgefühle waren nichts, womit Conor sich lange abgeben würde. Die Kälte war seine einzige Stärke.

Draußen vor der Tür ragten die schwarzen Balken der Halle des Roten Zweiges wie ein verkohltes Skelett in den Himmel. In der Festung war es vollkommen still. Die Menschen schlichen leise umher. Es waren keine Stimmen mehr von Kriegern zu hören, die miteinander scherzten oder zusammen sangen. Die Krieger des Roten Zweiges, die mit Ferdia zurückgekommen waren, waren zutiefst beschämt und standen noch immer unter Schock. Es gab niemanden, der sie anführte oder der Conor zur Rechenschaft gezogen hätte. Fergus war mit Illans Leichnam zu seiner Burg zurückgekehrt. Cúchulainn hatte nach dem Tod der Brüder noch einige von Eogans Männern getötet, bevor die Kampfesglut ihn verlassen hatte. Er war schweigend zu seinem Pferd gewankt und dann einfach davongeritten. Conall war schwer verwundet. Cormac weigerte sich, ihn zu sehen. Und Fiacra, Conors silberblonder Sohn, war tot.

Conor hatte in diesen Tagen seine treuesten Chieftains an seine Seite gerufen – all jene, die mit dem Streit des Roten Zweiges nichts zu tun haben wollten. Viele von ihnen waren zusammen mit ihren Männern seinem Ruf gefolgt, und so waren die Tore und die Mauern wieder mit bewaffneten Kriegern besetzt. Eogans Krieger hielten sich noch immer in der Festung auf. Conor hatte Angst davor, sie einfach wegzuschicken. Er würde Eogan so viel Gold geben, dass er zufrieden war, und ihn dann nie wieder eines Blickes würdigen.

Er konnte sich jetzt vollkommen darauf konzentrieren, dieser ganzen Sache noch einen Sinn zu geben. Er brauchte Deirdre. Er brauchte sie als Gegengewicht für all die Zerstörung.

»Was ist geschehen?«

Levarcham, die auf ihrem Schemel vor sich hin gedöst hatte, fuhr hoch. Sie ergriff Deirdres Hand. »Mein Schatz …«

»Was ist geschehen, nachdem …?« Deirdres Stimme war vom vielen Schreien ganz rau.

Levarcham legte ihre kalte Hand auf ihre Wange. Deirdres leichenblasses Gesicht war eingefallen. Ihre Augenhöhlen schimmerten purpurfarben. Die Druidin hatte ihr die zerzausten Haare gekämmt. Die Lippen des Mädchens waren aufgesprungen, in seine Stirn hatte sich unübersehbar der Schmerz eingegraben. Levarcham erzählte Deirdre, dass Illan von Conall getötet worden war und Fiacra von seinem eigenen Bruder. Sie berichtete ihr von Fergus, der noch in der Nacht nach Emain Macha geritten kam und erfahren musste, dass einer seiner Söhne ein Verräter und der andere tot war, und sie verschwieg auch nicht, wie er um Illan geweint hatte.

»Und wo sind … sie?« Es war ein Flüstern, und zum ersten Mal lag darin wieder so etwas wie Gefühl.

Levarcham drückte ihre Finger. »Sie liegen so nahe beisammen wie einst in den Armen ihrer Mutter. An einem Ort, wo im Sommer die wilden Rosen blühen.«

Während Deirdre diese Worte in sich aufnahm, schien sie mit den Kissen zu verschmelzen, so als würde sie zu einem Gespenst. »Der König hat alles verloren«, murmelte sie.

Die Kälte aus ihrer Hand kroch bis in Levarchams Herz. »Ja, das hat er.«

Deirdres taube Lippen verzogen sich zu einem eisigen Lächeln.

Cathbad war von Tag zu Tag schwächer geworden. Jetzt kam einer seiner Schüler zu Levarcham, die gerade einen Heiltrank für Deirdre zubereitete. Cathbad läge im Sterben, sagte er.

Levarcham verließ Deirdres Bett und machte sich sofort auf den Weg. Die Abenddämmerung legte Nebelschwaden auf Emain Macha und dessen rauchende Gebäude. Plötzlich hörte sie leise Schritte hinter sich, so geisterhaft und verschwommen wie der Nebel. Als sie sich umdrehte, erblickte sie eine schmale, in einen Umhang gehüllte Gestalt. Deirdre hatte sich also endlich von ihrem Krankenlager erhoben.

Levarcham eilte weiter, während ihr die geisterhaften Schritte bis zu Cathbads Hütte folgten. Sonst war niemand zu sehen. Die Menschen blieben in ihren Häusern. Sie fürchteten sich vor dem, was die nächsten Tage bringen würden. Ein süßlicher Geruch nach verbranntem Fleisch drang von den Scheiterhaufen auf der Ebene herauf und zog durch die schmalen Gassen.

Die Druiden sangen an Cathbads Feuer Klagelieder und streuten Kräuter in die Flammen. Andere warfen die Weissageknochen. Levarcham näherte sich leises Cathbads Bett. Es stand hinter einem Schirm aus Ebereschenholz und war mit den Beeren der Eberesche geschmückt. Der oberste Druide war in feines weißes Stierleder gehüllt, das mit heiligem Wasser und mit Salz besprengt worden war, als Symbol für die Reise, die er schon bald über Manannáns Ozean zu den Gesegneten Inseln machen würde. Lampen an jeder der vier Ecken des Bettes zischten und warfen flackernd ihr Licht in den Raum.

Cathbads Bewusstsein kam und ging. Als er jedoch Levarcham sah, schickte er seine Diener mit einer matten Geste davon. Levarcham spürte die geisterhafte Gegenwart des Mädchens, das geduldig hinter ihr stand und wartete. Die singenden Druiden beachteten Deirdre jedoch gar nicht, so als wäre sie bereits in die Welt der Schatten hinübergegangen. »Die Schleier teilen sich, Tochter«, keuchte Cathbad. Die dünnen weißen Haarsträhnen, die seinen Kopf umgaben, bewegten sich im Strom seines Atems. Seine Lider zitterten, während er mit seinem Blick etwas verfolgte, das sie nicht sehen konnte. »Es ist ... es ist anders, als ich es erwartet habe. Ich spüre, wie ich ... von dieser Welt in die andere hinübergleite. Alles ... alles verschwimmt. Und da ist dieses Licht! Dort, wo die Nebel lebendig werden, auf der anderen Seite des Meeres.« Wenn es ans Sterben ging, waren die Druiden von der großen Reise völlig in Anspruch genommen. Levarcham versuchte, sich für ihn zu freuen, anstatt ihren Verlust zu bedauern. Dennoch bedrückte es sie, dass Cathbad die Ulaid zu einer Zeit verließ, wo sie ihn am dringendsten brauchten.

Als sie ein leises Seufzen hinter sich hörte, ergriff sie Cathbads zerbrechliche Hand. Durch die dünne Haut war jeder einzelne Knochen deutlich zu erkennen. Sein Geist war bereits so weit entfernt, dass er, obwohl die Druiden ihm von den schrecklichen Geschehnissen berichtet hatten, keinen Rat mehr für sie hatte. Sie mussten ihren Weg jetzt selbst finden. Die Sterbenden erinnerten sich jedoch oft an weit zurückliegende Ereignisse, und genau das war es jetzt, worauf Levarcham hoffte. »Du hast für Deirdre in die Zukunft gesehen, noch bevor sie geboren wurde«, murmelte sie leise. »Hast du jetzt keinen Trost für sie?« Sie drückte Cathbads Hand. »*Bitte,* Vater.«

Die Iris seiner Augen war bereits getrübt. »Deirdre, voll des Kummers.« Er sprach ihren Namen wie einen Gesang. Deirdre bewegte sich. »Von den *sídhe* geliebt.« Seine Augen schlossen sich, zuckten unter seinen transparenten Lidern schnell hin und her. »Ja … ja …« Sein Atem ging schneller, als er sich an der Bettkante festklammerte und mit den Unsichtbaren sprach. »Nein, ich … nein.« Levarcham konnte nicht verstehen, was er murmelte, während seine Worte in einen heiseren Gesang übergingen und zwischen seinen halb geschlossenen Lidern immer wieder das Weiße in seinen Augen hervorschimmerte. In seiner Kehle begann es zu rasseln. Die Druiden sahen zu ihnen hinüber, ohne jedoch ihren Gesang zu unterbrechen.

»Vater!«, rief Levarcham beunruhigt. Sie warf einen Blick zu dem Tisch hinüber, wo verschiedene Tränke bereitstanden, die Cathbad das Atmen erleichtern sollten. Bevor sie jedoch danach greifen konnte, versteifte sich sein Körper, und er krallte eine Hand in seine Brust. Sie legte ihre Hände auf seine Schultern und versuchte vergeblich, etwas von ihrer Kraft auf seinen gebrechlichen Körper zu übertragen.

»Nein … nein …« Er warf seinen Kopf unruhig hin und her. »So blind … wie kann das sein?« Er schlug die Augen auf und sah über Levarchams Schulter hinweg, so als wäre sie gar nicht da. Sein Blick lag jetzt auf Deirdre. Levarcham hörte hinter sich ein leises Rascheln, als Deirdre einen Schritt näher kam. Die Druidin traute sich jedoch nicht, Cathbad loszulassen. Sie hielt ihr Ohr noch immer nahe an seine mit Speichel benetzten Lippen. »Als ich sah, wie schön du einst werden würdest …«, sagte Cathbad mit krächzender Stimme zu Deirdre, »habe ich nicht das ganze Muster gesehen, das sich jetzt als heller Bogen über mir spannt …«

Deirdre trat an sein Bett heran. Levarcham wagte es jetzt, einen Blick auf sie zu werfen. Die Kapuze des Mädchens war ihr vom Kopf gerutscht. Sie hatte die Hände zu Fäusten geballt, und ihre Augen funkelten Cathbad aus ihrem eisigen Gesicht heraus mit allem an, was ihr an Lebendigkeit noch geblieben war. »Was für ein Muster? Mit welchem Fluch hast du mich belegt?«

»Ah …«, stöhnte Cathbad, und seine Augen waren voller Staunen. »Nein, nein! Kein Fluch! … Seht nur, was sie in sich hat. Wie strahlend es ist. Wie es jede Illusion aufdeckt, sie im Feuer wegbrennt. Es ist nicht deine Schönheit, die den Tod bringt, mein Kind …« Sein Gesicht zeigte jetzt einen qualvollen Ausdruck, und in seinen trüben Augen standen Tränen.

Plötzlich schob sich Deirdre an Levarcham vorbei und packte Cathbads Hand. Der alte Mann fuhr zusammen, als sie ihn berührte. Ihrer beider Hände schlossen sich zu Fäusten, seine Finger krümmten sich um die ihren, die mit verheilenden Kratzern überzogen waren. »Sag mir die Wahrheit!«

»Jeder Mann … *schaut in dich hinein* … wie in einen Spiegel …«, flüsterte Cathbad, während Deirdre ihn mit ihrem Blick bannte, »und sieht dort die Dunkelheit in seinem Inneren … er sieht das, was er begehrt … seine Ängste … seinen Hass.« Erstaunt ließ Levarcham Cathbads Hand los und trat einen Schritt vom Bett zurück. »Seinen Wunsch nach Ehre und Anerkennung …« Cathbads Atem entwich als brodelndes Zischen. »Habsucht, Begierde … den Schrecken des Alters.«

»So wie Conor.« Deirdres Stimme war kaum hörbar. »Und wie Cinet.«

»Oder er sieht eine Todesfee … die gekommen ist, um seinen Bruder zu holen, um ihm den Verlust zuzufügen, vor dem er sich so sehr fürchtet.«

»Das ist Ainnle«, flüsterte Deirdre. »Und Ardan sah die Göttin, nach der er sich so sehnte.«

Cathbad packte mit letzter Kraft ihre Hand. »Sie alle sahen das, was ihnen fehlte, was sie begehrten … Aber er nicht. Du weißt, was er gesehen hat.« Deirdre biss sich auf ihre blutleeren Lippen, als Cathbad rasselnd Luft holte. »All ihre Sehnsüchte … sie spiegeln sich in dir … sogar meine eigenen.« Er zog seine andere Hand unter der Decke hervor. »Obwohl du im Grunde kein Spiegel, sondern eine Flamme bist, die die dunkelsten Tiefen der Seele erleuchtet.« Er keuchte und hielt sich die Hand vor seine feuchten Augen. »War mein Stolz so groß, dass ich glaubte, meine Träume seien das Wort der Götter?«

Levarcham bemühte sich, Ordnung in ihre Gedanken zu bringen. *Es war nicht Deirdres Schuld.* Sie wollte etwas sagen, aber Deirdres Reglosigkeit, als sie den sterbenden Mann anstarrte, ließ sie innehalten. Was auch immer in ihrem Blick lag, es ließ Cathbad erzittern und schien ihn tief zu treffen. »Vergib mir …«, rief er hinter seiner zitternden Hand hervor. »Vergib mir …«

Deirdre zögerte, dann ließ sie ihre Hand, die die seine hielt, sinken und berührte mit einer sanften, segnenden Geste den Kopf des obersten Druiden. »Du hast schließlich richtig gehört«, flüsterte sie ihm zu. Cathbad forschte in ihrem Gesicht. Ein Schauder lief durch Deirdres Körper, und ihr Kinn sank auf ihre Brust. »Ich vergebe dir. Ich würde es niemals über mich bringen, jemanden mit dem Schmerz, den ich jetzt zu ertragen habe, in den Tod zu schicken.« Nach einer Weile sank Cathbads Körper unter ihrer Berührung auf die Matratze zurück. Er stieß dabei einen tiefen Seufzer aus.

Deirdre wandte sich von ihm ab. Mit blinden Augen und steifen Bewegungen tastete sie zuerst nach dem Schirm am Ende des Bettes, suchte dann Halt an der Wand, bevor sie an der Feuerstelle vorbei zur Tür wankte.

Levarcham wollte ihr hinterherlaufen, aber Cathbad wandte ihr das Gesicht zu und suchte mit seiner Hand nach der ihren. »Ich höre Gesang … bist du das, Tochter?«, fragte er. »Hol sie alle her … ich will in Gesang eingehüllt werden.«

Auf den Feldern rings um Emain Macha lag drückende Stille. Der Wind trug Regenschauer heran, so als weinte der Himmel bittere Tränen. Über die Wege ergossen sich rußige Rinnsale. Cathbad lag im Sterben, und die Druiden schritten in ihren geisterhaften Umhängen durch die Gassen, während ihre Gesänge die Luft erfüllten.

Conor musste jetzt Deirdre an seiner Seite haben, als Balsam für diese Wunde. Die Menschen sollten Emain Macha wieder bewundern, weil es so luxuriös und anmutig war. Deirdre würde seine Halle zieren, und dann würden alle wissen, dass Conor, König der Ulaid, nichts von seiner Macht eingebüßt hatte. Dass er am Ende doch gesiegt hatte.

Er suchte seine Mutter auf. »Du musst sie brechen«, krächzte Nessa, die inzwischen so verschrumpelt wie eine trockene Schote war und sich deshalb nicht mehr traute, das Haus zu verlassen. Als er sie fragend ansah, streckte sie die Hand aus und zeigte mit einem dürren Finger auf sein Glied. »Benutz das da wie ein Mann, bei allen Göttern!«

Er stieß ihre Hand weg, ging einen Schritt auf sie zu und schlug ihr dann so heftig ins Gesicht, dass sie bäuchlings auf dem Boden landete.

»Wen interessiert schon ihr Geist!«, zischte sie. Ihr Blick war dabei hohl und anklagend. »Brich sie, *nimm* sie, wenn es das ist, was du brauchst. Wenn du es nicht tust, wird schon bald nichts mehr für uns übrig sein. Diese Krähe von einer Druidin sitzt gerade an Cathbads Bett. Sie hat die ganze Nacht dort gewacht. Tu es also jetzt.«

Conor starrte sie voller Entsetzen an. Cathbad. Er befeuchtete seine Lippen. »Ich sollte ihm die gebührende Ehre erweisen …«

»Er soll dich nicht mehr kümmern.« Nessa rappelte sich auf die Knie. »Wir müssen an die Lebenden denken. Vor allem müssen wir die Männer unter Kontrolle halten. Egal, wie. Gütige Brid! Du darfst dich nicht länger von ihr demütigen lassen!«

Conor verließ Nessas Haus und stellte zu seinem Entsetzen fest, dass er tatsächlich eine Erektion bekam. All die bittere Scham und die heiße Wut strömten in seine Lenden, sonst gab es keinen Platz mehr für sie.

»Lasst uns allein!«, fuhr er die Dienerinnen an, die gerade bei Deirdre waren. Als sie ihn mit ängstlichem Blick anstarrten, brüllte er: »Raus hier!«, woraufhin sie entsetzt flohen. Dann stellte er einen Schemel vor die Tür.

Er schleuderte seinen Umhang weg und ging auf Deirdre zu, die zusammengerollt auf dem Bett lag. Er würde ihr dabei nicht ins Gesicht sehen. Sie gehörte *ihm*, aber er hatte noch nicht einmal ihren Körper gesehen. Er zog die Decken weg. Die Matratze unter ihr war kaum eingedellt. Aus ihrem Leinenhemd ragten ein knochiger Nacken und ebenso knochige Handgelenke hervor. *Jetzt* sah sie wirklich mitgenommen aus. Jetzt, da es keine Rolle mehr spielte.

Ihr blasses Gesicht war ein verschwommener Fleck, auf den er sich nicht konzentrieren durfte. Keuchend streifte er ihr Hemd nach oben, damit er endlich sehen konnte, was er schon so lange begehrte. Ein glatter weißer Schenkel und eine Pobacke kamen zum Vorschein. Mit einem Kloß im Hals fiel er auf die Knie und berührte mit der Nase Deirdres Knie, um an ihr zu riechen. Hier lag er, *sein Siegerpreis*.

Neben ihm gruben sich ihre Nägel in die Matratze. Er lächelte. *Also fühlte sie doch etwas.* Sein Atem ging schneller, als er sich weiter voranarbeitete, eine zitternde Hand ausstreckte und eine ihrer Brüste unter dem feinen Leinen umschloss. Sie versuchte, sich völlig still zu verhalten, konnte aber das Zittern ihres Körpers unter seinen Fingern nicht verbergen.

Unsicher packte er nun auch ihre andere Brust, die fest und warm in seiner Hand lag. Endlich. Er hätte sie schon vor langer Zeit nehmen sollen. Sie war ein wildes, ungezähmtes Wesen, das gebrochen werden musste, das Härte brauchte und nicht Sanftheit. Er erhob sich ächzend und zerriss Deirdres Hemd vom Hals bis zum Knie.

Sie lag merkwürdig verdreht da und machte keinerlei Anstalten sich zu bedecken. Ihre Haut war rein und durchscheinend, so wie er sich das immer vorgestellt hatte, das helle Gold ihrer Haare fand in dem dunkleren Fleck zwischen ihren Beinen sein Echo. Er ignorierte ihre vorstehenden Hüftknochen und Rippen und weidete sich an ihren Brustwarzen und ihrem Bauch, genoss dabei die schmerzhafte Schwellung, die er in seinen Lenden spürte. Er war kein alter, gebrochener König, sondern ein potenter Herrscher. Jeder in Erin würde vor ihm erzittern, wenn Deirdre ihm neue Kraft verlieh. Allein schon ihre Gegenwart ließ dieses Feuer der Lust in seinen Lenden aufflammen. »Auch wenn du noch so unbeteiligt daliegst, mein Schatz«, flüsterte er und strich über ihren Oberschenkel, »du kannst mich nicht für immer und ewig ignorieren.« Er nestelte an seinem Gürtel herum und schnürte unbeholfen seine Hose auf, die er dann von seinen Füßen schleuderte. Sein Glied schnellte nach oben. Begierig und stolz. »Siehst du?«, zischte er. Sein Puls raste. Er stieg mit einem Knurren auf das Bett, packte ihre Knie und drückte sie auseinander.

Sein Mund wurde trocken. Er starrte den Preis an, auf den er so lange hatte warten müssen, das zarte rosa Fleisch und die geheimnisvolle Spalte. Er würde diese Furche pflügen und seine

Saat ausbringen; würde sie zu der seinen machen. *Naisi hat kein Kind mit ihr.* Wenn sie dann mit dickem Bauch im Tempel stand, wäre das die Vollendung. Alles in ihm verlangte nach ihr, wollte unbedingt in diesen fügsamen Körper eindringen. Er wusste, dass sie sich nicht wehren würde, weil sie das Unvermeidliche akzeptiert hatte. Er richtete seine Aufmerksamkeit auf den Schatten zwischen ihren Beinen und …

Sie bewegte sich, ihre Muskeln verkrampften sich dabei.

Er erschrak und blickte, ohne es zu wollen, in ihre Augen. Ein lauter Schrei entrang sich seiner Brust. Ihre Augen waren voller Hass. Sie sahen in dieser knochigen Maske aus wie glühende Kohlen, während alles andere mit dem Kopfkissen verschwamm, als die alles verzehrende Flamme wuchs. Sie hob ihre dünne, weiße Hand, stieß ein lautes Zischen aus und berührte, bevor er sich wegdrehen konnte, mit der Fingerspitze sein Glied.

Er zuckte zurück, hob die Hand und wollte sie schlagen. Dann erstarrte er, denn er spürte, wie ihre Berührung einen brennenden Schmerz durch seinen ganzen Körper schickte, und dann sah er plötzlich …

Einen schwarzhaarigen Mann, der sich auf Deirdre bewegte. Sie hatte ihre weißen Schenkel um ihn geschlungen, ihr Gesicht in Verzückung gehoben. Der junge Mann rollte von ihr herunter, beide waren sie schweißnass und erschöpft. Sein Samen lief, milchig weiß, aus ihrem Körper. Naisis Samen.

Conor stöhnte auf. Sein Glied schrumpelte zusammen, zog sich unter seinen schlaffen Bauch zurück. Er versuchte, es wieder hart werden zu lassen, warf sich auf sie, um mit Gewalt in sie einzudringen. Es schrumpfte jedoch immer weiter, bis es schließlich nur noch schlaff wie eine Nacktschnecke in seinen Fingern lag. Als er seinen Kopf hob, waren es nicht ihre Augen, die er sah. Es war die Andeutung eines kalten Lächelns, das auf ihren Lippen lag.

Conor verlor fast den Verstand. Er sprang von ihr herunter, zog seine Hose an, um seinen Körper vor diesem Lächeln zu schützen. Die Tür krachte mit einem lautem Knall gegen den Schemel. Conor kämpfte mit seinem Kittel, während Fäuste immer wieder gegen die Tür schlugen. Dann wurde etwas dagegengeschleudert. Er fuhr herum, als ein weiterer Schlag die Tür aufsprengte. Der Schemel flog in hohem Bogen davon.

Levarcham hinkte an ihm vorbei, stellte sich vor Deirdre und drehte sich dann voller Wut zu ihm um. »Ich werde nicht zulassen, dass du sie anfasst!«, schrie sie ihn an. »Du wirst mich schon umbringen müssen, wenn du ihr noch einmal nahe kommen willst.«

Deirdre erhob sich auf die Knie, die Decke um sich geworfen. Beide sahen ihn an, als wäre er eine Missgeburt. Er richtete sich auf. Noch immer spürte er das Brennen, das Deirdres Berührung verursacht hatte. Er kämpfte gleichzeitig mit dem Drang sich zu übergeben und dem Wunsch, sich der Dunkelheit zu ergeben und die beiden in Stücke zu reißen. »Ich habe dich mit allem Respekt behandelt, ich habe dir meine Zuneigung geschenkt.«, zischte er Deirdre an. »Aber wenn du keine Königin sein willst, dann wirst du eben eine Sklavin sein. Es war Eogans Klinge, die Naisi durchbohrte. Unter ihm zu liegen und von ihm genommen zu werden, wird für dich schlimmer sein als alles, was ich dir je antun könnte. Er wird dich völlig gebrochen zu mir zurückschicken. Wenn du dich mir schon nicht als Frau hingeben willst, dann eben als leere Hülle!«

Die Angst, die er über Deirdres Gesicht huschen sah, verschaffte ihm eine schmerzliche Befriedigung. Aber noch während er dieses Gefühl genoss, schoss Levarcham auf ihn zu. Sie holte tief Luft und schlug ihm dann mit der flachen Hand ins Gesicht. »Du wirst mich töten müssen, bevor ich deine Scheusale in ihre Nähe lasse!«

Er ließ den brennenden Schmerz in sich eindringen, lächelte sie dabei an. »Cathbad ist tot – das sehe ich in deinem Gesicht –, wer also sollte dich jetzt noch beschützen? Ich hätte dich schon vor langer Zeit töten lassen sollen.«

Levarcham reckte ihr Kinn. »Nein, das wirst du nicht tun, Verfluchter. Du magst die Chieftains, die du mit Gold gekauft hast, überzeugt haben, dass der Stolz des Roten Zweiges für alle diese Zerstörung verantwortlich ist. Aber die anderen Adeligen, die Krieger des Roten Zweiges und die vielen Menschen in den Burgen und in den Gehöften, sie wissen es besser. Und auch wenn der Tod dieser Männer keine Konsequenzen für dich haben wird, da sie im Kampf gefallen sind, *kannst du keine Druidin töten und weiter König sein*. Nicht nach alledem, was geschehen ist!«

Er sah sie mit finsterem Blick an. Es juckte ihm sichtlich in den Fingern, seine Hände um ihren Hals zu legen und einfach zuzudrücken.

»Ich werde mit Eogan gehen.« Deirdre stand auf und drehte sich zu Levarcham um. Das Laken fiel auf den Boden. »Nichts, das irgendjemand tut, kann mir noch etwas anhaben. Ich will nicht, dass man dir um meinetwillen etwas antut.« Sie sah Conor an, dann sagte sie zu Levarcham. »Außerdem wird mich das von *ihm* wegbringen, und das ist alles, was ich mir auf dieser Welt noch wünsche.«

Ein kalter Hauch traf Conor. Er fuhr durch ihn hindurch und nahm auch den letzten Rest Gefühl mit sich. »Damit jeder von deiner Schande erfährt, werde ich dich mit Eogan zu seiner Burg begleiten. Er wird mich dort festlich bewirten. Zum Dank dafür werde ich dich ihm dann für sechs Monate überlassen, in denen er mit dir machen kann, was er will.« Er starrte den kaputten Schemel an, der zu seinen Füßen lag. Dann nahm er eines der abgebrochenen Beine und schleuderte es mit aller Kraft gegen die Wand, wo es zersplitterte. Einer der Splitter streifte seine Wange, als er in die Nacht hinausging.

Deirdre hockte neben der Feuerstelle und schob fieberhaft Holz nach, während Levarcham hilflos danebenstand und ihr dabei zusah.

Es war still im Haus. Nur das Holz knackte, als es Feuer fing. Levarcham ging mit müden Schritten zu Deirdre und legte ihr die Hände auf den Kopf. »Mein Kind, ich habe dich im Stich gelassen. Mein Leben hat keinen Wert mehr.« Ein trockenes Schluchzen verfing sich in ihrer Kehle.

Deirdre hatte die Arme um ihre Knie geschlungen, über denen das Laken lag. Unter ihrer nackten Haut zeichnete sich jeder einzelne Wirbel ihres Rückgrats ab. »Nein …«, flüsterte sie, und als sie aufblickte, sah Levarcham nichts als ein alles durchdringendes Licht – keine Gesichtszüge, keinen Schmerz, einfach nur Licht. »Denn auch du hast etwas über die Liebe erfahren, und das war das, was du brauchtest.«

Sie nimmt Illusionen. Und als Levarcham in dieser alles erleuchtenden Flamme die volle Last ihres Versagens spürte – den Stolz, in Conors Diensten zu stehen, der sie geblendet hatte, ihren fehlenden Mut –, wurde ihr bewusst, dass es doch nicht sie, die Druidin, gewesen war, die eine Schülerin unterrichtet hatte, nein, es war genau andersherum gewesen.

Plötzlich streckte Deirdre die Hand aus und zog sie zu sich. Durch die zerstörte Tür drang der entfernte Gesang der Druiden, die an Cathbads Bahre drei Tage lang Totenwache hielten, bevor sie ihn verbrannten.

»Ich habe gesucht, und ich habe gefunden«, flüsterte Deirdre. Levarcham sank auf die Knie. In diesem Moment sah sie, dass der eisige Farbton, den die Haut des Mädchens hatte, im Schein des Feuers etwas von seiner Kälte verlor. In ihren Augen spiegelten sich die Flammen. »Du hast mich mit der Lehre der Druiden vertraut gemacht, hast mich die Grundlagen gelehrt, aber seitdem habe ich noch viel mehr gelernt. Auch wenn ich den Strahlenden den Rücken gekehrt habe und sie mich jetzt meiden, findest du ja vielleicht Zugang zu ihnen.« Levarcham starrte ihre ehemalige Schülerin jetzt völlig verblüfft an.

Deirdres Hände beschrieben jetzt Formen in der Luft. »Unter der Oberfläche dessen, was wir sehen, gibt es … Sterne …« Sie hielt inne. »Und … und diese Sterne singen. Der Widerhall, den sie dabei erzeugen, ist das Licht der Quelle allen Seins … und …« Sie brach ab und biss sich auf die Unterlippe. »Es lässt sich einfach nicht mit Worten beschreiben. Ich werde es dir zeigen.«

Deirdre drehte sich zu Levarcham um. Sie packte sie mit ihren bleichen Fingern am Arm, so als wolle sie ihr auf diese Weise etwas Wichtiges vermitteln. Die Druidin hätte schwören können, dass ihr, anscheinend von dem Mädchen ganz und gar unbemerkt, eine schimmernde Wolke von leuchtenden Funken entgegenwirbelte.

47

Der Morgen dämmerte. Levarchams Handfläche trug deutlich sichtbar den Abdruck des Kammes, mit dem sie Deirdres Haare gekämmt hatte. Sie lockerte ihre Hand, rieb die Druckstellen weg.

Auch wenn Conor es so befohlen hatte, würde sie das Mädchen nicht wie eine Sklavin hinausschicken. Die Dienerinnen hatten Deirdre angekleidet. Jetzt drehten sie ihre Haare auf und steckten sie mit goldenen Nadeln fest. Deirdre hatte, während man ihr all diese Aufmerksamkeit widmete, die ganze Zeit unverwandt ins Feuer gestarrt, den Rücken aufrecht und den Kopf gesenkt, während mehrere Schichten feines Leinen und Wolle um ihren Körper drapiert und dann mit Broschen festgesteckt wurden.

Schließlich ertönte unten an den Toren lauter Hörnerschall. Deirdre neigte ihren Kopf Levarcham zu, als wäre er eine Blüte auf einem zarten Stängel. »Lass mich kurz allein«, sagte sie. Sie sprach mit Levarcham nicht mehr so wie eine Schülerin mit ihrer Lehrerin.

Levarcham brachte die Worte kaum über ihre Lippen. »Ich werde draußen vor der Tür warten …«

»Nein.« Deirdre sah ihr in die Augen. »Ich könnte es nicht ertragen, dass jemand dafür bestraft wird, nur weil er sich mir anschließt. Stell dich zu den anderen ans Tor.«

»Das ist doch lächerlich«, erwiderte Levarcham und holte mühsam Luft, um noch etwas hinzuzufügen.

Deirdre ergriff mit erstaunlicher Kraft ihre Hand. »Ich will, dass du in Sicherheit bist, sonst kann ich nicht stark sein.«

Levarcham starrte das feine Zittern in Deirdres Fingern an, genau wie sie es am Abend zuvor getan hatte, als Deirdre mit stockenden Worten versucht hatte, ihr etwas von dem zu vermitteln, was sie in Alba erlebt hatte. Genau wie am Abend zuvor konnte Levarcham in ihrem großen Kummer dieses Wunderbare jedoch nicht erfassen, und so berührte es ihren Geist jetzt nur ganz leicht. Er scheute sofort zurück, wann immer er den Empfindungen, von denen Deirdre gesprochen hatte, auch nur nahekam. Levarcham konnte sich im Augenblick einfach auf nichts anderes als ihr Kind konzentrieren.

Dennoch beugte sie sich Deirdres Wunsch. Sie schickte die Dienerinnen fort und verließ dann auch selbst den Raum. Das Licht draußen vor der Tür war grau und kalt wie geschmiedetes Eisen. Levarcham ging schweigend durch die Gassen, von mehreren Wachen umgeben, deren Speere einen Zaun bildeten. Insgeheim aber überlegte sie fieberhaft. Jetzt, da sie und Deirdre wieder vereint waren, würden sie beide gewiss irgendwann eine Möglichkeit zur Flucht finden. Auf Eogans Burg konnte Deirdre so tun, als wäre sie gebrochen, und dann konnten sie gemeinsam fliehen ... Irgendwo musste es für sie doch eine Zuflucht geben.

Am Tor angekommen, hob Levarcham den Kopf. Erst jetzt wurde sie sich der Menge bewusst, die es aus ihren warmen Häusern in den kalten Morgen getrieben hatte. Die Menschen beugten sich über die hölzerne Brustwehr und starrten nach unten, verstopften die Treppen hinauf zu den Tortürmen und drängten sich dicht an dicht an den Wegen. Die Menge war jedoch vollkommen still. Die Leute hatten sich ihre Kapuzen und Tücher über die Köpfe gezogen. Ihr Atem vermischte sich mit dem Nebel, der sich über die Festung gesenkt hatte. Die Konturen der Welt waren verwischt.

Levarchams Blick wurde jetzt vom Tor angezogen. Sie erschrak.

Zwischen den Türmen standen sich zwei Gruppen von Kriegern gegenüber. Auf der einen Seite, neben einem Streitwagen aus Weidengeflecht, der mit Schilden geschmückt war, standen der König und der schreckliche Eogan, der von mehreren Dutzend seiner Männer umringt wurde, auf der anderen Seite Fergus Mac Roy, der aus seiner Burg gekommen war, und Cormac, dessen Hals und Arm bandagiert waren. Dubthach und andere Krieger des Roten Zweiges hatten hinter ihm Aufstellung genommen.

Fergus, der einst so stolze Mann, war gebrochen. Seine massige Gestalt war von Kummer und Gram gebeugt. Seine Körperfülle drohte ihm von den Knochen zu gleiten wie ein abrutschender Hang. Seine Augen waren gerötet und glasig. Er starrte den König feindselig an. Ein Stück abseits erkannte sie Cúchulainn. Er stand zwischen seinen beiden Hengsten, die vor seinen Streitwagen gespannt waren, und hatte die eine Hand auf dem Nacken des schwarzen, die andere auf den des grauen gelegt.

Levarcham ging mit hoch erhobenem Kopf weiter, und diesmal war es ihr vollkommen egal, dass sie hinkte. Als sie kurz vor Eogans Streitwagen angekommen war, gab der König mit seiner Hand ein Zeichen. Die Wachen, die sie noch immer begleiteten, kreuzten daraufhin ihre Speere, um sie am Weitergehen zu hindern.

Deirdre zog die Nadeln aus ihrem Haar, während sie langsam um die Feuerstelle herumging. Dann löste sie die Zöpfe, bis ihre Haare ungezähmt über ihre Schultern fielen.

All die Einzelheiten der Welt – die vom Schein der Lampen erhellten Umrisse der Möbel, die Kälte, die durch die Tür kam – wirkten auf sie wie scharfe Kanten, die sie aus ihrer Betäubung rissen. Sie umrundete das Feuer jetzt mit schnelleren Schritten, die Hände auf ihren Bauch gepresst, so als könne sie sich, wenn sie ihre Finger nur fest genug in Fleisch und Muskeln grub, von ihrer Seelenqual ablenken. Wenigstens konnte man einen Körper schlagen, bis er endlich kalt und gefühllos war.

Sie ballte die Hände zu Fäusten und drückte dabei die Fingerknöchel in ihren Bauch, hielt den endlosen Schrei, der ihrer Kehle entweichen wollte, so in ihrem Körper gefangen. Wenn sie sich weigerte, mit Eogan zu gehen, und wieder schlaff und leblos wurde, würde man sie eben tragen, und irgendjemand würde schon dafür sorgen, dass wieder Leben in sie kam. *In diesen Körper, der für seine Berührung einst so empfänglich gewesen war.*

Sie war nicht mehr in der Lage, seinen Namen auszusprechen. Niemals wieder.

Sie musste irgendwo noch einen letzten Rest Stärke finden. Sie durfte ihn einfach nicht im Stich lassen. Ihr fiel wieder ein, was Levarcham ihr letzte Nacht zugeflüstert hatte. Sie hatte von einem gemeinsamen Leben als wandernde Druidinnen gesprochen, dort, wo niemand ihren Namen kannte. Sie würden gemeinsam als weise Frauen der Erde ihren Segen erteilen. Und sie selbst würde die Freiheit haben, nach der sie sich ihr ganzes Leben lang gesehnt hatte – die Freiheit, für die *er* gestorben war.

Sie stand da, ließ die Hände sinken und nahm diese Worte zum ersten Mal bewusst wahr.

Deirdre verließ das Haus. Sie hatte sich fest in einen Umhang gehüllt. Der verschwommenen Gesichter, die den Weg durch die Festung säumten, war sie sich nur vage bewusst. Der Schlamm saugte sich an ihren Füßen fest. Der Himmel war bleich und nebelverhangen.

Sie zwang sich dazu, sich nur auf Conor zu konzentrieren, der unter dem Tor stand und auf sie wartete. Die eisernen Bänder an seinem Helm rahmten sein blasses, wie versteinertes Gesicht ein. Es sah aus wie eine Totenmaske. Um überhaupt die Kraft für diesen Gang aufbieten zu können, war sie gezwungen gewesen, aus ihrer Trance zu erwachen. Als sie jetzt seinem Blick begegnete und in seinen Augen selbst jetzt noch die Gier aufblitzen sah, wurde ihr Hass zu einem gleißenden Funken, der sie entflammen ließ. Sie ging auf ihn zu. In ihr stieg etwas auf, das zuerst ihre Muskeln und Knochen erfüllte und dann einen Mantel aus Energie formte, der ihren Körper einhüllte. Deirdre hielt Conors Augen mit den ihren fest und legte all ihren Hass in ihren Blick.

Er war wie erstarrt.

Während sie diesen feurigen Faden festhielt, öffnete Deirdre die Hand, mit der sie ihren Mantel hielt, und ließ ihn, das Kinn stolz in die Höhe gereckt, von ihren Schultern gleiten. Die Menge stieß ein erstauntes Keuchen aus, denn Deirdre war völlig nackt. Jetzt nur noch sie selbst, genoss sie es, den Boden unter ihren Fußsohlen zu spüren. Ihre Gliedmaßen bewegten sich frei im fließenden Rhythmus der Wildnis, der ihr so vertraut war.

Er hatte sie beschämen wollen. Aber das würde ihm nur gelingen, wenn sie sich auch beschämen ließ.

Die Stille, die sich über die Menge gesenkt hatte, war vollkommen. Kein Scharren von Füßen, kein Husten, kein Kind weinte. Vielleicht lag es daran, wie sie ihren Kopf trug, wie gerade ihr Rücken war. Ihr wurde bewusst, dass die Menschen nicht ihre Nacktheit anstarrten, sondern den Kopf neigten, als sie an ihnen vorbeiging. Sie sah Fergus, der mit offenem Mund dastand, und die anderen Krieger, deren Blick auf ihren Körper fiel, dann aber rasch wieder zu ihrem Gesicht zurückkehrte.

Als sie schließlich vor Conor stehen blieb, umgab sie ihr Zorn wie ein Umhang. Sie spürte, wie dieser Zorn ihre Gestalt wachsen ließ, so als würden sich große, dunkle Schwingen um sie herum ausbreiten. Sie fragte sich, ob sie mit ihrem stummen Schrei Badb oder Morrigan, die Göttin des Krieges in Gestalt einer Krähe, herbeigerufen hatte.

Ihr Blick wanderte langsam zu den älteren Adeligen mit ihren glitzernden Ringen – den Männern, die keinen Finger gerührt hatten, um dem Unrecht Einhalt zu gebieten, das man ihr angetan hatte. Sie sah die Krieger des Roten Zweiges an, die an einem Kodex festhielten, der ihr und ihnen selbst den ehrenvollsten aller Männer genommen hatte; Männer, die die Macht hatten, die Welt zu gestalten, und diese Macht nur dazu benutzt hatten, sie zu zerstören. Würden sie es wagen, sich nackt und unbewaffnet in die Hände ihrer Feinde zu begeben? Würden sie die Schmach riskieren, um ebendiese Schmach zu besiegen?

Sie konnte Cúchulainn nicht sehen, aber sie nahm seine Gegenwart so deutlich wahr, wie sie, außer Levarcham, sonst niemanden hier spürte. Im Gegensatz zu dem strahlenden Glanz, den sie in der Schlacht gesehen hatte, fühlte sich sein Geist jetzt dunkel und kalt an. Kein Licht ging von ihm aus. Und dennoch: Unter dieser schwarzen Oberfläche brodelte es gewaltig. Obwohl sie ihn dafür hasste, dass er sie von *seiner* Seite weggerissen hatte, empfand sie den Schmerz des Wachhundes als seltsam tröstlich.

Der Mörder Eogan mit seinen nackten, muskulösen Armen und dem geölten schwarzen Bart trat voller Unbehagen von einem Fuß auf den anderen und ließ dabei seinen Blick immer wieder zwischen Conor und seinen Kriegern hin- und herwandern. Levarcham versuchte, sich aus dem Griff der Wachen zu befreien und sich durch die Menge zu schieben, bis Deirdre ihr mit einem Blick zu verstehen gab, dass sie sich ruhig halten solle.

Dann richtete sie ihre Augen wieder auf Conor, drückte ihren Blick wie ein Brandzeichen auf seine Stirn. Seine blutleeren Lippen zuckten, und an seinem Hals war der Schlag seines Pulses zu sehen.

»Diesen Körper habe ich ihm geschenkt, und er wird stets der seine bleiben, weil er ihn sich nicht mit Gewalt genommen hat.« Der Schrei ihrer Seele formte sich zu menschlichen Worten, die sie ihm mit heiserer Stimme entgegenschleuderte. »Und im Tempel der Göttin spürte ich in ihm alles, was einen König ausmacht.«

Durch Eogan und seine Männer lief eine kaum wahrnehmbare Bewegung. Hände lagen plötzlich auf Schwertern, um ihren Worten Einhalt zu gebieten. Die Bewegung unter ihnen war noch nicht wieder verebbt, da reagierten Fergus und die Krieger des Roten Zweiges auch schon darauf. Ein leichtes Anspannen der Muskeln, ein aufmerksamer Blick, Warnungen, die nur Krieger spürten. Mit einem Mal stand Cúchulainn neben dem König. Obwohl Eogan ihn mit einem bösen Blick bedachte, reagierte Conor nicht auf den Wachhund. Der König starrte nur Deirdre an, von ihren Worten, die scharf wie die Klinge eines Schwertes waren, in die Enge getrieben. Sie fragte sich einen flüchtigen Moment lang, ob er sich nicht tatsächlich danach sehnte, dass sie ihn damit wie mit einer Klinge durchbohrte.

»Ein König dient dem Volk und nicht sich selbst. Er kennt keine Gier. Er übt Macht aus, aber nicht, um sich an dieser Macht zu berauschen. Er formt sie vielmehr zu einem flammenden Schwert zum Schutze seines Volkes und zum Segen des Landes, damit die Menschen in Frieden leben können. Er schmiedet das Füllhorn, damit sie in Fruchtbarkeit gedeihen. Das ist ein wahrer König.«

Sie sah plötzlich wieder den Altar der Macha vor sich und daneben ein schönes Gesicht mit kräftigem Unterkiefer, das von schwarzen Haaren eingerahmt wurde. Den Ausdruck seines Gesichts, das von Licht umgeben war. Ihre Stimme wurde jetzt lauter, so wie ein kalter Wind, der zu einem heftigen Sturm anwächst. Zum Schrei der Todesfee. »Er war mehr König, als du es, Sohn der Nessa, jemals sein wirst – denn anstatt die Quelle allen Seins zu hüten, bringst du nur Tod und Zerstörung. Obwohl die Liebe alles ist, was zählt, tötest du sie und zerstörst damit den Ruhm der Götter.« Tränen liefen ihr jetzt übers Gesicht und tropften auf ihre nackten Brüste. »Ich nenne dich nicht einmal einen Mann. Du bist nichts anderes als ein Aasfresser, ein geifernder Wolf. Ein Feigling. *Usurpator.*«

Alle standen da wie angewurzelt, und noch immer unternahm der König nichts, um ihr Einhalt zu gebieten. Seine Augen waren weit aufgerissen, sein Mund war schlaff. Er starrte, von Entsetzen gepackt, durch sie hindurch in die Ferne. Sie streckte ihren Zeigefinger aus und deutete auf seine Weichteile. Eogan spuckte aus und wollte sie schlagen, aber Fergus' Knurren hielt ihn davon ab.

Der Sturm heulte. Deirdre spürte, wie ihr mit schwarzen Schwingen ausgestattetes Ich hoch über Conor aufragte. Ihr Schatten fiel auf sein Gesicht. Ihre Tränen tropften herab wie dunkles Blut. »Deine Lenden werden verwelken und unfruchtbar werden. Du wirst niemals einen Erben hervorbringen, der Emain Macha beherrschen wird. Wenn du schließlich die Insel der Seligen suchst, werden deren Gestade vor dir zurückweichen. Du wirst auf ewig die dunkle See befahren. Du wirst den Gesang der Götter hören, der über dem Wasser schwebt, wirst das gebratene Fleisch auf ihrer Tafel riechen, aber du wirst niemals an ihrer Seite singen und niemals ihre Gnade erfahren.« Deirdres Fluch war jetzt ein Brüllen, das mit demselben Feuer aus ihrer Kehle kam, das auch ihren nackten Körper einhüllte. »In deinem Mund wird nur Bitternis und Salz sein und in deinem Herzen Ödnis!«

Der Fluch fegte über die Menge, aufgewirbelt von unsichtbaren, dunklen Schwingen. Levarcham versuchte wieder, sich den Männern, die sie festhielten, zu entwinden, und diesmal gaben sie sie frei, während sie Deirdre voller Angst anstarrten. Die Druidin sank auf die Knie und hob die Arme, so wie sie es vor dem Altar der Macha immer tat. Die Frauen in der Menge neigten ihre Köpfe, sanken zu Boden und murmelten mit ängstlichen und tränenüberströmten Gesichtern etwas vom Zorn der Göttin.

Bevor der König ein Wort sagen konnte, wurde das entsetzte Schweigen von Fergus gebrochen.

»Beim Dagda!«, stieß er hervor und sah Conor dabei in die Augen. »Die Asche vom Begräbnis meines Sohnes klebt noch an mir, aber von einem Mädchen beschämt zu werden … Ich kann dich nicht einmal mehr verachten. Du hast das Wort gebrochen, das ich gegeben habe. Du hast mein Leben zerstört, aber *sie* ist es, die uns deine Verdorbenheit vor Augen führt. Deinetwegen wurde zu viel verraten, um den Roten Zweig wieder erstehen zu lassen!« Er riss sein Schwert aus der Scheide und schwang es über seinem Kopf. Noch bevor Eogans Männer reagieren konnten, stieß er es vor den Füßen des Königs in die Erde, wo es zitternd stecken blieb. Die Klinge war mit Schlamm bespritzt. »Da!«, flüsterte der alte Krieger, die Hände zum Himmel erhoben. »Diese Klinge wurde vom König der Ulaid gesegnet. Ich schleudere sie von mir, damit ich nicht vergiftet werde, wenn ich sie berühre!«

Conor öffnete den Mund, aber es kam kein einziger Ton heraus. Dann trat ein junger Krieger nach vorn. Einer seiner Arme war mit blutigem Leinen an seiner Schulter fixiert. Er sah ausgezehrt aus. Seine Augen waren wie tot. »Vater, ich schäme mich unsäglich für die Tat, zu der du mich gezwungen hast. Ich werde für alle Zeiten als Cormac, der Verwandtenmörder, verflucht sein!« Er starrte Deirdre an. Der Schmerz stand ihm im Gesicht geschrieben. »Soll ein einfaches Mädchen mehr Stärke zeigen als dein eigener Sohn? Mehr Stärke als diese Krieger, die so viele Tage unentschlossen waren?« Das Heft seines Schwertes in seiner unverletzten Hand haltend, stieß er die Klinge neben der von Fergus in die Erde. »Ich kann nicht mehr stolz darauf sein, an deiner Seite zu stehen«, schleuderte er Conor entgegen und spie ihm dann ins Gesicht, »und obwohl ich verdammt bin, für immer umherzuwandern, so nehme ich diese Strafe doch mit Freuden an. Ich bin froh, dein verfluchtes Gesicht nie wieder sehen zu müssen.«

Conor wischte sich den Speichel nicht von der Wange. Seine Hand zuckte lediglich kurz in Richtung seines Sohnes, als dieser sich umdrehte und davonhumpelte.

So als wären sie durch diesen Ruf aufgewacht, stießen jetzt Dutzende von Kriegern denselben heiseren Schrei aus und rammten Schwert um Schwert vor dem König in den Boden, bis er von einem Kreis von Klingen umgeben war. Fergus lächelte grimmig. »Ich werde im Exil ihr Anführer sein – und wohin auch immer wir gehen werden: Wir werden deine Feinde sein. Zu mir!«, brüllte er, drehte sich um und ging. Die Männer folgten ihm auf dem Fuß.

Deirdres Zorn pulsierte noch immer in ihr. Durch diesen Schleier sah sie, dass, als die Männer gingen, einer sich nicht rührte: ein schlanker, dunkelhaariger Mann in einer Rüstung aus glänzenden Hornplatten. Cúchulainn erbleichte, als er in das grimmige Gesicht des Mannes sah, dessen Härte jedoch von unterdrücktem Schmerz zeugte. Als der Mann auf Conor zuging und dabei langsam sein Schwert zog, stellte sich Cúchulainn mit einem leisen Fluch zwischen ihn und den König.

Sie standen sich jetzt Auge in Auge gegenüber, der Wachhund der Ulaid und dieser dunkelhaarige Mann. Deirdre war nahe genug, um das qualvolle Zittern in Cúchulainns Stimme hören zu können. »Ich kann nicht glauben, dass auch du gehen willst.«

Die Augen des anderen Mannes verengten sich, ließen nicht die geringste Emotion erkennen. »Und ich kann nicht glauben, dass du bleiben willst.«

»Ich habe dir gesagt, warum ich bleiben werde, Ferdia.« Sie sprachen leise miteinander, so als gäbe es nur sie zwei. Cúchulainns Stimme klang atemlos und angespannt. »Mein Eid gilt den Ulaid, und unser Volk braucht mich jetzt mehr denn je. Glaubst du wirklich, ich würde mir nicht wünschen, dieses stinkende Aas mit meiner Klinge aufzuschlitzen?« Der Blick, den er Eogans Männern zuwarf, traf diese wie ein feuriger Blitz. Sie wichen unwillkürlich ein Stück vor ihm zurück.

Auch Ferdia war bei Cúchulainns Worten einen Schritt zurückgewichen. »Warum hast du es dann nicht getan, als das Blut der Söhne des Usnech das Gras zu deinen Füßen färbte?«

»Du warst nicht dabei«, zischte Cúchulainn. »Du hast nicht gesehen, was geschehen ist. Ich hätte mich dem Wahnsinn hingeben und ein einziges Gemetzel anrichten können. Dann hätten wir jetzt innerhalb der Ulaid unzählige Blutfehden, in die wir alle hineingezogen würden. Und dann wären die Menschen schutzlos, wenn unser wahrer Feind auf sie herabstößt – *Connacht*. Wie kannst du nur glauben, dass ich meine Augen auch nur einen Augenblick vor der größeren Bedrohung verschließen würde?« Er hielt inne und flüsterte: »Und wie kann dir entgangen sein, wie sehr es schmerzt?«

Ferdia zuckte zusammen. »Ich wollte, dass du mein Bruder wärst und nicht der Wachhund. Lass andere Männer die Last, das Volk zu beschützen, tragen und folge deinem Herzen.«

»Ich hätte kein Herz, wenn ich die Menschen im Stich ließe, und du solltest auf das deine achten, wenn du gehst!«

Ferdia hatte die Lippen zusammengepresst. »Ich habe keinen so berühmten Namen wie du, Cú.« Er lächelte bitter. »Ich bin nicht der erste Streiter dieses Landes. Aber meine Ehre ist mir wichtig – so wie es die deine für dich sein sollte. Ferdia und Cúchulainn sollten niemals einem Mann dienen, der die Luft, die wir atmen, mit Verrat vergiftet!« Seine grauen Augen lagen jetzt auf Conor. Aber der König hatte seine Worte nicht gehört. Er schien gerade langsam aus einem Traum zu erwachen. Er hielt den Kopf mit großer Mühe aufrecht, so als wäre er für seinen dünnen Hals zu schwer.

»Ferdia!«, brüllte Fergus unten am Hang, der zum Fluss führte. »Komm endlich.«

Ferdia hob sein Schwert und stieß es zu den anderen in den Boden. Sein Gesicht sah dabei gehetzt aus. Jedes Blut war aus ihm gewichen. »Sosehr ich dich auch liebe. Ich kann dich nicht mehr meinen Freund nennen, noch je wieder sagen, dass du mein Bruder bist. Mir bleibt keine andere Wahl, als jede Verbindung zu jemandem zu zerschneiden, der einem solchen Ungeheuer von König dient.«

Cúchulainn stand da und rührte sich nicht, als Ferdia ging. Immer mehr Krieger folgten Fergus. Ihre Frauen schlossen sich ihnen an. Die Bewohner der Stadt rannten ihnen rufend und weinend hinterher.

Conor sagte lange Zeit kein Wort, während sich sein Rücken langsam krümmte. Er drehte sich von der Festungsmauer weg und stieg dann auf die Plattform seines Streitwagens.

Als Eogan seinen Kriegern bedeutete, Deirdre zu ergreifen, drehte sich Cúchulainn auf dem Absatz um und versperrte Eogan mit seinem Schwert den Weg. Eogans dunkle Augen funkelten, aber Cúchulainn hielt ihn weiter mit seinem Schwert in Schach. »Du wirst sie mit Respekt behandeln«, sagte der Wachhund mit leiser, angespannter Stimme, »sonst wirst du dem Tod begegnen, wenn du es am wenigsten erwartest. Er wird dich auf eine Art und Weise ereilen, dass keiner deiner Verwandten mit den meinen eine Blutfehde anzetteln kann.«

Eogan verzog das Gesicht und schnaubte wie ein Stier. Dann rief er seine Männer zurück. Er warf den Kopf hoch, drehte sich um und stieg zu Conor in den Streitwagen.

»Warum verrätst nicht auch du mich, Wachhund?« Conor starrte vom Streitwagen aus zum Wald hinüber.

Cúchulainn senkte sein Schwert, nahm seinen Umhang ab und wollte ihn Deirdre um die Schultern legen. Seine bebende Anspannung stieg wie Hitze von seinem Körper auf. »Weil ich«, sagte er über die Schulter gewandt, »darauf verzichten werde, diesen mordgierigen Wolf vor den Toren von Emain aufzuspießen und so die Ulaid von innen zu spalten – so wie du das getan hast. Ich muss stark bleiben, um gegen Connacht kämpfen zu können. Unser Land braucht mich. Jetzt, da es so viele andere verlassen.« Er senkte die Stimme und flüsterte Deirdre zu: »Vielleicht ergibt sich schon bald eine Gelegenheit.« Sie begriff, dass er vorhatte, sie zu befreien, obwohl ihr die Scham in seinen Augen wie ein endloser Sturz in eine bodenlose Leere vorkam. »Ich werde auf dieser dunklen Straße an deiner Seite sein.«

In diesem Moment stieg Deirdre der Geruch in die Nase, den sein Umhang verströmte: Wollfett, Leder und Birkenteer; Schweiß und der Geruch von Pferden. *Die Gerüche der Krieger.* Sie fuhr zurück. Solche Männer hatten ihr *ihn* weggenommen.

»Ich werde ihr meinen Umhang geben.« Die verwirrten Wachen machten keinerlei Anstalten, Levarcham aufzuhalten, als diese ihren Mantel nahm und ihn um Deirdres Schultern legte. Sie drückte die wollenen Falten sanft an ihre Wangen. In ihren grauen Augen schimmerte der Schmerz.

Deirdre legte ihre Stirn an Levarchams Kinn, holte sich so das letzte bisschen Wärme. »Mutter«, sagte sie.

Levarcham wollte etwas erwidern, aber Conor zischte einen Befehl, und sofort ergriffen sie grobe Hände und zerrten sie weg. Deirdre wurde auf den Wagen geworfen, zwischen einen reglosen Conor und einen Eogan, der sich, die Zügel in der Hand, umdrehte und sie mit verschlagenem, lüsternem Blick von oben bis unten musterte. Seine Pferde waren genauso schwarz und glänzend wie sein Bart und seine Augen.

Er schnalzte mit den Zügeln, und die Hengste setzten sich in Bewegung, während Cúchulainn zu seinem eigenen Wagen ging. Die Kolonne von Reitern und Streitwagen rumpelte über die schlammige, gefurchte Straße, die nach Osten führte. Es waren weder Jubelrufe noch das Schmettern von Trompeten zu hören. Nur das gedämpfte Murmeln der Menge, das jedoch schon bald vom dichten Nebel verschluckt wurde.

Hinter Deirdre verschwanden Levarchams verschwommenes Gesicht und die dunklen Festungswälle von Emain Macha in den wabernden Nebelschleiern.

48

Deirdre existierte nur noch als eine ferne Empfindung …

Der Streitwagen schlingerte unter ihren Füßen. Ihr regloser Körper teilte den Nebel wie eine kalte Klinge …

Die verschwommenen, grauen Felsen, die düsteren Hügel und die geisterhaften Bäume zogen an ihren blinden Augen vorbei …

Die scharfen Speere männlicher Stimmen umgaben sie, durchbohrten sie …

Conors Gegenwart war ein leerer Raum – ein Mann, der für diesen Körper ein Königreich in den Untergang gestürzt hatte und der jetzt vor ebendiesem Körper zurückschrak, als der Wagen über den schlammigen Weg rumpelte.

Ihr hell lodernder Zorn war in sich zusammengefallen und hatte sich zu einem schweren, schwarzen Stein in ihrem Innern verfestigt. Sie, die im Sonnenschein so oft mit … *nein, sie konnte seinen Namen nicht nennen* … herzhaft gelacht hatte, musste jetzt um jeden Atemzug kämpfen, wollte schließlich gar nicht mehr atmen. Sie hatte das Gefühl, als stecke ein Pfahl in ihrem Hals, denn in ihrer Kehle brannte ein Schrei, der sich jedoch weder ausstoßen noch hinunterschlucken ließ. So blieb ihr nichts anderes übrig, als einfach nur fest die Zähne zusammenzubeißen.

Sie würde keinen ihrer anderen Sinne mehr einsetzen, würde auch nicht suchend ihre Fühler durch die zarten Schichten der Existenz ausstrecken. Denn es gab keine anderen Welten – kein Leben, wenn sie ihn, dessen Namen sie nicht nennen würde, nicht fühlen konnte. Dort, wo sie sich ihm einst zugewandt hatte wie eine Blume der Sonne, noch bevor sie am Morgen ihren ersten Atemzug getan hatte, gab es nur das *Nichts*.

Es gab keine Götter. Das alles war nur ein grausamer Scherz. Es gab keine *sídhe*, sie waren nur Betrüger. Sie hatten sie verlockt, sich der Liebe zu ergeben, und hatten ihr dann genau diese Liebe genommen. Jetzt war es nur noch ihr Hass, der sie aufrecht hielt, sodass sie reglos in diesem Moment verharren konnte, während die Streitwagen über den steinigen Weg rumpelten und die Männer sich derbe Scherze zuriefen … dieselben Männer, deren Klingen sein Blut vergossen hatten.

Levarchams Worte kamen ihr bruchstückhaft in den Sinn. Sie würden beide als Druidinnen durch das Land ziehen, hatte sie gesagt, würden es in geheimen Riten segnen, weit entfernt von der Machtgier der Könige. Deirdre aber wusste, dass ihre Stimme nur als bitteres Zischen durch die Risse im Gestein dringen würde, denn eine vertrocknete Seele vermag keinen Segen zu sprechen. Der Nebel vermischte sich mit der Asche auf ihren Wangen … oder waren es doch Tränen? Sie gestand sie sich nicht ein, verrieb sie mit tauben Fingern.

Es dämmerte schon fast, als sie die Küste im Osten erreichten. Der Wind, der von der See her kam, begann die Nebelschleier auseinanderzureißen und davonzuwehen. Die Sonne warf ihr Licht über schillernd grüne Grasflächen. Der Weg wandte sich nach Süden und führte an von schmalen Hohlwegen durchzogenen Klippen entlang, gegen die das weiß schäumende Wasser anbrandete. Der leise Schlag der Wellen bebte durch Deirdres Körper. Der Wind zerrte an ihren offenen Haaren, ließ sie wie ein Banner flattern. Nur dass sie sich nicht in die Freiheit davontragen lassen konnte, weil da dieser Pfahl in ihrem Hals und diese Klinge in ihrem Herzen steckten – genauso wie sie zwischen Conors dunklem Geist und dem bitteren Geruch von Eogans Schweiß eingeschlossen war.

Während Conor es vermied, sie anzusehen, stand Eogan stolz auf seinem Wagen. Er hielt die Zügel fest in der Hand und genoss diesen Moment des Triumphs. Er drehte sich immer wieder um und grinste sie lüstern an. Deirdre nahm ihn jedoch kaum wahr.

Plötzlich öffnete sich der schmale Weg zu einer großen Weide, die sich am Rande einer niedrigen Klippe entlangzog. Das Trommeln in Deirdres Körper wurde lauter. Sie erkannte, dass dies das Geräusch der Hufe, die über die weiche Erde donnerten, und das Rumpeln der Räder war. Eogan löste seinen Blick von ihr und schaute wieder nach vorn. Er fluchte, als er sah, wie Cúchulainns Streitwagen an ihm vorbeischoss. Cúchulainn jagte in weiten Bögen über die Wiese, machte seiner tiefen Frustration mit dieser wilden Jagd über die freie Fläche Luft.

Cúchulainn war jetzt eine dunkle Säule aus Zorn, während er seine Pferde zu einem noch schnelleren Galopp antrieb. Die Räder seines Wagens gruben große Spiralen und Schleifen in den Rasen. Der Wirbel von glänzenden Pferdeleibern und sich wild drehenden Rädern, die entblößten Zähne des Wachhundes und die hochgeschleuderten Erdklumpen veranlassten Deirdre, den Kopf zu heben. Die Sonne, die sich auf dem Geschirr der Pferde und den Radnaben aus Bronze spiegelte, weckte sie auf.

»Was macht dieser Köter denn da?«, fauchte Eogan. »Hat er den Verstand verloren?«

Cúchulainn wendete und raste jetzt mit noch geringerem Abstand an ihnen vorbei. Deirdre sah die hoch aufragende, schwarze Wolke, die ihn einhüllte – eine Wolke voller Emotionen –, und erkannte darin ihre eigene Dunkelheit, den Zorn, der auch sie umgab. Die Verzweiflung in seinem Gesicht sagte ihr, dass er sich mit dieser Raserei irgendwie zu befreien, sich zu verausgaben versuchte, damit er nicht die Welt um sich herum in Trümmer legte. Von ihm gingen Wellen von Energie aus, die durch Deirdre hindurchströmten.

Eogans Pferde scheuten, als sie den Luftzug spürten und die trommelnden Hufe hörten. Er versuchte verzweifelt, sie wieder unter Kontrolle zu bringen, da ihm am Rande der Klippe nur wenig Platz zum Manövrieren blieb. Ein Stück voraus fuhr Cúchulainn mit seinem Wagen jetzt wieder einen großen Kreis. Er stand breitbeinig und sicher auf der bockenden Plattform, so als würde er auf einem lebendigen Wesen reiten. Dabei warf er den Kopf zurück und schrie in glühendem Zorn und voller Scham. Er stieß seine Gefühle aus sich heraus wie einen mächtigen Speer, den er zum Himmel hinaufschleuderte.

Er durchbohrte die erstickende Wolke, die ihn umgab. Das qualvolle Brüllen klang, als risse man ihm die Eingeweide aus dem Leib. Die wogende Dunkelheit um ihn herum wurde in Fetzen gerissen, die sich dann wie Aschewolken auflösten. Er schenkte dem wilden Galopp seiner Pferde keinerlei Beachtung mehr, ließ stattdessen die Zügel los, legte seinen Kopf, so weit es ging, in den Nacken und breitete die Arme aus.

Im Echo dieses Schreis sah Deirdre, wie eine mächtige Welle des Lebens sein Gesicht überflutete und es in reine Freude verwandelte. Er hatte seinen Zorn besiegt. Einen Moment lang war es, als könne sie an seinen Empfindungen teilhaben: Sie spürte den Wind, der ihn traf, den salzigen Geruch der tosenden See, die Sonne, die sich in den letzten Nebelschleiern über dem Wasser brach. Die Freude war wie eine Explosion von Sternen um ihn herum.

Deirdres unverletzlicher Geist war auch aus diesem Feuer gemacht, auch wenn sie dieses Wissen verdrängt hatte. Jetzt jedoch sprang dieser Blitz von Cúchulainn auf sie über, Gleiches zu Gleichem. Dort wo seine Energie auf die ihre traf, entzündete sie jedes Sternenstäubchen ihres Wesens.

Die Tropfen der Zeit erstarrten. Das Weltenrad stand still.

Blendende Helligkeit vertrieb die Dunkelheit und erfüllte ihren Körper und ihre Seele. Sie war *Deirdre*. Ihr Herz war sich jedes einzelnen Augenblicks, jedes Geschmacks und jedes Geruchs, jeder Berührung dieser Welt bewusst. Wie hatte sie sich nur von ihrer Verzweiflung so niederdrücken, von ihrem Zorn so ersticken lassen können, dass ihr Geist wie ein Stein in ihr lag?

In diesem einen, diesem unendlichen Augenblick ließ sie los. Sie holte tief Luft, sog den Geruch des Meeres in ihre Lungen und spürte, wie die Fesseln von ihrem Körper abfielen. Die Fesseln, denen sie gestattet hatte, sich um ihre Glieder zu legen. Die Verzweiflung war das einzige Gefängnis gewesen, das sie je hatte gefangen halten können. Die Menschen konnten nur ihren Körper einkerkern, nicht aber ihre Gedanken und ihren Willen.

Der Kummer hatte sie ihr größeres Selbst vergessen lassen, das größere Selbst, das jetzt durch die Schleier schimmerte.

Der Strom ihrer Seele brach sich Bahn und ergoss sich in ihr, erfasste in einer großen Woge all das Leid und den Hass und schwemmte ihn aus ihrem Körper hinaus. Das Weltenrad begann sich wieder zu drehen, und die verschiedenen Welten erwachten für sie erneut zu buntem Leben.

Und ebendort, auf dem Streitwagen mit Conor und Eogan, die sie jetzt nicht einmal mehr wahrnahm, da *sah* sie es. Ein Netz aus schimmerndem Licht, das sich in alle Richtungen ausbreitete und in dessen Fäden Ströme von Sternenstäubchen pulsierten. Bäume und Hügel, Felsen und Wasser, all das war aus dichteren Ansammlungen von Helligkeit geformt. In ihren leuchtenden Fasern pulsierte das Leben, das Lied der Existenz war die Musik in den Herzen der Tiere und die Harmonie der im Wind raschelnden Blätter.

Die silberigen Funken bewegten sich jetzt. Allmählich nahm ein Schwarm von *sídhe*-Raben in der Wolke aus Sternen Gestalt an, bildete aus dem Licht einen Umhang aus Vogelmaterie. Schwingen entfalteten sich, und aus dem funkelnden Netz erhoben sich die Vögel und stiegen auf.

Cúchulainns Wagen schoss vor ihnen dahin, am Rand der Klippe entlang. Eogan brüllte etwas Unverständliches, während er seine Pferde mit der Peitsche antrieb und dabei den Wachhund lauthals verfluchte. Deirdre wurde gegen die Seitenwand des Streitwagens geworfen. Plötzlich kam einer der Raben auf sie zu und flog dann neben ihr her, sodass er mit seiner Schwinge, deren schwarze Federn mit flackerndem Silber umrandet waren, ihre Wange streifte. Er sah sie mit einem Auge unverwandt an und schien sich auf gutmütige Weise über sie lustig zu machen. *Was war deine erste Liebe?*, fragte er sie.

Sie musste nicht lange überlegen. *Vögel.* Geschöpfe, die sich auf dem Land, auf dem Meer und in der Luft bewegten. Ihr Wissen erwachte aus dem Äther, so wie die Schwingen des Raben sich aus dem Licht geformt hatten. Wenn die Quelle allen Seins alles in Einem war, dann konnte auch sie sich in allen Welten bewegen. Es war nicht nötig, dass sie einen Weg wählte, sie musste sich nicht entscheiden, Sterbliche oder *sídhe* zu sein.

Die Erkenntnis ließ sie lächeln. Sie erinnerte sich jetzt an ein größeres Selbst, so groß, dass es die diesseitige Welt nicht beherbergen konnte. Wie hatte sie nur vor diesem Lied die Ohren verschließen können? Wie hatte sie das Wissen verdrängen können, dass die Fäden der diesseitigen Welt, obwohl sie ihr so lebhaft vorkamen, nur ein schwaches Abbild der leuchtenden Fasern all der anderen Welten des Geistes waren, der durchscheinenden Schichten, die wie die Fasern eines Tuchs unentwirrbar miteinander verwoben waren?

Ihre Augen schimmerten hell. Die Anderswelt war nicht *irgendwo*. Sie war hier. Und die Seelen konnten von einer Welt zur anderen fliegen, so leicht wie ein Vogel, der sich auf seinen Schwingen in die Luft erhebt.

Ohne auf das Schlingern des Wagens zu achten, fuhr Deirdre jetzt mit den Fingern die Umrisse ihres Gesichts nach, eines Gesichts, das nichts anderes getan hatte, als die Dunkelheit, die in den Herzen der Männer verborgen war, hervorzubringen. Sie berührte ehrfürchtig ihre Brüste, ihre Hüften, ihre Taille und ihre Schenkel. Ja, dieser Körper war lediglich ein Umhang, den sie angelegt hatte wie die Raben ihre Schwingen. Ihre schimmernde Essenz wurde bereits an einen anderen Ort gezogen. Es war das Schicksal, das sie noch immer rief, das Licht des Einen zu sehen und aus dem Sternenstaub anderer Welten etwas Neues zu schaffen. Eine uralte Sehnsucht keimte in ihr auf, und mit ihr auch die Sehnsucht nach ihm.

Der Rabe krächzte. Es klang fast wie ein Lachen. Sie flogen jetzt gemeinsam hoch hinauf in die Luft und dann auf die Hügel zu. Weit draußen auf dem Meer ertönte jetzt ein Ruf wie der Schall eines großen Horns. In ihm schwangen Macht und Sehnsucht und der langsame Schlag riesiger Schwingen, die im Takt mit ihrem Herzen schlugen. Wieder ertönte der Ruf, ging ihr durch und durch. *Komm.*

Die untergehende Sonne warf ihre goldenen Strahlen über das Gras der Weide und erhellte den Nebel. Und dort, leuchtend weiß, flogen drei Schwäne über die Wellen auf sie zu.

Wieder dieser Ruf. *Komm.*

Sie spürte Naisis Atem an ihrem Ohr, so als stände er direkt hinter ihr. Sie roch seinen Duft, spürte die Essenz seiner Seele. Die Brüder hatten sich an die Tage in Alba erinnert, als ihre Körper auf den warmen Felsen lagen und ihr Geist mit dem Wind der Berge dahinflog.

Es gab keine Trennung.

Es gab keinen Tod.

Es gab immer eine Wahl.

Und sie wählte.

Cúchulainns Hengste galoppierten mit donnernden Hufen auf die Klippen zu, irritiert von der Quelle allen Seins, die für diesen einen kurzen Augenblick in ihrem Herrn aufgelodert war und ihn von seiner Verzweiflung befreit hatte.

Langsam gewann Cúchulainn die Kontrolle über die Tiere zurück. Seine wilde Jagd hatte Eogans berittene Wachen weit hinter sich gelassen. Eogans Wagen holperte und schlingerte noch immer auf dem Weg die Klippe entlang, während der Chieftain die Zähne zu einem höhnischen Grinsen entblößt hatte. Als Cúchulainns Hengste sich langsam beruhigten und ihren vertrauten Zweierrhythmus wieder aufnahmen, fiel der Blick des Wachhundes auf drei helle Streifen über dem Meer, die so schnell und leuchtend dahinzogen wie Sternschnuppen.

Conor und Eogan waren mit ihren scheuenden Pferden beschäftigt und schenkten Deirdre deshalb im Moment keine Aufmerksamkeit. Und so sah nur Cúchulainn, wie sie langsam zur Rückseite des Wagens glitt, so als besäße sie keinen festen Körper mehr.

Sein Herz schlug ihm bis zum Hals hinauf. Ein Schrei stieg ihm in der Kehle auf. Aber noch bevor er ihn ausstoßen konnte, ließ ihn der Ausdruck tiefster Verzückung, der auf ihrem zum Himmel gewandten Gesicht lag, innehalten. Die Härte ihrer eingefallenen Wangen und die gesprungenen Lippen wurden von einem ekstatischen Lächeln gemildert. Es war der Gruß einer Liebenden.

Und dann hob Deirdre die Arme.

Sie breitete ihre Schwingen aus und wurde leicht wie eine Feder nach oben getragen. Von allen irdischen Fesseln befreit, flog sie frei und ungebunden dahin, wurde von den Aufwinden nach oben getragen. Ihre Freude begegnete dem Himmel mit einem lauten Ruf, einer köstlichen Hingabe, einem Namen. Ein Name, den sie von nun an ewig singen würde.

Naisi.

49

Cúchulainns Schrei verhallte, als sie sprang.

Ein eleganter Sprung vom Wagen, und der Nebel über dem Meer verschlang sie.

Conors Schrei war schauerlich, als er verzweifelt versuchte, Deirdre zu fassen, und sein Brustkorb gegen die Seitenwand des Wagens krachte, während Eogan in ohnmächtigem Zorn losbrüllte. Cúchulainn brachte seine Pferde zum Stehen. Er sprang aus seinem Wagen. Seine Hengste standen zitternd in ihrem Geschirr.

Der Wachhund ließ die anderen weit hinter sich und kletterte in einem Hohlweg die Klippe hinunter, während es um ihn herum Erdklumpen und Äste regnete. Dann lief er am felsigen Ufer entlang zu einer Landzunge und blieb dort stehen.

Das Meer war freundlich zu ihr und trug sie in eine kleine Bucht, wo die Wellen sie nicht an den scharfen Graten der Felsen zerschmetterten. Cúchulainn stand da und hielt den Kopf in unendlicher Traurigkeit gesenkt, als das Meer sie sanft ans Ufer legte.

Sie lag auf der Seite, sodass die Spuren des Sturzes auf den ersten Blick nicht zu sehen waren. Die Wucht des Aufpralls hatte ihr den Umhang vom Körper gerissen. Sie war jetzt wieder nackt. Ihr goldenes Haar breitete sich um sie herum aus wie ein Schleier. Ihre Haut war so weiß, dass sie bereits eins mit dem Meer war – eine Göttin des Meeres aus Seetang und dem Schaum der Wellen. Auf ihren Lippen lag ein sanftes, staunendes Lächeln, die Mundwinkel leicht angehoben, so als würde sie große Freude empfinden.

Mit einem erstickten Schluchzen hob Cúchulainn sie ehrfürchtig aus der Umarmung des Meeres und bedeckte ihren Körper dann mit ihrem Haar, sodass kein Mann je wieder einen Blick auf ihn werfen würde. Seine Schuldgefühle drohten ihn schier zu ersticken, als er sie zum Strand zurücktrug. Sie würde in Naisis Armen liegen, und kein König würde die beiden je wieder trennen.

Er nahm aus dem Augenwinkel eine Bewegung wahr und hob den Kopf. Über ihm zogen vier Schwäne in einem eleganten Bogen am Himmel dahin. Staunend beobachtete er ihren Flug, während sein schmerzendes Herz ihnen folgte. Die Männer, die jetzt den Hohlweg heruntergeklettert kamen, sahen die Schwäne nicht – weder der dunkle Chieftain, der vor Zorn schäumte, noch der König mit seinem entsetzlich verlorenen Gesicht. Niemand außer Cúchulainn sah die Schwäne, die jetzt so dicht nebeneinander flogen, dass sich ihre Schwingen aus Nebel und Licht berührten und miteinander verschmolzen.

Die Spur, die sie mit ihrem schimmernden Gefieder zogen, war ein leuchtender Strahl über den dunklen Berghängen. Dann verblassten sie wie die Sterne in der Morgendämmerung, als er sie in den Wolken aus den Augen verlor.

Anmerkungen zu Mythologie und Geschichte

Dieser Roman basiert auf der alten irischen Sage von Deirdre und Naisi, stellt jedoch keine wortgetreue Nacherzählung dar. Ich empfehle wärmstens, das Original zu lesen, da die Übersetzung aus dem Irischen wunderschön ist.

Die Geschichte von Deirdre und Naisi gehört zu einer Reihe alter irischer Erzählungen, die als »Der Ulster-Zyklus« bekannt sind. Als berühmteste sei hier die *Táin Bó Cúailnge, Der Rinderraub von Cooley,* genannt. Der Ulster-Zyklus beschreibt die Heldentaten von König Conchobar – dessen Name in der anglisierten Form Conor lautet – und den Kriegern des Roten Zweiges, dem auch der berühmte irische Held Cúchulainn angehört. Die *Táin* berichtet vom Krieg zwischen Königin Maeve von Connacht und Conchobar, der wegen eines berühmten Stiers geführt wurde. Im Mittelpunkt der Geschichte steht das Überlaufen einer großen Anzahl von Kriegern des Roten Zweiges, angeführt von Fergus Mac Roy, von Ulster nach Connacht. Die Geschichte von Deirdre ist dabei die Vorgeschichte, die dieses Überlaufen erklärt. Maeves Rolle in der *Táin* wird im nächsten Roman dieser Serie, *The Raven Queen,* erzählt.

Der historische Hintergrund dieser Geschichten ist verwirrend und vielfältig. Die frühen Bewohner Irlands kannten keine Schrift, und so wurden die Geschichten von Barde zu Barde mündlich weitergegeben. Bis zur Christianisierung im fünften Jahrhundert gibt es somit auch keinerlei schriftliche Zeugnisse ihrer Dichtung. Die ältesten Manuskripte, die uns erhalten sind, wurden erst wesentlich später in mittelalterlichen Klöstern gefertigt.

Die Handlung von *Tochter der Schwäne* folgt im Großen und Ganzen Thomas Kinsellas *The Sons of Usnech*, Dolmen Press, 1954. Dieselbe Version ist in der leichter verfügbaren *The Tàin* von Thomas Kinsella, Oxford University Press, 1969, enthalten. Kinsella legt seiner Übersetzung dabei einen Text aus dem zwölften Jahrhundert zugrunde, der im *Buch von Leinster* überliefert ist. Die Prosaabschnitte dieses Textes dürften bereits aus dem achten oder neunten Jahrhundert stammen, die Versabschnitte sind wohl sogar noch ein oder zwei Jahrhunderte älter. Wenn wir noch weiter in der Zeit zurückgehen wollen, verlieren wir uns unweigerlich im Nebel der mündlich überlieferten Dichtung.

Dies ist auch der Grund dafür, dass man zunächst davon ausging, dass der Ulster-Zyklus das Leben der Kelten in Irland in den Jahrhunderten vor Christi Geburt, also in der Eisenzeit, beschreibt. Die neuere Forschung vertritt im Gegensatz dazu jedoch die These, dass diese Geschichten keineswegs ein »Fenster« in die irische Vorgeschichte darstellen. Vielmehr würden sie nur die Zeit beschreiben, in der sie zum ersten Mal niedergeschrieben wurden. Da diese Texte ausschließlich von Mönchen gefertigt wurden, ist nicht bekannt, wie wortgetreu die Geschichten der heidnischen Kelten kopiert wurden. Genauso wenig wissen wir, ob die Vorurteile der Kopisten und die Gesellschaft, in der sie lebten – nämlich das mittelalterliche Irland –, dazu geführt haben, dass einzelne Elemente verändert oder gar komplett herausgenommen wurden. Wir werden es nie erfahren.

Viele Aspekte dieser Geschichten – die Trinkgelage, der Raub des Viehs, die Prahlerei und der Mut der Krieger, die Zweikämpfe, das Abschlagen der Köpfe der Feinde, die Streitwagen – korrelieren mit dem, was römische Schriftsteller, die in der Zeit vor Christi Geburt lebten, aus erster Hand über die Kelten berichten. Sie werden darüber hinaus auch durch archäologische Funde in Gallien und Britannien bestätigt. Es ist jedoch wissenschaftlich nicht gesichert, wie viele dieser Erkenntnisse sich auf Irland übertragen lassen. Dennoch habe ich die Geschichte von Deirdre und Naisi in der irischen Eisenzeit, wenige Jahrhunderte vor Christi Geburt, angesiedelt.

Es sind uns keinerlei konkrete historische Ereignisse bekannt, an denen sich diese Geschichte orientieren könnte. Ich habe dennoch versucht, sie auf die archäologischen Funde in Irland, Britannien und Gallien und die Berichte der Römer über die gallischen Kelten zu stützen, vor allem, was die beschriebenen Waffen, die Kleidung, die Nahrung und die Häuser angeht. All dies habe ich frei und sehr großzügig mit der mythischen Welt verwoben, die in der Sage geschildert wird. So sind zum Beispiel die Schwerter aus der Eisenzeit, die in Irland gefunden wurden, nicht besonders groß. Die Mythen hingegen erzählen von großen Langschwertern – so wie sie im Mittelalter gebräuchlich waren, also zu der Zeit, als die Sage niedergeschrieben wurde. Auch die Streitwagen werden in der Sage beschrieben. Für Irland sind diese bislang nicht durch Funde belegt. Sie sind uns jedoch aus eisenzeitlichen Gräbern in England, Frankreich und der Schweiz bekannt. Zudem gab es in Irland hölzerne Fahrbahnen, die für Gefährte mit Rädern gebaut wurden. Im Sinne der Fiktion habe ich mich oft an dem orientiert, was in den Mythen beschrieben wird.

Was den Verlauf der Handlung angeht, bin ich im Wesentlichen Kinsellas Version der Deirdre-Sage gefolgt. Diese enthält Cathbads Prophezeiung und beschreibt Deirdres Flucht mit Naisi, ihren Aufenthalt in Schottland und die Werbung des schottischen Königs, durch die sie erneut zur Flucht gezwungen wird. Ab dem Zeitpunkt, als Conor seine Kundschafter ausschickt, um die Flüchtigen zu finden, habe ich auf die Schilderungen in der jüngeren Version der Sage, die aus dem fünfzehnten Jahrhundert stammt, zurückgegriffen. Diese Version wurde im Glen-Massan-Manuskript überliefert, das in Schottland entdeckt wurde. Aus diesem Grund erhebt auch Schottland Anspruch auf die Deirdre-Sage. Diese, wie bereits ausgeführt, wesentlich jüngere Version der Sage wurde von Lady Gregory in ihrer berühmten Nacherzählung der *Táin*, *Cúchulainn of Muirthemne*, Neuauflage, Gerrards Cross, 1970, verwendet, die darüber hinaus wesentlich mehr Details enthält.

In Kinsellas Version sind es Fergus, Cormac und Dubthach, die die Flüchtigen zurückbringen; in Lady Gregorys Version wird Fergus von seinen Söhnen Illan und Buinne begleitet. Der Traum von den Vögeln mit den Honigtropfen im Schnabel stammt aus der jüngeren Version, ebenso Deirdres Klage, als sie Alba verlässt. Die Ereignisse, die in Emain Macha über sie hereinbrechen, die Geschehnisse in der Halle des Roten Zweiges und auch der Kampf vor der Halle sind ebenfalls Lady Gregorys Erzählung entnommen. Im letzten Kapitel wechsle ich dann wieder zu Kinsella, da ich seine Version von Deirdres Schicksal weitaus eindringlicher und bewegender finde und sie außerdem auch besser zu meiner Geschichte passt.

Lady Gregorys Buch – insbesondere das Kapitel »The Fate of the Sons of Usnach« – findet sich unter *http://www.sacred-texts.com*. Das *Buch von Leinster*, welches Kinsellas Version zugrunde liegt, unter *http://www.maryjones.us/ctexts/usnech.html*. Falls die Seite nicht mehr existieren sollte, möchte ich auf Mary Jones' Website *http://www.maryjones.us/*, dort unter Celtic Lit; Irish texts; the *Book of Leinster*; und den Abschnitt *»The Exile of the Sons of Usnech«* verweisen.

Im Glen-Massan-Manuskript finden die Flüchtigen am Loch Etive in Argyll in Schottland Zuflucht. Ich bin dieser Vorgabe gefolgt. Es gibt noch heute am Loch und im Glen Etive viele Orte, die nach Deirdre und den Söhnen des Usnech benannt sind. Die Übersetzung des Namens Loch Etive lautet »der tosende See«. Seinen Namen hat der See wahrscheinlich wegen der Falls of Lora, einem spektakulären, dem Gezeitenwechsel unterworfenen Wasserfall mit weißen Stromschnellen, der bei Flut tatsächlich einen beeindruckenden Anblick bietet.

Die Legende sagt, dass die Söhne des Usnech zusammen mit Deirdre in Gestalt von vier Schwänen zum Loch Etive zurückkehrten und man sie bis zum heutigen Tag über die dunklen Wasser im Glen Etive, der Heimat, die sie so sehr liebten, dahingleiten sehen kann.

Quellenangabe

Deirdres erster Vortrag vor Conor über die Söhne des Usnech sowie ihre wunderschöne und berühmte Klage am Schluss des Buches habe ich beide »The Sons of Usnech«, von Thomas Kinsella, Dolmen Press, 1954, entnommen. Das Lied, das Deirdre bei ihrem Abschied aus Alba singt, liegt in vielen verschiedenen Versionen vor. Ich habe mich – sehr frei – derjenigen von Lady Gregory *Cúchulainn of Muirthemne,* Colin Smythe, 1970, bedient.

Danksagung

Ein weiteres Mal danke ich Patricia Crook für ihre Hilfe mit dem Gälischen, vor allem, da ich wieder einmal solch problematische Spitznamen heraufbeschworen habe.

Meine tiefe und unendliche Dankbarkeit gilt Claire Swinney, die mir selbst in der dunkelsten Zeit etwas von dem Licht in ihrem Herzen geschenkt hat.

Und wie immer stehe ich ehrfürchtig und überwältigt vor Alistairs Bereitschaft, mir als Leser, Schreiber, Koch, Tellerwäscher und Margarita-Mixer zur Verfügung zu stehen, während er gleichzeitig noch seinem Beruf als International Man of Mystery nachging. *A stór mo chroí*. Für immer.

Verzehrende Leidenschaften!

L'Écho de la Haute-Vienne

768 Seiten. ISBN 978-3-442-37827-2

Die schottischen Highlands, 1695: Die junge Irin Caitlin Dunn fristet auf Lord Dunnings Burg ein trostloses Dasein als Hausmädchen. Als ihr Herr sich ihr eines Tages unsittlich nähert, ersticht sie ihn. Auf der Flucht begegnet sie dem stolzen Schotten Liam MacDonald. Sie folgt ihm in sein Heimatdorf, wo sie die Gastfreundschaft und den Mut der Highlander kennenlernt – aber auch die blutige Rivalität zwischen den Clans. Caitlin und Liam verlieben sich. Doch Eifersucht und Intrigen werfen ihre Schatten über die junge Liebe …

Lesen Sie mehr unter: **www.blanvalet.de**